PATRICIA
SHAW

Der Traum der Schlange

Roman

Aus dem Englischen von
Susanne Goga - Klinkenberg

Weltbild

Die englische Originalausgabe erschien
unter dem Titel *Fires of Fortune*

Besuchen Sie uns im Internet:
www.weltbild.de

Genehmigte Lizenzausgabe für Verlagsgruppe Weltbild GmbH,
Steinerne Furt, 86167 Augsburg

Ein Verlagsimprint der Droemerschen Verlagsanstalt
Th. Knaur Nachf. GmbH & Co. KG., München
Umschlaggestaltung: Zeichenpool, München
Umschlagmotiv: www.shutterstock.com
Gesamtherstellung: CPI Moravia Books s.r.o., Pohorelice
Printed in the EU
ISBN 978-3-86800-354-3

2013 2012 2011 2010
Die letzte Jahreszahl gibt die aktuelle Lizenzausgabe an.

Für
Evangeline Holly Shaw
Lynne und Garry
Desirée Shaw

1

Ben sah sich im Geiste als Seefahrer, als stolzen und furchtlosen Kapitän, der sein Schiff den Fluß hinunter in die Moreton Bay und dann mit vom Wind geblähten Segeln hinaus aufs blaue Meer führte. Bei Wind und Wetter hinter dem Steuerrad, ein tapferer Kapitän, der die Bewunderung seiner treuen Mannschaft genoß.

Er trug einen spitzen Hut und eine elegante Jacke mit Messingknöpfen, genau wie Großvater Beckman auf dem Porträt, das über dem Kaminsims hing. Der arme Captain Beckman! In einer dunklen, stürmischen Nacht war er samt seinem Schiff vor dem Great Barrier Riff untergegangen. Ben sah ihn vor sich auf der Brücke – aufrecht und stark rief er inmitten des tobenden Sturms seinen Männern zu, sie sollten sich retten. Er selbst jedoch weigerte sich, seine Ehre zu verlieren, indem er das Schiff preisgab. Dieser Teil der Geschichte, die Oma Beckman ihm so oft erzählt hatte, gefiel Ben am besten. Es war ein schönes Gefühl, wenn man einen Helden in der Familie hatte.

Ben kroch bis an den Rand der staubigen orangefarbenen Klippe und ließ sich auf einen Vorsprung fallen. Kangaroo Point war sein liebster Ausguck. Von hier aus konnte er die ganze Stadt Brisbane und die geschäftigen Docks überblicken. Für ihn war es der aufregendste Anblick der Welt. Kein Schiff konnte passieren, ohne daß Ben es bemerkte. Na ja... einige wenige vielleicht. Er ärgerte sich immer, wenn er eins verpaßte, weil er im Haus oder auf dem Hof arbeiten oder eine von Omas endlosen Lektionen ertragen mußte. Diese Lektionen! Sie ließ einfach nicht locker. Wenn er sich beschwerte, drohte seine Mutter damit, ihn zur Schule zu schicken, dann könne er überhaupt keine Schiffe mehr beobachten.

Bei diesem Gedanken huschte ein Lächeln über sein Gesicht. Unten quälte sich gerade die *Louisa Jane*, ein alter, nicht weiter interessanter Raddampfer, stromaufwärts. Sie beförderte Ladung und Passagiere zwischen Brisbane und den Niederlassungen an der Südküste hin und her – wie langweilig für einen Kapitän! Ben ließ sie einfach vorüberziehen. Manchmal nahm er fremde Schiffe mit einer Tonröhre, die ihm als Kanone diente, ins Visier und jagte sie in die Luft, weil sie es gewagt hatten, ohne Erlaubnis sein Fort zu passieren. Schließlich verkörperte er die Marine von Queensland, den Hafenmeister und den mißtrauischen Zollbeamten in einer Person.

Ihn zur Schule zu schicken! Ein guter Witz. Ben wußte ebenso gut wie seine Mutter, daß er weder hier noch sonst irgendwo zur Schule gehen konnte. Das hatten ihm die Kinder auf den Docks erzählt. Doch er tat immer, als habe er Angst vor dieser Strafe, um seiner Mutter eine Freude zu machen. Er liebte sie. Sie war eine hochgewachsene, gutaussehende Frau, doch Ben holte sie langsam ein. Sie und Oma legten oft ein Lineal auf seinen Kopf und markierten seine Fortschritte mit einem Einschnitt an der Holzwand. Großmutter, Oma Beckman, warf seiner Mutter vor, sie würde ihn verwöhnen, aber sie kam ihm immer zu Hilfe, wenn Mutter einmal ernsthaft böse war und härtere Maßnahmen androhte. Sie erfand Entschuldigungen für Ben, so daß der lederne Schleifriemen in der Wäschekammer blieb, wo er seit den Tagen des Kapitäns hing.

Wenn der Fährmann einen guten Tag hatte, erwischte Ben schon einmal eine Freifahrt mit der Fähre und wanderte durch die Docks. Besonders interessant war es, wenn große Schiffe im Hafen lagen und er den ganzen Wirbel des Be- und Entladens, die fremden Stimmen der Passagiere auf den Decks, deren Neugier bei der Ankunft und die tränenreichen Szenen beim Ablegen miterleben durfte. Sie riefen ihren Freunden und Familien einen letzten Gruß zu, während das Schiff sich immer weiter vom Ufer entfernte. Ben verstand nicht, weshalb sie weinten. Er war fest entschlossen, mit Mum und Oma, seinen beiden Damen, eines Tages auf einem eigenen Schiff um die Welt zu fahren. Sie würden sogar den Pazifik überqueren, bis zur Nordostküste Südamerikas, wo große Schätze verborgen lagen. Er hatte einmal davon geträumt, in einer Höhle einen sagenhaften Schatz zu finden. Dieser Traum war so wundervoll gewesen, daß er sich bemühte, ihn nicht zu vergessen, obwohl er ihm nun doch allmählich entglitt.

Weit unter ihm kehrten Fischerboote zurück, von kreischenden Möwen begleitet. Ben winkte den Männern an Bord zu, die mit geschickten Händen ihren Fang für den Markt vorbereiteten. Sie winkten freundlich zurück und entgingen damit einer Ladung aus seiner Kanone. Wenn er erst Piratenkapitän mit einem eigenen Schiff war, das übrigens *Black Swan* heißen sollte, nach den Schwänen, die wie kleine, würdevolle Galeonen über den Fluß segelten, würde Ben die Fischer beschützen.

Wenn er zu lange auf den Docks blieb, bekam er Schwierigkeiten. Die Fähren waren dann überfüllt, so daß er den langen Fußmarsch bis zur Victoria Bridge in Kauf nehmen mußte. Wenn er sie überquert hatte, mußte er etliche Meilen durch die feuchten, furchteinflößenden Straßen von South Brisbane laufen und hinauf bis zum Point. Schon oft hatten betrunkene Männer nach ihm geschnappt, wenn er an den Kneipen und Bordellen vorbeirannte.

»Wohin so schnell, Kleiner?«

»Hübscher Junge. Bleib doch mal stehen.«

»Komm, ich spendiere dir einen Rum.«

So beängstigend das auch sein mochte, war es doch nichts im Vergleich zu Diamonds Zorn, wenn er zu spät nach Hause kam. Diamond, seine Mum, machte sich solche Sorgen, daß sie bei seinem Anblick schon in heller Panik war und ihm eine Ohrfeige versetzte, die sich gewaschen hatte! Sie mochte es nicht, wenn er sich bei den Docks herumtrieb, es sei kein Ort für Kinder. Außerdem hatte Ben den Fehler begangen, ihr zu erzählen, daß er im Gegensatz zu den anderen Kindern niemals stahl oder sich auf die Schiffe schlich; dadurch wurde ihre Wut nur noch größer.

Sie schrie ihn an. »Du bleibst gefälligst von diesen Docks weg, verstanden? Bleib auf deiner Seite des Flusses! Das sind schlechte Menschen da drüben.«

Ben hatte sich trotzig an Oma gewandt. »Der Kapitän ist doch auch zur See gefahren! Warum sollte ich vor Seeleuten Angst haben?«

In diesem Punkt teilte Oma jedoch Diamonds Meinung. »Der Kapitän war ein gottesfürchtiger Mann. Du weißt nicht, wie diese Leute sind.«

»Ich möchte es aber wissen. Hier ist es so langweilig. Es gibt nichts zu tun.«

Noch ein Fehler. Diamond hatte keine Mühe, neue Aufgaben für ihn zu finden. Trotzdem gelang ihm immer wieder die eine oder andere Fahrt über den schäumenden Fluß hinüber zu seinen Freunden, den schmächtigen Burschen und den Mädchen, denen Wildheit aus den Augen sprühte, zu machen. Die meisten von ihnen hatten kein richtiges Zuhause und fanden statt dessen Unterschlupf in den großen Wollschuppen, unter den Lagerhäusern oder in den Verschlägen hinter den Geschäften auf der anderen Straßenseite. Sie trieben sich nur zu einem Zweck auf den Docks herum: um ein paar Pennies zum Überleben zu verdienen. Ben fand ihre Gesellschaft aufregend. Diese Kinder trugen Lumpen und lachten über seine sauberen Hemden, die Kniehosen und langen Strümpfe, doch sie akzeptierten ihn. Er war keine Petze, obwohl er genau bemerkte, was sie taten: Sie klauten, hatten flüchtige Zusammenkünfte mit Männern hinter den Schuppen, hantierten geschickt mit Schnapskisten, verwirrten damit die Zollbeamten, und das alles für ein paar Pennies. Nebenher betätigten sie sich als Taschendiebe, während sie sich lautlos zwischen die aufgeregten Neuankömmlinge von den Schiffen mischten.

Ben sah das alles und staunte über ihre Kühnheit, doch die ausgemergelten Gesichter der Kinder verrieten, daß sie diesen

Broterwerb bitter nötig hatten. Omas Vorratskammer war bestens ausgestattet, und sie erwartete, daß sich der Junge selbst bediente, wann immer er zwischen den Mahlzeiten Hunger verspürte. Also stopfte er sich die Taschen voll mit Essen und brachte es seinen Freunden mit.

Sein bester Freund hieß Willy Sloane, war so alt wie er und Anführer einer Bande. Sein Versteck sei rattenfrei, verkündete er stolz, und liege irgendwo unter dem Dach eines Hauses. Er wußte, daß Ben auf der anderen Seite des Flusses lebte, doch wie die übrigen Kinder stellte er nie irgendwelche Fragen. Dazu waren sie alle viel zu beschäftigt.

Wenn die Polizei wieder einmal verrückt spielte, brachte Willy Ben nach unten in den Park in Sicherheit. Dort ließen sie sich ein Weilchen nieder.

»Aber ich habe doch nichts getan«, beschwerte sich Ben dann immer.

»Meinst du, das interessiert sie, Kumpel? Mach dich rar, oder sie schnappen dich mit den anderen.«

Ben dachte oft daran, Willy zu seinem ersten Maat zu ernennen, wenn er erst das Schiff besaß. Noch nie war ihm ein schlauerer Kerl begegnet als er. Gern hätte er ihn zu sich nach Hause eingeladen, doch sie bekamen selten Besuch, und ein ruheloser, nervöser Junge wie Willy hätte sich wahrscheinlich zu Tode gelangweilt.

Die Nachbarn nebenan hatten andauernd Besuch, aber sie bewohnten auch ein großes Haus. Oma nannte es »ein Anwesen«. Ben empfand jedoch keinen Neid. Von den Klippen aus betrachtete er sein eigenes Zuhause, ein hübsches weißes Holzhaus, das nicht direkt an der Straße lag und einen großen Garten besaß. Drinnen gab es drei Schlafzimmer, eins für jeden von ihnen, und mehr brauchten sie auch nicht. Von seinem Fenster aus konnte er nachts das gasbeleuchtete Zauberland von Brisbane sehen und von der großen Welt da draußen träumen.

Das Haus nebenan besaß zwei Stockwerke und einen Balkon, von dem man sicher einen herrlichen Ausblick hatte. Dort lebten Dr. und Mrs. Thurlwell, wichtige Leute, die es nicht für nötig befanden, mit den Beckmans zu sprechen. Sie blieben auf ihrer Seite des Zauns und empfingen laut Zeitungsberichten die feine Gesellschaft von Brisbane – angeblich sogar den Gouverneur, obwohl Ben ihn noch nie dort entdeckt hatte.

Die Thurlwells nannten ihr Anwesen Somerset House, und Ben kannte jeden Winkel ihres Grundstücks. Seit Jahren schon schlich er regelmäßig über die Klippen und kroch durch ihre Hecke, um in den bunten Garten mit den majestätischen Kiefern und rauschenden Palmen zu gelangen. Rasen und Büsche waren sorgfältig gepflegt, und von Blumenbeeten gesäumte Wege zogen sich von der Seite des Hauses hinunter. Der Vorgarten wirkte noch exotischer, besonders dann, wenn die großen Feuerbäume in voller Blüte standen. Im Schatten des üppigen Grüns konnte Ben die Kutschen und offenen Wagen beobachten, die über den knirschenden Kies der langen Auffahrt zum Vordereingang rollten. Uniformierte Dienstboten öffneten die Tür und verbeugten sich vor den Spitzen der Gesellschaft. Er staunte beim Anblick dieses Schauspiels und der schönen Menschen, die in diesem Haus lebten. Auf der Seite, die den Klippen zugewandt lag, gab es eine elegante Veranda, auf der Damen in blendend weißen Kleidern und gutanzogene Herren frische Luft schnappten und lässig auf bequemen Sesseln und Sofas ruhten.

Manchmal erwischten ihn die Gärtner und jagten ihn davon, doch sie wußten, daß er nebenan wohnte, und regten sich nicht weiter auf.

Ben seufzte und kickte ein paar Steine über den Klippenrand. Somerset House war sein Lieblingsort, gleich nach den Docks. Wenn er zur See fuhr, würde er es bestimmt vermissen, ebenso wie Phoebe, die Tochter der Thurlwells. Natürlich hatte er noch nie mit ihr gesprochen, und sie wußte auch nicht, daß er sich in ihrem Garten verbarg.

Ihm kam es vor, als sei sie schon immer dort gewesen und

habe sich von Puppenspiel und Teegeschirr über das Bücherlesen bis hin zu den Besuchen anderer Mädchen entwickelt.

Aber keines von ihnen war so hübsch wie Phoebe. Sie sah selbst aus wie eine Puppe in den fließenden Sommerkleidern und mit den langen blonden Zöpfen, deren Schleifen immer farblich zu den Schärpen um ihre Taille paßten. Ben begegnete auf den Docks vielen frechen Mädchen mit scharfen Augen und weinerlichen Stimmen und empfand ihre Gesellschaft nicht anders als die der Jungen. Sie konnten klauen und kämpfen und davonrennen, wenn es sein mußte. Nein, an sich bereitete ihm die Sache mit den Mädchen kein Kopfzerbrechen – schließlich lebte er mit zwei Frauen zusammen –, doch diese Miss Phoebe war etwas anderes. Ben ärgerte sich, weil er beim Anblick eines albernen Mädchens tatsächlich weiche Knie bekam und so schüchtern wurde, daß er sich nicht traute, sie anzusprechen.

Manchmal war sie unartig und wagte sich hinaus auf die Klippen. Die Hausmädchen stürzten sich dann auf sie, rissen sie zurück und drohten, es ihrer Mutter zu sagen. In solchen Augenblicken empfand sich Ben als Phoebes Beschützer und malte sich diese Situation aus: Wenn sie jemals auf den Klippen in Gefahr geraten sollte, würde er Phoebe retten, sich mutig nach vorn werfen und sie in Sicherheit bringen. Dann fragte sie ihn dankbar nach seinem Namen. Ben Beckman von nebenan, antwortete er. Sie würde es ihrer Mutter erzählen, die ihn hocherfreut zu einem kühlen Getränk in das weiße Haus einlud, doch Ben würde respektvoll ablehnen. Er kannte seinen Platz, und es reichte vollkommen, ein Held zu sein …

Diamond rief ihn. Er drehte sich um und wollte vom Vorsprung nach oben klettern. Als er nach einem Grasbüschel griff, sah er die Schlange. Wie lange sie wohl schon dort gelauert hatte, genau über seinem Kopf, zusammengerollt auf dem warmen Felsen und in die Betrachtung seines Hinterkopfes versunken? Er fragte sich, ob die Schlange so fair war, ihn nicht von hinten anzugreifen, weil sie dem Feind ins Gesicht sehen wollte. Eines stand jedenfalls fest: Dieses Kriechtier mit dem gelben Bauch verhieß nichts Gutes!

Ben verharrte regungslos, die rechte Hand um das Grasbüschel geklammert, die Füße auf dem Vorsprung, und dachte krampfhaft nach. Soweit er sich erinnern konnte, verhieß eine Taipan-Schlange – und um so eine handelte es sich zweifellos – niemals etwas Gutes. Die metallisch schimmernde, gelb-schwarze Haut und der große, gebeugte Kopf mit der gespaltenen Zunge befanden sich nur wenige Fuß von Bens Gesicht entfernt.

Plötzlich rollte sie ein Stück ihres glänzenden Körpers aus, als wolle sie ihn ablenken. Die Knopfaugen starrten weiterhin die Beute an.

Bens Arm wurde langsam steif. Bald mußte er das Grasbüschel loslassen, doch diese machtvollen Augen forderten seine ganze Aufmerksamkeit. Vielleicht wollte sie ihn hypnotisieren und an der Flucht hindern. Einen fragwürdigen Ausweg gab es nämlich. Er konnte sich nach hinten werfen und auf gut Glück von der Klippe fallen lassen. Wahrscheinlich würde er sich dabei den Hals und sämtliche Knochen brechen, was vermutlich noch schlimmer war als ein Schlangenbiß.

Wo steckte bloß seine Mutter? Sie hatte ihn gerufen. Warum kam sie dann nicht, um ihn zu suchen? Diamond besaß ein Gewehr, mit dem sie dieses Biest erschießen konnte, das sich langsam vor seinen Augen hin und her wiegte, als lausche es in aller Ruhe seinen Gedanken. Das Tier provozierte ihn noch immer mit der flinken Zunge und drohte mit einem Angriff.

Aus einem Baum schoß ein kleiner Honigkuckuck davon. Ohne den Blick abzuwenden, konnte Ben den Baum hinter der Schlange sehen. Ein großes, altes Exemplar mit ausladenden Ästen, das auf dem Grundstück der Thurlwells stand und bis hinüber in seinen eigenen Garten ragte. Er hatte den Baum oft als Abkürzung auf dem Weg nach Hause benutzt. Ben fragte sich, wodurch der Vogel aufgeschreckt worden war, und entdeckte dann zwischen den Ästen das Mädchen von nebenan in seinem weißen Rüschenkleid. Sie sah ihn an. Er wagte nicht, sie zu rufen. Während er an der Klippe hing, stieg Ärger in ihm auf. Phoebe saß in aller Ruhe auf ihrem Baum. Allerdings war das knorrige Ding auch kein allzu schwieriges Hindernis für ein Mädchen.

Verzweifelt lenkte er seine Gedanken wieder auf die Schlange. Er hatte inzwischen begriffen, daß sie ihn lähmen wollte, so wie Katzen es mit kleinen Vögeln taten, die sie derart in Schrecken versetzten, daß sie einfach nicht mehr davonfliegen konnten. Wenn er sich nicht bald bewegte und versuchte, diesen Kopf beiseite zu stoßen, würde er zu steif sein, um auch nur einen Finger zu rühren. Das dumme Mädchen dort hinten kletterte den Baum noch weiter hoch und bewegte sich schrittweise auf die überhängenden Äste zu. Sie wollte tatsächlich über die Mauer!

Wenn sie das tat, würde er sie umbringen. Das hieß, wenn er lange genug lebte, denn sie schreckte bestimmt die Schlange auf, die ihn dann sofort beißen würde. Versteinert beobachtete Ben, wie sich das Mädchen auf einen niedrigeren Ast fallen ließ und über der Mauer baumelte. Die Rüschen ihres Kleides hatten sich in einem Zweig verfangen, so daß man ihren Hosenboden sehen konnte. Plötzlich ließ sie sich ins Gras herunterfallen und verschwand.

Die Schlange wiegte sich noch immer vor seiner Nase und schien es überhaupt nicht eilig zu haben. Bens Blick wurde glasig, der Hintergrund verschwamm. Er wünschte sich, die Augen zu schließen, aber das konnte die Schlange als Signal zum Angriff auffassen. Also riß er die Augen wieder auf, fest entschlossen, weiter Widerstand zu leisten. Vielleicht klappte es. Vielleicht auch nicht. Da entdeckte er Diamond über sich, die scheinbar aus dem Nichts aufgetaucht war. Ben hatte sie nicht kommen sehen, sie war einfach da, seine wunderbare Mum. Sie trug einen langen schwarzen Rock, der ihre nackten Füße streifte.

Ha! dachte er bei sich. So, Mrs. Schlange, jetzt haben Sie ein Problem. Meine Mum wird Sie totschießen!

Ben wappnete sich für den Schuß, bevor er bemerkte, daß Diamond ihr Gewehr überhaupt nicht bei sich trug. Er hatte gehofft, daß Phoebe seine mißliche Lage entdeckt und Hilfe geholt hatte, doch das schien wohl nicht der Fall zu sein. Zweifellos war sie nach Hause gerannt zu ihrem blöden Spielzeug und hatte ihn seinem Schicksal überlassen.

Anstatt das Gewehr zu holen, ließ sich Diamond im Schneidersitz hinter der Schlange nieder. Entsetzt wollte Ben ihr zurufen, sie solle verschwinden, weil sie nun selber in Gefahr war. Doch seine Mum legte stumm den Finger an die Lippen. Ben schossen die Tränen in die Augen, als er begriff, daß sie die Aufmerksamkeit der Schlange von ihm ablenken wollte.

Dann begann sie mit tiefer Stimme zu singen, ein seltsam monotones Lied, dessen gemurmelte Worte sich ständig wiederholten. Sie preßte die Handflächen an den Boden, als wolle sie der schrecklichen Schlange beweisen, daß sie keine Waffe trug. Ben war wütend: Wie konnte sie nur so dumm sein. Sie durfte nicht sterben, er liebte sie doch. Mum und Oma waren das ganze Leben für ihn. Diamonds Gesang glitt hinüber in den Rhythmus eines Schlafliedes. Die verfluchte Schlange streckte sich, wiegte sich stärker, während sie böse züngelte und zwischen den beiden Menschen hin- und herschwang. Sie will sehen, wen von uns sie besser erwischen kann, dachte Ben in Panik.

Die dunklen Augen seiner Mutter lenkten die Schlange allmählich von ihm weg. Ihr Gesicht trug einen so lieblichen Ausdruck, daß Ben tief betroffen war. Sie hätte einen großen Stock nehmen und das Biest verprügeln sollen, statt dessen gab sie sich dem Taipan preis. Ben löste seine Hand von dem Grasbüschel und zog sie ganz langsam weg, während die Schlange seiner Mutter lauschte. Die Windungen ihres Körpers glitten allmählich von ihm weg, der Kopf wandte sich in Diamonds Richtung. Sie sang weiter, sah zu, wie die Zunge verschwand und die Schlange sich verführerisch vor ihr wiegte, als wolle sie für sie tanzen.

Diamond war nun die lächelnde Zuschauerin und beobachtete die tanzende Schlange, bis sich diese langsam zurückzog. Ben kam es wie eine Ewigkeit vor.

Erleichtert kletterte er die Klippe hinauf. »Schnell, Mum! Töte sie, bevor sie verschwindet!«

»Nein«, gab sie zurück. »Sie lebt hier. Ich habe sie oft gesehen. Es ist ihr Zuhause. Du hast sie erschreckt.«

»Aber sie hätte mich gebissen und umgebracht.«

»Möglich. Nächstes Mal bist du vorsichtiger. Ich habe dir gesagt, du sollst nicht auf den Klippen herumklettern. In den Höhlen unter dem Rand leben viele kleine Tiere und Vögel. Du machst ihnen angst.«

Oma kam mit wehenden Röcken angelaufen und nahm ihn stürmisch in die Arme. »Das kleine Mädchen hatte solche Angst! Sie hat die Schlange gesehen und kam weinend zu uns. Geht es dir gut, mein Junge? Ach, Diamond, der Ärmste, bring ihn ins Haus!«

»Wo ist sie?« fragte Ben. »Das Mädchen, meine ich.«

»Nach Hause gegangen. Sie schämte sich für das zerrissene Kleid. Ich wollte es nähen, damit es keiner merkt, aber sie ist einfach zum Tor hinausgelaufen. Ich glaube, Miss Phoebe mag unseren kleinen Ben.«

»Pah!« sagte er wegwerfend. »Ich bin nicht euer kleiner Ben, und das Mädchen mag sowieso niemand.« Trotzdem überraschte es ihn, daß Oma ihren Namen kannte.

Wie peinlich, daß *sie ihn* gerettet hatte! Das zerstörte seine Tagträume, in denen er sich als ihr Beschützer sah. Sie mußte ihn für einen echten Trottel halten.

Während der nächsten Wochen änderte sich Bens Meinung jedoch. Phoebe war immerhin schlau genug gewesen, Hilfe zu holen, ohne die Schlange aufzuscheuchen. Jetzt stand er in ihrer Schuld. Verdankte ihr wahrscheinlich sein Leben. Eines Tages würde er da sein, wenn sie ihn brauchte, würde sie retten. Ein Piratenkapitän, der Lady Phoebe von einem sinkenden Schiff holt…

Die Damen zeigten sich von Lalla Thurlwells »langem Zimmer« verzaubert. Wie sie ihnen erklärte, hatte sie zunächst nicht gewußt, was sie mit diesem Raum anfangen sollte, da Somerset House bereits ein Empfangszimmer und einen Salon besaß.

»Man konnte es kaum als Wohnzimmer benutzen, weil es zu groß ist. Es zieht sich über die gesamte Breite des Hauses, und wegen der davorliegenden Veranda ist es auch nicht sonnig. Die großen Glastüren zum Fluß hinaus erinnerten mich an ein Treibhaus, und deshalb habe ich mich entschieden, den Raum auch dementsprechend einzurichten.«

Mrs. Sutcliffe, die Frau des Parlamentssprechers war begeistert. »Einfach perfekt. Diese himmlischen weißen Rattanmöbel inmitten der herrlichen Topfpflanzen und diese Palmen. Ich würde es als Studie in Grün und Weiß bezeichnen. Und so wunderbar kühl. Ich muß Ihnen wirklich gratulieren, Mrs. Thurlwell.«

Lalla strahlte. »Vielen Dank. Da ich Sie kaum bitten konnte, den Tee mit mir im Treibhaus einzunehmen, habe ich den Raum das ›lange Zimmer‹ getauft.«

Auch Mrs. Buchanan war hingerissen. »Die wunderbaren Teppiche und die kleinen Statuen sind das Tüpfelchen auf dem i, Mrs. Thurlwell. Darf ich so unverschämt sein zu fragen, woher Sie die ganzen Möbel haben? Sie wirken so robust und geräumig.«

Ihre Mutter, die berühmte Belle Foster, eine der wichtigsten Gastgeberinnen von Brisbane, sah sie mißbilligend an. »Clara! Sei nicht so unhöflich. Wie du selbst gesagt hast, ist diese Frage unverschämt.«

»Ich dachte doch nur …«, Clara schrumpfte förmlich in sich zusammen, »… wir könnten mit meinem Mann sprechen, bevor wir wieder aufs Land fahren. Wir brauchen neue Möbel, und die Entscheidung fällt mir schwer. Sie müssen die Hitze vertragen können.«

»Das tun sie«, meinte Lalla freundlich. »Ich werde Ihnen die Kataloge zuschicken. Wir haben die Stühle, Tische und Regale aus Hongkong kommen lassen.« Sie senkte die Stimme zu einem Flüstern. »Allerdings bekam William bei der Lieferung einen Schock.«

»Wieso? Wegen der Rechnung?« dröhnte Mrs. Foster.

Lalla kicherte. »O nein! Die Kosten spielten keine Rolle. Er war höchst beeindruckt von der Ware, vor allem von diesen geschwungenen Lehnsesseln. Als er dann hörte, daß ich sie alle weiß anstreichen wollte … na ja, Sie können es sich vorstellen! Doch ich sagte ihm, er solle mir einfach vertrauen, und machte mich an die Arbeit. Inzwischen hat er sich daran gewöhnt.«

Mrs. Foster sah sich um. »Gefällt mir. Das langweilige Bambusrohr hätte einfach nicht dieselbe Wirkung.«

Die Frauen drehten sich um, als Dr. Thurlwell in der Tür erschien. Lalla schwebte zu ihm hinüber. Ihre bestickte seidene Schleppe raschelte leise über den polierten Fußboden.

»Meine Liebe.« Er gab ihr einen Kuß auf die Wange. »Du siehst wunderbar aus.«

Die Gäste seufzten beim Anblick dieses galanten Ehemanns. Lalla sah wirklich hinreißend aus. Aus dem dichten blonden Haar, das sie seitlich zu zwei Rollen aufgesteckt trug, fielen neckische Strähnen hinab, wodurch ihr gutgeschnittenes Gesicht weicher wirkte. Das weiße figurbetonte Teekleid war ein Traum. Ein teurer Traum, wie alle insgeheim konstatierten, der von einer Smaragdbrosche am Spitzenkragen gekrönt wurde. Sie hatten gehört, daß sich diese Frau passend zu den Farben ihrer Empfangsräume kleidete, und hier war nun der endgültige Beweis.

»Die Damen wollten gerade gehen«, sagte sie zu ihrem Mann. Er wirkte enttäuscht. »So ein Pech, auf die Gesellschaft drei charmanter Damen verzichten zu müssen, aber die Pflicht rief. Ich hoffe, Sie haben einen erfreulichen Nachmittag verbracht.«

»Allerdings, Doktor. Der Tee war exzellent«, sprudelte Mrs. Sutcliffe hervor.

Mrs. Foster, eine üppige, hochgewachsene Frau, ergriff die

Gelegenheit, ihr eins auszuwischen. Das Amt des Parlamentsprechers von Mr. Sutcliffe beeindruckte sie überhaupt nicht. In Mrs. Fosters Augen waren Politiker die Diener des Volkes und sollten auch dementsprechend behandelt werden. »Weniger hätte ich von Mrs. Thurlwell auch nicht erwartet!« Als das Mädchen die Gäste zur Haustür begleitete, stieß William seine Frau an. »Hat es geklappt?«

Lalla lächelte zuversichtlich. »Natürlich. Biddy, wo ist Phoebe?« rief sie einem anderen Hausmädchen zu. »Ich möchte, daß sie sich von den Damen verabschiedet.«

»Ich kann sie nicht finden, Ma'am. Wir haben schon überall nach ihr gesucht.«

»Dann such noch einmal!« zischte Lalla und segelte hinüber in die weißgeflieste Eingangshalle.

Vor der Tür warteten zwei leichte Kutschen auf die Besucherinnen. Lalla plauderte, während sie innerlich vor Wut kochte. Wo war diese Göre? Sie hatte ihrer Tochter zwar befohlen, sich während der Teezeit nicht blicken zu lassen, sie sollte sich bereithalten, um den Damen auf Wiedersehen zu sagen. Typisch Phoebe, genau dann zu verschwinden, wenn man sie brauchte. Der Himmel mochte wissen, warum er sie mit einer Tochter gestraft hatte, die nicht nur lispelte und völlig unscheinbar aussah, sondern auch noch trotzig und schwierig war, und ihrer Mutter andauernd widersprach …

»Du lieber Gott!« stieß Mrs. Foster hervor, als Phoebe über den Rasen vor dem Haus auf sie zukam.

Lalla erstarrte. Sie war von Sauberkeit und Ordnung wie besessen. In ihrem Haus hatte alles seinen Platz und durfte keinen Zentimeter verrückt werden. Die Kleidung ihrer Familie mußte makellos, perfekt sauber, ohne lose Fäden oder Knöpfe sein.

Und nun dieser Auftritt! In Phoebes Haar fehlte eine Schleife, und der Zopf hatte sich gelöst. Ihr Kleid war zerrissen, ein Ärmel hing herunter, und eine Rüsche vom Saum schleifte lose über den Boden.

»Hallo!« grüßte sie fröhlich und ging automatisch auf Mrs. Foster zu, die am wichtigsten wirkte. »Hatten Sie einen schönen Tag?«

»Danke der Nachfrage. Was ist denn mit dir passiert, Kind? Bist du vom Baum gefallen?«

Phoebe grinste übers ganze Gesicht. »Ssstimmt. Woher wissen Sie das?«

»So etwas kommt vor.« Mrs. Foster zuckte die Achseln und stieg in die erste Kutsche. »In Zukunft solltest du die Äste prüfen, Kind. Denk dran.«

Lalla stand mit einem gezwungenen Lächeln neben ihrer unglückseligen Tochter, bis die Gäste verschwunden waren. Dann wandte sie sich an Phoebe. »Was ist passiert?«

»Ich bin vom Baum gefallen.«

»Ich habe dir gesagt, Damen klettern nicht auf Bäume!«

»Ja, aber –« Lalla schüttelte sie. »Dein Aber interessiert mich nicht. Und was hast du in diesem Aufzug draußen vor dem Tor gemacht?«

»Ich war nebenan. Ich habe den Nachbarjungen gesehen, und es war –«

»Wie bitte? Du bist nach nebenan gegangen?« Seit die Thurlwells Somerset House bezogen hatten, weigerten sie sich, ihre Nachbarn zur Kenntnis zu nehmen. Tatsächlich hatte William bereits des öfteren versucht, den Besitz am Ende des Point zu erwerben, doch die Deutsche, die dort lebte, hatte einen Verkauf strikt abgelehnt. So stand noch immer dieses unpassende bäuerliche Cottage neben dem Herrenhaus der Thurlwells.

»Ich mußte es tun«, verteidigte sich Phoebe, woraufhin Lalla ihr einen wütenden Schlag ins Gesicht versetzte.

»Rein mit dir, du mißratenes Ding. Biddy! Bade sie gründlich, damit sie wieder wie ein Mensch aussieht. Ich werde mich noch um sie kümmern.« Sie sah, wie ihr Mann die Stirn runzelte. »Warum schaust du mich so an? Willst du etwa, daß sie sich mit denen trifft? Willst du das?«

»Nein, natürlich nicht«, lenkte er ein. William fühlte sich

seiner Frau bei Auseinandersetzungen einfach nicht gewachsen. Sie war schlank und anmutig. Ihre Zartheit betonte sie mit den Pastellfarben und kostbaren Stoffen ihrer Kleider. Obwohl er sie liebte und bewunderte, überraschte es ihn doch immer wieder, wie aggressiv sie beim geringsten Widerspruch reagieren konnte. Im Laufe der Jahre hatte er gelernt, Lalla einfach ihren Willen zu lassen, statt ihren verbalen Zorn auf sich zu ziehen.

Zur Zeit standen wichtigere Fragen auf dem Spiel. William war ein überzeugter Gegner der Föderation. Seine Vorfahren gehörten zu den Pionieren der großen Viehauftriebe im Nordwesten von Queensland. Nun wollte ein Haufen Reformer alle australischen Staaten zu einem Commonwealth zusammenschließen, eine Entwicklung, die den Thurlwells und ihren Freunden nur Machtverluste und höhere Steuern einbringen würde. Eine Bundesregierung konnte nicht von Luft allein leben. Woher also sollte das Geld kommen, wenn nicht aus den Taschen der Leute, die bereits die Staatsregierungen unterstützten? William hielt die ganze Sache für albern und war froh, daß auch Lalla mit gewohnter Energie den Kampf aufgenommen hatte.

»Was hat Mrs. Foster gesagt?« fragte er.

»Sie ließ sich leicht überzeugen, da sie Politiker ohnehin nicht ausstehen kann. Beim Gedanken an einen weiteren Haufen dieser Spezies geriet sie in Wut. Sie wird unsere Bewegung mit Freuden unterstützen – auch in finanzieller Hinsicht, wie ich glaube.«

»Hervorragend. Und wie steht es mit Mrs. Sutcliffe?«

»Sie ist eine Närrin. Hat fallenlassen, daß Harold Sutcliffe die Föderation befürworte.«

»Tatsächlich? Das ist interessant. Er selbst hat den Eindruck erweckt, er sei dagegen, und bei Gott, er ist in dem Komitee, das einen Bericht zu der Frage vorlegen soll.«

»Vielleicht ändert er ja seine Meinung.« Lalla lächelte. »Keine Sorge, Mrs. Foster hat seiner Frau gut zugeredet. Als sie mit ihr fertig war, stand Mrs. Sutcliffe ganz auf unserer Seite und hat versprochen, mit ihrem Mann zu sprechen.«

»Falls er ihr zuhört.«

»Das wird er, wenn sie ihn daran erinnert, daß die Fosters einen Haufen Stimmen in seinem Wahlbezirk halten. Doch es gibt noch ein weiteres Problem. Clara Buchanan gestand mir, daß ihr Mann Gefallen an einer Union der Staaten findet. Sie wollte nicht, daß ihre Mutter es erfährt, damit sie keinen falschen Eindruck von ihm erhält.«

»Hast du es Mrs. Foster erzählt?«

»Natürlich nicht. Ben Buchanan hatte schon immer politische Ambitionen. Er könnte nützlich sein.«

»Dieser verdammte Idiot. Warum bleibt er nicht im Busch und kümmert sich um seinen eigenen Kram?«

»Weil seine Lage im Augenblick nicht gerade rosig ist. Er hat seine Viehstation im Norden verkauft und eine andere bei Charleville erworben. Ungefähr fünfhundert Meilen westlich von hier. Anfangs ging alles gut, doch nun herrscht eine Dürre. Außerdem ist er gern in der Stadt.«

»Aber er ist gegen uns«, gab William zu bedenken.

»Nicht unbedingt. Ich würde vorschlagen, wir suchen nach einem Weg, um Ben Buchanan ins Staatsparlament zu schikken. Unter der Bedingung, daß er sich unserer Bewegung anschließt. Diese Chance wird er sich nicht entgehen lassen.«

William lachte. »Meine Liebe, du solltest selbst Politikerin werden.«

»Nein. Auch wenn Damen zugelassen wären, würde es mir an Geduld fehlen. Buchanan können wir leicht umstimmen. Wir müssen ihn nur ermutigen. Am besten laden wir Clara und Ben zu uns ein, bevor sie nach Hause fahren. Das sollte eigentlich reichen.«

»Jetzt hör mal zu, Kleine«, sagte Biddy, während sie Phoebes Haar bürstete. »Widersprich nicht immer deiner Ma. Sei einfach still.«

»Sie hat mich schon wieder geschlagen!« schnappte Phoebe zurück.

»Gib nichts drauf. Sie war erschreckt, weil du dein Kleid zerrissen hast, und dachte bestimmt, du seist überfallen worden.«

»Und wenn sschon? Ist dass ein Grund, mich zu sschlagen? Ssie ist ein Biest, ich hasse sie.«

»Oh, Herr im Himmel, so etwas darfst du nicht sagen. Wenn du dich aufregst, fängst du wieder an zu lispeln. Komm, wir üben zusammen: süße Soße, saure Sahne.«

Phoebe wiederholte die Worte ohne die Spur eines Lispelns. Biddy lächelte. »Na, bitte. Du kannst das sehr gut. Du vergißt es bloß immer, wenn du dich ärgerst.«

»Mutter sieht das anders …«, erwiderte Phoebe und gab sich besondere Mühe mit der Aussprache. »Sie … sagt … ich sei ein Dummkopf.«

»Aber nein!« meinte Biddy, doch Phoebe hatte recht. Besorgt band sie ihr eine Schürze um. Es war gut und schön zu sagen, daß man Kinder nicht hören, sondern sehen sollte, doch dieses arme Ding durfte in Gesellschaft nie den Mund aufmachen. Deshalb hatte man sie am Nachmittag aus dem Weg geschafft. Als sich die Besucher verabschiedeten, wollte ihre Mutter sie wie ein Püppchen vorführen. Die Missus war schuld an Phoebes Lispeln, weil sie das Mädchen so herumstieß. Mit den Dienstboten und ihrem Vater kam die Kleine viel besser zurecht. Und je schlechter sie von ihrer Mutter behandelt wurde, desto mehr lehnte sie sich dagegen auf, dachte Biddy. Sie selbst hatte auf die harte Tour gelernt, den Mund zu halten. Doch wie sollte sie das einem Mädchen erklären, das mit einem goldenen Löffel im Mund zur Welt gekommen war? Biddy war noch keine dreißig, doch im Vergleich zu Phoebe kam sie sich vor wie Methusalem.

In Phoebes Alter lebte Biddy Donovan, die Tochter irischer Einwanderer, in dem Hüttenviertel im Süden der Stadt. Jim Donovan hatte sich abgerackert und jeden Penny gespart, um mit seiner Familie herzukommen. Er wünschte sich ein besseres Leben und ein gesünderes Klima für seine lungenkranke Frau. Doch die lange Reise war zu viel für sie gewesen. Sie starb, als das Schiff in der Moreton Bay anlegte.

Jim wollte unbedingt das Versprechen halten, das er seiner sterbenden Frau gegeben hatte. Er würde sich um die Mädchen kümmern. Bald fand er einen Job als Straßenarbeiter und mietete für seine Familie ein Häuschen mit zwei Zimmern in Fortitude Valley. Traurig erinnerte sich Biddy daran, wie er selbst auf der winzigen Veranda übernachtete und seine Mädchen – die sechzehnjährige Maureen, die dreizehnjährige Tess und Biddy, die damals zwölf war –, die im Zimmer hinter ihm schliefen, bewacht hatte. Ihr mutiger Papa!

Maureen übernahm die Aufgabe der Haushälterin. Jim gelang es, Tess und Biddy auf die Schule am Ende der Straße zu schicken. Der Unterricht war teuer, eigentlich ein Luxus für eine Familie, die Irland wegen der Hungersnot verlassen hatte. Daher mußte Maureen in diesem so reichen Land äußerst sparsam wirtschaften. Als Gegenleistung für ihre Ausbildung bestand Jim darauf, daß die jüngeren Mädchen das Gelernte mit Maureen teilten. Er saß immer dabei, hörte zu und fragte die Mädchen, ob er es aus Spaß auch einmal versuchen könne. Sie schlossen ihn freilich in ihren Unterricht ein, obwohl sie wußten, daß Papa niemals lesen und schreiben gelernt hatte. Er war noch eifriger auf Bildung bedacht als sie. Der arme Papa!

Dann kam der Tag, an dem sie nach der Schule einen kalten Herd ohne Essen vorfand. Maureen lag blutend und zusammengerollt auf ihrem Bett.

Jims Zorn war furchtbar. Die Nachbarn versuchten vergeblich, ihn zu beruhigen. Zum ersten, aber nicht zum letzten Mal hörte Biddy das Wort »Vergewaltigung«. Da Maureen den ganzen Tag allein zu Hause war, hatte sie ein willkommenes Opfer für den Vermieter abgegeben. Er kam unter dem Vorwand, das Haus zu inspizieren, herein und fiel dann über sie her.

Biddy hörte noch immer das Weinen ihres Vaters, der sich

die Schuld an dem gab, was Maureen zugestoßen war. Sie hörte noch immer das Flüstern der Frauen – Maureen hätte sich nicht wehren sollen, dann wäre sie auch nicht so zugerichtet worden. Es dauerte lange, bis sich Biddys Zorn legte, bis sie sich nicht mehr wehrte, sondern den Kopf beugte und das harte Leben in der Fabrik akzeptierte. Als sie schließlich eine bessere Stelle als Dienstmädchen gefunden hatte, waren die Tage des Kämpfens vorüber. Biddy konnte sich nun verbeugen, »Ja, Sir, nein, Sir« sagen und sich ihren Teil dabei denken. Das wollte sie auch Phoebe beibringen.

Nie würde sie Maureen vergessen, wie sie mit bandagiertem Kopf im Krankenhaus lag. Ihr Gesicht war zu einem purpurfarbenen Ballon angeschwollen, die blutunterlaufenen Augen blickten wild und verzweifelt. Sie hatte sich nicht mehr erholt und starb sechs Jahre später im Irrenhaus. Die Nachbarn sagten, der Vermieter, Tom Cranston, ein grobschlächtiger, alter Metzger, habe den Verstand aus ihr herausgeprügelt.

Als Jim ihn zur Rede stellte, stritt er alles ab, trotz der Kratzer in seinem Gesicht. Daraufhin riß Jim ihm die Kleider vom Leib und entdeckte die langen Fingernagelspuren auf Brust und Rücken, die er Maureen verdankte. Er schlug Cranston zusammen, was keinen verwunderte. Eigentlich wäre die Sache damit zu Ende gewesen, wenn Jim nicht im Krankenhaus festgestellt hätte, daß Maureen niemanden mehr erkannte und wohl auch niemals mehr erkennen würde.

Da nahm Jim Donovan ein Gewehr und erschoß Cranston vor seinem Laden. Biddys Vater verbüßte noch immer seine lebenslängliche Strafe im Gefängnis von Brisbane.

Die Nachbarn schoben die Donovan-Mädchen von einem Haus zum anderen, bis sie die Schule beendet hatten und in einem Arbeitshaus landeten. Danach lebten sie allein in einem Kellerraum im Hüttenviertel. Biddy konnte nie ganz begreifen, daß Tess auf die Straße gegangen war und nun davon lebte, was Maureen das Leben gekostet hatte.

Als Biddy es schließlich zum Dienstmädchen gebracht hatte,

wußte sie nichts Genaues über Männer; sie wollte einfach nur ihre Arbeit tun, ein sauberes Zimmer haben und bezahlt werden … mit anderen Worten, ein sicheres Leben führen. Biddy störte es nicht weiter, wenn andere sie damit aufzogen, daß sie eine alte Jungfer werden würde. Sicherheit ist besser als Herzeleid, sagte sie immer. Sie hatte ihren Vater im Gefängnis besucht, bis er ihr eines Tages befahl, sie solle nicht mehr kommen. Ein Knastbruder als Vater würde sich nicht gut in ihrem Lebenslauf machen. Er gab ihr seinen Segen. Sie solle ein gutes Mädchen sein und ihn in ihre Gebete einschließen. Tess erwähnte er mit keinem Wort, und auch Biddy hatte jeglichen Kontakt zu ihrer Schwester verloren.

Die Köchin sagte einmal: »Das Unglück ist nicht wählerisch. Reich und arm, es kann jeden treffen. Und in meinen Augen ist Miss Phoebe ebenso unglücklich wie wir als Kinder. Eine Schande, daß ihr Vater nicht mal den Mund aufmacht. Ein richtiger Weichling.«

Als die Tür aufging, schreckte Biddy aus ihren Erinnerungen hoch und hielt eine passende Antwort bereit. »Hier ist sie, Madam, und besser als neu.«

Lalla beachtete sie nicht, sondern griff erneut das Kind an. »Wie kannst du es wagen, auf Bäume zu klettern!«

»Ich wollte meinen Ball holen.«

»Dafür haben wir Gärtner. Warum hast du keinen gerufen?«

»Habe ich vergessen.«

Sie packte Phoebe am Ohr und zog sie ans Fenster. »Du lügst. Du bist absichtlich auf den Baum geklettert, um nach nebenan zu kommen. Zieh deine Kleider aus!«

Biddy wußte genau, was nun kam, nahm ihren Mut zusammen und sagte: »Entschuldigen Sie, Madam, aber sie ist vom Baum gefallen. Ein Glück, daß sie nicht verletzt ist.«

»Habe ich dich nach deiner Meinung gefragt?« zischte Lalla. Sie tippte ungeduldig mit dem Fuß, während Phoebe Schürze und Kleid auszog und ihr trotzig in Unterhemd und Hosen gegenübertrat.

»Nun«, ihre Stimme war leise und drohend, »du bist ohne Ball nach Hause gekommen. Wo ist er?«

»Isst wohl noch im Baum«, lispelte ihre Tochter.

»Hör auf mit dem kindischen Gerede! Du bist nicht vom Baum gefallen, ich sehe nicht einen Kratzer. Du wolltest mich ärgern, oder etwa nicht?«

»Nein!« schrie Phoebe. »Ich habe den Jungen gesehen und die Schlange, und er hatte Angst und konnte sich nicht bewegen, also bin ich zu seiner Mutter gelaufen und habe es ihr gesagt, und sie ist rausgekommen und die deutsche Dame auch.«

»Ha! Hast du das gehört?« sagte Lalla zu Biddy. »Sie ist gar nicht vom Baum gefallen.« Sie schüttelte Phoebe. »Oder etwa doch?«

»Nein. Ich bin gesprungen. Ich mußte doch schließlich seine Mutter holen.«

»Na bitte, da haben wir die halbe Wahrheit, du missratenes Ding! Plötzlich steht sie als Heldin da. Eine Schlange! Wenn tatsächlich eine da war, wären die Leute sicher auch ohne dich zurechtgekommen.«

»Ich mußte ihnen Bescheid sagen.«

Lallas Stimme wurde trügerisch ruhig. »Verstehe. Du hast also eine Schlange in ihrem Garten gesehen und bist völlig unerschrocken hinuntergesprungen, anstatt auf dem sicheren Baum zu bleiben. Und dann?«

Biddy bemerkte, daß Phoebe das Interesse ihrer Mutter für echt hielt und bei der atemlosen Erklärung sogar das Lispeln vergaß.

»Du hättest sehen sollen, was passiert ist! Der Junge konnte sich nicht bewegen, weil die große Schlange direkt vor ihm war. Sie wiegte den Kopf hin und her und konnte jederzeit beißen, daher bin ich zum Haus gerannt und habe den beiden Damen Bescheid gesagt.«

»Damen!« Lallas Stimme klang angewidert.

Phoebe war nicht zu bremsen. »Ich habe ihnen von der Schlange erzählt, und die Mutter des Jungen ging hinunter und setzte sich hinter die Schlange ins Gras und sang leise ein kleines Lied, das wir kaum hören konnten.«

»Wer ist wir?«

»Die deutsche Dame. Du weißt schon.«

»Ich weiß gar nichts!«

Biddy unterdrückte einen Seufzer. Die Thurlwells lebten seit mehr als zwölf Jahren neben Mrs. Beckman.

»Egal, seine Mutter saß bloß ganz dicht bei der Schlange und sang, und diese wandte sich von dem Jungen ab und zu seiner Mutter, und sie hat ihr lange zugehört, und es ist nichts passiert. Dann ist sie irgendwann davongekrochen, als hätte die Mutter ihr gesagt, sie solle brav sein und verschwinden.«

»Verstehe. Sie hat der Schlange also befohlen, nach Hause zu gehen?«

»Ja.«

Lalla holte blitzschnell aus und versetzte ihrer Tochter eine so heftige Ohrfeige, daß Phoebes Kopf gegen die Fensterbank schlug. Biddy schoß in die Höhe, als sei sie selbst geschlagen worden, traute sich aber nicht, einzugreifen.

»Ein Haufen Lügen! Soll ich diesen Mist etwa glauben? Du hast mit dem Jungen gespielt. Hat er dich angefaßt?« Sie schüttelte ihre Tochter. »Wo hat er dich berührt?«

»Nirgendwo!« schrie Phoebe.

»Du hast also mit ihm gespielt!«

»Nein.«

Lalla holte die Rute aus dem Schrank. Sie zwang ihre Tochter, sich über einen Stuhl zu beugen, und schlug sie, bis ihr Zorn verraucht war. Dann wandte sie sich erschöpft an Biddy. »Eigentlich müßte sie untersucht werden.«

»O nein, Ma'am«, flehte Biddy.

Phoebe hatte die ganze Zeit keinen Laut von sich gegeben. Unvermittelt sagte sie jetzt zu ihrer Mutter: »Ich hasse dich!«

Lalla seufzte und ordnete vor dem Spiegel ihre Frisur. »Nein, das tust du nicht. Ich habe noch nie erlebt, daß sich ein Kind solche unglaublichen Geschichten ausdenkt. Du kommst jetzt in die Pubertät, da muß ich wohl noch besser auf dich aufpassen. Biddy, sie denkt, man hätte ihr übel mitgespielt, aber eine Mutter hat gewisse Pflichten. Ich weiß, auf welche Ideen Mädchen kommen können.«

»Sprechen wohl aus Erfahrung«, murmelte Biddy.

»Wie bitte?«

»Ist eine schlimme Erfahrung«, improvisierte Biddy eilig.

»Allerdings. Bring sie zu Bett. Ohne Abendessen.«

»Aber sie hatte auch keinen Tee.«

»Dann eben Wasser und Brot.«

Biddy stupste das Mädchen an, während sie ihm das Nachthemd über den Kopf streifte. Phoebe wußte genau, daß Biddy ihr nicht nur Wasser und Brot, sondern auch einige Leckereien bringen würde, eingewickelt in Lallas gute Damastservietten. Sie liebte Biddy und verstand, warum die Dienstboten ihrer Mutter nicht widersprechen konnten, so gemein sie auch sein mochte. Aber sie selbst konnte es. Um ihr den Mund zu verschließen, müßte ihre Mutter sie schon umbringen.

Als die Erwachsenen das Zimmer verlassen hatten, legte sich Phoebe auf den Bauch und stöhnte vor sich hin. Ihr Ohr tat weh, und der Hintern brannte wie Feuer. Sie schwor sich, es ihrer Mutter irgendwann einmal, vor all ihren wichtigen Freunden, heimzuzahlen – wenn sie erst ihr Lispeln überwunden hatte. Sie würde so gern eine richtige Szene machen …

Sie dachte wieder an die Nachbarn. Warum haßte ihre Mutter sie nur? Die Mutter des Jungen war sehr würdevoll und hatte wunderschöne dunkle Augen. Sie war nicht in Panik geraten, als Phoebe ihr von der Schlange erzählte; ihr Lächeln wirkte so zärtlich, als habe sie das Mädchen schon immer gekannt. Die alte Dame reagierte ängstlich und hatte sich an Phoebe festgeklammert, während sie sich das Drama ansahen. Für das Mädchen war es tröstlich und ungewohnt gewesen, sich in die Röcke dieser rundlichen Dame zu kuscheln, die so gut nach sauberem, gebügelten Leinen duftete. Lalla hingegen verströmte immer einen überwältigenden Hauch von Parfum.

»Du bist ein gutes Kind«, hatte die deutsche Dame gesagt, als die Schlange verschwand. »Komm herein, dann stopfe ich dir dein Kleid.«

»Nein, nein! Vielen Dank, aber ich muß gehen.« Phoebe war davongelaufen und hatte sich keine Gedanken über ihr zerrissenes Kleid gemacht, bis sie über den Rasen kam, die gaffenden Frauen und den kalten Blick ihrer Mutter sah.

»Biddy«, erkundigte sie sich, als das Hausmädchen mit dem armseligen Tablett und der heimlichen Zuteilung an Hähnchensandwiches und knusprigen Nußplätzchen auftauchte. »Was hat meine Mutter gegen unsere Nachbarn?«

»Keine Ahnung«, antwortete Biddy ohne jeden weiteren Kommentar.

»Es stimmt, was ich Mama erzählt habe. Das mit der Schlange.«

»Ich glaube dir ja, aber laß es jetzt gut sein, Liebes. Laß es einfach gut sein.«

Die Geschichte mit der Schlange war lange vergessen. Die Jahre vergingen, und Diamond sorgte sich zunehmend um die Zukunft ihres Sohnes.

»Ben ist vierzehn, Oma. Wir müssen eine Stelle für ihn finden. Er kann doch nicht weiter für uns als Gärtner und Mädchen für alles arbeiten; er braucht einen *richtigen* Beruf.«

»Ich weiß, meine Liebe, ich weiß.« Auch Gussie Beckman machte sich Gedanken. »Ich habe mich schon erkundigt, aber sobald ich erwähne, daß er farbig ist, winken alle ab. Ich erzähle ihnen, daß er gebildet ist und gutes Englisch spricht, aber sie hören überhaupt nicht zu.«

Diamond lächelte. »Irgend etwas wird sich ergeben. Als ich in dem Alter war, hast du auch eine Stelle für mich gefunden.«

»Als Hausmädchen. Du hättest etwas Besseres verdient«, erwiderte Oma und rümpfte die Nase.

»Mehr konntest du für ein schwarzes Mädchen nicht tun,

und ich habe es doch geschafft. Du bist müde, und die Nacht ist kalt. Geh ins Bett, ich werde dir einen heißen Kakao machen.«

Gussie legte die Stickerei weg und erhob sich schwerfällig aus dem Sessel. »Gott, ich werde zwar alt, Liebes, aber meinen Kakao kann ich mir noch selber kochen.«

»Das wirst du aber nicht. Ab ins Bett, ich habe es schon aufgedeckt.«

Die alte Frau zog sich den Schal enger um die Schultern. »Du verwöhnst mich viel zu sehr.«

»Dich verwöhnen?« wiederholte Diamond. »Nach allem, was du für mich getan hast? Mach, daß du ins Bett kommst.« Sie ging in die Küche, zündete das Feuer an und setzte die Milch auf den Herd. Dann betrachtete sie vom Fenster aus die funkelnden Lichter von Brisbane am anderen Flußufer und erinnerte sich an das zwölfjährige Aborigine-Mädchen, das der Kapitän und Gussie Beckman voller Güte adoptiert hatten.

Als die Beckmans sie mit nach Hause nahmen, war sie vor Angst völlig außer sich gewesen. In der ersten Nacht verbarg sie sich im Holzschuppen und weigerte sich, herauszukommen. Doch sie hatten Geduld bewiesen und allmählich ihr Vertrauen gewonnen. Gussie sagte oft, daß Diamond ihr Leben völlig verändert und die Einsamkeit einer Seemannsfrau in einem fremden Land vertrieben hatte. Sie nannten sie Diamond nach der Gräfin Diamantina, der Frau des Gouverneurs von Queensland. Die Gräfin kam aus Europa. Da Gussie Deutsche war und mit dem neuen Land und der fremden Sprache zu kämpfen hatte, erkor sie diese Frau zu ihrer Heldin. Gussies Ehemann befuhr als Kapitän eines Handelsschiffes, dessen Heimathafen Brisbane war, die Route zwischen Melbourne und Java. Er kam oft monatelang nicht nach Hause. Die ersten Jahre in Brisbane verliefen für Gussie sehr unglücklich. Bis Diamond auftauchte. Gussie nahm sich ihrer mit aller aufgestauten Liebe und Energie an. Sie brachte ihr Englisch bei, das Diamond auch heute noch mit einem leichten deutschen Akzent sprach, lehrte sie kochen und nähen. Später übernahm Gussie ihre Schulausbildung, als sei Diamond ihre eigene Tochter. Wenn der geliebte Kapitän nach Hause kam, geriet das ganze Haus in Aufregung. Diamond las ihm vor und zeigte ihm die Aufgabenhefte, in denen sie mit Gussies Hilfe schreiben und rechnen geübt hatte. Natürlich erst nach dem Festessen, das Gussie zur Feier des Tages zubereitet hatte.

Diamond seufzte beim Gedanken an dieses Willkommenessen. Bis das Schicksal zugeschlagen hatte, waren sie eine glückliche kleine Familie gewesen, genau wie jetzt mit Ben. Doch auch das augenblickliche Trio würde nicht von Dauer sein. Sie wußte so viele Dinge, die sie anderen Menschen nicht erklären konnte. Erdgeschichten, Ursprüngliches Wissen ihres Stammes, das von einer anderen Bewußtseinsebene herrührte, an der sie niemals gezweifelt hatte. An Ben konnte sie es nicht weitergeben, da er die Familientraditionen der Aborigines nicht kannte. Sein Vater war ein Weißer. In der erlernten Sprache bezeichnete Diamond diese Gedanken als Intuition und beließ es dabei, doch sie wußte, daß über ihrem Glück ein Sturm aufzog. Manchmal saß sie nachts stundenlang am Rand der Klippen und suchte nach einem Leitstern, einem Muster an diesem wunderbar geordneten Himmel, nach einem Plan, der Ben seinen Lebenspfad weisen könnte.

Als die Milch schließlich überkochte, sprang sie auf, rettete die Überreste und säuberte den Herd. Dann machte sie Gussies Tablett fertig.

Oma – Ben benutzte immer das deutsche Wort für Großmutter – kniete im Nachthemd neben dem Bett und betete. Wie immer stimmte Diamond in den letzten Vers mit ein. »Gott segne unseren lieben Kapitän, und er wache im Himmel über uns. Amen.«

Als Gussie bequem im Bett lag, reichte Diamond ihr das Tablett. »Ben scheint fest entschlossen, auch zur See zu fahren«, sagte sie, doch die alte Dame schüttelte den Kopf.

»Das darfst du nicht zulassen. Nicht, weil das Schiff des Kapitäns untergegangen ist; das war der Wille Gottes. Aber das Leben eines farbigen Jungen auf einem Schiff wäre entsetzlich, völlig wertlos. Er könnte es höchstens zum einfachen Matrosen bringen. Da ist das Überleben schon schwer genug. Diamond, er ist ein hübscher Junge!«

Diamond lachte. »Ich weiß. Ich bin stolz auf Ben, weil er so schön ist. Diese wunderbare olivbraune Haut und das glatte braune Haar, das er von seinem Vater geerbt hat. Es ist nicht so kraus wie meines. Wenn er erwachsen ist, wird er ein gutaussehender Mann. Was sollte daran falsch sein?«

Während sie dies sagte, entdeckte Diamond die Angst in Gussies Augen. »Oma, was ist denn los?«

»Gib mir meinen Rosenkranz«, sagte Oma. Sie umklammerte ihn fest und flüsterte: »Der Kapitän hat niemals über solche Dinge gesprochen, aber ich bin mit ihm gereist. Wenn keine Frauen da sind, tun Männer seltsame Dinge. Als ich an Bord war, peitschte er einmal einen Mann aus, der einen Matrosen angegriffen hatte. Ich besuchte das Opfer im Krankenrevier und war schockiert. Weil ich die Sache noch immer nicht verstand, durchkämmte ich die Logbücher nach ähnlichen Auspeitschungen und habe sie auch gefunden. Die Männer wurden wegen Unzucht bestraft. Und nun höre mir gut zu. Ben würde an Bord eines Schiffes sehr gefährlich leben und stünde als farbiger Junge vermutlich nicht einmal unter dem Schutz der Offiziere.«

»Wenn jemand meinen Sohn anfaßt, werde ich ihn verfluchen, daß er es nicht überlebt«, erwiderte Diamond entschlossen.

»Ein bißchen spät. Ich mache mir Vorwürfe, weil ich ihm die ganzen Geschichten über den Kapitän in den Kopf gesetzt habe. Dadurch kennt er nur den angenehmen Teil des Seemannslebens.«

»Nein, nein! Die Erinnerung an den Kapitän hat uns zur Familie gemacht. Wenn Ben darauf besteht, müssen wir ihm die Sache eben erklären. Als erwachsener Mann kann er dann seine eigenen Entscheidungen treffen.«

Auf dem Weg in die Küche warf Diamond einen Blick in Bens Zimmer. Ihr Sohn schlief tief und fest unter der weichen Decke mit dem bestickten Überzug. Er hatte einen Arm weit ausgestreckt und wirkte so verletzlich, daß sie es kaum ertragen konnte.

Hätte sie ihm noch mehr beibringen können? Wie man sich schützte? Welchen Schutz gab es denn überhaupt? Ihr Wissen darüber stammte aus den Nebeln der Zeit, wie etwas, das immer schon existiert hatte. Ben war zur Hälfte weiß. Würde ein Teil dieses Wissens, dieser mystischen Wahrnehmung jemals zu ihm durchdringen? Er war nicht mit der Schlange fertig geworden. Wenn sie nicht gekommen wäre, um das Tier zu beruhigen, hätte es ihn vielleicht gebissen.

Diamond erinnerte sich an den Zwischenfall mit der grausamen Haushälterin, von dem sie Gussie niemals erzählt hatte.

Als der Tod des Kapitäns gemeldet wurde, brach ihre ganze Welt zusammen. Da sie völlig mittellos dastand, sah sich Gussie gezwungen, zu ihrer Familie nach Deutschland zurückzukehren, doch sie konnte Diamond nicht mitnehmen.

»Sie hat ihr Bestes getan«, murmelte Diamond.

Gussie hatte für sie eine Stelle mit Unterkunft als Hausmädchen gefunden und ihr alles Geld, das sie entbehren konnte, gegeben.

»Im Grunde war ich damals noch immer eine Wilde«, erinnerte sie sich. Wie sie unter den Kränkungen und Schlägen der Haushälterin gelitten hatte. Wenn sie an die Folgen dieser Mißhandlungen dachte, empfand sie noch immer Schuldgefühle. Die Haushälterin starb an einem Schlangenbiß, und das Tier war nicht zufällig in ihr Zimmer geraten …

Nein, diese Geschichte würde Gussie nicht gefallen. Ansonsten hatte sie ihr fast alles erzählt. Wie sie nach Norden gereist war und gelernt hatte, sich schwarze wie weiße Männer vom Leib zu halten, bis sie sich schließlich in Ben Buchanan verliebte, den Inhaber der Caravale-Viehstation. Sie erlebte eine wunderbare Zeit voller Romantik und hoffte, mit Ben als Liebhaber endlich ein Zuhause zu finden, doch es kam anders. Ben beschloß, eine weiße Frau zu heiraten, und wies Diamond kalt aus dem Haus.

Einige Jahre lang hatte sie jede Arbeit übernommen, um sich durchzuschlagen. Schließlich schloß sie sich einigen Freunden an, die zu den Palmer-Goldfeldern im Norden zogen. Ursprünglich lag Diamonds einziges Ziel darin, Mitglieder ihres eigenen Stammes, der Irukandji, zu treffen. Doch die Stammesangehörigen zeigten ihr die Goldvorkommen, so daß sie für den Rest ihres Lebens ausgesorgt hatte.

Dann erfuhr sie, daß sich auch Ben Buchanan auf den Goldfeldern aufhielt und wie so viele andere krank geworden war. Er hatte Fieber. Diamond war glücklich, ihn zu pflegen, und brachte ihn an die Küste. Sie konnte es kaum erwarten, ihm die gute Neuigkeit zu berichten, daß sie heimlich ein Versteck mit Goldnuggets angelegt hatte. Mit der Gesundheit kehrte jedoch auch sein altes Selbst wieder zurück, der arrogante Viehzüchter, der sie voller Verachtung als ›Niggerfrau‹ behandelte und schließlich – mittellos, wie er glaubte – in einer kleinen Hafenstadt im Norden zurückließ.

Wieder hatte er Diamond das Herz gebrochen, doch nun war sie außerdem schwanger. Sie kehrte nach Brisbane zurück, fest davon überzeugt, daß kein Geld der Welt ihr den geliebten Mann ersetzen könne.

Sie schloß Bens Zimmertür und ging zurück in die Küche.

Die Zeit hatte die Wunden geheilt, und sie empfand diesem Mann gegenüber keine Verbitterung mehr. Die Geburt ihres Sohnes war die größte Freude ihres Lebens. Das Gold erwies sich dabei selbstverständlich als äußerst nützlich. Diamond hatte das Haus gekauft, was sich nicht einfach gestaltete, da niemand an eine ›Niggerfrau‹ verkaufen wollte. Daher schrieb sie an ihre Adoptivmutter und lud sie ein, nach Australien zurückzukehren. Gussie Beckman war überglücklich, von ihr zu hören. Seit Jahren hatte sie von den Almosen ihrer Verwandten gelebt, die sie nicht mochten, und so bestieg sie das erstbeste Schiff nach Brisbane.

Da eine Aborigine mit einem Haufen Gold zuviel Aufsehen erregt hätte, verkaufte ihr Anwalt Joseph Mantrell die Nuggets nach und nach. Er eröffnete ein Konto auf den Namen Augusta Beckman, und auch das Haus kauften sie auf Gussies Namen. Als Diamond ihm berichtete, daß die nördlichen Goldvorkommen noch lange nicht erschöpft seien, legte er Geld für sie – und ganz nebenbei auch für sich – in Goldaktien an, was sich für beide Seiten zu einem profitablen Unternehmen entwickelte. Nur Mantrell wußte, daß seine ruhigen, zurückhaltenden Mandantinnen reiche Frauen waren.

Über den Hügeln zog der Donner auf, und Diamond schloß die Fenster an der Vorderseite des Hauses. Das kommende Gewitter machte sie nervös. Auch in ihrem Leben zog ein Unwetter auf, und sie wußte nicht, wie sie es verhindern sollte.

»Wir müssen etwas für Ben finden«, flüsterte sie. »Ich will ihn auf einen sicheren Weg führen, auf dem er nicht dieselben Demütigungen zu erleiden hat, die ich erdulden mußte.«

Als Gussie mit der guten Neuigkeit heimkehrte, daß sie für Ben eine Stelle gefunden hatte, war seine Mutter begeistert. »Wo denn, Oma? Erzähl schon.«

»Es ist nichts Besonderes«, sagte Gussie und nahm den Hut ab. »Ich entdeckte ein Schild mit der Aufschrift ›Junge gesucht‹ und bin gleich hineingegangen. Ich habe mich mit Mr. O'Neill, einem netten Mann, unterhalten. Er besitzt große Stallungen und eine Sattlerei in New Farm.«

»Und was soll Ben für ihn tun?«

»Er sagte, er könne als Stallbursche anfangen und den Umgang mit Pferden lernen. Wenn er tatsächlich ein guter Junge sei –«

»Du hast gesagt, er sei ein guter Junge?« fragte Diamond eifrig nach.

»Warum nicht? Ich sagte, er sei ein guter Junge, aus gutem

Haus und gebildet. Mr. O'Neill war überrascht, als er erfuhr, daß Ben lesen und schreiben kann, obwohl –«

»Obwohl er farbig ist?« ergänzte Diamond.

»Genau. Laß den Kopf nicht hängen, Kleines. Mr. O'Neill erklärte mir, er habe selbst einen Sohn, der ein bißchen älter ist als Ben und sich mit dem Lernen furchtbar schwergetan hat. Heißt Cash oder so ähnlich. Er arbeitet jetzt in der Sattlerei, und deshalb brauchen sie einen Stallburschen. Ben hätte dann Gesellschaft.«

»Falls man ihn akzeptiert«, meinte Diamond.

»Ach was! Jungen sind alle gleich. Ich werde morgen früh mit Ben hingehen. Wo steckt er denn?«

»Ich weiß nicht, er ist nach dem Essen weggegangen. Wahrscheinlich wieder zu den Docks.« Sie sah Gussies mißbilligenden Blick. »Ich kann ihn doch nicht einsperren, er ist kein Baby mehr!«

»Ja, ich weiß. Doch er wird ja bald arbeiten und keine Zeit mehr haben, sich dort herumzutreiben.« Sie nahm ihre Geldbörse heraus und legte einige Sovereigns auf den Tisch. Gussie hatte jeden Monat die Aufgabe, Geld von der Bank zu holen und die Konten zu überprüfen. Manchmal ging Diamond mit und wartete draußen. Anschließend machten sich die beiden Frauen einen schönen Tag und spazierten durch den Botanischen Garten, den Diamond so liebte. Früher hatte sich Ben auf diese Ausflüge gefreut, dann aber das Interesse daran verloren. Allerdings ging er noch immer gern mit ihnen auf die Märkte, um den Rufen der Marktschreier zu lauschen, kandierte Äpfel zu essen und mit seinen Freunden zu plaudern.

Auf den Samstagsmärkten hatte Diamond zum ersten Mal die zerlumpten Bettler gesehen, Bens Freunde von den Docks. Sie taten ihr leid, doch sie erkannte auch die schlauen, berechnenden Blicke ihrer Augen, die vorzeitig gealtert waren, und machte sich Sorgen um ihren Sohn. Immer wieder versuchte sie, Ben davon zu überzeugen, daß dies kein Umgang für ihn sei, doch sie predigte tauben Ohren. Keines der weißen Kinder aus der Nachbarschaft durfte mit ihm spielen, und er schien auch gar nicht an ihnen interessiert zu sein. Die nötige Freude und Unterhaltung fand Ben dort unten auf den Docks, wo er gleichaltrige Freunde getroffen hatte. Dachte er zumindest.

»Ich habe den Kontoauszug mitgebracht«, sagte Gussie.

Die Frauen studierten die gestochene Handschrift. Dies war die Quelle ihres Lebensunterhalts, und sie überprüften den Beleg sorgfältig auf Abweichungen in der festen Überzeugung, daß die Banken sie betrügen könnten. Diamonds Gold war kein Gesprächsthema mehr, sie erwähnten nur den gemeinsamen Notpfennig, der dank ihres sparsamen Lebensstils und des Erfolges an der Börse noch immer bei mehr als zehntausend Pfund stand.

Nachdem sie den Kontoauszug studiert hatten, grinste Diamond. »Wir sind noch immer nicht pleite.« Das war ein alter Scherz zwischen den Frauen, die schreckliche Angst vor der Armut hatten. »Ich bin froh, daß du einen Job für Ben gefunden hast. Ich dachte schon, wir müßten von hier fortgehen und ihm eine Farm kaufen.«

»Guter Gott! Er ist zu jung für eine eigene Farm, ich bin zu alt, um eine zu leiten, und du hast nicht die geringste Ahnung davon.«

Diamond zuckte die Achseln. »Nur so eine Idee. Wenn er ein bißchen älter wäre, würde ich ihm ein Stück Land kaufen. Das wäre genau das richtige.«

»Eins nach dem anderen«, meinte Gussie streng. »Er soll zuerst etwas lernen.«

Diamond sah zur Hintertür. Wo blieb Ben? Die Nachmittagssonne ging schon langsam unter. »Wirst du ihm eine Unterstützung zahlen, wenn mir etwas zustoßen sollte? Aber gib ihm nicht das ganze Geld, das auf der Bank liegt.«

»Dir wird nichts zustoßen. Ich bin doch die alte Frau. Ich habe mein Testament verfaßt und bei Mr. Mantrell hinterlegt. Er wird dir alles zurückgeben. Ich habe sowieso Angst mit dem ganzen Besitz, Diamond. Du hast jetzt deinen Platz in der

Gesellschaft, so daß dich niemand mehr belästigen kann. Ich möchte dir alles zurückgeben.«

»Nein. Wie wir wissen, besitzt Ben noch nicht genug Menschenkenntnis.« Sie lachte. »Wahrscheinlich, weil er es nicht auf die harte Tour lernen mußte, so wie ich. Du wirst schon wissen, wann die Zeit gekommen ist, es ihm zu überschreiben. Wenn er genug Verantwortungsgefühl hat, um für euch beide zu sorgen.«

Gussie schüttelte den Kopf. »Hör auf mit diesem morbiden Geschwätz. Du wirst nervös, weil Ben noch nicht zu Hause ist. Mach dir nicht zuviel Sorgen. Er ist ein guter Junge und wird bald kommen.«

Ben verbrachte einen herrlichen Tag. Ein großes Schiff war den Fluß hinaufgekommen, die *Southern Star* aus Plymouth. Die Passagiere wurden gerade mit der Fähre an Land gebracht. Weiter unten nahm ein Dampfer Ladung für die Fahrt an die Südküste auf, und eine elegante Picknickgesellschaft wartete auf einen Leichter, der sie zu einer der Inseln bringen sollte.

Ben kletterte auf einen Haufen Wollballen, um das geschäftige Treiben zu beobachten. Die Einwanderer in ihren schweren, dunklen Mänteln, Schals und Hauben umklammerten ihre Habseligkeiten und starrten mit offenem Mund die lachenden Ausflügler an. Die Männer in den weißen Anzügen, die hübschen Frauen in Sommerkleidern, die verspielte Sonnenschirme schwenkten.

Mit der Menschenmenge wuchsen auch Lärm und Aufregung. Verschwitzte Träger drängten sich durch den Tumult und riefen: »Platz da! Macht Platz!« Ben erkannte die Chance, ein paar Pennies zu verdienen, und sprang von seinem Ausguck hinunter. Er lief zu einem stattlichen Herrn, der umgeben von Familie und Gepäck dastand und vergeblich nach einem Träger suchte.

»Soll ich das für Sie tragen, Sir?« fragte er, doch sein Freund Willy Sloane kam ihm zuvor.

»Das ist mein Job, aber du kannst mir helfen.« Er tippte sich an die Mütze. »Mein Kumpel und ich tragen Ihnen den großen Koffer, einen Penny für jeden.«

Der Mann ignorierte den schmutzigen Bengel, während sich Frau und Tochter nervös an ihn drängten. Aber Willy war hartnäckig und sagte mit einem Kopfnicken in Richtung einiger Federwölkchen: »Sie sollten sich beeilen, Sir, die Wolken sind im Nu hier und machen Sie naß.«

Ben sah zum Himmel. Die Wolken waren völlig harmlos. Sie segelten jeden Tag vorbei, ohne auch nur einen Regentropfen abzugeben, doch der Einwanderer hatte den Köder geschluckt.

»Sehr schön«, sagte er. »Die Taschen könnt ihr auch noch nehmen.« Er packte zusammengerolltes Bettzeug und eine Reisetasche auf den Schrankkoffer. »Den Rest tragen wir selbst«, erklärte die Frau.

»Zoll und Einwanderungsbehörde da lang«, sagte Willy. »Du kannst das andere Ende nehmen, Ben.«

Der Koffer war ungeheuer schwer, doch die Jungen kämpften tapfer mit beiden Händen an den Tragriemen. Sie bemühten sich, das zusätzliche Gepäck nicht zu verlieren, und stießen sich die Schienbeine am Koffer.

»Dafür sollte ich zwei Pence verlangen«, schnaufte Willy. »Und zwar für jeden. Ich wette, das Ding ist voller Steine.«

Die Familie trug die anderen Gepäckstücke mühelos vor ihnen her. Als Willy und Ben jedoch eine Pause einlegen wollten, rief ihnen der Mann zu, sie sollten sich gefälligst wieder an die Arbeit machen. Ihre Bemühungen beeindruckten ihn anscheinend überhaupt nicht. »Und verkratzt nicht den Koffer. Hat eine Stange Geld gekostet.«

»Schmeiß ihn in den Fluß, wenn er nicht die Klappe hält«, sagte Willy mit zusammengebissenen Zähnen.

»Wir sind gleich da. Und du kannst die zwei Pence behalten. Ich finde schon was anderes.«

»Bist ein guter Kumpel«, sagte Willy, als sie in den Zollschuppen stolperten, wo sich Menschenschlangen bildeten. »Das reicht.« Sie stellten den schweren Koffer ab, und der Mann drückte Ben wortlos zwei Pence in die Hand.

»Bleibt hier«, wies er die Frauen an. »Ich sehe nach, was sich da so tut.«

»Bis später dann«, sagte Ben und gab Willy das Geld.

Beim Hinausgehen drehte er sich noch einmal um und bemerkte, daß die Frauen dem Mann ängstlich hinterherblickten, anstatt auf das Gepäck zu achten. Dann passierte alles so schnell, daß er es kaum begreifen konnte. Die Reisetasche war verschwunden – zusammen mit Willy. Ben wunderte sich. Hatte Willy sie geklaut? Nein, so eine Dummheit würde er nicht begehen. Wahrscheinlich hatte eine der Frauen sie einfach zwischen dem übrigen Gepäck abgestellt. Er zuckte die Achseln. Zurückgehen und die Sache überprüfen konnte er ja schlecht.

Draußen entstand Unruhe. Eine alte Frau war zusammengebrochen und lag auf den salzgetränkten Planken. Die Leute drängten sich um sie und riefen, sie brauche frische Luft.

Neugierig schob sich Ben zwischen die Leute. »Stirbt sie?« fragte er.

»Nein, es ist nur die Hitze«, antwortete eine Frau und kniete neben ihr nieder. »Kannst du etwas Wasser holen, Junge?«

Wasser? Es gab Wasserhähne, aber keine Becher. Ihm fiel ein, daß die Karren, die Wolle und andere Waren aus den Lagerhäusern holten, Wasserbeutel dabeihatten. Er rannte durch die Schuppen, nahm einen der Segeltuchbehälter vom Haken und brachte ihn zurück.

Die Frau hatte sich inzwischen mit Hilfe anderer aufgesetzt, obwohl sie noch benommen wirkte. Dankbar nahm sie das Wasser an, als man ihr den Beutel an den Mund hielt.

»Danke«, sagte sie zu Ben. »Ich weiß nicht, was über mich gekommen ist.«

Der Zwischenfall war vorüber, und die Menge zerstreute sich, doch Ben mußte noch auf den Wasserbeutel warten. Die Aussichten auf einen weiteren Job schienen nicht sonderlich vielversprechend. Er brachte den Beutel zurück. Da die Frau nicht viel getrunken hatte, mußte er nichts nachfüllen. Den Fuhrleuten war es egal, wenn sich die Kinder einen Schluck genehmigten, doch sie gerieten in Wut, wenn die Beutel leer zurückgebracht wurden.

Ben stand abseits von den Docks, auf denen es langsam ruhiger wurde, und beschloß, nach Hause zu gehen und zur Abwechslung einmal pünktlich zum Abendessen zu erscheinen. Außerdem hatte er Mum versprochen, den verdammten Hühnerstall auszumisten. Sie hielten am Ende des Gartens ungefähr ein Dutzend Hennen. Seiner Ansicht nach brachten sie allerdings mehr Ärger als Nutzen.

»Da ist er!« rief ein Mann. Ben drehte sich um.

Zu seiner Überraschung lief eine Gruppe Männer auf ihn zu, angeführt von dem Herrn vom Schiff, dessen Rockschöße im Wind flatterten.

»Der ist es!« schrie er. »Haltet ihn fest! Er hat mein Gepäck gestohlen!«

»Das ist nicht wahr!« rief Ben, doch schon hatten ihn zwei Zollbeamte gepackt und stießen ihn so heftig nach vorn, daß er beinahe gegen den Bauch seines Anklägers prallte.

Der Mann war so wütend, daß er Ben eine schallende Ohrfeige versetzte. Der Junge fiel nach hinten, während der Schmerz durch seinen Kopf tobte. »Du verdammter Dieb! Wo ist sie? Du hast meine Reisetasche gestohlen und wirst sie mir bei Gott zurückgeben!«

Entmutigt begriff Ben, was geschehen war. Allerdings würde ihm dieses Wissen kaum weiterhelfen. »Ich habe Ihre Tasche nicht angefaßt, Sir. Ich schwöre es bei Gott.«

»Du solltest nicht auch noch Gotteslästerung begehen!« Der Mann holte erneut aus, aber Ben konnte sich ducken, da die Beamten ihren Griff etwas gelockert hatten.

Jetzt war der Zeitpunkt für einen Fluchtversuch gekommen, doch Ben startete zu spät; ein Polizist erschien auf der Bildfläche. »Was soll dieser Lärm?«

»Man hat mich ausgeraubt, Constable«, sagte der Herr. »Ich bin Reverend Craddock aus Plymouth. Kaum war ich an Land gegangen, wurde ich auch schon meiner Reisetasche voller Wertsachen beraubt. Ich nenne das eine Schande und werde selbstverständlich den Bischof davon in Kenntnis setzen. Hier ist der Übeltäter. Ich verlange, daß er bestraft und mein Besitz zurückgegeben wird.«

»Ich habe nichts gestohlen!« wiederholte Ben. Was würde bloß seine Mutter sagen, wenn sie davon erfuhr?

»Er lügt!« rief der Reverend. »Er hat mit einem anderen Schurken zusammen mein Gepäck getragen. Ich bezahlte ihm zwei Pence. Sobald ich ihm den Rücken zugedreht hatte, verschwand er mit meinem Gepäck. Undankbarer Bengel!«

»Haben Sie gesehen, wie er es genommen hat?« fragte der Polizist.

»Natürlich.«

»Sie sagten soeben, Sie hätten mir den Rücken zugedreht«, warf Ben ein. »Wie konnten Sie mich dann sehen? Ich bin einfach zur Tür hinausgegangen, wo die alte Dame –«

»Halt den Mund!« rief der Polizist. »Jetzt werde nicht frech. Wer war dein Kumpel? Der, mit dem du zusammenarbeitest?«

»Weiß nicht«, erwiderte Ben. »Einer von den Jungs. Seinen Namen kenne ich nicht.«

»So siehst du aus!« Der Polizist wandte sich an den Reverend. »Ich schätze, Ihre Tasche ist endgültig weg. Sie arbeiten paarweise. Einer lenkt immer das Opfer ab. Doch der hier wird nicht so leicht davonkommen. Ich werde ihn mitnehmen, und dann kennen wir bald auch seinen Komplizen. Wenn sie erst einmal eine Zelle von innen gesehen haben, sind sie nur noch halb so frech. Wo kann ich Sie finden, falls es etwas zu berichten gibt?«

»St. John's Church in Fortitude Valley«, antwortete der Geistliche. »Im übrigen werde ich es nicht hinnehmen, daß meine Tasche endgültig weg sein soll. Ich will, daß man sie findet, verstanden? Ich verlange mein Eigentum und die Bestrafung dieser Übeltäter. Das erwarte ich von Ihnen, ist das klar?«

Mit diesen Worten stürmte er davon, während der Polizist Opfer und Täter gleichermaßen verfluchte, Ben Handschellen anlegte und ihn auf die Straße hinauszerrte.

»Warum hören Sie mir nicht zu?« beklagte sich Ben. »Ich habe diese Tasche nicht angerührt. Warten Sie nur, bis meine Mutter hiervon erfährt«, fügte er hinzu in der Hoffnung, daß eine Erwachsene seine Chancen verbessern könnte. »Sie wird bestimmt richtig wütend, und Sie werden bestraft, weil Sie einen Unschuldigen eingesperrt haben.«

Der Polizist starrte ihn an. »Jesus! Du hast vielleicht ein Mundwerk«, lachte er. »Und deine Ma will herkommen? Sie sollte besser aufpassen, daß ich sie nicht auch noch einsperre.« Er versetzte Ben einen Tritt in den Hintern. »Na los, auf geht's!«

Nachdem er den Jungen mit der täglichen Ausbeute an Dieben, Betrunkenen und Randalierern in eine Zelle gesteckt hatte, meldete Constable Ray Dolan dem diensthabenden Polizisten die persönlichen Angaben. »Er heißt Ben Beckman. Sein Daddy scheint ein Deutscher gewesen zu sein. Ich wette, er hat sich auf und davon gemacht. Anklage: Diebstahl einer Reisetasche mit Wertsachen, Besitzer Reverend Craddock – ein unangenehmer Zeitgenosse, wie ich betonen möchte. Brüllte mich an, er wolle sein Eigentum zurück. Das Halbblut hatte einen Komplizen, könnte allerdings jeder dieser kleinen Bastarde gewesen sein, die auf den Docks herumhängen.«

»Und der Kram vom Reverend dürfte inzwischen schon verhökert sein«, seufzte sein Kollege.

»Immerhin haben die Kinder das Stehlen zur Kunst gemacht. Aber der kleine Beckman hat mir mit seiner Mama gedroht. Soll auf dem Kriegspfad sein.« Constable Dolan grinste. »Also machen wir uns darauf gefaßt, daß eine Eingeborene hereinplatzt.«

»Jetzt kriege ich richtig Angst«, lachte der andere Polizist. »Meinst du, sie klaut auch?«

»Kannst du Gift drauf nehmen. Schätze, für den Inhalt der Tasche können sie und ihre Kumpel sich eine Monatsration Fusel kaufen.«

Diamond war wütend und besorgt über Bens Verspätung. Irgendein Gefühl sagte ihr, daß etwas nicht stimmte. Die letzte Fähre überquerte gerade den Fluß, doch es gab noch immer kein Zeichen von ihrem Sohn.

»Mach dir keine Sorgen«, meinte Oma. »Er ist ein vernünftiger Junge. Weit weg kann er nicht sein, und es ist noch ziemlich hell. Wir warten noch ein bißchen mit dem Abendessen.«

Ungeduldig verließ Diamond das Haus. Am Gartentor blieb sie stehen, ging ein paar Schritte die Straße entlang und hielt hoffnungsvoll Ausschau nach Ben. Phoebe, das Mädchen von nebenan, schlenderte über die Auffahrt von Somerset House.

»Hast du Ben irgendwo gesehen?« erkundigte sich Diamond.

Phoebe schaute überrascht hoch. »Nein, Ma'am.«

»Ich dachte, er wäre vielleicht irgendwo in der Nähe. Wir warten mit dem Abendessen auf ihn.«

»Bekommt er Ärger?«

Diamond lächelte. »Sollte er das?«

»Nicht, wenn er eine gute Entschuldigung hat«, meinte Phoebe entschieden.

»Die hat er immer. Aufs Reden versteht er sich.«

»Ich nicht. Ich werde immer nervös und fange an zu lispeln.«

»Im Augenblick lispelst du aber nicht«, meinte Bens Mutter. Sie brach einen vertrockneten Zweig ab und zeichnete eine Schlange in den Sand. »Wenn Schlangen sprechen könnten, würden sie wahrscheinlich auch lispeln, aber es wäre ihnen egal.«

Phoebe lachte. »Das glaube ich kaum.«

»Und ob. Wen stört das schon?« Diamond fuhr mit ihrem

dunklen Finger sachte über Phoebes Wange. »Vergiß das Lispeln, dann geht es weg.«

»Wann?«

Diamond überlegte einen Moment. »Wenn du es vergessen hast.«

Biddy kam auf der Suche nach Phoebe zu ihnen herüber. »Da bist du also! Das Essen ist fertig. Ach, Entschuldigung, Ma'am, ich hatte Sie nicht gesehen.«

»Mrs. Beckman sucht ihren Sohn, er hat sich verspätet«, erklärte Phoebe.

»So sind die Jungs eben!«

»Da habe ich wohl noch einiges zu lernen«, erwiderte Diamond, lächelte Phoebe noch einmal zu und ging davon.

Biddy war beeindruckt. »Sie sieht wirklich hinreißend aus. Trotz der Hautfarbe braucht sie sich hinter keiner Frau zu verstecken.«

Doch Phoebe hörte überhaupt nicht zu. »Ich muß mein Lispeln vergessen«, sagte sie.

»Wie soll das gehen?« erwiderte Biddy trocken. »Los jetzt. Deine Eltern warten schon.«

Oma Beckman betrachtete nervös den Sonnenuntergang. Sie pflegte Ben zu erzählen, daß die Sonne es eilig hatte, auf der nördlichen Halbkugel zu scheinen, doch nun wünschte sie sich, es würde nicht ganz so schnell gehen. Ben war immer noch nicht nach Hause gekommen.

»Ich gehe die Straße entlang und halte Ausschau nach ihm«, sagte sie. »Vielleicht spielt er irgendwo da unten.«

»Nein«, erwiderte Diamond. »Ich gehe. Draußen ist es dunkel. Ich werde einfach so lange laufen, bis ich ihn finde.«

»Das darfst du nicht, Liebes, dir geht es nicht gut.«

»Unsinn. Ich habe nur eine Erkältung. Ein Spaziergang ist jetzt genau das richtige.«

»Vielleicht solltest du noch ein bißchen warten. Es gefällt mir nicht, wenn du nachts durch die Gegend läufst.«

»Oma! Du machst dir zuviel Gedanken. Ich kann schon auf mich aufpassen. Ich bin nicht mehr dein kleines schwarzes Mädchen.« Mit diesen Worten verschwand Diamond im Schlafzimmer und zog eine weite Jacke über. Sie löste das bunte Band, das sie um den Kopf trug, und knotete statt dessen ein graues um. Natürlich hatte Oma recht, die dunklen Straßen von Brisbane bargen viele Gefahren für eine Aborigine-Frau. Allerdings hatte Diamond bereits in sehr viel unzivilisierteren Städten gelebt und schon vor langer Zeit gelernt, sich zu wehren. Sie trug einfache Kleidung, um keine Aufmerksamkeit zu erregen, und bewegte sich schnell und entschlossen. Außerdem ergriff sie gewisse Vorsichtsmaßnahmen, von denen Oma nicht unbedingt erfahren mußte. Tagsüber bewegte sie sich unbeschwert in der Stadt und ging nachts selten aus, doch wenn sie zu den Docks mußte, war Vorsicht geboten.

Sie öffnete eine Holzkiste, die unter ihrem Bett versteckt war, und zog ein Messer aus einem Bündel. Diamond befestigte es an ihrem Knöchel. »Nur für den Notfall«, sagte sie mit einem grimmigen Lächeln, als ihr die schlimmen Zeiten einfielen, in denen ein schneller Stoß mit dem Messer sie vor gefährlichen Angriffen bewahrt hatte.

Leichtfüßig lief sie die Straße entlang und hielt an jeder Ecke Ausschau nach Ben. Als sie den Rotlichtbezirk in der Vulture Street erreichte, wurde sie langsamer, mischte sich unter die Gruppen der Herumlungerer und spähte in düstere Gassen und Torwege. Sie sprach einige Prostituierte an und fragte, ob sie einen Jungen gesehen hätten. Keine konnte ihr weiterhelfen, und sie ging dazu über, die dämmrigen Kneipen zu durchsuchen. Ben war oft stolz nach Hause gekommen, weil er sich ein paar Pennies auf den Docks verdient hatte, obwohl er wußte, daß es seiner Mutter nicht gefiel. Vielleicht hatte er in einem dieser Schuppen hier Arbeit gefunden. Er wurde schließlich langsam erwachsen und strebte wie alle Jungen nach Unabhängigkeit.

Nach ihrer vergeblichen Suche ging Diamond in Richtung

Brücke. Sie trottete neben den Kutschen einher, die in die Stadt fuhren.

»Wo kann er nur sein?« fragte sich Diamond. Langsam bekam sie Angst, daß er verletzt in einer dunklen Gasse lag. Vielleicht war er von einem klapprigen Fuhrwerk überfahren worden. Um die Parks, in die er um diese Zeit sowieso nicht gegangen wäre, machte sie einen Bogen und hielt sich an die belebteren Straßen am Fluß. Im Nu war sie wieder in den dunkleren Vierteln und erreichte schließlich die verlassenen Docks.

Stunden waren vergangen. Ihr war heiß, wahrscheinlich von der ganzen Sorge und Aufregung. Langsam schwand ihre Hoffnung. Und wenn sie ihn nun verpaßt hatte und der kleine Übeltäter schon gemütlich zu Hause bei Oma saß? Sie dachte daran, die Polizei um Hilfe zu bitten, doch die würden sich kaum für ein farbiges Kind interessieren. Außerdem empfand sie eine tiefverwurzelte Furcht vor der Polizei. Glücklicherweise hatte sie noch nie mit ihr zu tun gehabt und wollte diese goldene Regel jetzt nicht brechen.

Bevor sie sich auf den Rückweg machte, überlegte sie kurz, ob sie im Krankenhaus nachfragen sollte. Allerdings wäre es reine Zeitverschwendung, da man dort keine Farbigen behandelte. Diamond seufzte. Sie hatte so lange glücklich und zufrieden in der Welt der Weißen gelebt und dabei vergessen, daß sie eigentlich nicht dazugehörte. Oma Beckman war immer ihr Schutzschild gewesen.

Traurig dachte sie an Ben Buchanan, den sie zuletzt auf den Goldfeldern gesehen hatte. Sie liebte ihn so sehr und war glücklich in seiner Gesellschaft. Als sie ihn gerade mit der Neuigkeit von ihrem Goldfund überraschen wollte, hatte er sie fallenlassen. »Du vergißt, daß du nur ein Nigger bist, Diamond. Wie könnte ich dich heiraten!« Er hatte sie verlassen und war auf seine Viehstation zurückgekehrt. Manchmal fragte sie sich, was wohl passiert wäre, wenn sie ihm von dem Gold erzählt hätte. Damals ließ ihr Stolz das nicht zu.

»Das kannst du dich fragen, sooft du willst«, sagte sie zu

sich selbst. »Er hätte dich trotzdem verachtet. Du warst nur gut genug fürs Bett.«

Sie war so in Gedanken versunken, daß sie mit zwei Männern zusammenprallte, die ihr den Weg versperrten. Einer packte sie am Arm. »Suchst du einen Mann, Süße?«

»Laß mich in Ruhe«, erwiderte sie und versuchte, ihn abzuschütteln, doch der andere torkelte ebenfalls auf sie zu. Sein fauliger Atem nahm ihr die Luft.

»Willst nicht 'n paar Mäuse verdienen?«

Er griff nach ihrem Gürtel und riß sie zu sich herüber. Instinktiv schoß Diamonds rechte Hand nach vorn, und sie versetzte ihm mit der Handkante einen Schlag vor die Kehle. Als er würgend nach hinten taumelte und seinen Hals umklammerte, holte der andere Raufbold zu einem Hieb aus. Diamond duckte sich geschickt und trat zur Seite, nur um prompt von einem schlagstockbewehrten Polizisten angehalten zu werden. »Was ist hier los?«

»Nichts. Sie sind ein bißchen zu fröhlich.«

»Von wegen fröhlich!« brüllte der erste Angreifer. »Die schwarze Hure hat meinen Kumpel hier angegriffen.«

Der Polizist packte Diamond mit festem Griff und stieß ihr den Schlagstock in den Rücken, um sie an der Flucht zu hindern. »Nicht so schnell, Kleine. Was ist mit ihm passiert?« Er wies auf den anderen Mann, der noch immer nach Luft rang.

»Ich habe Ihnen gesagt, sie hat ihn angegriffen. Hätte ihn kaltgemacht, wenn ich nicht zur Stelle gewesen wäre«, erklärte sein Freund.

»Das stimmt nicht«, schrie Diamond. »Ich war nur auf der Suche nach meinem Sohn ...«

»Mich kannst du nicht für dumm verkaufen«, erwiderte der Ordnungshüter. »Hast du ihm das angetan?«

»Sie ist eine Hure, eine Schlägerin«, schrie der eine Angreifer. »Hat ihn beinahe umgebracht!«

»Das ist nicht wahr! Er erholt sich gleich wieder. Bitte, Sir«, sie wandte sich an den Polizisten, »ich muß jetzt gehen.«

Er schmetterte ihr den Schlagstock auf den Rücken. »Halt die Klappe! Ihr verdammten Nigger seid wirklich eine Gefahr für die Allgemeinheit. Wie heißt du?«

Diamond war unter der Wucht des Schlages beinahe in die Knie gesunken. Sie wußte, daß ihre Aussichten, diesen Streit zu gewinnen, gleich Null waren. Also schoß sie gebückt nach vorn. Bevor der verblüffte Polizist begriff, was sie vorhatte, war sie schon im Dunkeln verschwunden.

Zu ihren besten Zeiten konnte sie meilenweit durch das gefährliche Gelände am Rande der Goldfelder laufen. Nun aber behinderten sie der lange Rock und ihre Kurzatmigkeit, die durch die Erkältung verursacht wurde. Sie stürmte um die nächste Ecke, während ihr der wütende Polizist folgte, und überlegte verzweifelt, wo sie Unterschlupf finden könnte. Dann fiel es ihr ein! Sie rannte die Straße hinunter, vorbei an überraschten Passanten, denen der Polizist zurief, sie sollten die Frau aufhalten.

Hinter ihrem Rücken erklangen Rufe. »Haltet die Diebin!« Diamond schoß in eine Gasse, die in die geschäftige Queen Street mündete, doch anstatt weiterzulaufen, glitt sie in einen Spalt zwischen zwei Backsteinmauern und preßte sich in die dunkle Nische. Sie wagte kaum zu atmen, als ihr Verfolger vorbeirannte. Sobald er verschwunden war, ging sie zur Hintertür eines Hauses und klopfte mit der Faust dagegen.

»Wer ist da?« fragte eine Frauenstimme.

»Laß mich rein!« schrie Diamond. Ihr Tonfall überzeugte die andere Frau von der Dringlichkeit ihrer Bitte. Die schweren Riegel wurden zurückgeschoben, und als sich die Tür einen Spalt breit öffnete, drängte sich Diamond ins Haus und schlug die Tür hinter sich zu.

»Schnell, schließ ab!« sagte sie. »Die Polizei ist hinter mir her.« Ihre Retterin schob die Riegel vor und starrte Diamond im Zwielicht an. »Wer sind Sie?«

»Ist Goldie da?«

»Ja.«

»Ich muß mit ihr sprechen. Sie ist eine Freundin von mir.«

Die Frau war rundlich, blond, scharlachrote Lippen leuchteten in ihrem bleichen Gesicht. Sie raffte ihren Kimono zusammen und starrte die schwarze Frau an. »Ich habe Sie noch nie gesehen.«

»Schnell!« befahl Diamond.

Die Frau zuckte die Achseln. »In Ordnung. Immer mit der Ruhe. Sie warten hier.«

Diamond lehnte sich an den Türrahmen, dankbar für die Atempause. Sie hatte Goldie vor Jahren getroffen, als sie beide in einem chinesischen Bordell in Charters Towers arbeiteten. Goldie war im Geschäft geblieben und besaß nun ein eigenes Etablissement, das man in ganz Brisbane als das Blue Heaven kannte.

Am liebsten hätte Diamond die harten Zeiten in der Goldgräberstadt vergessen, aber Goldie war damals ihre Beschützerin gewesen und hatte einem verwirrten schwarzen Mädchen viel Gutes getan. Und eines Tages konnte sie sich dafür dankbar erweisen.

Vor fünf Jahren war sie Goldie begegnet, als sie mit Oma Beckman zur Fähre ging.

»Wie geht's, Diamond?« hatte Goldie ihr fröhlich zugerufen. Sie war immer schlau gewesen und erkannte sofort Diamonds warnenden Blick.

Sie würde in Gegenwart der weißen Dame, die sie für Diamonds Arbeitgeberin hielt, kein Wort über ihre gemeinsame Vergangenheit verlieren.

»Mir geht es gut, danke«, erwiderte Diamond.

Goldies Aussehen erschreckte sie. Die Frau war dünn und erschöpft. »Aber wie steht es mit dir? Du siehst nicht gut aus.«

»Geht schon«, seufzte Goldie und flüsterte dann: »Glaubst du, die Dame könnte mir zehn Mäuse leihen?«

»Sicher«, erwiderte Diamond sanft. Sie bat Oma um das Geld und gab es ihrer alten Freundin. »Wo lebst du denn?«

»Genau hier.« Goldie deutete auf eine klapprige Pension.

»Ist eine Flohgrube, aber für mich reicht es.« Sie wandte sich an Mrs. Beckman. »Vielen Dank, Sie sind sehr freundlich. Ich zahle es Ihnen zurück.«

»Nein, nein«, erwiderte Oma. »Nicht nötig. Behalten Sie es einfach.«

»O danke. Sie sind eine feine Lady. Ich gehe dann mal. War schön, dich wiederzusehen, Diamond.«

Als sie an Bord der Fähre gingen, drehte sich Oma kurz um. »Traurige Frau. Sie muß einmal hübsch gewesen sein, mit diesem schönen roten Haar.«

»Ja.«

»Könnte es sein, daß sie eine Prostituierte ist?«

Diamond nickte. »Sie hat mir geholfen, als ich eine Pechsträhne hatte, Oma.«

Sie verloren kein weiteres Wort über die Begegnung mit Goldie, doch am nächsten Tag ging Diamond wieder zur Fähre, um ihre Freundin zu suchen.

»Das ist für dich«, sagte sie, als sie Goldie schließlich gefunden hatte.

»Was?« Sie öffnete den Umschlag. »Das ist ja Geld!« schrie sie und befühlte die Scheine. »Das müssen fünfzig Pfund sein, Diamond! Woher hast du es? Geklaut?«

Diamond lachte. »Keineswegs.«

»Ist es von der deutschen Lady?«

»Nein, Goldie, von mir. Ich habe mir Sorgen um dich gemacht und wollte, daß du es bekommst. Du nimmst es doch an, oder?«

»Wie bitte? Ich wußte immer, daß du in Ordnung bist. Jesus, ein Darlehen kommt mir gerade recht.«

»Es ist kein Darlehen, sondern ein Geschenk. Ich muß jetzt gehen. Paß gut auf dich auf.«

»Wie kannst du dir so etwas leisten?«

Nur der Anwalt und Oma Beckman wußten, daß unter den vielen Menschen, die im Triumph von den Goldfeldern am Palmer River heimkehrten, auch eine Aborigine-Frau gewesen war. Das sollte auch so bleiben. »Stelle mir keine Fragen«, erwiderte sie lachend. Goldie würde es schon verstehen.

Goldie hatte begriffen, daß das Leben auf den Straßen von Brisbane zu hart war, und eröffnete ein eigenes kleines Bordell. Die Gewinne investierte sie in dieses unauffällige und ruhig gelegene zweistöckige Haus.

In einer kleinen Stadt wie Brisbane war es unvermeidlich, daß sich die beiden Frauen wieder begegneten. Als Goldie fertig eingerichtet war, führte sie Diamond stolz durch ihre plüschige Goldgrube. Gesellschaftlich trafen sie sich jedoch nie und ließen es bei zufälligen Begegnungen. Goldie fragte nie danach, wie es ihrer alten Freundin gelungen war, eine angesehene Frau zu werden.

»Diamond!« schrie sie nun und rannte mit raschelnden Taftröcken durch den Korridor auf sie zu. »Bist du das? Was machst du hier? Ist etwas nicht in Ordnung?«

Auf dem Weg nach oben ins Wohnzimmer erklärte Diamond, was geschehen war. »Eine dumme Sache. Ich war bloß auf der Suche nach meinem Sohn. Und dann kamen diese Raufbolde, gefolgt von der Polizei. Eine schwarze Frau allein auf der Straße, du kennst das Spiel«, fügte sie verbittert hinzu.

»Sie werden deine Spur zurückverfolgen, wenn sie dich nicht auf der Queen Street finden«, sagte Goldie. »Und dann hämmern sie garantiert an meine Hintertür, weil sie glauben, du gehörst zu meinen Mädchen.«

»Ein Kompliment angesichts meines Alters«, meinte Diamond lachend. »Du hast ein paar hübsche Mädchen hier.«

»Du bist eine gute Freundin, Liebes, aber wir müssen dich von hier fortbringen. Du kannst einfach nicht um diese Zeit durch die Gegend laufen.«

»O doch. Ich gehe vorn hinaus und nehme die Abkürzung zur Brücke.«

»Nein, überlaß das mir.« Goldie eilte hinaus, rief einem Mädchen etwas zu, kam dann zurück und durchwühlte ihr Schlafzimmer. »Setz diesen Hut auf.«

Er war groß und sehr modern, mit einem dichten Schleier. Diamond nahm ihr Tuch ab und setzte den Hut auf, der ihre dunkle Haut teilweise verbarg. »Ich sehe aus wie eine Verrückte, aber egal. Was kommt jetzt?«

»Draußen steht ein Wagen. Komm mit.«

An der Tür hielt sie Diamond fest. »Wie heißt dein Sohn? Ich kann mich ja mal umhören.«

»Ben. Ben Beckman. Er ist vierzehn und groß für sein Alter.« Goldie öffnete die Haustür, vor der bereits ein Wagen stand. Im selben Augenblick erscholl ein Hämmern an der Hintertür. »Schnell, beeil dich! Steig ein.«

Wenige Minuten später klapperten die Pferdehufe über die Brücke. Diamond saß sicher in ihrem Wagen und hoffte, daß Ben inzwischen nach Hause gekommen war. Die Kopfschmerzen hatten sich verschlimmert, ihre Brust fühlte sich leer an, wie ein durchlöcherter Blasebalg. Sie konnte nicht richtig atmen, und ihr Hals war wund. Diamond versprach sich selbst, Ben nicht zu bestrafen, wenn er nach Hause kam, sondern sich seine Geschichte anzuhören. Er war so ein lieber Junge ...

Als sie aus dem Wagen stieg und den Fahrer bezahlte, wurde ihr schwindlig. Sie hielt sich mit Mühe auf den Beinen. »Könnten Sie einen Augenblick warten? Vielleicht brauche ich Sie noch.«

»Geht nich'. Mein Pferd is' müde, wir fahren nach Haus.«

»Tut mir leid.« Sie ließ ihn eingeschüchtert ziehen und nahm den Hut ab, der wie Blei auf ihren Kopf drückte. Dann ging sie zur Haustür.

»Ist er schon da?« fragte sie Oma, die ihr entgegenlief.

»Nein, Liebes. Du bist so lange weggeblieben, daß ich mir schon Sorgen um *dich* gemacht habe. Geht es dir gut? Du bist ganz erhitzt.«

»Alles in Ordnung. Ich bin so weit gelaufen, daß ich einen Wagen nehmen mußte«, log Diamond, um die alte Frau zu beruhigen. »Ich habe überall vergeblich nach ihm gesucht.« Sie warf Hut und Jacke ins Schlafzimmer und war erleichtert, daß

Oma über ihrer Sorge Goldies Hut überhaupt nicht bemerkt hatte. »Wo kann er nur sein? Bestimmt ist etwas Schlimmes passiert, das fühle ich.«

»Ihm geht es gut«, meinte Oma. »Trink einen Kaffee. Jungen sind gedankenlos, er ist wahrscheinlich bei einem seiner Freunde eingeschlafen ...«

»Bei welchem Freund denn?« fragte Diamond tonlos. Die warme, gemütliche Küche bot ihr endlich Schutz. Sie war deprimiert und den Tränen nahe. Oma sollte ruhig glauben, daß Ben irgendwo schlief und am Morgen vor der Tür stehen würde. Vielleicht war er zu lange auf den Docks geblieben und hatte Angst bekommen, als farbiger Junge ganz allein den weiten Weg nach Hause zu laufen.

Allerdings betrachtete Ben sich selbst nicht als farbig. Obwohl er wußte, daß er als Mischling keine Schule besuchen konnte, hatte er das Ausmaß seiner Lage wohl noch nicht begriffen.

Ihre eigenen Erfahrungen in dieser Nacht hatten Diamond bewiesen, daß sie mit ihrer kleinen Familie am besten zurückgezogen lebte. Sie wollte den Aborigine-Clans gegenüber nicht herablassend wirken. Außerdem waren diese wahrscheinlich nicht an ihr interessiert, da sie in der fremden Welt der Weißen lebte. Dies war ihre Umgebung, seit der Kapitän und Gussie sie adoptiert hatten. Verwandte besaß sie hier nicht. Durch die Angriffe der Weißen waren die Irukandji, ihr eigener Stamm im Norden des Landes, in alle Winde zerstreut worden.

Vor zehn Jahren war sie entgegen Omas Ratschlägen mit dem Schiff nach Cooktown gefahren, um ihre Mutter und ihren geliebten blinden Bruder zu besuchen.

»Liebes, diese Reise wird dir das Herz brechen. Sie haben sich von dir verabschiedet, als du den Palmer-Distrikt verlassen hast. Sie erwarten dich nicht. Sie lieben dich, aber in ihren Augen bist du eine weiße Dame.«

»Aber es ist schon fünf Jahre her!« hatte Diamond geantwortet.

Manchmal konnte Oma Beckman sehr direkt sein. »Du bist doch nicht auf der Suche nach noch mehr Gold?« fragte sie vorwurfsvoll. »Das ist zu gefährlich.«

»Nein, ich möchte sie nur sehen. Mein Vater ist schon lange tot, aber meine Mutter und mein Bruder leben noch dort.«

Doch sie täuschte sich. Schüchterne Stammesangehörige, die als Besiegte in die Vororte von Cooktown gekommen waren, erzählten Diamond, daß ihre Mutter bei einem Überfall von Weißen gestorben war und ihr hilfloser Bruder sich von einer Klippe gestürzt hatte.

Diamond sah aus dem Küchenfenster auf die winzigen Lichter von Brisbane. Hoffentlich schlief ihr Sohn friedlich irgendwo dort unten. Sie selbst war dem Wirbelsturm entkommen, der ihr Volk vernichtete. In den Augen der überlebenden Aborigine-Frauen galt sie als Legende: eine Frau, die die Schwelle zu einem neuen Zeitalter überschritten hatte und ein glückliches, ruhmreiches Leben mit vielen Babys führte.

Wenn sie nur wüßten, dachte Diamond. Ich habe keine Schwelle überschritten. Man toleriert mich, weil ich Geld habe und zurückgezogen lebe. Meinen Sohn habe ich nie gewarnt, weil er sich nicht fürchten sollte. Er sollte in der Geborgenheit unserer Liebe aufwachsen und selbstsicher werden, bevor er von diesen Dingen erfuhr. Aber was soll ich ihm sagen? Würde er mir überhaupt zuhören? Manchmal hatte sie versucht, ihm von ihren Leuten zu erzählen, doch er war mehr an ›seinen‹ Leuten interessiert, an den Weißen. Ben betrachtete sich selbst nicht als schwarz.

Die Frage an sich war schon ein Problem. Sein Vater war der arrogante Viehzüchter Ben Buchanan, Diamonds große Liebe. Die Ähnlichkeit zwischen dem englischen Buchanan und Omas Familiennamen Beckman hatte sie von jeher fasziniert. Doch laut Oma gab es keinerlei Verbindung, und eine besondere Bedeutung wie die Aborigine-Namen hatten sie auch nicht. Man hieß einfach so. Doch abergläubisch, wie sie nun einmal war, vermutete Diamond eine Verbindung, eine natürliche Brücke. Im Laufe der Jahre vergaß sie den Namen Buchanan. Ben wurde zum Enkel des verstorbenen Kapitäns Beckman, dessen Witwe ihn liebte und umsorgte. Ben schien es für selbstverständlich zu halten, daß sein Vater, der Sohn des berühmten Kapitäns, ebenfalls zur See gefahren war. Und die Frauen ließen ihn in diesem Glauben.

»Warum gehst du nicht schlafen?« fragte Oma und unterbrach damit Diamonds traurige Erinnerungen.

»Nein, das kann ich nicht.« Sie ergriff die Hand der alten Frau. »O Gott, Oma, was soll nur aus Ben werden? Ich habe solche Angst um ihn.«

Gussie Beckman strich Diamond eine krause Strähne aus der Stirn. »Liebes Mädchen. Als der Kapitän starb und mich mittellos zurückließ, mußte ich nach Deutschland gehen und dich hierlassen. Es hat mir beinahe das Herz gebrochen. Auf dieser langen Reise habe ich jede Nacht geweint. Und du warst nur ein paar Jahre älter, als Ben heute ist.«

»Aber ich hatte eine Stelle als Hausmädchen.«

»Denk doch mal nach, Diamond. Junge Menschen sind nicht so leicht unterzukriegen. Du hast nicht mehr besessen als ein paar Pfund, warst allein, ein schwarzes Mädchen in einer Stadt voller Weißer. Ben hat uns. Wir haben ihm eine Festung gebaut, ein Heim, und er war niemals so arm wie du. Du hast einfach überlebt.«

»Ich hatte Glück«, brummte Diamond.

»Trotzdem mußtest du kämpfen«, erwiderte Gussie knapp. »Ich will nur sagen, daß dein Sohn Vorteile besitzt, die du niemals hattest. Er wird seinen Weg machen.« Sie strich mit der Spitze ihres Pantoffels sanft über Diamonds Fuß. »Ich bete, daß unser Ben niemals mit einem Messer bewaffnet das Haus verlassen muß.«

Diamond war überrascht. »Das wußtest du?«

»Wir haben so lange zusammengelebt. Wie sollte ich so etwas nicht wissen?«

»Du hast nie etwas erwähnt.«

»Du wirst schon deine Gründe gehabt haben. Du warst immer ein kluges Mädchen und hast schnell gelernt. Ich erkenne dich in Ben wieder. Wenn er nicht zu Hause ist, wird auch er gute Gründe dafür haben. Du hast mir damals nie Sorgen bereitet, und das wird er auch nicht tun. Aber jetzt solltest du mit deiner Erkältung zu Bett gehen. Ich lasse für ihn das Licht an.«

Diamond konnte nicht schlafen. Ihre Laken waren naßgeschwitzt, wilde Bilder geisterten durch ihren Kopf. Sie stand mit den Vögeln auf und spritzte sich im Bad mit Wasser ab, um das Fieber zu lindern.

»Sorge, einfach nur diese elende, verdammte Sorge! Wenn ich Ben erst gefunden habe, wird es mir auf der Stelle bessergehen.«

Sie wartete am Landeplatz von Kangaroo Point, als die erste Fähre des Tages anlegte. Bevor sie an Bord gehen konnte, kam ein magerer Junge auf sie zu. »He, Lady. Sind Sie Bens Mum?«

»Ja«, erwiderte sie eifrig. »Wo ist er?«

Der Junge zog sie beiseite und ging mit ihr den Pfad an den Klippen hinauf. »Er ist verhaftet worden. Sie gehen besser hin und stellen eine Kaution.«

»Was sagst du da? Verhaftet? Warum denn?« Diamond geriet in Panik, und ihre Angst wurde durch die angeborene Furcht vor der Polizei noch verstärkt. »Wer bist du?«

»Willy. Bin ein Freund von Ben. Ich hab' Sie einmal gesehen und bin hergekommen, um Sie zu suchen. Ich wußte, daß Ben irgendwo hier oben lebt.«

»Wo ist er?«

»Im Gefängnis im Valley, schätze ich.«

»Woher weißt du das? Wann ist es passiert?«

»Jemand hat erzählt, sie hätten ihn gestern geschnappt.«

Diamond warf einen Blick hinüber zur Fähre. »Komm mit. Wir müssen ihn finden.«

Doch der Junge wich ihr aus. »Nee. Hab' viel zu tun.« Er schien sich ebenso vor der Polizei zu fürchten wie sie selbst. Diamond gab ihm einen Shilling. »Danke, daß du gekommen bist.«

»Bis dann.« Er war verschwunden, bevor sie ihm weitere Fragen stellen konnte.

Der Regen trommelte gegen die kleine Fähre, die sich über den breiten Fluß kämpfte, doch Diamond bemerkte es kaum. Warum war Ben verhaftet worden? Was um Himmels willen hatte er getan? Er würde doch kein Verbrechen begehen. Es konnte sich nur um ein Mißverständnis handeln.

Sie suchte nach einem Ausweg, doch die Sorge verursachte ihr Übelkeit. Als sie an Land ging, blieb sie unentschlossen im Regen stehen und versuchte, eine Entscheidung zu treffen. Unter normalen Umständen hätte sie allen Mut zusammengenommen, wäre in die nächste Polizeiwache marschiert und hätte nach ihrem Sohn verlangt. Aber wenn sie nun den Polizisten von gestern nacht dort traf? Es würde Ben kaum weiterhelfen, wenn sie auch noch mit dem Gesetz in Konflikt geriet. Vielleicht sollte sie am besten zu Mr. Mantrell, ihrem Anwalt, gehen und ihn bitten, die nötigen Auskünfte einzuholen und sich um Ben zu kümmern. Dann kam ihr eine bessere Idee. Er würde die Auskünfte einholen, und sie würde handeln.

Als der junge Barnaby Glasson die Tür zur Kanzlei aufschloß, bemerkte er zwar die hochgewachsene Aborigine-Frau, nahm aber weiter keine Notiz von ihr. Heute war ein wichtiger Tag. Mr. Mantrell war nicht im Büro – er führte in Ipswich einen Prozeß für einen seiner reichen Mandanten –, und sein Angestellter Barnaby würde das Reich für sich allein haben. Er klapperte wichtig mit den Schlüsseln und öffnete seinen Sekretär. Dann legte er sie vorsichtig an einen sicheren Platz. Wenn er sie verlor, würde Mr. Mantrell ihm die Hölle heiß machen. Dann zündete er sich entspannt eine Pfeife an.

Normalerweise würde er nicht wagen, im Büro eine Pfeife

zu rauchen, obwohl Mr. Mantrell den ganzen Tag vor sich hin paffte. Doch wenn er ein richtiger Anwalt werden wollte, mußte Barnaby lernen, sich gut zu kleiden und das Auftreten seines Chefs zu kopieren. Die Pfeife gehörte einfach dazu. Leider mußte er gestehen, daß er in dieser Kunst noch nicht allzu weit fortgeschritten war. Er saugte wie verrückt am Stiel, damit sie nicht ausging, und klopfte in der üblichen Weise mit zwei Fingern gegen den Pfeifenkopf. Warum, wußte er selbst nicht so genau.

Als die Tür aufging, räumte er die Pfeife schuldbewußt beiseite, aber es war nur die schwarze Frau.

Barnaby erhob sich. »Guten Morgen, Madam, was kann ich für Sie tun?« Höchstwahrscheinlich wenig, dachte er bei sich. Wahrscheinlich hat sie sich in der Tür geirrt, doch sein Chef bestand auf guten Manieren.

»Guten Morgen«, erwiderte sie. Ihre Stimme klang gebildet. »Wann kann ich mit Mr. Mantrell sprechen?«

»Er kommt erst nächste Woche zurück«, antwortete Barnaby. Er bot ihr vorsichtshalber keinen Termin an, falls Mr. Mantrell sie nicht zu sehen wünschte. Soweit er wußte, hatte der Anwalt keine schwarzen Mandanten. Er selbst arbeitete seit einem halben Jahr in der Kanzlei und hatte Chinesen gesehen, aber keine Aborigines.

Die Frau wirkte so unglücklich, daß Barnaby Mitleid empfand. »Kann ich Ihnen weiterhelfen?«

Sie zögerte. »Ich weiß nicht. Mein Sohn ist im Gefängnis, daher muß ich mit Mr. Mantrell sprechen. Ich dachte, er wüßte einen Ausweg. Darf ich mich setzen? Mir geht es nicht sehr gut.«

»Sicher doch.« Barnaby schob ihr verwirrt einen Stuhl hin. Die Gefängnisse waren zwar voller Schwarzer, doch er bezweifelte, ob irgendeiner von ihnen einen Anwalt in Anspruch nehmen würde. Oder ob ein Anwalt einen Schwarzen überhaupt vertrat. Für ihn war das völliges Neuland.

»Was hat er getan?«

»Ich weiß es nicht. Er ist erst vierzehn und kam gestern nicht nach Hause. Vor ein paar Stunden erfuhr ich, daß er verhaftet wurde. Er sitzt im Valley-Gefängnis.«

»Verstehe. Am besten sollten Sie hingehen und nach dem diensthabenden Beamten fragen.«

»Nein, das möchte ich nicht. Könnten Sie nicht diese Auskünfte für mich einholen? Ich bin sicher, daß Mr. Mantrell es tun würde, aber da er nicht hier ist…« Ihre Stimme bekam einen bittenden Klang.

»Tut mir leid, aber das kann ich nicht tun.« Sie erwartete doch wohl nicht, daß Anwälte durch die Stadt liefen und Aufträge für sie erledigten?

»Gehen Sie nicht auf Polizeiwachen?«

»O doch.« Er lächelte schuldbewußt. »Ziemlich oft sogar. Für unsere Mandanten. Wenn Mr. Mantrell mich damit beauftragt. Wie gesagt, für Mandanten«, wiederholte er noch einmal.

»Ich heiße Diamond Beckman«, entgegnete sie in scharfem Ton. »Und ich *bin* eine Mandantin. Seit langer Zeit bin ich Mr. Mantrells Mandantin, obwohl ich ihn länger nicht gesehen habe.« Ihre dunklen Augen blickten ihn beharrlich an. Barnaby verspürte ein Gefühl der Schwäche. Ihm war, als seien ihre Rollen nun vertauscht, als kontrolliere sie die Lage. »Sie müssen für mich zu dieser Polizeiwache gehen und sich nach Ben Beckman erkundigen. Ich werde Sie auch bezahlen.«

»Es wäre teuer«, erwiderte er sanft, als müsse er ihr erklären, wie Geschäfte ablaufen.

»Ich habe nicht viel Geld bei mir«, setzte sie an. Das hatte Barnaby schon erwartet. »Für den Anfang kann ich Ihnen allerdings einen Schuldschein über fünfzig Pfund ausstellen. Reicht das?« Barnaby seufzte. »Mrs. Beckman, ich würde Ihnen wirklich gerne helfen, aber ich bin hier nur angestellt. Ich kann keinen Fall auf ein bloßes Versprechen hin übernehmen. Nicht ohne Mr. Mantrells Erlaubnis.«

»Von einer Fremden, meinen Sie?«

»Ja.«

Sie schien darüber nachzudenken, bevor sie die feuchten Handschuhe auszog und auf den Schreibtisch legte. Dann öffnete sie ihre Handtasche, zog eine kleine Börse hervor und holte aus einem Fach ein Stück Papier. »Dies trage ich für den Notfall immer bei mir«, erklärte sie. »Es ist ein unterschriebenes Scheckformular.«

»Verstehe«, meinte Barnaby neugierig. »Geben Sie mir bitte einen Stift.«

Sie füllte den Scheck sorgfältig aus und gab ihn dem jungen Mann. »Die Bank ist zwei Häuser weiter. Würden Sie ihn bitte für mich einlösen.«

Er starrte sie an. »Er ist über hundert Pfund ausgestellt!«

»Ja. Und ich habe es sehr eilig. Wenn ich als schwarze Frau dorthin gehe, glotzen die mich nur an und verschwenden meine Zeit. Genau wie Sie.«

Er sagte ausweichend: »Soviel brauchen Sie nicht. Nicht einmal fünfzig. Falls wir den Fall übernehmen.«

»Gehen Sie!« befahl Diamond.

Während er zur Bank lief, untersuchte er den Scheck. Er war von einer gewissen Augusta Beckman unterzeichnet. Der Rest war in einer anderen Handschrift ausgefüllt. Barnaby hatte eigentlich erwartet, daß man ihn im hohen Bogen aus der Bank werfen würde, doch der Kassierer zählte ihm nur die Geldscheine vor und übergab sie ihm kommentarlos.

»So«, sagte sie bei seiner Rückkehr, »jetzt, wo das Honorar nicht länger nur ein Versprechen ist, sollten Sie Ihre Pflicht tun, Mr. ...«

»Glasson«, stammelte er. »Wenn ich gehe, muß ich das Büro abschließen.«

»Ich warte draußen. Aber beeilen Sie sich bitte.«

Als er eine Stunde später zurückkehrte, stand sie noch immer am selben Platz unter der Markise.

»Haben Sie meinen Sohn gesehen?«

»Ja«, erwiderte Barnaby und suchte nach seinen Schlüsseln.

»Geht es ihm gut?«

»Er ist verängstigt und hat ein paar Schläge abbekommen, aber ansonsten geht es ihm gut.« Er erwähnte nicht, daß die finsteren Gestalten in der überfüllten Zelle jedes Kind in Angst und Schrecken versetzen würden. »Kommen Sie herein, Mrs. Beckman. Ich habe alle Einzelheiten hier.«

Barnaby nahm hinter dem Schreibtisch Platz und las aus seinem Notizbuch vor. »Ben Beckman wurde gestern verhaftet, weil er auf den Docks Reverend Craddock eine Reisetasche voller Wertsachen gestohlen hat.«

»Das würde Ben niemals tun!« brach es aus Diamond heraus.

»Verhaftet hat ihn der Polizist Ray Dolan«, fuhr er fort. »Ich habe mit dem Jungen gesprochen, der sich selbst als unschuldig bezeichnet.«

»Natürlich ist er unschuldig!«

»Ich konnte keine Kaution beantragen, weil er noch nicht dem Richter vorgeführt worden ist. Das könnte ein paar Tage dauern.«

»Gut!« erwiderte sie. »Übrigens, ein Mann kam an die Tür, während Sie weg waren. Ich sagte ihm, Mr. Mantrell sei nicht da, und Sie seien gerade mit einem Gnadengesuch unterwegs.«

Barnaby stöhnte. Der liebe Himmel mochte wissen, wer das gewesen war.

»So, das ist alles, was ich im Augenblick tun kann. Bis jetzt beläuft sich das Honorar nur auf vier Guineas. Ich werde in Erfahrung bringen, wann er vorgeführt wird, und dann eine Kaution beantragen.«

»Nein, das werden Sie nicht«, entgegnete Diamond entschlossen. »Ich möchte, daß Sie ihm eine Empfehlung schreiben. Er ist minderjährig und sollte nicht an diesem Ort bleiben.«

»Das würde keinen großen Einfluß haben.«

»Ich weiß, Geld aber sehr wohl«, sagte sie grob. »Diese Lektion habe ich weiß Gott gelernt. Schreiben Sie ihm eine Empfehlung: er sei noch nie in Schwierigkeiten gewesen, er komme aus einer guten, angesehenen Familie –«

»Entschuldigen Sie bitte. Wenn ich erwähnen dürfte, daß sein Vater weiß ist. Ich habe bemerkt, daß –«

»Daß er ein Halbblut ist«, sagte Diamond gelassen. »Es wäre besser, wenn sein Vater ihn abholen würde. Er ist aber leider tot. Und wenn ich als Schwarze hingehe, wird mir selbstverständlich niemand zuhören. Also bleibt die Sache an Ihnen hängen, und Sie werden es nicht bereuen, Mr. Glasson.«

»Das ist nicht nötig«, murmelte er.

»Ich denke doch«, sagte sie mit einem beunruhigenden Lächeln. »Ben ist kein Straßenjunge. Wir leben in der River Road, Kangaroo Point. Eine gute Adresse, wie Sie in Ihrem Brief sicher erwähnen werden. Bitte schreiben Sie diese Empfehlung. Sie können auch sagen, daß er gebildet ist. Mr. Mantrell würde es gutheißen.«

Während sie Barnaby den Brief diktierte, vergaß er völlig, daß sie schwarz war. Plötzlich kam er sich vor, als stünde seine alte Lehrerin drohend hinter ihm.

»Gut«, bemerkte Diamond, als er den Brief mit dem Löschblatt trocknete und faltete. Dann zählte sie fünf Zehn-Pfund-Noten ab und schob sie in den Brief.

»Was machen Sie da?« stieß er hervor. »Soll ich etwa die Polizei bestechen?«

»Ja.«

»Guter Gott! Das kann ich nicht tun!«

»Mr. Glasson, mein Sohn ist unschuldig. Er hat es nicht nötig, die schmutzige Tasche irgendeines Predigers zu stehlen. Sie helfen nur der Gerechtigkeit auf die Sprünge, nicht wahr? Wir beide wissen, daß sich die Polizei einen Dreck um farbige Kinder schert. Aber fünfzig Pfund erkaufen meinem Sohn einen Freund auf der Polizeiwache. Sie müssen nur den Richtigen finden und Ben dort herausholen. Wenn nötig, werde ich die Summe verdoppeln.«

»Fünfzig Pfund sind Wahnsinn!«

»Genau. Ich werde meinen Sohn nicht in einem verkommenen Loch sitzenlassen, und er soll in seinem Alter auch nicht vor Gericht gezerrt werden. Bei allem Respekt für Sie und Mr. Mantrell, aber vor einem bigotten Richter wird auch die beste Verteidigung keine Chance haben.«

»Sie scheinen das System zu kennen«, sagte er nicht unfreundlich. Er bewunderte ihre Energie. »Aber leider kann ich Ihrer Bitte nicht nachkommen.«

»Sie wissen nie, was Sie können, solange Sie es nicht versucht haben«, erklärte sie. »Ich bezweifle, ob irgendein Polizist in diesem Gefängnis jemals fünfzig Pfund auf einem Haufen gesehen hat. Ich verlange nur, daß man die Anklage fallenläßt. Versuchen Sie, Constable Dolan zu finden.«

Er schüttelte den Kopf. »Ich verstehe Sie, aber diese Sache gefällt mir nicht.«

Sie legte die anderen fünfzig Pfund auf den Schreibtisch. »Sie holen Ben heraus, bezahlen Mr. Mantrells Honorar und behalten den Rest.«

»Jetzt wollen Sie auch noch *mich* bestechen!« japste er fassungslos.

»Ich bitte Sie um Ihre Hilfe«, sagte Diamond schlicht. »Es gibt keinen anderen Weg. Ich warte hier. Und Sie bringen mir meinen Sohn.«

»Ich werde es versuchen«, sagte Barnaby schließlich. »Ich werde Ihr Geld aber nicht annehmen.«

»Sie haben es sich auch noch nicht verdient. Doch was immer Sie tun, Ben soll nicht erfahren, daß ich ihn freigekauft habe. Es würde seinem Charakter schaden.«

Barnaby lachte. »Und mein Charakter ist Ihnen egal?«

»Betrachten Sie es als Teil Ihrer Ausbildung.«

Barnaby war erstaunt, wie einfach es war. Er fand Dolan, übergab ihm das Empfehlungsschreiben samt Geld und legte sich eine Entschuldigung zurecht für den Fall, daß sich der Polizeibeamte beschwerte. Soviel Geld war wirklich übertrieben.

Bestimmt bot niemand einem einfachen Polizisten solche Bestechungssummen an.

Doch als Dolan das Geld sah, ging ein Leuchten über sein Gesicht.

»Was ist das?« fragt er und hielt den Brief mit den Geldscheinen darin in die Höhe.

»Eine Empfehlung. Der Junge kommt aus einer guten Familie und ist sehr jung. Sie wünschen, daß man die Anklage fallenläßt.« Barnaby erwähnte mit keinem Wort das Geld.

»Eine Empfehlung also?« Dolan grinste. »Für so einen Haufen Geld würde ich hundert Anklagen fallenlassen. Ich hole Ihnen den kleinen Dieb.«

Als der Junge kam, stieß Dolan Barnaby in die Rippen. »Barnaby, mein Junge! Sie werden es in Ihrem Beruf noch weit bringen. Wenn ich Ihnen mal einen Gefallen tun kann, melden Sie sich einfach.«

Barnaby schrieb für die Kanzlei eine Empfangsbestätigung über vier Guineas aus und steckte den Rest des Geldes ein. Er fragte sich, ob er damit nun einen kriminellen Pfad statt den Weg des Gesetzes eingeschlagen hatte. Er rief einen Wagen für die fremde schwarze Frau und ihren Sohn. Als sie davonfuhren, sah er ihnen lange nach.

Auf dem Rückweg zum Büro hatte er sich die Geschichte des Jungen angehört und ihm geglaubt. Bis auf den Teil, in dem Ben behauptete, er wisse nicht, wer die Reisetasche gestohlen hatte. Der Kleine wußte es sehr wohl, hielt aber den Mund. Bewundernswert.

»Du solltest dich in Zukunft von den Docks fernhalten«, riet Barnaby dem Jungen mit der ganzen Weisheit seiner neunzehn Jahre. »Vielleicht kriege ich dich beim nächsten Mal nicht heraus.«

»Sie klingen wie meine Mutter«, brummte Ben.

Diese Frau faszinierte Barnaby. Als er allein war, holte er die Schlüssel heraus und öffnete einen Schrank in Joseph Mantrells

Büro. Er ging die privaten Akten durch, bis er eine mit dem Namen Beckman fand.

»Ich will verflucht sein!« bemerkte er, während er Seiten durchblätterte, die älter als zehn Jahre waren. »Sie heißt gar nicht Mrs. Beckman, sondern einfach nur Diamond!« Ursprünglich war sie mit vier Goldnuggets zu Mantrell gekommen.

Die Hauptbücher sahen sauber und übersichtlich aus. »Goldverkäufe«, las er immer wieder. »Sie muß den alten Mann über die Jahre praktisch mit Gold gefüttert haben. Ich frage mich, woher sie es hatte.«

Er stieß einen überraschten Pfiff aus. Die Transaktionen gingen immer weiter. Mantrell verkaufte Gold und investierte den Erlös unter dem Namen Augusta Beckman in der Bank nebenan. Auch das Haus in Kangaroo Point war auf diesen Namen eingetragen, doch die Empfangsbestätigungen für das Gold, die Quelle des Besitzes, waren immer auf Diamond ausgestellt. Er studierte Einträge über den Erwerb und Verkauf von Goldanteilen, entdeckte Aktienpakete über den Erwerb und Verkauf von Goldanteilen, entdeckte Aktienpakete der florierenden Newcastle Coal Company, dann folgten zwei versiegelte Testamente: von Augusta Beckman und Diamond.

Wer zum Teufel ist diese Diamond? fragte er sich. Auf ihn wartete eine Menge Arbeit, außerdem brannte ihm das Geld in der Tasche. Er beschloß, es lieber beiseite zu legen, statt es auszugeben. Mantrell oder seine Vermieterin könnten schließlich den Braten riechen. Er vertraute darauf, daß die Transaktion zwischen Diamond und ihm streng geheim bleiben würde.

Als Joseph Mantrell zurückkehrte und feststellte, daß mit Barnabys Hilfe die Anklage gegen Mrs. Diamond Beckmans Sohn fallengelassen worden war und daß dieser Dienst der Kanzlei vier Guineas eingebracht hatte, nickte er nur anerkennend. Er erwähnte nichts von Diamonds Herkunft, wofür ihn Barnaby bewunderte. Die Damen waren mit Hilfe dieses integren Mannes reich geworden.

Nach dieser Ernüchterung freute sich Ben auf den Job, den Oma ihm besorgt hatte. Seine Mutter war so glücklich, ihn zu sehen, daß sie ihn im Wagen beinahe zu Tode drückte. Kein Wort der Kritik kam über ihre Lippen, obwohl das unvermeidliche »Ich habe es dir ja gesagt« unausgesprochen zwischen ihnen stand.

Oma hatte geflüstert: »Du mußt auf deine Mutter hören. Sie weiß, was für dich am besten ist. In Zukunft mußt du von den Docks wegbleiben. Da gibt es nur Schwierigkeiten.«

Das hätte sie ihm nun wirklich nicht sagen müssen. Keinen Fuß würde er mehr in diese Gegend setzen. Noch immer stand er unter dem Schock der ungerechten Verhaftung und vor allem der nachfolgenden Mißhandlungen. Man hatte ihn gestoßen, geboxt, mit sabbernden Säufern und einem wilden Schwarzen, der die meiste Zeit furchtbar brüllte, in eine Zelle gesteckt. Sie erhielten nichts zu essen. Als schließlich ein Eimer Wasser in die Zelle gebracht wurde, stieß ihn jemand um. Ben bekam keinen Tropfen ab. Es war die längste Nacht seines Lebens, die er zusammengekrümmt in einer Ecke dieses stinkenden Loches verbrachte.

Er weigerte sich, als Oma ihn zu O'Neills Ställen begleiten wollte.

»Ich bin doch kein Baby! Ich weiß, wo die Ställe sind.«

»Aber du kommst einen Tag zu spät. Du mußt dich entschuldigen.«

Diamond trat in die Küche. »Ich hoffe, sie nehmen ihn noch.«

»Wenn nicht, dann nicht«, meinte Bens Großmutter. »Dann müssen wir eben etwas anderes finden. Ich habe dir doch gesagt, du sollst im Bett bleiben, Diamond.«

»Heute geht es mir schon viel besser. Es war nur die Sorge um Ben. Und ich wollte mich doch an seinem ersten Arbeitstag von ihm verabschieden.« Sie küßte ihn auf die Wange. »Ist das nicht aufregend?«

Er wich ihr aus.

»O Mum! Es ist nur ein Job!«

»Mehr als das. Du mußt alles tun, was man dir sagt, und lernen …«

Er wartete den Rest der Lektion nicht mehr ab, sondern schnappte sich Omas großzügiges Paket, in dem sich Essensvorräte für eine ganze Woche befanden. Dann machte er sich auf den Weg den Hügel hinunter, um die erste Fähre zu nehmen.

In den Ställen traf er bald auf Mr. O'Neill, einen großen Mann mit graumeliertem Bart und einer Stimme wie ein Nebelhorn.

»Du bist also Benny?«

»Ja, Sir. Tut mir leid, daß ich nicht schon gestern kommen konnte, aber –«

Der Boß fiel ihm ins Wort.

»Besser spät als nie, Kumpel.« Er wandte sich an einen jungen Mann, der gerade die große Doppeltür öffnete. »He, Cash! Komm mal her. Das ist Benny, der neue Stallbursche.« Er grinste Ben an. »Mein Sohn und Erbe. Wird dir zeigen, was zu tun ist.«

Ben betrachtete den jungen Burschen. Cash schien ein paar Jahre älter zu sein als er, war auch größer, mit schwarzen Lokken, gutgeschnittenen Gesichtszügen und einem strahlenden Lächeln. Seine leuchtend blauen Augen funkelten vor Vergnügen. Ben meinte, auch Bosheit darin zu entdecken, einen gewissen Anflug von Gewalt. In seiner Gesellschaft konnte alles passieren. Er erinnerte Ben an Willy in einem seiner glücklichen Momente, doch der Junge von den Docks würde niemals so gut aussehen oder so selbstsicher wirken wie Cash.

Der Sohn und Erbe war jedoch freundlich, und Ben mochte ihn.

Am Ende der Woche hatte sich die Sympathie in Heldenverehrung verwandelt.

»Hier fängst du an«, hatte Cash erklärt. »Zuerst mache ich dich mit den Pferden bekannt. Weißt du etwas über Pferde?«

»Nein, wir haben keine.«

»Okay. Dann hör gut zu. Es sind nicht einfach Pferde, sondern Menschen, nur viel schlauer. Wenn du sie gut behandelst, sind sie auch gut zu dir. Genau wie ich. Aber komm nie auf die Idee, ein Pferd zu mißhandeln, sonst kannst du was erleben.«

Während sie durch die Ställe gingen, nahm sich Cash Zeit für die Tiere, streichelte und tätschelte sie. Ben war fasziniert – nicht nur von Cashs Einfühlsamkeit, sondern auch von den Pferden selbst.

Sie schienen zu merken, daß er neu war, und betrachteten ihn neugierig und abschätzend.

»Du schaufelst den Mist auf die Schubkarre und fährst ihn zum Komposthaufen hinter den Ställen«, erklärte Cash. »Du machst die Ställe sauber, der markierte Bereich muß mit Wasser abgespritzt werden. Frisches Heu. Frisches Wasser in den Trog. Den mußt du auch sauberhalten. Dann gehst du zu Dennis und hilfst ihm mit den Pferden.«

»Wer ist Dennis?«

»Dein Boß. Was er nicht über Pferde weiß, muß auch sonst keiner wissen. Manche von ihnen sind Rennpferde, andere werden nur geritten. Die Besitzer sind meistens echte Nervensägen, aber du kannst ihnen ja aus dem Weg gehen.«

»Sie gehören nicht euch?«

»Natürlich nicht. Dad und ich haben unsere eigenen Pferde auf der Koppel. Die Schätzchen hier werden nur von uns versorgt. Im Auftrag der Leute aus der Stadt, die keine eigenen Ställe haben.«

Ben kam es nicht wie Arbeit vor, sauberzumachen und mit Dennis herumzulaufen, einem verschrumpelten alten Männchen, das aber ebenso freundlich zu seinen Pferden war wie Cash.

In den Ställen herrschte reger Betrieb, Leute kamen und gingen, immer gab es etwas zu tun – Sättel polieren, die Pferde zum Hufschmied nebenan führen und abholen. Dies war Bens Lieblingsort. Er sah dem Schmied gern bei der Arbeit zu und beobachtete fasziniert, wie die rotglühenden Hufeisen aus dem

Ofen kamen, lauschte dem Lärm des Hammers auf dem Amboß und bewunderte die Geduld der Tiere.

Wenn er abends um sieben von der Fähre kam, warteten dort bereits Oma und seine Mutter begierig auf seine Neuigkeiten. »Was macht ihr hier?« beklagte sich Ben, peinlich berührt. Sie behandelten ihn noch immer wie ein Kind, wo er doch ein Mann war, der seinen Lebensunterhalt verdiente: drei Shilling pro Woche.

Am Freitag nachmittag zeigte ihm Dennis, wie man dem Pferd Sattel und Zaumzeug anlegt, und schob ihn dann hinauf. »Wird Zeit, daß du richtig reiten lernst, Benny«, meinte er. »Wir üben so lange, bis du es kannst.«

An diesem Abend kam Ben triumphierend mit seinem Gehalt in der Hand nach Hause. »Ich kann reiten«, teilte er seiner Oma mit. »Der alte Dennis sagt, ich wäre ein Naturtalent.«

»Das ist wunderbar. Aber sei bitte ruhig. Deiner Mutter geht es nicht gut. Ihre Erkältung ist zurückgekehrt. Bei diesem heißen Wetter ist das sehr unangenehm. Man weiß nie, ob man Fieber hat oder einfach nur schwitzt. Sei ein guter Junge und iß dein Abendbrot.«

Am Samstag war viel zu tun. Ben mußte eine Besorgung für Dennis machen und hörte auf seinem Weg durch die Sattlerei, wie sich Cash mit seinem Vater stritt.

»Du kriegst den Nachmittag nicht frei!« schrie Mr. O'Neill. »Du wirst gefälligst hierbleiben und arbeiten.«

»Aber Ransom und Lady Lou laufen heute.«

»Das ist mir verdammt egal! Hier gibt es jede Menge zu tun.«

»Wenn du glaubst, daß ich mein Leben mit dem Zusammenflicken von Sätteln verbringe, hast du dich geirrt!« gab Cash wütend zurück. »Ich will Trainer werden.«

O'Neill lachte. »Und wie du Trainer wirst. Du würdest jedes Pfund, das du verdienst, den Buchmachern in den Rachen werfen. Du wirst nicht zum Rennen gehen, Schluß, aus. An die Arbeit!«

Doch als der Boß zum Mittagessen nach Hause ging, beobachtete Ben, wie Cash herausgeputzt auf die Straße schlenderte.

Dennis schüttelte den Kopf. »Der Kerl ist wieder zum Rennen gegangen! Sein alter Herr wird ihm die Hölle heiß machen, wenn er es merkt!«

»Was passiert dann?« erkundigte sich Ben nervös.

»'ne Menge Krach, macht uns alle ganz verrückt, aber er kann seinen Sohn nicht rauswerfen. Am besten, wir arbeiten weiter und überprüfen alles, sonst kriegen wir auch noch was ab.«

2

Wenn Lalla ein Dinner gab, scheute sie weder Kosten noch Mühen, um ihre Gäste zu beeindrucken. Die Tatsache, daß ihr Kleid mehr als zweihundert Pfund gekostet hatte, war ein offenes Geheimnis.

»Genug, um vier Pferde mit Wagen zu kaufen«, sagte Biddy vorwurfsvoll zur Köchin. »Es grenzt an ein Verbrechen, soviel Geld für ein Kleid auszugeben.«

»Sei vorsichtig«, warnte die Köchin. »Ich habe die Missus zur Schneiderin sagen hören, daß keiner wissen soll, wie teuer es war.«

»Von wegen! Sie weiß ganz genau, daß ihre feine Madame Grace das größte Plappermaul der Stadt ist. Und wenn sie erst in dem Kleid die Treppe herunterkommt, weiß ohnehin jeder, daß es ein Vermögen gekostet hat.«

Obwohl sie Lalla Thurlwells Extravaganz verabscheute, konnte Biddy eine leise Bewunderung nicht unterdrücken. Die Köchin war beeindruckt. »Ich würde es so gern sehen.«

»Ich kann es dir nicht zeigen. Es hängt oben auf dem Ständer und ist mit Tüchern abgedeckt, damit kein Stäubchen darauf landet. Wenn ich ein Tuch abnehme, würde sie es bemerken. Du kennst sie doch. Aber ich sage dir, es ist das Gewand einer Königin, aus schwerem elfenbeinfarbenem Satin, von oben bis unten mit kleinen silbernen Perlen besetzt. Ich wette, sie strahlt heller als die Kronleuchter!«

»Guter Gott!« japste die Köchin mit aufgerissenen Augen.

»Aber Perlen bedeuten Tränen«, meinte Biddy.

»Das wußte ich nicht.«

»Sie wohl auch nicht. Ebensowenig wie Mr. Edgar, der Bruder vom Boß. Der hat ihr zum Geburtstag die Diamantohrringe mit den Perlen geschenkt. Die wird sie heute abend bestimmt tragen.«

»Wer würde so ein teures Geschenk machen? Sie braucht sie nicht. Hat ja schon einen Haufen Juwelen.«

»Weil sie dieses ganze Theater nur für ihn veranstaltet. Er ist der Ehrengast.«

Das war er in der Tat, und Lalla hatte die feste Absicht, eine überaus erfolgreiche Dinnerparty zu arrangieren. Schließlich stand das Vermögen der Thurlwells auf dem Spiel.

Sie saß an dem kleinen Schreibpult in ihrem Boudoir und überflog die Liste mit den letzten Details. Gelegentlich warf sie einen Blick über die Schulter auf ihr mit Tüchern verhängtes Kleid. Lalla konnte es gar nicht abwarten, das schönste Abendkleid, das die Kolonie Queensland je gesehen hatte, anzuziehen und darin auf die Treppe hinauszuschreiten.

Abgesehen von der Tatsache, daß sie einfach hinreißend aussehen und alle Frauen in den Schatten stellen würde, war es unbedingt notwendig, die Gäste mit dem Reichtum der Thurlwells zu beeindrucken. Investoren folgten dem Geld auf dem Fuß, jagten es wie Hunde, japsten und kläfften, bevor sie ihre Zähne in die Beute schlugen. Ein Hauch von Gefahr hingegen konnte sie auf die falsche Fährte locken und in alle Winde zerstreuen, so daß sie den Preis, den Edgar ihnen vor die Nase hielt, übersahen. Wenn sie ihm zuhörten, konnte er sie jedoch alle zu Millionären machen.

Lalla seufzte. Edgar war ein großer Mann mit großen Ideen, aufregend, stark, großzügig und entschlußfreudig. Mit anderen Worten das genaue Gegenteil von William, der sich damit begnügte, im Schatten seines Bruders zu leben und sich seiner ärztlichen Praxis zu widmen, während Edgar alle Investitionen ihrer diversen Firmen betreute.

Edgar war nach Amerika gefahren, um mit den sagenhaft reichen Eisenbahnmagnaten zu sprechen, ihre Stahlwerke zu besichtigen und in ihren privaten Luxusabteilen zu fahren. Als er zurückkehrte, besaß er alle nötigen Informationen, um selbst Eisenbahnen zu bauen. Lalla hatte seinen Schilderungen von den Reisen und einer Bekanntschaft mit den sogenannten »Eisenbahnbaronen« atemlos gelauscht. Bei der Beschreibung ihrer prachtvollen Häuser geriet sie vollends in Entzückung.

»Es ist ganz einfach«, erklärte Edgar seinem Bruder, »deshalb müssen wir schnell handeln, bevor uns jemand zuvorkommt. Ich habe die Unterlagen fertig; du mußt nur noch unterzeichnen, und schon nimmt die Western Railroad Company ihre Geschäfte auf.«

»Hört sich für mich gar nicht einfach an«, murmelte William. »Es klingt nach viel Arbeit und außerdem zu schön, um wahr zu sein.«

»Wie kannst du so etwas sagen?« rief Lalla. »Hat Edgar nicht genügend Beweise für die Chancen privater Eisenbahnen mitgebracht?«

Als habe er Williams Zögern vorausgesehen, schob Edgar Lalla einige Papiere hinüber. »Deine Begeisterung rührt mich, meine Liebe, und daher habe ich mir die Freiheit erlaubt, dich als Aktionärin einzusetzen. Für dich sind tausend Anteile reserviert, falls du sie übernehmen möchtest.«

»Tatsächlich?« Sie war geschmeichelt, bemerkte aber trotzdem Edgars subtilen Schachzug. Wenn sie dem Projekt aufgeschlossen gegenüberstand, würde und könnte William seine Zustimmung nicht verweigern. »Du bist so rücksichtsvoll, Edgar. Ich hätte nur zu gern einen Anteil an einem solchen Unternehmen, und wenn er noch so klein wäre.«

»Wie funktioniert es doch gleich?« fragte William, dessen Zurückhaltung allmählich dahinschmolz.

»Habe ich dir doch erklärt. Zunächst wählen wir die Strecken aus. Für den Anfang denke ich an die Route von Rockhampton in Richtung Westen nach Longreach. Eine lebenswichtige Verbindung. Dann legen wir den ersten Abschnitt der Küstenlinie, von Brisbane nach Norden bis Bundaberg. Die Regierung hat zwei Jahrzehnte gebraucht, um die Eisenbahn von Brisbane nach Charleville zu bauen. Wir zeigen ihnen, daß ein Privatunternehmen dasselbe in wenigen Jahren schaffen kann! Ich erwarte, daß, wie in Amerika auch, die Staatsregierung mit uns kooperieren wird, indem sie freie Landzuteilungen entlang der Strecken vornimmt. Dann kommen wir problemlos voran und verschwenden keine Zeit.«

William zeigte sich noch immer besorgt. »Warte mal. Mir ist klar, daß die Gesellschaft durch kostenlose Landzuteilungen eine Menge Geld sparen würde, aber warum sollte die Regierung da mitspielen?«

Lalla war außer sich. »William! Die Western Railroad Company würde ihr einen Riesengefallen tun, wenn sie den Westen für die Viehzüchter und Siedler zugänglich macht. Dann hätten sie eine Eisenbahnverbindung anstelle der Wagen und Ochsengespanne auf diesen schrecklichen Straßen. Das können sie einfach nicht ablehnen.«

»Denk daran, daß entlang unserer Bahnstrecken Städte entstehen werden«, meinte Edgar. »Da wir wissen, wo das sein wird, könnten wir das Land aufkaufen und beträchtliche Profite für unsere Immobiliengesellschaft einfahren. Die Städte würden praktisch uns gehören, wie es auch bei einigen unserer amerikanischen Freunde der Fall ist. Es ist die Chance unseres Lebens, William. Wir behalten den Hauptanteil der Aktien, doch für ein Projekt dieser Größe brauchen wir weitere Investoren. Ich habe schon den Kauf des Stahls bei britischen Firmen in die Wege geleitet. Damit sind wir beinahe startklar. Was noch fehlt, ist zusätzliches Kapital, damit wir der Regierung das Projekt vorstellen können. Sie können nicht nein sagen!«

Sie können nicht nein sagen. Edgars Worte hallten in Lallas Kopf wider, als sie ihr Haar vor dem Baden löste. Nachdem er begonnen hatte, den Banken und Geschäftsleuten sein Projekt vorzustellen, waren die Schwarzmaler aus ihren Löchern gekrochen. Sie behaupteten, daß Queensland nicht genügend Einwohner für solche hochfliegenden Pläne besäße, und vergaßen darüber, daß die Eisenbahnen neue Siedler anlocken würden. Sie lehnten die Landzuteilungen an private Unternehmer ab und suhlten sich geradezu in ihren festgefahrenen, sozialistischen Ansichten. Manche bezeichneten Edgars amerikanische Freunde und Berater sogar als »Räuberbarone«, was Lalla auf die Palme trieb. Und nun trat auch noch dieses Schreckgespenst der Föderation auf den Plan!

Nicht wenige der Staatspolitiker standen auf Edgars Seite. Wenn sich die Staaten jedoch zusammenschlossen, hätte er noch viel Überzeugungsarbeit zu leisten – und Bestechungsarbeit, wenn nötig, dachte Lalla mit einem Lächeln. Es gab schon Gerüchte, daß bei einem Zusammenschluß der Staaten zu einer Nation die Eisenbahnen von föderalistischen Politikern verwaltet werden sollten. Dann würde alles davon abhängen, wer wann in welches Amt gewählt wurde.

»Es ist einfach zuviel«, sagte sie und klingelte nach dem Mädchen. Was als aufregender und finanziell brillanter Plan begonnen hatte, wurde nun durch dieses Förderationsgeschwätz verzögert. Die Investoren würden eine abwartende Haltung einnehmen. Edgar steckte zur Zeit seine gesamte Energie in die Suche nach Unterstützung und verließ sich dabei auf Lallas Hilfe. Laut ihrem Schwager sollte sie lediglich alle Vorstellungen eines vereinten Australien verächtlich machen, denn dieser Zusammenschluß bedeutete in Wirklichkeit, daß bevölkerungsärmere Staaten wie Queensland und Westaustralien von Melbourne oder Sydney aus regiert würden.

Selbst William zeigte sich nun bereit, seinen Einfluß in die Waagschale zu werfen. Letztendlich hatte Edgar ihn überzeugt. Er ärgerte sich über die Politiker, die ihnen Hindernisse in den Weg legten und die unteren Klassen in ihrer Vereinigungswut bestärkten, statt fähige Männer zu unterstützen, denen nur die Interessen ihres Staates am Herzen lagen. »Die Nächstenliebe beginnt zu Hause«, sagte er oft. »Wir kümmern uns um Queensland, und die anderen kümmern sich um ihren Kram.«

Heute abend würden sie vierzehn bei Tisch sein. Die Männer waren in der Überzahl, doch das ließ sich nicht ändern.

Lalla hatte sich immer geweigert, sich den Konventionen zu beugen und ihre Tafel wahllos mit Frauen zu bestücken. Das galt besonders für Gelegenheiten wie diese, bei denen Edgar Zeit benötigte, um die Probleme von Eisenbahn und Antiföderalismus vorzustellen. Wie Lalla glaubte er, daß geschäftliche Unterhaltungen nach dem Essen, wenn sich die Frauen zurückgezogen hatten, reine Zeitverschwendung seien. Bis dahin waren die Männer meist angetrunken und konnten der Unterhaltung nicht mehr folgen.

Die Buchanans wohnten als Gäste bei ihnen, so daß Lalla wohl oder übel Clara mit an den Tisch setzen mußte. Natürlich mußte sie auch Claras verwitwete Mutter einladen.

Sie kicherte. Als Junggeselle stand ihr Schwager Mrs. Foster, die ihn als potentiellen dritten Ehemann zu betrachten schien, sehr mißtrauisch gegenüber. Diesmal mußte er sich mit ihrer Anwesenheit abfinden. Lalla hoffte, daß die überaus gesprächige Frau neben Edgar am Tisch etwas ruhiger würde. Seine Gegenwart konnte vielleicht verhindern, daß sie das gesamte Gespräch an sich riß.

Lalla wußte, daß sie die feine Gesellschaft schockiert hatte, als sie Dinnerparties ohne weibliche Gäste gab. Man nannte das ihre »Raucherabende«, doch es störte sie nicht weiter. Ihre gastgeberischen Fähigkeiten waren so hervorragend, daß sich die Männer nicht beklagen konnten. Außerdem zog sie sich nach dem Essen immer zurück und ließ die Herren bei Brandy und Zigarren allein, nachdem sie ohne Ablenkung durch einfältige Frauen das Gespräch in die richtigen Bahnen gelenkt hatte.

Einfältige Frauen wie Clara Buchanan. Lalla konnte nicht begreifen, daß ein Mann wie Ben diese Vogelscheuche geheiratet hatte. Vielleicht reizte ihn das Geld der Fosters, obwohl man sich erzählte, daß Belle die Hand darauf hielt. Dieses Geld würde den Buchanans jedenfalls nicht helfen, wenn ihre Viehstation mit einer Dürreperiode zu kämpfen hatte. Regen ließ sich nicht kaufen. Lalla dachte mit einem Schauder an das Gerede von Dürre und sterbendem Vieh. Der arme Ben, er sah so gut aus. Groß und blond, ein typischer Mann vom Land – und im Gegensatz zu seiner Frau immer fröhlich, ein ausgezeichneter Gesellschafter.

Sie hatte oft bemerkt, wie Ben sie beobachtete. Um ehrlich zu sein, waren es jene bewundernden Blicke, die ihr viele andere Männer auch zuwarfen. Bei Ben empfand sie es jedoch anders. Seine eindringliche Persönlichkeit erregte Lalla, sie bildete einen starken Gegensatz zu Williams fadem Wesen. Als sie ihren Mann kennenlernte, war auch er lebhaft und fröhlich gewesen, doch im Laufe der Ehe hatte er sich in einen langweiligen, pompösen und von seiner eigenen Wichtigkeit überzeugten Menschen verwandelt. Sie stieß einen Seufzer aus. »Nun ja, solange er sich mit seinem Beruf beschäftigt und mich in Ruhe läßt …«

Heute abend würde sie Ben Buchanan neben sich in der Mitte des Tisches plazieren. William und Edgar sollten ruhig an den Kopfenden der Tafel sitzen. Clara konnte sie neben William unterbringen, und der Rest der Politiker und Funktionäre würde sich um die Gastgeberin versammeln. Ein ganz hervorragendes Arrangement.

Als die Gäste aus dem Wohnzimmer herüberkamen, stellte Ben Buchanan hocherfreut fest, daß er neben Lalla sitzen würde. Er war von ihr fasziniert und empfand sie als eine der schönsten Frauen, denen er jemals begegnet war, elegant und ruhig. Doch unter dieser Ruhe schlummerte eine starke, entschlossene Frau, die überaus erotisch wirkte.

Das Eßzimmer erstrahlte im Glanz der Kerzenleuchter und des glitzernden Tafelsilbers; rote Rosen mit silbernen Blättern schmückten den Tisch. Der perfekte Rahmen für Lalla, deren elfenbeinfarbene Robe sich von der dunklen Kleidung der Männer abhob, dachte Ben. Pech für Belle Foster in ihrem großkarierten Taftkleid. Und was Clara betraf … – nun ja, in ihrer beigen Spitze wirkte sie beinahe unsichtbar. Ben zuckte die Achseln, als sie ihre Plätze einnahmen. Clara mußte selbst wissen, wie sie sich kleidete. Für ihn gab es wichtigere Dinge, schließlich entfaltete sich vor ihm die Aussicht auf eine neue Karriere. Diese Chance würde er sich nicht entgehen lassen.

Vor Jahren hatte ihm der Gouverneur höchstpersönlich vorgeschlagen, er solle in die Politik gehen. Er hätte diesen Rat auch befolgt, wäre nicht das Schicksal dazwischengetreten. Durch den Tod seines älteren Bruders sah sich Ben gezwungen, die Viehstation zu übernehmen, da auch ihr Vater nicht mehr am Leben war. Manchmal entwickelte sich jedoch alles wunschgemäß. Buchanan hatte sich einen Namen als erstklassiger Viehzüchter gemacht, reich geheiratet und bewegte sich auch immer in den besten Kreisen von Sydney und Brisbane. Mit achtunddreißig fühlte er sich nun sehr viel besser auf politische Aufgaben vorbereitet als damals mit einundzwanzig. Kein Schlitzohr aus Brisbane konnte ihm jetzt noch etwas vormachen. Das galt auch für den beredten Edgar Thurlwell, der angedeutet hatte, daß er und seine Kumpane sich nicht lumpen lassen würden, wenn Ben den freien Abgeordnetensitz von Padlow übernahm. Genau das würde er auch tun, wenn die Belohnung dementsprechend war.

Parlamentarier zu sein kostete Geld. Als junger Mann hatte ihn das nicht weiter gestört – das war der Preis, den man für den Ruhm zahlen mußte –, doch die Erfahrung lehrte ihn, daß viele arme Politiker auf geheimnisvolle Weise zu Zeitungsbesitzern und einflußreichen Aktionären großer Firmen avancierten. Obwohl Ben keineswegs arm war, erwies sich Fairmont, seine Viehstation bei Charleville, nicht als die erhoffte Investition. Zunächst hatte vor allem das Haus seine Aufmerksamkeit erregt: sehr geräumig, kühl und wunderbar ausgestattet, ein idealer Rahmen für gesellschaftliche Einladungen. Außerdem spielte die Nähe zu den Märkten von Brisbane eine wichtige Rolle. Nach Jahren im hohen Norden wirkte die Viehstation, die nur fünfhundert Meilen westlich von Brisbane lag, wie ein

Geschenk des Himmels. Ben hatte sie nach der ersten Besichtigung gekauft. Wie sollte er auch wissen, daß eine Dürreperiode bevorstand?

Er schob die Zweifel beiseite. Dürren gab es überall in Australien, er hatte keinen Fehler begangen. Außerdem konnte inzwischen längst der Regen eingesetzt haben.

Ben beobachtete, wie seine Gastgeberin auf ihn zuschwebte, sah ihre aufregend grünen Augen und den rosigen Mund, der unerreichbar und einladend zugleich wirkte. Er spürte ihre Körperwärme, als sie sich neben ihn setzte und wie zufällig seine Hand streifte. Er wußte jedoch, daß es kein Zufall war.

»Ich bin froh, daß Mrs. Foster uns heute abend die Ehre gibt«, sagte sie mit einem zauberhaften Lächeln.

Ben nickte und dachte bei sich, so siehst du aus, mir kannst du nichts vormachen. »Mrs. Foster ist entzückt, daß Sie an sie gedacht haben.«

Lalla gab sich zurückhaltend und überließ ihrem Mann die Konversation, als sich alle am Tisch niedergelassen hatten. Ben blickte von der Seite auf ihre üppigen Brüste und den tiefen, satingefaßten Ausschnitt. Seine Gastgeberin hatte wirklich einiges zu bieten.

Die beste Aussicht im Haus, sinnierte er. Diese Frau würde ihm einfach in den Schoß fallen und konnte darüber hinaus äußerst nützlich sein.

Nur mit Mühe wandte er die Augen von ihr ab und begann eine Unterhaltung mit seinem anderen Tischnachbarn, Royce Davies, dem Parlamentsabgeordneten von Ipswich.

Die Kristallgläser schillerten, als die Diener den Wein einschenkten. Dann wurde der erste Gang, Lachs in einer leichten Zitronensauce, serviert. Die Stimme von Bens Schwiegermutter dröhnte über den Tisch. Clara verhielt sich sehr still. William erinnerte alle daran, daß Buck Henry zu seiner Rechten, der Präsident des Rennclubs, ein ausgezeichneter Angler war. Geübt und selbstsicher, mit samtiger Stimme unterhielt sich die Gastgeberin mit ihren Tischnachbarn und bestimmte das

Tempo der Konversation. Zur gleichen Zeit spürte Ben, wie ein Fuß im Seidenstrumpf an seinem Bein entlangrieb.

Er ignorierte es absichtlich, obwohl eine heiße Flamme durch seinen Körper schoß. Wenn du mich willst, mußt du dir schon Mühe geben. Nur weiter so.

In einer Nische stimmten drei Geiger romantische Melodien an, so dezent, daß sie die Gespräche nicht störten; Teller wurden abgeräumt, eine klare, wohlschmeckende Suppe kam auf den Tisch, der Wein floß, und man trank auf die Königin.

Ben war nicht überrascht, als sich die Unterhaltung dem Thema Eisenbahn zuwandte. Er wünschte, er hätte genügend Geld, um einzusteigen, denn in seinen Augen schien Edgars Idee die beste seit Jahren. Vielleicht konnte er einen Kredit aufnehmen.

Royce Davies zeigte sich jedoch weniger beeindruckt. Er leerte sein Weinglas und unterbrach den Präsidenten des Rennclubs, der ihm gegenübersaß. »Sehe keinen Sinn darin. Soll doch die Regierung die Eisenbahn bauen.«

Lalla beugte sich vor. »Mr. Davies, zu Ihrem Glück gibt es eine Bahnverbindung nach Ipswich. Aber denken Sie auch einmal an die anderen Leute vom Land. Wenn sich die Regierung darum kümmert, dauert es noch hundert Jahre. So uneinsichtig werden Sie doch nicht sein?«

Davies sollte sich einen Bart wachsen lassen, dachte Ben. Sein permanenter Bartschatten verlieh ihm ein undurchsichtiges, ungepflegtes Aussehen. Er strich über seinen eigenen dichten Schnurrbart und beobachtete, wie Davies dahinschmolz – nicht so sehr aufgrund seines Mitleids mit den Landbewohnern, sondern wegen des hinreißenden Lächelns der Gastgeberin.

»Da haben Sie nicht unrecht, Mrs. Thurlwell«, gestand er, »darüber muß ich nachdenken.«

»Sie sollten das Projekt besser unterstützen«, donnerte Belle Foster vom anderen Ende der Tafel. »Stimmen Sie für Queensland, bevor uns dieser Föderalistenmob ausquetscht!«

»Die machen nur heiße Luft«, entgegnete Davies und

schnippte mit den Fingern, damit sein Weinglas nachgefüllt wurde.

»Da wäre ich mir nicht so sicher«, meinte Belle. »Ein Vögelchen hat mir zugezwitschert, daß unser Premierminister in diesem Augenblick eine Reise nach Hobart vorbereitet, um an der Staatenkonferenz teilzunehmen. Und mehr noch, den Zeitungen im Süden zufolge leitet er sogar die Vereinigungsbestrebungen!«

»Das kann nicht sein!« Alle Augen richteten sich auf Henry Templeman, einen reichen Viehzüchter und Mitglied des Staatsparlamentes, der den nördlichen Bezirk Gladstone vertrat. »Lieber lasse ich mich erschießen, als mit diesen Nachrichten zurückzukehren. Die zu Hause werfen mir doch vor, ich würde Queensland verkaufen.«

»Dann sollten Sie lieber bald mit dem Premier sprechen«, grinste Davies. »Es geht um Ihre Partei.« Er sah zu Edgar hinüber. »Die Föderation wird Ihre Eisenbahnpläne vernichten, Mr. Thurlwell.«

Ben fand, daß es an der Zeit sei, sich öffentlich auf die Seite seiner Gastgeber zu schlagen, die ihn ebenfalls unterstützt hatten. »Royce, die können über ihre Föderation reden, bis sie ihnen zu den Ohren herauskommt. Mein Onkel ist Premierminister von Westaustralien, und dort will man nichts davon hören. Notfalls werden sie sich allein gegen die Föderation stellen. Womöglich ist Westaustralien der größte Staat der Welt und besitzt ungeahnte Reichtümer an Gold und anderen Bodenschätzen. Warum sollten die sich für einen Haufen Leute aus dem Osten interessieren?«

William schien verwirrt zu sein. »Hätte das etwas zu bedeuten? Es könnte doch eine Föderation der anderen Staaten geben.« Obwohl er sie nicht ansah, spürte Ben Lallas Verärgerung über diese Worte ihres Ehemannes. Wollte er etwa das Vorhaben zerstören und den Eindruck vermitteln, die Föderation sei unausweichlich? Das fragliche Werk war nichts anderes als Edgars Western Railroad Company.

Um Williams Mangel an politischem Taktgefühl auszubügeln, ergriff Ben erneut das Wort. »Man kann wohl kaum eine Föderation bilden, wenn sich nur eine Hälfte des Kontinents dafür ausspricht, alter Junge. Ich bezweifle, daß unsere verehrte Königin dies gutheißen würde.«

»Hört, hört!« Das Gespräch wendete sich nun der allgegenwärtigen, geliebten Majestät in Gestalt der Königin Victoria zu.

Lalla drückte Bens Arm. »Ich kann nicht begreifen, warum Sie nicht schon früher in die Politik gegangen sind. Sie besitzen einfach den richtigen Instinkt für solche wichtigen Fragen.«

»Hatte bisher noch keine Zeit.« Ben schenkte ihr nun seine volle Aufmerksamkeit und ließ seine Blicke offen über ihr einladendes Dekolleté wandern. »Darf ich meiner Gastgeberin mitteilen, daß sie heute abend einfach hinreißend aussieht?«

»Danke«, murmelte sie, »das ist sehr freundlich.«

Lalla verstand sich ausgezeichnet aufs Flirten. Ihre Fröhlichkeit schien sich auf die ganze Gesellschaft zu richten. Als jedoch die Kellner die Servierwagen aus der Küche schoben und sich begeisterte Stimmen erhoben, lehnte sie sich näher zu Ben. Er spürte wieder ihre Wärme und Erregung. Er begehrte diese Frau, wollte sie besser kennenlernen als bei diesem öffentlichen Anlaß, und früher oder später …

»Diese Spezialität hatte ich Mr. Davies versprochen«, erklärte Lalla. »Frühere Gäste schwärmten davon. Es gibt entweder geröstete Ente, gefüllt mit einer Cognacpastete, oder geröstete Ente mit Hummerfüllung. Sie haben die Wahl.« Lalla lachte. »O Gott, ich bin nicht sicher, welche Ente nun welche ist, aber die Diener werden es wissen.«

»Kann man auch beides nehmen?« fragte Davies, der sich den Rotwein von den Lippen tupfte und wiederholt den Schweiß von der Stirn wischte.

»Nehmen Sie, was Sie möchten, Mr. Davies. Wir sind erfreut über Ihre Gesellschaft, Sie sind so schwer zu bekommen.«

Die Kellner trugen dampfende Silberschüsseln herein. Ein

Summen der Vorfreude lag im Raum, Gelächter und Wortfetzen, während die Gäste Seitenblicke auf das knusprig-braune Geflügel und die verlockenden Beilagen warfen. Es war ein wirklich unterhaltsamer Abend, ein weiterer Erfolg für Lalla Thurlwell.

Und dann geschah das Unglück.

Der Butler stolperte ins Zimmer.

Zunächst dachte Ben, er jage hinter einer Katze oder einem Hund her, doch dann stürmte ein Junge ins Eßzimmer, rief nach dem Doktor und wich den Händen des Butlers aus. Ein Kellner taumelte zur Seite und vollführte einen Balanceakt mit seinem Tablett. Beinahe gelang es ihm, es festzuhalten, doch da schoß Templeman im allgemeinen Durcheinander von seinem Stuhl hoch. Belle rief ihm noch zu aufzupassen, doch es war schon zu spät. Er rammte das Tablett mit der Schulter, und zwei geröstete Enten in köstlicher Sauce klatschten auf das jungfräuliche Tischtuch, während der Wein nach allen Seiten spritzte.

Der Junge rannte an Buchanan vorbei, der einen säuerlichen Hauch von Pferdestall wahrnahm, und prallte mit weiteren Kellnern zusammen. Jemand versuchte, ihn zu packen, griff aber in die Luft. Das Silber klirrte, ein Teller fiel scheppernd zu Boden. Die Gäste saßen mit offenem Mund da, während die zerbrechlichen Kristalle der Leuchter erbebten.

William kam stolpernd auf die Füße. Der Junge schrie irgend etwas von seiner Mutter, der Doktor schob ihn hinaus. Edgar betrachtete indigniert das ganze Chaos, und Lalla klammerte sich entsetzt am Tisch fest.

In den Ställen war es wieder ruhig. Cash arbeitete mit einem Grinsen im Gesicht, da Ransoms Sieg ihm zwanzig Pfund eingebracht hatte. Ben lächelte verständnisvoll. Er wäre auch gern zum Rennen gegangen, um Ransom im Ziel zu sehen. Wie aufregend! Er hielt dem Pferd einen Apfel hin.

»Was für ein tolles Pferd du bist«, sagte er. »Irgendwann komme ich und feuere dich beim Rennen an.«

Ben war glücklich. Der Job machte ihm Spaß, und er gewann dauernd neue Freunde, nicht nur unter den Männern in der Sattlerei, sondern auch unter den Jockeys, diesen wunderbaren Reitern, die jeden Morgen in die Ställe kamen. Er beschloß, seine Mutter um eine Mütze zu bitten. Er hatte sonst nie eine Kopfbedeckung getragen, doch seine erwachsenen Freunde hier trugen alle Mützen.

Diamonds Erkältung hatte sich verschlimmert. Sie sah furchtbar aus, wie sie da in ihren Kissen lag – hager und grau, und sie hustete schrecklich.

»Wird sie wieder gesund?« fragte er Oma besorgt.

»Ja, Kleiner, ganz bestimmt«, antwortete seine Großmutter und füllte Schüsseln mit kochendem Wasser, die den Raum in Eukalyptusdämpfe hüllten. Ben bemerkte trotzdem, daß sie sich Sorgen machte.

»Kann ich etwas tun?«

»Ja. Nimm etwas Geld aus meiner Börse. Laufe zum Laden und wecke den Besitzer, wir brauchen noch mehr von dem Hustensaft. Beeil dich!«

Gussie Beckman war äußerst besorgt. Im Laufe der Jahre hatte sie viele Grippepatienten gesund gepflegt. Es hatte ausgesehen, als würde Diamond sich langsam erholen, doch an diesem Abend war ihre Temperatur plötzlich in die Höhe geschnellt. Sie wirkte sehr geschwächt. Nach Gussies Überzeugung handelte es sich um eine Lungenentzündung.

Sie machte einen Brustumschlag, um Diamond das Atmen zu erleichtern. Die kranke Frau ergriff ihre Hand.

»Kümmere dich um Ben«, flüsterte sie.

Gussie gebot ihr, zu schweigen. »Rede keinen Unsinn. Du bist bald wieder gesund. Du mußt dich nur schonen.«

»Ich habe meine Mutter gesehen«, sagte Diamond. Gussie nickte.

»Das stimmt, du hast viel geträumt. Ruh dich aus.«

Als Ben mit dem Hustensaft zurückkam, wartete Oma mit einer schriftlichen Nachricht auf ihn. »Tut mir leid, aber du mußt noch mal losgehen. Bring das hier zu dem Arzt in der Vulture Street. Weißt du, welchen ich meine?«

»McNab? Ich kenne das Haus. Soll er zu Mum kommen?«

»Ja, so schnell wie möglich. Und sei vorsichtig, Ben, sprich mit niemandem auf der Straße.«

»Ich mache das schon«, erwiderte er entschlossen und dankbar, daß er helfen konnte. Allmählich machte er sich auch richtige Sorgen um seine Mutter. Ein Arzt bedeutete Gefahr; bis jetzt hatten sie für Diamond noch nie einen gerufen, höchstens für Oma.

Ben lief und lief bis zur Vulture Street, weg vom geschäftigen Stadtzentrum, und kam schließlich zu einer Reihe von Cottages. Er nahm keine Passanten wahr, da er nur an seinen Auftrag denken konnte. Schließlich erreichte er das Haus des Arztes und hämmerte an die Tür.

Als ihm eine Frau öffnete, war er noch derart außer Atem, daß er ihr die Nachricht wortlos in die Hand drückte.

Sie hielt sie ans Licht, um sie zu lesen, und lächelte Ben an. »Der Doktor ist nicht da, aber ich schicke ihn zu Mrs. Beckman, sobald er nach Hause kommt.«

»Wann wird das sein?« fragte Ben beharrlich.

»Spät«, erwiderte sie sanft. »Aber ich verspreche dir, er wird kommen. Sag deiner Großmutter, sie soll versuchen, das Fieber zu senken.« Sie tätschelte seinen Kopf. »Du bist ein guter Junge, kommst so spät am Abend den ganzen Weg her, um eine Nachricht von Mrs. Beckman zu überbringen.«

Als er hörte, daß der Doktor kommen würde, verspürte Ben Erleichterung. Sie wird es überstehen, dachte er und machte sich auf den Heimweg.

»Spät?« schrie Oma. »Er kommt spät? Wie spät? Sie braucht *jetzt* einen Arzt. Sie kann kaum atmen!«

Still und versteinert saß Ben da und lauschte den mühsamen, rasselnden Atemzügen seiner Mutter, die nach Luft rang, während Oma verzweifelt versuchte, ihr zu helfen.

»O mein Gott!« rief die alte Frau plötzlich. »Ich bin ja so

dumm! Nebenan wohnt ein Arzt. Er ist Chirurg, er kann ihre Brust freimachen. Ben, lauf schnell hin! Sage Dr. Thurlwell, deine Mutter liege im Sterben!«

Entgeistert starrte er sie an. Wovon redete Oma? Seine Mutter? Diamond? Sie würde nicht sterben. Er sah, daß ihre Augen mit einem liebevollen Blick auf ihm ruhten. Oma mußte sich irren.

Sie zog ihn von seinem Stuhl hoch. »Hörst du nicht? Geh nach nebenan. Sage Dr. Thurlwell, es ist dringend, ich brauche ihn!«

Wieder verließ er das Haus, lief durchs Tor, die Einfahrt entlang und die Stufen vor dem großen, hellerleuchteten Anwesen hinauf. Von drinnen drangen Stimmen zu ihm, fröhliche Stimmen. Er hätte sofort herkommen sollen. Ben pochte mit dem großen Messingklopfer an die Tür. Unzählige Male.

Als schließlich geöffnet wurde, war er von dem gleißenden Licht einen Moment wie geblendet. Hinter seiner eigenen Haustür lag ein dämmeriger Flur mit Türen zu beiden Seiten, der in die Küche führte. Hinter diesem Portal jedoch befand sich eine weißgeflieste Eingangshalle mit hoher Decke, die von einem riesigen Kristalleuchter erhellt wurde. Im Hintergrund schwang sich eine goldene Treppe vor der Rückwand der Halle empor.

»Was willst du?« fragte ein Mann in Satinhosen, weißen Strümpfen und Schnallenschuhen.

»Den Doktor!« flüsterte Ben eingeschüchtert.

»Raus hier!«

Ben riß sich zusammen. »Nein! Ich muß mit dem Doktor sprechen. Es ist dringend!«

»Dr. Thurlwell hat Gäste«, setzte der Mann an und kam näher auf die Tür zu, doch Ben preßte sich dagegen.

»Bitte werfen Sie mich nicht raus«, flehte er. »Meine Mutter ist krank, ich muß den Doktor holen!«

»Deine Mutter?« grinste der Mann und packte Bens Schulter mit festem Griff. »Verschwinde hier! Du bist wohl verrückt!«

Ben trat nach ihm und wand sich hin und her, wurde aber zurückgeschoben, bis eine Stimme rief: »Lassen Sie ihn!«

Zuerst dachte er, es sei Mrs. Thurlwells gebieterische Stimme, die den Gärtnern immer Anweisungen erteilte, doch dann erkannte er das Mädchen Phoebe. Sie stand auf der Treppe und sah in ihrem langen weißen Kleid wie ein Engel aus.

Sofort ließ ihn der Diener los und trat einen Schritt zurück. »Meine Mutter ist wirklich krank«, rief er Phoebe zu. »Wo ist der Doktor?«

»Dort drinnen«, sagte sie und zeigte mit dem Finger auf das Eßzimmer. Sicher würde ihn der Diener verfolgen.

Menschen saßen an einem langen Tisch. Reihen von Menschen mit weißen Gesichtern. Erstaunten Gesichtern. In der Luft hingen köstliche Essensdüfte, der ganze Raum glitzerte und funkelte. Ben hörte zwar die empörten Schreie der Leute, doch auf seiner Suche nach dem Doktor nahm er seine Umgebung nur schemenhaft wahr. Alle Männer sahen völlig gleich aus, in ihren dunklen Anzügen und den weißgestärkten Hemden.

Als sich der Mann am Kopfende der Tafel erhob, wußte Ben, wer der Doktor war. »Was hat das zu bedeuten?«

Erleichtert rannte Ben auf ihn zu und griff nach seinem Arm. »Doktor, Sir. Oma sagt, Sie sollen sofort kommen. Nebenan. Meiner Mutter geht es sehr schlecht!«

»Guter Gott!« rief eine Stimme.

»Bert!« rief der Doktor einem Diener zu. »Entferne ihn auf der Stelle, oder du fliegst gleich hinterher!«

»Nein!« schrie Ben und klammerte sich an den Arzt, der mühsam versuchte, sich aus dem Griff des Jungen zu befreien. »Sie verstehen nicht. Meine Mutter stirbt!«

»Dann bring sie ins Krankenhaus!« brüllte Thurlwell zornig. Da wurde Ben plötzlich bewußt, daß Oma seine Mutter gar nicht ins Krankenhaus bringen konnte. Er kämpfte härter, und ein anderer Mann kam dem Türsteher zu Hilfe, um den Ruhestörer zu entfernen. Ben hörte das Wort »Nigger« und

Laute des Abscheus. Dann beantwortete Mrs. Thurlwell die Frage eines Gastes: »Guter Gott, selbstverständlich behandelt er sie nicht.«

Eine einzige Frauenstimme erhob sich zu seiner Unterstützung. »Vielleicht könnten Sie nachsehen, worum es geht, William.«

»Halt den Mund, Clara!« rief eine wütende Männerstimme. Durch einen Schleier von Tränen erkannte Ben eine freundlich aussehende Frau, die ungefähr so alt schien wie seine Mutter. Ihr Hilfeversuch war vergeblich, doch ihre Worte würde er nie vergessen. Ebensowenig die Reaktion Dr. Thurlwells, der neben dem Diener herstolzierte, der Ben am Schlafittchen zur Haustür schleifte.

»So eine verdammte Dreistigkeit!« murmelte er. Sein Gesicht hob sich rosig gegen den hellen Backenbart ab. »Du kleines Biest! Wenn du jemals wieder meinen Grund und Boden betrittst, lasse ich dich verhaften.«

Als er sich umschaute, konnte Ben sehen, wie Mrs. Thurlwell ihre Tochter die Treppe hinaufscheuchte. Von Phoebe war also auch keine Hilfe zu erwarten. Er hielt mühsam die Tränen zurück. Als seine Füße über die Fliesen in der Eingangshalle schabten und der Diener ihn in Richtung Tür schleppte, gelang es ihm, den Kopf zu drehen und eine letzte Bitte an den Doktor zu richten. »Bitte, Sir, ich flehe Sie an. Nur eine Minute. Es dauert nicht lange.« Seine Stimme hallte in dem hohen Raum wider, als er schrie: »Oma sagt, sie stirbt!«

»Du bringst ihn ans Tor, wirfst ihn hinaus und schließt ab!« blaffte Thurlwell. »Es ist unglaublich, daß ich mich mit so etwas abgeben muß, während ich Gäste bewirte!«

»Verdammter kleiner Bastard!« brüllte der Diener und versetzte Ben noch einen zusätzlichen Tritt.

Der Junge humpelte heimwärts und brachte seine Kleidung halbwegs in Ordnung.

Oma wartete schon ungeduldig auf ihn. »Wo ist der Doktor?«

»Später«, murmelte Ben. Er konnte sich weder überwinden ihr zu gestehen, daß man ihn hinausgeworfen hatte, noch konnte er ihr den Grund für die Ablehnung nennen: ihr Nachbar, der allmächtige Dr. Thurlwell, behandelte keine Nigger.

Erst nach Mitternacht hielt Dr. McNabs Wagen vor Gussies Haus. Der Arzt stieg müde aus. Da die Tür offenstand und niemand auf sein Klopfen antwortete, ging er hinein. In einem Schlafzimmer fand er eine ältere Dame, die eine schwarze Frau in den Armen hielt. Auf der anderen Seite des Bettes saß ein farbiger Junge, der die beiden regungslos anstarrte.

Der Arzt schob die ältere Frau sanft beiseite, um die Gestalt auf dem Bett zu untersuchen. »Es tut mir leid«, flüsterte er. »Ich war die ganze Nacht unterwegs, es herrscht eine richtige Grippeepidemie. Ihre Nachricht habe ich gerade erst erhalten.« Er warf einen Blick auf Diamond. »Gott sei ihrer Seele gnädig.«

Sie begruben seine Mutter an einer rauhen, unkrautüberwucherten Stelle weit hinter den Hunderten anderer Grabsteine auf dem Friedhof. Oma umarmte Ben. »Mach dir keine Sorgen, Liebling, sie bekommt einen schönen Grabstein, selbst wenn sie hier draußen liegen muß.«

Ben verstand nicht, was sie damit meinte. Er hatte immer geglaubt, daß jeder so einen Marmorgrabstein bekäme, aber er wußte ja auch nicht allzu viel von der Welt. Er selbst fühlte sich ebenfalls tot und konnte noch immer nicht begreifen, daß seine Mutter tot war: Diamond, die Unbesiegbare. Sie hatte ihm oft von ihren Abenteuern oben im Norden erzählt, von den großen Viehstationen, Goldfeldern und rauhen Siedlungen im Busch. Doch schließlich hatte sie sich hier niedergelassen, um sich ihrem Sohn zu widmen.

»Das ist die Aufgabe einer Mutter«, erklärte sie ihm. Natürlich hatte sie recht. Was also war geschehen? Ben machte sich Sorgen und dachte an nichts anderes. Hatte er versagt? Konnte er ihr keine Sicherheit geben?

Einige Leute kamen zur Beerdigung. Mr. und Mrs. Watkins

aus dem Laden, ein alter, weißhaariger Prediger, eine hübsche Dame namens Goldie, die Ben noch nie gesehen hatte, und Mr. O'Neill von den Ställen, der auf seinem alten Pferd angeritten kam. Ben fand es sehr nett von Mr. O'Neill, mochte aber nicht mit ihm sprechen, weil er Angst hatte, wieder zu weinen und sich lächerlich zu machen.

Noch ein weiterer Fremder war erschienen. Mr. Mantrell. Er schien eine wichtige Aufgabe wahrzunehmen. »Ein Rechtsanwalt«, erklärte Oma, »sehr bedeutend.« Er war der Boß von Barnaby Glasson. Er nahm sie in seinem Wagen mit nach Hause und sprach im Wohnzimmer mit Oma. Ben hatte Oma noch nie weinen sehen, doch jetzt konnte sie gar nicht mehr aufhören. Sie war so einsam ohne Mum. Genau wie er.

»Ich muß ein neues Testament aufsetzen«, schluchzte Oma, doch der Anwalt bedeutete ihr zu schweigen.

»Dafür ist immer noch Zeit.«

»Nein!« rief Oma. »Mein armes Mädchen ist in der Blüte ihres Lebens gestorben. Warum hat Gott nicht mich genommen?«

Ben rutschte von seinem Stuhl und wanderte verloren durch das leere Haus.

»Es ist wichtig«, beharrte Oma, die kaum bemerkte, daß Ben das Zimmer verlassen hatte. »Das Geld gehörte Diamond, wie Sie wissen. Sie müssen sofort ein Testament für mich aufsetzen, in dem ich Ben alles vererbe. Sonst werde ich kein Auge zutun.«

»In Ordnung, Mrs. Beckman. Kann ich sonst noch etwas für Sie tun?«

»Nein, vielen Dank.« Sie lächelte schwach. »Sie sind ein guter Mensch. Diamond hat es sehr zu schätzen gewußt, daß Sie ihre finanziellen Angelegenheit so diskret geregelt haben. Ein schwarzes Mädchen hat es nicht leicht in dieser Welt.«

»Sie war ein sehr vernünftiger Mensch«, erwiderte Mantrell. »Sie kannte sich aus, ich habe nur nach ihren Anweisungen gehandelt. Ein Glück für den Jungen, daß sie so weitsichtig war.«

»Gott schütze ihn. Er ist ein lieber Junge, das einzige, was mir geblieben ist. Ich werde mich um ihn kümmern.«

Ben schwang sich auf die Klippe, saß lange auf dem Vorsprung und starrte die porösen Felsen an. Er wußte nichts mit sich anzufangen vor lauter Verzweiflung, daß seine Mutter durch seine Schuld fortgegangen war. Die Sonne brannte auf die ockergelben Felsen nieder, doch er nahm die Hitze nicht wahr. Er zupfte an dem vergilbten Gras, das sich durch die Felsspalten kämpfte. Und dann entdeckte Ben die Schlange. Sie lag in der Sonne, nur wenige Meter von seinen Füßen, die in den Sonntagsschuhen steckten, entfernt.

»Beiß mich!« murmelte er hoffnungslos. »Los, beiß mich schon. Es stört mich nicht. Sie ist nicht mehr da. Sie kann dich nicht wegsingen, und ich weiß nicht, wie es geht. Sie war eine echte Aborigine und wußte gewisse Dinge. Ich bin nur halb schwarz.«

Doch die Schlange ignorierte ihn. Sie hob den Kopf und schien an ihm vorbeizusehen, kroch dann über den staubigen Boden und verschwand hinter einem Busch, der sich an den Klippenrand klammerte.

Wieder blieb er allein zurück. Es schien, als sei die Schlange seine einzige Gesellschaft gewesen, die einzige, die verstehen konnte, wie schrecklich er sich fühlte. Wie schuldig. Doch etwas, ein Wort, das er gesagt hatte, war in seinem Kopf hängengeblieben. Etwas, das die Schlange sicher verstanden hatte.

Und warum auch nicht? Diamond war schwarz. Das mußte der Grund sein. Schwarze wußten mehr über die Geheimnisse der Natur. Mehr als Weiße.

Ein Nigger! Das Wort schoß aus ihm heraus. Er erinnerte sich an die furchtbare Nacht, in der sie starb und dieser verdammte Doktor von nebenan nicht zu ihr kommen wollte. Er behandelte keine Nigger! Nun trafen ihn die Worte in ihrem ganzen schrecklichen Ausmaß. Dr. Thurlwell hätte seine Mutter retten können. Es war überhaupt nicht Bens Schuld! Hatte Dr. McNab sich nicht entschuldigt, weil er nicht früher kommen konnte? Also wäre Diamond am Leben geblieben, wenn früher Hilfe dagewesen wäre. Ben weinte. Er hätte Dr. Thurlwell *zwingen* müssen, seine Mutter zu behandeln! Doch er hatte sein Bestes getan und war aus dem glitzernden Raum und dem vornehmen Haus geschleppt worden wie ein räudiger Hund …

Müde machte er sich auf den Heimweg. Ben hatte Mr. Mantrell von der Sache bei den Thurlwells erzählen wollen, doch dieser war weg. Oma stand allein in der Küche. Bens Zorn wuchs. Er konnte es Oma nicht sagen und damit ihr Leid noch vergrößern. So beschloß er, selbst mit Thurlwell zu sprechen. Darüber, daß seine Mutter gestorben war. Daß der Doktor seine Mutter hatte sterben lassen.

Entschlossen marschierte er zur Tür hinaus, die Straße entlang und die halbkreisförmige Auffahrt hinauf. Bevor er die Treppe erreichte, hob er einen schweren Stein vom Boden auf und schleuderte ihn durch ein Fenster. Das scheppernde Geräusch wirkte äußerst befriedigend auf ihn. Während er nach dem Doktor brüllte, warf er einen Stein nach dem anderen. Nun fühlte er sich besser, sammelte weitere Steine, stieß Beschimpfungen hervor, zielte dabei aber sehr genau. Er zerschmetterte die großen Fenster neben der Haustür und rannte weiter, um Steine in die anderen Scheiben zu schleudern. Es war die pure Vernichtung, und Ben machte seine Sache gut.

Die Tür flog auf. Hausmädchen starrten ihn an. Gärtner liefen auf ihn zu und entrissen ihm die letzten Steine.

»Was machst du da? Bist du verrückt geworden?«

»Jemand soll die Polizei holen!«

»Er hat meine Mutter getötet!« schrie Ben immer wieder, während sie ihn hinters Haus zerrten und in einen Schuppen sperrten, bis die Polizei kam. Den Doktor oder irgendein Mitglied seiner Familie entdeckte er nicht. Man fesselte Ben und schob ihn in einen Polizeiwagen, der ihn fortbrachte.

* * *

William Thurlwell war außer sich, als er den Schaden sah, von seiner Frau ganz zu schweigen.

Als sie nach Hause kamen, hatten die Diener das Glas zusammengefegt. Trotzdem bot das Haus mit den zerbrochenen Vorderfenstern, die Lalla zum Teil selbst entworfen hatte, einen schrecklichen Anblick: kaputt, ungepflegt, so als wäre es über Jahre dem Zahn der Zeit ausgesetzt worden. Sie sprang aus dem Wagen und schrie Bert an: »Wer hat das getan?«

»Der Junge von nebenan, Madam«, erwiderte er.

»Du Idiot!« kreischte sie. »Du unfähiger Idiot! Warum hast du ihn nicht davon abgehalten?«

Er wich ihr aus. »Tut mir leid, Madam, heute war mein freier Tag.«

»Und die anderen Dienstboten? Kann ich das Haus keine Sekunde verlassen, ohne daß es gleich verwüstet wird?«

»Die Frauen waren hinter dem Haus und haben nicht bemerkt, was passierte. Ich meine, wo der Lärm herkam. Die Gärtner haben ihn geschnappt und eingesperrt.«

»Wo ist er jetzt? Ich ziehe ihm bei lebendigem Leibe die Haut ab!«

»Die Polizei ist gekommen und hat ihn verhaftet. Ich habe immer gesagt, er taugt nichts, dieser Bengel.«

Phoebe war gemeinsam mit ihren Eltern nach Hause gekommen. Sie ging über die Veranda und inspizierte Bens Werk. »Junge, Junge!« sagte sie bewundernd und trat mit dem Lederschuh gegen eine Glasscherbe, die klirrend zu Boden fiel. Ihre Mutter kreischte los: »Hör sofort damit auf!«

Lalla wandte sich an ihren Mann. »Steh nicht einfach so herum. Unternimm etwas!«

»Was kann ich denn tun? Offensichtlich hat die Polizei die Sache in die Hand genommen.«

»Wirklich? Und wird die Polizei auch den Schaden bezahlen? Ich habe dir schon vor Jahren gesagt, wir müssen dieses Pack nebenan loswerden. Sieh dir an, was du davon hast. Sie werden dafür bezahlen, jeden verdammten Penny ...«

»Das wird eine Stange Geld kosten«, bemerkte der Doktor. »Diese großen Fenster sind teuer. Wahrscheinlich können sich die Frauen das gar nicht leisten, und die Rechnung bleibt sowieso an mir hängen.«

»Es gibt nur noch eine Frau«, warf Phoebe ein. »Die schwarze Lady ist gestorben. Nur die alte Frau, Mrs. Beckman, ist übriggeblieben. Ihre Mutter.«

»Rede keinen Quatsch«, schnappte Lalla. »Die deutsche Frau ist nicht ihre Mutter, auf keinen Fall. Die Niggerin war ihr Hausmädchen.« Sie wandte sich an William. »Du verlangst das Geld von der deutschen Frau. Wenn sie nicht zahlen kann, um so besser. Soll sie doch das Haus verpfänden. Dann kannst du es kaufen, und sie hat das Geld, um uns den Schaden zu ersetzen. Sie trägt die Verantwortung für diesen Jungen. Sie *muß* bezahlen.« Lalla schaute begehrlich in die Richtung der Beckmans. »Diese Frau besitzt ein großes Grundstück. Wenn es uns gehörte, könnten wir unseren Park vergrößern. Das würde sich sehr gut machen.«

William stand nicht der Sinn nach einer Unterhaltung mit seiner Nachbarin, und so schickte er Bert hinüber.

Gussie Beckman saß in ihrem Zimmer und kramte zärtlich in einer Schachtel mit Erinnerungsstücken ihrer Diamond. Ein Foto von ihr mit dem Baby, billiger Schmuck, getrocknete Blumen, ein Konzertprogramm, ihr Lieblingskopftuch … Sie nahm einen Zeitungsausschnitt vom Frisiertisch, der schon seit Wochen dort lag. Sie hatte ihn Diamond zeigen wollen, wenn es ihr besserging, um zu fragen, ob sie ihn behalten sollte. Der Artikel sang ein Loblied auf Mr. Ben Buchanan und seine Frau Clara, die von ihrem herrlichen Anwesen im Westen zu Besuch nach Brisbane gekommen waren. Sie wohnten als Hausgäste bei angesehenen Mitgliedern der Brisbaner Gesellschaft, Dr. und Mrs. William Thurlwell, in deren prachtvollem Haus in Kangaroo Point.

Gussie war überrascht gewesen und hatte den Artikel über die Buchanans voller Neugier studiert. Der Vater des jungen Ben lebte also gleich nebenan. Sie war ihm nie begegnet, hatte aber oft im Gesellschaftsteil über ihn gelesen. »Eines Tages«, sagte sie zu Diamond, »solltest du dem Jungen erklären, wer sein Vater ist. Er hat ein Recht, es zu erfahren.«

»Ja, aber noch nicht jetzt. Er ist noch zu jung«, hatte Diamond geantwortet.

Gussie seufzte und legte den Ausschnitt in die Schachtel. Sie mußte es Ben erzählen. Aber sie würde noch ein wenig warten, bis er alt genug war, solche Dinge zu verstehen.

»Und was passiert nun, wenn dir dein schlechtes Herz einen Strich durch die Rechnung macht, wie bei deiner Mutter?« fragte sie sich. »Der Junge würde seine wirkliche Herkunft nie erfahren. Welch eine Schande.«

Weinend nahm Gussie den Ausschnitt noch einmal zur Hand und betrachtete ihn. Sie fand einen Bleistiftstummel und kreiste damit den Namen Ben Buchanan ein. Nach kurzem Überlegen schrieb sie an den Rand: »Vater von Ben Beckman.« Gussie war, als müsse noch etwas hinzugefügt werden, doch ihr fiel nichts ein. Also verbarg sie den Artikel schuldbewußt in der Schachtel und schloß ihn weg.

Jemand hämmerte an die Haustür, obwohl sie einen Trauerflor am Messingklopfer angebracht hatte. Gussie ging durch den Korridor, verärgert über diesen Mangel an Pietät.

Draußen stand Bert, ein Diener von nebenan. Als Gussie seinen Bericht hörte, glaubte sie ihm kein Wort. Taumelnd rannte sie vor ihm her, um sich die Sache selbst anzusehen, und blieb entsetzt vor dem Werk der Vernichtung stehen.

»Mein Ben würde so etwas nicht tun!«

»Er hat es aber getan«, sagte Bert. »Seien Sie sich mal nicht so sicher, Missus. Alle haben ihn gesehen. Wahrscheinlich hätte er das Haus als nächstes in Brand gesteckt, wenn ihn die Gärtner nicht erwischt hätten. Er war vollkommen außer sich vor Wut. Bei den Niggern weiß man nie, was sie vorhaben. Mein Herr sagt, man kann sie nicht zivilisieren –«

»Hören Sie auf mit dem Gerede!« erwiderte Gussie wütend. »Ich möchte Ihren Herrn sehen.«

»Er möchte Sie aber nicht sehen. Er sagt, er schickt Ihnen die Rechnung über den Schaden, und Sie müssen bezahlen.«

Gussie war am Boden zerstört. Sie stand da, rang die Hände und wußte nicht, was sie tun sollte. Sie konnte nicht glauben, daß dies Bens Werk war. Und wenn doch, was steckte dahinter? Vielleicht hatte ihn der Tod seiner Mutter derart aus der Bahn geworfen, daß er seine verzweifelte Wut einfach abreagieren mußte. Während ihres langen Lebens hatte Gussie viele heftige körperliche Reaktionen erlebt, doch diese hier schien so sinnlos und sah Ben gar nicht ähnlich. Außer natürlich, Ben gab Dr. Thurlwell die Schuld, weil er nicht zu seiner Mutter gekommen war. Was hatte er doch gleich gesagt? Sie konnte sich nicht daran erinnern.

»Entfernen Sie diese Frau von meinem Besitz!«

Mrs. Thurlwell stand in der Haustür und wies arrogant in Richtung Tor. Gussie lief zu ihr hinüber.

»Bitte, Madam, wenn mein Junge das getan hat, werde ich alle Kosten tragen. Aber sagen Sie der Polizei bitte, sie sollen ihn zurückbringen. Er ist ein guter Junge.«

»Ist dies das Werk eines guten Jungen?« Mrs. Thurlwell breitete dramatisch die Hände aus. »Zuerst ruiniert er meine Dinnerparty und dann das. Ich möchte ihn hier in der Gegend nicht mehr sehen, verstanden? Er wird aus diesem Bezirk verschwinden, und wenn Ihnen das nicht paßt, können Sie gleich mitgehen.«

»Er war nur außer sich«, flehte Gussie. »Seine Mutter ist heute beerdigt worden. Als Christin bitte ich Sie, nicht so hart zu sein.«

»Wo liegt das Problem?«

Ein Herr kam Mrs. Thurlwell zu Hilfe. Sie sagte jammernd: »O Ben, ich werde damit nicht fertig. Mir ist schon ganz schwindlig.«

Gussies Augen verengten sich, als sie beobachtete, wie das gemeine, herrische Benehmen der Frau in eine Haltung umschlug, die sie immer als »Schlingpflanzentour« bezeichnet hatte. Ihre Abneigung gegen Mrs. Thurlwell wuchs zusehends. Doch sie hatte den Namen Ben aufgeschnappt und vermutete, daß es sich um Mr. Buchanan höchstpersönlich handelte. Auch sie änderte ihr Verhalten.

»Vielleicht könnte ich mit dem Gentleman sprechen?« fragte sie sanft.

»Aber bitte«, erwiderte Mrs. Thurlwell und fingerte an einem Spitzentaschentuch herum. »Würden Sie sich darum kümmern, Ben? Weder der Doktor noch ich können weitere Unannehmlichkeiten verkraften.« Mit diesen Worten verschwand sie im Haus.

Wie üblich lauschte Phoebe dem Gespräch. Biddy zog sie immer am Ohr, wenn sie das Mädchen dabei erwischte. »Nur unartige Mädchen belauern die Erwachsenen, Miss!« sagte sie. »Es gehört sich nicht, so herumzuschleichen.«

Unartig oder nicht, Phoebe scherte sich nicht darum. Die einzig interessanten Ereignisse waren jene, bei denen man sie aus dem Zimmer schickte. Wie bei den Klatschgeschichten über Biddys Vater, der im Gefängnis saß. Die Tochter der Köchin hatte ein Kind, aber keinen Mann. Und Daddy und Onkel Edgar schmiedeten ein Komplott, um von irgendwelchen Leuten viel Geld für irgend etwas zu bekommen. Im ersten Stock stritten sich Mr. Buchanan und seine Frau. Sie wollte zurück auf ihren Besitz, wo sie angeblich gebraucht wurde, doch er weigerte sich hinzufahren. Er habe Geschäfte in der Stadt, und sie solle aufhören, ihn damit zu belästigen.

Wenn ich Clara wäre, würde ich einfach abreisen, dachte Phoebe entschlossen. Eine Viehstation war bei weitem interessanter als die Häuser in der Stadt. Doch Clara blieb bei ihrem Mann. Vielleicht wußte sie, daß Phoebes Mutter mit Ben flirtete. Sie mußte schon blind sein, um nicht zu bemerken, wie mädchenhaft-albern sich Lalla benahm, sobald Mr. Buchanan auftauchte.

Und Lalla war so alt! Als ob ein gutaussehender Mann wie Mr. Buchanan Notiz von ihr nehmen würde! Phoebe hegte den brennenden Wunsch, seine Viehstation zu besichtigen. Schließlich hatte er sie eingeladen. In der Zwischenzeit widmete sie sich ihren Reitstunden, um für das Landleben vorbereitet zu sein.

Daddy hatte ihr außerdem versprochen, daß sie eines Tages ein eigenes Pferd bekommen würde.

Stirnrunzelnd beobachtete sie, wie Mrs. Beckman, die alte Dame von nebenan, auf der Veranda Platz nahm. Phoebe glitt leise in den Salon, um hinter einem zerbrochenen Fenster zu lauschen.

»Entschuldigen Sie, Sir«, sagte die alte Frau, »aber ich muß erst zu Atem kommen. Es ist sehr heiß, und in der Eile habe ich keinen Hut aufgesetzt.«

»Der Diener wird Sie nach Hause bringen«, entgegnete Mr. Buchanan, der neben ihr stehengeblieben war. Er schien sich in seiner Haut nicht gerade wohl zu fühlen. Recht hat er, dachte Phoebe. Es war ja nicht seine Angelegenheit.

»Nein, nein«, sagte Mrs. Beckman. »Bitte übermitteln Sie dem Doktor meine Entschuldigung. Ich werde für den Schaden aufkommen.«

»Sehr schön. Das wäre also erledigt. Wenn Sie mich nun entschuldigen wollen …«

»Warten Sie! Was ist mit meinem Jungen? Sie dürfen ihn nicht bei der Polizei lassen. Holen Sie ihn zurück. Ich werde dafür sorgen, daß er sich bei Dr. Thurlwell entschuldigt. Sie müssen wissen, daß seine Mutter –«

»Tut mir leid, aber der Doktor ist da ganz machtlos. Der Junge wurde auf frischer Tat ertappt. Vandalismus ist ein schweres Vergehen. Er verdient eine anständige Tracht Prügel; anscheinend ist er völlig zügellos. Eine angemessene Haftstrafe ist genau das richtige für ihn.

»Um Gottes willen, nein!«

»Madam …« Mr. Buchanan wurde langsam ungeduldig. »Sie sollten nach Hause gehen und sich ausruhen. Jetzt liegt alles in den Händen der Richter.«

»Aber Sie sind ein bedeutender Mann. Wenn Sie sich für ihn einsetzen, wird man auf Sie hören.«

Buchanan starrte sie fassungslos an. »Guter Gott, warum sollte ich das tun? Dazu habe ich überhaupt keine Veranlassung.«

Sie schien sich zusammenzureißen, reckte die Schultern und schob die Brust vor wie eine kleine Bantamhenne. »Sind Sie nicht Mr. Buchanan von der Caravale-Viehstation?«

»Ja, Caravale gehört mir.«

»Und Sie haben auf den Palmer-Feldern nach Gold gesucht. Sie erkrankten dort am Fieber.«

Er war verblüfft. »Woher wissen Sie das?«

»Diamond hat es mir erzählt. Sie erinnern sich doch an Diamond?«

Er lief rot an und trat einen Schritt zurück, als habe man ihn geschlagen. »Ich weiß nicht, wovon Sie reden! Sie sollten besser gehen, Madam.«

Doch Gussie blieb hartnäckig. »Diamond hat Sie gepflegt, sich um Sie gekümmert.«

»Ich kenne niemanden, der so heißt«, zischte er zornig, doch seine Stimme klang unaufrichtig.

»Sir, ich will Ihnen keine Schwierigkeiten machen, aber der Junge, Ben, braucht Sie. Er ist Diamonds Sohn. Und Ihrer.«

»Wie können Sie es wagen, mich mit Ihren Lügen zu belästigen!« schnappte er. »Wenn Sie nicht auf der Stelle verschwinden, werde ich auch Sie belangen.«

»O nein, das tun Sie nicht«, erwiderte sie ruhig. »Ich werde nie wieder etwas von Ihnen verlangen, wenn Sie zur Polizei gehen und sich für den Jungen einsetzen. Sie müßten den Grund nicht einmal erwähnen.«

»Sie wollen mich erpressen!« Ihm gelang nur ein Flüstern. »Ein letztes Mal – Sie verschwinden auf der Stelle, ist das klar? Ich will von Ihnen oder von dieser Frau namens Diamond kein Wort mehr hören!«

Mit diesen Worten marschierte er davon. Phoebe hörte, wie

er nach Bert rief. Die Sache verwirrte sie. Was sollte das heißen?

Was war Erpressung? Jedenfalls klang es sehr dramatisch. Die arme, alte Frau war zu verzweifelt gewesen, um zusammenhängend zu sprechen. Mr. Buchanan konnte nicht Bens Vater sein, denn er lebte in einem anderen Haus, weit draußen auf dem Land. Doch er hatte sie sehr grob behandelt, und Phoebes Sympathie für den Gast ihrer Eltern schwand dahin. Ihn interessierte es anscheinend nicht, daß Ben ins Gefängnis mußte, daß seine Mutter gerade gestorben war. Wie furchtbar!

Ben Buchanan suchte alsbald die Polizeiwache auf und sprach im Namen von Dr. und Mrs. Thurlwell mit dem diensthabenden Sergeanten. Er teilte ihm mit, daß Ben Beckman – er verschluckte sich beinahe an dem Namen –, der verhaftete Junge, vollkommen unberechenbar sei. Ein wahrer Teufel, der die ganze Nachbarschaft in Angst und Schrecken versetze. Nicht zum ersten Mal habe er für Unruhe gesorgt und sei auch schon vor dem Tod seiner Mutter unangenehm aufgefallen. Diese Entschuldigung zähle also nicht. Der Bengel solle ruhig die ganze Kraft des Gesetzes zu spüren bekommen.

Obwohl Mrs. Beckman den gesamten Schaden ersetzte und der Junge vor Gericht von Mr. Joseph Mantrell vertreten wurde, verurteilte man Ben Beckman zu der harten Strafe von achtzehn Monaten Zwangsarbeit.

»Das können sie nicht tun!« weinte Gussie. »Er ist minderjährig.«

»Nicht mehr«, erklärte Joseph. »Er ist inzwischen fünfzehn. Sie haben ihn nach seinem Alter gefragt, und er sagte ihnen die Wahrheit. Wenige Tage nach dem Tod seiner Mutter ist er fünfzehn geworden.«

»Aber ins Gefängnis? Mein Gott!« Gussie war außer sich. »Kann ich ihn dort besuchen? Er war so tapfer.«

»Tut mir leid, Mrs. Beckman, aber das ist nicht möglich. Man hat Ben in ein Arbeitslager gebracht, dort ist kein Besuch erlaubt. Sie können ihm aber schreiben. Ein oder zwei Pakete sind sicher ebenfalls gestattet.«

Ben sah weder ihre Briefe noch die liebevoll eingewickelten Pakete. Er arbeitete in einem glühend heißen Steinbruch, während sie allein zurückblieb, eine einsame alte Frau, die sich standhaft weigerte, das Haus an ihre Nachbarn zu verkaufen. Es war Bens Zuhause, und sie würde es für ihn bewahren.

»Es ist so nett von Clara, daß sie mit Phoebe ausreitet«, sagte Lalla zu Ben Buchanan. »Ich begrüße es sehr. Und Phoebe sagt, Clara sei eine ausgezeichnete Reiterin.«

»Das stimmt. Meine Frau wird Phoebe eine gute Lehrerin sein.«

»Wunderbar. Ich persönlich habe mich nie fürs Reiten begeistern können, es scheint mir so... nun ja, unweiblich, obwohl Herren die Damen mit einem ›guten Sitz‹ anscheinend bewundern.« Sie lächelte süffisant und drehte sich kokett, so daß ihr graues Seidenkleid mit der Turnüre raschelte.

Ben lachte über die zweideutige Bemerkung. »Sicherlich tun sie das, doch ich bevorzuge das Original. Leider sehen wir es nicht mehr, seitdem diese Turnüren in Mode gekommen sind.«

»Ihnen gefallen sie nicht?«

»Sie sind sehr attraktiv und betonen schmale Taillen wie die Ihre. Doch zu Zeiten meiner Mutter waren die Linien der Kleider einfach weicher. Sie beklagte sich oft darüber – zumindest tat sie so –, daß Gentleman ihr auf den Hintern klopften. Das wäre heutzutage nicht mehr möglich, oder?«

»Vielleicht wurde die Turnüre als Schutzvorrichtung erfunden. Ich weiß nicht, ob es mir gefallen würde, wenn alle Welt auf meinen Hintern klopfte.«

»Dann sollten Sie beten, daß die Turnüre in Mode bleibt.«

»Warum? Halten Sie mich für ein mögliches Opfer?«

»Sicher. Wenn Sie mich nun entschuldigen wollen, Lalla, ich muß in die Stadt. Wir haben einige Räume im Romany Court an der George Street gemietet, damit ich eine Stadtwohnung habe. Heute will ich sie mir einmal genauer ansehen, da sie ein wenig renovierungsbedürftig ist.«

»Sind die Räume möbliert?«

»Ja, aber nicht nach meinem Geschmack. Ich möchte einige Veränderungen durchführen.«

»Das kann doch Clara für Sie übernehmen, oder nicht?«

»Sie wird sich kaum dort aufhalten. Jemand muß auf dem Besitz bleiben, und sie ist draußen glücklicher. Im Grunde ihres Herzens ist sie ein Mädchen vom Land.«

»Aber sie wirkt so schüchtern. Hat sie keine Angst allein dort draußen auf der Station?«

Er grinste. »Clara ist nur in Gesellschaft schüchtern. Auf der Station besitzt sie mehr Einfluß als der Verwalter. Immerhin ist sie auf der Tarraburra Station aufgewachsen, einem riesigen Besitz, der zu Lebzeiten ihres Vaters sechzigtausend Stück Vieh zählte.«

»Haben Sie Clara deshalb geheiratet?«

Ben ließ sich durch Lallas direkte Frage nicht aus der Fassung bringen. »Auch ich bin Viehzüchter. Ein Stadtmädchen würde ich nicht mit in den Busch nehmen.«

»Natürlich nicht. Wie vernünftig Sie sind.« Lalla nahm eine Beere von einem Teller und steckte sie in den Mund. »Nehmen Sie auch eine, sie sind köstlich.«

»Nein, danke.« Er nahm seinen Hut. »Ich muß gehen. Ich nehme die Fähre.«

»Seien Sie doch nicht so unabhängig. Ich schicke Bert nach dem Wagen. Wissen Sie eigentlich, worauf Sie sich da einlassen? Ich habe noch nie gehört, daß sich ein Gentleman um Wohnungseinrichtungen kümmert.«

Er wußte, wohin ihre Fragen führten, ließ sich aber nichts anmerken. Für ihn zählte, daß sie den ersten Schritt machte. Lalla mußte von ihm abhängig werden, nicht andersherum, obwohl er weiß Gott auf ihre Hilfe angewiesen war. Diese Unterhaltung war von entscheidender Bedeutung. Wenn er sie einlud, mitzukommen, würde sie ihn als leichte Beute betrachten und das Interesse an ihm verlieren.

»Ich kümmere mich darum. Man braucht nur neue Vorhänge, Dekorationen und ein Stück Teppich. Diese ganzen Kleinigkeiten eben.«

»Und wie steht es mit Lampen? Es gibt tausend andere Fragen zu bedenken. Alles muß zueinander passen.«

»Guter Gott, Lalla! Es geht nur um vier Räume. Ich brauche keine passenden Dekorationen, ich will es bloß gemütlich haben.«

»Keineswegs! Als Parlamentsmitglied, und das werden Sie in einem Jahr sein, müssen Sie angemessene Räumlichkeiten haben. Sie werden Gäste einladen. Einflußreiche Leute kann man nicht einfach in irgendwelche schäbigen Zimmer schleppen.«

»Sie sind nicht schäbig! Ich werde meine Sache ganz gut machen.«

»So ein Unsinn! Warten Sie einen Moment. Ich komme mit.«

Er sah sie mit gespielter Sorge an. »Sind Sie sich dessen sicher? Hätte William nichts dagegen?«

»Ach, William. Natürlich nicht. Er weiß, wie gern ich Wohnungen einrichte.«

»Aber ob das auch für mich gilt? Ich bin mir nicht sicher, ob meine Räume derart herausgeputzt werden sollen.«

»Seien Sie nicht albern, und überlassen Sie mir die ganze Sache. Ihre Wohnung muß elegant und behaglich zugleich wirken.«

Während er auf sie wartete, lächelte Ben. Elegant und behaglich. Und privat. Dafür hatte er schon Sorge getragen. Die vier Zimmer besaßen auch einen Hintereingang, der in eine Gasse mit Stallungen mündete. Äußerst diskret für eine Dame, die ihn unerkannt besuchen wollte.

»Aber das ist ja bezaubernd!« rief Lalla, als sie am Pförtner vorbei durch die Eingangshalle in den Salon schlenderte. »Schöne, hohe Decken, und die Wände sind in einem ausgezeichneten Zustand.«

»Ja, das Haus ist erst einige Jahre alt.«

»Und dies ist das Eßzimmer? Ziemlich klein, reicht höchstens für acht Personen. Wo ist die Küche?«

»Ich will keine Küche, weil man dafür Personal benötigt. Ich werde hauptsächlich auswärts essen, oder der Pförtner kann mir notfalls Mahlzeiten heraufschicken. Vom anderen Zimmer, das ich als Büro einrichten werde, führt eine Dienstbotentreppe hinunter.«

»Eine richtige Junggesellenwohnung«, lächelte sie. »Aber es gibt noch viele Verbesserungsmöglichkeiten. Wie Sie bereits sagten, müssen die langweiligen braunen Vorhänge und diese abgewetzten Teppiche verschwinden. Und, Ben, mein Lieber – werfen Sie diese schrecklichen Salonmöbel hinaus! Viel zu zierlich für einen Mann!« Sie bestand darauf, daß er sich Notizen machte, während sie die Wohnung inspizierte, und erbot sich, ihm Gemälde zu leihen. Ihre eigenen Schneiderinnen könnten Maß nehmen und die neuen Vorhänge nähen. Schließlich betraten sie das Schlafzimmer, das mit dem üblichen Doppelbett aus Mahagoni, einem Kleiderschrank und einem Toilettentisch ausgestattet war.

»Oh, ich fühle mich ein wenig erschöpft.« Lalla ließ sich auf der Bettkante nieder. »Niemand außer mir wird dieses Zimmerchen sehen, also können wir es noch eine Weile so lassen. Die offiziellen Räume haben Vorrang. Ben, Sie waren so nett. Ich hoffe, es stört Sie nicht, wenn ich alle diese Veränderungen vornehme.«

»Nicht im geringsten. Ich bin Ihnen dankbar dafür.«

»Dann könnten Sie es auch zeigen. Sie wirkten die letzte halbe Stunde ausgesprochen gelangweilt.«

»Ich langweile mich nicht. Es tut mir nur leid, daß der Vorratsschrank leer ist und ich Ihnen keine Erfrischung anbieten kann. Beim nächsten Mal treffe ich die nötigen Vorkehrungen.«

»Beim nächsten Mal bringe ich Dienstboten mit.« – »Dann also beim übernächsten Mal«, bot er an.

Lalla nahm den Hut ab und strich sich das Haar glatt, bevor sie aufstand und zu ihm hinüberging. »Wird es andere Male geben, Ben?« Ihr Mund schwebte dicht vor seinem.

»Ich wage es kaum zu hoffen«, flüsterte er. Dann preßten sich ihre Lippen auf seine und erstickten jeden aufkeimenden Protest.

Sie liebten sich in seinem neuen Bett. Ihr Temperament erstaunte ihn und wog ihre Unerfahrenheit zumindest teilweise auf. Lalla mochte kühn und interessanter sein als Clara, doch als Geliebte mußte sie noch einiges lernen. Dafür würde er schon sorgen. Dies wäre aufregend und könnte sie zugleich stärker an ihn binden, als sie je zu träumen wagte.

Sie stöhnte, als er ihre kleinen Brüste küßte. Er nahm sie sanft, liebevoll und vermittelte ihr die Romantik, die sie in ihrem Leben an Williams Seite sicherlich vermißte, flüsterte ihr ins Ohr, daß sie schön sei mit ihrem schlanken Körper und der glatten weißen Haut. Zu seinem Entsetzen kam ihm plötzlich der Gedanke an Diamond.

Diamond mit ihrem lebensprallen schwarzen Körper war die beste von allen gewesen. Seit den Tagen im fernen Norden hatte er nie wieder eine Frau getroffen, die sich wie Diamond auf Erotik verstand, die ihn wirklich liebte und wußte, was ihm gefiel.

Doch sie war tot. Dahin. Es war ihm egal. Sie war Geschichte. Nur diese alte deutsche Frau hatte ihn nach all den Jahren mit dem Kopf darauf gestoßen. Ihm fiel ein, wie Diamond von dem deutschen Ehepaar erzählte, den Leuten, die sie als Kind adoptiert hatten, doch damals hatte er kaum auf ihre Worte geachtet. Und nun war da der Sohn. Ein zweiter Ben! Obwohl er die Frau eine Lügnerin schimpfte, wußte er, daß Diamond nicht gelogen hatte. Sie war zwar schwarz, aber ehrlich, und wußte nicht einmal, wie man log. Jesus! Ein Kind, ein farbiges Kind. Der Junge, der in Thurlwells Eßzimmer gepoltert kam und Hilfe für seine Mutter verlangte. Und wenn er nun gewußt hätte, daß er sein Sohn war?

Nichts hätte er getan. Absolut nichts! Viele Kerle draußen im Westen hatten Mischlingskinder, ohne sie jemals anzuerkennen. Doch Ben mußte zugeben, daß der Junge aus dem richtigen Holz geschnitzt war. Diamonds Sohn! Sie hatte sich vor niemandem gefürchtet. Ein wahres Wunder, daß der Junge kein Messer bei sich trug wie seine Mutter!

»Du lächelst, Liebling«, sagte Lalla und kuschelte sich an ihn. »Bist du glücklich?«

»Ja«, murmelte er und zog sie an sich. »Du bist unglaublich.«

»Wir haben noch Zeit«, flüsterte sie.

»Gut.« Beim zweiten Mal war er nicht zärtlich, sondern versuchte ohne Rücksicht, echte Leidenschaft zu erzwingen. Er achtete nicht darauf, daß ihr leises Stöhnen plötzlich in entsetzte Laute überging.

Clara und er hatten keine Kinder. Sie beklagte sich nie und gab die Hoffnung nicht auf. Für ihn jedoch war es demütigend, und er fragte sich, ob er die Schuld daran trug. Jetzt wußte er, daß es nicht der Fall war. Er hatte ein Kind gezeugt, doch niemand würde sich trauen, ihn anzuklagen. Allenfalls diese deutsche Frau. Sollte sie doch zur Hölle fahren, mitsamt dem Kind. Wenn Diamond damals schwanger geworden war, mußte sie eben damit fertig werden. Wenigstens wußte Ben, daß er nicht unfruchtbar war und notfalls beweisen konnte, daß der Fehler bei Clara lag. Er würde keinen Gebrauch davon machen, für ihn selbst allerdings war es ein beruhigender Gedanke.

»Tut mir leid«, entschuldigte er sich für seine Grobheit, als ihm Lallas gesellschaftliche Stellung bewußt wurde.

»Das macht nichts, Liebling! Du hast es dir doch nicht anders überlegt, oder?«

»Nein, natürlich nicht.«

»Gut. Laß mich bitte allein, während ich mich ankleide.«

Ihr Tonfall irritierte Ben, wenn er ihn auch nicht überraschte. Sie war daran gewöhnt, ihren Willen durchzusetzen, und solange es ihm in den Kram paßte, sollte sie ruhig weiter in dieser Illusion leben.

Auf dem Heimweg klang ihr Ton wieder rein geschäftlich. »Edgar ist bereit, dich bei der Wahl für den Parlamentssitz von Padlow zu unterstützen.«

»Das freut mich, aber ich denke eher an den gesetzgebenden Rat. Es wäre sehr viel einfacher, die Nominierung für einen Sitz im Oberhaus zu akzeptieren, als sich der Wahl zum Unterhaus zu stellen.«

»Das wird nicht gehen. Du müßtest warten, bis jemand stirbt, um einen Sitz im Oberhaus zu erhalten, und die Mitglieder sind ausgesprochen zäh. Außerdem sind es reine Marionetten, denn die wirkliche Macht liegt im Unterhaus.«

»Zudem ist der Premierminister ein überzeugter Föderalist. In der Opposition sehe ich keine großen Einflußmöglichkeiten.«

Sie lachte. »Sei nicht so pessimistisch! Du unterschätzt dich und deine Freunde. Griffiths mag jetzt vielleicht am Zuge sein, aber die Sache steckt noch in den Kinderschuhen. Die Leute begreifen erst allmählich, was Föderalismus wirklich bedeutet.«

»Ich weiß gar nicht, warum du so entschieden dagegen bist. Hinsichtlich der Eisenbahn würde sich schon eine Lösung finden.«

»Meinst du? Und was soll ihrer Meinung nach die Hauptstadt sein? Natürlich Sydney. Begreifst du denn nicht? Du weißt genau, daß die Föderalisten bei der letzten Versammlung klar und deutlich verkündet haben, daß sie die Bereiche der Eisenbahn, Einwanderung, Verteidigung, Tarifrechte und so weiter übernehmen wollen. Es erstaunt mich, daß du bereit wärst, Queensland zu verkaufen.«

Ben konnte schlecht zugeben, daß er noch nicht allzu viel über diese Angelegenheit nachgedacht hatte. Zunächst erschien es ihm sogar als gute Idee, bis er erfuhr, daß die großen Finanziers dagegen waren.

»Ich spiele den Advokatus Diaboli«, sagte er ruhig. »Man sollte alle Seiten einer Frage in Betracht ziehen.«

»Dann solltest du dir mal die Viehzüchter in Neuseeland anhören. Die wollen nichts davon wissen und kommen nicht einmal zu den Versammlungen.« Sie berührte seine Hand. »Du darfst dir diese Gelegenheit auf keinen Fall entgehen lassen, mein Lieber. Edgar kann sehr großzügig sein.«

»In welcher Hinsicht?« fragte Ben leicht gelangweilt.

»Er ist bereit, dir fünftausend Anteile an der Eisenbahngesellschaft zu überschreiben.«

»Das ist sehr freundlich von ihm und wird in Zukunft sicher reiche Früchte tragen, aber ich brauche genau jetzt eine Beteiligung, damit ich einen Ausgleich für mein Fernbleiben von der Station habe.«

»Darüber ist er sich im klaren. Ich vermute, er kann dir einen Vorstandsposten in der Southern Coal Mining Corporation beschaffen. Würde dich das interessieren?«

»Wie bitte?« Ben war sprachlos. Vorstandsmitglied in einer der prestigeträchtigsten Firmen? Geld fürs Nichstun! Er verbarg seine Aufregung, indem er sich erkundigte, ob Edgar ebenfalls im Vorstand sei.

»Nein, aber seine Freunde. Interessiert?«

»Es wäre mir eine Ehre, und ich würde eine solche Ernennung sehr begrüßen. Damit habe ich auch eine festere Basis bei der Wahl in Padlow. Dann könnte ich Viehzucht und Bergbau gleichzeitig vertreten.«

»Daran dachte Edgar ebenfalls«, erwiderte Lalla gewandt. »Soll ich ihm sagen, daß du für den Sitz im Unterhaus kandidierst?«

»Auf jeden Fall«, sagte er lächelnd. »Wie sollte ich mit dir als Wahlkampfleiterin noch verlieren?«

Am Weihnachtstag wachte Phoebe um fünf Uhr morgens auf. Die Sonne schien durch die Vorhänge, und obwohl sie beinahe geschlossen waren, spürte sie die Hitze auf ihrem Gesicht. Statt den Tag noch eine Weile auszusperren, sprang sie aus dem Bett, um ihre Schätze zu betrachten.

Santa Claus war seit Jahren nicht mehr gekommen – ihre Mutter meinte, das sei etwas für Babys –, und so hatte sich Phoebe selbst zum Weihnachtsmann ernannt, um Geschenke an alle zu verteilen.

Gestern hatte sie Daddy überredet, ihr Geld zu geben, damit sie allein mit der Fähre in die Stadt fahren und einkaufen konnte. Es war ein wunderbarer Tag geworden. Die Straßen quollen über von fröhlichen Menschen, die einander Grüße zuriefen. Als Engel verkleidete Sänger standen an der Ecke der Queen Street und stimmten die altvertrauten Lieder an.

Ihre Papierflügel hingen in der Hitze herunter, und großzügige Passanten warfen Geld in den Korb vor ihren Füßen. Phoebe tat auch etwas hinein, um an der allgemeinen Feierlichkeit teilzuhaben.

Sie schlenderte die ganze Queen Street auf beiden Seiten entlang, um auch nicht ein hübsch dekoriertes Geschäft auszulassen. Dann betrat sie ein Café und gönnte sich zwei Portionen Erdbeereis. Mit Hilfe verschiedener Verkäuferinnen startete sie danach ernsthaft ihre Einkäufe, wählte sorgfältig die Geschenke aus und vergaß auch das bunte Zellophan und Bänder zum Einpacken nicht.

Besorgt tippte sie nun mit dem Finger auf jedes Paket und rief sich die Namen der Empfänger ins Gedächtnis. Hoffentlich hatte sie niemanden vergessen. Socken für ihren Vater, Parfum für ihre Mutter – diese Entscheidung war langwierig gewesen, weil Lalla schon alles zu haben schien. Die Dame im Laden versicherte ihr jedoch, daß Frauen immer gern Parfum hatten, und dieses hier mit Namen Deep Violets galt als Renner. Das will ich auch hoffen, dachte Phoebe, schließlich hatte es zwei Shilling und zwei Pence gekostet und war damit das teuerste Geschenk von allen. Dort lagen die Pralinen für Biddy – sie liebte Schokolade – und Taschentücher für die Köchin, weiße Strümpfe für das kleine Küchenmädchen, Tabak für die

Gärtner und ein großes Männertaschentuch für Bert. Sie haßte den Diener zwar, doch es wäre ihr unfair erschienen, ihn zu übergehen. Zu Phoebes Erleichterung hatte ihre Mutter keine zusätzlichen Serviererinnen für das Weihnachtsessen engagiert; dann wäre sie mit ihrem Geld nicht ausgekommen.

Bert hatte in der Eingangshalle einen großen Weihnachtsbaum aufgestellt, den Biddy mit Phoebes Hilfe schmückte. Nun lagen die geheimnisvollen Geschenke darunter, die zur Essenszeit verteilt werden sollten. Phoebe konnte es kaum erwarten. Sie beschloß, ihre eigenen Geschenke sofort zu verteilen, damit jeder zuerst eine Überraschung bekäme.

Da die Dienstboten früh kamen, rannte sie nach unten und legte die Päckchen für das Küchenpersonal und Berts Geschenk auf den blankgescheuerten Tisch. Dann eilte sie nach draußen und deponierte weitere Pakete gut sichtbar vor der Tür des Gartenschuppens. An ihren Geschenken hingen keine Karten, da die Leute raten sollten. Sie würde dann selbstverständlich antworten, daß dies das Werk des Weihnachtsmannes sei.

Phoebe legte das Geschenk ihres Vaters vor seine Zimmertür und wollte gerade das Parfum ihrer Mutter vor deren Tür plazieren, als diese geöffnete wurde.

»Was machst du hier um diese Zeit?«

»Gar nichts«, grinste Phoebe.

»Dann geh wieder ins Bett und schlafe noch ein bißchen. Es wird ein heißer Tag.«

»Ich glaube, Santa Claus hat dir ein Geschenk gebracht.« Sie deutete fröhlich auf das bunte Paket.

»Du lieber Himmel! Tatsächlich«, meinte Lalla, hob es auf und ging ins Badezimmer.

»Frohe Weihnachten, Mutter!«

»Ja, dir auch«, erwiderte diese geistesabwesend und packte das Geschenk aus. »Oh, Parfum!«

Phoebe folgte ihr ins Bad und sah zu, wie Lalla den Verschluß abzog und an der Flasche roch.

»Meine Güte, hast du das etwa gekauft?«

Phoebe nickte. »Du darfst nur einen Tropfen davon nehmen. Die Dame im Laden sagte, es wäre sehr stark.«

»Das kannst du laut sagen.« Lalla steckte den kleinen goldenen Verschluß wieder auf die Flasche und gab sie ihrer Tochter zurück. »Ich wünschte, du würdest dein Geld nicht für solch billigen Kram verschwenden. Gib es den Dienstboten. Rieche mal an meinem französischen Parfum, damit du den Unterschied kennenlernst. Solche Dinge sind wichtig für eine junge Dame.«

»Tut mir leid«, murmelte Phoebe und rannte zurück in ihr Zimmer, wobei ihr Tränen der Enttäuschung übers Gesicht liefen. Sie umklammerte die Flasche, wobei ein schwacher Geruch von Deep Violets sie umwehte. Es war ein wunderbares Parfum. Ihre Mutter wollte nur gemein sein. Phoebe bedauerte inzwischen, daß sie ihr überhaupt etwas gekauft hatte, denn das war nun wirklich Geldverschwendung. Trotzdem würde sie es nicht den Dienstboten geben, sondern behalten und jemand anderem schenken. Aber wem?

Nach langem Überlegen traf sie eine Entscheidung. Die Dame nebenan, die alte Mrs. Beckman, sollte es bekommen. Phoebe hatte sie ab und zu gesehen, aber nicht mehr mit ihr gesprochen. Sie mußte sich sehr allein fühlen, da Ben noch immer im Gefängnis saß. Dabei war es schon über ein Jahr her, daß er die Fenster eingeworfen hatte. Ja, sie würde heute nachmittag hinübergehen, nach dem Weihnachtsessen.

Daddy schenkte ihr eine Perlenbrosche. Onkel Edgar hatte ihr einen Tennisschläger und ein Paar goldener und silberner Armreifen geschickt, von denen Phoebe ganz hingerissen war. Das Geschenk ihrer Mutter ließ sie bis zum Schluß liegen und packte zuerst die Spitzenhandschuhe von den Dienstboten und die kleine goldene Uhr aus, die Mrs. Foster ihr in einem Anflug von Sympathie geschenkt hatte.

Vorsichtig öffnete sie die Schachtel und las die Karte: »Frohe Weihnachten wünscht Dir Mutter.«

Darin lag ein wunderschöner Hut aus steifem Stroh in einer ausgefallenen Kupferfarbe, dessen Krempe mit winzigen zitronengelben Rosenknospen und Maiglöckchen geschmückt war. Sie fand ihn herrlich, riß sich aber zusammen und legte ihn zurück in das Seidenpapier.

»Meine Liebe, er ist wundervoll!« rief ihr Vater begeistert aus. »Setze ihn auf, Phoebe.«

»Nein.«

»Komm schon. Ich will sehen, wie er dir steht«, beharrte er.

Sie schaute ihre Mutter mit kalten grauen Augen an. »Nein, er gefällt mir nicht.«

»Du solltest wissen, daß dies ein sehr teurer Hut ist«, bemerkte Lalla. »Er stammt aus der Chic Boutique.«

Phoebe zeigte keine Regung. »Egal, er wird jedenfalls nicht weggeworfen. Falls ich ihn nicht trage, werde ich ihn den Dienstboten geben.«

Die Gäste hatten sich im langen Zimmer versammelt, als Phoebe vorsichtig aus dem Haus schlich.

»Nanu! Das ist ja Miss Phoebe«, sagte die alte Dame. »Was für eine nette Überraschung. Komm herein, Liebes.«

»O nein.« Phoebe nestelte an der Parfumflasche herum, die sie wieder eingewickelt hatte. »Ich wollte Ihnen nur Frohe Weihnachten wünschen.« Sie hielt Mrs. Beckman das Geschenk hin, in der plötzlichen Angst, sich lächerlich zu machen.

»Ist das für mich? Wie lieb von dir.«

»Ich dachte nur«, stotterte Phoebe, »wenn der Junge weit weg ist im ...« Sie errötete und konnte das Wort nicht über die Lippen bringen. Jeder wußte, daß Ben im Gefängnis saß. »Ich dachte, Sie wären vielleicht einsam.«

»Was für ein liebes Mädchen du bist. Komm mit. Du mußt ein Stück Weihnachtskuchen essen.«

Bevor sie protestieren konnte, wurde Phoebe in den kleinen Salon geschoben. Dort saß ein junger Herr, der bei ihrem Anblick aufsprang und seinen Tee verschüttete.

Sie war froh über diesen Zwischenfall, der ihr half, ihre Überraschung zu verbergen. Auf die Idee, Mrs. Beckman könne Besuch haben, war sie gar nicht gekommen. Nun wunderte sie sich, daß der Besucher ein sympathisch wirkender junger Mann mit sandfarbenem Haar und einem fröhlichen Lächeln war. Er wurde ihr als Barnaby Glasson vorgestellt.

»Zwei so aufmerksame junge Menschen!« bemerkte Mrs. Beckman lächelnd, als sie Phoebes Geschenk auspackte. »Zuerst die Pralinen von Barnaby und nun ... oh, was für ein wunderbares Parfum!«

Erleichtert bemerkte Phoebe, daß Mrs. Beckmans Freude aufrichtig war. Zumindest hoffte sie das, denn ihr war nicht wohl bei dem Gedanken an das »gebrauchte« Geschenk. Schließlich wollte sie vor allem ihrer Mutter eins auswischen.

»Deep Violets!« rief Mrs. Beckman begeistert. »Das ist jetzt groß in Mode. Ich werde es für besondere Gelegenheiten aufbewahren.«

Als sie sich schließlich bei Tee und Kuchen niedergelassen hatten, erklärte Mrs. Beckman Barnabys Anwesenheit. »Er macht eine Lehre als Anwalt. Er wird bestimmt ein guter Anwalt und will Ben helfen. Du weißt, daß er noch im Gefängnis ist?«

»Ja, leider.«

»Ich kann nicht viel tun«, erwiderte Barnaby achselzuckend.

»Aber Sie können ihn besuchen und ihm den Weihnachtskorb bringen.«

»Ja.«

»Das ist doch schon etwas. Aber ich möchte Miss Phoebe nicht mit meinen Sorgen belästigen.« Sie bemühte sich, von ihrem verstorbenen Mann zu sprechen, dem Kapitän, von Weihnachten in Europa, doch Phoebe erkannte, daß sie eine sehr traurige, einsame Frau war, die sich aufrichtig über Besucher freute.

Barnaby brachte Phoebe nach Hause.

»Wie lange muß er im Gefängnis bleiben?« fragte sie den zukünftigen Anwalt.

»Leider sehr lange. Er hat zwei Fluchtversuche unternommen, wurde aber beide Male geschnappt.«

»Wirklich?« Phoebe wirkte fasziniert. »Ist das Gefängnis so schlimm, wie immer erzählt wird?«

»Noch schlimmer. Er muß Zwangsarbeit leisten. Knochenarbeit. Glücklicherweise ist er gesund und kann es aushalten, aber die geistigen und seelischen Folgen sind eine andere Sache.«

Dieser junge Mann behandelte sie wie seinesgleichen, so gar nicht herablassend, was Phoebe sehr zu schätzen wußte. Als sie am Tor von Somerset House ankamen, machte sie keinerlei Anstalten hineinzugehen. »Was meinen Sie mit den Folgen?«

»Wie gut kennen Sie ihn?«

»Überhaupt nicht. Er ist einfach der Junge von nebenan.«

»Verstehe. Nun, er wurde von zwei Frauen aufgezogen und ist rauhes Benehmen nicht gewöhnt.«

»Natürlich, wie schrecklich.«

Barnaby nickte. »Mein Chef, Mr. Mantrell, hat sein Bestes getan, um Ben zu verteidigen, doch die harte Strafe konnte er nicht verhindern.« Er hielt überrascht inne. »Waren es Ihre Fenster?«

»Ja.« Einen Moment lang fühlte sich Phoebe schuldig, dann grinste sie Barnaby an. »Er hat seine Sache wirklich gut gemacht! Er war so richtig wütend.«

»Mag sein. Doch genau diese Haltung wird ihn noch oft in Schwierigkeiten bringen. Kannten Sie seine Mutter?«

»Kaum.«

»Ich bin ihr begegnet. Sie war eine sehr starke Frau. Ich gewann damals den Eindruck, daß man einem Streit mit ihr besser aus dem Weg ging. Der Junge kommt ganz nach ihr. Statt die Strafe einfach abzusitzen, zermürbt er sich mit seinen dauernden Kämpfen.«

»Gut«, erwiderte Phoebe fest.

»Das sagen Sie, aber wenn er nicht bald klüger wird, könnte es seinen Tod bedeuten.«

»Haben Sie das auch Mrs. Beckman gesagt?« – »Nein.« – »Und wenn Sie nun mit meinem Vater sprechen würden? Ihm sagen, daß alles ein Mißverständnis war?«

»Dafür ist es zu spät. Und würde er überhaupt darauf eingehen?«

»Wahrscheinlich nicht.« Sie drehte sich abrupt zur Seite. »Wenn Sie Ben sehen, grüßen Sie ihn von mir. Ich bin froh, daß er die Fenster eingeworfen hat!«

Barnaby sah ihr nach, als sie über die Auffahrt lief. Das wird einmal eine schwierige junge Dame, überlegte er, doch ihre Freundlichkeit gegenüber Mrs. Beckman rührte ihn. Phoebe Thurlwell! Bildschön und voller Intelligenz. Selbstsicher auf eine Weise, die das Geld verlieh, doch anders als die meisten Mädchen ihres Alters. Miss Thurlwell wirkte weder albern noch zimperlich. Barnaby hätte sich gern noch länger mit ihr unterhalten. Sie schien älter, als sie war, und paßte in das Kleinmädchenkleid überhaupt nicht mehr hinein.

Mantrell hatte sein Bestes getan. Der Fall war abgeschlossen, doch Barnabys Gewissen ließ ihm keine Ruhe. Diamond hatte ihm die Macht des Geldes gezeigt, und mit Hilfe von Bestechungsgeldern konnte er Ben im Gefängnis besuchen. Ein Pfund hier und da, bis er dem Jungen schließlich persönlich gegenüberstand. Das war er Diamond schuldig, und er verwendete dafür das Geld, das sie ihm gegeben hatte.

Die Begegnung mit dem Jungen war ein Schock für ihn gewesen. Der verwöhnte Kleine hatte sich in einen drahtigen, braungebrannten Sträfling mit trotzigem Blick und einer tiefen, wohlklingenden Stimme verwandelt.

»Was wollen Sie?«

»Deine Großmutter bat mich, herzukommen. Sie macht sich Sorgen um dich.«

»Sagen Sie ihr, mir geht es gut.«

»Hast du das Päckchen erhalten, das sie dir geschickt hat?«

Er zuckte die Achseln. »Was glauben Sie eigentlich? Sagen Sie ihr einfach, ich hätte es bekommen.« Sein Gesicht wurde weicher. »Sie soll sich keine Sorgen machen. Ich bin bald wieder zu Hause.«

»Ben, du wirst so schnell nicht nach Hause kommen, außer du benimmst dich dementsprechend. Einen schlechten Ruf hast du bereits.«

»Aber ich lebe noch. Drei Nigger, die mit mir herkamen, sind tot. Ein paar anderen hat man das Hirn aus dem Schädel geprügelt.«

»Das darf dir nicht passieren.«

»Sie wissen nicht, was Sie da sagen, Mr. Glasson. Wenn es Sie so interessiert, sollten Sie mir lieber bei der Flucht helfen.«

»Das kann ich nicht.«

»Dann bleiben Sie wenigstens hier, bis ich mich mit dem Essen restlos vollgestopft habe. Sobald Sie weg sind, schnappen die Wärter jeden Krümel weg. Ein Stück Kuchen?«

Barnaby wußte, daß Mrs. Beckman nicht arm war. Vielleicht könnten hohe Bestechungssummen Ben herausholen, doch mit einem solchen Vorgehen würde er seine eigene Karriere aufs Spiel setzen. Das war einfach zuviel verlangt.

3

Der Aufseher »Bull« Baker konnte nicht ahnen, daß dies sein letzter Tag auf Erden sein würde.

Hätte er es gewußt, wäre er vielleicht vor seiner Pritsche in der Steinhütte auf die Knie gefallen, um wie ein Wahnsinniger Gnade zu erflehen, damit das Verzeichnis seiner Sünden auf wunderbare Weise gelöscht werde, solange noch Zeit dazu blieb. Oder er wäre sich keiner Schuld bewußt gewesen und hätte gebetet, daß diese Entscheidung ein schrecklicher Fehler sein möge, daß ihn eine weitere erbärmliche Morgendämmerung erwartete, während der er wie üblich seine Vorarbeiter und Gefangenen mit der Bullenpeitsche zur Arbeit antreiben konnte.

Als abergläubischer Mensch hätte er sich gewiß nicht diesen Tag ausgesucht, um einer seiner lasterhaftesten Neigungen zu frönen, nachdem er die Männer im Steinbruch zur Arbeit getrieben hatte. Selbst Baker wußte, obwohl er nicht oft darüber nachdachte, daß diese eine bestimmte Sünde mit Sicherheit den Zorn des Herrn auf ihn lenken würde.

Doch als er sich über die niedrige Pritsche beugte, um sich an einem gefesselten, ausgestreckten Gefangenen zu vergehen, ahnte er nicht, daß seine Stunden gezählt waren.

Bull Baker hatte den hübschen farbigen Jungen schon seit Monaten beobachtet und die Vorfreude genossen. Er brauchte sich nicht zu beeilen. Benny Beckman, der Verurteilte, hatte seine verlängerte Strafe erst zur Hälfte abgesessen. Bull fand ihn sehr schön: ein großer, schlanker, bronzefarbener Körper. Er bewunderte das Spiel der Muskeln unter der glatten Haut, wenn Benny arbeitete.

Einige der Sträflinge waren leichte Beute, weil sie Angst

hatten, sich zu widersetzen, oder auf Vorteile hofften. Doch dieser hier war anders. Nach drei Jahren in den Arbeitstrupps war aus dem hübschen Jungen ein harter Mann geworden, der sich durchkämpfte, den Aufsehern widersprach und auf seine Rechte pochte – er konnte reden wie ein Wasserfall –, ein richtiger Buschanwalt! Bull hatte beobachtet, wie er sich zu einem Mann entwickelte, der seine Aufmerksamkeit erregte – mit Kindern gab er sich nicht ab. Er amüsierte sich, wenn der dreiste Kerl den Vorarbeitern das Leben schwermachte und sich dabei jede Menge Ärger einhandelte. Dieser Idiot lieferte sich einfach in die Hände der Aufseher.

Nach einer weiteren Auseinandersetzung zwischen Benny, seinen Kumpeln und einigen knüppelschwingenden Vorarbeitern schritt Bull schließlich ein.

»Ich habe genug von diesem Bastard!« rief er und deutete auf Benny. »Bring ihn raus! Verdammter Unruhestifter. Ich werde ihm zeigen, wer hier der Boß ist.«

Als man Benny auf ihn zustieß, ließ Bull die Peitsche über dessen Rücken schnellen. »Ein paar Tage Einzelhaft werden ihn schon abkühlen.«

Er pfiff nach einigen seiner Helfershelfer, die den Gefangenen den Hügel hinauftrieben. Bull achtete nicht auf die nervösen Blicke der anderen Gefangenen. Ein erfahrener Knastbruder wie Beckman würde schon begreifen, daß mit diesen muskulösen Raufbolden nicht zu spaßen war. Er leistete Widerstand, wurde aber durch die Fußeisen gehindert und hatte so den harten Fäusten seiner Gegner nichts entgegenzusetzen.

Am Rande des Gebüschs nickte Bull seinen Helfern zu. Sobald sie außer Sichtweite des Arbeitstrupps waren, schleppten sie ihn an der fensterlosen Steinzelle für die Einzelhaft vorüber. Benny fing erneut an zu kämpfen, Bull lachte, während die Männer den Jungen hinter sich her schleiften. »Keine Sorge, Kumpel, das kommt schon noch! Alles zu seiner Zeit.«

Er war bester Laune, als er sich an seine Kumpane wandte:

»Habe noch nie einen Gefangenen erlebt, der so wild darauf war, in die Grube zu steigen.«

Es war, als versuche man, ein wildes Tier durch den engen Eingang von Bulls Hütte zu treiben, was den Aufseher nur noch mehr erregte. Er wartete draußen und zog genüßlich an seiner Pfeife, während ein Knebel Bennys Schreie erstickte und die Fußeisen ihn klirrend an den Boden fesselten. Bull überlief ein Schauer der Erregung, als er an den schlanken, entkleideten Körper dachte. Er konnte den Anblick kaum erwarten.

Die Helfer polterten aus der Hütte und stapften wortlos davon, Bull verharrte jedoch noch einen Moment. Der hübsche Junge sollte sich erst einmal beruhigen.

Schließlich trat er durch die niedrige Tür.

Eine Stunde später verließ Bull überaus zufrieden die Hütte und ging durch den Busch hinaus auf ein Felsplateau, von dem aus er sein Reich überblicken konnte – sein Reich und die ameisengleichen Arbeiter, die in der Sonne schufteten. Diese Aussicht verlieh ihm ein ungeheures Gefühl der Stärke. Nie hatte man seine Macht über die Gefangenen und ihre Aufseher in Frage gestellt. Nur wenige Aufrührer wie Benny wagten den Widerstand, doch sie waren bedeutungslos.

Beim Gedanken an Benny überlief ihn ein kurzer Schauer. Der geknebelte Bastard hatte sich zu ihm umgedreht und ihn mit solchem Zorn und Haß angestarrt, daß Bull eine Sekunde lang zurückgewichen war. Die braunen Augen wirkten flach und kalt, wie die Augen einer Schlange. Bull fürchtete sich entsetzlich vor Schlangen, von denen es in der Umgebung des Steinbruchs eine ganze Menge gab.

Er zuckte die Achseln. Sollte ihn der Gefangene doch anglotzen, bis ihm die Augen aus dem Kopf fielen. Eine Woche Einzelhaft würde ihn schon zur Räson bringen. Wenn er die Zelle verließ und bei der Rückkehr in den weißglühenden Steinbruch die Qual des hellen Sonnenlichtes erlebte, würden seine Augen schon anders aussehen. »Er wird mich nicht mehr anstarren!« murmelte Bull Baker grinsend.

Ein anderer Gefangener, Jim Donovan, hätte Bull Baker vor Benny Beckman warnen können. Seine Tochter hatte ihm geschrieben und ihn gebeten, er solle sich ein wenig um Ben, den Sohn einer Nachbarin, kümmern.

Jim brauchte mehr als ein Jahr, um an den Jungen heranzukommen. Er selbst arbeitete gewöhnlich als Straßenarbeiter, doch als Lebenslänglichem war es ihm gelungen, einen Job als Transportkutscher zu ergattern. Nun beförderte er Sandsteinblöcke vom Steinbruch zum Flußufer.

Von Anfang an hatte er in Benny den Außenseiter erkannt. Er war ein weiteres Beispiel für diese Grünschnäbel, die auf eine anständige Behandlung im Gefängnis pochten und sich den brutalen Aufsehern so lange widersetzten, bis sie die Sinnlosigkeit ihres Tuns einsahen. Für einen solchen Jungen war es typisch, zwei Fluchtversuche zu unternehmen und damit als Unruhestifter gebrandmarkt zu werden. Die Aufseher wußten, was sie zu tun hatten. Bennys Verhalten fügte sich in ein Muster, das sie auf den ersten Blick erkannten.

Jim hatte mit ihm gesprochen und ihm geraten, sich ruhig zu verhalten, damit er keine weitere Aufmerksamkeit auf sich lenkte. Benny gestand zwar ein, daß seine Fluchtversuche dumm gewesen waren und seine Strafe nur verlängerten, doch blieb er sein schlimmster Feind – verbohrt, launisch und streitsüchtig. Jim hörte machtlos von jeder neuen Prügelstrafe oder Einzelhaft. Wie sollte er einem Jungen helfen, der überhaupt nicht wußte, was gut für ihn war?

Er sprach mit Bennys Kumpeln, den weißen Männern, mit denen er zusammenarbeitete, doch sie lachten ihn bloß aus. Benny, das »Mundwerk«, sorgte für Unterhaltung. Sie stachelten ihn an, weil es ihnen Spaß machte, wenn sich jemand gegen die Aufseher zur Wehr setzte und sie von ihrem eigenen Unglück ablenkte. Danach wandte sich Jim an die schwarzen Gefangenen. Die aber empfanden nur Ehrfurcht vor dem »weißen« Jungen, dessen Haut so viel heller war als ihre, und der auch wie ein Weißer sprach. Schließlich stieß Jim auf einen ergrauten Aborigine namens Moorak, einen alten Kerl, der sein halbes Leben im Gefängnis verbracht, und den nur die Vermutung, er sei verrückt, vor dem Galgen bewahrt hatte.

Moorak rief Jim eines Tages im Vorübergehen zu: »Kein Grund, um weißen Jungen zu weinen.« Der Aborigine hockte im Staub und klopfte mit zwei geschnitzten Stöckchen, seinem Schatz, einen monotonen, endlosen Rhythmus.

»Du meinst Beckman?« fragte Jim.

Der alte Mann nickte. Neugierig ließ sich Jim neben ihm nieder.

»Warum sagst du das?«

Als Antwort erhielt er ein verzerrtes Grinsen, das kaputte Zähne enthüllte. »Junge hat den bösen Blick.« Der schwarze Mann nickte vor sich hin. »Trägt große Rache in sich.«

»Ich weiß nicht«, meinte Jim. »Ich schätze, er zieht eher die Rache anderer auf sich, angesichts der ganzen Prügel, die er schon eingesteckt hat.«

Der alte Mann fuhr fort mit seinem Nicken und Klopfen, als sei alles gesagt worden. Jim erhob sich. Im Weggehen rief ihm der Aborigine etwas nach. »Was ist mit Mister Crotty passiert?« Seine Stimme klang plötzlich anders, häßlicher, kehlig und rauh.

»Crotty?« fragte Jim zurück. »Keine Ahnung. Wer soll das sein?« Dann fiel ihm ein, daß Crotty ein Vorarbeiter gewesen war, ein gemeiner Bastard. »Sicher, jetzt erinnere ich mich. Er ist nicht mehr hier. Hatte einen Unfall. Fiel von einem Felsvorsprung und brach sich das Bein.«

»Viele Unfall«, kicherte der Alte.

»Einige«, stimmte Jim zu. Kürzlich war ein Aufseher bei einem Erdrutsch schwer verletzt worden.

Als habe er seine Gedanken gelesen, deutete der Schwarze mit einem knorrigen Finger in seine Richtung. »Der hat weißen Jungen geschlagen, dann aaah! Steine schlagen ihn.«

»Das hatte nichts mit Beckman zu tun. Der hat bereits genug Schwierigkeiten, das kannst du ihm nicht auch noch anhängen. Er war bei dem Erdrutsch überhaupt nicht in der Nähe.« Wieder begann das Nicken und Klopfen, der alte Mann senkte den Kopf und murmelte: »Mächtige Geister hier. Schwarzer Mann weiß das.«

»Klar«, meinte Jim, um Moorak nicht zu verärgern. »Wird schon so sein.« Dann ging er seiner Wege und tat die ganze Angelegenheit als Hirngespinst eines Greises ab.

Monate später gelang es ihm, die schmutzigen Baracken zu besuchen, in denen die Schwarzen von den weißen Gefangenen getrennt untergebracht waren. Als Farbigen hatte man Benny in dieses überfüllte Rattenloch gesteckt. Vergeblich bat Jim die Vorarbeiter, ihn in die Quartiere der Weißen zu verlegen. Benny selbst schien es seltsamerweise völlig gleichgültig zu sein.

»Was macht es schon für einen Unterschied?« fragte er. »Ist immer noch ein verdammtes Gefängnis.«

»Es geht um deine Gesundheit, mein Junge. Ich frage noch mal. Unsere Quartiere sind zwar voller Flöhe, aber sie werden wenigstens einigermaßen saubergehalten. Um diese Hütten hier kümmert sich niemand. Ich möchte nur, daß du am Leben bleibst.«

»Mach dir keine Sorgen um mich, Jim. Ich werde überleben. Es gibt noch Dinge, die ich tun muß, wenn ich hier rauskomme.«

»Wenn du nicht endlich lernst, deine verdammte Klappe zu halten, wirst du nie mehr hinauskommen.«

Benny schaute ihn neugierig an. »Du hast bessere Chancen als ich. Bist nicht mal angekettet. Warum haust du nicht einfach ab?«

»Mein Leben liegt in Gottes Hand«, erklärte der Ire. »Ich habe einen Menschen getötet und erwartete, dafür gehängt zu werden. Man brachte mildernde Umstände ins Spiel und bewahrte mich so vor dem Tod am Galgen. Da ich meine Tat jedoch nicht bereue, muß ich Seine Strafe akzeptieren.«

»Dann solltest du lieber bereuen«, grinste der junge Kerl

dreist. »Zur Hölle, du solltest verschwinden, solange es noch geht.«

Was war nur das Problem mit diesem Jungen? fragte sich Jim. Als Mensch an sich, ungeachtet der grausamen Welt, die sie beide umgab, schien er ein liebenswerter Kerl zu sein, aus dem ein anständiger Mann werden konnte. Viele seiner Schwierigkeiten rührten daher, daß er sich für andere – oft waren es Schwarze – einsetzte, die es im Gefängnis am allerschwersten hatten. Ungerechtigkeit verfolgte er mit wahrer Besessenheit – und aus gutem Grund, wie Jim zugeben mußte, denn Bennys Strafe für Vandalismus und Zerstörung fremden Eigentums war ausgesprochen hart ausgefallen. Hart, aber nicht außergewöhnlich. In den Gefängnissen von Queensland saßen Männer und Frauen, die sich weit geringerer Vergehen wie Essensdiebstahl oder Entwendung einiger Löffel bei ihren Arbeitgebern schuldig gemacht hatten. Die Gefängnisse waren als Besserungsanstalten gedacht – welch ein Hohn!

Aber da gab es auch noch die undurchsichtige Seite in diesem Jungen. Er sprach nie von seinem Zuhause, weigerte sich, über die Welt da draußen zu reden, und war trotzdem gebildet, eine Seltenheit bei den Mischlingen, unter denen es noch weit mehr Analphabeten gab als unter den Weißen. Zweifellos waren die Rachegesetze der Aborigines tief in seinem Wesen verwurzelt. Bei Weißen wogen solche Gefühle schwer genug, für die Schwarzen bildeten sie eine eherne Regel.

Beim Versuch, seinen Schützling zu bekehren, hatte Jim sich bemüht, ihm den Grundsatz der anderen Wange, die man seinem Feind zum Schlag darbieten soll, zu vermitteln. Zu seiner Überraschung schleuderte ihm Benny entgegen: »Hast du das etwa getan? Die andere Wange hingehalten? Auf deine Predigten kann ich gut verzichten!«

Einmal kam ein aufgeregter Schwarzer zu Jim und führte ihn zu Benny. Er lag zerschlagen und zerschunden auf seiner Matte – für die Schwarzen gab es weder Pritschen noch Hängematten. Getrocknetes Blut klebte ihm an Gesicht und Ohren.

»Was ist mit ihm passiert?« erkundigte sich Jim. Der Aborigine rollte angstvoll die Augen. »Taffy Welk, unser schlimmer Vormann, hat Jungen geprügelt, weil sich gewehrt.«

»In welcher Weise gewehrt?«

»Einer unserer Männer trägt zu schwere Last. Fällt hin, und Taffy schreit und schlägt ihn mit Stock. Benny hier fängt an zu schreien ›Hören Sie auf, Mister!‹. So gibt Taffy ihm dafür Prügel.«

»O Jesus«, stöhnte Jim. »Hol mir Wasser, ich mache ihn sauber.«

»Wirst du es nie lernen?« fragte Jim verzweifelt, während er Bennys Gesicht mit Wasser aus einem Eimer bespritzte.

»Es geht schon wieder.« Der Patient schob ihn zur Seite.

»Von wegen! Du bist scheißverrückt, Beckman! Wenn du überlebst, dann nur als Lebenslänglicher, genau wie ich!«

Benny nahm ihm den Lappen aus der Hand. »Ich komme hier raus«, sagte er heiser. »Dann sehen wir, wer überlebt. Es wird denen noch leid tun.«

»Wen meinst du damit? Um Himmels willen, was quält dich nur so, Junge?«

Doch Benny hatte nichts mehr zu sagen.

»Zum Glück nichts gebrochen«, stellte Jim fest, während er Bennys Gesicht abwusch. Selbst die Zähne des Jungen waren in gutem Zustand, trotz der schlechten Ernährung. Jims eigene Zähne waren schon früh verfault.

»Ich hole dir etwas zu essen«, sagte er und ging hinaus zu der Schlange der Schwarzen, die geduldig auf ihren Fraß wartete. Moorak trat neben ihn. »Weißer Junge verletzt?«

»Ja«, erwiderte Jim und gab ihm den Blechnapf. »Hol du seinen Fraß.«

»Mehr Unfälle jetzt«, grinste Moorak. »Mister Taffy kriegt bösen Blick. Mächtige Geister wecken ihn. Wirst sehen!« Er schwenkte seinen ausgestreckten Zeigefinger vor Jims Nase und kehrte dann mit zwei Schüsseln Hammelbrühe zurück. Seine eigene Portion verschlang er auf der Stelle.

Einige Tage darauf erfuhr Jim, daß Taffy Welk in dieser Nacht am Fieber erkrankt war. Am nächsten Morgen befand er sich im Delirium und wurde bei Sonnenuntergang ins Gefängnislazarett von Brisbane gebracht.

Obwohl Jim sicher war, daß es sich um einen Zufall handeln mußte, erschütterte ihn dieses Ereignis. Er stellte einige Untersuchungen an. Unter welchen Umständen hatte sich Crottys Unfall zugetragen? Was war mit dem anderen Kerl, der beim Erdrutsch verschüttet wurde? Sie alle hatten Arbeitstrupps beaufsichtigt, zu denen Benny Beckman gehörte. Jim stellte keine weiteren Fragen, da er gar nichts mehr erfahren wollte. Weil er an das Gute glaubte, war ihm auch das Böse nicht fremd. Falls es Engel gab, existierten auch Teufel. Doch dies war ihm unheimlich, und er bekreuzigte sich, wann immer er Moorak begegnete. Von ihm hielt er sich absichtlich fern. Jim glaubte zwar nicht wirklich an diesen heidnischen Unsinn, doch sein Verstand sagte ihm, daß es nur eine bestimmte Anzahl von Zufällen geben konnte. Er fing an, Beckmans Peiniger genauer zu beobachten.

Hätte Jim genügend Selbstvertrauen besessen und Grund gehabt, Bull Baker zu warnen, wäre dieser vielleicht vor dem, was die Schwarzen den bösen Blick nannten, verschont worden.

Donovan spannte gerade seine Pferde vor den Wagen, um vom Fluß zurück in den Steinbruch zu fahren, als ein Aufseher auf ihn zuritt und ihm die Nachricht überbrachte, daß Bull Baker einen weiteren »Kunden« in seiner Hütte hatte.

»Guter Gott, nein! Wer ist es diesmal?«

»Dein Freund«, lachte der Aufseher. »Benny, das Halbblut!«

»Ihr Bastarde!« schrie Jim. »Warum setzt ihr diesem Dreck kein Ende?«

»Geht uns nichts an. Er ist der Boß.«

»Der Zorn Gottes soll über euch kommen!« schrie der Ire dem Aufseher nach.

Auf dem Heimweg dachte Jim unentwegt an Benny. »Würde

reichen, um ihn in die Klapsmühle zu bringen«, murmelte er vor sich hin und trieb die schweren Zugpferde in der vergeblichen Hoffnung an, es könne sich um eine falsche Information handeln. Vielleicht war Benny dem Teufel irgendwie entwischt. Sicher stellte der Junge nur ein Opfer unter vielen dar, doch dieses Mal konnte Jim es nicht mit seinem Gewissen vereinbaren zu schweigen. Er würde einen Brief an Seine Exzellenz den Gouverneur aufsetzen, in dem er eine Beschwerde vorbrachte. Benny müßte ihn schreiben, und er, James Donovan, würde ihn unterzeichnen. Es war nicht schwer, ihn auf einem Transportboot hinauszuschmuggeln. Die Männer vom Fluß konnten ihn auch mit dem nötigen Schreibmaterial versorgen.

Während Jim Donovan voller Aufregung seinen Plan schmiedete, warf Bull Baker einen letzten Blick auf den Steinbruch, bevor er sich umwandte und selbstzufrieden über die Felsen zurückschlenderte.

Dann blieb er mit einem erstickten Schrei abrupt stehen.

Eine Tigerschlange schnellte vor ihm hoch, bereit zum Angriff. Ihr kupferfarbener Körper glänzte in der Sonne. Wie versteinert starrte Bull in die schillernden Augen, die von orangenen Ringen umgeben waren – eiskalte, grausame Augen.

Er wog seine Chancen ab. Begriff, daß er nicht davonlaufen konnte. Statt dessen konzentrierte er sich auf den Griff seiner Lederpeitsche, fuhr wiederholt mit den Fingern daran entlang, um den richtigen Halt zu finden, schätzte vorsichtig die Distanz zwischen sich und der aufgerichteten, sich wiegenden Schlange ab.

Mit einem Satz sprang er auf sie zu, da er glaubte, daß ein ordentlicher Schlag mit dem stahlbesetzten Peitschengriff den gierigen Kopf aus dem Weg räumen könne. Doch die Schlange war schneller. Bull taumelte entsetzt zurück, als ihn die Giftzähne an der Brust trafen und durch das Flanellhemd in seine Haut drangen.

Er schrie und versuchte, sie mit der Peitsche zu vertreiben. Als er nach dem schuppigen Körper griff, um sie von seiner

Brust zu reißen, merkte er, wie stark das Tier war. Es wehrte sich mit aller Kraft. Der Kopf traf seinen Nacken wie ein Speer und sandte einen reißenden Schmerz durch seinen Körper.

Mit beiden Händen schleuderte er das Monster schließlich von sich und rannte schreiend den Hügel hinab, ohne zu wissen, daß sich das Gift dadurch viel schneller in seinem Körper verbreitete. Bull Baker brach zu Füßen seiner Helfer zusammen.

Sie konnten nichts mehr für ihn tun. Es gab keine Stelle, an der sie die Wunden hätten abbinden können. Sie wußten auch nicht, wie man das Gift ausbluten läßt, und riefen um Hilfe, während sie ihren Boß festhielten, der sich in Zuckungen wand und die Augen qualvoll verdrehte. Schaum quoll aus seinem Mund. Bull Baker war tot.

Von der Hütte aus konnte Benny den Tumult hören, doch er interessierte ihn nicht. Er lag nach wie vor nackt und gefesselt auf der Pritsche und wartete auf die letzte Demütigung: das Losbinden durch seinen Peiniger. Sein Gesicht war tränenüberströmt.

Stunden später befand er sich noch immer an derselben Stelle. Man hatte ihn vergessen. Ihm fielen die entfernten Schreie und Rufe von vorhin ein. Wahrscheinlich eine der üblichen Raufereien, die in diesem Höllenloch nur allzu häufig zwischen Sklaven und Sklaventreibern ausbrachen. Er kämpfte gegen die Lederriemen, bis seine Gelenke blutig waren. Als Jim Donovan ihn schließlich fand, war es ihm gelungen, seine Beine durch ungeheure Kraftanstrengung zu befreien.

Jim fand ein Messer und schnitt Benny von der rohen Holzpritsche los. Dann gab er ihm seine Kleider. »Komm, Junge, raus hier.«

Benny zog Hemd und Hose an, wobei er Jims Augen auswich. Er schämte sich, daß ihn der ältere Mann so gesehen hatte.

»Der Boß ist tot«, berichtete Jim. »Wurde von einer Schlange gebissen. Du gehst jetzt in deine Baracke, als sei nichts geschehen. Alle rennen herum wie aufgescheuchte Hühner. Die haben dich ganz vergessen.«

Als Benny an der Tür zögernd stehenblieb, schickte Jim ihm eine Warnung hinterher. »Du wirst doch nicht versuchen abzuhauen, oder?«

»Nein«, flüsterte der Junge mit hängenden Schultern.

»Ist alles in Ordnung?«

Benny erschauerte, und Jim versuchte, es ihm leichter zu machen. »Niemand weiß davon. Sie denken, die Schlange hätte ihn gebissen, bevor er herkam.«

»Ja«, sagte Benny mit einem unterdrückten Schluchzen.

Er schien seine Umgebung gar nicht wahrzunehmen. Daher begleitete ihn Jim bis zu den Baracken, in denen die Gefangenen bereits Freudentänze anläßlich des Todes ihres verhaßten Aufsehers aufführten. Dieses ungeheure Ereignis stellte Beckmans kleines Problem in den Schatten, und niemand achtete auf die beiden Männer.

Doch Benny Beckman war nicht mehr derselbe. Gezeichnet. Aus dem lauten Gefangenen wurde ein mürrischer, zurückhaltender Mann, der nicht länger als Unruhestifter galt, sondern nur als weiterer Schwarzer, dem man das Rückgrat gebrochen hatte. Jim trieb Bücher auf, die er sonntags lesen konnte, ein paar zerfledderte Groschenromane und etwas, das er als Poesie bezeichnete. Dem Jungen schien es zu gefallen. Sein unverschämtes Auftreten war verschwunden. In den Augen der anderen hatte er schlicht und einfach seine Lektion gelernt und akzeptierte seine Strafe, doch Jim wußte, daß ein Zorn in ihm schwelte, und fragte sich besorgt, was nach der Freilassung aus diesem jungen Mann werden sollte.

Einige Gefangene wurden abgestellt, um während eines Gottesdienstes für die Seele des verstorbenen Aufsehers zu beten, doch niemand weinte ihm eine Träne nach. Danach traf Jim erneut auf Moorak, den böse aussehenden alten Aborigine.

»Neuer Unfall, was?« keuchte er.

Jim nickte, als ihm Mooraks Behauptungen wieder einfielen. »Mag sein. Mag auch nicht sein. Jedenfalls hat der Bastard bekommen, was er verdient.«

»Mächtige große Geister schützen weißen Jungen«, beharrte Moorak.

»Die braucht er jetzt noch dringender«, grollte Jim.

»Wird schon gut sein«, grinste Moorak. »Hat Macht auch über ganz großen Boß.«

Donovan schüttelte den Kopf. »Das glaube ich nicht, Kumpel. Er hat zu viel einstecken müssen.«

Seit jenem Weihnachtstag vor drei Jahren, an dem Barnaby Glasson Miss Phoebe Thurlwell im Hause ihrer Nachbarin kennengelernt hatte, war er in sie verliebt. Allerdings hatte er seine Gefühle nicht auf Anhieb erkannt.

Zunächst tauchte das Mädchen einfach in seinen Gedanken auf. Kleine sonnige Momente, in denen er wieder ihr Lächeln sah und die mädchenhafte Stimme hörte, genügten, um seinen Tag fröhlicher zu gestalten. Im folgenden Sommer hatte er sie auf einer Tennisparty getroffen und sie erstaunlicherweise nicht erkannt, da sein Bild von ihr von Erinnerungen geprägt war.

»Barnaby Glasson!« rief sie und stupste ihn mit ihrem Schläger an. »Ich bin entsetzt. Sie haben mich vergessen.«

Innerlich stieß er einen Freudenschrei aus, doch nach außen hin wirkte er wie vor den Kopf geschlagen. Er nahm die grüngefütterte Tennismütze ab, ließ seinen Schläger fallen, den Phoebe aufhob, und murmelte, er habe sie ganz und gar nicht vergessen. Stolperte. Verhaspelte sich. Fragte, wie es ihr gehe.

»Wie sehe ich aus?« fragte sie, als seien sie alte Freunde. »Ich trage mein Haar jetzt länger und darf es abends hochstecken. Meine Kleidung darf ich selbst aussuchen. Halten Sie dieses Tenniskleid für zu kurz? Die alten Krähen im Pavillon werfen mir so komische Blicke zu.« Sie setzte sich in Pose. »Ist doch egal, wenn man die Knöchel sieht. Besser als stolpern, oder?«

»Ja. Ja, natürlich«, murmelte er und wagte keinen genaueren Blick auf diese reizvollen Knöchel. Warum nur fühlte er sich in Gegenwart eines fünfzehnjährigen Mädchens wie ein Stallknecht? Schließlich lag eine Anwaltskarriere vor ihm, und mehrere junge Damen aus bestem Hause wußten seine Aufmerksamkeiten zu schätzen. Da winkte ihn doch tatsächlich Lucy Morrow zum Tee herüber.

»Ich sterbe vor Durst«, sagte Phoebe. »Sind Sie fertig mit Ihrem Spiel?«

»Ja«, antwortete er und fragte sich, warum seine Stimme entschuldigend klang. »Ich war nicht sehr gut.«

»Genau wie ich. Wir sollten einen Sport ohne Netz erfinden, das dumme Ding stört doch nur. Verlangsamt mein Spiel.«

Er lachte. Während sie gemeinsam zum Pavillon gingen, berichtete sie ihm von ihren enttäuschten Tennispartnern, von denen er die meisten kannte. Barnaby amüsierte sich über ihre ungewöhnlichen Ansichten. Phoebes Fröhlichkeit wirkte so ansteckend, daß er Lucy einfach ignorierte. »Wo sollen wir uns hinsetzen?«

»Hier unten, würde ich sagen«, erwiderte er und deutete auf einen klapperigen Tisch am Ende des Raumes.

Danach trafen sie sich oft mit gemeinsamen Freunden. Barnaby freute sich, daß Phoebe immer Zeit fand, mit ihm zu plaudern.

Die Einladung zur Party anläßlich ihres achtzehnten Geburtstages wurde persönlich im Büro abgegeben. Barnaby zerbrach sich den Kopf darüber, wie er sich kleiden und welches Geschenk er kaufen sollte, bis Mrs. Mantrell ihm zu Hilfe kam. Es imponierte ihr, daß der Lehrling ihres Mannes so leicht den Weg in die feine Gesellschaft fand, und sie beschloß, daß Barnaby einen möglichst guten Eindruck hinterlassen sollte.

Als er in seinem ersten Abendanzug mit schwarzer Schleife bei den Thurlwells eintraf, kam er sich äußerst elegant vor. Voller Selbstvertrauen gab er sein Geschenk ab, das von Mrs. Mantrell unter dem Gesichtspunkt der Schicklichkeit ausgewählt worden und mit dem Barnaby sehr zufrieden war, obwohl es ihn fünf Shilling und Sixpence gekostet hatte. Es handelte sich um eine schön gebundene Ausgabe von Shelleys Gedichten, die Barnaby vorsichtshalber zu Hause durchgeblättert hatte – mit Handschuhen, um die Seiten nicht zu beschmutzen – für den Fall, daß ihn jemand darauf ansprechen sollte. Ihm fehlte es meist an Zeit, um mehr als seine juristischen Fachbücher zu lesen. Er fand die Gedichte zwar schwer verständlich, doch sie schienen sowohl in Mode als auch populär zu sein.

Die Party war ein großer Erfolg: ein perfekt organisierter Abend für mehrere hundert Gäste mit einem hervorragenden Büfett, Champagner im Überfluß und umherwandernden Musikern, die im Garten über dem Fluß aufspielten, der mit chinesischen Laternen geschmückt war. Phoebe sah er allerdings kaum und konnte ihr nur im Vorübergehen alles Gute zum Geburtstag wünschen, als sie auch schon von einem Schwarm aufgeregter Freundinnen weitergezogen wurde. Barnaby fühlte sich wie eine unscheinbare Hummel in diesem eleganten Bienenkorb. Die Bienenkönigin schien außerhalb jeder Reichweite.

Er wurde von Phoebes Onkel, Edgar Thurlwell, in ein Gespräch verwickelt. Edgar plazierte ihn in einer stillen Ecke des Salons, um ihm die Vorzüge seiner Firma, der Western Railroad Company, darzulegen. Er war hocherfreut, einen jungen Mann zu treffen, der sich mit dem Aktiensystem auskannte.

»Wir gehen jetzt an die Börse«, erklärte Edgar und zog an seiner Zigarre. »Dieser verdammte Föderalismus hat viele Investoren abgeschreckt und meine Pläne verzögert, doch ich arbeite zum Wohl des Landes. Wenn wir erst am Zuge sind, wird es ihnen noch leid tun. Verdammt leid! Ein Mann muß Zukunftsvisionen haben, um in dieser Welt etwas zu erreichen. Wir sind auf dem richtigen Weg. Zwei der modernsten Dampfmaschinen sind bereits per Schiff auf dem Weg nach Brisbane.«

»Per Schiff!« staunte Barnaby. »Man sollte glauben, es würde untergehen bei ihrem Gewicht.«

»Seeleute wissen genau, was sie tun. Vielleicht könnten Sie Mantrell darauf hinweisen, daß Mandanten mit großen Bargeldreserven nicht schlecht beraten wären, in Western Railroad zu investieren. Sie müssen sich aber beeilen.«

»Ich werde es erwähnen, Sir«, erwiderte Barnaby beflissen.

Sie wurden von Ben Buchanan, dem Abgeordneten für Padlow, unterbrochen. Er war ein großer, blonder Mann, gut gekleidet, doch wie sagte Mrs. Mantrell: »Sie können den Mann aus dem Busch holen, aber nicht den Busch aus dem Mann.« Und Buchanan mit dem gebräunten Gesicht und den starken Händen konnte seine Herkunft nicht verleugnen.

»Ich müßte kurz mit dir reden, Edgar«, sagte Ben. Barnaby hatte den Hinweis verstanden und zog sich zurück. Allerdings konnte er noch den scharfen Wortwechsel zwischen den beiden Männern hören und fragte sich, worum es dabei wohl gehen mochte.

Gegen Mitternacht traf er niedergeschlagen zu Hause ein. Nicht direkt niedergeschlagen, sagte er sich, während er die eleganten Kleider ablegte, eher verärgert. Seit Wochen freute er sich auf Phoebes Gesellschaft, und nun hatte sie ihn kaum beachtet. In diesem Moment erst verstand Barnaby seine tiefen Gefühle für sie. Statt sich in seiner Enttäuschung zu bemitleiden, schmiedete er am nächsten Morgen gleich Pläne, um sie zu erobern. Man kannte ihn als ehrgeizigen jungen Mann. Also würde er seinem Ehrgeiz neben dem Beruf ein zweites, ebenso wichtiges Ziel setzen. Irgendwann würde er Phoebe Thurlwell heiraten, sie wahnsinnig lieben und zur glücklichsten Ehefrau der Welt machen.

Bis zu einem gewissen Punkt funktionierte sein Plan auch. Phoebe war zu jung, um ohne Anstandsdame mit irgendwelchen Herren auszugehen. Trotzdem war die Liste der Bewerber lang.

Barnaby hielt sich im Hintergrund, blieb aber auf Parties und Ausflügen in ihrer Nähe. Früher oder später kam Phoebe meist zu ihm herüber. Sie gab vor, zu plaudern, doch dann ließ sie ihrer spitzen Zunge freien Lauf und verteilte bissige Bemerkungen über die anderen Gäste. Phoebe war boshaft veranlagt und konnte Barnaby zum Lachen bringen, so daß er einen begeisterten Zuhörer abgab. Und bald auch ihren Vertrauten.

»Mutter sagt, ich solle Richard Masefield ermutigen, weil seine Familie so reich ist. Aber sehen Sie ihn sich doch einmal an, Barnaby. Er hat Froschaugen, die ihm fast aus dem Kopf quellen!«

Er lächelte zustimmend. »Das überrascht mich nicht. Er ist einfach nicht an selbstbewußte junge Frauen gewöhnt.«

»Sie halten mich also für zu selbstbewußt?«

»Nein. Aber manchmal wirken Sie etwas dogmatisch.«

»Überhaupt nicht! Jedenfalls bin ich achtzehn und darf nun zum Ball des Gouverneurs gehen. Richard möchte mich begleiten. Ich sagte ihm, ich hätte bereits eine andere Einladung angenommen.«

»Mit wem gehen Sie hin?«

»Das ist das Problem. Mit niemand. Ich habe gelogen. Jetzt müssen Sie mir helfen und mich einladen.«

Er schüttelte den Kopf. »Tut mir leid, Phoebe, aber ich bin nicht eingeladen.«

»Dafür werde ich schon sorgen. Versprechen Sie mir, daß Sie dann mitkommen.«

»Na schön«, erwiderte er mit klopfendem Herzen. »Sie bringen sich vielleicht in Situationen, Phoebe.«

Sie umarmte ihn und drückte ihm einen Kuß auf die Wange. »O Barnaby, Sie sind ein Schatz! Ich hoffe, Sie können tanzen.«

Obwohl die Einwilligung ihrer Eltern nie offiziell ausgesprochen wurde, begleitete er sie von nun an bei zahlreichen Gelegenheiten, meistens dann, wenn Phoebe einen Verehrer loswerden wollte. Die Thurlwells empfanden seine Anwesenheit inzwischen als selbstverständlich, weil Phoebe zu seinem Ärger darauf bestand, daß er ihr bester Freund sei. So hatte er sich die Sache nicht vorgestellt, traute sich aber auch nicht, mit ihr zu flirten, da er fürchtete, ihre Beziehung zu zerstören. Statt dessen sah er sich gezwungen, ihren jugendlichen Schwärmereien für diesen oder jenen Mann zu lauschen. Glücklicherweise waren solche Verliebtheiten nicht von Dauer, doch Barnaby fürchtete den Tag, an dem ihm jemand Phoebe einfach wegschnappen würde. Langsam schien es für ihn an der Zeit, offen mit ihr zu sprechen, ihr zu sagen, wie sehr er sie liebte. Doch es erforderte eine sorgfältige Vorbereitung. Phoebe zeigte sich nie ernsthaft im Umgang mit ihm. Sie hatten Spaß und trafen sich oft mit Freunden, so daß es sich als schwierig erweisen würde, eine romantische Atmosphäre zu schaffen. Und wenn sie ihn nun auslachte? Barnaby graute vor dieser Vorstellung und blieb ihr Begleiter. Ihr bester Freund.

Phoebe ihrerseits wußte, daß Barnaby sie sehr gern hatte. In seiner Gegenwart konnte sie sich geben, wie sie war, und mußte nicht den bunten Schmetterling spielen. Das ganze gesellschaftliche Getue war ihr bald langweilig geworden. Sie neigte zu unverblümter Rede und besaß einen Hang zu dummen Streichen. Ihre Mutter war entsetzt über ihr Benehmen, bezeichnete sie als Exhibitionistin und warnte sie vor den Folgen eines schlechten Rufs.

Laß sie doch reden! dachte Phoebe bei sich. Sie vermutete, daß ihre Mutter eine Affäre mit Ben Buchanan hatte, obwohl sie es nicht beweisen konnte, was sie auch gar nicht beabsichtigte. Im Gegenteil, sie ignorierte es absichtlich und fragte sich, ob ihr Vater das gleiche tat. Niemand außer Barnaby schien die ernste Seite in Phoebes Wesen zu bemerken. Doch selbst ihm konnte sie nicht erzählen, daß Buchanan ihrem Vater Hörner aufsetzte. Sie nahm eine ablehnende Haltung gegenüber Buchanan ein und verhielt sich kühl, aber nicht grob, da sie befürchtete, ihr Vater könne etwas merken. Sie war verwirrt und hielt mit verzweifelter Treue zu ihrem Vater, der es zuließ, daß seine Frau sein ganzes Leben kontrollierte. Er war schwach und stand Lallas Launen hilflos gegenüber.

Wenn sie wütend war, spielte Phoebe manchmal mit dem

Gedanken, ihm die Wahrheit ins Gesicht zu schreien, damit er endlich merkte, was zwischen diesen Ehebrechern vor sich ging. Ihr war jedoch bewußt, daß sie dabei unweigerlich den kürzeren ziehen mußte. Der Doktor würde sich weigern, ihr zuzuhören, und zornig werden, so daß Lalla Siegerin bleiben und sie selbst die Zuneigung ihres Vaters verlieren würde.

Redete er ihrer Mutter nicht jetzt schon nach dem Mund? Sie solle einen netten, jungen Mann finden und ein geregeltes Leben als Ehefrau führen.

Phoebe sprach mit ihrer Mutter darüber. »Das hättest du wohl gern, was? Mich verheiraten, damit ich aus dem Weg bin.«

»Ich weiß nicht, wovon du redest. Alle Eltern tragen Verantwortung dafür, ihre Töchter gut versorgt und glücklich verheiratet zu sehen.«

»Und in meinem Fall auch außerhalb des Hauses, da ich mehr mitbekomme, als gut für mich ist. Oder vielleicht mehr, als gut für dich ist?«

Lalla fuhr herum. »Phoebe, welche Phantasie du hast. Du bist wirklich unmöglich. Ich bin sehr stolz auf dich, auch wenn du dich oft alles andere als damenhaft benimmst. Du bist zu einer schönen jungen Frau herangewachsen.« Phoebe bemerkte, daß Lalla dabei in den Spiegel schaute und ihren eigenen Anblick bewunderte, als sei sie zufrieden, daß ihre Tochter ihre Maßstäbe erfüllte.

»Verschiedene junge Männer, akzeptable junge Männer, haben bereits angedeutet, daß sie dir gern den Hof machen würden. Und ihre Mütter sind damit einverstanden.«

»Wer zum Beispiel?«

»Der Junge der Masefields und John Sherrington und Gavin Fortescue. *Seine* Mutter hat mir einen Wink gegeben, daß er die große Schaffarm in Neusüdwales erben wird. Er ist der einzige Sohn.«

»Richard Masefield ist ein Trottel, John ein Trinker und Gavin furchtbar hochnäsig.«

»Nun ja, wir könnten auch nach Sydney fahren ...« – »Ich will nicht in Sydney herumgereicht werden!«

»Wie du willst.« Lalla lächelte. »Vielleicht möchtest du lieber als alte Jungfer enden.«

»Ich könnte Barnaby Glasson heiraten«, drohte Phoebe.

Ihre Mutter sah sie ruhig an. »O nein, das würdest du nicht tun. Du benutzt ihn, versteckst dich hinter ihm, und er macht alles mit. Die Barnabys dieser Welt geben sich mit den Krümeln zufrieden, die vom Tisch für sie abfallen. Warum wohl darf er dich so oft besuchen? Weil er dich nicht kompromittieren wird. Bei ihm bist du sicher, bis der richtige Mann auftaucht.«

Phoebe lief weinend in ihr Zimmer. Die sarkastischen Bemerkungen ihrer Mutter trafen sie wie Peitschenhiebe. Sie schämte sich, daß Lalla sie durchschaut hatte. Es verletzte sie, daß man Barnaby durch ihre Schuld demütigte.

»Wer kommt sonst noch?« fragte Barnaby, als sie in der folgenden Woche zu einer Dämmerkreuzfahrt an Bord der River Queen gingen.

»Niemand. Ich dachte, es wäre schön, einmal allein auszugehen. Ich wollte schon immer eine solche Kreuzfahrt machen.«

»Dann probieren wir es aus. Und Phoebe Thurlwell kann aller Welt verkünden, ob es sich lohnt oder nicht.«

Phoebe hatte ihre Garderobe sorgfältig ausgesucht. Nach diversen Versuchen hatte sie sich für ein Kleid aus fließender rosa Seide mit einem Spitzenmieder entschieden, das ihre schlanke Taille betonte. Über der Stirn war ihr blondes Haar zu einem Pony frisiert und fiel hinten in langen Locken über ihre Schultern. Zum Schutz vor dem Wind trug sie ein hauchdünnes, getupftes Tuch, in dessen winzigen Perlen sich die Lichter spiegelten. Sie sah besser aus als je, was Barnaby auch bemerkte.

»Phoebe, du siehst heute abend wunderschön aus. Alle starren dich an.«

»Nein«, wehrte sie bescheiden ab und setzte sich mit ihm auf das Oberdeck. Langsam glitt das Boot vom Ufer weg. »Man serviert Champagner«, flüsterte sie. »Warum trinken wir nicht auch ein Glas?«

»Das ist teuer und nicht im Preis inbegriffen«, warnte er sie.

»O Barnaby, ich möchte so gern welchen. Laß mich bezahlen.«

»Nein, ich sollte nicht so geizig sein. Heute abend habe ich etwas zu feiern, und das tue ich auf meine Rechnung.«

»Was hast du zu feiern?«

»Ich habe mein Examen bestanden und bin nun ein richtiger Anwalt.«

»Das ist wunderbar!« Sie küßte ihn auf die Wange. »Das freut mich für dich.«

»Außerdem übernehme ich demnächst eine Stellung beim Justizminister. Als juristischer Berater.«

»Das ist ja phantastisch. Und was hält Mr. Mantrell davon?«

»Er hat mir seinen Segen gegeben. Freut sich, daß einer seiner Schützlinge einen derart prestigeträchtigen Posten erhält.«

Während der Fahrt tranken sie Champagner; sie lachten, unterhielten sich und verschlangen zwei Teller voller Appetithäppchen; dann lauschten sie der lieblichen Darbietung eines Zigeunergeigers.

Barnaby sprach aufgeregt von seiner neuen Stelle, bis sie die Rückfahrt antraten. Das Büro lag gleich neben dem des Premierministers, Sir Samuel Griffiths, so daß er sich in höchsten Kreisen bewegen würde. Anscheinend sollte seine Aufgabe hauptsächlich im Bereich des Verfassungsrechtes liegen, da sich der Staat allmählich auf die Gründung einer Föderation zubewegte. »Wir müssen auf dem Weg zur Union sehr vorsichtig sein, wenn wir die individuellen Rechte unserer Staaten wahren wollen«, erklärte Barnaby. Phoebe versuchte, seinen Worten Aufmerksamkeit zu schenken, während sie ihre wichtige Frage vorbereitete.

»Barnaby«, sagte sie, »warum heiraten wir nicht?«

Er verstummte mitten im Satz und starrte sie an. »Was hast du gesagt?«

Er dachte, sie wolle ihn zum Narren halten, und quälte sich ein Lächeln ab. »Ich hätte nicht geglaubt, daß dich mein neuer Status so sehr beeindruckt. Und wenn ich nun als Justizminister ende?«

»Ich meine es ernst. Mach dich bitte nicht über mich lustig.«

Barnaby schaute sie eindringlich an. Eigentlich hätte er sich freuen sollen, denn sein Traum einer Ehe mit diesem wunderbaren Mädchen rückte endlich in greifbare Nähe. Sein Verstand sagte ihm jedoch, daß etwas nicht stimmte. Kalter Schweiß trat auf seine Stirn, als er das heftige Verlangen, sie in die Arme zu nehmen, niederkämpfte. »Ja. Ja, natürlich heiraten wir.«

Er nahm ihre zitternden Hände und hielt sie fest. »Wie bist du darauf gekommen?« fragte er sanft.

Sie ging in die Defensive. »Ich dachte, du liebst mich.«

»Phoebe, ich liebe dich wirklich. Gott weiß, wie lange ich dir das schon sagen wollte. Ich hasse es, dir diese Frage zu stellen, aber liebst du mich denn auch? Sag die Wahrheit.«

»Ich habe dich gekränkt. War wohl ein wenig vorschnell. Du hältst mich sicher für einen Dummkopf.«

»Nein, aber du hast meine Frage nicht beantwortet.«

Sie wandte sich ruckartig ab. »Woher soll ich das wissen? Ich glaube, ich liebe dich. Natürlich, sonst hätte ich nicht diese dumme Frage gestellt und mich damit zum Narren gemacht.«

»Phoebe, Liebste. Bei mir machst du dich nie zum Narren. Ich habe nur den Eindruck, daß es eine deiner übereilten Entscheidungen ist, die du morgen schon bereuen könntest.«

»Na wunderbar! Du weist mich also zurück!«

»Keineswegs. Ich würde dich gleich morgen heiraten, aber du brauchst mehr Bedenkzeit.« Er verschwieg seine Vermutung, daß der Champagner ihre Frage provoziert hatte. Sie war den ganzen Abend nervös gewesen und hatte den Alkohol hinuntergeschüttet wie Limonade.

Sie zuckte die Achseln. »In Ordnung. Wenn du es sagst, werde ich mich daran halten.«

»Und sieh nicht so traurig drein. Lächle für mich.«

Sie gingen nach achtern und sahen in Gedanken versunken zu, wie die weiße Gischt das samtschwarze Wasser aufschäumte. Barnaby war niedergeschlagen, weil er die Chance seines Lebens verpaßt hatte; Phoebe ärgerte sich, alles verdorben zu haben. Sie hatte nicht erwartet, daß er sie geradeheraus fragen würde, ob sie ihn liebe. Sicher war sie sich dessen nicht. Sie mochte ihn. Das reichte doch, oder?

Eine Frau hinter ihnen lachte, und Phoebe zuckte zusammen. Das Lachen ähnelte dem ihrer Mutter.

Als sie an Land gingen, ergriff Barnaby ihren Arm. »Wie wäre es, wenn wir uns nach meinem Urlaub noch einmal unterhalten?« fragte er sie mit beruhigender Stimme.

»Ja, Barnaby. Vielen Dank«, erwiderte Phoebe abwesend. Es klang mehr wie ein Seufzer.

Ein anderer Gast, der Phoebe Thurlwells Party niemals vergessen würde, war Benjamin Buchanan, Parlamentsabgeordneter. Ebensowenig würde er Edgar Thurlwell seine Demütigung verzeihen.

Bis zu diesem Zeitpunkt war Buchanan mit der Welt im reinen gewesen. Seine finanzielle Situation hatte sich deutlich verbessert, obwohl die Trockenheit noch immer seine Viehstation bedrohte und – wie Clara berichtete – zu einem dramatischen Sterben unter den Tieren führte.

»Der Regen wird früher oder später kommen«, sagte er und weigerte sich, die Herden zu Dumpingpreisen zu verkaufen. Er war im Norden aufgewachsen, wo die Regenzeit eine Selbstverständlichkeit darstellte, und Ben lehnte es hartnäckig ab, auch nur daran zu denken, daß eine Dürreperiode Jahre andauern konnte.

In wenigen Jahren hatte sich Ben Buchanan zu einer wichtigen Persönlichkeit im Parlament entwickelt, obwohl er noch immer Mitglied der Oppositionspartei war. Als selbstsicherer Redner, der sowohl bei seinen Kollegen als auch in der Bergbau- und Viehzüchterlobby äußerst beliebt war, und für die er sich besonders einsetzte, erntete er Lobeshymnen aus allen Lagern.

Selbst der Premierminister hatte ihn zu einer Plauderei eingeladen.

»Buchanan, wir haben viel gemeinsam. Sie sollten sich uns anschließen.«

Ben fühlte sich durch die Einladung geschmeichelt, blieb aber vorsichtig. »Verzeihen Sie, Sir, aber Ihre Entschlossenheit, Queensland in eine Föderation mit den anderen Staaten zu führen, ist mir zu riskant. Sicher wissen Sie selbst, wie unpopulär eine solche Entscheidung wäre. Die Diskussion läuft schon so lange, daß man ihrer überdrüssig geworden ist. Es ist verschenkte Zeit.«

»Ich weiß, daß Ihre Leute dem Plan feindlich gegenüberstehen, aber Sie sollten nicht in diesen engen Bahnen denken. Die einzelnen Staaten könnten zu einem Land werden, einer Nation! Australien könnte seinen Platz auf der Weltbühne einnehmen. Unsere Bürger würden sich Australier nennen. Mich überläuft es kalt, wenn ich höre, wie sich unsere Leute im Ausland als Anglo-Australier bezeichnen.«

»Warum? Das sind wir doch. Meine Eltern sind britischer Herkunft.«

»Aber Sie wurden hier geboren, mein Sohn. Dies ist Ihr Land. Warum wollen Sie nicht dafür eintreten?«

Ben hatte das alles schon gehört. Er ließ die Lektion über sich ergehen und entschuldigte sich höflich. Griffiths war derart von seinem verwegenen Traum besessen, daß er Queensland an die mächtigeren Staaten im Süden verkaufen würde. Sich ihm anzuschließen, konnte bei der nächsten Wahl politischen Selbstmord bedeuten.

Bei Phoebes Party amüsierte es ihn, daß so viele Damen mit ihm tanzen wollten. Unter ihnen gab es richtige Schönheiten.

Er unternahm alles, um unterhaltsam zu wirken, und tanzte mit ihnen, wobei ihm Lallas wütende Blicke nicht entgingen.

Schließlich kam sie nahe genug an ihn heran, um sich zu beschweren. »Du machst dich zum Narren, wenn du mit diesen albernen Gänsen flirtest.«

»Meine Liebe, ich kann es mir kaum erlauben, mit dir gesehen zu werden«, murmelte er. »Wir müssen vorsichtig sein.«

Doch seine Geliebte ließ sich nicht so leicht beschwichtigen. »Du könntest mehr Zeit mit den Herren im Rauchsalon verbringen und deine Position festigen.«

»Das habe ich nicht nötig«, erwiderte er lächelnd. »Ich habe mir eine Pause verdient. Nächste Woche werde ich Oppositionsführer sein. Die meisten sind auf meiner Seite.«

»Bei diesem zusammengewürfelten Haufen? Darauf würde ich mich nicht verlassen.«

Er verbeugte sich vor einer vorübergehenden Dame. »Du bist nicht auf dem neuesten Stand, Liebste.«

»Ach nein?« schnappte Lalla. »Warum unterstützt Edgar dann Royce Davies?«

Edgar unterhielt sich gerade mit Barnaby Glasson, einem von Phoebes Freunden. Ben trat auf sie zu und sorgte dafür, daß Glasson sich verzog.

»Wie können Sie es wagen, Royce Davies als Oppositionsführer zu unterstützen?« fragte Ben. »Der Mann ist Sozialist.«

Edgar warf ihm einen kühlen Blick zu. »Der Mann weiß überhaupt nicht, was er ist. Er würde einen Sozialisten nicht einmal erkennen, wenn er über ihn stolperte.«

»Dann hören Sie mir mal zu. Ein Sozialist wird Sie Ihre Eisenbahnen bauen lassen und diese dann, ohne mit der Wimper zu zucken, im Namen des Volkes übernehmen.«

»Du lieber Himmel, Ben«, seufzte Edgar und paffte an seiner Zigarre, »was soll das denn heißen? Dafür brauchten wir schon eine sozialistische Regierung, und die wird es niemals geben. Ich weiß nicht, warum Sie sich so aufregen.«

»Aufregen?« Ben senkte die Stimme und ließ sich neben Edgar in einem Sessel nieder. »Ich weiß, daß Sie mir absichtlich in den Rücken fallen wollen.«

»Haben Sie denn genügend Stimmen?«

»Ja. Aber Ihr Eingreifen wird die Wähler spalten. Ich könnte verlieren.«

»Dieses Risiko muß man eingehen. Ich habe aus zuverlässiger Quelle erfahren, daß Davies zur Regierungspartei tendiert. Das wollen wir doch nicht, oder? Man weiß nie, wen Royce alles mitnehmen würde.«

Ben war außer sich. »Das geht nur Parlamentsmitglieder etwas an. Ich dulde nicht, daß Sie sich derart einmischen.«

Edgar drückte verärgert die Zigarre aus. »Passen Sie bloß auf, Buchanan. Und kommen Sie mir nicht mit Einmischung. Als ich Ihnen den Sitz gekauft habe, nannten Sie es auch nicht Einmischung. Sie nannten es nicht Einmischung, als ich Sie zum Vorstandsmitglied der Southern Coal Mining ernannte, was Ihnen einiges eingebracht haben dürfte.«

»Dafür bin ich sehr dankbar, aber –«

»Lassen Sie mich ausreden«, grollte Edgar. »Reden Sie mir gegenüber nie wieder von Einmischung, Sie elender Wicht! Dank meiner Großzügigkeit halten Sie einen Haufen meiner Eisenbahnaktien. Wir gehen bald an die Börse, was nicht zu Ihrem Schaden sein wird. Dafür kann ich eigentlich ein bißchen Dankbarkeit erwarten.«

»Tun Sie sich keinen Zwang an«, schnappte Ben. »Doch mit mir als Oppositionsführer hätten Sie bessere Karten als mit Royce Davies.«

»Stimmt. Aber Sie sind schon in meinem Team, Ben. Ich muß Davies gefesselt und geknebelt haben. Schachmatt! Er ist so aus dem Häuschen, daß er sich schon den ersten anständigen Anzug seines Lebens gekauft hat.«

»Und Sie sind der Meinung, daß er sich als Oppositionsführer wieder beruhigt?«

»Natürlich. Der Mann ist ein Kriecher. Er schwingt zwar

große Reden, ist im Grunde genommen aber ebenso selbstsüchtig wie ihr anderen auch.«

Die Beleidigung war so deutlich, daß es Ben die Sprache verschlug. Er war froh, die Situation überspielen zu können, indem er einen Drink von einem Tablett nahm, das ihm ein Kellner anbot.

»Nehmen Sie es nicht so schwer«, grinste Edgar. »Sie können ja sein Stellvertreter werden.«

»Zur Hölle mit Ihnen«, explodierte Ben.

Edgar zuckte die Schultern. »Nach Ihnen. Es geht um alles oder nichts. Ich habe Ihnen diesen Vorstandsposten verschafft und kann Sie jederzeit wieder hinausbefördern.« Er lehnte sich vor. »Sie möchten doch nicht, daß alle den Namen Ihrer Geliebten erfahren, nicht wahr? Bei mir ist das Geheimnis gut aufgehoben, aber mein Bruder ist in Brisbane sehr beliebt. Ich mag nicht daran denken, was Ihre Schwiegermutter zu dieser Liaison sagen würde. Die alte Vogelscheuche könnte vielleicht zur Waffe greifen.« Damit winkte er einem Paar zu, das soeben den Raum betreten hatte. »Und nun genießen Sie den Abend, Ben.« Nun war Buchanan stellvertretender Führer einer Opposition Unabhängiger, die wenig miteinander gemein hatten. Außerdem mangelte es ihnen auch an Zusammenhalt, da Royce Davies keine Ziele vorgab, sondern es vorzog, sich in seinem unverdienten Ruhm zu sonnen.

Ben wußte, daß er sich in Edgars Netz verfangen hatte. Daher gab es für ihn zur Zeit nichts Wichtigeres als die Suche nach einer Fluchtmöglichkeit. Er mußte sich dem Einfluß dieses Mannes um jeden Preis entziehen. Sein erster Schritt bestand in der Trennung von Lalla. Er teilte ihr ohne Begründung mit, daß ihre Affäre vorüber sei, ignorierte hartnäckig ihre Nachrichten und flehenden Briefe, obwohl er sie vorsichtshalber für schlechte Zeiten aufhob. Ben kündigte sein Apartment und holte Clara für eine Weile in die Stadt. Zur Freude seiner Schwiegermutter kaufte er ein Haus im ruhigen Vorort Hamilton auf der Stadtseite des Flusses, das nur einen Katzensprung von ihrem Anwesen entfernt lag. Im Winter zog er sich auf seine Viehstation zurück und arbeitete härter als je zuvor, bohrte verzweifelt einen Brunnen nach dem anderen und war entsetzt über die Kargheit des Landes. Er schickte Viehtreiber mit großen Herden auf die sogenannte lange Weide, wo sie die Tiere am Straßenrand grasen ließen in der Hoffnung, sie ein wenig zu mästen. Belle Foster zeigte sich von seinen Aktivitäten tief beeindruckt, was genau seinen Absichten entsprach. Wenn er seine Karriere selbst steuern wollte, mußte er unbedingt seine Finanzen in den Griff bekommen.

Er spielte mit dem Gedanken, sich Belle anzuvertrauen. Ihr zu erzählen, daß Edgar ihn bedroht hatte, daß dieser ihn aus dem Vorstand der Southern Coal Mining verbannen wollte, falls Ben nicht auf seine politischen Wünsche einging. Doch sie war eine derart temperamentvolle Frau, daß sie wahrscheinlich auf der Stelle zu offenem Angriff auf Edgar übergehen würde. Was unweigerlich in die Katastrophe führte. Außerdem dachte Ben mit Entsetzen an Belles Reaktion, sollte sie erfahren, daß er ihre Tochter mit Lalla Thurlwell betrogen hatte.

Schließlich gab ihm Belle selbst die Chance zum ersten Schritt.

»Warum gibst du die Politik nicht auf, Ben?« fragte sie ihn eines Tages. »Du solltest dich statt dessen auf deinen Besitz konzentrieren.«

»Das kann ich nicht. Belle, ich glaube, du weißt nicht, wie schlimm diese Dürre ist. Clara hält sich tapfer, weil sie die Fairmont Station liebt, aber finanziell stehe ich am Rande des Ruins. Und ich kann kein Land verkaufen, auf dem nicht ein einziger Grashalm wächst. Für mich ist es daher wichtig, im Parlament zu bleiben: Dadurch gewinne ich die Möglichkeit, in Vorstände wie den von Southern Coal Mining berufen zu werden.«

»Mag sein«, gab sie zu. »Ich hoffe, du wirst als Direktor angemessen entschädigt.«

»Das ist ein weiteres Problem«, erklärte Ben und tischte ihr die Lüge auf, die er seit längerer Zeit vorbereitet hatte. »Ich habe das ungute Gefühl, daß die Mitglieder dieses Vorstandes seltsame Transaktionen durchführen.«

»Was meinst du mit seltsam? Sprich offen mit mir. Meinst du damit unehrlich?«

»Könnte schon sein. Ich bin nicht eingeweiht genug, um ohne die Gefahr einer Klage an die Öffentlichkeit zu gehen. Eine unangenehme Lage.«

»Guter Gott! Dann mußt du dich sofort aus diesem Vorstand zurückziehen.«

»Angesichts der angespannten Lage auf dem Viehmarkt kann ich das wohl kaum riskieren. Southern bezahlt seine Direktoren ausgezeichnet. Vielleicht zu gut«, fügte er geheimnisvoll hinzu.

»Du lieber Himmel!« grollte Belle. »Ich weiß wirklich nicht, wie ihr jungen Leute in solche Situationen geratet. Du mußt sofort aus diesem Vorstand ausscheiden. Gib wirtschaftlichen Druck als Grund dafür an. Ich werde sehen, was ich tun kann.« Wenige Wochen nach seinem Rücktritt wurde Ben zum Direktor des Queensland Pastoral Syndicate ernannt und übernahm kurze Zeit darauf eine ebenso eindrucksvolle Position in der erfolgreichen Brisbane Brewing Company.

Ben führte ein angenehmes Leben. Belle hatte sich in Abwesenheit seiner Frau zur Gastgeberin ernannt und ersparte ihrem Schwiegersohn die Kosten gesellschaftlicher Veranstaltungen. Er fand ihre Dinnerparties, Soireen und Salonplaudereien zwar extravagant, aber todlangweilig, da sie nicht das Flair einer Lalla Thurlwell besaß. Sie hatte jedoch ihren Spaß daran, und Ben fügte sich in die gewohnte Rolle des braven Schwiegersohns. Zumindest für die Augen der Öffentlichkeit. Sobald Edgar an die Börse gegangen war, kaufte Ben mit seinen zusätzlichen Finanzmitteln mehr und mehr Anteile der Western Railroad Company. Glücklicherweise hatte ihm ein amerikanischer Besucher im Parlament berichtet, daß Edgars Erzählungen über die Erfolge der Eisenbahn tatsächlich der Wahrheit entsprachen.

»Sie machen nichts verkehrt, wenn Sie in Eisenbahnen investieren, Sir«, erklärte der Amerikaner. »Hab' selbst ein nettes Stück vom Kuchen. Das sind nicht nur Transportmittel, sondern richtige Geldmaschinen. Gold auf Rädern.«

Edgar freute sich über sein wiedererwachtes Interesse. Er gab keinen einzigen Kommentar zu Bens Rücktritt aus dem Vorstand ab, so daß Buchanan weiterhin gute Beziehungen zu den Thurlwells pflegen konnte. Er hatte Lalla davon überzeugt, daß sie nun zu prominent seien, um die Affäre fortzusetzen, doch er vermisse sie schrecklich. Eine weitere Lüge: Ben war insgeheim erleichtert, ihrer besitzergreifenden Art zu entrinnen. Sein Leben hatte sich zum Besseren gewandelt. Er fand die Aufmerksamkeiten der Damen im Blue Heaven weitaus attraktiver, und Goldie, die Besitzerin, war die verkörperte Diskretion.

Sie besaß einen großen Stall hübscher Mädchen, unter anderem zwei üppige Aborigines, zwei zierliche Chinesinnen und eine japanische Schlangenfrau.

Buchanan war nicht der einzige Politiker, der das Blue Heaven aufsuchte, doch seine Vorliebe für die Aborigine-Mädchen fiel Goldie auf und erinnerte sie an etwas. Wo hatte sie ihn schon einmal gesehen? Es war nicht weiter wichtig, doch sie bildete sich etwas auf ihr Gedächtnis ein. Eines Tages würde es ihr einfallen.

4

Benny war frei! Er konnte es einfach nicht fassen. Ohne weitere Erklärung hatte man ihn ins Gefängnis von Brisbane verlegt und in eine überfüllte Zelle gestopft. Dort erwartete ihn, wie er glaubte, ein weiterer knochenharter Job. Doch er freute sich über die Erholungspause, schlief die meiste Zeit in einer Ecke und reagierte wütend auf jede Störung.

Die anderen Gefangenen begriffen bald, daß es unklug war, dieses mürrische Halbblut zu behelligen. Big Tom Jenkins mußte dies am eigenen Leib erfahren, als er den Neuankömmling ärgerte, der den Hofgang nutzte, um in der Sonne zu dösen.

»Ist dieser Kerl eigentlich taubstumm?« fragte er die anderen, da Benny seine Versuche, ihn ins Gespräch zu ziehen, ignorierte. »Er redet nie! Sag was, Nigger!«

Weil Benny immer noch nicht reagierte, stieß Jenkins mit dem Stiefel nach ihm.

Ben konterte blitzschnell, sprang auf die Füße und schleuderte den bulligen Jenkins mit einer einzigen Bewegung zu Boden, sehr zur Belustigung der anderen Insassen und Wärter.

Schockiert rappelte sich Jenkins auf und nahm eine Kampfstellung ein, doch das Halbblut wartete schon auf ihn. Er packte den Arm seines Gegners und verdrehte ihn, bis der andere vor Schmerz aufschrie.

»Und jetzt laß mich in Ruhe!« brüllte er und stieß ihn von sich.

Jenkins fürchtete, seinen Ruf als einer der härtesten Männer zu verlieren, und schwang seine Fäuste, doch Beckman traf ihn mit hammerhartem Schlag in die Magengrube, so daß Jenkins zu Boden ging.

»Gib's ihm!« riefen die anderen Gefangenen begeistert in der Erwartung, daß der Mischling dem Schläger mit einigen wohlgezielten Tritten den Rest geben würde. Doch zu dessen großer Überraschung reichte Beckman Tom die Hand und half ihm aufzustehen. Die enttäuschte Menge zerstreute sich.

»Tut mir leid«, sagte er zu Jenkins, »aber ich bin selbst zu oft zusammengeschlagen worden und möchte das nicht auch noch anderen antun.«

»Jesus, du kannst vielleicht reden!« Jenkins kam schnaufend auf die Füße. »Aber du kämpfst verdammt noch mal nicht fair.«

»Was heißt schon fair?« fragte Ben grimmig.

»Nichts, Junge, gar nichts«, erwiderte Jenkins lachend.

Jim hatte sich tagelang damit abgequält, den Brief mit einem Bleistiftstummel auf einen Fetzen Papier zu kritzeln. Diesmal konnte er niemanden bitten, für ihn zu schreiben, da die Angelegenheit so persönlich war. Er vermutete zwar, daß die meisten Mitgefangenen wußten, was Benny zugestoßen war, wollte die Geschichte aber nicht wieder aufrühren. Noch konnte er irgend jemand draußen davon berichten, ohne den Jungen zu kompromittieren. Ben litt noch immer sehr darunter. Zu sehr. Im Augenblick weigerte er sich sogar, mit Jim zu sprechen. Anscheinend sprach er mit niemand.

Daher schrieb Jim so gut er konnte an Biddy und wies sie an, zu den Leuten nebenan zu gehen und ihnen zu erzählen, der Junge sei krank. Dies schien ihm die beste Erklärung zu sein. Sie sollten versuchen, ihn herauszubekommen. Er wußte, daß Freilassung erwirken der richtige Ausdruck dafür war, doch er schaffte es einfach nicht, dies zu Papier zu bringen.

Die wenigen Zeilen versetzten Biddy in Sorge. Leider kannte sie Mrs. Beckman nur flüchtig. Phoebe machte ab und zu dort ihre Aufwartung, doch Biddy konnte die Nachricht wohl kaum der Tochter ihrer Arbeitgeber zeigen und damit zugeben, daß ihr eigener Vater wegen Mordes im Gefängnis saß. Sie hatte

Phoebe gerne, stand der Oberklasse aber sehr mißtrauisch gegenüber. Man wußte ja nie, wie weit man diesen Leuten über den Weg trauen konnte.

Einige Tage lang unternahm sie nichts, doch ihr Gewissen ließ ihr keine Ruhe. Eines Nachts schlich sie davon, wie ihr Vater es verlangt hatte.

Die arme Biddy war nervös. »Sie werden doch keinem erzählen, daß mein Dad auch da drin ist, oder?« flehte sie die alte Frau an.

»Nein, meine Liebe, natürlich nicht. Ihr Vater muß ein sehr netter Mann sein, egal, was er getan hat.«

»Können Sie etwas unternehmen?« fragte Biddy.

»Wenn unser Ben krank ist, muß ich etwas tun. Aber was? Ich versuche bereits seit Jahren, ihn freizubekommen.«

»Was ist mit Mr. Glasson, Miss Phoebes Freund? Sie sagt, er kennt Ihren Enkel.«

»Ja. Ich werde gleich morgen früh zu ihm gehen.«

»Er darf aber niemand von diesem Brief erzählen. Ich und mein Dad würden Schwierigkeiten bekommen.«

»Keine Sorge. Ich werde natürlich schweigen.« Mrs. Beckman brach in Tränen aus. »Ich fühle mich so nutzlos, als hätte ich Diamond im Stich gelassen. Seit sie gestorben und Ben dieses schreckliche Unglück widerfahren ist, habe ich kaum etwas von ihrem Geld ausgegeben. Es ist für ihn bestimmt. Ich mache diese Seidenblumen für Damenhüte und verdiene mir damit meinen Lebensunterhalt.« Sie zeigte Biddy einen Tisch voller Seidenstücke. »Und ich mache Babykleidung.«

Biddy nahm ein erlesenes Taufkleid in die Hand und betrachtete aufmerksam die Stickerei. »Mrs. Beckman, das ist wunderschön!«

Sie war so damit beschäftigt, Mrs. Beckmans Handarbeit zu bewundern und sich zu wünschen, sie könne auch so gut nähen – dann würde sie ein Geschäft eröffnen –, daß ihr erst auf dem Heimweg die Bemerkung über Diamonds Geld einfiel. Was hatte Mrs. Beckman gesagt? Diamonds Geld? Das ergab keinen Sinn. Diamond war doch eine Schwarze gewesen, und die besaßen kein Geld. Vielleicht hatte sie die alte Frau einfach mißverstanden. Doch sie selbst hatte ihre Pflicht erfüllt, das sollte genügen.

Barnaby war in seiner letzten Woche bei Joseph Mantrell sehr beschäftigt, doch angesichts Mrs. Beckmans Aufregung empfing er sie trotzdem.

»Worum es auch geht, ich bin sicher, Mr. Mantrell wird die Sache für Sie regeln.«

»Nein, nein, nein«, flüsterte sie. »Ich habe eine geheime Botschaft, der Sie nachgehen sollten. Das müssen Sie einfach für mich tun. Man sagte mir, Ben sei sehr krank, er muß in ein Hospital.«

»In Ordnung, ich werde sehen, was ich tun kann.«

Einige Tage darauf besuchte er Mrs. Beckman nach Büroschluß. »Ich weiß nicht, ob dies eine gute oder schlechte Neuigkeit ist, aber Ben ist nicht krank. Er erfreut sich ausgezeichneter Gesundheit.«

»Das ist nicht wahr!« schrie sie. »Die lügen! Ich zeige Ihnen eine Nachricht, doch Sie müssen versprechen, den Absender nicht zu verraten.«

Barnaby las das Gekritzel. »Wer hat das geschrieben?«

»Sein Name ist Jim Donovan.«

»Und wer ist Biddy? Der Brief ist an jemanden namens Biddy gerichtet.«

»Egal. Ich vertraue diesem Mann mehr als den Gefängnisbeamten. Ich werde Sie bezahlen, wenn Sie mehr herausfinden.«

Als Barnaby Jim Donovan schließlich ausfindig gemacht hatte, arbeitete er schon nicht mehr bei Mantrell und hätte eigentlich seine Eltern besuchen sollen. Ein paar zusätzliche Tage in Brisbane konnten nicht schaden. Also nahm er ein Boot flußabwärts nach Pitts Landing, wo ihm ein desinteressierter Vormann mitteilte, daß Jim Donovan früher oder später mit einer Ladung Sandstein vorbeikommen würde.

Barnaby fühlte sich unbehaglich und wartete im Schatten,

während ausgemergelte Sträflinge mit Fußeisen herumschlurften und das Boot mit Sandsteinblöcken beluden. Er hoffte, daß der junge Beckman nicht unter ihnen war. Barnaby sah sich um und wandte sich an einen Transportfahrer. »Kennen Sie Jim Donovan?«

»Das bin ich«, entgegnete der Mann. Der Anwalt betrachtete ihn eingehend. Er war schmal gebaut, hatte störrisches graues Haar und ein wettergegerbtes Gesicht. Wie ein Mörder sah er jedoch nicht aus, und sein Lächeln wirkte freundlich. »Was kann ich für Sie tun?«

»Ich möchte mit Ihnen über Ben Beckman sprechen.«

»Ach ja? Dann sollten Sie besser zurück zur Anlegestelle gehen. Ich kann hier nicht stehenbleiben, sonst kommen diese Spielverderber und tun, als wollte ich ihre kostbaren Steine klauen.«

Er zog an den Zügeln, und die beiden schweren Zugpferde setzten sich in Bewegung.

Donovan hatte wenig Zeit. Er rannte zu Barnaby hinüber, während die Gefangenen sein Fuhrwerk abluden. »Wer sind Sie?«

»Ich bin Beckmans Anwalt.«

Donovan zog eine buschige Augenbraue in die Höhe. »Was zum Teufel sind Sie? Ich hätte nicht gedacht, daß der Bursche jemanden wie Sie für sich arbeiten hat. Aber um so besser. Sie sollten Ihre Arbeit tun und ihn rausholen. Er ist wirklich krank.«

»Mr. Donovan, ich habe Nachforschungen angestellt und erfahren, daß Beckman sich bester Gesundheit erfreut. Was soll das ganze Theater?«

Der Gefangene betrachtete ihn mißtrauisch und blickte sich um. »Wenn jemand fragt, sagen Sie, wir reden über meinen Fall, klar?«

»Sehr schön. Aber ich möchte die Wahrheit erfahren.«

»Die sollen Sie kriegen, aber Benny wird mir dafür nicht dankbar sein. So was will kein Mann weiterverbreiten. Benny ist krank, Sir. Krank im Kopf vor Verzweiflung. Ich bin 'ne Weile hier drin und habe die Zeichen gesehen. Er wird es nicht aushalten, eine verdammte Schande.«

»Wird er wahnsinnig?« Barnaby erschien es durchaus plausibel, daß ein Junge wie Ben im Gefängnis verrückt werden konnte.

»Man merkt es nicht. Aber er hatte Schwierigkeiten, mehr als sonst. Er ist stark genug, um die Schläge und die gottverdammte Einzelhaft zu ertragen …«

»Guter Gott!« stöhnte Barnaby beim Gedanken an den lebhaften Jungen, den er vor Jahren gesehen hatte.

»Aber es geht um die andere Sache«, fügte Donovan hinzu.

Barnaby war entsetzt und angeekelt, als Jim ihm in allen Einzelheiten schilderte, was Ben in der Hütte des Aufsehers zugestoßen war. Ungläubig schüttelte er den Kopf.

»Es ist wahr«, beharrte Donovan. »Ich überlasse es Ihnen, den Jungen freizubekommen, er ist es wert. Aber denken Sie dran, daß er mir nicht dankbar dafür sein wird. Jetzt muß ich gehen.«

Barnaby zog einige Dosen Tabak aus der Tasche. »Die sind für Sie, Mr. Donovan. Vielen Dank. Ich werde mein Bestes tun.«

Auf dem Heimweg grübelte Barnaby über die Lösung des Problems nach. Ihm war, als höre er Diamonds Stimme, die ihm sagte, es gebe einen Weg. Er erinnerte sich an ihre Worte. »Fünfzig Pfund erkaufen meinem Sohn einen Freund auf der Polizeiwache.« Und: »Sie helfen der Gerechtigkeit nur etwas nach.«

Solange er noch für Mantrell gearbeitet hatte, konnte er sich nicht einmischen. Das hätte er nicht gewagt. Doch nun lagen einige Wochen Freiheit vor ihm. Er wurde ganz unruhig bei der Vorstellung, welche Möglichkeiten sich boten. Vielleicht wäre es auch besser zu warten, bis er für den Justizminister tätig wurde und alles auf dem Amtsweg einleiten konnte. Doch das würde Zeit brauchen. Wenn er versagte, wäre sein Name mit dem Fall verbunden, und der bloße Gedanke an Bestechungsgelder würde seiner Karriere äußerst abträglich sein. Schon bei dem Wort liefen ihm Schauer über den Rücken. Doch der Gedanke an die tote Frau zeigte dieselbe Wirkung. Barnaby war, als stehe sie neben ihm, ein machtvoller, unnachsichtiger Geist.

Als er mit Mrs. Beckman über die Möglichkeit einer Freilassung sprach, kam er sich vor wie ein Krimineller. »Die Hoffnung ist gering, aber ich könnte es versuchen.«

»Dann tun Sie es. Sofort! Wenn mein Junge krank ist, sollte er hier bei mir sein.«

Barnaby hustete, räusperte sich und platzte dann mit der Wahrheit heraus. »Was ich im Sinn habe, ist nicht legal, Ma'am.«

»War es etwa legal, meinen Jungen die ganzen Jahre im Gefängnis zu halten?«

Er seufzte. »Mrs. Beckman, ich werde Geld brauchen. Viel Geld. Es ist nicht für mich, ich will keinen Penny dafür. Wir müssen vorsichtig sein. Überlegen Sie es sich gut.«

»Wieviel?« fragte sie mit entschlossener Stimme.

»Ich kenne einen Polizisten, der mir für fünfzig Pfund helfen würde, vielleicht aber reicht diese Summe nicht aus.«

»Dann sagen wir eben fünfhundert«, erwiderte sie grimmig. »Wenn Sie mehr brauchen, werden Sie es bekommen.«

Dolan war inzwischen zum Sergeant befördert worden. Als ihn Barnaby zu einem Drink ins Valley Pub einlud, erfuhr er nebenbei, daß Dolan katholisch war. Vermutlich würde er sein Versprechen an Donovan brechen müssen, denn die Wahrheit bot in diesem Fall den sichersten Weg, um den Familienvater Dolan zu überzeugen.

»Wie geht es Ihrer Familie?« fragte er.

»Sehr gut, danke.«

»Haben Sie Söhne?«

»Vier stramme Jungs«, erwiderte Dolan voller Stolz.

»Gut. Dann möchte ich Ihnen eine Geschichte erzählen.«

Wie erhofft, geriet Dolan außer sich. »Jesus! Dieser Bastard! Ich wußte nicht, daß Bull Baker so einer war. Soll er doch in der Hölle schmoren!«

»Ja. Er hat seine Strafe bekommen, doch der vergewaltigte Junge ist völlig verstört.«

»Wären Sie das etwa nicht? Bei Gott, wenn so ein Schwein mein Kind anfassen würde …«

»Dann müßten Sie doch am besten verstehen, daß wir ihn dort herausholen müssen.«

»Aha. Ich hatte mich schon gewundert, worauf Sie hinauswollen. Wer ist der Junge?«

»Der von damals. Ben Beckman.«

»Wissen Sie, was Sie da von mir verlangen? Ich habe von ihm gehört. Ist ein Ausreißer.«

»Jetzt nicht mehr, Ray. Baker hat ihn kleingekriegt. Ich meine, der Junge hat ursprünglich nur ein paar Fensterscheiben eingeworfen. Das hat er nicht verdient. Kein Sohn verdient so etwas«, fügte er mit Nachdruck hinzu. »Seine Leute sind bereit, für seine Rettung zu bezahlen. Doch die Geschichte sollte unter uns bleiben.«

»Sicher«, stimmte Dolan ihm zu. »Es könnte klappen, ist aber teuer.«

»Hier sind fünfzig für den Anfang. Sie bekommen soviel Sie brauchen.«

»Die müssen ja im Geld schwimmen.«

»Würden Sie für Ihren Sohn nicht dasselbe tun?«

»Natürlich. Wir müssen einen Richter schmieren und einen guten Grund erfinden.«

»Das ist nicht schwer. Bedingte Entlassung wegen guter Führung. Weitere fünfzig für einen Wärter, der ihm eine gute Beurteilung gibt. Nichts dem Zufall überlassen. Aber halten Sie um Himmels willen meinen Namen aus dieser Sache heraus.«

»Was ist für Sie drin?«

»Nichts. Ich kannte seine verstorbene Mutter. Und ich habe

allmählich den Eindruck, ihr Zorn wird mich noch aus dem Jenseits treffen, falls ich ihren Jungen nach allem, was er durchgemacht hat, nicht rette.«

Dolan lachte. »Schätze, die hat Sie verhext. Wieviel Geld haben Sie bei sich?«

»Zweihundert Pfund.«

»Das sollte reichen.« Dolan kippte sein Bier hinunter und erhob sich. »Noch einen Drink für meinen Kumpel hier«, sagte er zum Barkeeper und warf ein paar Münzen auf die Theke. Er drehte sich um und klopfte Barnaby auf die Schulter. »Sie müssen noch eine Menge lernen, mein Freund. Ich hätte Ihnen auch umsonst geholfen ...«

Sie erkannte den staubigen, barfüßigen Landstreicher nicht, der demütig an ihre Tür klopfte.

Gerade wollte sie ihn nach seinem Anliegen fragen, als sie in Tränen ausbrach. »Mutter Gottes, es ist Ben!« weinte Gussie. »Daß du an deine eigene Tür klopfen mußt! Aber du bist so groß geworden ...«, stammelte Oma in einer Mischung aus Schmerz und Freude. »Du bist inzwischen wohl über sechs Fuß groß, aber deine Mutter ...«

Wortlos nahm er sie in die Arme und drückte sie an sich, tröstete sie und genoß das beinahe vergessene Aroma von leicht parfümierter Seife und der magischen Sauberkeit dieses Hauses.

Als sie sich an den Küchentisch setzten, übernahm Oma das Reden. Ben gab sich damit zufrieden, zuzuhören und kaltes Huhn mit Brot zu verschlingen. In Wahrheit wußte er ohnehin nicht, was er sagen sollte. Was konnte er dieser liebenswerten Frau schon von den Jahren erzählen, die hinter ihm lagen? Also sagte er nur: »Es war schon in Ordnung.«

Doch Oma fand keine Ruhe. »Zuerst lasse ich dir ein schönes heißes Bad ein, da kannst du den ganzen Staub abwaschen. Dann schläfst du dich richtig aus, während ich dir ein anständiges Essen koche. Du bist viel zu dünn. Außerdem brauchst du neue Kleider, Ben. Ich lasse einen Schneider kommen.«

»Ich kann auch in einen Laden gehen, Oma.« – »Nein, nein, nein. Du sollst nur das Beste bekommen, mach mir doch die Freude. Geh hinein. Dein Zimmer ist genau so, wie du es verlassen hast.«

Ein Bett, dachte er. Ein richtiges Bett. Endlich.

Nachdem er ein ausgiebiges Bad genossen hatte, schlief er die ganze Nacht durch. Gussie beschloß, ihn nicht zu stören. Ben wachte in der Morgendämmerung auf, ängstlich und orientierungslos. Es sollte lange dauern, bis er die Dämonen abschütteln konnte, die ihn in seinen Träumen heimsuchten. Sie riefen die Erinnerung an die schlimmsten Tage im Gefängnis wach, und er zitterte danach immer wieder am ganzen Leib.

Selbst mit einer Garderobe, nach der sich jeder Mann die Finger geleckt hätte – neue Stiefel und Anzüge, Jacken mit schwarzen Samtrevers, Seidenhemden, teilweise mit Rüschen –, verspürte Ben keinen Drang, das Haus zu verlassen. Schließlich bestand Oma darauf, er solle ausgehen und sich amüsieren.

»Ich bin so stolz auf dich. Du hast dich erholt und siehst so gut aus. Du mußt anfangen, wieder zu leben.« Er ließ sich überreden, weil er sie nicht mit der Tatsache konfrontieren wollte, daß er keine Freunde besaß. Ben kannte niemand mehr.

»Oma, ich habe mich gefragt, ob du mir etwas Geld leihen könntest. Ich möchte mir ein Pferd kaufen.«

»Leihen?« rief sie fassungslos. »Was soll das heißen? Es ist dein Geld. Und auch dein Haus. Wir haben die ganze Zeit von Diamonds Geld gelebt. Du weißt doch, sie hatte Gold gefunden. Deine Mutter hat es mir als Treuhänderin überlassen, um es für dich zu verwalten. Du bist nicht etwa arm, Ben.«

In der ersten Woche fühlte er sich wie betäubt, während der Schneider und sein Lehrling ihn umschwirrten. Er hatte nie einen Gedanken an Geld verschwendet. Nun erinnerte er sich an die ihm damals rätselhafte Bemerkung eines Gefängniswärters, der von »freikaufen« gesprochen hatte.

»Hast du mich mit Bestechungsgeldern freigekauft?« fragte er.

»Aber sicher, und ich würde es wieder tun«, sagte Oma lächelnd.

»Danke, Oma. Ich bin dir sehr dankbar. Aber die Anwälte müssen auch eine Menge gekostet haben. Außerdem mußtest du in den letzten Jahren deinen Lebensunterhalt finanzieren. Wieviel ist übriggeblieben?«

»Mr. Mantrell sagt, du besitzt mit den Aktien – lauter gute, solide Investitionen – ungefähr elftausend Pfund. Es ist unter meinem Namen angelegt, doch es gehört alles dir.«

Er nickte verblüfft. Das war ein Vermögen. Kaum zu glauben. Ben fragte sich, wieviel die Thurlwells wohl besaßen. Sicher noch viel mehr.

Gussie faßte sein Schweigen falsch auf und sah ihn enttäuscht an. »Ich habe mein Bestes getan und überschreibe es dir sofort.«

Er küßte sie. »Oma, verzeih mir. Ich dachte gerade an etwas anderes. Laß es ruhig unter deinem Namen stehen. Ich möchte selbst für meinen Lebensunterhalt sorgen.« Das hieß, noch sehr viel mehr verdienen, als er bereits besaß. Irgendwie.

»Dann nennen wir es einfach unser Geld, Liebling. Und wenn du etwas oder alles brauchst, sag nur Bescheid. Du kannst doch nicht ohne Geld in der Tasche herumlaufen.«

Oma hatte Diamonds Zimmer in eine Nähwerkstatt umgewandelt. Für ihre Hobbys, wie sie Ben erklärte. Auf Ben wirkte der Raum traurig und bedrückend. Als er sich stark genug fühlte, um in Ruhe an seine Mutter zu denken, ging er hinaus zu den Klippen. Es war ein wohlüberlegtes Abschiedsritual. Die Aborigines, die er im Gefängnis kennenlernte, hatten ihm davon erzählt. Für ihn war es an der Zeit, sein »Weinen« zu beenden.

Stürmische Winde zogen vom Meer herauf und brachten Regenschauer mit sich, doch er stand da und genoß die Freiheit. Vogelschwärme kreischten hoch über ihm und suchten Schutz vor dem Wetter. Unter ihm strömte der große Fluß noch immer in seinem Bett dahin. Aber der Zauber war verflogen und interessierte ihn nicht mehr.

Erleichtert spürte er, daß er nun voller Stolz an Diamond denken konnte, ohne diese drückende Schwermut. Vermutlich hatten die Aborigines recht. Doch da war noch Ben Beckmans andere Seite. Er drehte sich um und warf einen Blick auf das imposante Gebäude jenseits des Zaunes. »Diamond, ich verspreche dir, sie werden dafür bezahlen. Bei Gott, sie werden bezahlen!«

O'Neills Sattlerei gab es nicht mehr, doch die Ställe existierten noch. Sie hatten sich vergrößert und waren nun von Pferdekoppeln mit weißen Zäunen umgeben.

Ben ging unter dem Steinbogen hindurch in den gepflasterten Hof, wo ihn ein Stalljunge ansprach. »Suchen Sie jemand, Mister?«

»Nein. Aber ich würde gern ein Pferd kaufen.«

»He, Cash«, rief der Junge, »der Mann hier möchte ein Pferd kaufen.«

Cash O'Neill trat aus dem Büro. Er hatte sich nicht verändert – noch immer derselbe kraushaarige Ire mit dem boshaften Augenzwinkern.

»Wenn Sie ein Pferd suchen, Sir, sind Sie bei mir genau richtig. Wieviel wollen Sie denn anlegen?«

»Ich habe mich noch nicht festgelegt.«

»Das ist der richtige Weg. Kommen Sie mit.«

Ben folgte ihm und trat zurück, als der Stallbursche einen herrlichen schwarzen Hengst herausführte, der tänzelte und sich aufbäumte. Wahrscheinlich verwirrte es ihn, daß man ihn in seiner Morgenruhe störte. Vermutlich, dachte Ben grinsend, war dies auch das teuerste Pferd im ganzen Stall.

»Haben Sie jemals ein besseres Pferd gesehen?« fragte Cash. »Das ist ein feuriges Tier für einen echten Mann. Ein Dreijähriger, wie er im Buche steht.«

»Nein. Er ist mir zu auffällig.« Ben wollte auf keinen Fall Aufmerksamkeit auf sich lenken. »Ich will einfach nur ein Reitpferd.«

»Keine Sorge. Ich habe für jeden Kunden das Richtige. Lenny, bring Major her.« Er wandte sich an Ben. »Ein großer Kerl wie Sie braucht kein Pony. Major ist vier Jahre alt, aber äußerst robust.« Er hielt inne und starrte Ben nachdenklich an. »Kenne ich Sie nicht?«

»Doch. Ich habe früher hier gearbeitet.«

Cash trat einen Schritt zurück und nahm den Kunden genau unter die Lupe. »Bei allem, was heilig ist! Du bist Benny, Benny Beckman! Wo hast du die ganzen Jahre gesteckt?«

Ben zögerte, sah aber ein, daß Lügen in einer Kleinstadt wie Brisbane sinnlos war. »Im Gefängnis«, erwiderte er ruhig.

»Also doch! Mein alter Herr, Gott habe ihn selig, war damals sehr aufgebracht. Seiner Meinung nach hat man dich ungerecht behandelt.«

»Er ist tot?«

»Ja. Ein Herzanfall. Nächsten Monat ist es zwei Jahre her. Jetzt bin ich hier der Boß. Habe diese verdammte Sattlerei abgestoßen und die Ställe ausgebaut. Was hältst du davon?«

»Sehr beeindruckend. Trainierst du jetzt Rennpferde?«

»Klar doch. Die Biester machen mich arm, aber ich liebe sie trotzdem.«

Lenny führte ein fuchsfarbenes Pferd herbei.

»Das ist Major, ein gutes Pferd. Ich würde dir keine taube Nuß verkaufen, Benny. Hat aber Wildpferde unter seinen Vorfahren, daher solltest du dem sanften Blick nicht trauen. Wenn du nicht aufpaßt, beißt er dich. Kostet dreißig Pfund.«

»Du meinst, er ist nicht völlig gezähmt?«

»Sagen wir fünfundzwanzig unter Freunden.«

»Geht in Ordnung.«

Im Büro besiegelten sie ihr Geschäft. Ben erstand außerdem noch Decke, Sattel und Zaumzeug für sein neues Pferd. »Ich muß Major eine Weile hierlassen. Wo ich lebe, gibt es keine Ställe.«

Cash nickte. »Kein Problem. Fünf Shilling die Woche für Futter und Unterbringung. Du kennst unsere Ställe. Nur allerbeste Betreuung.« Er holte eine Flasche Whisky hervor. »Trink einen mit mir.«

»Ich trinke nicht«, entgegnete Ben.

Cash lachte. »Im Gefängnis gibt's wohl keine Bar. Aber jetzt kannst du dir einen genehmigen. Entspann dich, Benny, sei nicht so verkrampft.«

»Nein. Im Gefängnis habe ich gesehen, was der Fusel aus meinen Leuten macht.«

»Deine Leute! Guter Witz. Du bist mehr weiß als schwarz. Ich möchte dich ja nicht kränken: Du bist sicher mal in die schwarze Farbe gefallen, aber als Schwarzer gehst du wohl kaum durch.«

Ben war Cash für seine Ehrlichkeit dankbar, blieb aber bei seiner Meinung. »Meine Mutter war schwarz und stolz darauf, also stehe ich auch dazu.«

»Und dein Vater war weiß. Hast du ihm gegenüber keine Gefühle?«

Ben lehnte sich verblüfft zurück. »Weiß ich nicht. Ich denke nie über ihn nach. Er starb, als ich sehr klein war.«

Nachdem Cash seinen dritten Whisky hinuntergekippt hatte, war er bester Stimmung, und Ben verspürte keinen Drang, nach Hause zu gehen. Endlich hatte er einen Freund gefunden, und es widerstrebte ihm, diese Freude so schnell wieder aufzugeben.

»Und was machst du jetzt?« fragte Cash. »Das Gefängnis hat keine offensichtlichen Spuren hinterlassen, und diese Klamotten sind nicht gerade billig.«

»Die hat meine Großmutter bezahlt. Kann ich dich etwas fragen, Cash? Wie verdient man Geld?«

»Jedenfalls nicht als Stallbursche.«

»Ich meine richtiges Geld. Ich bin durch die Stadt gelaufen, um mich wieder zurechtzufinden, und habe viele reiche Leute gesehen. Wie machen die das?«

»Ich will verflucht sein, wenn ich es weiß. Ich stecke bis über beide Ohren in Schulden. Jemand anderem würde ich es nicht eingestehen, aber mein alter Herr hatte recht. Rennpferde sind ein Faß ohne Boden. Wieso hat ein Mann soviel Spaß daran, Geld zu verlieren?«

»Ich weiß es nicht«, erwiderte Ben verwirrt. Er begriff nicht, wie man als Besitzer dieser schönen Ställe trotzdem arm sein konnte.

»Ich habe ein paar Ideen«, antwortete Cash, »für die ich einen Partner brauchen könnte. Laß uns ausgehen. Wir wollen uns amüsieren. Dabei können wir uns übers Geschäft unterhalten.«

Sie landeten schließlich im Blue Heaven. Ben errötete, als man ihm die Mädchen vorstellte. Cash amüsierte sich königlich über die Reaktion seines Freundes. Es war wie bei einer Party. Die Leute standen um das Klavier herum und sangen, andere unterhielten sich in der aufregenden Gesellschaft in den Salons. Ben trank sich etwas Mut an und verbrachte ein paar herrliche Stunden mit einem Mädchen namens Lily. Er bezahlte sie, damit sie dreimal so lange wie üblich bei ihm blieb. In ihren Armen gelang es ihm, einige schlimme Erinnerungen zu vergessen, wenn auch nicht die Umstände, durch die er ins Unglück geraten war.

»Was für ein Mann!« schmeichelte ihm Lily, als sie nach unten gingen. »Sie kommen doch wieder, Benny, nicht wahr? Und verlangen ausdrücklich mich?«

Cash hatte es nicht gestört, auf Ben zu warten, auch er genoß die angenehme Gesellschaft. Er machte seinen Freund mit Goldie, der Besitzerin, bekannt.

Ben war überrascht und ergriff die Gelegenheit, in Ruhe ein paar Worte mit ihr zu wechseln. »Ich hatte nie die Möglichkeit, Ihnen zu danken, Ma'am. Sie sind zur Beerdigung meiner Mutter gekommen.«

»Wer war Ihre Mutter?«

»Sie hieß Diamond.«

Goldies Gesicht wurde weich. »Ach, Sie armer Schatz. Ihre

Mutter war meine beste Freundin, eine äußerst bewundernswerte Frau. Wir haben gute und schlechte Zeiten erlebt. Wenn Sie etwas brauchen, kommen Sie einfach zu mir.«

Goldie betrachtete ihn aufmerksam. Als zufällig Buchanan eintraf, wie üblich eines der schwarzen Mädchen verlangte und geradewegs auf die Treppe zusteuerte, fiel es ihr endlich ein. Ihr Gedächtnis hatte sie also nicht im Stich gelassen. Buchanan, ein Viehzüchter aus dem Norden. Der weiße Mann, mit dem Diamond in Cooktown zusammengelebt hatte. Die Liebe ihres Lebens.

Beim zweiten Blick auf den jungen Mann, der mit Cash O'Neill hergekommen war, bemerkte sie die Ähnlichkeit und rechnete schnell die Jahre zusammen. Sicher, dies war der Sohn von Ben Buchanan. Es konnte gar nicht anders sein. Diamond hatte das Kind nach seinem Vater benannt. Allerdings schienen sich die beiden Männer nicht zu kennen.

Das war nicht ungewöhnlich; vielleicht hatte Diamond weder dem Jungen noch dem Vater je etwas gesagt. Sie war – wohl zu Recht – davon ausgegangen, daß es besser sei.

Goldie fand das alles sehr interessant, behielt ihre Vermutungen jedoch diskret für sich. Doch wenn es jemals hart auf hart kommen sollte, würde sie auf der Seite von Diamonds Sohn stehen. Sie mochte Buchanan nicht, da er die Mädchen grob, manchmal sogar brutal behandelte. Beim letzten Mal hatte sie ihn gewarnt und ihm die Arztkosten in Rechnung stellen müssen.

Diamonds Sohn verdiente eine nähere Betrachtung.

Die beiden Männer ritten samt Packpferd nach Westen – voller Enthusiasmus angesichts dieses großen Abenteuers.

Es war Bens Idee gewesen. Er wollte einfach weg, nach draußen ins weite Land, ohne festes Ziel, um das Rasseln der Ketten und seine hartnäckige Platzangst loszuwerden.

Cash schloß sich ihm an. Man erzählte sich, daß in der Nähe der Stadt Dalby ganze Herden von Wildpferden zu finden waren. Cash wollte unbedingt einige von ihnen fangen. »Es sind nur hundert Meilen bis Dalby. Wir könnten im Busch ein Lager aufschlagen, ein paar Zäune ziehen und sie einfangen. Da draußen gibt es kaum Wasser. Wenn wir eine Wasserstelle finden, haben wir sie so gut wie gefangen.«

»Aber wie bringen wir die Wildpferde hierher zurück?«

»Wir müssen ihnen Halfter anlegen und nachts die Vorderbeine fesseln. Außerdem braucht ein Pferdekenner nur drei Wochen, um sie an Menschen zu gewöhnen. So viel Zeit haben wir allemal.«

»Und was ist mit deinen Ställen?«

»Callaghan, der Vorarbeiter, schmeißt den Laden so gut wie ich. Mit Wildpferden kann man Geld machen. Du fängst sie einfach und verkaufst sie mit Gewinn. Die haben wirklich Klasse. Du erzählst den Leuten, es seien Zuchtpferde mit einem Wildpferd im Stammbaum.«

»Wie du es mir erzählt hast?« grinste Ben.

Sie ritten bis zum Dorf Toowoomba, dem Handelsplatz der Viehzüchter aus den Downs, und schlugen ihr Lager am Rand der steilen Klippen auf. Von dort aus hatten sie einen atemberaubenden Blick auf die Küstenebene.

»Hier hätte ich gern ein Haus«, sagte Cash, doch Ben hatte anderes im Sinn. »Meine Großmutter besitzt ein Haus in Kangaroo Point. Wenn ich genügend Geld habe, baue ich da ein großes Haus, das alle anderen in den Schatten stellt.«

»Dazu mußt du aber eine Menge Wildpferde fangen.«

»Mir wird schon etwas einfallen.«

Sie ritten weiter nach Westen. Das Land wurde zunehmend trockener. Ben, der dies alles zum ersten Mal sah, war begeistert beim Anblick der wilden Känguruhs, Emus und riesigen Vogelschwärme. Tausende von Kakadus und Elstern wurden zu ihren Wegbegleitern. Buschtruthähne gaben einen willkommenen Braten ab, wenn sie zu weit von Wasserlöchern oder Flüssen entfernt waren, um zu fischen.

In Dalby, einer primitiven, kleinen Stadt, nahmen sie ein

Zimmer in einem Gasthof und mischten sich unter die Einheimischen, um mehr über die Gegend zu erfahren. Sie hörten, daß in der Umgebung zahlreiche Wildpferde lebten. Wichtiger erschien ihnen jedoch die Nachricht, daß man draußen bei Sailor's Drift, noch hinter Charleville, auf eine große Goldader gestoßen war.

»Gold!« rief Cash begeistert. »Laß uns auch dort hingehen. Das wollte ich schon immer ausprobieren. Wir könnten ein Vermögen machen!«

»Aber die Goldfelder sind weit entfernt. Wie sollten wir sie finden?«

»Immer den anderen nach. Mit ein bißchen Glück können wir auch etwas finden.«

Ben war nicht gerade begeistert von diesem Plan, da er nicht an Glück glaubte. »Was ist mit den Wildpferden?«

»Später. Die können wir uns immer noch holen.«

Einige Tage darauf hatten sie sich dem Strom der besessenen Goldsucher angeschlossen. Sie befanden sich auf der belebten Straße nach Sailor's Drift und ritten durch die Dörfer Miles, Roma und Mitchell, bis sie erschöpft die Goldfelder erreichten.

Das Gelände bot ein chaotisches Bild – ein Gewirr von Zelten und wackligen Hütten, die unter dürren Bäumen standen. Es gab wenig Nahrung, dafür aber Alkohol im Übermaß; Fliegenschwärme traktierten die Goldgräber. Ben und Cash gelang es jedoch, zwei Claims zu bekommen. Sie arbeiteten hart, angespornt von den Triumphschreien glücklicher Finder.

Nachts saßen sie am Lagerfeuer und lauschten den Geschichten von ungeheuren Goldfunden in anderen Gegenden und der Gefahr, die von den Buschräubern ausging. Die Goldgräber hatten Truppen als Begleitschutz angefordert, um das Gold in die Zivilisation zu transportieren, doch bis jetzt war noch niemand aufgetaucht. Die Reisenden waren den Dieben auf Gedeih und Verderb ausgeliefert. Captain Jack, der berüchtigtste Buschräuber, terrorisierte mit nur einem unbekannten

Komplizen die ganze Gegend. Die meisten anderen Buschräuber hingegen traten in Banden auf.

Obwohl auf Captain Jacks Kopf aufgrund mehrerer Morde und seiner Raubzüge ein Preis ausgesetzt war, hatte ihn die Polizei bisher noch nicht verhaften können. Er trieb selbst in weit entfernten Gegenden wie Charters Towers sein Unwesen, sobald er von Goldfunden hörte. Manche Leute auf den Goldfeldern bewunderten ihn sogar als tapferen, kühnen Mann, der den Behörden die Stirn bot.

Ein Monat Knochenarbeit hatte Ben und Cash nur wenige Unzen Schwemmgold eingebracht. Sie entschieden, daß die Wildpferde wohl doch bessere Gewinnaussichten boten. Während Cash weitergrub und auf eine letzte Chance hoffte, ritt Ben zu einigen Aborigines hinaus. Sie dämmerten düster in einem schäbigen Lager vor sich hin, das ungefähr eine Meile von den Grabungsstätten entfernt an der Biegung eines schlammigen Flusses lag. Nachdem er so viele Jahre mit schwarzen Gefangenen verbracht hatte, beherrschte Ben einige Dialekte. Schließlich gelang es ihm, sich verständlich zu machen, doch als er dem Anführer einen Tabaksbeutel vor die Füße legte, schenkte dieser ihm keine Beachtung.

Er fragte nach dem Namen ihres Stammes, doch sie schwiegen nur. Nach einer Weile erkundigte sich der Anführer nach Bens Stamm.

»Meine Mutter war eine Irukandji«, antwortete er. Diese Erklärung beeindruckte die Schwarzen nicht weiter. Er bemerkte, daß sich die Frauen zurückzogen und von nackten Männern mit versteinerten Mienen abgelöst wurden. Sie hielten ihre Speere in Drohhaltung. Man hatte ihm noch immer keinen Platz angeboten.

»Irukandji-Leute«, erklärte Ben rasch, »leben weit oben im Norden, in den heißen Ländern. Man braucht viele Monde, um dort hinzugehen.« Anscheinend hatte er einen schweren Fehler begangen, denn sie schienen Goldgräber überhaupt nicht zu mögen. Wahrscheinlich aus gutem Grund.

»Was willst du?« fragte ihn der Anführer. – »Nur Grüße überbringen. Einen Besuch machen.« Ben versuchte, höflich zu sein. Vermutlich war es zu spät, um einen Gefallen zu erbitten. Zu spät auch für einen Rückzug.

Ein Mann trat vor. »Wenn du Frauen anfaßt, töten wir dich.«

»Nein, nein. Frauen sicher«, sagte Ben an das bemalte Gesicht gewandt. Keiner der Aborigines aus seiner Bekanntschaft trug diese weißen Striche. Die Kontraste wirkten äußerst beunruhigend. Er nahm Pistolengürtel und Revolver ab und ließ sie zu Boden fallen. »Ich bin ein friedfertiger Mann. Warum können wir nicht miteinander reden?«

Der Anführer wirkte noch immer unsicher. »Du sprichst Teile unserer Sprache. Wo hast du das gelernt?«

Ben suchte nach dem richtigen Wort und begriff, daß es ein solches Wort in der Sprache der Aborigines nicht gab. Sie hatten keine Gefängnisse. Verzweifelt schaute er sich um und stieß dann die englischen Begriffe hervor. »Gefängnis. Haft.« Der Anführer verstand ihn. Er starrte Ben an und übersetzte seine Antwort für die anderen. Angst lag in der Luft.

»Ort, wo eingeschlossen wird?« fragte ihn der andere Sprecher.

»Ja. Eingeschlossen.«

»Du lügst. Nur Schwarze werden eingeschlossen, Weiße nicht«, gab der Mann zur Antwort. »Du bist zu weiß.«

Ben behielt nach Möglichkeit stets die Socken an, da er sich für die vielsagenden Narben an seinen Knöcheln schämte. Die Ketten hatten seine Beine in der ersten Zeit im Gefängnis beinahe bis zum Knochen aufgescheuert. Auf den Goldfeldern war es ziemlich egal gewesen, denn er entdeckte diese Zeichen auch bei vielen anderen Goldgräbern, doch überall sonst empfand er es als äußerst peinlich. Dies hier war eine Ausnahme.

Wütend zog er Stiefel und Socken aus und zeigte auf seine Narben.

»Aaah!« Ein Aufschrei des Mitleids ging durch die Menge.

Für einen Stammesangehörigen, der nur den Himmel als Dach besaß, war dies das Allerschlimmste. Eingeschlossen. Offensichtlich wußten sie von der furchtbaren Strafe, die Weiße für ihre Stammesangehörigen bereithielten.

»Du sitzt.« Der Anführer legte seinen Speer weg und winkte die anderen zu sich.

Ben kehrte mit guten Neuigkeiten zu Cash zurück. »Ich habe einen Vertrag mit einem Stamm dort draußen abgeschlossen. Sie sagen, es gäbe eine große Zahl von Wildpferden weiter im Süden. Sie sind bereit, uns beim Einfangen zu helfen. Kennen sogar die Wasserstellen.«

»Warum sollten sie uns helfen?«

»Aus Spaß. Sie brauchen Beschäftigung. Außerdem mögen sie die Viehzüchter ebensowenig wie die Goldgräber.«

»Jesus! Wer um Himmels willen sollte hier Land kaufen? Genausogut können die Besitzer es den Schwarzen zurückgeben, ist doch knochentrocken.«

»Das ist nur eine schlechte Saison. Die Schwarzen kommen damit klar, weil sie die unterirdischen Quellen kennen. Es macht ihnen Spaß, daß die weißen Bosse sie nicht finden können.«

»Und sie sagen es ihnen auch nicht?« grinste Cash.

»Genau.«

»Trotzdem möchte ich da draußen keine Viehstation besitzen. Habe noch nie so viele Viehkadaver gesehen.«

»Erzähle ihnen bloß nicht, daß du das Land schlecht findest. Sie lieben es und halten es für sehr schön. Sie sagen, der Regen wird im nächsten Jahr wiederkehren, weil sich die Känguruhs paaren.«

»Was soll das denn heißen?«

»In schlechten Zeiten paaren sie sich nicht.«

»Und das glaubst du?«

»So hat man es mir berichtet.«

»Jesus, du warst zwei Tage fort. Ich dachte schon, die hätten dich aufgefressen. Du wirst mich doch nicht allein in der Wildnis sitzenlassen, oder?«

Ben lachte. »Ich bin der unwissendste Schwarze, der ihnen je begegnet ist. Die reißen Witze über mich. Zuerst wollten sie nichts von mir wissen, aber die Narben haben mir aus der Patsche geholfen.«

»Welche Narben?«

Ben zog noch einmal die Socken aus.

»O Jesus, die habe ich noch nie bemerkt«, meinte Cash.

»Dann kann ich dir auch gleich sagen, daß man mich nicht als weißen Gefangenen behandelt hat. Weil ich ein Halbblut bin, sperrte man mich zu den Schwarzen.«

»Himmel, du warst doch noch ein Kind!«

»Bei ihnen war ich sicherer«, erklärte Ben. »Sie haben außerdem alles mit mir geteilt.«

»Hast du da ihre Sprache gelernt?«

»Nicht nur eine Sprache«, erwiderte Ben müde, »viele Sprachen, Dialekte. So unterschiedlich wie Französisch und Deutsch. Dieses Land ist schließlich viel größer und älter als Europa.«

»Willst du mich belehren?«

»Nein, nur daran erinnern, daß uns meine Gefängniserfahrungen ganz nützlich sein können.«

»Darauf würde ich gern verzichten«, meinte Cash, den es kalt überlief.

Die felsige, hoffnungslos unfruchtbare Landschaft erstreckte sich in einem staubigen Braun, so weit das Auge reichte. Flache Büsche mit kränklichen gelben Blättern klammerten sich in die verbliebene Erde. Bäume, die der Dürre trotzten, schienen sich zu den vorüberreitenden Männern zu beugen, als flehten sie um Beistand, denn der erbarmungslos blaue Himmel versprach keine Erlösung. Der Horizont gaukelte ihnen silbern flimmernde Sinnestäuschungen vor.

Uralte rostrote Felsen lagen wahllos in der riesigen Ebene verstreut, als habe sie ein Verrückter in einem Tobsuchtsanfall zerschmettert.

Cash band sich ein Taschentuch vors Gesicht, um sich vor dem Staub zu schützen. Er fluchte, wenn der heiße Wind noch mehr lose Erde in einem glühenden Schleier hochwehte. Sie ritten unablässig weiter. Beckman wirkt so sorglos, dachte er wütend bei sich, ebenso wie die beiden nackten Schwarzen, die mit Speeren bewaffnet leichtfüßig neben ihnen her liefen. In den geflochtenen Bändern um ihre Hüften steckten Bumerangs. Die einzigen Kleidungsstücke waren die Schweißbänder aus Fell, die sie um den Kopf trugen, und Lendenschurze aus gegerbtem Leder zum Schutz oder Verbergen ihrer Genitalien. Cash war es eigentlich egal, welchem Zweck sie dienten. Er traute den Eingeborenen mit ihren steinernen Mienen und vernarbten kohlschwarzen Körpern nicht über den Weg. Sie gingen ihm allmählich auf die Nerven. Das gleiche galt für die qualvolle Reise durch dieses grauenhafte ausgedörrte Land.

Es war ihr zweiter Tag unterwegs, und sie hatten noch kein Anzeichen der angekündigten Wildpferde erspäht. Bei Sonnenuntergang war Cash kurz davor, umzukehren.

Der weite Himmel über ihnen wies glühende rote und gelbe Streifen auf, die aussahen wie feurige Lava. Ben war überwältigt.

»Diese Farben sind erstaunlich, nicht wahr?« fragte er Cash voller Bewunderung.

»Sieht aus wie die Hölle«, grollte dieser. »Morgen kriegen wir bestimmt wieder einen brütendheißen Tag. Diese Kerle führen uns ins Nichts. Morgen kehren wir um.«

»Wir sind so weit gekommen, jetzt können wir nicht umkehren«, beharrte Ben.

»Sei doch mal vernünftig! Pferde sind schließlich keine Kamele. Wir sind einen Tagesritt von der letzten Wasserstelle entfernt. Wenn keine mehr kommt, geraten wir in echte Schwierigkeiten. Wir müssen umkehren, solange es noch geht.«

Als sie abstiegen, um das Lager aufzuschlagen, deutete Ben auf die beiden Aborigines, die zu einem ausgetrockneten Flußbett trabten. »Sie sagen, dort gebe es Wasser.«

»Sicher doch! Verzeih mir, daß ich es als einziger nicht sehen kann.« Cash wandte sich ab, um Wasser für das Pferd aus seiner Leinwandtasche in eine kleine Pfanne zu füllen. Dann griff er nach einer Rumflasche und nahm wütend einige Schlucke. Dabei beobachtete er, wie die Eingeborenen harte Stücke getrockneten Schlamms aus dem breiten Flußbett brachen.

Ben ging zu ihnen hinunter.

Der Graubart namens Mandjala schien ein mürrischer, schweigsamer Bursche zu sein, doch seine Augen blickten intelligent und aufgeweckt. Ben fühlte sich sicher in seiner Gegenwart. Djumbati, der jüngere, den Cash Jumbo rief, wirkte geselliger und hatte seinen Spaß an der Reise.

Er stand grinsend auf, als Ben sich näherte, doch der ältere Mann befahl ihm weiterzugraben.

Je tiefer sie gruben und den Sand mit den bloßen Händen beiseite schaufelten, desto besorgter wurde Ben. Vielleicht hatte Cash recht. Selbst wenn sich die Wildpferde hier aufgehalten hatten, waren sie möglicherweise längst weitergezogen. Die Schwarzen verstanden nicht viel von Pferden, da sie selbst keine benötigten.

Djumbati hatte ihm erzählt, daß seine Vorfahren beim Anblick der ersten berittenen Männer vor Angst wie versteinert gewesen waren. Sie hielten sie für eine Mischung aus Mensch und Tier, eine neue Rasse ohne Totem.

Außerdem hatte er Ben berichtet, daß sein Clan zum Kalkadoon-Volk gehörte, dessen Krieger vor ungefähr zehn Jahren eine große Schlacht gegen weiße Soldaten ausgetragen hatten. Djumbati war es gelungen, Ben zu erklären, daß sich über sechshundert Kalkadoon-Krieger zusammenfanden, um die weißen Männer für immer zu vertreiben. Allerdings hatten deren Gewehre sie besiegt, und nur wenige Krieger konnten entkommen. »Ich war zu jung für diese Schlacht«, meinte er bedauernd. »Aber Mandjala kämpfte damals mit. Er mag die Weißen nicht besonders.«

»Warum ist er dann hier?«

»Unser Anführer ist dein Freund«, entgegnete Djumbati schlicht. »Er sagt, Mandjala muß dich führen.«

»Weißt du nicht, wo die Pferde sind?«

»Nein!« Djumbati schien überrascht angesichts der Frage. »Mandjala wollte mir Land zeigen, damit ich mehr lerne. Meine Familie verlor ihr Land, wir kamen nach Süden zu dieser Familie.«

Ben machte sich nicht die Mühe, Cash davon zu erzählen. Besser, er erfuhr gar nicht erst, daß ihr Anführer etwas gegen weiße Männer hatte, denn Cash war äußerst gereizt wegen des Verlaufs ihrer Expedition.

Das Loch im Boden wurde breiter und tiefer, war aber noch immer trocken. Ben wollte ihnen gerade vorschlagen, es an einer anderen Stelle zu versuchen, als Djumbati einen Schrei ausstieß und feuchten Sand in die Luft schleuderte. Bald darauf füllte Wasser die kleine Aushöhlung. Die Krise war überwunden.

Später am Abend, als Cash eine halbe Flasche Rum getrunken hatte, wurde er erst recht unangenehm und reizbar. »Ich traue diesen Bastarden nicht über den Weg. Sie führen uns bloß in die Irre. Sollte mich nicht überraschen, wenn wir im Kreis reiten. Wenn diese Kerle verschwinden, sind wir verloren.«

»Keine Sorge. Sie sagen, wir reiten auf geradem Weg. Wenn wir die Pferde erreichen, sind wir näher an einer Stadt als an den Goldfeldern.«

»An welcher Stadt?«

»Charleville, würde ich sagen. Das Ende der Bahnstrecke.«

»Und du glaubst ihnen?«

»Ja, denn Mandjala sagt, wir seien nur einen halben Tagesritt von den Pferden entfernt.«

»Verstehe. Und die stehen einfach da und warten auf uns.«

»Himmel noch mal, Cash! Hör auf mit dem Gejammer! Sie sagen, das einzige brauchbare Wasserloch im Umkreis liegt vor uns. Sie kennen es, ebenso wie die Pferde. Sie gehen zum Trinken dorthin.«

»In Ordnung. Ich gebe ihnen bis morgen mittag Zeit. Wenn wir bis dahin keine Pferde gefunden haben, kehren wir um.«

Ben war einverstanden. Etwas anderes blieb ihm auch nicht übrig. Er wußte nicht genug über Pferde, um es allein zu schaffen. »Eines macht mir Sorgen. Zusammen mit den Pferden haben wir den langen Weg nach Brisbane vor uns. Wie soll das gehen?«

Zum ersten Mal seit Tagen stieß Cash sein dröhnendes Lachen aus. »Mein Gott, manchmal benimmst du dich wie ein Trottel. *Falls* sie auftauchen und *falls* wir sie einfangen, können wir sie natürlich nicht so weit mitnehmen. Wir treiben sie nach Charleville und verkaufen sie dort. Dann sehen wir uns um, ob es zwischen Charleville und der nächsten Stadt auch Wildpferde gibt. Mit einem bißchen Glück könnten wir auf dem Heimweg ein gutes Geschäft machen.«

So war Cash eben. Gelegentlich boshaft und unberechenbar, dann wieder voller Humor und Enthusiasmus. Er frönte seinen Launen, während Ben sich bescheiden verhielt und immer einen guten Eindruck hinterlassen wollte.

In der Gesellschaft dieses Mannes, der sich problemlos mit Leuten aus allen Schichten, auf den Goldfeldern und unterwegs auf Reisen anfreundete, gewann Ben sein Selbstvertrauen zurück. Dafür war er Cash O'Neill dankbar. Er würde immer zu ihm halten, wie vor kurzer Zeit in Sailor's Drift, wo er seinen Freund vor einer Schlägerei unter Betrunkenen gerettet hatte. Am nächsten Tag konnte sich Cash an nichts erinnern. Doch für Ben zählte nur, daß dieser Mann ihn so akzeptierte, wie er war: als Halbblut und Ex-Sträfling.

Als Ben und seine Begleiter ihren Weg fortsetzten, wurden sie von zwei Reitern angesprochen, die den einheimischen Führern mißtrauische Blicke zuwarfen.

»Wo wollt ihr hin, Leute?« fragte der erste Mann.

Lächelnd antwortete Cash mit einer Gegenfrage. »Guten Morgen, die Herren. Mit wem habe ich das Vergnügen?«

»Wir sind Heckenreiter. Dieses Gelände ist Privatbesitz. Fairmont Station, das Anwesen von Mr. Buchanan.«

»Ach, es gehört jetzt ihm?« fragte Cash und schaute sich um. »Bei dieser Dürre haben Sie eine schwere Aufgabe. Hut ab.«

Geschmeichelt ließ der Anführer das Gewehr sinken. »Das können Sie laut sagen, Kumpel. Das Vieh fällt vor unseren Augen tot um. Und wir mögen keine Fremden, die unser Vieh als Mahlzeit beanspruchen.«

»Kann ich verstehen, aber sehen Sie uns nicht so an. Wir kommen aus der Stadt und tragen unser Essen in Büchsen mit uns herum.«

»Was ist mit denen?« Er deutete auf die Schwarzen, die im Hintergrund geblieben waren.

»Sie suchen ihr eigenes Essen. Verjagen Sie sie bitte nicht, sonst verirren wir uns.«

»Wo kommen Sie her?«

Cash belog sie, ohne mit der Wimper zu zucken. »Wir kommen von den Goldfeldern bei Sailor's Drift, hatten kein Glück. Aber wir haben von einem Fund hier in der Gegend gehört und wollten es noch einmal versuchen.«

Die Heckenreiter sahen einander an. »Habe von keinem Fund gehört«, meinte der zweite Mann.

»Dann tun Sie uns einen Gefallen und behalten es für sich. Wir möchten keine Aufmerksamkeit auf uns lenken. Wer zuerst kommt …«

»Wo liegt denn diese Fundstelle?«

»Ungefähr fünfzig Meilen Luftlinie von hier«, erklärte Cash, während Ben ihm fasziniert lauschte. »An einem Ort namens Spencer Gully.«

»Nie davon gehört«, erwiderte der Heckenreiter achselzukkend.

»Die Schwarzen führen uns hin«, sagte Cash. Der Heckenreiter lachte.

»Das glauben Sie. Ihr Gräber seid wirklich vollkommen verrückt. Wenn ihr geradeaus weiterreitet, verlaßt ihr den Besitz nach ein paar Meilen. Dann könnt ihr tun, was ihr wollt.«

»Wie weit ist es bis zur nächsten Wasserstelle?« fragte Cash unschuldig.

»Da draußen gibt es keine Wasserstellen mehr, Kumpel. Nehmen Sie meinen Rat an, und vergessen Sie die Sache. Auf nach Charleville, sonst leisten Sie den Viehkadavern bald Gesellschaft.«

»Himmel, nein, wir müssen es versuchen«, wehrte Cash ab.

»Wie Sie wollen.« Der Heckenreiter wendete sein Pferd. »Aber verschwinden Sie von diesem Land!«

»Schon gut. Und wir beten um Regen, Freunde«, rief Cash ihnen nach.

»Was sollte das alles?« fragte Ben. »Welche Goldfelder?«

»Ich habe die ganze Zeit gehofft, daß du den Mund hältst«, lachte Cash. »Wenn wir ihnen erzählt hätten, daß wir Wildpferde jagen, hätten sie uns mit der Knarre im Rücken nach Sailor's Drift getrieben.«

»Wildern wir etwa?«

»Keine Sorge. Wildpferde gehören niemand, aber sie hätten sie ebenso gern wie wir. Na ja, das ist jetzt egal. Du hast gehört, was sie sagen ... keine Wasserstellen. Das war's dann wohl mit deinen schwarzen Besserwissern.«

Ben ritt zurück zu Mandjala und sprach mit ihm. Der Führer nickte und setzte sich in Bewegung.

»Ich glaube, er hat mich nicht verstanden«, sagte Ben.

»Ich glaube hingegen, daß dieser Bastard viel mehr versteht, als er zugibt«, gab sein Freund zurück.

Trotzdem folgten sie Mandjala. Die Sonne brannte erbarmungslos. Die Hitze traf die ausgedörrten Reiter wie ein Hammer, während sie sich den Weg durch felsiges Gelände ertasteten.

Vor ihnen ragte eine gezackte Felsformation auf, die im gleißenden Licht orange schimmerte. Ein weiteres Bruchstück eines Gebirges aus grauer Vorzeit, auf dessen Grat sich scharfe

Steinblöcke in gefährlichen Winkeln türmten und hinabzustürzen drohten.

Sie hielten Abstand, da der Felsen zu dieser Tageszeit ohnehin keinen Schatten spendete, und ritten parallel zu dieser undurchdringlichen Wand. Ben war fasziniert. An diese plötzlich auftauchenden Felsformationen, die förmlich aus der Ebene herausbrachen, hatte er sich noch nicht gewöhnt. Sie erschienen ihm geheimnisvoll und aufregend. Im Gegensatz zu Cash, der unbewegt daran vorüberritt, verspürte Ben den Wunsch, diese uralten Monumente zu untersuchen. Sie schienen Geheimnisse aus dem Volk seiner Mutter zu bergen, die er selbst nicht kannte.

Statt in die Ebenen zu laufen, machte sich Mandjala an die Überquerung dieses Hügels und bedeutete ihnen, ihm zu folgen.

»Was nun?« beklagte sich Cash, während sie dem unebenen Klippenverlauf folgten. Auf der anderen Seite lag ein Geröllfeld.

Um ihre Pferde zu schonen, stiegen sie ab und holten Mandjala ein, der sie mit seinem seltenen Grinsen bedachte. »Pferde«, sagte er und deutete auf Spuren am Boden. »Pferde gehen hier.«

»Wohin?« rief Cash eifrig, da er keine Tiere entdecken konnte. Ben fiel auf, daß Mandjala Englisch gesprochen hatte. Eine Tatsache, die er sich merken sollte.

Der enttäuschte Djumbati mußte ihre Pferde bewachen, während sie Mandjala durch einen Felsspalt folgten, hinter dem ein schmaler Pfad ins kühle Innere der Felsen führte.

Sie gingen einen ausgetretenen, steil abfallenden Weg durch dichtes Unterholz entlang, der zu einem dampfend-feuchten Streifen Regenwald führte. Der Pfad schlängelte sich unter einem grünen Baldachin aus Schlingpflanzen und robusten Loyaranken hindurch und führte wohl unweigerlich zu irgendeiner Quelle.

Ben war hingerissen von dieser verborgenen Oase, die eine ungeheure Erholung von der öden Landschaft draußen bot.

»Wie heißt dieser Ort?« fragte er Mandjala auf englisch. – »Winnaroo«, antwortete dieser mit einem wissenden Lächeln. »Winnaroo guter Platz.«

Ben blieb stehen und sah sich um. Alles wirkte so lebendig, ein Zufluchtsort für zahlreiche Vogelarten und andere Tiere neben den Wildpferden.

Cash brach den Zauber, indem er rief: »Wasser! Da unten!«

Mandjala hatte Bens Reaktion auf diese versteckte Welt beobachtet. Er hielt ihn zurück. »Wie dein Name?«

»Ben. Ben Beckman.«

Mandjala nickte nachdenklich. »Dies guter Ort«, sagte er noch einmal. »Wichtig.«

»Ja, sicher«, erwiderte Ben respektvoll.

»Du gut sein zu Winnaroo.«

»Wir passen auf. Brauchen nur Wasser für die Pferde.«

Dunkle Augen tauchten in die seinen. »Wir reden lange. Viele Geister hier. Alles Traumzeit-Leute.«

»Das glaube ich gern.«

Noch immer ließ ihn Mandjala nicht gehen. Ben betrachtete das dunkle Gesicht unter dem grauen Haar und mit dem drahtigen Bart zum ersten Mal genauer. Mandjala hatte ausgeprägte Züge und gute Zähne. Er trug den Kopf hoch, als sei er es nicht gewöhnt, sich irgend jemandem zu beugen. Dies war ein Krieger, der Überlebende einer Schlacht. Ein Mann, den man sich nicht zum Feind machen sollte.

Cash rief erneut nach ihm. »Beeil dich! Komm her!«

»Der Mann nicht gut«, sagte Mandjala plötzlich. »Paß auf.«

»Wer? Cash? Er ist schon in Ordnung. Hund bellt, beißt aber nicht.«

Mandjala sagte weiter nichts dazu und trat zur Seite. Ben lief den Weg entlang und fand sich an einem Kiesstrand mit einer tiefen Lagune wieder.

Cash hatte sich schon ausgezogen und planschte begeistert im Wasser.

»Eiskalt, aber herrlich!«

Minuten später tauchte auch Ben in das kristallklare Wasser und befreite sich von Hitze und Staub der Außenwelt.

Er bemerkte, daß Mandjala sie beobachtete. Auch die hohen Felsen über ihnen schienen Wache zu stehen. Ben fühlte eine unerklärliche Sorge. Sein Magen zog sich zusammen. Doch da war nichts. Was sollte an einem so friedlichen Ort nicht stimmen?

Nun, da sie die geheime Tränke der Pferde entdeckt hatten, machten sie sich an den schwierigsten Teil ihres Unternehmens. Mehrere Tage lang zogen sie mit Hilfe der Schwarzen Zäune um den Eingang zu den verborgenen Quellen und schufteten laut Ben wie »Sträflinge im Steinbruch«, um Felsbrocken wegzuräumen und Löcher für die Zaunpfosten auszuheben. Ein Stück weiter legten sie auf fast ebenem Boden eine behelfsmäßige Koppel an. Während der ganzen Zeit wurden sie von einigen Wildpferden umkreist, die ihre Unternehmungen mißtrauisch beobachteten.

»Das sind die Anführer der Herde«, erklärte Cash. »Die Bosse. Sie ahnen, daß wir eine Falle bauen, und bleiben deshalb in sicherer Entfernung.«

»Warum verschwenden wir dann überhaupt unsere Zeit?«

»Weil sie Wasser brauchen. Du hast die Heckenreiter gehört. Sie behaupten, in dieser Gegend gebe es keine Wasserstellen. Entweder haben sie gelogen, oder sie wußten es nicht besser, aber die Pferde kennen sich aus. Früher oder später wird der Durst sie näher herantreiben; dann müssen sie durch unser Tor. Wir können bloß beten, daß sie die Zäune nicht umreißen.«

»Wie bitte?« fragte Ben entsetzt. »Nach all der Arbeit!«

Cash lachte. Diese Herausforderung gefiel ihm. Die nächsten Tage verbrachten sie damit, die Zäune mit langen, biegsamen Ranken zu verstärken, bis Cash plötzlich rief: »Paß auf! Zur Seite! Sie kommen!«

Eine Vorhut von neun Pferden donnerte in wildem Galopp auf sie zu, jagte leichtfüßig den felsigen Hang herauf und schwenkte durch das offene Tor in Richtung Wasserstelle.

Cash schloß das Tor, das er mit Lumpen behängt hatte, um die Pferde abzuschrecken. Er sprang vor Freude in die Luft. »Mehr Tiere können wir im Augenblick nicht bewältigen. Wenn du einen weiteren Trupp entdeckst, schieß einfach in die Luft, um sie zu vertreiben.«

Nachdem sie ihren Durst gestillt hatten, kamen die Pferde vorsichtig zurück. Sobald sie begriffen, daß sie gefangen waren, gerieten sie in Panik, wieherten laut, bäumten sich auf und traten gegen die Zäune. Da es keinen Anlauf nehmen konnte, versuchte ein Tier, über den Zaun zu steigen, doch die Aborigines stießen es mit ihren Speeren zurück.

»Geht nicht zu nah an sie heran«, rief Ben ihnen zu. »Sie beißen sofort zu.«

Schließlich beruhigten sich einige Pferde, doch ihr Anführer, ein grauer Hengst, trieb sie mit den Hinterbeinen erneut zum Widerstand an.

»Das ist seine Herde«, erläuterte Cash. »Es ist ihm egal, ob sie sterben, wenn sie gegen den Zaun ankämpfen. Sollte er sich nicht beruhigen, muß ich ihn erschießen.«

»Nein!« schrie Ben. »Das kannst du nicht machen. Es ist ein wunderschönes Pferd.«

»Er ist ein Killer«, beharrte Cash.

»Dann sollten wir ihn als ersten rausholen.«

Sie nahmen Seile zur Hand. Nach über einer Stunde harter Arbeit und vielen Mißverständnissen gelang es ihnen, das ungebärdige, beißende Tier mit Lassos einzufangen und mit Hilfe ihrer eigenen Pferde zur Koppel zu schleifen.

Für einen Mann, der den Hengst hatte erschießen wollen, ging Cash erstaunlich sanft mit dem Tier um. Er benutzte nur ein Seil, um den Hengst zu zähmen, redete mit ihm, erlaubte ihm zwischendurch einen wilden Trab über die Koppel und kehrte wieder geduldig zu seinen »Lektionen« zurück.

Während er mit jedem Pferd arbeitete, errichteten Ben und

die Schwarzen eine weitere Umzäunung für die friedlicheren Pferde, die kaum Widerstand leisteten, solange sie den grauen Hengst im Blickfeld hatten.

Futter erwies sich als Problem. Die eingefangenen Pferde konnten auf der Koppel grasen, aber es gab nicht genügend Nahrung für die Tiere der Männer. Außerdem boten die anderen Wildpferde, die von der Wasserstelle abgeschnitten waren, einen traurigen Anblick. Sie flehten beinahe um den Zugang zu der Tränke. Ben und Cash waren erleichtert, als sie alle gefangenen Pferde aus der Falle geholt hatten, um die anderen Tiere ans Wasser zu lassen.

»So ein Mist«, meinte Cash, »wir müssen ja auch unsere eigenen Tiere füttern. Das hatte ich nicht bedacht.«

Der Widerstand erlahmte, als der Zureiter die Eingefangenen einzeln zur Lagune führte und damit ihr Vertrauen gewann. Ben begriff, daß sie bei ihrer nächsten Expedition bessere Ausrüstung benötigen würden. Cash war ein guter Zureiter, doch es fehlte ihm an Organisationstalent. Glücklicherweise war es ihnen trotz aller Widrigkeiten gelungen, neun Pferde zu fangen. Ben hoffte, daß Cash auch die wertvolle Mitarbeit ihrer einheimischen Helfer anerkennen würde, die sie noch immer begleiteten.

Als sie sich der Stadt näherten, erkundigte sich Ben, wieviel ihnen die Pferde wohl einbringen würden.

»Ungefähr zehn Pfund pro Tier«, meinte Cash. »Sie sind noch sehr unruhig und nur halb zugeritten. Für den Grauen bekommen wir vielleicht zwanzig.«

Charleville hatte sich durch den Goldrausch in eine geschäftige Stadt verwandelt, deren Hauptstraße durch Karren, Fuhrwerke und Scharen von Goldsuchern mit Pferden und Eseln verstopft war. Einige Neuankömmlinge mit Reisebündeln waren gerade erst aus dem Zug gestiegen.

Mandjala und Djumbati mieden die Stadt und zogen es vor, ein paar Meilen entfernt am Fluß zu kampieren. Ben versprach ihnen, in ein paar Tagen mit Geschenken zurückzukommen, und machte sich mit Cash auf den Weg zu den Marktplätzen.

Bald drängten sie sich mit zahlreichen weiteren Gästen im überquellenden Hof eines Pubs und löschten ihren Durst mit drei großen Krügen Ale. Dann setzten sie sich auf eine Bank, um Neuigkeiten zu erfahren. Es tröstete sie nicht gerade, zu hören, daß man bei Sailor's Drift tatsächlich auf eine weitere Goldader gestoßen war.

Wie immer drehten sich die Gespräche hauptsächlich um Gold, das Wetter und Pferde.

Cash stieß Ben heftig an. »Hast du das gehört? In dieser Stadt herrscht Pferdemangel. Ich glaube, wir haben gerade die Preise erhöht!«

Später kam ihm allerdings noch eine bessere Idee.

Am nächsten Mittag brachten sie die Pferde in die Stadt. Cash kletterte auf ein Faß und lud die Leute lauthals zur Versteigerung der »frischesten und besten Pferde diesseits des Curragh« ein.

In kurzer Zeit zog er eine Menschenmenge aus den Pubs und Geschäften an, riß Witze, flirtete mit den Frauen und sang ein Loblied auf seine Pferde, während Ben die Tiere einzeln vorführte. Ben hatte ein paar Jungs dafür bezahlt, daß sie die Tiere gefesselt und außer Sichtweite hielten, bis er sie holen kam.

Einige erfahrene Pferdekenner im Publikum machten sarkastische Bemerkungen über Cashs hervorragende Pferde, doch statt mit ihnen zu streiten, zwinkerte der Ire ihnen zu und bezog sie in seine Verkaufsveranstaltung ein.

»Das ist mal ein Herr, der sich mit Pferden auskennt! Was bietet man mir für dieses schöne Tier? Habe ich dreißig gehört? Zweiunddreißig da drüben. Zu billig. In Sailor's Drift gibt's mehr Geld als Pferde, Freunde! So ein schönes Tier findet ihr hier draußen nie wieder!«

Am Ende stimmten die Spötter in sein Lachen ein und grölten, während die Preise in die Höhe schossen. Als das letzte Pferd, der graue Hengst, herbeigeführt wurde, trat ein Viehzüchter vor und gab Cash vierzig Pfund. »Versteigere ihn nicht, Junge, ich nehme ihn. Er ist nicht besser zugeritten als ein Dingo, und du weißt es ganz genau, aber als Zugpferd ist er einfach zu schade.«

Nach dem Verkauf zählte Cash strahlend mehr als dreihundert Pfund. »Komm, Kumpel, wir gehen feiern.«

»Das können wir auch unterwegs«, mahnte ihn Ben. »Die Hälfte der Tiere hat noch nie ein Zaumzeug gesehen, ganz zu schweigen von einem Sattel. Wir kommen in Teufels Küche, wenn sie verrückt spielen. Dann darfst *du* bezahlen.«

»Mach dir keine Sorgen. Für ein gutes Entgelt biete ich mich als Zureiter an.«

In diesem Moment ertönten Schreie: Ein reiterloses Pferd galoppierte die Straße entlang. »Eins von unseren«, grinste Cash. »Hatte ihn Strike getauft. Eine wahre Schönheit, was?« Sein Grinsen verflog, als einige Männer hinter dem Pferd her liefen und es dadurch nur noch wütender machten. Strike bäumte sich auf und bockte, stürmte den Gehweg entlang, stieß Pfosten um und riß Markisen herunter. Er blieb abrupt stehen, als Männer mit Seilen auf ihn zukamen, dann schnappte er mit gebleckten Zähnen nach ihnen und keilte mit den Hinterbeinen aus, wobei er mehrere Schaufensterscheiben zerbrach.

Ein Mann, der neben Ben stand und ebenfalls das Werk der Zerstörung betrachtete, meinte leichthin: »Wäre ein tolles Rodeopferd. Man könnte Wetten annehmen, wer am längsten oben bleibt.«

Doch Cash hatte genug gesehen und stieß Ben an. »Ich glaube, wir sollten gehen.« Er marschierte ins nächste Pub, um seinen Rumvorrat aufzufüllen. Ben holte ihre Pferde. Bald waren sie wieder unterwegs und lachten sich ins Fäustchen angesichts des finanziellen Erfolgs, den ihnen das Abenteuer beschert hatte.

Die beiden Aborigines freuten sich, sie zu sehen und die interessante Reise fortzusetzen. Ben präsentierte ihnen die Bezahlung: eine Satteltasche, die mit Tabak, Bohnen in Dosen, Pfirsichen, Bonbons und zwei Jagdmessern gefüllt war.

»Weshalb hast du ihnen die gegeben?« grollte Cash. »Wahrscheinlich stechen sie uns damit ab.«

»Das hätten sie auch mit ihren Speeren gekonnt«, sagte Ben lachend. »Vielleicht sollten wir die Hauptstraße bis zur nächsten Stadt meiden. Sonst holen uns noch ein paar aufgebrachte Kunden ein.«

Sie waren spät aufgebrochen, und die Sonne ging bereits nach drei Stunden unter. Cash und Ben schlugen ein Lager im Busch auf.

Am Morgen waren sie bester Laune. Sie hatten gut geschlafen, da sie nicht mehr nach den Wildpferden sehen mußten. Djumbati blieb als Führer bei ihnen, und Mandjala wurde auf die Suche nach weiteren Wildpferden geschickt.

»Wenn Mandjala Pferde entdeckt, können wir diesmal die nötige Ausrüstung und Verpflegung kaufen und wiederkommen. Langsam lerne ich deine Geschäftspraktiken. Wir reiten die Tiere zu, du bringst sie in die Stadt und verkaufst sie nach und nach«, meinte Ben.

»Ja, in Ordnung«, antwortete Cash unwillig. Ben wußte, daß sein Freund allmählich den Spaß an der Jagd verlor, weil ihm das Geld in der Tasche brannte. Mit Enttäuschung stellte er fest, daß Cash sich nicht von den meisten anderen Männern auf den Goldfeldern unterschied. Männer, die auf Gold stießen, es in der nächsten Stadt mit Glücksspiel, Fusel und Frauen durchbrachten und dann ohne einen Penny auf die Goldfelder zurückkehrten. Für Ben hingegen bildete sein Anteil an den dreihundert Pfund nur den Anfang. Ein bescheidener Anfang, doch er würde immer mehr verdienen und das Geld wie seine Mutter investieren oder Grundbesitz erwerben, damit sein Vermögen wuchs. Es reichte aber längst, um seinen Ehrgeiz zu befriedigen.

Das Trio wandte sich nach Osten. Ben führte die Lastpferde. Djumbati, der neben ihm her lief, wurde zusehends unruhiger.

Manchmal blieb er zurück, holte sie dann wieder ein, bis er schließlich ganz dicht an Bens Pferd herankam.

»Männer folgen«, flüsterte er, als könne ihn das weite, stille Land selbst hören.

Ben hielt sein Pferd an. »Welche Männer?«

Djumbati zuckte die Achseln. »Zwei Männer, zwei Pferde.«

Als sie Cash davon erzählten, reagierte er gleichgültig. »Na und? Wir haben die Gegend nicht für uns gepachtet.«

»Es könnten einige unserer Kunden sein«, scherzte Ben, »die ihr Geld zurückverlangen wollen.«

»Da müssen sie sich aber anstrengen«, lachte Cash. »Wenn sie mir dumm kommen, verpasse ich ihnen eine Kugel.«

Sie ritten in aller Ruhe weiter, ohne die Pferde anzutreiben, und schlugen am späten Nachmittag ihr Lager in der Nähe eines schmalen Flußbettes auf.

»Wo steckt bloß der alte Schwarze?« beklagte sich Cash. »Wir haben ihn seit Tagen nicht mehr zu Gesicht bekommen. Was ist, wenn er uns nicht wiederfindet?«

»Er wird uns finden«, meinte Ben zuversichtlich. »Frage mich nicht wie, aber er kommt.«

Wie üblich ließ sich Cash mit seiner Rumflasche unter einem Baum nieder, während Ben die notwendigen Arbeiten erledigte. Da nicht viel zu tun war, beschwerte er sich nicht. Er sattelte die Pferde ab, band ihnen die Vorderbeine zusammen und ließ sie in Ruhe grasen. Djumbati entzündete unterdessen das Lagerfeuer. Ben war gerade im Begriff, eine Vorratstasche auszupacken, als unvermittelt eine Stimme hinter ihm ertönte: »Geld her oder Leben!«

Er hielt es für einen Scherz von Cash und drehte sich grinsend um.

Doch Cash stand bereits mit erhobenen Händen da. Djumbati hockte zusammengekrümmt am Feuer, während ein Fremder die Gruppe mit seiner angsteinflößenden zweiläufigen Flinte bedrohte. Wohl kaum ein aufgebrachter Kunde. Der böse Blick über dem schwarzen Tuch, das die untere Hälfte seines Gesichtes verbarg, verriet den echten Buschräuber. Den dunklen Hut hatte er tief in die Stirn gezogen, so daß nur die Augen sichtbar blieben. Ben wußte sofort, daß eine Diskussion völlig sinnlos war.

Cash sah das jedoch anders. »Was kann ich für Sie tun, Sir?« fragte er fröhlich mit erhobenen Händen.

Ben entdeckte den anderen Mann, der etwas abseits stand und das Gewehr auf sie gerichtet hielt. Er verfluchte sich selbst. Er und Cash besaßen Waffen, denn niemand, der halbwegs bei Verstand war, würde diese Gegend unbewaffnet durchqueren. Allerdings hatte er seinen Revolver samt Gürtel fallen lassen, als er das Packpferd ablud, und Cashs wahrscheinlich ungeladenes Gewehr stand außer Reichweite gegen einen Baum gelehnt.

»Zuerst mal her mit eurem Geld«, antwortete der Buschräuber.

»Da haben Sie kein Glück«, meinte Cash. »Wir sind nur arme Goldsucher auf dem Heimweg. Hatten leider kein Glück.«

»Du lügst, du verfluchter Ire«, zischte der Mann.

Doch Cash gab nicht klein bei. »Klingst selbst ziemlich irisch«, sagte er mit übertriebenem Akzent. »Du würdest doch keinen Landsmann ausrauben, oder? Pack das Gewehr weg, und trink einen mit uns.«

»Halt's Maul und gib mir das Geld, bevor ich dich wegpuste.«

»Wie gesagt, wir haben kein Geld.«

»Ihr habt eine Herde Wildpferde in der Stadt verkauft und seid mit dem Gewinn abgedampft. Her damit.«

»Du lieber Gott, darum geht es also. Wenn du eins gekauft hast und nicht zufrieden bist, werde ich dir die Kosten gern zurückerstatten. Dann hätte ich aber auch gern das Pferd wieder.«

Der Buschräuber wandte sich an Ben. »Ist dein Kumpel verrückt? In einer Minute erschieße ich ihn, wenn er nicht endlich die Klappe hält.«

»Wenn du weißt, daß wir die Pferde verkauft haben, müßtest

du auch wissen, daß ich beim Kartenspiel alles wieder verloren habe«, sagte Cash. Nun wurde es dem Buschräuber endgültig zu bunt.

Er richtete das Gewehr auf den verängstigten Djumbati und wandte sich wieder an Cash. »Du hast drei Sekunden, um mir das Geld zu geben. Sonst ist der Nigger tot.«

»Gib es ihm!« rief Ben.

»Ihm was geben?« fragte Cash ungerührt. »Ich sagte doch, ich habe alles beim Spiel verloren.«

»Dann hol du es«, sagte der Buschräuber zu Ben, »sonst bist du der nächste.«

Ben hatte keine Ahnung, wo Cash das Geld aufbewahrte. Einen Geldgürtel trug er nicht, also konnte es beim Gepäck, unter dem Sattel oder sonstwo sein.

»Wo ist es?« rief er Cash eindringlich zu.

»Die Zeit ist vorbei«, sagte der Räuber. Diese Sekunden reichten aus, um Ben den nötigen Aufschub zu verschaffen. Als der Mann direkt auf Djumbati zielte, sprang Ben den Maskierten an und versetzte ihm einen harten Schlag.

Das Gewehr ging in dem Augenblick los, als Ben danach griff. Djumbati hechtete ins Gebüsch, und auch Cash tauchte ab, als der andere Mann auf ihn feuerte.

Doch er gab nur einen Schuß ab, taumelte nach vorn und landete mit dem Gesicht auf dem Boden. In seinem Rücken zitterte ein langer Speer.

Während Cash sich das Gewehr schnappte, riß Ben den Angreifer auf die Füße.

»Gut gemacht, Benny«, brüllte Cash und drehte sich zu dem Buschräuber um, dessen bärtiges Gesicht keine Maske mehr trug. »Jetzt ist dir wohl der Mut vergangen. Ich wette, du bist Captain Jack höchstpersönlich. Irischer Bastard!«

Der Buschräuber spuckte Blut aus. »Laß mich laufen, du wirst es nicht bereuen.«

»Was ist mit seinem Kumpel da drüben?« fragte Cash zu Ben gewandt. Die Antwort erübrigte sich. Mandjala trat aus dem Gebüsch und zog wortlos seinen Speer aus dem Körper des toten Mannes.

»Ist er tot?« fragte Ben nervös. Mandjala nickte.

»Gut. Eine Sorge weniger.« Cash hielt sich in sicherer Entfernung zu dem Gefangenen. »Wenn wir dich ausliefern, kassieren wir einhundert Pfund Belohnung. Eine nette Summe. Wie würdest du mich dafür entschädigen?«

»Indem ich es verdoppele.«

»Du hast zweihundert Pfund? Die will ich sehen.«

»Ich hab's nicht hier.«

»Benny, hast du den dummen Kerl gehört? Mir wollte er nicht glauben, und nun erwartet er, daß ich ihm glaube.«

»Es ist die Wahrheit. Aber du hast gelogen, du Bastard!«

Ben unterbrach die Auseinandersetzung. »Wir müssen den anderen Burschen begraben. Wie war sein Name?«

»John Smith dürfte reichen. Der Idiot war unwichtig. Wenn er seine Aufgabe anständig gemacht hätte, würde ich jetzt nicht hier stehen und diesem Großmaul zuhören.«

»Dort hinten ist ein alter Minenschacht«, sagte Cash zu Ben. »Wickle ihn in seine Pferdedecke und wirf ihn dort hinein. Ist tiefer als jedes Grab. Jumbo kann dir helfen.«

Auch Ben erschien es als beste Lösung, und er machte sich ans Werk. Er war nicht scharf darauf, mit der Leiche eines unbekannten Mannes, den ein Speer von hinten getötet hatte, in die nächste Stadt zu reiten. Damit konnte man sich mehr Ärger einhandeln, als die Sache wert war.

Als er zurückkam, hatten sich Cash und der Buschräuber geeinigt. Jack war bereit, seine Freiheit zu erkaufen.

»Aber er wollte uns töten«, protestierte Ben.

»Alles nur Bluff«, erklärte Jack.

»Von wegen. Glaub ihm bloß nicht, Cash. Er könnte uns in eine Falle locken.«

»Nicht mit euren Gewehrmündungen, die auf meinen Kopf zielen, und euren schwarzen Freunden im Rücken«, warf der Buschräuber ein.

»Wenn wir ihn laufen lassen, kann er uns jederzeit folgen«, gab Ben zu bedenken.

»Wie soll er das ohne Waffe und Pferde bewerkstelligen?«

»Seid fair. Ihr könnt die Waffen behalten, wenn ich ein Pferd bekomme.«

»Du solltest froh sein, daß wir dich nicht dem Henker ausliefern!« brüllte Cash. »Führe uns zu deinem Unterschlupf. Und keine Tricks, kapiert?«

Während sie die Pferde sattelten, nahm Mandjala Ben beiseite. Er kannte bereits das Versteck des Buschräubers, da er ihn schon am Tag zuvor verdächtigt hatte und ihm in die nahe gelegenen Hügel gefolgt war.

Ben behielt seine Informationen für sich. So konnte er dafür sorgen, daß Jack keine faulen Tricks versuchte. Ab und zu warf er Mandjala einen Blick zu, um sich bestätigen zu lassen, daß sie sich noch auf dem richtigen Weg befanden.

Der niedrige Eingang zur Höhle lag hinter Büschen und Zweigen verborgen. Die Umgebung war von Spuren gesäubert worden.

»Ich hole euch das Geld. Zweihundert, wie besprochen«, sagte Captain Jack und stieg vom Pferd. »Sind wir dann quitt?«

»Mein Ehrenwort als Gentleman«, erwiderte Cash leichthin.

»Wartet hier auf mich.«

Cash lachte. »So siehst du aus. Wahrscheinlich gibt es da drin einen zweiten Ausgang und ein Waffenlager. Jumbo, geh hinein und sieh dich um!«

Als Djumbati zurückkehrte, berichtete er, daß es sich um eine einzige große Höhle ohne weitere Ausgänge handelte. Cash ließ den Buschräuber in Bens Obhut und betrat die Höhle mit einer Laterne.

Grinsend kam er kurz darauf wieder heraus. »Du bist wirklich fleißig gewesen, mein Freund. Vorräte, Waffen und Munition, von einer Kiste Whisky ganz zu schweigen. Aber wo ist das Geld?«

»Ich hole es«, sagte Jack. – »Nein, nein. Nimm den Spaten, Jumbo, und komm mit.«

Diesmal kehrte Cash mit zwei stählernen Geldkassetten zurück, deren Schlösser aufgebrochen waren. Er hatte sie tief im Inneren der Höhle entdeckt. »Die Zeugen einer mißratenen Jugend«, sagte er und blies den Staub weg. Dann öffnete er die erste Kassette, die ein in Wachstuch gewickeltes Bündel Geldscheine enthielt.

»Ich habe es dir ja gesagt«, meinte Jack. »Jetzt nimm deinen Anteil und verschwinde.«

»Kein Grund zur Eile. Was ist in dieser Kassette?« Er öffnete die andere und zog beinahe ehrfürchtig zwei Ledersäckchen heraus. Das eine quoll fast über von Schwemmgold, in dem anderen fand sich ein Dutzend kleiner Nuggets.

»Jesus!« rief er aus. »Was wolltest du mit dem ganzen Zeug anfangen?«

»Nach Amerika gehen«, antwortete Jack, »wenn mir der Boden zu heiß wird. Da gibt es jede Menge Goldfelder. Ich habe Übung im Goldsuchen.«

»Ganz bestimmt«, sagte Ben mit einem mißtrauischen Blick auf den Gefangenen. Gleichzeitig wurden seine Augen vom Glanz des Goldes magisch angezogen.

»Ich wüßte nicht, warum ich die Beute einem Schurken wie dir überlassen sollte«, sagte Cash. »Tut mir leid, aber das müssen wir wohl beschlagnahmen.«

»Dachte ich mir. Du hast keinen Funken Ehrgefühl im Leib.« Auch Ben starrte gierig auf ihren Fund. Um so viel Geld ehrlich zu verdienen, würde er Jahre brauchen. Captain Jack war nicht der rechtmäßige Besitzer. Wenn sie es den Behörden übergaben, bekämen sie lediglich die Belohnung. Pech für Jack, daß er sich die falschen Opfer ausgesucht hatte. Nun mußte er wieder ganz von vorn anfangen.

Jack wandte sich nun an Ben. »Nehmt das Geld, und laßt mir das Gold. Das ist nur fair.«

Ben zielte weiterhin mit dem Gewehr auf ihn. »Du bleibst

da stehen, während Cash seine Suche beendet. Wer weiß, was er sonst noch findet. Wir haben dich in der Hand, Jack. Du würdest es nicht mal bis ins Gefängnis schaffen, weil sie dich vorher aufhängen.«

»Damit kennst du dich aus, was?« zischte Jack.

»Womit?«

»Mit dem Gefängnis. Einen Knastbruder rieche ich unter Tausenden heraus. Du gehorchst deinem Kumpel wie der Sträfling dem Aufseher. Dauert lange, bis die Ketten aufhören zu rasseln, was?«

Cash hatte Djumbati mit in die Höhle genommen. Mandjala hielt sich unbeweglich im Hintergrund und stützte sich auf seinen Speer, als interessiere ihn die ganze Angelegenheit nicht.

Jack warf ihm einen Blick zu. »Das ist ein echter Mann«, sagte er provozierend zu Ben. »Ein ganzer Kerl. Würde nicht für deinen weißen Kumpel springen so wie der Junge. Oder wie du.«

»Halt die Klappe!« rief Ben. »Wir lassen dir etwas zu essen da und den Rest deiner Sachen. Mehr können wir nicht tun.«

»Paß gut auf dich auf. Irgendwann wird dir dein Kumpel in den Rücken fallen.«

Ben ignorierte die Warnung. »Ich müßte lügen, wenn ich sagte, es täte mir leid. Du weißt so gut wie ich, daß wir dumm wären, dein Geld anzunehmen, solange wir diese Beute haben können. Du hast andere ausgeraubt, also brauchst du jetzt nicht zu jammern. Bleib gefälligst stehen.«

»Du hast es noch immer nicht kapiert, was?« fragte Jack. Er wirkte plötzlich alt und müde. Er mußte um die fünfzig sein. Eine Narbe zog sich wie eine weiße Schneise durch seinen dunklen Bart.

»Hör mir gut zu, mein Sohn. Ich habe auf allen Straßen zwischen Gympie und Charters Towers gearbeitet. Wo das Gold herkommt, gibt es noch mehr davon. Am Fuße des Hügels steht ein verkrüppelter Feigenbaum mit einem Adlernest in der Krone. Der Rest meiner Beute ist da versteckt. Komm mit, wir holen sie.«

Djumbati schleppte einen alten Schrankkoffer aus der Höhle, der Ben an ein Erlebnis auf den Docks erinnerte. An den Diebstahl, den er für seinen Freund Willy ausgebadet hatte. Dieser schmierige Bastard hier wollte ihn absichtlich aus der Fassung bringen. Wenn Cash sich doch nur beeilen würde.

»Wir haben nicht mehr viel Zeit«, drängte ihn Jack. »Erschieß den irischen Hundesohn, sobald er die Nase heraussteckt.«

»Du bist verrückt«, schnappte Ben. »Hast dich einen Dreck darum geschert, als dein eigener Kumpel getötet wurde.«

Plötzlich rief Jack Mandjala einige Worte in einer gutturalen Sprache zu, die Ben nicht verstehen konnte. Als er sich umsah, war der Schwarze verschwunden. Was hatte Jack zu ihm gesagt? Daß ihn der weiße Mann töten würde? Auch egal. Ben vertraute Mandjala, er würde wiederkommen. Captain Jack kannte alle Tricks, ihn mußte er im Auge behalten.

Cash riß Kleider aus dem Koffer und verstreute sie auf dem Boden, doch er fand keine weiteren Beutestücke.

»Ich werde auf Seine Lordschaft aufpassen«, sagte er und richtete die Waffe auf Jack. »Ben, pack soviel zusammen, wie wir mitnehmen können, und vergiß nicht den Whisky.« Er warf ihm zwei leere Satteltaschen zu. »Pack die Beute hier hinein und schnalle sie an deinem Sattel fest.«

Ben fand allmählich Abstand zu den beunruhigenden Bemerkungen des Räubers. »Wo hast du den Gewinn von den Wildpferden eigentlich versteckt?« fragte er Cash.

»In meinem Stiefel«, lachte dieser.

»Er hätte Djumbati erschossen!«

»O nein. Wie ich schon sagte: Er hat nur geblufft.« Cash fiel gar nicht auf, daß Mandjala von der Bildfläche verschwunden war, doch hätte es ihn wohl auch nicht weiter interessiert. Handlangertätigkeiten waren nicht Mandjalas Sache, doch er hatte sein Geschick bewiesen, wenn es darum ging, Ranken zu Schnüren zu drehen oder Bäume für die Zäune zu fällen. Die Arbeit mit Bens scharfer Axt bereitete ihm großes Vergnügen.

Schließlich waren sie aufbruchbereit. »Wir haben zwei zusätzliche Pferde«, rief Cash begeistert. »Möchtest du reiten, Jumbo?«

Lächelnd schüttelte der Schwarze den Kopf. Obwohl tief beeindruckt, hatte er sich noch immer nicht mit diesen seltsamen Tieren angefreundet, die manchmal ganz zahm, dann wieder fuchsteufelswild waren.

»Hast du Essen für Jack dagelassen?« fragte Ben. »Wir haben ihm alles genommen. Er kann doch nicht verhungern.«

»Klar. Ich habe die ganze Höhle abgesucht, aber er könnte noch immer irgendwo ein Gewehr haben. Am besten nehmen wir ihn mit bis zum Fuß des Hügels. Dann gewinnen wir einen netten Vorsprung. Er ist ein altes Schlitzohr. Wahrscheinlich hat er sich deshalb so lange gehalten.«

Nun war es vorbei. Ben seufzte erleichtert, als er mit einem Vermögen in der Satteltasche den Hügel hinabritt. Er führte das vollbeladene Packpferd am Zügel; Cash kümmerte sich um die anderen Tiere. Damit der Buschräuber keinen Fluchtversuch unternehmen konnte, mußte er zu Fuß gehen. Ben bewunderte ihn für die Wahl seines Unterschlupfes. Der Hügel bot keinerlei Hinweise auf eine Höhle. Es gab nicht einmal Fledermäuse, normalerweise sichere Anzeichen für solche dunklen Löcher.

»Das müßte reichen«, sagte Cash und hob sein Gewehr. »Dann mal los, Captain Jack. Geh mit Gott.«

Statt sie noch einmal wegen des Beutediebstahls zu verfluchen, rannte Jack los, gebückt und im Zickzack. Cash erwischte ihn mit dem zweiten Schuß. Jack stolperte über einen Felsen und fiel tot zu Boden.

»Du hast ihn erschossen!« schrie Ben. »Warum zur Hölle hast du das getan?«

»Weil er uns verfolgt hätte. Wir hätten den Rest unseres Lebens in Angst verbracht, du Idiot!«

Ben war speiübel. »Das war falsch, Cash. Du hättest es nicht tun sollen.«

»Ich weiß, daß es schwer zu verstehen ist, aber wir müssen vor allem an uns denken. Jetzt reiten wir geradewegs nach Brisbane. Auf Wildpferde können wir verzichten, weil wir reich sind.«

Er warf Djumbati das Zaumzeug eines Pferdes zu. »Ein Geschenk für deine Arbeit. Es gehört dir!«

Jumbo sah Ben an, der immer noch unter Schock stand. »Dieses Pferd meins?«

»Ja«, erwiderte Ben wie betäubt. »Geh nach Hause und nimm es mit.«

Der Aborigine schüttelte Ben dankbar die Hand. Dieser spürte den beruhigenden Druck des Revolvers in seinem Gürtel. Langsam verstand er die Warnung des Räubers.

Sie sahen Djumbati nach, der mit dem Pferd davonlief. Er versuchte nicht, darauf zu reiten. Cash lachte. »Was zum Teufel wird er damit tun?« Dann fiel ihm noch etwas ein. »Ich werde vergeßlich. War wohl alles zu viel für mich. Wir hätten Seine Lordschaft begraben sollen. Das mußt du jetzt übernehmen.«

»Du hast ihn erschossen und begräbst ihn auch«, grollte Ben.

»In Ordnung, aber ich bin nicht gerade ein Meister darin. Außerdem müßte der Platz für zwei reichen.« Seine Stimme wurde plötzlich hart. »Steig gefälligst ab.« Nun zielte er auf Ben, doch dieser verschwendete nach der Warnung des Räubers keine Zeit. Er zog den Revolver und drückte ab, doch als Antwort kam nur ein leises Klicken.

»Ich habe gewisse Vorsichtsmaßnahmen getroffen«, sagte Cash ruhig. »Du mußt verstehen, das geht nicht gegen dich persönlich. Ich mag dich. Du bist ein echter Freund.«

Ben stieg ab, während die Waffe weiter bedrohlich auf ihn gerichtet blieb. Das sollte sein Leben gewesen sein? Die Liebe und Fürsorge von Oma und Diamond, seiner wunderbaren Mutter, hatten zu nichts geführt. Die Gefängnisjahre – umsonst. Das kriminelle Verhalten des Doktors, der seine Mutter sterben ließ, würde keine Strafe erfahren. Das Schlimmste aber war der Gedanke an Diamond: Sie hatte ihn so geliebt und große Pläne für ihn geschmiedet. Hatte ihn sogar in Verlegenheit gebracht, wenn sie davon sprach, wie ihre Enkelkinder in dem Haus in Kangaroo Point aufwachsen sollten. Als er Cash O'Neill, seinen sogenannten Freund, wieder ansah, entbrannte in ihm ein ungeheurer Zorn.

Cash war klüger als Jack und hielt sich in sicherer Entfernung. »Sieh mich nicht so an, als wolltest du mich mit deinem Blick töten. Ich kenne deine Aborigine-Tricks, die ziehen bei mir nicht.«

Ben fiel die Schlange ein, die Bull Baker getötet hatte. Er versuchte, sie heraufzubeschwören. Diamond hatte Schlangen geliebt, da sie ihr Totem waren. Er starrte Cash unverwandt an und wünschte sich mit aller Kraft, eine Schlange möge seinen neuen Feind angreifen. Vielleicht von oben aus den Zweigen des Baumes.

Als nichts geschah, versuchte er, sich mit Worten zu retten. »Denk doch mal nach, Cash. Du kannst das Geld behalten. Ich habe dir nie gesagt, daß ich recht wohlhabend bin. Ich habe schon Geld, ich brauche das hier nicht. Du mußt mich doch deswegen nicht töten!«

»Das macht ja alles noch viel schlimmer. Du hast Geld, ich habe Gläubiger auf den Fersen. Selbst wenn ich die Ställe verkaufen würde, könnte ich sie nicht zufriedenstellen. Aber mit dieser Beute kann ich das ganze verdammte Ding verkaufen, die Schulden abtragen und habe immer noch mehr als genug übrig.«

»Dann mach das, ich halte dich nicht davon ab. Wie gesagt, du kannst die Beute behalten.«

Plötzlich begriff Ben, daß er sich wie Captain Jack anhörte, als er mit einem Mann verhandeln wollte, der keiner Vernunft mehr zugänglich war.

»Captain Jack wußte, daß du ihn töten würdest. Und mich hat er vor dir gewarnt.«

»War halt ein schlauer Kerl. Und wie er laufen konnte. Er

wußte, daß man bei einer solchen Beute nicht ans Teilen denkt. Der Typ, den wir in den Brunnen geworfen haben, hätte keinen Shilling davon gesehen. Jack hätte ihn rechtzeitig beiseite geschafft.«

»So wie du mich beiseite schaffen willst?«

»Hört euch das an! Hast du nicht gerade auf mich geschossen? War zwar nicht geladen, aber trotzdem.«

»Aus Notwehr!«

»Das hier ist auch Notwehr. Ich kann dich jetzt nicht laufen lassen. Weg von dem Pferd!«

Ben gehorchte. Cash bemerkte, wie er zu den Hügeln hinübersah. Dort war offenes Land, und Cash stand vor einem einsamen Baum, der die Trockenheit überlebt hatte.

»Jetzt halte bloß nicht Ausschau nach deinem Niggerfreund. Er wird mich nicht von hinten erwischen. Und für einen Speerwurf bin ich zu weit entfernt. Er muß schon aus der Deckung kommen, und dann treffe ich ihn zuerst.«

»Wenn du mich tötest, wird er dich verfolgen.«

»Mach dir doch nichts vor. Wahrscheinlich ist er längst über alle Berge. Aber ich werde die Augen offenhalten. Mit dem Pferd hole ich ihn jederzeit ein. Jetzt nimm den Spaten und fang an zu graben. Ich bleibe genau an dieser Stelle.«

Ben dachte an Widerstand, doch der brachte ihn dem Tod nur noch näher. Um überhaupt eine Chance zu haben, mußte er Zeit schinden. Ben ging zum Packpferd hinüber in der geheimen Angst, daß ihn dabei eine Kugel in den Rücken treffen könnte. Cash war schnell mit der Hand am Abzug. Er griff nach dem Spaten. Vielleicht würden Mandjala und Djumbati zurückkehren und Cash aus verschiedenen Richtungen angreifen. Andererseits war Djumbati, ein vertrauensseliger Mensch, glücklich mit seinem Pferd davongerannt. Warum sollte er umkehren und bei den weißen Männern nach dem Rechten sehen?

Außerdem hätten die Schwarzen bei einem offenen Angriff auf einen Gegner mit Schußwaffe keine Chance. Cash trug noch eine weitere Waffe an der Hüfte, die mit Sicherheit ebenfalls geladen war.

Ben bewegte sich seitwärts, während Cash ihm Anweisungen für die Aushebung des Grabes zurief. Beim Anblick von Jacks Leiche wurde ihm wieder übel. Er sah sich bereits selbst in diesem Zustand, ein nutzloses, totes Ding, und rammte den Spaten in den Boden.

Wieder versuchte er, Zeit zu gewinnen. »Der Boden ist hart wie Stein! Keine Chance zum Graben.«

Ein kaum wahrnehmbarer Schatten huschte vorbei.

Ben hörte Cash schreien. Ein furchtbarer Schmerzensschrei!

Mit Überwindung drehte er sich voll in Richtung der Gewehrmündung. Wenn er schon sterben mußte, war ein schneller Tod am besten. Doch dann entdeckte er, daß Cash in die Knie gesunken war.

Bens ganzes Sein hatte sich auf diese Gewehrmündung, die sein Leben bedrohte, konzentriert. Nun fiel es ihm schwer, seine Aufmerksamkeit davon loszureißen. Cash hielt die Waffe noch immer fest umklammert, während er langsam nach hinten sank. Blut strömte ihm übers Gesicht. Endlich kam wieder Leben in Ben, er rannte mit weichen Knien auf Cash zu. Dieser ließ schließlich doch das Gewehr fallen und stürzte endgültig zu Boden. Ben hörte sich selbst laut schreien, als stünde er neben sich.

Cashs Mund stand weit offen, ansonsten war von seinem Gesicht nichts mehr zu erkennen. Sein aufgeschlitzter Kopf war eine einzige blutende Wunde.

Ben wankte von Übelkeit geschüttelt davon.

Hinter ihm holte Mandjala seine Waffe zurück – den Bumerang. Mit einer Handvoll Blätter reinigte er die messerscharfe Holzkante, die Cashs Schädel wie einen Apfel gespalten hatte.

In der folgenden Nacht saß Ben niedergeschlagen am Lagerfeuer. Er erkundigte sich, was Captain Jack Mandjala zugerufen hatte.

»Er warnte mich, daß der Boß uns alle tötet.« – »Und du hast ihm geglaubt?«

»Er besser als dein Freund.«

Ben nickte. Ihm saß das Entsetzen über Cashs Verhalten und den Ausgang ihrer Reise noch in den Gliedern. Sie hatten beide Männer begraben, und er würde nun mit der Polizei in Mitchell, der nächstliegenden Stadt, sprechen müssen.

Ihm fielen Captain Jacks Bemerkungen ein, der gesagt hatte, er wirke noch immer wie ein Sträfling. Deshalb betrat er hocherhobenen Hauptes die Polizeiwache und sah dem Sergeant offen in die Augen. Die frühere demütige Haltung hatte er endgültig abgelegt.

Zuversichtlich gab Ben seine Version des Überfalls zu Protokoll. Der mutige Cash O'Neill hatte Captain Jack erschossen und war dann hinterrücks von dessen Komplizen getötet worden, der sich jetzt auf der Flucht befand. Um seine Geschichte zu untermauern, übergab er den Polizisten Jacks Pferd, Hut und Maske, ebenso die schwarze Jacke mit dem hohen Kragen, die schon bessere Tage gesehen hatte. Jacks Beute erwähnte Ben mit keinem Wort. Auch nicht die Rolle Mandjalas.

Offensichtlich waren die Polizisten auch viel zu aufgeregt, um auf Einzelheiten einzugehen. Die Beweise reichten aus, sie davon zu überzeugen, daß Captain Jacks Schreckensherrschaft ein Ende gefunden hatte. Sie zeigten Ben die Zeichnung auf einem Steckbrief. »Ist das der Kerl?«

»Ja«, erwiderte Ben. »Allerdings hatte er eine Narbe, auf der kein Bart wuchs.«

»Bei Gott, er hat recht!« triumphierte der Sergeant. »Vor ungefähr einem Jahr wurde er im Kampf mit einem berittenen Polizisten durch einen Säbelhieb verletzt.«

Ben bot ihnen an, sie zu den Gräbern zu führen, doch niemand in diesem Land war scharf darauf, die Leichen zu exhumieren.

»Das mit Ihrem Freund tut mir leid. Jedenfalls bekommen Sie die Belohnung.«

»Ich will sie nicht. Mr. O'Neills Eltern sind tot, aber ihm gehörten Stallungen in Brisbane. Sie sollten das Geld besser dorthin schicken. Schließlich hat Cash den Räuber erschossen, nicht ich. Das Geld sollte seinen Verwandten zugute kommen.«

»Das ist anständig von Ihnen«, entgegnete der Polizist. »Stammen Sie aus dieser Gegend, Ben?«

»Nein, bin zum ersten Mal hier. Wir waren auf der Suche nach Wildpferden für seine Ställe.«

»Verstehe. Etwas an Ihnen kommt mir bekannt vor. Aufgrund meiner Berufserfahrung vergesse ich niemals ein Gesicht. Darf ich fragen, ob Ihr Vater ein Weißer war?«

»Ja, aber ich lebe bei meiner Großmutter in Brisbane.«

»Kommt vielleicht Ihr Vater aus dieser Gegend?«

»Nicht, daß ich wüßte. Er ist schon lange tot.«

Der Sergeant nickte. »Beckman«, sagte er nachdenklich. »Kenne keine Beckmans hier im Bezirk. Müssen wohl irgend jemand ähnlich sehen. Wohin wollen Sie nun?«

»Nach Hause. Falls Sie meine Hilfe brauchen – ich besitze ein Haus am Kangaroo Point in Brisbane.« Er wollte den Eindruck eines gutsituierten Mannes erwecken. »Haben Sie noch Fragen?«

»Nein, Sie haben alles Menschenmögliche getan. Wir suchen die Gräber und machen sie kenntlich. Das ist unsere Aufgabe.«

Mandjala wartete draußen vor der Stadt auf ihn. Ben war alles losgeworden, was er nicht für die Heimreise brauchte. Cashs und Jacks Pferde hatte er bei der Polizei gelassen. Er bedankte sich noch einmal bei Mandjala und bereitete sich zum Aufbruch vor. »Leb wohl, mein Freund.« Mandjala winkte ab. »Wir treffen uns wieder«, verkündete er.

Ben hielt das für unwahrscheinlich, akzeptierte es jedoch als Höflichkeitsfloskel und Ausdruck der Zuversicht. Noch hatten die Stämme nicht allen Mut verloren.

Gut bewaffnet und mit einem Vermögen in den Satteltаschen machte sich Ben auf den langen Heimweg nach Brisbane. Beim Gedanken an Cash war er nach wie vor entsetzt und niedergeschlagen. Die Polizei hatte die Neuigkeiten vom Tod Cash O'Neills und seines mutigen Kampfes gegen Captain Jack nach Brisbane telegrafiert. So blieb Ben etwas Zeit, bis er den Angestellten und wohl auch den Verwandten gegenübertreten mußte.

Er dachte lange über die Fragen nach, die ihm der Sergeant über seinen Vater gestellt hatte. Zu Hause wurde nie von ihm gesprochen, nur vom lieben Kapitän Beckman, dem Helden, der seinen Sohn an Ruhm überstrahlte. Was war der Grund? Ein Mann sollte mehr über seinen Vater wissen. Er würde Oma fragen.

5

Gussie Beckman war der einzige Mensch, mit dem er reden konnte. Ihr erzählte er die ganze Geschichte.

Zuerst geriet sie völlig außer sich, weil Ben um ein Haar durch die Hand eines Mannes, dem er vertraute, umgekommen wäre. Ihr war das Outback immer als wilder, gefährlicher Ort erschienen, und nun sah sie ihre Vermutungen bestätigt.

Als er ihr das Bündel Geldscheine und das Gold zeigte, fiel sie beinahe in Ohnmacht. »In dem Baum, von dem Jack sprach, war nur ein geladenes Gewehr«, erklärte er ihr. »Bloß ein Trick. Aber das hatte ich erwartet. Die Beute des alten Jack reichte auch so.«

»Aber es ist nicht dein Geld, Ben«, flüsterte Oma. »Du mußt es zurückgeben.«

»Wem denn? Er war nicht dumm. Die Säckchen tragen keinen Namen. Jack hat so viele Menschen ausgeraubt, daß niemand mehr weiß, wem was gehört.«

»Du solltest es den Behörden übergeben.«

Ben lachte. »Dann könnte ich es genauso gut in den Fluß werfen. Wer weiß, in wessen Taschen es landen würde? Wahrscheinlich in denen der Beamten. Nein, das ist jetzt mein Vermögen. Ich wäre verrückt, es abzugeben.«

Oma war nicht glücklich über seine Entscheidung, mußte aber zugeben, daß sie von diesen Dingen nichts verstand. Ben würde schon nichts Falsches tun. Das mit den Beamten traf zu; schließlich hatte sie ihren Enkel mit Schmiergeldern aus dem Gefängnis freigekauft. Sie wollte nicht darüber nachdenken, sondern machte sich mit Vergnügen daran, für ihren Jungen zu kochen.

Ben lag noch etwas auf der Seele.

»Oma, ich möchte dich etwas fragen. Es geht um meinen Vater.« Sie erstarrte, doch er fuhr fort: »Ist er auch auf See geblieben?«

»Ich spreche nicht gern über die Vergangenheit, Ben«, erwiderte sie äußerlich ruhig und putzte weiter Gemüse.

»Du sprichst nicht gern über deinen Sohn? War dir dein Mann so viel wichtiger als er?«

Sie seufzte und wandte sich ihm zu. »Mein einziger Sohn ist vor Jahren in Deutschland gestorben. Er war nicht dein Vater.«

»Das wird mir allmählich auch klar. Wer war denn mein Vater, wenn nicht er?«

»Ein Mann, den Diamond oben im Norden kannte. Er war kein guter Mensch. Deine Mutter wußte, daß es besser für sie war, ohne ihn zu leben. Daher wollte sie seinen Namen nicht verraten und lieber unseren annehmen.« Gussie tröstete sich damit, daß es nur eine Notlüge war. Ben brauchte dringend ein normales Leben ohne weitere Komplikationen, mehr als je zuvor. Auf keinen Fall durfte er den Namen dieses schrecklichen Mannes erfahren, der ganz in seiner Nähe lebte.

»Wann hat sie ihn zum letzten Mal gesehen?«

»Ach, das ist lange her, noch bevor du geboren wurdest. Eines Tages wollte sie dir von ihm erzählen, doch das hat sie nicht mehr geschafft. Ist auch besser so, Ben.«

»Mag sein.« Oma hatte recht. Der weiße Mann hatte seine Mutter vermutlich im Stich gelassen, was bei Aborigine-Frauen nicht selten geschah. Warum also sollte er sich nun über ihn den Kopf zerbrechen? Oder überhaupt an ihn denken? Enttäuschung verspürte er eigentlich nicht. Zudem gab es wichtigere Dinge zu besprechen.

»Morgen gehe ich zu den Ställen und rede mit den Leuten. Ich weiß nicht, wem sie jetzt gehören. Doch der neue Besitzer wird dank Cashs Glücksspiel jedenfalls nichts als Schulden erben.«

»So eine Schande«, sagte Oma, erleichtert über den Themenwechsel.

Der Blick von der Klippe auf den Fluß faszinierte Ben nach wie vor und zog ihn immer wieder an. Er wurde es nie müde, dort hinunterzuschauen, so wie sich andere nicht am Meer satt sehen können oder das Geräusch des Regens lieben. Eben dieser Fluß hatte ihn auch zu den Steinbrüchen und wieder zurückgeführt. Verglichen mit der entsetzlichen letzten Begegnung mit Cash O'Neill schien das monotone Unglück seiner Zeit als Sträfling zu verblassen.

Eigentlich hätte er Cash hassen müssen, doch Ben trauerte um ihn, betrauerte den Tod einer Freundschaft. Er hatte ihn gern gehabt. Doch so lief es wohl mit Betrügern wie Cash; sie gaben sich liebenswert, denn das gehörte zum Geschäft. War es ihm nicht selbst in Mitchell durch seine außergewöhnliche Beredsamkeit gelungen, die Sache mit den beiden Männern so günstig darzustellen? Ben fühlte sich reifer. Die Steinbrüche hatten ihm Körperkraft verliehen, doch aus der Zeit mit Cash behielt er etwas Wertvolleres zurück: Selbstvertrauen. Und die eiserne Entschlossenheit zum Erfolg.

Oma saß in ihrem Korbsessel auf der Veranda und bot ein Bild stiller Zufriedenheit. Ihre Augen hatten sich verschlechtert, so daß sie nicht mehr bei Lampenlicht nähen konnte. Nun beschloß sie jeden Tag auf diese friedliche Weise.

Ben zog sich einen Stuhl heran. »Wenn ich das neue Haus baue, bekommst du eine größere Veranda mit einem schöneren Ausblick.«

»Warum solltest du ein neues Haus bauen?« fragte Gussie. »Dieses genügt doch vollkommen.«

»Es ist zu klein. Ich möchte, daß du ein wirklich schönes Haus mit einem richtigen Eßzimmer und großen Salons hast. Ein eigenes geräumiges Schlafzimmer mit Veranda, nicht so ein winziges Zimmerchen wie jetzt.«

»Und was soll mit diesem Haus geschehen?«

»Wir reißen es ab.«

»O Ben. So eine Geldverschwendung. Was sollen wir mit

einem großen Haus anfangen? Ich müßte nur den ganzen Tag putzen.«

»Keineswegs, du bekommst ein Hausmädchen. Und eine Köchin. Das hast du wirklich verdient.«

»Eine Köchin!« rief sie entsetzt. »Ich will keine fremden Mädchen in meiner Küche haben!«

Ben beschloß, das Thema eine Weile ruhen zu lassen. »Wie gesagt, ich gehe morgen zu den Ställen. Die Leute dort wundern sich sonst, daß ich mich nicht blicken lasse.«

»Ja, du hast recht. Und ich möchte mitkommen, um mein Beileid auszusprechen. Vergiß nicht, daß Mr. O'Neill – Gott sei seiner Seele gnädig – immerhin zur Beerdigung deiner Mutter gekommen ist.«

»Gut. Wir gehen zusammen hin. Oma, du darfst aber bitte nicht vergessen, daß Cash in ihren Augen als Held gestorben ist. Denk bitte daran.«

»Ich werde es nicht vergessen. Sonst werden sie noch trauriger.«

Die Stallungen waren geöffnet, wirkten jedoch ziemlich verlassen. Rod Callaghan machte sich Sorgen. »Bis Cash fortging, wußte ich nicht, daß das Unternehmen bankrott ist. Kein Geld auf der Bank; die Stallgebühren haben gerade die Futterkosten gedeckt, nicht aber unsere Gehälter. Jetzt sind nur noch der alte Dennis und ich übriggeblieben. Die anderen mußte ich entlassen.«

»Wie steht es mit dem Verkauf der Pferde?« erkundigte sich Ben.

»Die drei letzten wurden verkauft. Für neue Tiere ist kein Geld mehr da.« Er schaute Ben an. »Der Laden geht den Bach runter. Ich sage Ihnen, es war ein trauriger Tag, an dem Cash die Sattlerei geschlossen hat. Die brachte das eigentliche Geld. Viele Leute kamen her, denen wir die Pferde zeigen konnten, die zum Verkauf standen. Gleichzeitig sahen sie, wie gut die Tiere in den Mietställen untergebracht waren.«

Rod wandte sich entschuldigend an Mrs. Beckman. »Tut mir leid, Ma'am. Ich sollte Sie nicht so in der Sonne stehen lassen. Kommen Sie ins Büro auf eine Tasse Tee.«

Er holte Tasse und Untertasse für Gussie, die aufrecht mit ihrem schwarzen Hut und passenden Handschuhen auf ihrem Stuhl saß. Rod kehrte mit einem Teekessel zurück und entschuldigte sich, daß er Gussie keine Milch dazu anbieten konnte.

»Danke, es ist gut so«, beruhigte sie ihn, als er für sich und Ben zwei Emaillebecher mit Tee füllte. »In diesem Klima finde ich schwarzen Tee pur viel durstlöschender.«

»Das stimmt, Ma'am. Es war nett von Ihnen, herzukommen. Ich habe Dennis zu Kathleen geschickt, damit sie erfährt, daß Sie beide hier sind.«

»Wer ist Kathleen?«

»Nun ... sie ist Cashs Schwester. Die letzte, die von der Familie übriggeblieben ist. Sie hat von der Polizei erfahren, daß ihr Bruder umgebracht wurde, und nun sitzt das arme Mädchen ganz allein zu Haus. Aber sie hält sich tapfer. Wir haben für Cash eine Messe in der St. Joseph's Church lesen lassen. Es sind erstaunlich viele Leute gekommen. Sie betrachten ihn natürlich als Helden; der arme Junge ist zu einer Berühmtheit geworden. Das hätte ihm bestimmt gefallen!«

Während sie auf Kathleen warteten, erkundigte sich Rod nach Cashs Heldentaten. Entgegenkommend wiederholte Ben die gleiche Geschichte, die er auch der Polizei erzählt hatte. Gussie saß schweigend da und betrachtete das unordentliche Büro. Auf dem Schreibtisch lagen Papiere verstreut; die Wände waren mit Fotografien und Pferdezeichnungen geschmückt.

Endlich tauchte Kathleen O'Neill auf. Sie war sehr klein, sah Cash ansonsten jedoch so ähnlich, daß Ben schlucken mußte. Die dunkle Kleidung stand ihr gut und betonte die schönen dunklen Augen mit den langen Wimpern, denen jedoch das fröhliche Funkeln ihres Bruders fehlte. Sie hatte elfenbeinfarbene Haut, und schwarze Locken quollen unter ihrer Haube hervor. Der Schwung ihrer roten Lippen erinnerte ebenfalls an Cash.

Gussie stand auf und ergriff ihre Hand. »Meine Liebe, es tut mir so leid. Ich möchte Ihnen mein Beileid ausdrücken. Ich bin Mrs. Beckman, dies ist mein Enkel Ben, der mit ihrem Bruder zusammen unterwegs war.«

Ben kondolierte ebenfalls. Nachdem sich Kathleen in einem Sessel niedergelassen hatte, herrschte ein unangenehmes Schweigen.

Im Gegensatz zu Callaghan wollte Cashs Schwester keine weiteren Einzelheiten der Tragödie hören. Sie wiederholte nur, was Rod schon gesagt hatte. »Es ist sehr nett von Ihnen, herzukommen. Gut zu wissen, daß Cash solche Freunde besaß.«

»Sie bekommen die Belohnung für die Ergreifung des Räubers«, erklärte Rod. »Ben will sie nicht annehmen.«

»Vielen Dank«, erwiderte sie teilnahmslos.

»Ich hoffe, wir kommen nicht ungelegen«, meinte Ben. »Cash und ich haben dort draußen Wildpferde gefangen und sie für dreihundert Pfund verkauft...«

»Waren die Räuber hinter diesem Geld her?« fragte sie.

»Ja. Wahrscheinlich hatten sie in der Stadt davon gehört und sind uns gefolgt.«

»Und er ist wegen des Geldes gestorben. Warum hat er es ihnen nicht gegeben?«

»Das wünschte ich auch, ganz ehrlich. Wenn ich gewußt hätte, wo es versteckt war, hätte ich es ihnen selbst gegeben.«

Kathleen stand auf und gab Gussie die Hand. »Ich muß mich jetzt verabschieden, habe viel zu tun. Nochmals vielen Dank für Ihren Besuch, Mrs. Beckman. Es war sehr nett von Ihnen.«

»Ben hat das Geld mitgebracht«, sagte Rod in dem Versuch, sie aufzuheitern, »den Erlös von den Wildpferden. In der Schublade dort liegen dreihundert Pfund.«

Sie sah Ben kalt an. »Ich nehme an, Sie haben die Pferde gemeinsam gefangen.«

»Ja«, antwortete Ben, »war auch viel Arbeit in diesem trokkenen Land.«

Sie öffnete die Schublade und zählte die Geldscheine. Die Hälfte davon gab sie Ben. »Das ist Ihr Anteil, Mr. Beckman. Ich nehme keine Almosen.«

»Ich wußte nicht einmal, daß Cash eine Schwester hatte«, sagte Ben auf dem Heimweg. »Er hat sie nie erwähnt.«

»Manche Männer sind eben so. Reden nicht über ihr Privatleben. Scheint aber ein nettes Mädchen zu sein. Und so vernünftig. Was soll nun aus ihr werden?«

»Da würde ich mir keine Sorgen machen. Sie hat sicher eine Menge Freunde.« – »Aber kein Geld.«

Er grinste. »Sie sieht gut aus. Wahrscheinlich wartet schon irgendwo ein Ehemann auf sie.«

»Männer! Ihr denkt immer, ihr wärt die Antwort auf die Gebete junger Mädchen.«

»Sind wir das denn nicht?« lachte Ben.

»Selten. Und für ein Mädchen in ihrer Lage seid ihr manchmal eine Tragödie.«

Er wirkte überrascht. »Wieso?«

»Weil ihre Wahlmöglichkeiten begrenzt sind.«

Als sie nach Haus kamen, nahm Gussie den Hut ab und rief Ben zu: »Komm in die Küche, ich muß mit dir sprechen.«

»Worüber denn?«

»Diese Ställe. Du solltest sie kaufen.«

»Warum? Weil das Mädchen dir leid tut? Ich möchte mein Geld nicht zum Fenster hinauswerfen. Das Unternehmen ist ein Faß ohne Boden.«

»Mit Miss O'Neill hat das nichts zu tun. Du weißt, daß ihr Bruder das Geschäft ruiniert hat. Aber zur Zeit seines Vaters liefen die Ställe gut. Das hast du selbst gesagt und Mr. Callaghan auch. Du solltest sie kaufen, auf Vordermann bringen und die Sattlerei wieder eröffnen. Suche seine früheren Arbeiter und hole sie zurück.«

»Ich weiß nicht, Oma, ich glaube, da ist nichts mehr zu retten.«

»Was willst du denn sonst tun? Du bist zu jung, um den ganzen Tag hier herumzusitzen. Allein das Land wird eine Menge wert sein, wenn sich die Stadt ausbreitet. Du würdest dich wundern, wie schnell die Städte heutzutage wachsen.«

Um ihr eine Freude zu machen, dachte Ben darüber nach. Am nächsten Morgen war er soweit, daß ihm die Idee gar nicht mehr so schlecht erschien.

»Es gibt da nur ein Problem«, erklärte er Oma. »Ich kann nicht plötzlich als reicher Mann auftreten. Die Beute von Jack kann ich nicht dafür verwenden, das würde nur Verdacht erregen.«

»Darüber habe ich auch nachgedacht. Gott sei Dank hat dir deine Mutter dein Erbe durch mich vermacht. Ich kaufe die Ställe auf meinen Namen über Mr. Mantrell, unseren Anwalt.«

»Ich werde es dir zurückerstatten«, sagte er, doch Oma lachte nur. Seit Diamonds Tod hatte er sie nicht mehr so aufgeregt und glücklich erlebt.

»Sei nicht albern, du kannst mir nichts zurückerstatten, was dir von Rechts wegen gehört. Ich komme mir vor wie eine Verschwörerin. Wenn du zusätzliches Kapital brauchst, um die Stallungen wieder auf die Beine zu bringen, kannst du ja deine heimliche Reserve anbrechen. Wir erwähnen sie nicht mehr, es ist einfach nur unsere Privatbank.«

Ben lächelte. »Oma, langsam wirst du ein richtiges Schlitzohr.«

Gussie sah ihn ernst an. »Das Leben hat dir schreckliche Schicksalsschläge versetzt. Zeit, daß du ein bißchen Glück hast. Ich weiß nicht, ob das schmutziges Geld ist oder nicht, aber eines erwarte ich von dir: Du mußt vergessen, was war, und ehrliche Arbeit leisten. Den Namen Cash O'Neill will ich nie wieder aus deinem Munde hören. Wenn du die Ställe kaufst, wirst du sie unter dem Namen Beckman führen.«

»Er will die Ställe kaufen?« erkundigte sich Kathleen bei Rod. »Wo will er das Geld hernehmen? Er war nur ein Stallbursche und hat anscheinend im Gefängnis gesessen.«

»Das Angebot stammt von Mrs. Beckman«, erklärte Rod. »Sie lebt oben in Kangaroo Point und scheint ziemlich wohlhabend zu sein.«

»Aber er hat doch keine Ahnung von unserem Geschäft«, hielt Kathleen dagegen.

»Na und? Wenn er die Ställe erst einmal gekauft hat, ist das nicht mehr unser Problem.«

»Nein. Sie gehören mir. Ich werde sie so führen, wie Vater es getan hat. Keine kostspieligen Rennpferde mehr. Ich kann sie wieder auf Vordermann bringen; sie werden Geld abwerfen.«

Er schüttelte den Kopf. »Kathleen, wenn du nicht verkaufst, wirst du auch noch das Haus verlieren. Cash hat auch darauf eine Hypothek aufgenommen.«

Sie war schockiert. »Wie konnte er das tun? Vater hat es schließlich uns beiden hinterlassen.«

»Ich weiß es nicht. Wir werden es nie verstehen, was Cash im einzelnen getrieben hat, bevor wir nicht die wachsende Liste seiner Gläubiger durchgehen. Er schuldet einfach jedem Geld. Du mußt schnell verkaufen, und dies ist unser einziges Angebot.«

»Dieser Ben Beckman muß sich köstlich über uns amüsieren! Praktisch über Nacht vom Stallburschen zum Besitzer!«

»Ich glaube nicht, daß er uns auslacht, meine Liebe. Er ist ein netter Kerl.«

»Wenn er so ein netter Kerl ist, kann er ja einen Anteil am Geschäft erwerben. Dann haben wir genügend Geld, um die drückendsten Schulden zu bezahlen und einen Neuanfang zu wagen.«

»Keine Chance. Das habe ich ihm bereits vorgeschlagen, aber er ist an einer Partnerschaft nicht interessiert.«

»Einer Partnerschaft mit einer Frau, nehme ich an?«

»Keine Ahnung. Er hat den Lageplan der Ställe und des angrenzenden Landes gesehen, und genau das möchte er jetzt kaufen.«

»Und was soll ich tun? Zu Hause sitzen und zusehen, wie alles, was mein Vater aufgebaut hat, in fremde Hände fällt?«

»Ich sage dir doch, in diesem Fall behältst du wenigstens dein Haus und hast noch etwas Geld übrig. Wenn es dich so stört, kannst du das Haus ja an jemand anderen verkaufen und wegziehen.«

»Niemals!« rief sie aufgebracht. »Dies ist mein Zuhause. Hier bin ich geboren.«

»Ich gebe es auf, Kathleen. Ich lasse dir diese Papiere hier, und du entscheidest, ob du unterzeichnest oder nicht. Es liegt ausschließlich bei dir.«

»Und du wirst vermutlich für ihn arbeiten. Dennis auch?«

»Ich bitte dich, Kathleen. Du solltest uns nicht wie Verräter behandeln! Wir haben unser Bestes getan und brauchen Arbeit. Bezahlte Arbeit.«

Einige Wochen später entdeckte sie zu ihrer Entrüstung ein neues Schild mit der Aufschrift: »Beckmans Mietstallungen.«

»Wenn du den Namen aufgibst, gibst du deinen Kundenstamm auf«, sagte sie zu sich.

Doch es kam anders. Sie verkauften mehr Pferde als erwartet und stellten neue Mitarbeiter für die eleganten, von Cash in seiner verschwenderischen Art errichteten Ställe ein.

Dann entdeckte Kathleen auf dem freien Gelände, das als Trainingsstrecke für Cashs Rennpferde gedient hatte, eine Baustelle. Wütend stürmte sie in Bens Büro.

»Was bauen Sie da? Gleich neben meinem Haus?«

»Eine Sattlerei«, erwiderte er abweisend. »Ihr Vater hatte den richtigen Riecher. Man braucht noch immer gute Sättel.«

»Ich will keine Fabrik neben meinem Haus. Setzen Sie das Ding gefälligst woanders hin.«

»Das geht nicht, Miss O'Neill. Wenn Sie jedoch Ihr Haus verkaufen möchten – ich könnte mehr Platz gebrauchen.«

»Sie wollen mich nur ärgern«, zischte sie zurück. »Ich kann nicht verstehen, was Cash an Ihnen gefunden hat.«

Diese Beleidigung traf ihn tief. »Das geht mir umgekehrt genauso!« erwiderte er wütend, als sie zur Tür hinaussegelte.

Ben fand sich jeden Morgen um fünf Uhr in den Ställen ein. Er beschäftigte inzwischen sieben Angestellte, da das Unternehmen gut lief. Die Stallungen waren makellos sauber, die Pferde gut genährt. Bei der Durchsicht der Bücher hatte Ben festgestellt, daß die Gebühren noch aus Mr. O'Neills Tagen stammten und den steigenden Kosten nicht angepaßt worden waren. Ben hatte die Mieten daher in einem Maße erhöht, das ihm gute Gewinne sicherte, und kein einziger Kunde beschwerte sich.

Die Sattlerei war beinahe fertiggestellt. Ben hatte ganz Brisbane nach den besten Arbeitern durchkämmt. Kathleen O'Neill mißbilligte noch immer die Fabrik neben ihrem Haus. Daher hatte er einen hohen Zaun errichtet, um die Grundstücke voneinander zu trennen, was sie ein wenig beschwichtigte. Zumindest ignorierte sie ihn nicht mehr, wenn er im Vorübergehen den Hut lüftete, und schenkte ihm ein Nicken. Ben wollte um jeden Preis den Frieden bewahren.

Weil Oma darauf bestand – es sollte schließlich als Visitenkarte dienen –, hatte Ben das kleine Büro ausgeräumt, anstreichen lassen und neu möbliert. Viel Zeit verbrachte er allerdings nicht darin, da er es vorzog, draußen mit seinen Männern zu arbeiten oder die Pferde auf der Koppel zu bewegen. Außerdem hatte er noch andere konkrete Pläne. Keine Hirngespinste wie die Jagd auf Wildpferde. Er dachte daran, nach der Fertigstellung der Sattlerei weitere Räumlichkeiten zu erwerben und auch Lederwaren zu produzieren. Ben hatte entdeckt, daß im Geschäftsleben eine Idee zur nächsten führte, und war entschlossen, eine Menge Geld zu verdienen. Er grinste vor sich hin. Diamond hatte ihm glücklicherweise einen guten Start ermöglicht, und Captain Jack verdankte er auch nicht gerade wenig. Nun aber mußte er beweisen, daß er selbst erfolgreich sein und das Kapital verdoppeln und verdreifachen konnte.

Es enttäuschte ihn nur, daß Oma ihm einfach nicht erlauben wollte, das Haus abzureißen und ein moderneres Heim zu bauen, das Somerset House in den Schatten stellte. Ben dachte an ein dreistöckiges Gebäude mit überwältigendem Ausblick – auf den Fluß und hinunter in die Gärten der Thurlwells.

Es war erst halb acht, doch draußen unterhielt sich bereits eine Frau mit einem Stallknecht. Die Stimme kam Ben irgendwie bekannt vor.

Er setzte den Hut auf und ging hinaus. Dort stand eine kleine Frau mit der sonnengebräunten Haut der weißen Buschbewohner. Sie trug eine Wolljacke über einem karierten Hemd, ausgebeulte Moleskinhosen und Reitstiefel. Die meisten Frauen, die im Herrensitz ritten, trugen hochgeschlitzte Röcke, doch für diese Dame stand wohl Bequemlichkeit an erster Stelle.

Sie lächelte ihn an. »Sie müssen der neue Besitzer sein. Mr. Beckman?«

»Ja«, erwiderte er freundlich. »Was kann ich für Sie tun?«

»Ich bin Mrs. Buchanan. Mein Mann hat seine Pferde hier untergestellt. Ihr Stallbursche sattelt mir gerade Talleyman.«

Ben seufzte. Ihr Mann war dem Vernehmen nach Politiker und galt als arroganter Kerl, doch von Pferden verstand er etwas. Das Leben im Busch hatte ihn mehr geprägt, als er zugeben wollte. Talleyman war ein starker, eigenwilliger Hengst. Ben wollte der Dame ein anderes Tier empfehlen, besann sich dann aber eines Besseren. Sie sah aus, als wüßte sie genau, was sie vorhatte.

»Gracie brauche ich ebenfalls«, erklärte Mrs. Buchanan. »Ich erwarte noch eine Freundin zum Reiten.«

»Das ist gut«, sagte er. »Gracie ist schon länger nicht geritten worden, aber ich halte sie in Form.«

»Das freut mich, Mr. Beckman.« Sie ging über den gepflasterten Hof, der noch feucht war von der morgendlichen Reinigung, und spähte in einen randvollen Pferdetrog. Mit diesem Wasser wurde der Hof saubergehalten.

»Was würde ich nicht darum geben, Wasser verschwenden zu können«, sagte sie nachdenklich.

Ben war irritiert. »Halten Sie das für Verschwendung?«

»Du lieber Himmel, nein, es ist nur ein solcher Luxus. Ich komme aus dem Westen, und die Dürre dort ist der reinste Alptraum.«

Phoebe traf in ihrem Wagen ein. Sie stieg aus und teilte dann dem Kutscher mit, daß sie nur eine Stunde bleiben würde. Sie rückte die Reitkappe zurecht, zupfte an ihrer blauen Samtjacke und schüttelte den schweren Rock.

Phoebe eilte durchs Tor und entdeckte Clara, die im Hof stand und sich mit einem großen, sonnengebräunten Mann unterhielt. Bewundernd betrachtete sie den »gutaussehenden Burschen«, ihr höchstes Lob für einen Mann. Er hatte breite Schultern, starke Arme mit aufgerollten Hemdsärmeln, eine schmale Taille und trug dunkle Reithosen, die in hohen Stiefeln steckten.

Bevor sie den interessanten Fremdling begrüßte, löste sie ihr blondes Haar ein wenig im Nacken, um besser auszusehen, und reckte keck das Kinn empor.

Bei näherem Hinsehen bemerkte sie, daß seine Hautfarbe nichts mit Sonnenbräune zu tun hatte. Eine gewisse Enttäuschung, trotzdem ein attraktiver Mann!

»Da bist du ja«, rief ihr Clara zu. »Gracie wird gerade gesattelt.« Ihr eigenes Pferd wurde herbeigeführt, und Clara lief eifrig zu ihm hin. »Talleyman, wie geht's. Ist er nicht schön?« Dann drehte sie sich halb um und sagte: »Miss Thurlwell, Mr. Beckman, der neue Besitzer.«

Er hatte schöne braune Augen, die Phoebe intensiv anblickten, und sagte mit wohlklingender Stimme: »Sehr erfreut, Miss Thurlwell.«

Jetzt wußte sie, wer er war! Es mußte dieser Junge von früher sein. Was mochte sein Lächeln bedeuten? Erkannte er sie wieder, oder lächelte er aus reiner Höflichkeit? Phoebe war verwirrt. Vielleicht irrte sie sich. Aber er hatte sie so liebevoll angeschaut – wie ein freundlicher Verwandter ein kleines Mädchen ansieht, das er lange nicht gesehen hat. Aber – o nein! Er hatte im Gefängnis gesessen! Sie konnte unmöglich mit diesem Mann flirten.

Phoebe schoß davon. Ben unternahm keinen Versuch, ihr zu folgen. Ein Stallknecht half ihr in den Sattel. Clara saß bereits auf Talleyman, hielt ihn im Zaum, tätschelte ihn und sprach mit dem Tier wie mit einem alten Freund, bis auch Phoebe aufsaß. Als sie davonritten, schaute sich Phoebe nicht um.

Zuerst hatte Ben sie nicht erkannt, freute sich dann aber aufrichtig, sie wiederzusehen. Das schlaksige Mädchen war zu einer schönen jungen Frau geworden. Gegen sie persönlich hatte er nichts, aber ihren Eltern konnte er nicht vergeben. Doch ihn verletzte der Ausdruck der Enttäuschung in ihrem Gesicht; als Clara seinen Namen nannte, hatte es ausgesehen, als habe jemand das strahlende Lächeln von Phoebes Gesicht gewischt. Sie war offensichtlich peinlich berührt gewesen, wahrscheinlich zu Recht. Als Nachbarin kannte sie seine Lebensgeschichte, wußte auch von der Zeit im Gefängnis. Er hatte sich nie bemüht, dies zu verbergen.

Oma hatte erklärt: »Du mußt den Kopf oben tragen, Junge. Stehe zu deiner Vergangenheit. Je mehr man versucht, etwas zu verstecken, desto mehr bemühen sich andere, es aufzuspüren.«

Er lächelte und fragte sich, wann sie aufhören würde, ihn Junge zu nennen. Heute abend konnte er ihr Neuigkeiten berichten. Phoebe Thurlwell war jetzt seine Kundin!

Oma hatte erzählt, daß das Mädchen nett zu ihr gewesen war und gelegentlich kleine Geschenke gebracht hatte, nun aber schon länger nicht mehr gekommen war. »Das gesellschaftliche Leben ist wichtig für junge Damen.«

Um Phoebe nicht in Verlegenheit zu bringen, hielt sich Ben im Hintergrund, als sie mit Clara von ihrem Ausritt zurückkehrte. Allerdings fragte er sich, ob Phoebe Mrs. Buchanan gegenüber ihre Bekanntschaft erwähnt hatte. Oder, was schlimmer war, sein Vorleben. Vielleicht würden die Buchanans ihre Pferde nun in anderen Ställen unterbringen. Finanziell wäre das nicht weiter tragisch, denn seine Warteliste neuer Kunden war lang.

Phoebe erwähnte Ben Clara gegenüber nicht. Sie ritten durchs offene Land statt über den beliebten Reitweg am Fluß und sprachen über dies und jenes.

Als Phoebe an diesem Abend auf ihrem Balkon saß, spürte sie, daß Ben jetzt dort unten in seinem Haus war. Wahrscheinlich schlief er friedlich, während sie hier saß, verstört und vollkommen aus dem Gleichgewicht geworfen. Es war aber auch zu ärgerlich. Egal, wer er war, sie hätte gute Manieren beweisen und einfach sagen sollen: »O ja, wir kennen uns«, oder etwas in dieser Art. Doch sie hatte geschwiegen und war davongelaufen. Ihm konnte nicht entgangen sein, daß ihr die Begegnung peinlich war. Wie schrecklich! Sie würde nie wieder auch nur einen Fuß in diese Ställe setzen.

Sie fragte sich, ob ihr Schweigen Ben verletzt hatte. Allerdings hätte er ja auch etwas sagen können oder fragen, ob sie tatsächlich seine Nachbarin war.

Nein, genau das konnte er nicht. Es lag nicht bei ihm, offen zu sprechen. Vielleicht hielt er sie jetzt für eine dieser hochnäsigen Damen der Gesellschaft.

Clara hatte erwähnt, daß sie den neuen Besitzer sympathisch fand, ohne dabei auf seine Hautfarbe einzugehen. Aber draußen im Busch war sie auch an den Umgang mit Schwarzen und Mischlingen gewöhnt.

Phoebe setzte sich ruckartig auf. War Ben etwa ein Halbblut? Als Kind hatte sie nie darüber nachgedacht. Kein Wunder, daß ihre Mutter ihn nicht als Nachbarn akzeptieren wollte. Phoebe schmunzelte. Lalla würde einen Anfall bekommen, wenn sie herausfand, daß aus dem Jungen von nebenan nicht nur ein gutaussehender Mann, sondern der Besitzer der besten Ställe von Brisbane geworden war. Das erschien ihr überhaupt interessant: Woher hatten arme Leute wie die Beckmans das Geld, um dieses Geschäft zu kaufen? Egal. Sie beschloß, mit einem guten Buch zu Bett zu gehen und Ben Beckman um Himmels willen zu vergessen.

»Schon so zeitig auf, Miss?« Biddy sah überrascht, daß Phoebe zu so früher Stunde die Treppe herunterkam.

»Ja. Jemand soll den Wagen holen. Mrs. Buchanan hat mich wieder zum Reiten gebracht, gar keine schlechte Idee. Jetzt ist die beste Tageszeit dafür. Später wird es viel zu heiß.«

»Sehr vernünftig, Miss. Möchten Sie vorher frühstücken?«

»Ich hole mir Tee und Toast aus der Küche. Du rufst den Wagen.«

Sie hatte nicht gelogen. Falls ihre Mutter nach ihr fragen sollte, sah es aus, als sei sie mit Clara zu den Ställen gefahren. Da war doch nichts dabei. Der Ritt gestern hatte ihr Spaß gemacht, das wollte sie wiederholen. Wen interessierte es schon, wem die Ställe gehörten? Außerdem brauchten die Pferde Bewegung, das hatte Clara auch gesagt.

Diesmal erkannte sie der Stallknecht und eilte davon, um Gracie zu holen. Vom Besitzer war nichts zu sehen – weder jetzt noch eine Stunde später, als Phoebe zurückkehrte. Der Ausritt allein am Fluß entlang war schön gewesen.

Am Tag darauf kam Clara wieder mit, holte die Pferde und brachte sie später den Stallknechten zurück. Es gab keinen Grund, mit dem Besitzer zu sprechen.

»Durch dich habe ich mich wieder daran gewöhnt«, sagte Phoebe zu Clara. »Ich werde jetzt öfter ausreiten.«

»Das freut mich. Vor Weihnachten habe ich nicht mehr viel Zeit, und danach fahren wir nach Hause.«

»So bald schon? Ich werde dich vermissen. Die meisten Leute vom Land bleiben viel länger.«

»Würden wir auch, aber die Dürre ist so schlimm, daß wir dauernd die Weideplätze wechseln müssen, um Wasser für das Vieh zu finden. Und Futter.«

Nach Claras Heimkehr ritt Phoebe jeden Tag allein aus. Ben bemerkte sie natürlich. Manchmal nickte er ihr zu, wenn sie das Pferd zum Tor hinausführte. Sie kam ihm wie ein einsamer Mensch vor. Er erinnerte sich an das kleine Mädchen, das so oft allein in dem riesigen Garten gespielt hatte. Dann fiel ihm Phoebes Vater ein. Der sollte es wagen, hier aufzutauchen! Ein paar Steinchen unter dem Sattel würden ihm einen herrlichen Ausritt bescheren.

Eines Morgens kehrte sie hinkend mit dem Pferd zurück. Ben ging ihr entgegen.

»Miss Thurlwell! Was ist passiert?«

»Ich bin hinuntergefallen«, erwiderte sie gereizt. »Ein Mann tauchte mit einem Fahrrad aus dem Nichts auf. Direkt vor Gracies Nase. Sie scheute und warf mich ab. Solche Leute sollte man einsperren.«

»Haben Sie sich verletzt?«

»Nein. Nur meine Hände sind zerkratzt, und hier ist eine Schramme an meinem Ellbogen, aber ansonsten bin ich noch ganz.«

»Vielleicht sollten Sie in Zukunft mit einem Stallknecht ausreiten.«

»Nicht nötig«, schnappte sie.

»Na gut. Dort wartet Ihr Wagen. Ich bringe Gracie in den Stall zurück. Sie freut sich schon immer auf Ihren Besuch und steckt ungeduldig den Kopf aus der Box. Scheint zu wissen, an welchen Tagen Sie kommen.«

»Wirklich?« freute sich Phoebe und tätschelte das Pferd. »Braves Mädchen. Ich bin froh, daß dich der schreckliche Mann nicht verletzt hat.« Dann fiel ihr der wartende Wagen ein. »Es ist spät. Bitte entschuldigen Sie mich.«

Auf dem Heimweg kam sie sich albern vor. Sie war tatsächlich zum Wagen gelaufen! Dachte er, sie liefe vor ihm davon? Sie sollte wirklich nicht mehr in diese Ställe gehen, zumal das Ausreiten ohne Clara langweilig wurde. Doch nach Bens Worten fühlte sie sich auf einmal verantwortlich für das Pferd, als leide es unter ihrer Abwesenheit. Gracie war nicht ihre Stute. Sie gehörte den Buchanans, die Phoebe immer ihre Pferde zur Verfügung gestellt hatten, weil Somerset House keine Ställe besaß. Die Kutschpferde der Thurlwells waren im Kutscherhaus am Ende der Straße untergebracht.

Vielleicht sollte sie immer seltener kommen und das Pferd sozusagen langsam entwöhnen. Doch wie üblich stellte sich Phoebe am nächsten Morgen wieder in den Stallungen ein.

Als sie sich zum Ausritt fertigmachte, tauchte Beckman höchstpersönlich auf einem großen Braunen auf. »Ich dachte, ich begleite Sie besser, falls Gracie noch unruhig ist.«

»Das ist nicht nötig. Es wird schon gehen.«

»Wenn ich ein Stück zurückbleiben soll, müssen Sie es nur sagen.«

»So habe ich es nicht gemeint.« Sie fühlte sich unsicher. Er sah so attraktiv aus, wie er da saß und auf ihre Entscheidung wartete, daß ihr die Worte fehlten.

Schließlich zuckte sie die Achseln. »Also gut. Können wir in Richtung Breakfast Creek reiten?«

»Sicher, wohin Sie wollen.«

Sie ritten schweigend nebeneinander her, bis Phoebe es nicht länger aushalten konnte. »Darf ich Sie etwas fragen?«

»Nur zu.«

»Sind Sie Ben Beckman von nebenan?«

»Volltreffer!« erwiderte er lachend.

»Warum haben Sie das nicht schon früher erwähnt?«

»Warum haben Sie nicht schon früher gefragt?«

»Ich wollte nicht fragen.«

»Na bitte.«

Phoebe wunderte sich über sein Selbstbewußtsein angesichts seines Vorlebens. Sie fühlte sich in der Defensive und ging zum Angriff über: »Sie haben unsere Scheiben eingeworfen!«

»Und teuer dafür bezahlt«, erwiderte er gleichmütig.

»Ja. Tut mir leid.«

»Nicht doch. Es ist nicht Ihr Problem.«

Schweigen, dann fragte er: »Erinnern Sie sich noch an die Schlange?«

»Die Sie bedrohte, als Sie auf der Klippe waren? Wie könnte ich die vergessen? Ich hatte solche Angst!«

»Nicht halb soviel wie ich. Wenn Sie nicht meine Mutter gerufen hätten, wäre ich wohl tot.«

Bei der Erwähnung seiner Mutter wurde Phoebe unruhig. Sie erinnerte sich an die Nacht, in der Ben schreiend in ihr Haus gekommen war und ihren Vater um Hilfe angefleht hatte. Die Nacht, in der seine Mutter gestorben war.

»Ich bekam Ärger, weil mein Kleid zerrissen war«, sagte sie geistesabwesend.

Die Unterhaltung tröpfelte dahin. Es gab offensichtlich Tabus. Am Breakfast Creek stiegen sie ab und ließen die Pferde trinken. Dann führten sie die Tiere über einen Weg, der an der Grenze des ehemaligen Gouverneurssitzes entlanglief.

»Es ist schön hier. Diesen Weg kannte ich gar nicht«, meinte Ben.

»Wahrscheinlich befinden wir uns auf Privatbesitz. Stört Sie das?«

»Solange niemand auf uns schießt.«

Auf dem Heimweg fand Phoebe ein unverfängliches Gesprächsthema. Die Ställe. Ben war stolz auf seine Firma und erklärte ihr, daß er auch die Sattlerei bald wieder eröffnen würde. Ihre Gesellschaft gefiel ihm. Phoebe war zu einem netten, aufrichtigen Mädchen herangewachsen. Vielleicht zu aufrichtig. Er hatte allerdings auch bemerkt, daß sie sich bemühte, peinliche Themen zu umgehen, so wie er allen Gedanken an ihre Familie und ihren gottverdammten Vater auswich. Er wollte ein Auge auf sie haben, denn sie schien keine allzu gute Reiterin zu sein.

Obwohl kaum verletzt, war es ihr nach dem Sturz nicht gelungen, Gracie wieder zu besteigen.

Mit einem schönen Mädchen auszureiten empfand er als angenehme Erholung.

Zwei Männer von Cobb and Company warteten auf ihn. Er sollte Pferde für sie kaufen und trainieren, doch sie wirkten besorgt. Angeblich sollten im Staat weitere Eisenbahnlinien gebaut werden, die ihre Firma in den Ruin treiben würden. Während er ihnen zuhörte, vergaß Ben Miss Thurlwell.

Phoebe beschäftigte sich in Gedanken weiter mit ihm. Sie wußte, es war falsch, der reine Wahnsinn. Doch dieser Ben hatte etwas. Er war der aufregendste Mann, dem sie je begegnet war. Noch nie hatte sie so empfunden wie eben, als sie neben ihm her ritt. Sie wollte mit ihm sprechen wie mit einem Mann, nicht wie mit dem Jungen von nebenan. Von ihm hören, was er in den Jahren im Gefängnis erlebt hatte, damit sie seine Sorgen teilen konnte. Er mußte gelitten haben, das war sicher. Sie wünschte, sie könnte ihm irgendwie helfen. Doch er gab sich so verdammt zurückhaltend.

Es dauerte eine Woche, bevor sie wieder mit ihm reden konnte, und dann fiel ihr nur belangloses Zeug ein. »Ich habe mich gefragt, ob Sie über Weihnachten schließen.«

»Nein, Miss, nur am ersten Weihnachtstag.«

»Sehr gut. Ich reite heute noch einmal zum Breakfast Creek. Warum machen Sie nicht eine Pause und begleiten mich? Sie arbeiten zuviel.«

»Würde ich gern, aber heute geht es nicht. Ich habe gestern ein Hengstfohlen gekauft, das ein bißchen wild ist. Ich muß auf die Koppel hinaus und ihm Nachhilfeunterricht in gutem Benehmen erteilen.«

»Sie werden ihm doch nicht weh tun?«

Ben lächelte. »Natürlich nicht.«

»Ich habe noch nie beim Zureiten zugeschaut. Es klingt interessant. Darf ich nachkommen?«

»Wenn Sie möchten. Wahrscheinlich sind wir noch dort, wenn Sie zurückkehren, aber ich warne Sie, es ist ganz schön langweilig.«

Sie kürzte ihren Ausritt ab, übergab Gracie einem Stallknecht und eilte zur Koppel hinaus. Ben versuchte gerade, dem Fohlen die Notwendigkeit des Zaumzeugs beizubringen. Dem Tier gefiel es zwar nicht, doch Ben war geduldig. Er rief nach einem leichten Sattel und hielt das Fohlen am Halfter fest, während es der Stallknecht sattelte. Das Pferd keilte aus, bockte und versuchte, den Sattel abzuschütteln, während Ben es ungerührt im Kreis führte. Einige Mitarbeiter schauten ebenfalls zu und sparten nicht mit guten Ratschlägen.

Nach einer Weile wurde es Phoebe langweilig. Niemand zeigte Eile, das Pferd zu besteigen. Ben führte es weiter nur herum und sprach mit ihm. Sie stahl sich davon zu einer Verabredung mit ihrer Schneiderin, die sicher schon auf sie wartete.

Dieses Jahr gab es zu Weihnachten so viele Parties und Empfänge, daß Phoebe eine völlig neue, umfangreiche Garderobe brauchte. Allerdings fiel es ihr schwer, das nötige Interesse für die gesellschaftlichen Ereignisse aufzubringen. Immer dieselben Leute, nur die Schauplätze wechselten. Daher hatte sie Barnabys Einladung zur Weihnachtsparty der Parlamentsmitarbeiter angenommen. Dort trafen sich zwar nur die Büroangestellten, doch sie würde sicher nicht stören. Außerdem mußte sie über diesen dummen Heiratsantrag hinwegkommen, den keiner von ihnen je wieder erwähnt hatte.

Als Barnaby sie an diesem Abend abholte, wirkte er beeindruckt. »Phoebe! Du siehst hinreißend aus. Ich meine, das tust du immer, aber heute… heute überstrahlst du einfach alles und jeden!«

»Das Kleid ist neu«, erwiderte sie knapp.

»Ist es das? Du siehst bezaubernd darin aus.«

»Können wir gehen?« fragte sie ungeduldig. Seine Komplimente verwirrten sie. »Mutter ist nicht sehr erfreut, daß ich mit dir ausgehe. Laß uns verschwinden, bevor sie mir wieder einen Vortrag hält.«

»Die Kutsche wartet«, sagte er gelassen und noch immer wie betäubt von ihrem Aussehen. Das Kleid war himmlisch, dachte Barnaby, während er Phoebe in die Mietdroschke half. Weicher blaßgrüner Stoff umschmeichelte ihre Figur. Der Rock wurde zum Saum hin weiter. Das leichte Cape aus demselben Material erlaubte einen verstohlenen Blick auf das tiefausgeschnittene Oberteil. Ideal für einen Sommerabend. Und es reichte aus, um einen Mann verrückt zu machen. Er sehnte sich danach, sie in die Arme zu nehmen, beließ es aber bei der höflichen Konversation.

»Wie geht es deinen Eltern?«

»Gut. Allerdings sind sie böse auf dich. Sie dachten, du würdest als Anwalt für den Justizminister arbeiten, und jetzt kümmerst du dich um diese Föderationsgeschichte.«

»Das hat mit den Aufgaben eines Anwalts zu tun. Wir können keine Föderation ohne eine Verfassung gründen.«

»Ich weiß wirklich nicht, was das soll. Niemand will diese Föderation.«

»Nur dein Onkel ist dagegen, weil sie seine Eisenbahnpläne durchkreuzen könnte.«

»Nicht nur das. Wir sind unabhängig. Warum sollten wir uns ein Parlament irgendwo im Süden wünschen, das sich in alles einmischt?«

»Das wird es nicht tun. Allenfalls in bestimmten Angelegenheiten.«

»Na bitte, also doch Einmischung! Das sollte nicht erlaubt sein.«

»Willst du keine Nation, ein einziges großes Land?«

»Das sind doch Luftschlösser! Ich will nicht zusehen, wie dieser Staat zum Anhängsel der größeren wird.«

»Wir sind der größte Staat in diesem Teil des Kontinents und trotzdem bereits ein Anhängsel. Wenn wir uns zusammenschließen, kann das nur zu unserem Vorteil sein.«

Phoebe war nicht weiter beeindruckt, als sich der Großteil der Unterhaltung unter Barnabys Kollegen um die Föderation und seine führende Rolle dabei drehte. Sie suchte zwar keinen Streit, bemühte sich jedoch auch nicht, besonders unterhaltsam zu sein.

Glücklicherweise dauerte der kleine Empfang im vorderen

Säulengang des Parlaments nicht lange. Barnaby war froh, als er zu Ende ging. Seine Freunde hatten ihm zu der schönen Freundin gratuliert, was seine Laune nur noch verschlechterte. Phoebe amüsierte sich nicht, und zwar durch seine Schuld. Er hätte nicht mit ihr streiten sollen.

Um es wieder gutzumachen, schlug er ein Abendessen im neuen Victoria Hotel vor. »Es ist sehr respektabel und hat eine hervorragende Küche.«

»Nein, danke. Ich bin müde und möchte lieber nach Hause.«

»Sollten wir uns nicht noch unterhalten, Phoebe?«

»Natürlich. Aber du bist so verbissen in dieser Sache. Andere Leute haben eben andere Ansichten.«

Vor ihrer Haustür versuchte er, den Streit als Scherz abzutun. »Religion und Politik! Über beides sollte man wirklich nicht bei gesellschaftlichen Anlässen diskutieren. Wir haben uns eben nicht an die Regeln gehalten.«

»Sieht so aus«, meinte sie unbestimmt, murmelte ein Danke und war verschwunden.

Verwirrt machte sich Barnaby auf den Heimweg. Ihm kam es vor wie ein Abschied auf immer. Er kannte Phoebe. Hinter der Auseinandersetzung steckte mehr als nur Politik. Vielleicht gab es einen anderen Mann in ihrem Leben. An diesem Abend hatte sie oft in die Ferne geschaut. Ihr geistesabwesender Blick verlor sich in Nebel und Mondlicht, als denke sie an jemand anderen. Wahrscheinlich mußte so etwas irgendwann geschehen, doch seines Wissens traf sich Phoebe mit niemand bestimmtem.

Er kaufte sich Fisch und Chips und aß in seinem Zimmer. Der passende Abschluß eines katastrophalen Abends.

Allmählich gewann Barnaby Glasson in den Zentren der Macht an Bekanntheit. Eifrig widmete er sich dem komplizierten Thema der Föderation, studierte die vorgeschlagene Verfassung und den beunruhigenden Rattenschwanz von Änderungsanträgen, die von den Befürwortern des Zusammenschlusses eingebracht wurden.

»Wenn sich die Befürworter schon die Köpfe einschlagen, wie soll es dann erst werden, wenn wir vors Volk treten und die Antiföderalisten sich einmischen?« stöhnte Barnaby.

»Bleiben Sie am Ball«, ermutigte ihn der Justizminister Thomas Creighton. »Ich bin davon überzeugt, daß Queensland früher oder später beitreten wird. Wir müssen uns um die Rechte unseres Staates kümmern, damit wir nicht zum fünften Rad am Wagen werden. Studieren Sie jede Zeile der Reden und Debatten in den südlichen Staaten, und bringen Sie mir so bald wie möglich Ihre Berichte.«

»Er hat gut reden«, murmelte Barnaby, der die Nächte durcharbeitete. Die Premierminister der vier südlichen Staaten drängten darauf, daß Queensland ein Ermächtigungsgesetz erließ, um Abgeordnete in die Versammlungen zu entsenden, die die neue australische Verfassung ausarbeiten sollten. Sie bemühten sich, den Premierminister auf dem laufenden zu halten. Dabei landete der meiste Papierkram auf Barnabys Schreibtisch. Er tat sein Bestes, um die juristischen Fäden zu entwirren, manchmal jedoch erschien ihm die Aufgabe unlösbar. Bisher hatten sich die Politiker in Queensland mit ihren breitgefächerten Interessen nicht einmal zur Entsendung der Abgeordneten entschließen können. Die Verfassung setzte inzwischen Staub an.

Außerdem trug das Wissen um das nachlassende Interesse am Föderalismus zu Barnabys Verzweiflung bei. Der lange Streik der Schafscherer stürzte Scherer und Siedler gleichermaßen in Not. Die Partei des Premierministers bereitete Gesetze zum Verbot des Streiks vor, der schon seit Monaten andauerte und von heftigen Auseinandersetzungen begleitet war.

Barnaby hatte den Verfassungsvorschlag gesehen und mit mehr Glück als Verstand eine Mitarbeit vermieden. Er teilte dem Justizminister mit, daß er das Papier für zu hart und undemokratisch befand. Daraufhin hatte ihn der Minister säuerlich angewiesen, sich um seine Angelegenheiten zu kümmern! Creighton hatte Barnaby für einige Wochen nach Sydney geschickt, um die Debatten im Parlament von Neusüdwales zu beobachten und die Wegbereiter der Verfassung persönlich kennenzulernen.

Barnaby war begeistert. Nun hatte er einen Vorwand, um Phoebe Thurlwell aufzusuchen und ihr die Neuigkeiten mitzuteilen. Seit dem Abend auf dem Boot war ihre Beziehung angespannt, und die Party war ja auch kein Volltreffer gewesen. Doch er wollte Phoebe keinesfalls verlieren, sie bedeutete ihm viel.

Er sandte ihr mit neuem und gestärktem Selbstvertrauen ein Billett, in dem er seinen Besuch für Samstag abend ankündigte. Zurück kam die typische knappe Antwort: »Einverstanden.«

Wieder einmal quoll das Haus der Thurlwells über von jungen Leuten, da Phoebe ein Ping-Pong-Turnier mit Einzel – und Doppelpartien organisiert hatte.

»Barnaby, mein Lieber«, begrüßte sie ihn, »ich bin so froh, daß du gekommen bist. Du spielst gut. Beth Noakes braucht einen Partner, du bist genau der Richtige.«

»Du klingst wie deine Mutter«, sagte er. Das würde sie ärgern und von dem verdammten Ping-Pong ablenken.

»Ich klinge überhaupt nicht wie meine Mutter«, schnappte sie.

»Was wäre denn mit: Hallo, Barnaby, was hast du so getrieben? Ich habe dich seit Wochen nicht gesehen?«

»Ich weiß genau, was du zwischenzeitlich getan hast«, konterte sie. »Von meiner geliebten Familie bekomme ich ja nichts anderes zu hören. Du arbeitest an einer Verfassung, durch die wir alle im Armenhaus enden. Deshalb habe ich dir für heute auch keine Einladung geschickt. Du hast die Gunst meiner Eltern verloren.«

»Und wie steht es mit dir?«

»Du stehst immer in meiner Gunst, das weißt du doch.«

Ein junger Mann schoß plötzlich auf sie zu. »Phoebe! Dieser Schiedsrichter ist einfach unmöglich. Komm her und gib dein Urteil ab.«

Barnaby wandte sich an ihn. »Entschuldigen Sie, aber ich führe gerade eine private Unterhaltung mit Miss Thurlwell.«

»Verzeihung.« Der junge Mann zog sich verwirrt zurück.

»Das war nicht nötig«, meinte Phoebe mißbilligend.

»O doch.« Er zog sie in den stillen Salon. »Ich muß mit dir reden.«

»O nein. Darf ich denn nie vergessen, wie sehr ich mich zum Narren gemacht habe?«

»Nie«, sagte er grinsend. »Mit dir über Heirat zu sprechen, war das wichtigste Ereignis meines Lebens. Ich habe einen Fehler begangen. War zu ungeschickt.«

»Du hast mir einen Korb gegeben. Also vergessen wir es.«

»Das ist nur ein Vorwand, um der Sache auszuweichen. Du hattest Zeit zum Nachdenken. Ich liebe dich sehr. Ich hasse all diese Menschen hier, weil ich dich für mich allein haben möchte. Die Frage ist: Liebst du mich auch?«

Sie entzog sich ihm. »Ja und nein. Ich bin mir einfach nicht sicher.«

»Liebst du mich denn genug, um mich zu heiraten? Ich weiß, das ist nicht der beste Zeitpunkt für eine solche Frage. Ich fahre für einige Wochen nach Sydney. Wenn du möchtest, werde ich dich nach meiner Rückkehr ganz offiziell fragen.« Sein flehender Ton störte ihn, er war aber erleichtert, daß er sein Anliegen halbwegs zusammenhängend vortrug. »Ich werde dir ein guter Ehemann sein, Phoebe. Ich verstehe dich und werde immer für dich sorgen.«

»Das ist ja das Problem«, meinte sie traurig. »Ich weiß das alles. Daher bin ich auch so mit der Idee herausgeplatzt, das war grausam von mir. Und du warst so vernünftig und höflich und hast gesagt, ich solle darüber nachdenken. Dadurch fühle ich mich noch schlechter.«

»Heißt das, du willst mich nicht heiraten?« fragte er leise.

»Ich glaube, ja. Du bist ein zu guter Freund. Hört sich das albern an?«

»Nein. Nur hatte ich davor die ganze Zeit Angst.«

»Liebe?« fragte sie. »Was ist das schon? Ich will mich Hals über Kopf verlieben. Ich will eifersüchtig sein. Ich weiß überhaupt noch nicht, was das heißt. Vielleicht werde ich niemals jemanden so sehr lieben. Vielleicht bin ich nicht dazu fähig.«

»Ich denke doch. Ich bin jetzt schon eifersüchtig auf diesen Glücklichen.« Er zog sie an sich und küßte sie auf den Mund. »Damit möchte ich dir sagen, daß ich dich liebe, auch wenn du die anstrengendste Frau der Welt bist.«

Sie umarmte ihn. »Also verzeihst du mir? Ich möchte dich um nichts in der Welt verletzen.«

Er lehnte ihre Einladung zum Turnier ab und ging nach Hause. Das Seltsame daran war, daß er sich nicht verletzt fühlte. Ihre Antwort kam nicht unerwartet. Es tröstete ihn, daß es für sie beide zur Zeit keine anderen Partner gab. In den vergangenen sechs Monaten hatte er mehr junge Damen kennengelernt als in der ganzen Zeit in Mantrells Kanzlei, doch keine von ihnen konnte sich mit seiner lieblichen, eigenwilligen Phoebe messen.

Er mußte ja nicht von heute auf morgen heiraten. Es gab viel zu tun, und in seinem ständigen Zusammensein mit Politikern jeglicher Couleur fand er langsam Gefallen an dem Geschäft. Sollte die Föderation unter Beteiligung von Queensland jemals zustande kommen, würde der Name eines Mannes, der zu den ersten Mitgliedern eines australischen Parlamentes gehörte, in die Geschichte eingehen.

Sydney war voller Überraschungen. Barnaby genoß das Abenteuer der Fahrt über den Brisbane River und durch die unruhige Moreton Bay bis hinaus auf den weiten Ozean. Er hielt sich gut auf seiner ersten Seereise und überwand schnell die gefürchtete Seekrankheit. Danach konnte er sich an der herzlichen Gesellschaft seiner Schiffskameraden erfreuen. Als sie schließlich in den Hafen von Sydney segelten, verspürte er mehr Enttäuschung über das Ende der Reise als Ehrfurcht vor dem beeindruckenden Hafen.

Als Barnaby jedoch am Circular Quay an Land und die Straßen entlangging, war er erstaunt angesichts der Weltgewandtheit dieser Stadt. Er hatte Brisbane immer als wichtigen Ort empfunden, Hauptstadt des Staates Queensland, eine schöne Stadt mit herrlichen botanischen Gärten, breiten Straßen und einem lebhaften Geschäftszentrum. Doch Sydney war überwältigend! Hohe Gebäude, geschäftige Menschen, keine Spur von polternden Karren oder rumpelnden Kutschen in diesem Mekka der Eleganz. Neben dieser Stadt wirkte Brisbane kleinbürgerlich, da es zumeist nur eingeschossige Gebäude aufwies, während Sydney überall in die Höhe schoß. Er mußte zugeben, daß sein Brisbane ein Ort mit ländlichem Charakter war. Daher hatten es die Politiker und Königsmacher aus dem Süden niemals ernst genommen. Bis jetzt, dachte er grimmig. Bis jetzt, wo sie Queensland brauchten, um das ganze Unternehmen entweder auf die Beine zu stellen oder zu kippen.

Als pflichtbewußter Beamter ging er geradewegs zum Parlament. Voller Heimatstolz freute er sich zu sehen, daß sein eigenes Parlamentsgebäude zu Hause viel moderner wirkte, da es erst vor zwanzig Jahren erbaut worden war.

Man verwies ihn an das Büro des Parlamentssekretärs und von dort ans Büro des Komiteevorsitzenden, wo ihn ein freundlicher Angestellter mit weißem Backenbart empfing und ihm Tee anbot.

»Eigentlich galt die Einladung auch für Ihren Justizminister, aber Ihre Regierung oben im Busch hat anscheinend mit Streiks zu kämpfen.«

Barnaby gefiel es nicht, daß seine Heimat Brisbane als »oben im Busch« bezeichnet wurde, doch er nahm es wortlos hin. »Ich hoffe, das heißt nicht, daß ich von den Sitzungen ausgeschlossen werde. Schließlich bin ich als Vertreter des Ministers hier.«

»Der Ausschluß gilt nur für einige exklusive Sitzungen mit dem Premier«, murmelte der Beamte. »Wir finden schon genug Arbeit für Sie.«

»Vielen Dank. Haben Sie eine Idee, wo ich unterkommen könnte?«

»Wir hatten für Mr. Creighton ein Zimmer im George Hotel gebucht, ein sehr hübsches Zimmer. Sie können dort wohnen.«

»Ist es sehr teuer? Mein Spesenkonto ist ziemlich mager.«

»Damit stehen Sie nicht allein da.« Der Beamte lächelte milde. »Da die Einladung von hier ausgegangen ist, übernehmen wir die Kosten. Keine Sorge. Ich gebe Ihnen einen Brief für den Direktor mit. Dann traben Sie zum George und machen es sich dort gemütlich.« Er zwinkerte. »Stornierungen in letzter Minute nehmen sie einem dort nämlich sehr übel.«

»Das ist sehr nett von Ihnen«, sagte Barnaby.

»Schon gut, Mr. Glasson. Sie stellen sich um Punkt acht hier ein und nehmen die Arbeit auf. Sie haben wichtige Pflichten. Ich für meinen Teil finde die ganzen Diskussionen ermüdend. Wir wären sehr dankbar, wenn Ihre Berichte die Sache beschleunigen würden.«

Das Zimmer im George Hotel erwies sich als großartig, aber Barnaby hatte leider nicht viel davon. Er verbrachte seine Zeit mit dem Anhören von Debatten, dem Besuch von Sitzungen und der Arbeit an seinen Berichten. Diese fertigte er an einem kleinen Pult an, das man in einem Büro für ihn bereitgestellt hatte. Man fragte ihn nie nach seiner Meinung, doch mit zunehmender Selbstsicherheit wuchs auch sein Drang, Stellung zu beziehen. Vorzubringen, daß Maßnahmen wie die Abschaffung der Grenzzölle für die ärmeren Staaten wie Queensland erhebliche Einbußen bedeuten würden. Daß man für diese Fälle Entschädigungen zahlen müßte.

»Dies ist ein wichtiges Gegenargument unserer Parlamentarier«, erklärte er. »Obwohl unsere Zuckerbauern und Viehzüchter offene Märkte begrüßen würden.«

»Dann verstehe ich nicht, worin das Problem liegt«, nörgelte ein Mann.

»Das Problem liegt darin, daß die Hauptindustrien noch kein Mitspracherecht haben. Das Ermächtigungsgesetz muß erst dem Parlament vorgelegt und vom Finanzminister genehmigt werden.«

Die Männer in der Runde nickten.

»Ein Anreiz wäre keine schlechte Idee«, meinte der Vorsitzende. »Unsere Steuerexperten werden sich darum kümmern, Mr. Glasson. Für die Staaten muß es noch andere Wege zur Erlangung von Einkünften geben.«

Nur sonntags fand Barnaby Zeit, durch die stillen Straßen zu wandern und die Stadt besser kennenzulernen. Dann konnte er sich in ein Gasthaus am Hafen setzen, essen und einen Drink genießen und abends mit der Fähre nach Manly und zurück fahren. Am letzten Sonntag ging er als neuer Mensch an Bord des Schiffes, das ihn zurück nach Brisbane bringen sollte.

Bei diesen ganzen Sitzungen hatte er einige vernünftige Ansichten gehört, viele waren jedoch einfach lächerlich. Er empfand keine Ehrfurcht mehr vor den Leuten aus der großen Stadt und konnte sich beinahe mit den besten von ihnen messen. Er wollte noch stärker für die Föderation kämpfen, da er nun ernsthaft entschlossen war, als einer der ersten ins neue föderalistische Parlament einzuziehen. Natürlich mußte für dieses neue Commonwealth-Parlament noch ein entsprechendes Gebäude errichtet werden.

Angesichts der Trübsal und Freude, die das Ende des Schererstreiks auf den verschiedenen Seiten ausgelöst hatte, wurde seine Rückkehr nach Brisbane kaum bemerkt.

»Sie wurden von der schieren Übermacht der Siedler überwältigt«, teilte ihm ein grollender Abgeordneter der Labour-Partei mit. »Welche Hoffnung bleibt da noch für den Arbeiter?«

»Vielleicht ist Ihre Stimme mit einer gesamtaustralischen Regierung stärker«, murmelte Barnaby.

»Von wegen! Ich will das Oberhaus loswerden mit diesen ganzen aufgeblasenen Nichtstuern, die auf Lebenszeit auf ihrem Hintern sitzen. Wir brauchen nicht noch einen solchen Verein.«

»Warten Sie einen Moment!« Barnaby durchwühlte seine Unterlagen. »Sehen Sie sich das an. Eine gesamtaustralische Regierung würde ganz anders sein. Viel demokratischer. Das Oberhaus heißt dann Senat, die Mitglieder werden von den Bewohnern Queenslands gewählt, und es gibt keine Sitze auf Lebenszeit.«

»Was Sie nicht sagen!« Der Abgeordnete studierte die maschinengeschriebenen Seiten. »Das ist aber mal ein verdammter Fortschritt!«

Als der Mann gegangen war, las Barnaby die wohlbekannten Abänderungsanträge noch einmal durch, und zwar im Hinblick auf seine Karriere. Warum hatte er nicht schon früher daran gedacht? Alle würden sich aufs Unterhaus stürzen, weil es populärer war. Der neugeschaffene Senat war nicht mehr den Reichen vorbehalten; jeder konnte sich zur Wahl stellen. Jeder Staat konnte die gleiche Anzahl von Abgeordneten wählen, damit die kleineren Staaten nicht ins Hintertreffen gerieten. »Bei Gott«, murmelte er vor sich hin, »was für eine Chance! Senator Barnaby Glasson! Klingt gut.«

Er schreckte aus seinen Tagträumen hoch, als man ihn ins Allerheiligste des Justizministers rief. Dieser nahm Barnabys sorgfältige Berichte mit grollender Zustimmung entgegen. »Gute Arbeit. Weiß noch nicht, wann ich Zeit finde, sie zu lesen. Sie haben schwer gearbeitet.«

Creighton als Vollblutbürokrat lebte nach der Devise: Je größer der Papierkram, desto größer der Fleiß. Barnaby seufzte. Er hatte bemerkt, daß viele Mitarbeiter diese Haltung weidlich ausnutzten und ihm Stapel von unwichtigen Briefen, Memoranden, Zusammenfassungen und langwierigen Ausarbeitungen vorlegten, da sie wußten, daß er nur die Hälfte davon las.

»Diese verdammte Dürre«, grunzte Creighton. »Kostet uns

alle ein verdammtes Vermögen. Banken schließen. Viehzüchter und Siedler, darunter unsere besten Wähler, drängen uns, etwas zu unternehmen. Ich erzähle ihnen ständig, daß die Föderation ihnen die Grenzen öffnen und größere Märkte erschließen wird. Leider hilft es Leuten, die kein anständiges Stück Vieh mehr besitzen, nicht weiter. Es ist schwer, die Föderationspläne am Leben zu erhalten. Royce Davies von Labour und dieser Viehzüchter Ben Buchanan laufen Sturm dagegen, als sei es Teufelswerk.«

»Ich hätte da einen Vorschlag, Sir. Während ich in Sydney war, traf ich Mr. Theodore Prosser. Er ist einer der besten Redner, denen ich je begegnet bin, vor allem zum Thema Föderation. Außerdem ist er der Vorsitzende der Vereinigung australischer Ureinwohner.«

»Was zur Hölle ist denn das? Etwa ein Aborigine-Club?«

»Nein, Sir, keineswegs. Es handelt sich um eine einflußreiche Gruppe führender Bürger, die die Föderation unterstützen. Sie stehen loyal zur Königin und wollen im Commonwealth bleiben, sind aber der Meinung, daß wir lieber eine vereinte Nation statt einzelner Kolonien bilden sollten.«

»Reizend von ihnen. Und was ist nun mit diesem Theodore Prosser?«

»Er ist bereit herzukommen, falls man ihn einlädt, und in Brisbane und anderen Städten zu sprechen.«

Creighton kaute an seinem Stift und tippte mit dem Fuß auf den Boden. »Würde er eine Bezahlung erwarten?«

»Sicher nicht, er betrachtet sich als Patrioten.«

»Tatsächlich? Dann holen wir ihn. Ich spreche mit dem Premier über die Sache. Vielleicht kann er diesen Idioten hier ein wenig Vernunft einbläuen.«

Die Idee, Prosser solle die Städte auf dem Land besuchen, war Barnaby blitzartig gekommen. Der enthusiastische Redner wäre sicher damit einverstanden. Mit etwas Glück würde ihn Barnaby auf seiner Rundreise begleiten und sich mit diesen weitverstreuten Siedlungen vertraut machen. Ein Senator mußte von den Wahlberechtigten eines ganzen Staates gewählt werden, nicht nur in einem Wahlbezirk. Diese Reise könnte ihm einen guten Start verschaffen, bevor seine Rivalen von der Sache Wind bekamen.

Prosser nahm die Einladung an. Er sei stolz, die Idee der Föderation nach Queensland zu tragen, doch aufgrund drängender Verpflichtungen vor dem neuen Jahr leider nicht abkömmlich.

Der Justizminister bestätigte die Rundreise und vergaß Prosser auf der Stelle, da er sich einem neuen Problem gegenüber sah: Zu seinem Entsetzen war Südaustralien dabei, Frauen das passive Wahlrecht zu gewähren, und die Frauen in Queensland verlangten nun dasselbe.

Barnaby vergaß Theodore Prosser natürlich nicht. In jeder freien Minute arbeitete er die Reise aus, studierte Landkarten und Transportanforderungen, schrieb unter dem offiziellen Regierungssiegel Briefe an die Bürgermeister der betreffenden Städte und erkundigte sich nach möglichen Einrichtungen für öffentliche Veranstaltungen. Die Namen der Redner und ihre Themen gab er zu diesem Zeitpunkt noch nicht preis. Für ihn wurde diese Tätigkeit so erholsam wie die Pläne für eine Europareise.

Die Küstenstädte würden sie per Schiff aufsuchen und von den Häfen aus weiter ins Land vordringen. Er studierte die Karten der Landentwicklungsbehörde mit ihren punktgleichen, weitverstreuten Ansiedlungen. Von Townsville aus konnten sie beispielsweise nach Westen in die berühmte Goldstadt Charters Towers fahren, eine Reise von ungefähr hundert Meilen.

Auf dem Rückweg zur Küste würden sie gen Süden nach Rockhampton segeln und die großen Mount-Morgan-Goldminen besuchen. Von da aus ging es wieder ins Landesinnere in die Viehzüchterhochburg Longreach, die durch den Scherer-streik bekannt geworden war.

Barnaby schluckte und nahm sein Lineal zur Hand. Der Ort lag fünfhundert Meilen von der Küste entfernt! Bis jetzt hatte er noch gar keinen richtigen Eindruck von der Größe dieser Kolonie gehabt. Er fragte sich, ob Prosser solche anstrengenden Reisen überhaupt unternehmen würde. Inzwischen wünschte er, daß sich Edgar Thurlwells Traum von den Eisenbahnen bereits verwirklicht hätte. Edgar war mit seiner Firma an die Börse gegangen, um seine Pläne zu realisieren. Die Aktien hatten sich schnell verkauft. Hätte er doch auch welche erworben! Anscheinend verloren die Befürworter der Föderation nun doch das Interesse an einer Verstaatlichung der Eisenbahn.

Die ungeheuren Entfernungen bildeten ein echtes Hindernis für Leute, die im ganzen Staat gehört werden wollten. Barnaby betete, daß Prosser sein Wort halten und für das Wohl der Nation überall hingehen würde.

Edgar Thurlwell für seinen Teil befürchtete, daß eine föderalistische Regierung seinen Plänen in die Quere kommen könnte. Schreckten der Premier und sein Gefolge nicht bereits davor zurück, ihm das notwendige Land für die Verlegung der Schienen zu übereignen? Wenn er seiner eigenen Staatsregierung nicht trauen konnte, welche Hoffnung boten dann Politiker, die Tausende von Meilen entfernt waren?

»Typischer Mangel an Voraussicht!« klagte er William und Lalla sein Leid.

»Du solltest das Problem aus einer anderen Perspektive betrachten«, schlug Lalla vor. »Wenn du eine Bahnlinie nach Longreach willst, dann gehe persönlich dorthin. Bringe die Leute aus Longreach und allen anderen Orten entlang der Strecke dazu, von der Regierung den Bau deiner Eisenbahn zu verlangen.«

»Du meinst wohl ihrer Eisenbahn«, meinte William. »Bei dieser Formulierung fühlen sich die Menschen beteiligt.«

»Warum sollte ich dort hingehen?« meinte Edgar. »Ich habe schon genug zu tun mit den englischen Stahlwerken, die meine Lieferungen verzögern. Es stehen noch tausend andere Probleme an. Als nächstes muß ich nach Sydney fahren, um den

Bau der Waggons zu beaufsichtigen. Die Produktion läuft zwar, aber bei wichtigen Lieferanten muß man sich blicken lassen. Ich bezahle für das Beste und will auch das Beste haben.« Er schnaubte wütend. »Die Amerikaner mußten sich nie mit solchen Hohlköpfen herumschlagen wie wir. Sie steuern aufs Ziel los. Unternehmer wie ich werden dort von allen Seiten ermutigt.«

»Setze Buchanan auf die Sache an«, sagte William. »Schicke ihn nach Longreach, er hat in letzter Zeit wenig Einsatz gezeigt.«

»Nur weil du ihn mit Royce Davies zusammengespannt hast – einem Labour-Vertreter«, meinte Lalla. »Ich glaube, das war ein Fehler.«

»Nein, keineswegs. Buchanan ist brauchbar, aber nicht sehr beliebt. Als Oppositionsführer wäre er der Falsche gewesen. Du mußt mit ihm reden, Lalla. Er spielt zwar den Gekränkten, ist aber noch an der Eisenbahngesellschaft beteiligt. Belle Foster soll sich um ihn kümmern.«

»Wäre möglich. Clara ist in der Stadt. Sie wird meinen Besuch erwarten.«

»Gute Idee«, stimmte William zu. »Die meisten Siedler kommen für die Weihnachtstage an die Küste. Bei dieser Gelegenheit kann man sie zur rechten Einstellung bekehren.«

Edgar nickte. »Es ist tröstlich zu wissen, daß ich mich auf meine Familie verlassen kann. Jetzt muß ich mich auf den Weg machen.«

Schmunzelnd verließ er das Haus. Er hatte bemerkt, daß sich Buchanan seit Edgars Bemerkung von Lalla fernhielt, doch sie war eine entschlossene Frau. Wenn er sie wieder zusammenbrachte, konnte das interessante Folgen haben.

Edgar ließ sich seine Sorgen nicht anmerken. Die Ausgaben stiegen; Landzuteilungen waren der Dreh- und Angelpunkt des ganzen Unternehmens – ohne sie würde das benötigte Kapital in ungeahnte Höhen schießen. Er hatte bereits weit mehr als ursprünglich geplant vom Geld der Thurlwells investiert. Sein Antrag auf Landzuteilung bedurfte keiner Beratung der Vollversammlung des Parlaments, sondern konnte mit einer Unterschrift durch den Ehrenwerten Jed Sweepstone, den Landminister, erledigt werden. Wenn Jed nicht bald etwas unternahm, würde Edgar die Sache selbst in die Hand nehmen. Das Problem lag darin, daß Jed, ein reicher Mann und Mitglied der besten Clubs, absolut integer war. Obwohl er die Landübereignung befürwortete und die Begeisterung für eine Bahnlinie nach Longreach teilte, machte er Ausflüchte.

»Nur eine kleine Verzögerung«, sagte er wiederholt zu Edgar. »Ich hätte lieber die schriftliche Zustimmung des Premiers. Wenn er Zeit hat, sich damit zu beschäftigen, wird er sicher den Sinn hinter unseren Plänen erkennen. Ich erkläre ihm immer wieder, daß sich private Unternehmen als Rettung unseres großen Staates erweisen werden.«

Sweepstone lehnte das Angebot einer Beteiligung an Western Railroad dankend ab. »Kann ich nicht annehmen, alter Junge. Wir setzen Vertrauen in das Projekt, aber der Interessenkonflikt … Sie verstehen.«

Auch hatte er eine »kleine Änderung« an der beabsichtigten Landzuteilung vorgenommen. Statt einer Übereignung würde Edgars Firma eine Pacht auf neunundneunzig Jahre erhalten.

Diese Manipulation versetzte Edgar in Zorn. Es machte einen großen Unterschied, ob einem diese Landkorridore, deren Besitz schon in seinem Prospekt angepriesen wurde, gehörten, oder ob man sie nur gepachtet hatte. Aber der sanftmütige Sweepstone ließ sich nicht drängen. Man mußte ihn mit Glacéhandschuhen anfassen, bevor Edgar einen besseren Weg fand. Er sollte vielleicht einen genaueren Blick auf Sweepstones Privatleben werfen.

An den offiziellen Nachmittagstee, der im Dezember auf dem Gelände des Parlaments stattfand, würde man sich noch lange erinnern. Nicht im Hansard, denn das Ereignis wurde im Parlament mit keinem Wort erwähnt. Privat jedoch brodelte die Gerüchteküche. Dieses Ereignis mußte man wieder und wieder durchkauen.

Brisbane mochte zwar die Staatshauptstadt sein, doch seine Einwohner bildeten trotz allem eine isolierte Gesellschaft, eingeschüchtert von den Städten und der ungeheuren Größe ihres eigenen Territoriums. Daher stürzten sich die Menschen gierig auf jedes Ereignis; Lokalnachrichten, trivial, wahr oder auch unwahr, wurden weitergegeben und durchgehechelt. Sie bildeten den Ersatz für das allgegenwärtige Gesprächsthema Wetter.

Der Sprecher des Hauses versandte die Einladungen zum Tee an die Familien und Freunde, die von den Parlamentsmitgliedern vorgeschlagen wurden. Da ihre Zahl beschränkt war, galt es als Privileg, eine dieser goldumrandeten Karten zu erhalten.

Der *Courier-Mail* beschrieb den Tag als schön und sonnig … als ob eine Temperatur von neunzig Grad Fahrenheit und die Luftfeuchtigkeit eines türkischen Bades diese Attribute verdient hätten.

Trotzdem trafen die stoischen Traditionalisten in förmlicher Kleidung ein – die Herren im Sonntagsanzug mit steifem Hemd und Frack, das frische Taschentuch für Gesicht und Hutband stets zur Hand. Die Damen in ihren luftigen weißen Kleidern und eleganten Hüten waren zu beneiden, zudem sie Sonnenschirme tragen durften.

Von einem Fenster oben im Parlamentsgebäude sahen Barnaby und andere Nichteingeladene dem Treiben zu. Es war ein schönes Bild, das einem vornehmen Picknick glich: Bunte Leinenschirme schwebten über weißgestärkten Tischtüchern; adrette Dienstmädchen in Schwarz und Weiß glitten gewandt durch die Menge. Unter der Kolonnade am Ostflügel spielte eine hervorragende Militärkapelle mitreißende Marschmusik.

Barnaby störte es nicht, daß man ihn nicht eingeladen hatte. Die Angestellten kannten ihre Position, freuten sich über die Aussicht und wiesen einander auf wichtige Persönlichkeiten –

Freund oder Feind – hin. Er selbst jedoch wartete auf eine bestimmte Person. Als sie mit ihrer Familie eintraf, schlug sein Herz bis zum Hals. Phoebe sah bezaubernd aus. Sie schlenderte wie immer langsam hinter ihrer Mutter her und plauderte in alle Richtungen. Barnaby fühlte sich ein wenig getröstet, weil sie nur von ihrem Onkel Edgar begleitet wurde und nicht von einem der jungen Herren, die sich um diese Aufgabe gerissen hätten.

Er grinste vor sich hin. Typisch Phoebe. Sie mußte immer auffallen! Die meisten jungen Damen wären vor Scham gestorben, wenn sie bei einem solchen Ereignis ohne gleichaltrigen Partner aufgetaucht wären. Was so viel bedeutete wie: das Mauerblümchen hat keinen abbekommen. Doch Phoebe hatte sich noch nie um die Meinung anderer Leute gekümmert und stellte lieber ihre eigenen Regeln auf.

Barnaby sah, wie die Thurlwells auf Ben Buchanans Tisch zugingen, und verließ seinen Fensterplatz. Sinnlos, weiter hinunterzustarren. Außerdem hatte er noch zu arbeiten.

Phoebe wandte sich an Clara Buchanan. »Es war sehr nett von euch, uns einzuladen. Mutter liebt dieses Theater.«

»Meine auch«, flüsterte Clara. »Ich persönlich trinke meinen Tee lieber gemütlich zu Hause.«

Nachdem sie alle Gäste begrüßt hatte, bestand sie darauf, daß Phoebe neben ihr saß. »Bleib hier, diese offiziellen Veranstaltungen machen mich ganz nervös. Ich weiß nie, worüber ich reden soll. Politik verwirrt mich immer.«

»Sie verwirrt alle. Verhalte dich einfach so wie ich.«

»Und wie?«

»Versuche, nicht gelangweilt auszusehen und während der Reden wach zu bleiben.«

Clara lachte. Ben sah sie stirnrunzelnd an. »Meine Liebe, beherrsche dich bitte. Du bist hier nicht im Busch.«

»Nein, aber im Dschungel«, warf Phoebe ein. Sie ärgerte sich, weil Clara errötet und in ihrem Stuhl zusammengesunken war.

»Rede keinen Unsinn!« fuhr Lalla ihre Tochter an, doch Phoebe ignorierte sie.

Trotz des Altersunterschiedes war Clara ihre Freundin und privat alles andere als zurückhaltend, doch ihr Mann und seine Freunde schüchterten sie ein. Gleiches galt für ihre Mutter, die alte Belle Foster, die neben Ben saß, als sei sie die Gastgeberin. Seit sie vor einigen Jahren begonnen hatten, gemeinsam auszureiten, vertraute Phoebe der älteren Frau und liebte sie aufrichtig. Sie haßte es, mitanzusehen, wie sie sich vor ihrem Ehemann wand. Es steckte wohl noch mehr dahinter. Wie hatte Clara vor einer Ewigkeit zu ihr gesagt: »Ich liebe den Busch von ganzem Herzen. In der Stadt komme ich mir vor wie ein Fisch auf dem Trockenen.«

Die Kapelle verstummte, die Reden begannen, und Phoebe betete um einen Regenschauer. Dann endlich konnte man sich wieder mit Kuchen und Konversation vergnügen.

Sobald Tee und Saft für die durstigen Gäste aufgetragen worden waren, erhoben sich einige Männer und mischten sich untereinander, um die günstige Gelegenheit zu einem Gespräch zu nutzen.

Ben Buchanan schlenderte davon. Edgar nahm auf einem Stuhl gegenüber von Royce Davies Platz. Weitere Männer entschuldigten sich, und am Ende saß nur noch Dr. Thurlwell als Hahn im Korb inmitten der Damen.

Ein junger Mann blieb bei Phoebe stehen und verbeugte sich vor Mrs. Buchanan. Da Phoebe ihm jedoch keinen Platz anbot, zog er sich bald wieder zurück.

»Wer war das?« fragte Clara. »Er schien mich zu kennen, aber ich habe überhaupt kein Namensgedächtnis.«

»Fontana Sweepstone.«

»Ach, natürlich! Sein Vater ist Landminister. Sehr nette Leute, diese Sweepstones.«

»Ja, das stimmt. Schade um den Jungen. Ich kenne ihn, seit ich ein Kind war, und konnte ihn nie ausstehen.«

»Fontana. Komischer Name. Ein Familienname, was?«

»Ja, irgend jemand wichtiges. Fontana hat es mir zwar oft erzählt, aber ich kann mich nicht daran erinnern.« Sie sah zu, wie Fontana zu Davies' Tisch hinüberschlenderte und sich neben Edgar setzte. Danach verlor sie ihr Interesse an ihm. Sie hatte unter dem Tisch die engen Schuhe abgestreift, um die Füße im Gras zu kühlen, und schaffte es nicht, sie unauffällig wieder anzuziehen.

»Guten Tag, Mr. Thurlwell«, sagte Fontana. Edgar grüßte freundlich zurück, Royce Davies hingegen wirkte weniger erfreut und nickte dem Eindringling nur kurz zu.

»Ich dachte an eine Investition in die Eisenbahngesellschaft«, erklärte Fontana großspurig. »Sagen Sie mir, welche Paketgröße würden Sie beim Aktienkauf vorschlagen?«

»Was immer Sie sich leisten können«, antwortete Edgar lächelnd.

»Dann sollten Sie zuerst Ihre Rechnungen bezahlen«, fuhr Royce Davies dazwischen.

»Sprechen Sie mit mir, Sir?«

»Allerdings. Ganz schön dreist von Ihnen, sich ausgerechnet an meinem Tisch niederzulassen.«

»Ssst, Royce!« Seine Frau zupfte ihn am Ärmel. »Mache bitte keine Szene. Die Leute können dich hören.«

»Das ist mir verdammt egal!«

Fontana erhob sich und zog seine Brokatweste zurecht. »Wenn Sie mich bitte entschuldigen wollen, Mr. Thurlwell«, sagte er, »ich muß gehen. An solche Grobheiten bin ich nicht gewöhnt.«

»Das kommt mit der Zeit«, höhnte Davies. »Alle Betrüger gewöhnen sich daran.«

Fontana schoß herum. »Haben Sie mich einen Betrüger genannt, Sir?«

»Was sonst? Sie bezahlen Ihre Spielschulden nicht, und bei einer Partie mit meinem Bruder hat man Sie beim Falschspiel erwischt.«

»Wie können Sie es wagen!« keuchte Fontana. Er ergriff spontan einen Krug Himbeerlikör und schleuderte seinen Inhalt in Davies' Richtung.

Seine linke Hand erwies sich als nicht sonderlich zielsicher, so daß er Royce zwar traf, den größten Teil des Likörs jedoch auf dessen Frau verschüttete, die immer noch versuchte, ihren Mann zu beruhigen.

Sie sprang kreischend auf, um ihr weißes Organzakleid zu begutachten, das vom Mieder bis zum Rock klebrig-rot durchtränkt war.

Auch Fontana war entsetzt. »O mein Gott! Tut mir leid, ich ...«, stotterte er. Andere Frauen kamen dem Opfer zu Hilfe, um den Schaden mit Taschentüchern und Servietten in Grenzen zu halten.

Royce Davies sprang ebenfalls auf, rannte um den Tisch und stürzte sich auf Fontana. Er packte ihn am Revers und schüttelte ihn so sehr, daß dessen Anzug zerriß. Edgar, der kräftiger als die beiden anderen war, warf sich dazwischen und hielt Royce zurück. Gleichzeitig befahl er Fontana zu verschwinden.

Der junge Sweepstone brauchte keine zweite Aufforderung. Er schoß zwischen den Tischen davon und schob die Diener zur Seite, während sich von allen Ecken und Enden die Köpfe zu ihm umdrehten. Was für ein erstaunliches, ungeheuerliches Ereignis! Das Geplauder verstummte. Man hörte nur noch Mrs. Royce Davies' Schluchzen und das tröstende Getuschel ihrer Freundinnen. Dann erhob sich Geflüster und begleitete den Ehrenwerten Jed Sweepstone und seine Frau, als sie sich erhoben und steif zum Ort des Geschehens gingen.

Es war offensichtlich, daß sie sich für das Verhalten ihres Sohnes entschuldigen wollten. Die Gäste reckten die Hälse und konnten sehen, daß Mrs. Sweepstone die in Tränen aufgelöste Mrs. Davies in den Schutz des Parlamentsgebäudes führte.

Als sich die Damen zurückgezogen hatten, machte sich Jed, der viel auf Etikette hielt, auf den Weg zum Tisch des Gouverneurs, des Premiers und ihrer Damen, um dort weitere Entschuldigungen auszusprechen.

Edgar blieb bei Royce Davies unter dem Vorwand, ihn zu beruhigen, doch eigentlich war er nur neugierig. »Was sollte das alles?«

»Der kleine Bastard ist ein Schwindler und Betrüger«, sagte Royce. »Das ist allgemein bekannt.«

»Tatsächlich?« fragte Edgar. »Nun ja, ich schätze, sein Vater wird seine Schulden bezahlen und ihn in Zukunft vom Kartentisch fernhalten.«

»Von wegen. Und das ist nur ein Teil der Wahrheit. Diese Sweepstones geben sich immer so vornehm! Vielleicht gehöre ich nicht zu ihrer Klasse, aber mein Sohn ist wenigstens ein Mann!«

»Sicher doch«, sagte Edgar glatt. Er ahnte interessante Enthüllungen. »Ich bin froh, daß ich keine Söhne habe, um die ich mir Sorgen machen müßte.«

»Mit einem Sohn wie dem hätten Sie echte Probleme«, grollte Royce. »Stolziert mit seinen weibischen Freunden umher. Wäre es mein Sohn, hätte ich ihn gleich nach der Geburt erwürgt.«

»Guter Gott! Sie wollen doch nicht andeuten ...«

»Ich deute nicht an, ich bin mir sicher.«

»Jed weiß wohl davon, oder?«

»Natürlich nicht. Solche Menschen sehen nie, was direkt vor ihrer Nase passiert«, meinte Royce verbittert. »Das Kleid meiner Frau war brandneu! Und hat eine Menge gekostet! Ist bestimmt ruiniert. Für mich ist es nicht leicht, eine Familie durchzubringen, wenn man den äußeren Schein wahren muß. Es wird Zeit, daß Politiker für ihre Arbeit auch bezahlt werden.«

»Da bin ich ganz Ihrer Meinung«, stimmte Edgar zu. »Mrs. Davies muß furchtbar mitgenommen sein. Ich werde sie aufmuntern. Lalla wird ihr ein neues, ebenso schönes Kleid besorgen.«

»Danke, das ist sehr nett von Ihnen. Und die Rechnung schicken wir dem Ehrenwerten Minister.«

»Nein, nein. Ich werde das Kleid bezahlen. Es soll eine Überraschung sein.«

»Wie anständig von Ihnen, Edgar.«

»Keineswegs. Es ist mir eine Freude.«

Edgar Thurlwell hielt nichts von den Diensten privater Schnüffler, wollte aber gern mehr über den jungen Fontana erfahren. Mit gewissen Informationen konnte er dessen altem Herrn Beine machen. Spielschulden waren eine Sache, doch da gab es ja wohl noch etwas anderes ...

»Mein Gott«, murmelte er vor sich hin, als er zu Hause eintraf, »ein Wort darüber, und der gute Jed Sweepstone unterschreibt mir alles.« Natürlich mußte die Angelegenheit sehr vorsichtig gehandhabt werden, doch es schien machbar.

Thurlwell saß im Salon, genoß ein Glas Brandy und überdachte die ganze Sache.

Er konnte dem Minister vorschlagen, seinen Sohn nach England zu schicken, so wie umgekehrt die englischen Aristokraten ihre mißratenen Söhne nach Australien verbannten. Fontana würde einfach von der Bildfläche verschwinden. Wie amüsant.

Sein freundschaftliches Interesse müßte natürlich etwas einbringen. Jed würde sich erkenntlich zeigen, wenn damit ein Skandal verhindert und Edgars Schwester gesichert werden könnte. Beispielsweise, indem er das Land endlich der Western Railroad Company überschrieb. Erpressung war das keineswegs, da dieser Schritt zum Wohl der Allgemeinheit schon vor Monaten nötig gewesen wäre. »Denken Sie an die ganzen Arbeitsplätze«, würde er zu Jed sagen. »Mit Ihrem Zaudern halten Sie den Wohlstand auf.«

»Und diese Pachtverträge kann er getrost vergessen«, fügte Edgar hämisch hinzu. »Ich will das ganze Land zur freien Verfügung.«

Das alles setzte voraus, daß die Gerüchte stimmten und

Royce Davies keine Hirngespinste verbreitete. Doch wie sollte er es herausfinden? Wer konnte statt seiner in diese zwielichtige Welt eindringen?

Nachdem er eine Einladung zum Essen bei William und seiner Familie abgelehnt hatte, ließ sich Edgar sein Abendessen auf einem Tablett bringen und zermarterte sich weiter das Hirn.

Dann kam ihm die Idee. Goldie!

Er war zwar Junggeselle, aber keineswegs ein Mönch und erfreute sich lieber an Goldies Mädchen als an einer Ehefrau, die man nicht mehr loswurde. Einer Ehefrau wie Belle Foster. Diese alte Schachtel hatte noch immer ein Auge auf ihn.

An diesem Abend unterhielt er sich in aller Ruhe mit Goldie. »Ich brauche ein paar Informationen«, erklärte er schließlich bei einer Flasche Champagner, die ihn das Fünffache des Ladenpreises gekostet hatte.

»Das ist völlig ausgeschlossen. Ich spreche nie über meine Kunden.«

»Daran habe ich auch im Traum nicht gedacht«, sagte er. »Ich interessiere mich eher für Herren, die dein ehrenwertes Etablissement nicht aufsuchen.«

»Dann werde ich wohl kaum etwas über sie wissen.«

»Vielleicht doch. Ich denke an Herren, deren Vorliebe nicht den Damen gilt.«

Sie lachte. »Du bist doch wohl nicht andersherum? Ich bin entsetzt.«

»Von wegen. Nein, ich bin an diesen Spielchen an sich nicht interessiert, sondern möchte nur wissen, wo sie stattfinden.«

»Im Auftrag der Polizei?« fragte sie vorsichtig.

»Auf keinen Fall, mein Ehrenwort. Es ist eine private Angelegenheit. Es geht um einen besorgten Vater, dem ich helfen möchte.«

Goldie zeigte sich nicht gerade begeistert von diesem Ansinnen, doch Edgar wußte, daß es nur eine Frage des Preises sein würde. Er legte einige Geldscheine auf den Tisch, und Goldie nahm sie. »Ich sehe zu, was ich tun kann.«

Am folgenden Samstag wies Edgar seinen ergebenen Diener Brody an, die kleine Kutsche vorzufahren.

»Soll ich fahren, Sir?«

»Ja. Es ist privat.«

Brody nickte und nahm an, daß Mr. Edgar das Blue Heaven aufsuchen wollte. Privat bedeutete, daß sein Kutscher nichts davon wissen sollte. Kutscher waren unzuverlässig, sie kamen und gingen, doch Brody arbeitete nun schon seit zehn Jahren für Mr. Edgar. Außerdem kam er mit den Pferden ebenso gut zurecht wie mit dem Haushalt. Früher war er Jockey gewesen, ein verdammt guter sogar, doch dann hatte er zuviel Gewicht zugelegt.

Er nannte den Herrn niemals Master wie die Diener in den vornehmen Häusern, das erwartete man auch nicht von ihm. Brody betrachtete sich als Edgars rechte Hand, sein Mädchen für alles. Notfalls konnte er sogar kochen. Es gab zwar eine Köchin und ein Hausmädchen, die seiner Aufsicht unterstanden, doch wenn die Köchin ausfiel, sprang er ein. Er lebte als einziger Bediensteter in dem großen, kühlen Haus in Wickham Terrace und war stolz darauf, daß dieser Junggesellenhaushalt besser lief als die meisten anderen.

Zu seiner Überraschung gab ihm der Boß als Ziel eine gewisse Adresse in einer düsteren Gasse in Fortitude Valley an. Er brachte die Kutsche vor einem schäbigen Arbeiterhäuschen zum Stehen und wandte sich an seinen Boß. »Und nun, Sir?«

»Wir warten«, sagte Edgar und zündete sich in aller Ruhe eine Zigarre an.

Im Haus brannte Licht, das durch Vorhänge oder Rolladen schimmerte. Männer kamen die Straße entlang, manche allein, andere zu zweit, und huschten durchs Tor. Edgar erkannte keinen von ihnen – das war auch nicht nötig. Still saß er da und wartete weiter. Nach einer Weile wurden die Leute im Haus neugierig angesichts der dunklen Kutsche, die vor der Tür stand. Einige Männer traten heraus, um die Lage zu peilen.

Einer fragte Brody beiläufig, ob er Hilfe brauche. Vielleicht eine Wegbeschreibung?

»Nein«, erwiderte dieser und sah starr geradeaus. Hier sollte der Boß eigentlich nicht gesehen werden. Hoffentlich würde er nicht hineingehen. Irgendwie machte ihn die Sache ganz nervös. »Eine Sekunde!« rief Edgar dem Mann zu, der mit Brody gesprochen hatte. »Ich möchte mit Ihnen reden.«

Ein blonder junger Mann mit frechem Gesicht steckte den Kopf durchs Fenster. »Abend, Kumpel! Bißchen schüchtern, was? Keine Sorge. Kannst mit mir reinkommen.«

Edgar war versucht, dem Kerl eins mit dem Stock zu versetzen, öffnete aber statt dessen die Tür. »Steigen Sie ein.«

Der junge Mann sprang in die Kutsche und ließ sich auf den Sitz fallen. »Sehr gemütlich. Der Polsterer hat gute Arbeit geleistet. Was kann ich für Sie tun?«

»Ich möchte bloß mit Ihnen reden.«

»Das sagen alle. Ich bin sehr aufnahmebereit.«

»Ganz bestimmt.« Edgar zog eine Pfundnote hervor. »Sie bekommen noch neun andere, wenn Sie mir eine Information geben.«

Der Mann warf einen vorsichtigen Blick zum Haus. »Ich weiß nicht so recht. Wir sollen eigentlich nicht reden.«

»Und wenn ich die Summe verdopple?«

»Kommt drauf an, was Sie wissen wollen.«

»Ich möchte nur wissen, ob Fontana Sweepstone ein Mitglied dieses ... Clubs ist.«

»Wer? Ach, Fontana, ja, er ist Stammgast hier.« Er streckte die Hand nach dem Geld aus, doch Edgar ließ es wieder in seiner Tasche verschwinden. »Nicht so hastig. Wenn Sie mitkommen und das schriftlich niederlegen, gehört das Geld Ihnen.«

»Zwanzig Pfund?«

»Ja.«

Der junge Mann stieß einen Pfiff aus. Soviel Geld für so wenig Mühe. »Sie bringen mich doch nicht zur Polizei?«

»Nein, nach Wickham Terrace.«

»In Ordnung, aber versuchen Sie nicht, mich übers Ohr zu hauen. Ich habe viele Freunde.«

»Sicher doch.« Edgar klopfte ans Fenster. »Nach Hause.«

»Ja, Sir.«

Edgar grinste im stillen über die Mißbilligung in Brodys Stimme. Vermutlich verstand der arme Kerl die Welt nicht mehr.

Der Name des Jungen war Ted Cameron. Er schaute sich um, als Edgar ihn ins Arbeitszimmer schob. »Nett haben Sie's hier.«

Dann spähte er durch die Flügeltür, als suche er nach einem Fluchtweg für den Notfall.

»Ist das alles, Sir?« fragte Brody steif.

»Nein. Du bleibst hier. Ich brauche einen Zeugen.« Edgar nahm Feder und Papier und setzte sich an den Schreibtisch. Vor ihm lagen die zwanzig Pfund. Er bot Cameron einen Platz an.

Er nahm dessen Personalien auf: Name, Alter, Anschrift, familiärer Hintergrund, und befragte ihn zu Fontana und seinen Begleitern.

Cameron antwortete, ohne zu zögern. Doch je intimer die Details wurden, desto mehr wand sich der arme Brody auf seinem Stuhl. Entsetzt hörte er zu, während sich Cameron beim Erzählen entspannte.

»O ja«, prahlte er, »Fontana war eine Weile lang mein Freund, doch dann hat er mich wegen eines anderen sitzenlassen. War mir aber egal. Fontana war großzügig, aber er konnte auch gemein sein. Flirtet mit jedem.«

»Eins möchte ich klarstellen. Wenn er Ihr Freund war, heißt das, Sie haben mit ihm geschlafen?«

»Mit ihm geschlafen? Nein, nur wenn er zu betrunken war, um heimzugehen.«

»Ich meine, ob Sie sexuell mit ihm verkehrt haben.«

»Warum sagen Sie das nicht gleich? Klar doch. Und ich fühle mich auch nicht schlecht deswegen.«

Brody konnte es nicht länger ertragen. »Sie meinen, Sie haben ihn geküßt?« stieß er hervor. »Einen Mann?«

Edgar schrieb weiter, und Ted lachte. »Komm schon. Er war mein Geliebter. Auch wenn er jetzt mit einem anderen geht, kommt er doch ganz gern noch mal her, um ein bißchen Spaß zu haben.«

»Ist er heute abend auch dort?«

»Sicher. Viele Freier kommen nur für eine halbe Stunde oder so …«

»Und bezahlen?« fragte Edgar.

»Manche ja, die neuen. Es ist ein Herrenclub, wenn Sie mich verstehen.«

Das verschlug sogar Edgar den Atem, während seine Feder weiter übers Papier kratzte.

Schließlich blickte er hoch. »Das genügt, Mr. Cameron. Mein Diener wird Sie zurückfahren.«

Brody zuckte zusammen, doch Edgar blickte ihn stirnrunzelnd an. »Mr. Cameron ist mein Gast. Ich habe versprochen, ihn nicht lange aufzuhalten. Können Sie schreiben?« wandte er sich an den jungen Mann.

»Ja.«

»Dann müssen Sie nur noch dieses Papier unterzeichnen und einige Worte hinzufügen, die ich Ihnen diktiere.«

»Und dann kriege ich die zwanzig?«

»Genau. Nehmen Sie den Stift und schreiben Sie: ›Ich erkläre … ‹ « Mit Edgars Hilfestellung bei der Rechtschreibung gelang es Ted Cameron zu erklären, daß seine Aussage wahr und korrekt sei.

»Und ich kriege dadurch keine Schwierigkeiten?« fragte er besorgt. Edgar beruhigte ihn.

»Keineswegs. Sie müssen jedoch bedenken, daß Ihre Handlungen illegal sind, aber das ist Ihre Sache. Ich wünsche Ihnen nichts Böses, doch Sie sollten dieses Gespräch Fontana gegenüber nicht erwähnen. Er könnte etwas unfreundlich reagieren.«

Ted unterschrieb die Erklärung und nahm Mütze und Geld vom Tisch. »Wenn die mich fragen, wo ich das herhabe, sage ich einfach, ich hätte ein bißchen Spaß mit einem alten Kerl in seiner Kutsche gehabt.« Glücklich grinste er Brody und Edgar an. »He, ich weiß nicht mal Ihre Namen.«

Edgar ging nicht darauf ein. Er war zufrieden mit dem Werk dieser Nacht und bester Laune. Als sein Gast zur Tür ging, flüsterte er Brody zu: »Jetzt siehst du, warum du die ganze Zeit im Zimmer bleiben solltest. Ich kann nicht riskieren, daß der kleine Halunke etwas von einem bißchen Spaß erzählt, den er mit mir gehabt haben will. Setze ihn ein paar Straßen von dem Haus entfernt ab. Danach wirst du diese Erklärung bezeugen.«

»Mit Freuden, Sir. Ganz schön ekelhaft.«

Edgar las die Erklärung noch einmal sorgfältig durch und fügte dann an einer freien Stelle die Worte »ging widernatürlichen Praktiken nach« ein. Es entsprach zwar der Wahrheit, doch das hatte der junge Kerl ja nicht unbedingt sehen müssen.

Nun hatte Edgar keine Zeit mehr zu verlieren und traf eine private Verabredung mit dem Ehrenwerten Jed Sweepstone. Das Gespräch lief erwartungsgemäß. Jed war entsetzt und wurde aschgrau, als er sich mit der Hand durch das dichte weiße Haar fuhr.

»Haben Sie Beweise?«

»Ja. Er muß einen seiner Liebhaber vor den Kopf gestoßen haben, und der ist mit der Geschichte zu mir gekommen.«

»Warum zu Ihnen?«

»Warum nicht? Glück für Sie, daß ich es war. Ich habe ihn bezahlt, damit er den Mund hält.«

»Sagten Sie ›einen seiner Liebhaber‹?« fragte Jed verwirrt.

»Ja.«

»O mein Gott. Seine Mutter darf es nie erfahren.«

»Natürlich nicht. Niemand braucht es zu erfahren.«

Der Minister schenkte sich einen Drink ein und wurde ruhiger. Edgar bot er nichts an. Als er sich einigermaßen von dem Schock erholt hatte, sagte er: »Vermutlich soll ich Sie nun für Ihr Schweigen entschädigen.«

»So würde ich es nicht ausdrücken«, erwiderte Edgar und erklärte in seinem besten Lobbyistenton, daß Jed die Zuteilung des notwendigen Landes verzögert habe.

»Sie sagten, Sie hätten Beweise. Darf ich sie sehen?« Edgar legte Camerons Erklärung auf den Tisch.

Als Jed sie gelesen hatte, schwankte er, und Edgar fürchtete einen Moment, er werde in Ohnmacht fallen. Doch Jed fing sich wieder, faltete das Papier zusammen und legte es in eine Schublade.

»Gibt es keine Kopien?«

»Mein Ehrenwort.« Edgar wußte, daß er Cameron oder einen anderen jederzeit wieder auftreiben und neue Beweise beschaffen konnte. Zudem war Jed kein Narr und kannte die Gefahr durchaus.

Sie setzten die Unterhaltung in höflichem Ton fort. Der Landminister wartete auf einen Beamten, der ihm die Akte über die beantragten Landzuteilungen bringen sollte, und Edgar beruhigte Sweepstones Gewissen. Noch Generationen später würden ihm die Leute im Westen dankbar sein, weil er den Bau der Eisenbahnlinie ermöglicht hatte.

Erst als der Minister allein war, verbrannte er das grauenhafte Stück Papier. Dann legte er den Kopf in die Hände und weinte.

6

Weihnachten, die Zeit der Freude und der Nächstenliebe.

So sollte es auch sein! Edgar pfiff fröhlich vor sich hin, während er seinen Bart trimmte. Alles lief bestens, und um diese Tatsache zu feiern, beging er diesen festlichen Abend mit einem Dinner und anschließendem Tanz im Great Northern Hotel.

Er hatte sich auf ein gewagtes Geschäft eingelassen. Die Öffentlichkeit hatte seine Aktienausgabe begeistert aufgenommen, doch ihm fehlte es noch immer an Kapital. Unterdessen stiegen die Kosten, und er sah sich gezwungen, ein Darlehen über dreitausend Pfund bei der Colonial Bank von Neusüdwales aufzunehmen. Die Bankiers in Sydney waren zugänglicher als die einheimischen und begrüßten seinen Unternehmergeist, der neue Horizonte eröffnete.

Die Kooperation des Landministers hatte das Geschäft besiegelt. Nicht einmal William und Lalla gegenüber erwähnte er, daß er Sweepstone auf seine Seite gezogen hatte, da sie ohnehin immer an die Übereignung des Landes geglaubt hatten.

Vor lauter Selbstzufriedenheit führte er einen kleinen Tanz auf. Obwohl groß und kräftig, war Edgar leichtfüßig und würde heute hinter keinem Tänzer zurückstehen müssen. Das Thema des Abends lautete »Champagner und Rosen«. Dem Direktor des Hotels hatte er klargemacht, daß für seine einhundert Gäste das Beste gerade gut genug sei.

»Rosen, überall Rosen!« zitierte er einen Vers von Browning. »Das Motto für meine Gäste und die Zukunft meiner Firma. Verstehen Sie mich?«

In der Zwischenzeit stellte sich der Geschäftsführer der

Western Railroad im Geiste die ganzen kleinen Beamten und Landvermesser vor, die ihm Stück für Stück die Landkorridore bis hin nach Longreach zuteilten – das Land für seine Eisenbahn. Schließlich fügte sich alles zusammen. Wenn diese Strecke im Bau war, würde er die Verhandlungen für die nächste Linie von Brisbane nach Bundaberg beginnen. Vermutlich springt für mich der Ritterschlag dabei heraus, dachte Edgar.

Angeregt durch Mr. Thurlwells Erklärung, daß Geld keine Rolle spiele, setzte der Hoteldirektor seine Talente für die Vorbereitung eines unvergeßlich eleganten Abends ein. Er durchkämmte die Stadt nach Rosen. Da sie zu dieser Jahreszeit recht selten waren, half er mit Papier- und Seidenblumen nach.

Als Theaterfreund, der das Gedicht von Browning kannte und dessen Rezitationen sehr beliebt waren, wurde er bei Mr. Thurlwells enthusiastischer Bemerkung über die Rosen ein wenig nervös. Er war abergläubisch, und wenn er sich recht erinnerte, endete das Gedicht »The Patriot« eher unerfreulich. Aus dem Zusammenhang gerissen klang die Zeile jedoch sehr hübsch und gefiel ihm ebenso sehr wie Edgars großzügiger Umgang mit Geld.

Die Buchanans warteten gemeinsam mit Belle Foster auf ihren Wagen. Clara ergriff die Gelegenheit, um mit Ben sachlich über das Schicksal ihres Anwesens zu reden.

»Wir müssen sobald wie möglich heimkehren«, sagte sie. »Ich möchte gleich nach Neujahr fahren.«

»Das geht nicht, ich habe noch einiges in der Stadt zu erledigen«, sagte Ben. »Außerdem begreife ich nicht, warum du es so eilig hast. Wir können da draußen ohnehin nicht viel tun.«

»Es gibt etwas, das wir tun können«, erwiderte Clara. »Wir kaufen hier Futter, verladen es in Frachtwaggons und bringen es bis Charleville. Und zwar mit dem Zug.«

Er starrte sie an. »Bist du verrückt geworden? Das kostet uns ein Vermögen.«

»Es ist besser als nichts!«

»So etwas habe ich noch nie gehört«, meinte Belle. »Manchmal hast du wirklich komische Ideen, Clara.«

»Das ist nicht komisch. Das Vieh braucht Futter. Es würde schon helfen, eine Wochenration hinzubringen.«

»Unsinn. Solche Extravaganzen können wir uns nicht leisten.«

»Warum nicht?« fragte Belle. »Vielleicht ist es doch keine so dumme Idee. Ich habe gesehen, wie das Vieh in der Dürre zugrunde geht, es ist kein schöner Anblick. Dein Vater mußte Hunderte der armen Tiere erschießen. Es hat ihm beinahe das Herz gebrochen.«

»So weit sind wir auch schon, Mutter. Wenn wir kein Wasser dorthin bringen, sollten wir sie wenigstens füttern.«

»Die Situation ist hoffnungslos«, meinte Ben. »Wir werfen nur unser Geld zum Fenster hinaus.« Er wollte nicht zugeben, daß er auf die Profite aus seinen Aktien hoffte – im Parlament munkelte man, der Landminister habe Western Railroad den ersten Korridor übereignet.

»Dann verkaufe den Besitz und mache dem Problem ein Ende«, sagte Belle.

»Das habe ich schon versucht, aber es gibt keine Interessenten. Wer wäre so verrückt, eine Viehstation zu kaufen, die von der Dürre ruiniert wurde?«

Clara fragte entsetzt: »Du hast versucht, Fairmont Station ohne mein Wissen zu verkaufen? Ich will nicht verkaufen. Wir müssen es durchstehen. Schließlich ist die Station unser Zuhause.«

»Wenn du so weitermachst, wirst du uns alle unweigerlich in den Ruin treiben«, zischte Ben. »Ich will kein Wort mehr darüber hören.«

»Nun gut, belassen wir es für den Moment dabei«, meinte Belle. »Wir wollen uns heute abend amüsieren, nicht streiten. Dieses Kleid steht dir wirklich gut, Clara. Gar nicht dein üblicher Stil. Woher hast du es?«

»Phoebe hat mir bei der Auswahl geholfen. Ich wollte ein

weißes Kleid, aber sie meinte, daß die Perlen auf dem rosa Crêpe besser wirken.«

»Das wirkt noch mehr als die Perlen«, murmelte Ben mit einem mißbilligenden Blick auf Claras Dekolleté.

Belle lachte. »Wenn sie eine Brust hat, kann sie sie auch zeigen.«

Phoebe kam wie üblich mit ihren Eltern, die allerdings darauf bestanden hatten, daß Robert Portnum, der Neffe des Gouverneurs, sie begleitete. Er war groß, sah gut aus und freute sich über ihre Gesellschaft. Sie bemühte sich, fröhlicher zu wirken, als sie sich eigentlich fühlte. Mißbilligend beobachtete sie, wie ihre Mutter neben Ben Buchanan Platz nahm und sich angeregt mit ihm unterhielt. Sie ging sogar so weit, seine Fliege zurechtzuzupfen. Phoebe kamen die beiden noch immer verdächtig vor.

Der Speisesaal sah wunderbar aus. Er war mit unzähligen Rosen dekoriert; der Champagner floß in Strömen; das Orchester spielte eine mitreißende Melodie. Nach einigen Gläsern amüsierte sich auch Phoebe. Sie fühlte sich wohl inmitten der eleganten Menschen, die sie so gut kannte. Und Robert war ein exzellenter Tänzer.

Angesichts der vielen Dinge, die ihm fremd waren und die seine Freunde als selbstverständlich empfanden, fühlte Ben Beckman sich manchmal wie Rip van Winkle, der aus einem langen Schlaf erwacht. Er verschlang die Zeitungen, um sich auf den neuesten Stand zu bringen, und bemerkte dabei, wie sehr die Preise angestiegen waren. Gelegentlich besuchte er noch das Bordell, in das ihn Cash eingeführt hatte, doch er fühlte sich schuldig dabei. Oma würde es sicher nicht gutheißen, aber ihm fehlte es an gesellschaftlichem Umgang.

Rod Callaghan war in den Ställen geblieben und hatte sich als äußerst wertvoll erwiesen. Dafür belohnte ihn Ben mit dem Titel des Geschäftsführers und verdoppelte sein Gehalt. Seine

Frau tauchte vor lauter Dankbarkeit in den Ställen auf, um Ben persönlich zu danken.

»Für uns macht das eine Menge aus«, sagte sie. »Jetzt können wir die Kinder wieder zur Schule schicken. Wir sind Ihnen sehr dankbar, Mr. Beckman.«

»Nennen Sie mich Ben.«

»Gut, Ben. Ich heiße Alice. Rod und ich gehen am Sonntag nachmittag zum Konzert. Warum laden Sie nicht eine junge Dame ein und kommen mit?«

»Ich wüßte nicht welche«, sagte er. »Ich kenne keine jungen Damen.«

Rod lachte. »Hör ihn dir an! Viele Mädchen würden sich darum reißen, mit dem Besitzer dieser Ställe auszugehen.«

»Das ist mir neu«, murmelte Ben.

»Er ist einfach zu schüchtern«, erklärte Rod seiner Frau. »Himmel, du solltest die Blicke sehen, die Miss Thurlwell ihm zuwirft. Kriegt ganz feuchte Augen, wenn er in der Nähe ist.«

»Wer? Phoebe?« fragte Ben.

»Ha! Sie kennen sogar ihren Vornamen!« schrie Rod.

»Natürlich, sie wohnt gleich neben mir. Ich soll sie doch nicht etwa einladen, oder?«

»Nein, das wäre wohl etwas zu hoch gegriffen. Recht habe ich trotzdem – Sie fallen den Mädchen auf.«

»Du solltest ihn nicht aufziehen«, meinte Alice. »Wenn Sie kein Mädchen fragen wollen, kommen Sie eben allein.«

»Kann ich meine Großmutter mitbringen? Sie geht nie aus und würde sich freuen.«

»Sie ist mir willkommen«, antwortete Alice. »Sie sind ein guter Junge.«

Bevor sie ging, nahm Rod seine Frau beiseite. »Du solltest den Boß nicht als guten Jungen bezeichnen. Das gehört sich nicht.«

»Es ist nicht schlimmer als deine Neckereien über Mädchen«, sagte sie gekränkt.

»Du hast damit angefangen.«

»Ich weiß, ich habe nicht darüber nachgedacht. Er hat es nicht leicht mit seiner Hautfarbe und der Gefängnisstrafe.«

»Aber er besitzt Geld. Er scheint aus dem vollen zu schöpfen und macht inzwischen auch Gewinne mit den Ställen.«

Alice wirkte nachdenklich. »Das ist ja die Gefahr. Ich mag ihn und möchte nicht erleben, daß er in die Fänge eines kleinen geldgierigen Weibsbildes gerät.«

Gussie Beckman verbrachte einen wunderbaren Tag mit Ben und seinen Freunden. Sie saß da in ihrem neuen Hut und erfreute sich an der Musik. Ihr entging kaum etwas, und sie bemerkte, wie sich Alice Callaghan bemühte, Ben mit einigen netten jungen Mädchen bekannt zu machen.

»Gut«, sagte sie zu sich selbst. Es war langsam an der Zeit für eine Liebesgeschichte. Sie wurde nicht jünger und wollte ihren lieben Jungen glücklich verheiratet sehen, bevor sie starb. Gussie mochte Alice; sie war eine vernünftige Frau. Sie kannte die Versuchungen, denen ein Mann wie Ben erliegen konnte, wenn er nicht auf den rechten Weg geführt wurde.

Zu Bens Überraschung lud sie die Callaghans und deren Kinder für den nächsten Sonntag zum Mittagessen ein. Sie plante bereits das Menü, und die Gäste nahmen die Einladung gerne an.

So nahm Bens gesellschaftliches Leben seinen Anfang.

Dann kam der Heilige Abend. Rod brachte das Thema zur Sprache.

»Ben, die Jungs hier bekommen üblicherweise eine Party am Heiligabend. Haben Sie schon Pläne gemacht?«

»Pläne? Nein. Ich wußte nicht, daß man das von mir erwartet. Was soll ich tun?«

»Cash war nicht gerade großzügig. Wenn er Geld hatte, gab er es für sich selbst aus und stellte nur einen Krug Schnaps auf den Hof. Als die alte Mrs. O'Neill noch lebte, lud sie uns alle mit Frauen, Freundinnen und Kindern ins Haus ein. War ein richtiges Fest. Hatten viel Spaß dabei.«

»Das könnte ich auch tun, aber es ist weit von hier bis

zu mir nach Hause. Die letzte Fähre geht schon um sieben Uhr.«

»Alice hätte eine Idee«, meinte Rod. »Sie kennen doch Kathleen O'Neill? Sie kocht für Privatveranstaltungen.«

»Das wußte ich nicht. Warum?«

»Um Geld zu verdienen.«

»Und wer bezahlt sie für so etwas?«

»Die Leute, die Parties und Tees und das alles veranstalten. Frauen wollen immer die besten Kuchen anbieten, um ihre Freundinnen zu beeindrucken. Und Kathleen kocht ebenso gut wie ihre Mutter. Alice sagte, sie hätte ein paar wirklich gute Kunden.«

»Guter Gott!«

»Alice meint, Kathleen sollte Ihre Party vorbereiten.«

»Und wir bezahlen sie dafür?«

»Umsonst wird sie es kaum tun.«

»Nein, ich werde sie gern bezahlen, aber es liegt mir nicht, sie zu fragen. Miss O'Neill mag mich nämlich nicht besonders. Warum bitten wir nicht Alice, sich zu erkundigen, ob sie den Auftrag übernehmen möchte? Dann sehen wir, was passiert.«

»Sie werden Alice schon sagen müssen, wieviel Sie anlegen wollen.«

Ben zuckte die Achseln. »Ich habe keine Ahnung. Alice soll sich darum kümmern und mir die Rechnung geben.«

Nach einigen Tagen berichtete Rod, daß Kathleen einverstanden war, ihnen am Heiligabend um fünf in ihrem Vorgarten eine Party zu organisieren.

»Wunder über Wunder!« stieß Ben hervor.

Außer Gussie wußte niemand, daß es Bens erste Party war. Als sie ihn an seine Pflichten als Gastgeber erinnerte, wollte er einen Rückzieher machen. »Keine Sorge, ich bin ja dabei. Du mußt nur mit allen sprechen und eine kleine Rede halten.«

»Eine Rede?« fragte er entsetzt.

»Du kannst doch reden wie ein Wasserfall. Wünsche ihnen frohe Weihnachten und bedanke dich für ihre Mitarbeit.«

Kathleen hatte ihren Vorgarten in ein Zauberland mit Laternen und Ballons verwandelt, die über langen Tischen mit karierten Tüchern schwebten. Es gab Partyhüte aus Pappe und Pfeifen; auf den Tischen standen mit Süßigkeiten gefüllte Körbe aus rotem Kreppapier. Auf einer Seite wurden Erfrischungen angeboten: Ale, Wein und Likör. Die beiden anderen Tische bogen sich unter Platten mit kaltem Huhn, Schweinefleischpasteten, hartgekochten Eiern und einer köstlichen Auswahl von Scones und Kuchen. Alles war fein säuberlich portioniert, so daß man sich einfach bedienen konnte und keine Teller brauchte.

Ben war beeindruckt. Wenn die Platten leer wurden, füllte Kathleen sie umgehend nach. Für die Kinder hatte sie einen Weihnachtsbaum aufgestellt. Auf der Veranda saß ein Bursche und spielte fröhliche Melodien auf dem Akkordeon. Doch Alice war besorgt. Was das wohl alles kosten würde? Kathleens Eltern hatten nie so großzügig gefeiert. Sie ging ins Haus, wo Kathleen gerade die Kosten auflistete.

»Das stellst du alles in Rechnung?«

Kathleen nickte. »Ja. Ich darf nichts vergessen, sonst mache ich Verluste.«

»Ich kann mich nicht erinnern, all diese Dekorationen und Geschenke bestellt zu haben. Auch nicht diese Menge Essen. Schließlich sollte es kein Bankett werden.«

»Das ist es auch nicht. So etwas serviert man jetzt auf Parties.«

»Und wenn sich der Boß über die Rechnung beschwert und mir die Schuld gibt? Was soll dann aus meinem Rod werden?«

»Der Geldsack Beckman kann sich das bestimmt leisten«, sagte Kathleen hämisch.

»Das ist gemein, Kathleen. Du bist ihm immer noch böse. Dabei hat Ben sein Bestes für dich getan.«

»Ich brauche keine Almosen. Ich habe gute Arbeit geleistet, und für die kann er auch bezahlen.«

Zu ihrer Überraschung ließ Ben sie am Ende seiner kurzen

Rede dreimal hochleben, weil sie alles so gut arrangiert hatte. Sie weigerte sich jedoch aus Prinzip, die Rechnung zu mindern, nicht einmal die Kosten für Arbeitszeit und Gartennutzung. Sie gab ihm die Aufstellung, bevor er nach Hause ging. Ben zog seine Brieftasche hervor und bezahlte, ohne mit der Wimper zu zucken.

»Dank Ihnen hatten alle ihren Spaß«, sagte er. »Das Essen war himmlisch. Ich glaube, ich habe zuviel davon gegessen. Kann ich Ihnen helfen, dieses Schlachtfeld aufzuräumen?«

»Nein, danke. Es geht ganz schnell.«

Mrs. Beckman gesellte sich zu ihnen. »Lassen Sie ihn helfen, Miss O'Neill. Sie müssen erschöpft sein. Kochen ist harte Arbeit. Ich setze mich solange unter die Bäume da drüben.« Sie lächelte Ben zu. »Das war das schönste Weihnachtsfest seit Jahren. Was für eine Freude, deine Freunde zu treffen. Alle waren so glücklich.«

Ben fand sich gut in der Küche zurecht. Er nahm heißes Wasser vom Herd und spülte in der Blechwanne, während Kathleen ihm das schmutzige Geschirr brachte. Er baute die Tische ab und fragte: »Was soll ich damit machen?«

»Lassen Sie sie dort stehen. Die Männer holen sie ab.«

»Welche Männer?«

»Die ich engagiert habe.«

»Klug von Ihnen. Darauf wäre ich nicht gekommen.«

Sie sah sich gezwungen, sich mit ihm zu unterhalten, während sie Tabletts, Platten und Töpfe abtrocknete. Langsam wurde ihr klar, daß Ben viel jünger sein mußte, als sie ursprünglich angenommen hatte. Sie selbst war zwanzig, und Ben konnte kaum älter sein. Die Jahre im Gefängnis machten einen Jungen hart und ließen ihn schnell erwachsen werden. Der alte Lennie, der zur Zeit von Bens Festnahme in den Ställen arbeitete, hatte ihr die Geschichte erzählt. Damals dachte sie nicht weiter darüber nach, weil sie noch unter dem Verlust der Stallungen litt. Jetzt berührte es sie angesichts der ungerechten Macht, die die sogenannten feinen Leute über das einfache Volk besaßen.

Ben sammelte den Abfall und brachte ihn zum Mülleimer im Hof.

»In diesem Leben gibt es keine Gerechtigkeit«, sagte Kathleen und sah zum Fenster hinaus. »Wenn Dad nicht gestorben wäre, hätten wir das Geschäft behalten, und ich wäre nicht so mittellos.« Sie schaute sich um. Für sie war nichts übriggeblieben, da die Gäste alles bis zum letzten Krümel aufgegessen hatten. »Na ja«, seufzte sie, »jedenfalls habe ich Geld in der Tasche und kann mich nicht beschweren.«

Als Ben zurückkehrte, bedankte sie sich bei ihm. »Das ist alles. Ich setze nur den Kessel auf und frage Ihre Großmutter, ob sie eine Tasse Tee möchte.«

Ben reckte sich, zog seine Jacke wieder an und setzte sich an den Küchentisch. Dieses Haus erinnerte ihn an sein eigenes. Als hätten es dieselben Menschen nach demselben Plan errichtet, nur die Lage war anders. Das Haus in Kangaroo Point wirkte kühler. Hier in der Ebene gab es keinen Wind, die Hitze fing sich im Haus. Typisches Weihnachtswetter.

Miss O'Neill schien sich Zeit zu lassen und plauderte vermutlich mit Oma. Als das Wasser kochte, setzte Ben den Kessel ab und ging zur Vordertür hinaus. Er war dankbar für einen Grund, die heiße Küche zu verlassen.

Kathleen stand mit weit aufgerissenen Augen am Fuß der Treppe und konnte kaum sprechen.

»Was ist los?« fragte er.

Sie fuhr sich mit der Hand durchs dunkle Haar und schüttelte den Kopf. Sie hielt die Augen gesenkt, als habe sie Angst, mit ihm zu reden.

»Was ist los?« wiederholte Ben und trat auf sie zu. Kathleen schien einer Ohnmacht nah, und er griff nach ihrem Arm, um sie zu stützen.

Schließlich fand sie ihre Stimme wieder und deutete auf die Bäume. »Ben! Ihre Großmutter! Ich glaube … sie ist tot.«

Er rannte los. Das konnte nicht wahr sein! Sie döste nur in ihrem Sessel. Sie schaute so friedlich aus, war sicher einfach nur müde. Er berührte sanft ihre Wange. »Oma. Wach auf. Wir gehen heim. Es ist Zeit, nach Hause zu gehen.« Als sie nicht antwortete, geriet er in Panik. »Holen Sie einen Arzt. Schnell!« rief er Kathleen zu. Doch er hatte den ersten Schock überwunden und wußte selbst, daß es zu spät war.

Kathleen bekreuzigte sich und stand hilflos daneben, als er die alte Frau in die Arme nahm und weinend an sich drückte.

Kathleen holte einen Arzt, der den Totenschein ausstellte, und Frauen, um Augusta Beckman aufzubahren. Kathleen blieb auch während der langen, trüben Stunden des ersten Weihnachtstages bei Ben. Sie konnte wenig mehr tun, als ihm in der Stille des Hauses Gesellschaft zu leisten.

Nach dem Begräbnis stand er auf der Klippe und schaute auf den Fluß hinunter, während Kathleen Mrs. Beckmans Sachen aus dem Haus trug. Sie waren für die Armensammlung der Kirche bestimmt.

Danach ging sie hinaus zu Ben.

»Sie haben eine schöne Aussicht.«

»Ja.«

»Dieser Fluß muß sich vor Urzeiten so tief ins Land gegraben haben. Wie weit ist die Küste entfernt?«

»Ziemlich weit«, meinte Ben. »Früher habe ich von hier aus immer die Schiffe beobachtet.« Verzweifelt drehte er sich zu ihr um. »Warum mußte sie gerade jetzt sterben? Alles entwickelte sich so gut.«

»Das weiß ich nicht. Aber sie ist friedlich gestorben, das sollte Sie trösten. Ich habe die Kleider für die Armen zusammengepackt, die werden dankbar sein. Ansonsten habe ich nichts angerührt. Sie können alles in Ruhe durchsuchen, wenn Sie sich besser fühlen.«

»Falls es dazu kommen sollte«, sagte er düster. »Ich hasse die Vorstellung, alles zu durchwühlen, sie war so ordentlich.«

Kathleen nickte. Ihr war nicht danach, die ganzen Phrasen herunterzuleiern – die Zeit heilt alle Wunden und so weiter und so fort. Ben sollte seine Trauer ausleben.

»Ich hatte große Pläne für ein schönes Haus, aber sie wollte es nicht. Sie liebte es so, wie es ist.«

»Und nun?«

»Nun? Nichts. Es ist seltsam, aber ich werde es wohl so lassen. Ich habe mich daran gewöhnt. Meine Mutter und Großmutter waren hier glücklich. Das Haus wird mich an sie erinnern.«

Vom Balkon des langen Zimmers konnte Phoebe Ben hoch oben auf der Klippe sehen. Neben ihm stand eine junge dunkelhaarige Frau.

Phoebe hatte von Mrs. Beckmans Tod gehört und wartete auf eine Gelegenheit, um Ben ihr Beileid auszusprechen. Allerdings wollte sie ihn auch nicht zu früh stören. Und jetzt stand er da tatsächlich mit dieser wildfremden Frau! Phoebe wollte allein mit ihm sprechen. Sie empfand sich als seine älteste Freundin und mußte ihn einfach besuchen.

Ihr wurde klar, daß sie eifersüchtig war. Egal. Es ärgerte sie nur, daß sich diese Person bei ihm aufhielt und dort ein und aus ging, als gehöre ihr das Haus.

Einige Tage darauf, als sie ihn allein glaubte, klopfte Phoebe an Bens Tür, doch er antwortete nicht. Wahrscheinlich war er in den Ställen. Leider konnte sie in dieser Woche nicht ausreiten, da sie zu viele gesellschaftliche Verpflichtungen hatte.

Außerdem wollte sie ihm unter vier Augen ihr Beileid aussprechen. Schließlich handelte es sich um eine sehr persönliche Angelegenheit.

Am Sonntag nach Neujahr traf sie Ben endlich zu Hause an. Er war verblüfft über ihren Besuch.

»Miss Thurlwell!« stieß er hervor und knöpfte sich hastig das Hemd zu.

»Wir hatten uns auf Phoebe geeinigt«, sagte sie sanft. »Ich möchte Ihnen sagen, wie leid es mir tut. Ich wäre schon früher gekommen, wollte aber nicht stören.«

»Vielen Dank. Das ist sehr nett von Ihnen.« Er schien nicht

recht zu wissen, was er als nächstes tun sollte. Phoebe machte keinerlei Anstalten zu gehen.

»Fühlen Sie sich jetzt etwas besser? Es muß ein furchtbarer Schock gewesen sein.«

»Ja, das stimmt.«

»Sie war eine liebenswerte alte Dame.«

Ben nickte. »Ich vermisse sie sehr.«

Es lief nicht so, wie Phoebe es sich vorgestellt hatte. Er sollte sie ins Haus bitten, statt so traurig in der Tür zu stehen.

»Na gut«, meinte sie, »dann gehe ich mal. Ich möchte Sie nicht belästigen.«

»Schon in Ordnung. Werden Sie dieses Jahr wieder reiten?«

»Natürlich. Vielleicht begleiten Sie mich irgendwann noch einmal.«

»Sehr gern.«

Enttäuscht ging Phoebe nach Hause. Er hatte so niedergeschlagen ausgesehen, daß sie ihn am liebsten umarmen und küssen wollte. Jawohl, küssen! Obwohl er in einer traurigen Verfassung war, obwohl ihm die braunen Haare unordentlich ins Gesicht hingen und ihn dunkler und verschlossener aussehen ließen als üblich. Eigentlich wirkte er so noch attraktiver. Immerhin hatte er zugesagt, mit ihr auszureiten. »Sehr gern.« Und er meinte es ehrlich, ganz sicher. Sie würde ihn nicht lange warten lassen.

Leider hatte Lalla Verdacht geschöpft.

»Warum dieses plötzliche Interesse am Reiten? Triffst du dich mit jemandem?« fragte sie eines Morgens mißtrauisch.

»Natürlich nicht! Keiner der Holzköpfe, die ich kenne, würde jemals ausreiten. Ich würde so gern auf dem Land leben. Wenn Clara Buchanan nach Hause fährt, bin ich ganz allein.«

Sie erinnerte sich daran, wie ihre Mutter auf Edgars Party am Heiligabend Ben Buchanan umflattert hatte, und fügte hinzu: »Ben und Clara können jederzeit abreisen.«

»Nein, Ben hat zu viele Verpflichtungen in der Stadt. Die Leute vom Land kehren nicht vor Ende Januar heim.«

Phoebe zuckte die Achseln. »Wir werden sehen.« Zumindest war es ihr gelungen, Lalla von gewissen Vermutungen abzulenken.

Clara stritt noch immer mit Ben über ihre Heimkehr. »Wenn du nicht mitkommen willst, fahre ich ohne dich auf die Station zurück.«

»Du wirst gefälligst hier bei mir bleiben.«

»Das kann ich nicht. Es wartet soviel Arbeit auf mich.«

Schließlich zeigte er sich einverstanden. »Dann fahr doch! Du bist mir hier ohnehin keine Hilfe. Du versuchst nicht einmal, mit den richtigen Leuten zu reden oder etwas über Politik zu lernen. Als würde dich meine Karriere überhaupt nicht interessieren.«

»Wenn ich mir keine Sorgen über die Station machen müßte, würde ich hierbleiben und mein Bestes tun, aber du scheinst dich ja nicht um den Besitz zu kümmern.« Sie brach in Tränen aus. »Ich hasse diese Politik, sie zerstört unsere Ehe.«

»O nein! Es ist einzig und allein deine Schuld. Ich bin nicht verantwortlich für die Dürre. Die Station wirft kein Geld ab. Das Vernünftigste wäre, den Rest des Viehs zu verkaufen und die Station zu schließen.«

»Das kann nicht dein Ernst sein! Es ist mein Zuhause. Und vergiß nicht, Ben, mein Erbe steckt auch in der Station. Ich werde nicht aufgeben und alles im Stich lassen.«

»Ich hatte mich schon gefragt, wann du mit diesem Argument ankommst. Dein Anteil am Erbe! Zur Hölle damit! Fairmont Station gehört mir, das solltest du nicht vergessen.«

Clara konnte nicht begreifen, wie sehr sich Ben verändert hatte, und merkte, wie sehr sie ihn doch verabscheute. Im Hinblick auf Lalla hatte sie immer einen gewissen Verdacht gehegt, den ihr Benehmen am Heiligabend beinahe bestätigt hatte. Beinahe deshalb, weil sie es nicht genau wissen wollte. Sie war nicht so naiv, wie diese Stadtmenschen glaubten.

Als sie mit Dr. Thurlwell, der aufgrund seiner Gicht nicht

tanzen konnte, alleine am Tisch zurückblieb, gab sie vor, nicht zu bemerken, wie oft Ben mit Lalla tanzte. Doch es bestand noch Hoffnung. Lalla war verheiratet. Ben würde Clara nicht wegen einer verheirateten Frau verlassen, weil der Skandal einfach zu groß sein würde. Eine alleinstehende Geliebte wäre für Clara gefährlicher gewesen.

Nicht, daß es ihr etwas ausmachen würde, Ben an Lalla zu verlieren. Jetzt nicht mehr. Doch die Station lief auf seinen Namen, und bei einer Trennung würde sie alles verlieren. Besorgt sah sich Clara bereits im Geiste vor der Tür ihrer Mutter. Das wäre beinahe so schlimm wie das Leben mit ihrem Ehemann.

Andererseits besaßen Mütter wie Belle auch ihre Vorteile. Sie hatte entdeckt, daß Clara kein eigenes Geld besaß, da selbst die Konten der Station von Ben geführt wurden.

»Ich weiß, daß es so üblich ist«, sagte sie zu ihrer Tochter, »aber für Frauen ist es demütigend, wenn sie nach jedem Pfennig fragen müssen. Deinem verstorbenen Vater habe ich das gleich klargemacht. Als ich dann deinen lieben verstorbenen Stiefvater heiratete, war es mir egal, weil ich genügend eigenes Geld besaß.«

»Es ist sinnlos, Mutter. Ich habe Ben um ein eigenes Konto für die Station gebeten, aber er will nichts davon hören.«

»Das hatte ich erwartet. Sie wollen nicht die Kontrolle verlieren, weil Frauen angeblich nicht mit Geld umgehen können. Schließe einen Kompromiß. Ihr solltet ein gemeinsames Konto einrichten, für das beide zeichnungsberechtigt sind.«

»Das würde er nie tun!«

»Wir werden sehen«, erwiderte Belle mit der entschlossenen Stimme, die Clara nur zu gut kannte.

Belle bekam ihren Willen. Vor einem Jahr hatte sie nach einer kurzen, heftigen Auseinandersetzung mit Ben dafür gesorgt, daß ein gemeinsames Konto eingerichtet wurde. Für die Frau, die sich bemühte, eine Viehstation zu leiten, kam es als Geschenk des Himmels. Ben war ein unzuverlässiger Zahler und nie um Ausreden verlegen. Nun konnte Clara ihre Angestellten pünktlich und die Lieferanten umgehend bezahlen. Sie mußte sich nicht mehr mit Versprechen über die Runden bringen.

Sie versuchte verzweifelt, ihr Vieh durchzubringen, wobei ihr das gemeinsame Konto sicher helfen würde.

Clara verabredete sich mit Phoebe zum Reiten, um sie vor der Abreise nach Fairmont noch einmal zu sehen.

»Geht Ben mit dir?« fragte Phoebe.

»Nein. Er hat zu viele Verpflichtungen hier in Brisbane und bleibt noch ein paar Wochen.«

»Wie schrecklich, allein nach Hause zu fahren.«

»Ich fahre nicht allein. Die Züge sind voller Menschen, und ich freue mich schon auf den Ritt von Charleville nach Fairmont.«

»Ich meine ohne Ben. Wie kannst du allein die Station leiten?«

Clara sah sie an und fragte sich, wieviel Phoebe wußte. »Es ist nicht leicht. Manchmal auch schmutzig und problematisch, vor allem, wenn die Kühe kalben. Sie brauchen oft Hilfe. Aber es ist ein schönes Gefühl, einem Kalb auf die Welt zu helfen und es auf die Füße zu stellen. Es gibt vieles, das einen entschädigt.«

»Belle hat mir erzählt, daß du praktisch auf dem Pferderükken lebst. Ein Wunder, daß du dich überhaupt mit mir abgibst.«

Clara lachte. »Das ist Arbeit. Hier reite ich zum Vergnügen, ganz gemütlich. Im Grunde sind mir Pferde lieber als Menschen. Du natürlich ausgenommen.«

Als sie in die Mietställe zurückkehrten, unterhielt sich Clara mit den Stallknechten über Pferde. Sie wollte den jungen Mr. Beckman allein sprechen, doch Phoebe blieb an ihrer Seite. Schließlich packte Clara sie in den Wagen, da der Kutscher bereits ungeduldig wurde, und schickte sie nach Hause. Dann suchte sie den Besitzer.

Das Hengstfohlen war äußerst widerspenstig und schwer zu zähmen. Stark, aber kein Zugpferd. Es akzeptierte inzwischen Reiter, doch die Deichsel lehnte es ab, selbst im Gespann mit anderen Pferden. Also konnte man das Fohlen nicht an Cobb und Co. verkaufen.

»Na gut, mein Freund. Was soll ich jetzt mit dir machen?« fragte Ben das Pferd. »Auf dem Markt bekomme ich bloß den halben Preis für dich. Wir müssen wohl einen privaten Käufer finden.«

Als er das Fohlen in den Hof führte, traf er dort auf Mrs. Buchanan. »Möchten Sie ein Pferd kaufen?« fragte Ben.

»Dieses hier?« fragte sie lächelnd. »Eine Schönheit, aber das Futter reicht kaum für die Tiere, die ich jetzt habe. Kann ich kurz mit Ihnen sprechen?«

»Sicher. Was kann ich für Sie tun?«

»Zunächst möchte ich Ihnen mein Beileid aussprechen.«

»Danke.« Die Frau ging ihm auf die Nerven. Er hatte sie schon einmal getroffen und wußte sie einfach nicht einzuordnen.

Sie redete nicht lange um den heißen Brei herum. »Ich wollte fragen, wo ich Futter für mein Vieh kaufen kann. Woher beziehen Sie Ihre Lieferungen?«

»Von verschiedenen Farmen. Die Bauern bringen mir Heu.«

»Ich brauche sehr viel. Im Westen gibt es kein Futter, deshalb möchte ich soviel wie möglich kaufen.«

»Und es auf Ihre Station bringen?«

»Genau.«

Er pfiff leise vor sich hin. »Das ist wirklich eine besondere Bestellung. Ich habe noch nie gehört, daß jemand so etwas macht.«

»Aber es ist möglich, oder?«

»Ja, aber teuer.«

»Sonst muß ich zusehen, wie mein Vieh stirbt.«

Ben übergab das Fohlen einem Stallburschen und ging mit

ihr in sein Büro. »Ich bin in Ihrer Gegend gewesen. Ich weiß, daß es schlimm ist. Würden ein paar Karrenladungen überhaupt helfen?«

»Ich rede nicht von ein paar Karren voll. Ich will Futter mit dem Zug nach Charleville transportieren.«

In diesem Moment entstand draußen ein Tumult. Männer schrien, Holz krachte und splitterte.

Ben schaute aus dem Fenster. »Schon wieder dieser Teufelsbraten! Er will nicht mal einen Eselskarren ziehen und hat einen Stallknecht auf dem Kieker.« Er lachte. »Und zwar den, der ihn in den Stall bringen soll.«

»Vielleicht sollten Sie selbst nachsehen, worum es geht. Ich habe Zeit.«

Diese Worte trafen ihn wie ein Blitz aus heiterem Himmel, und er erinnerte sich an alles.

Ben ging hinaus und brachte das Pferd mit einem Ruck am Halfter und einem harten Klaps aufs Hinterteil zur Räson. »Harry, du mußt den Teufel mit einem Apfel oder Zuckerstück anlocken«, sagte er zu dem Stallknecht. Seine Gedanken waren jedoch bei der Frau in seinem Büro.

Er dachte an den Jungen, der damals schreiend ins Eßzimmer der Thurlwells gestürzt war, um den Doktor ans Krankenbett seiner Mutter zu rufen. Ein Raum voller empörter Stimmen, die sich gegen ihn erhoben. Mit einer Ausnahme, die ihm Hoffnung gemacht hatte. Er hatte der Frau ins Gesicht gesehen, als sie rief: »Vielleicht könnten Sie nachsehen, worum es geht, William.«

Man hatte sie überschrien und Ben weggezerrt, doch diese Szene und die freundliche Frau vergaß er nie. Nun saß Mrs. Buchanan in seinem Büro. Sie war mit Phoebe hergekommen, also eine Freundin der Thurlwells. Sie mußte es sein.

Als er zurückkam, hatte er sich entschieden. »Ich besorge Ihnen das Futter. Es dauert ein bißchen, aber Sie können sich auf mich verlassen.«

Ihre Augen strahlten. »Das würden Sie für mich tun?«

»Kein Problem.«

»Ich werde Sie gern dafür bezahlen.«

»Nein, der Transport ist schon teuer genug. Wie viele Ladungen brauchen Sie?«

Sie holte tief Luft. »Eine pro Woche. Geht das?«

»Wir können es versuchen. Ich setze die Futterrechnungen auf das Konto Ihres Mannes.«

Sie rutschte unbehaglich auf ihrem Stuhl hin und her. »Wenn Sie mir die Rechnungen an die Fairmont Station schicken, werde ich mich darum kümmern. Die Frachtkosten begleiche ich direkt bei Lieferung. Ich wäre Ihnen sehr verpflichtet, wenn Sie meinem Mann gegenüber diese Sache nicht erwähnten. Er hält es für eine alberne Idee.«

»Verständlich, aber es ist einen Versuch wert.«

»Vielen Dank. Schicken Sie alles an Fairmont via Charleville. Das genügt.«

»Ich weiß. Letztes Jahr bin ich auf der Suche nach Wildpferden über Ihr Land geritten. Wir haben einige Ihrer Heckenreiter getroffen, die uns vor dem Wassermangel warnten, fanden dann allerdings bei einer Felsformation namens Winnaroo eine Wasserstelle. Kennen Sie die?«

Sie nickte. »Winnaroo Springs. Ein wirklich schöner Ort, der als eine Art Geheimtip gehandelt wird, damit er erhalten bleibt. Kein Einheimischer würde jemanden dorthin schicken, außer es ginge um Leben und Tod. Der Besitz wurde nach der Quelle benannt.«

»Wer lebt dort?«

»Niemand. Die Eigentümer bekamen Streit und gingen weg. Wir führen unsere Besucher oft dorthin, natürlich nicht ohne Genehmigung«, sagte Clara grimmig. »Allerdings muß ich zugeben, daß wir in letzter Zeit etwas illegal gehandelt haben. Wir sind hingeschlichen, um den Wasserkarren zu füllen. Eine mühsame Arbeit, selbst mit Eimerkette.«

»Das kann ich mir vorstellen.«

»Es ist frustrierend zu wissen, daß es dort Wasser gibt. Die

Wildpferde kommen mit dem rutschigen Pfad klar, unsre Tiere leider nicht. Sind schließlich keine Bergziegen.«

»Zum Glück.«

»Pech für das Vieh, Glück für die Quelle. Falls man sich den Zugang erzwingen und einen richtigen Weg anlegen würde, wäre sie ruiniert.«

»Das würde doch niemand tun, oder?«

Clara zuckte die Achseln. »Nun ja ... die Winnaroo Springs Station steht zum Verkauf. Man weiß nie, was den Eigentümern einfällt, wenn sie verzweifelt nach Wasser suchen. Ich liebe diese Gegend, aber zum Glück liegt sie nicht auf unserem Besitz. Das wäre eine echte Versuchung.«

»Gibt es kein Vieh auf dieser Station?«

»Nein. Daher ist die Quelle nicht unmittelbar bedroht. Wir beten weiter um Regen und hoffen, daß sich alles zum Guten wendet.«

Die Nacht war heiß und sehr still. Moskitowolken schwärmten in der Dunkelheit umher. Ben schenkte sich ein Glas Whiskey ein, nahm eine Zigarre und setzte sich auf die hintere Veranda, um in Ruhe nachzudenken. Die Zigarre erinnerte ihn wieder an Oma. Es dauerte Wochen, bis er die Weihnachtsgeschenke auspacken konnte, die sie für ihn gekauft hatte: schöne Hemden und diese Kiste hervorragender Zigarren.

Er hatte das Futter für Mrs. Buchanan nach Westen verfrachtet und regelmäßige Lieferungen arrangiert. Hoffentlich würde es helfen. Gelegentlich kam ihr Ehemann in die Ställe, um Talleyman zu reiten. Ben hielt sich abseits, da er sich ein wenig schuldig fühlte angesichts seiner geheimen Zusammenarbeit mit Mrs. Buchanan. Der Standpunkt ihres Mannes war ihm nicht fremd, und sie hatte zu einem drastischen Mittel gegriffen.

Diese Angelegenheit war also erledigt; die Sattlerei hatte die Arbeit aufgenommen; und sein Gespräch mit Mrs. Buchanan brachte ihn auf andere Dinge, um die er sich kümmern mußte.

Diamond war tot. Oma war tot. Und Dr. Thurlwell lebte noch immer stillvergnügt nebenan. Den Zeitungen, Bens täglicher Bettlektüre, zufolge bewegte er sich in der feinsten Gesellschaft. Unantastbar.

Und Thurlwells Strafe? Ein paar zerbrochene Fensterscheiben, die Oma bezahlt hatte. Und auch Ben hatte dafür bezahlt. Immer und immer wieder und auf eine Weise, die nicht zu verzeihen war.

Wütend ging er ins Haus und holte sich die Whiskyflasche. Betrinken wollte er sich keineswegs. Er trank noch immer sehr wenig, aber ein paar Gläser konnten vielleicht den schwelenden Zorn in seinem Inneren beruhigen.

Es gab keinen legalen Weg, den ehrenwerten Doktor zur Rechenschaft zu ziehen. Keine Chance. Während Ben als hitzköpfiger junger Narr im Gefängnis gesessen hatte, erschien ihm die Sache ganz einfach. Eine Tracht Prügel. Oder er würde ihn töten. Sein Haus niederbrennen. Dann kam der verrückte Plan, ein größeres, besseres Haus zu errichten. Glücklicherweise hatte Oma ihm die Idee ausgeredet. Womöglich hätte es den Thurlwells sogar gefallen, weil es den Wert der ganzen Straße gehoben hätte. Es wäre klüger gewesen, das Häuschen abzureißen und Ställe zu bauen. Ställe, die Geruch verbreiteten und Fliegen anzogen. Doch das hätte geheißen, sich ins eigene Fleisch zu schneiden. Schließlich war das hier sein Zuhause.

Ben hatte genug im Gefängnis erlebt, um von gewalttätigen Vergeltungsmaßnahmen abzusehen. Beim kleinsten Vergehen gegen Thurlwell wäre er wieder dort gelandet. Finanziell konnte er dem Halunken nichts anhaben, weil er Jahre brauchen würde, um ihn auf diesem Gebiet einzuholen. Reiche Landbesitzer wie die Thurlwells bauten ihr Vermögen für gewöhnlich über Generationen auf.

Was also konnte er tun? Nichts. Diamond war die ärztliche Hilfe eines weißen Mannes nicht wert gewesen. Dr. Thurlwell hatte fröhlich seine Dinnerparty gefeiert, während sie nach Luft rang und starb – viel zu jung. Noch keine vierzig.

Doch was war mit Phoebe? Ihr wollte er nicht weh tun.

Rod Callaghan hatte ihn noch einmal mit der Nase darauf gestoßen, als sie mit Mrs. Buchanan in die Ställe kam. »Da geht sie. Hat ein Auge auf Sie geworfen, ehrlich.«

Ob das stimmte? Es war lieb von ihr gewesen, ihn nach Omas Tod zu besuchen. Vermutlich reine Freundlichkeit. Doch sie hatte ihn eingeladen, mit ihr auszureiten. Was wohl dahintersteckte?

Seine Gedanken verweilten bei Phoebe. Ein seltsames Schweigen lag in der Luft. Eine grausame Stille, nur vom Geräusch des Streichholzes unterbrochen, mit dem sich Ben die nächste Zigarre anzündete.

Was wenn ...? Er stellte sich eine ungeheuerliche Frage. Wenn er nun Phoebe Thurlwell umwarb? Wenn sie nun wirklich an ihm interessiert war? Ein verrückter Gedanke, aber nicht unmöglich.

Er mußte es sehr vorsichtig und sanft anfangen, um sie nicht abzuschrecken. Sie schien an einer Freundschaft interessiert zu sein. Vielleicht bestand Hoffnung, daß mehr daraus erwachsen konnte. Es war schon kühn von ihr, mit einem Farbigen auszureiten. Nur wenige Frauen in Brisbane würden dieses Wagnis eingehen. Ben begriff allmählich, daß Callaghan wohl recht hatte.

Und was würde Dr. Thurlwell dazu sagen, wenn er das Herz der schönen Dame eroberte? Seine Tochter und der verachtete Nachbar! Vermutlich würde ihn der Schlag treffen. Kein großer Verlust.

Am Morgen war die Idee zu einer Phantasievorstellung geschrumpft. Phoebe wollte bestimmt nur freundlich sein und blieb unerreichbar für ihn.

Trotzdem legte er bei ihrem nächsten Besuch in den Ställen korrekte, maßgeschneiderte Reitkleidung an und ritt mit ihr aus. Die Blicke seiner Mitarbeiter ignorierte er geflissentlich.

»Sie sehen sehr schick aus«, bemerkte Phoebe.

»Sie zwingen mich ja dazu«, erwiderte er freimütig. »Sie sind immer so elegant, daß ich mir neben Ihnen wie ein Stallbursche vorkomme.«

»Glauben Sie mir«, lachte Phoebe, »Sie sehen niemals wie ein Stallbursche aus.«

Beim nächsten Mal fragte sie ihn, wer für ihn sorge.

»Wie bitte?«

»Wer kocht für Sie und erledigt die Hausarbeit?«

»Ich selbst. Ich koche gern und habe meiner Großmutter so lange dabei zugesehen, daß ich durchaus eine einfache Mahlzeit zustande bringe. Und das genügt vollkommen.«

»Und die Hausarbeit?«

»Es ist nicht weiter tragisch, den Boden zu kehren und mein Bett zu machen.«

»Sie sollten ein Hausmädchen einstellen.«

»Ich will kein Hausmädchen. Auf Leute, die mir zu Hause unter den Füßen herumlaufen, kann ich gut verzichten.«

Phoebe schien darüber nachzudenken und lächelte dann. »Sie haben wahrscheinlich recht. Es muß wunderbar sein, ein Haus für sich allein zu haben, in dem einem keiner nachspioniert und die Nase in alles steckt. Komme ich zu spät zum Essen, ist die Hölle los, selbst wenn ich gar keinen Hunger habe.«

Er ritt nur gelegentlich mit ihr aus und tat immer, als habe er zufällig gerade Zeit. Dann änderte sich das Wetter.

Phoebe geriet in einen heftigen Schauer und kehrte völlig durchnäßt von ihrem Ritt zurück. Ben holte ihr ein Handtuch.

»Ich hätte es beinahe geschafft«, lachte sie unbekümmert. »Allerdings verwandelte sich der Weg in glitschigen Schlamm. Da habe ich Gracie lieber nicht angetrieben.«

»Sehr vernünftig.« Er betrachtete die blauschwarzen Wolken, die sich im Westen auftürmten. »Den Regen haben wir uns auch verdient. Ich hoffe, da draußen bekommen sie auch ihren Teil ab.«

»Das hoffe ich auch. Die Situation ist sehr schlimm. Mrs. Buchanan sagte, sie hätten seit Jahren keinen Regen mehr gehabt. Klingt unglaublich, was?«

»Ja, vor allem, da es hier an der Küste so heiß und feucht ist.« Sie zögerte. »Wenn die Regenzeit beginnt, ist es wohl vorbei mit dem Reiten.«

»Keine Sorge«, sagte Ben, als gelte ihre Sorge dem Pferd, »wir bewegen Gracie regelmäßig. Sie ist in letzter Zeit ein wenig verwöhnt worden.«

»Dann gehe ich jetzt besser. Vielen Dank für alles. Wenn Sie Hilfe brauchen, melden Sie sich. Schließlich sind wir Nachbarn.«

»Welche Art von Hilfe?« fragte er grinsend.

Sie ließ sich nicht aus der Ruhe bringen. »Keine Ahnung. Vielleicht werden Sie des Kochens müde und brauchen jemanden, der es für Sie übernimmt.«

»Können Sie kochen?«

Sie kicherte. »Nein.«

»Na ja, wenn Sie Zeit und Lust haben, kommen Sie einfach vorbei, und ich koche für Sie.«

»Seien Sie vorsichtig. Ich könnte Sie beim Wort nehmen.«

Phoebe verließ den Stall. Trotz ihrer Selbstsicherheit war sie nervös. Zweifellos hatte er die Einladung ernst gemeint und mochte sie gern. Aber würde sie es auch wagen? Wie lustig, sich von einem Mann bekochen zu lassen. Eine vorsichtige Stimme erinnerte sie an seine Stellung und Vergangenheit, doch das empfand sie als unfair. Er wirkte so liebenswert, und sie kannte ihn doch schon seit einer Ewigkeit. Warum also sollte sie ihn nicht besuchen?

Vom Standpunkt ihrer Eltern aus – das war ihr bewußt – entsprach es nicht den gesellschaftlichen Regeln, einen Mann zu Hause zu besuchen. Phoebe fragte sich, woher diese ganzen albernen Konventionen stammten. Sie war doch kein unmündiges Kind mehr. Einige Männer würden die Situation vielleicht ausnutzen, aber sicher nicht Ben. Er war ihr Freund, wie Barnaby. Wenn der sie eingeladen hätte, würde sie auf der Stelle annehmen. Warum also nicht auch bei Ben Beckman? Er wohnte ja gleich nebenan.

Jetzt mußte sie nur noch einen Zeitpunkt abpassen, zu dem ihre Eltern nicht zu Hause waren und die Dienstboten frei hatten. Niemand sollte davon erfahren. Es wäre schön, in Ruhe mit ihm zusammenzusitzen und richtig zu reden, anstatt beim Ausreiten langweilige Konversation zu machen. Er war ein so interessanter Mann.

Und wahnsinnig attraktiv. Ihr heimlicher Freund.

Der Regen prasselte nieder. Er trommelte rhythmisch auf die Blechdächer, tropfte durch Löcher in bereitgestellte Töpfe und Eimer, sang seine unbekümmerte Begleitmelodie zum Donnergrollen in den Wolken. Hausbesitzer mit großen Veranden wurden beneidet, weil sie ihre Häuser besser lüften konnten und sich nicht gegen Schimmelpilze verbarrikadieren mußten. Die Geschäftsleute sahen mit Entsetzen, wie Sturzbäche von ihren Markisen fielen und die Kunden abschreckten. Sie warfen besorgte Blicke auf den angeschwollenen Fluß, da sie ein neues Hochwasser fürchteten.

Die erste Freude verwandelte sich bald in Frustration angesichts der nicht enden wollenden Regenzeit. Im Westen sahen Menschen wie Clara Buchanan dagegen verzweifelt zum stahlblauen Himmel hinauf, von dem gnadenlos eine metallische Sonne brannte. Zur Verblüffung ihrer Angestellten hatte sie die ersten Heulieferungen erhalten, die sorgfältig rationiert wurden.

Phoebe war unglücklich. Da ihre Eltern ihre gesellschaftlichen Verpflichtungen eingeschränkt hatten, kam sie nicht mehr aus dem Haus und mußte zu allem Übel auch noch Lallas Launen ertragen. Auch die Dienstboten hatten darunter zu leiden.

An einem Sonntag morgen, an dem wieder tiefhängende Wolken den Himmel verdunkelten und den nächsten Regenguß ankündigten, entdeckte Phoebe Ben bei der Gartenarbeit. Sie strich über ihr schlichtes buntes Baumwollkleid mit dem weißen Piquekragen, bürstete sich das Haar und band es mit einer blauen Schleife zusammen. Ihren Pony trug sie nach der neuesten Mode kürzer, damit er sich lockte. Sie brachte die Locken mit ein wenig Spucke in Form und machte sich auf den Weg.

Sie schlenderte gemächlich durch den Garten und war bald außer Sichtweite des Hauses. Dann glitt sie durch einen Spalt in der Hecke und spazierte am Zaun entlang, der parallel zum Fluß verlief.

Ben schoß in die Höhe und wischte sich die Hände an seiner schmutzigen Hose ab. »Hallo. Was für eine Überraschung.«

»Ich mußte einfach mal aus dem Haus. Dieses Wetter ist so langweilig und hält so lange an, daß ich schon glaubte, ich würde Schimmel ansetzen.«

»Diese Gefahr besteht wohl kaum«, meinte er fröhlich. »Sie sehen taufrisch aus.«

»Vielen Dank. Was um Himmels willen machen Sie da?«

»Wonach sieht es denn aus? Ich arbeite im Garten. Zumindest versuche ich es.«

»Sie arbeiten schon die ganze Woche über. Warum stellen Sie keinen Gärtner ein?«

»Den brauche ich nicht. Als Kind habe ich Gartenarbeit gehaßt, weil ich nur Unkraut jäten durfte, doch inzwischen macht es mir Spaß. Wahrscheinlich, weil ich jetzt die Pflanzen selbst setze und wachsen sehe.«

Sie trat zurück. »Diese Rosen werden herrlich sein, wenn sie erst blühen.«

»Falls die Heuschrecken noch etwas übriglassen.«

»Dasselbe Problem haben wir auch.« Dann fragte sie unvermittelt: »Wußten Sie, daß die Straßenbahnen elektrisch werden? Demnächst braucht man keine Pferde mehr dafür.«

»Guter Gott! Tatsächlich?«

»Ja. Die Pläne werden nächsten Samstag im Rathaus vorgestellt. Eine Galaveranstaltung mit dem Gouverneur und allen anderen wichtigen Leuten. Meine Eltern werden sich diese Gelegenheit nicht entgehen lassen, komme, was wolle.«

»Gehen Sie auch hin?«

»Nein, ich bin nicht eingeladen.«

»Haben Sie an diesem Abend schon etwas vor?«

»Nein.« Phoebe hielt den Atem an.

»Möchten Sie hier mit mir zu Abend essen? Ich meine, es gibt nichts Besonderes. Nur eine Abwechslung, falls Sie allein zu Hause sind.«

Beinahe hätte sie ganz salopp »Warum nicht?« gesagt, nahm die Einladung dann aber in höflicher Form an.

Er brachte sie bis zum Zaun. »Ich weiß, daß es so üblich ist, aber ich sollte Sie vielleicht besser nicht abholen«, meinte er verschmitzt.

Phoebe lachte. »Nein. Ich kann die paar Schritte ganz gut allein gehen.« Damit hatte sie die Tatsache, daß er bei seinen Nachbarn nicht willkommen war, ins Komische gezogen, was wohl am besten war.

»Dann also bis Samstag.«

An diesem denkwürdigen Abend war das Haus ganz still. Phoebe warf ein weites Cape über ihr indisches Musselinkleid, das nicht formell, aber hübsch genug wirkte, löste ihr Haar und ging hinüber.

Auf dem Tisch in Bens kleinem Eßzimmer lag eine cremefarbene Tischdecke mit passenden Servietten. Mehr Aufwand hatte er nicht getrieben. Keine Kerzen oder besondere Beleuchtung, es sollte ja eine einfache Mahlzeit sein. Phoebe kam in die Küche und half ihm, Hühnerbrühe, gebratene Koteletts, Kartoffelbrei und Gemüse aufzutragen. Zum Nachtisch gab es Erdbeeren mit Schlagsahne.

Sie bemerkte seine hervorragenden Tischmanieren, die er vermutlich seiner Großmutter verdankte. Er unterhielt sich unbekümmert mit ihr. Zum Dessert bot Ben ihr Champagner an, und es war nicht der schlechteste. Phoebe genoß den Abend, nachdem sie die ganze Woche eine mögliche Katastrophe befürchtet hatte. Sie hatte Angst gehabt, er könne versuchen, sie zu beeindrucken, so daß sie verlegen würde. Sie selbst durfte keinesfalls herablassend wirken, obwohl sie noch nie in einem Haus ohne Dienstboten gegessen hatte.

Doch ihre Sorgen erwiesen sich als unbegründet. Sie ließen es sich schmecken, ein Gang folgte rasch auf den anderen, und es machte mehr Spaß, mit ihm aufzutragen und abzuräumen, als sich einfach nur bedienen zu lassen.

Phoebe begriff, daß er an die Gesellschaft von Frauen gewöhnt und daß dies kein Junggesellendomizil war, wie Onkel Edgars Haus. Überall entdeckte sie Spuren einer weiblichen Hand: zarte Vorhänge, Häkeldeckchen auf der Anrichte und selbstgemachte Seidenblumen in einer Vase.

Ben interessierte sich für die elektrischen Straßenbahnen. »Die Leute sagen, man würde in der Stadt bald gar keine Pferde mehr brauchen.«

»Das kann ich mir nicht vorstellen.«

»Es könnte stimmen. Ich muß an meine Zukunft denken. Möchten Sie Kaffee?«

»Nein, danke, der Champagner reicht mir vollkommen.«

»Gut.« Er lud sie nicht ein, sich in den Salon zurückzuziehen, sondern öffnete eine Schublade und holte Bilder von Automobilen hervor. »Ich glaube, diese Fahrzeuge werden die Pferde ersetzen. Daher muß ich etwas darüber lernen.«

»Womit werden sie angetrieben?« fragte Phoebe.

»Die neuesten, die man bald auch hier kaufen kann, fahren angeblich mit Benzin. Sie sind schneller als zwanzig Meilen pro Stunde.«

Sie betrachtete die Bilder. »Ich frage mich, ob Vater auch eins kaufen wird.«

»In Übersee sind Automobile der neueste Schrei. Aber wo bekommen die Leute unterwegs das Benzin her? Sie fahren ein Stück und bleiben irgendwann stehen. Jemand muß an der Straße Benzin verkaufen.«

»Ich weiß überhaupt nicht, was Benzin eigentlich ist.« – »Da sind Sie nicht die einzige. Ich weiß es auch nicht genau, werde es aber herausfinden.«

Während Phoebe ihm zuhörte, entdeckte sie eine völlig andere Seite an Ben. Er war ehrgeizig, gab sich nicht mit den Mietställen und der neuen Sattlerei zufrieden. Er wollte weiterkommen und mit der Zeit gehen, was ihr sehr aufregend erschien. Er saß ganz nah neben ihr, doch er hätte genauso gut Meilen entfernt sein können, so versunken war er in die Welt der Automobile und Benzingeschäfte.

Als sie den Champagner ausgetrunken hatten, schien er den Abend für beendet zu halten. »Ich hole Ihren Mantel und bringe Sie bis ans Tor«, sagte er.

Phoebe wurde ordnungsgemäß nach Hause gebracht, und er dankte ihr aufrichtig für die Gesellschaft. Es war erst neun Uhr, als sie das leere Haus betrat, in dem noch die Lampen brannten.

Sie zuckte die Achseln. »Na ja, romantisch kann man das wohl kaum nennen«, sagte sie zu sich selbst. »Aber was hattest du denn erwartet? Es war ein angenehmer Abend, und er hat sich als perfekter Gentleman erwiesen.« Ihr fiel ein, wie sie in seiner Diele an einem Spiegel vorübergegangen waren. Der dunkle Ben und sie selbst mit ihrem hellen Haar und der weißen Haut gaben ein schönes Paar ab. »Gegensätze ziehen sich an«, dachte sie lächelnd. »Aber findet er mich auch attraktiv? Schwer zu sagen.«

Später in der Nacht begriff sie, daß Ben wohl niemals den Mut aufbringen würde, um sie zu werben. Sie mußte schon selbst einen Weg finden, damit er sie als Frau und nicht nur als Freundin betrachtete.

Barnaby war am Boden zerstört. Ihm schien, alle würden ihn anstarren und ihm die Schuld geben. Wohin er auch ging, immer begleitete ihn das Schuldgefühl wie ein Schatten.

Dabei hatte das Jahr so gut angefangen. Brisbane schwamm

beinahe im Regen davon, doch für die Regierungsangestellten und andere Büromenschen mit ihren ordentlichen Akten und Papieren war das nicht weiter tragisch. Barnaby bemerkte zunächst kaum, daß der Regen nachließ. Dann gab es wieder Tennisturniere, und er hatte Phoebe ein paarmal gesehen.

Sie war wieder wie früher gewesen, freute sich, ihn zu sehen, und erklärte stolz, daß sie in diesem Jahr mehr Stunden nehmen und jeden schlagen würde.

Gelächter war die Antwort. »Dann solltest du besser gleich damit anfangen«, neckte sie eine Freundin, denn Phoebe war nicht gerade für ihre sportlichen Erfolge berühmt.

»Warte nur ab«, grinste sie. »Ich werde Tennis in diesem Jahr sehr ernsthaft betreiben.« Sie wandte sich an Barnaby. »Stell dir vor, wir haben jetzt Telefon im Haus! Du mußt mich anrufen, wenn es eine Leitung im Parlament gibt.«

»Das wird schwierig. Sie liegt im Büro des Premierministers.«

»Dann rufe ich ihn an und plaudere über das Wetter«, kicherte Phoebe. »Ob er wohl etwas dagegen hat?«

»Natürlich nicht«, erwiderte Barnaby lachend. So ging es mit der neuen Erfindung: Man schätzte zwar die Verbindung, doch kam es den Leuten komisch vor, in ein Mundstück zu brüllen. Für die meisten war es ein bloßes Statussymbol.

Er wünschte, er könnte Phoebe jetzt anrufen. Er mußte mit irgend jemand reden, doch bei den Thurlwells konnte er nicht anrufen. Wenn sie könnte, wie sie wollte, würde Lalla kochendes Öl durch den Hörer schütten.

Traurig schüttelte er den Kopf. Dabei hatte alles so harmlos angefangen.

Die Reiseroute für Theodore Prosser war beinahe fertig. Barnaby hatte sie sorgfältig niedergeschrieben, nachdem ihm Prosser den allgemeinen Plan genehmigt hatte. Jetzt mußte er nur noch die Details ausarbeiten. Transport, Meilenzahl, Unterbringung und Namen der Personen, die sie begrüßen würden.

Um die genauen Entfernungen zwischen den Orten in Erfahrung zu bringen, war er ins Landministerium gegangen. Dort wollte er einen Blick auf die Karten werfen und mit der Strecke von Rockhampton nach Longreach beginnen. Doch leider waren die Karten nicht aufzufinden.

»Sie sind bei den Vermessern«, sagte man ihm. »Die können Ihnen weiterhelfen. Das Büro am Ende des Korridors.«

Dort traf er auf einige fleißig arbeitende Vermesser, die sich jedoch wenig kooperativ verhielten. Er sah ihnen über die Schulter und entdeckte, daß sie über Hunderten von Karten brüteten und die genaue Größe einzelner Parzellen eintrugen. Dann kamen die Besitzurkunden mit dem dazugehörigen Labyrinth von Gemeinden, Umfang und Beschreibung an die Reihe.

»Ich dachte, die Arbeit wäre abgeschlossen«, meinte Barnaby.

»Ist sie auch, aber hierbei handelt es sich um ein neues Projekt«, erklärte man ihm.

Barnaby stellte fest, daß man die Strecke nach Longreach in kleine Häppchen aufgeteilt hatte.

»Wozu ist das gut?«

»Wegen der Eisenbahn.«

»Geht es weiter damit?«

»Worauf Sie sich verlassen können. Damit sind wir noch Wochen beschäftigt. Wir mußten zusätzliche Vermesser einstellen, die hinausfahren und jeden Zoll überprüfen. Fehler können wir uns nicht leisten.«

»Was geschieht denn eigentlich? Annektiert die Regierung das Land? Ich meine diese Grundstücke, die Sie da kennzeichnen.«

»Gewissermaßen«, antwortete ein Vermesser. »Doch das soll nicht unsere Sorge sein. Wir leiten alles an die Abteilungen für Eigentumsrechte weiter. Die sind dabei, doppelte Übertragungen zu organisieren.«

»Was ist eine doppelte Übertragung?« erkundigte sich Barnaby. »Die Regierung annektiert die Grundstücke für wichtige Zwecke, damit sich die Eigentümer nicht beschweren können.

Danach wird das Eigentumsrecht auf die Western Railroad Company übertragen.«

»Die ganze Strecke? Das wird aber teuer.«

Der Vermesser sah ihn überrascht an. »Keineswegs. Die Firma baut die Eisenbahn und braucht das Land.«

»Sie wollen damit sagen, daß man es ihnen umsonst gibt?«

»Etwas in der Art.«

Wie das Schicksal es wollte, war Calvin Abercrombie ins Zimmer getreten und lauschte interessiert der Unterhaltung. Er war Mitglied des Oberhauses und, im Gegensatz zu seinen Kollegen, von einer leidenschaftlichen Unabhängigkeit. Als eingeschworener Labour-Vertreter und Feind von Royce Davies warf er diesem vor, er habe die Rechte der Arbeiter an die Reichen im Lande verkauft.

»Was sagten Sie gerade, Mr. Glasson?« fragte Abercrombie.

Barnaby deutete arglos auf die Landkarten. »Ich war nur überrascht, daß man Land auf diese Weise übertragen kann. Ich dachte immer, daß Grundstücke für private Nutzung gekauft werden müßten. Aber in diesem Fall …«

»Was meinen sie damit?« fragte Abercrombie täuschend ruhig.

»Eine Bahnlinie ist eine teure Angelegenheit. Das geht wohl nicht ohne die Hilfe der Regierung.«

»Und deshalb schenkt man ihnen jedes Fitzelchen Land entlang der gesamten Strecke? Ich dachte, das Land gehöre den Menschen.«

»Es wäre doch zu ihrem Besten«, gab Barnaby zu bedenken.

»Und die Menschen profitieren auch von den Gewinnen?«

»Nein, die Investoren«, mußte Barnaby gestehen.

»Nun, Mr. Glasson, Sie sind Anwalt. Haben die Menschen nicht auch investiert? Wenn Land annektiert wird, müssen die Eigentümer entschädigt werden.« Er wandte sich an die Vermesser. »Habe ich nicht recht?«

»Ja, es gibt einen bestimmten Betrag pro Acre.«

»Und wer bezahlt den?« fragte Abercrombie. – »Die Regierung, nehme ich an«, antwortete Barnaby, dem langsam ein Licht aufging.

Abercrombie verfolgte beharrlich seine Fährte. »So, da kauft also die Regierung, oder sagen wir das Volk, Land und schenkt es der Western Railroad. Gehen wir noch einen Schritt weiter. Was geschieht, wenn die Eisenbahnpläne scheitern? Wenn sie nie gebaut wird. Wem würde dann das Land gehören?«

»Der Firma«, erwiderte Barnaby kläglich.

»Und Sie halten diesen Vorschlag für fair und angemessen?«

Barnaby dachte kurz nach und schüttelte den Kopf. »Nein, Sir, das ist er nicht.«

Abercrombie schlug ihm auf die Schulter. »Braver Junge. Jetzt sehen Sie, wie der Hase läuft. Niemand denkt lange genug darüber nach. Wer hat eigentlich dieses großzügige Geschenk an die Western Railroad Company angeordnet?«

»Unser Minister«, antwortete ein Vermesser. »Der Landminister. Lassen Sie uns bloß aus der Sache heraus. Wir tun nur unsere Arbeit.«

»Sicher doch. Kommen Sie mit, Mr. Glasson. Ich habe ein Wörtchen mit Ihrem Boß, dem Justizminister, zu reden.«

Widerstrebend führte Barnaby ihn zu Creightons Büro und erklärte dem Sekretär, daß das Parlamentsmitglied dringend den Minister zu sprechen wünsche.

Creighton war außer sich. »Wer hat Sie gebeten, sich einzumischen?« brüllte er Barnaby an, nachdem Abercrombie gegangen war.

»Ich habe mich nicht eingemischt, Sir. Ich war nur zufällig da, als Mr. Abercrombie hereinkam.«

»Er behauptet, Ihre Fragen hätten ihn auf die sogenannten ›dubiosen Geschäfte‹ gestoßen. Was hatten Sie dort zu suchen?«

»Ich wollte nur die Entfernung zwischen den Städten in Richtung Longreach überprüfen.«

»Sie haben mehr als das getan, indem Sie die Vermesser nach Dingen befragten, die Sie nichts angehen.«

Diskussionen waren zwecklos. Barnaby zog sich in seine Ecke zurück und tat, als sei er sehr beschäftigt. Leider hatte er seine Unterlagen im Vermessungsbüro vergessen und traute sich nicht, sie zu holen.

Gerüchte schwirrten durchs Parlament. Abercrombie drohte damit, die Angelegenheit vor den gesetzgebenden Rat zu bringen, und verlangte außerdem, daß der Komiteevorsitzende einen Untersuchungsausschuß einberief, um diese Pläne zu untersuchen. Barnaby erfuhr, daß ein Treffen mit dem Premier arrangiert worden war, um den Skandal zu unterdrücken.

Mehrere Minister einschließlich Jed Sweepstone waren anwesend. Dazu kamen Abercrombie und drei seiner Kollegen, die Kopien der betreffenden Landkarten mitbrachten. Sie verlangten Einsicht in den Vertrag zwischen der Regierung und der Western Railroad.

Der Klatsch blühte. Angeblich hatte der Premierminister versucht, eine harte Linie zu fahren, und behauptet, der Landminister sei durchaus berechtigt, den Vertrag zu unterzeichnen. Dies wurde auch gar nicht bezweifelt, sondern sollte nur vom eigentlichen Kern der Sache ablenken. Eine Weile gelang das auch, doch dann wandte sich der frustrierte Abercrombie an die Zeitungen und erzählte ihnen vom Mißbrauch der öffentlichen Gelder. Und die Gerüchteküche kochte weiter.

Man sagte, Edgar Thurlwell habe den Landminister bestochen, damit dieser ihm das Land übereignete. Der Premier trat jedoch unbeirrbar für Jed Sweepstone ein, den er als vertrauten Freund und integren Mann schätzte. Er würde sich niemals bestechen lassen. In der Zwischenzeit distanzierten sich Abgeordnete, die Aktienpakete angenommen hatten, von der ganzen Debatte.

Lalla Thurlwell besuchte auf Edgars Wunsch hin Ben Buchanan, damit dieser den Anschuldigungen gegen den Minister ein Ende bereite. »Der Ärger kommt aus den Reihen der Opposition«, sagte sie. »Ein Skandal ohne Grundlage, aber er könnte der Gesellschaft schaden. Royce Davies ist in Ipswich und nicht zu erreichen, aber du als sein Stellvertreter mußt handeln. Sage Abercrombie, er soll sich zurückziehen.«

»Das kann ich nicht. Abercrombie ist groß in Fahrt und läßt sich nicht aufhalten. Schließlich *sollen* wir in der Opposition sein, Lalla. Schon lange hat sich keine so wunderbare Chance mehr geboten, der Regierung eins auszuwischen.«

»Auf wessen Seite stehst du eigentlich? Du weißt ganz genau, daß Jed Sweepstone keine Bestechungsgelder annimmt.«

»Natürlich. Es ist ein verdammtes Durcheinander, aber das geht vorbei. Währenddessen kann ich nach Hause fahren. Morgen früh breche ich auf. Clara braucht mich auf der Station.«

»Seit wann denn das?«

»Seit wir von einer schrecklichen Dürre heimgesucht wurden. Hast du das etwa vergessen?«

»Nein«, erwiderte Lalla zornig, »aber es ist bequem für dich, ihr gerade jetzt zu Hilfe zu eilen. Du wirst hier gebraucht.«

»Wenn das Parlament zusammentritt, bin ich wieder zurück.«

»Du gehst in Deckung. Hast du etwa Angst, daß bei einer Untersuchung dein Aktienbesitz ans Licht kommt? Geschenke von Edgar?«

»Die Annahme dieser Aktien war keineswegs illegal«, sagte Ben kalt.

»Und das ist nun der Dank für Edgars Unterstützung? Für unsere Unterstützung?«

Er zündete sich eine Zigarre an. »Edgar weiß über uns Bescheid. Daher habe ich mich nicht mehr mit dir getroffen.« Sie kam näher mit einem verführerischen Lächeln. »Guter Gott. Ist das alles? Er würde mir ohnehin nie weh tun.« Sie streichelte über sein Gesicht. »Wenn ich schon aus legitimen Gründen hier bin, könnten wir das auch ausnutzen.«

Doch er wandte sich ab. »Dein Schwager hat mich bedroht. Das mißfällt mir. Diese Botschaft kannst du ihm überbringen.«

Seine Stimme wurde hart. »Richte Edgar aus, er soll zur Hölle fahren.«

»Und ich wohl auch.«

»Ich habe viel zu tun, Lalla. Das Mädchen wird dich hinausführen.«

Sie griff nach ihrer Tasche und den Handschuhen. »Ben Buchanan, das wird dir noch leid tun. Denk an meine Worte!«

»Das möchte ich bezweifeln«, gab er zurück und klingelte nach dem Mädchen.

Aus den Augen, aus dem Sinn. Der Abgeordnete für Padlow grinste vor sich hin, während er für die Heimreise packte. Er wußte selbst, daß sich Sweepstone niemals bestechen lassen würde. Warum auch? Er schwamm doch im Geld. Wenn Abercrombie jedoch die Korruption in den höchsten Kreisen anprangerte, war dies ein günstiger Zeitpunkt, um zu verschwinden. Er konnte gut darauf verzichten, vor einen Untersuchungsausschuß geschleift zu werden und zu gestehen, daß er Aktien von Thurlwell angenommen hatte. Man würde ihm einen Interessenkonflikt vorwerfen.

Ben nahm sein Gewehr, um es im Schuppen zu reinigen. Sein Blick fiel auf Monty, den tolpatschigen Hofarbeiter, der eine Reihe blühender Büsche zurückschnitt. Bei dem Regen und der Hitze der letzten Wochen waren sie so gewuchert, daß die schweren Zweige bis auf den Rasen hingen.

»Hör auf damit«, rief Ben ihm zu. »Ich möchte, daß du zu O'Neills Stallungen gehst und ihnen sagst, sie sollen meine Pferde bewegen, während ich weg bin.«

Monty stolperte herüber. »Sie meinen wohl Beckmans Ställe, Mr. Buchanan.«

»Die verdammten Pferde stehen bei O'Neill«, sagte Ben.

»Ja. Früher hießen die so, aber Ben Beckman hat sie gekauft. Sie wissen, der junge Bursche, dieses Halbblut.«

Jesus! Ihm fiel fast das Gewehr aus der Hand, als er den Namen hörte. Beinahe wäre es ihm gelungen, den Namen zu vergessen, nachdem er ihn auf der Polizeiwache zum ersten Mal gehört hatte. Diskrete Nachforschungen hatten ergeben, daß sich der Bastard selbst höhere Strafen eingehandelt hatte und sicher unter Verschluß war. Doch das lag Jahre zurück. War es derselbe Mann? Ein Schauer überlief ihn. Er war so oft in den Ställen gewesen und hatte ihn nie gesehen. Die Frage war allerdings, ob er ihn überhaupt wiedererkennen würde. Eher unwahrscheinlich.

»Beckman?« fragte er Monty. »War er nicht im Gefängnis?«

»Angeblich schon. Doch das scheint keinen zu stören. Macht seine Sache gut. Ihm gehört auch die Sattlerei.«

»Einen Moment.« Ben ging ins Haus an seinen Schreibtisch und durchwühlte einige Papiere, bis er die letzte Rechnung der Mietställe fand. Da stand es schwarz auf weiß. Beckman! Warum hatte er es nicht bemerkt? Allmächtiger Gott! Clara war oft dorthin gegangen. Wenn der Bastard nun mit ihr gesprochen hatte?

Nein, der Unglückswurm hatte nicht mit ihr über seine Herkunft geredet, weil er selbst nichts darüber wußte, dachte Ben erleichtert. Diamond war tot. Nur Mrs. Beckman, diese dumme alte Frau, hatte geahnt, daß Buchanan der Vater war. Allerdings konnte sie nicht sicher sein, weil er alles abgestritten hatte. Sie würde dem Jungen nichts erzählt haben. So mußte es sein! Beckman hatte es weit gebracht, aber er wußte noch immer nicht, daß er mit seinem Kunden verwandt war. Sonst wäre er bestimmt mit seiner Geschichte herausgerückt.

Gott sei Dank wußte Buchanan nun Bescheid. Er nahm die Rechnung und einige Pfundnoten und drückte sie Monty in die Hand.

»So jemand soll sich nicht um meine Pferde kümmern. Hier ist die Rechnung und etwas Bargeld. Bezahle ihn. Und dann bringst du die Pferde in einen anderen Stall.«

»In welchen?« Monty war nicht gerade der Fleißigste und scheute jede zusätzliche Mühe.

»Weiß ich nicht! In der Essex Street gibt es einen, das ist ohnehin näher.«

»Dann muß ich aber ein paarmal hin- und herlaufen«, jammerte Monty.

»Du kannst auf einem Pferd reiten und die anderen am Zügel führen.«

»Ich bin doch kein Stallknecht! Talleyman allein ist schon schwierig genug.«

»Bring ihn in den Stall und hole dann die anderen«, grollte Ben, »sonst bist du gefeuert.«

Das wird er ohnehin, beschloß Ben. Wenn die Trockenzeit kam, würde nicht viel im Garten wachsen. Um die anderen Aufgaben konnten sich das Mädchen und die Köchin kümmern.

Der alte Schurke ließ sich Zeit. Nachdem die Pferde glücklich in der Essex Street untergebracht waren, gab Ben Monty ein paar Shilling und entließ ihn.

Fluchend suchte der alte Mann den nächsten Pub auf und gab das ganze Geld für Rum aus. Dabei beschwerte er sich bitter über seine müden Knochen und das Schwein von einem Exboß, doch niemand hörte ihm zu. Dann schwankte er zurück in die Stadt, wo er nachts im Blue Heaven arbeitete. Eigentlich sollte er in der Küche die Töpfe und Spülbecken leeren, das Plumpsklo sauberhalten und leere Flaschen aufeinanderstapeln, doch er war so müde und betrunken, daß er sich in einen alten Sessel setzte und einschlief.

Goldie höchstpersönlich fand ihn dort am nächsten Morgen, nachdem sich ihre Angestellten über die schmutzige, unaufgeräumte Küche beschwert hatten. Sie riß die Tür auf, um ein Küchenmädchen mit den Mülleimern hinauszulassen, und entdeckte Monty schnarchend in einer Ecke.

Sie versetzte ihm einen Schlag mit dem Fächer. »Wach auf, du Faulpelz!« rief sie. »Ich bezahle dich nicht, damit du schläfst.«

Er schoß in die Höhe. »Mist, tut mir leid, Missus. Muß eingedöst sein.«

»Döse gefälligst woanders. Du bist gefeuert!«

Monty hatte nur diese beiden Jobs. Die konnte er doch nicht

innerhalb von vierundzwanzig Stunden verlieren! »Jesus, es tut mir leid. Seien Sie fair! Mein Boß, dieses Schwein Buchanan, hat mich übel behandelt. Ich mußte stundenlang durch die Gegend laufen! Interessiert ihn wohl nicht, daß ich nicht mehr der Jüngste bin.«

»Wozu denn das?« fragte Goldie ungläubig.

»Um seine Pferde umzuquartieren. Hat sich plötzlich in den Kopf gesetzt, daß sie nicht mehr in Beckmans Mietställen bleiben sollen. Ich mußte sie auf der Stelle da rausholen. Nicht morgen, nicht übermorgen, nein, sofort.«

Goldie bekundete Interesse. »Ben Beckmans Stallungen?«

»Ja. Sie kennen doch Mr. Buchanan. Trägt die Nase so hoch, daß sich kein Knastbruder um seine Pferde kümmern darf.«

Knastbruder? überlegte Goldie. Aber diese Ställe waren gut geführt. Wen interessierte es dann schon, wem sie gehörten? Außerdem gab es in Brisbane sehr viele ehemalige Sträflinge.

»Mach weiter mit deiner Arbeit«, sagte sie schroff zu Monty, der nur zu gern gehorchte.

Goldie kehrte in den Salon zurück, um die Sache zu überdenken. Wahrscheinlich hatte Buchanan plötzlich erfahren, daß Ben sein Sohn war. Ganz bestimmt. Sie fragte sich, ob Diamonds Sohn wußte, daß sein Vater zur vornehmen Gesellschaft gehörte. Goldie wurde bewußt, daß sie vermutlich als einzige die Wahrheit kannte, und bei Gott, sie würde es dem Jungen bald erzählen. Sie würde es genießen, dem jungen Ben zu berichten, daß er aus bester Familie stammte. Damit konnte sie Ben Buchanan die schlechte Behandlung ihrer Mädchen heimzahlen.

Bald würde sie es tun.

Am meisten litt Jed Sweepstone unter der gutgemeinten Unterstützung seiner Frau und ihrer Freunde, die niemals glauben würden, daß er etwas Unrechtes tun könnte.

Fontana ging seine eigenen Wege und bemerkte kaum den politischen Sturm, der sich über dem Kopf seines Vaters zusammenbraute.

Jed versuchte es, konnte sich aber nicht überwinden, mit seinem Sohn über die schrecklichen sexuellen Aktivitäten zu sprechen, denen er angeblich nachging. Jed wußte, daß er ein sanfter, freundlicher Mann war, der ein behütetes Leben im Kreise einer reichen, liebevollen Familie geführt hatte. Mit dem Schritt in die Politik hatte er versucht, etwas für das Wohl das Landes zu tun, das ihm soviel Glück gebracht hatte. Seine Familie war auf klassische Weise innerhalb von drei Generationen von armen Einwanderern zu reichen, angesehenen Bürgern aufgestiegen. Sein Vorfahre, ein armer Schafzüchter aus Yorkshire, war als Junge nach Sydney ausgewandert.

Wie sollte er Fontana auf das heikle Thema ansprechen? Was würde dieser antworten? Wäre es die Wahrheit? Wie sollte er selbst auf die Wahrheit reagieren? Ein gewalttätiger Vater würde glatt nach der Reitpeitsche greifen.

Andererseits hatte er immer gewußt, daß Fontana es mit der Wahrheit nicht so genau nahm. Was hatte er als Vater wohl falsch gemacht? Vielleicht hätte er ihn strenger erziehen sollen. Jed wußte nicht weiter. Sein Sohn war ein Beweis für sein Scheitern, und das quälte ihn mehr als die politischen Probleme.

Wenn er den Jungen offen auf die Vorwürfe ansprach, würde Fontana alles abstreiten und zu seiner Mutter laufen. Es wäre nicht das erste Mal. Annette Sweepstone hatte sich oft zwischen Vater und Sohn gestellt, aber diesmal mußte er das Problem ohne sie bewältigen. Jed liebte sie und würde sie niemals einem solchen Skandal aussetzen. Mit Sicherheit hatte sie das Wort homosexuell noch nie gehört.

Damit war die Entscheidung gefallen. Jed informierte seine Frau darüber, daß er beschlossen hatte, den Jungen aufgrund seines unmöglichen Verhaltens bei der Teenagerparty nach England zu schicken. Die Tickets wurden bestellt, und Fontana blieben drei Tage zum Packen.

Sein Sohn freute sich über den Beschluß seines Vaters, Annette allerdings weniger. »Warum so früh, Jed? Er hat kaum genügend Zeit, um sich von seinen Freunden zu verabschieden. Es ist eine so lange Reise. Wir haben nicht einmal Zeit, eine Abschiedsparty zu arrangieren.«

»Annette, ich habe genug Probleme. Du hast doch wohl die Karikatur mit Mrs. Davies und ihrem ruinierten Kleid in der Zeitung gesehen. Das Parlament wird ins Lächerliche gezogen. Wenn Fontana fährt, lastet weniger Druck auf mir.«

»Streite nicht, Mutter«, rief Fontana voller Vorfreude, »vielleicht ändert er noch seine Meinung.«

»Aber Jed«, beharrte sie, »du sagtest, die Geschichte mit der Eisenbahn sei ein Sturm im Wasserglas. Ein Versuch der Opposition, der Regierung eins auszuwischen. Was hat das mit Fontana zu tun?«

»Gar nichts«, log er. »Seine Gegenwart macht die Dinge nur komplizierter, das ist alles.«

Fontana segelte auf der *Australis* nach England. Jed erschauerte beim Anblick der jungen Männer, die zu den Docks kamen, um sich von seinem Sohn zu verabschieden.

Leider war die Diskussion über die Landzuteilungen weit mehr als ein Sturm im Wasserglas. Der Druck wuchs zunehmend. Schließlich entdeckte Abercrombie im Landministerium Papiere, die bewiesen, daß der Minister zunächst gegen die Zuteilungen gewesen war. Dann hatte er im Glauben, die Eisenbahn nach Longreach diene den Menschen auf dem Land, beschlossen, daß das Land nicht übereignet, sondern verpachtet werden sollte. Schließlich hatte er noch einmal seine Meinung geändert und doch die Besitzurkunden ausgestellt.

Die Opposition schrie nach Blut und behauptete, daß eine korrupte Regierung das Volk verkauft habe. Da sich der Oppositionsführer Royce Davies und sein Stellvertreter nicht in der Stadt aufhielten, übernahm Abercrombie die Rolle des Wortführers. Labourmitglieder und Unabhängige bildeten hinter ihm eine einflußreiche Macht, womit Davies' Tage gezählt waren. Ben Buchanan hatte man einfach vergessen.

Der Premier war besorgt. Er rief Jed Sweepstone in sein Privatbüro.

»Wir können dem nichts entgegensetzen, Jed. Wenn die Sitzungen beginnen, werden sie uns zerfleischen und ausspucken. Wir sehen uns einem Mißtrauensvotum gegenüber.«

»Aber wir haben die Mehrheit«, erwiderte Jed und schämte sich gleichzeitig für dieses Argument.

»Nein. Nicht mehr. Wir sind nur eine gemischte Gruppe aus meinen Anhängern, der Partei des Ministers und einigen Unabhängigen. Wir bilden keine richtige Partei, während die Opposition unter der Labour-Führung an Einfluß gewinnt. Ich sehe für die nahe Zukunft eine Labour-Regierung in Queensland.«

»Wenn es hilft, werde ich zurücktreten, auch als Abgeordneter«, bot Jed ihm an.

Sein Freund war besorgt. »Wenn du das tust, Jed, wirkt es wie ein Schuldeingeständnis. Ich frage mich nur, warum du so plötzlich von der Verpachtung zur Übereignung geschwenkt bist. Warum hast du nicht mit mir darüber gesprochen? Es muß einen Grund dafür geben, solche Kurzschlüsse passen nicht zu dir. Gib mir ein paar Argumente an die Hand.«

Jed ging ohne eine Erklärung zurück in sein Büro und schrieb sein Rücktrittsgesuch. Er räumte seinen Schreibtisch auf, packte seine persönlichen Dinge ein und dankte seinem Sekretär für die loyale Zusammenarbeit. Er gab ihm den Brief mit der Bitte, ihn dem Premier zu überbringen.

In seinem palastartigen Haus in Toowong teilte er seiner Frau die Neuigkeit mit.

Sie weinte. »Warum denn nur, Jed? Du hast nichts Schlimmes getan. Ich kenne dich doch. Sie verstehen dich einfach nicht.« Aber Jed Sweepstone sah keinen anderen Ausweg. Selbst sein alter Freund, der Premierminister, schien an eine Bestechung durch Thurlwell zu glauben. Im Grunde hatte er ja recht. Man hatte ihn nicht mit Geld gekauft, sondern mit der Drohung, den Ruf seiner Familie zu ruinieren. Auch das galt als Bestechung, der er hätte widerstehen müssen. Ihm hatte es an Ehrgefühl gefehlt. Wie konnte er seinem Sohn da Vorwürfe machen?

Er schrieb seiner Frau einen kurzen Brief und dankte ihr für die Liebe, die sie ihm geschenkt hatte. Sonst hinterließ er keine Botschaften.

Das politische Leben erschien ihm nur noch trivial.

Jed ging hinaus in den Garten ans Flußufer, weitab vom Haus. Er schaute über den vertrauten Fluß, der mit der Ebbe zurückwich und fragte sich, wieviele uralte Aborigine-Stämme vor langer Zeit an diesen Ufern entlanggezogen waren.

»Alles fließt«, sagte er zu den Geistern der Vergangenheit. Dann erschoß er sich.

Das Staatsbegräbnis für den Ehrenwerten Jed Sweepstone war das größte, das man in Brisbane seit langem erlebt hatte.

Um einen Skandal zu vermeiden und sicherzustellen, daß der anglikanische Bischof die Totenmesse hielt, hatte man den Arzt überredet, einen Totenschein auf Unfall auszustellen. Er war in den Fluß gefallen und ertrunken.

Doch die Gerüchte im Parlament wollten nicht verstummen. Jemand wußte aus sicherer Quelle, daß sich der ehemalige Minister erschossen hatte. Bald erfuhr Barnaby auch davon und wurde zur Zielscheibe düsterer, anklagender Blicke. Er war so aufgebracht, daß er den Begräbniszug, der sich von der Kirche zum Friedhof in Toowong wand, nicht ansehen konnte. Am Tag darauf traf Mr. Theodore Prosser in Brisbane ein. Barnaby begleitete ihn zu seiner Verabredung mit dem Justizminister. Creighton war noch immer wütend auf seinen Assistenten und beachtete ihn kaum, als er den Vertreter der Vereinigung australischer Ureinwohner in sein Büro bat. Barnaby blieb mit düsterer Miene draußen auf dem Flur hocken. Bestimmt würde man ihn von seinem Posten als Mr. Prossers Assistent und Reiseführer abberufen.

Schließlich kam Prosser heraus und teilte Barnaby in seiner

dröhnenden Stentorstimme mit, daß er mit dem Premier essen würde. Diese Begrüßung schien ihm zu gefallen.

»Junger Mann, wir segeln also zunächst nach Rockhampton, und zwar übermorgen.«

»Das stimmt, Sir.«

»Fein. Dann habe ich Gelegenheit, mir vorher Brisbane anzusehen. Das Schiff legt um zwei Uhr nachmittags ab. Ich erwarte, daß Sie mich samt Gepäck um zehn Uhr abholen und zum Schiff bringen.«

Barnaby begriff, daß ihn dieser Gentleman als Kofferträger ansah, doch das störte ihn nicht. Für ihn war es eine Erleichterung, Brisbane zu verlassen und seine Stelle zu behalten.

7

Aus dem seit Monaten verhangenen Himmel stahl sich eine schwache Sonne hervor und warf einen wohlwollenden Blick über die Stadt. Tropfnasses Grün entfaltete sich in frühlingshaftem Erwachen. Aus den Büschen quollen Farben in bunter Pracht. Es gab keine dunklen Töne mehr. Knospen und Blüten trugen flammendes Rot, Gold, Rosa und Gelb. Die umherschwärmenden Papageien wollten nicht dahinter zurückstehen und zeigten ihr prächtiges Gefieder. Würger erfüllten die Luft mit trillernden Melodien. Zerbrechliche Schmetterlinge flatterten glücklich in ihrem dunklen Samtkleid umher und schienen zu verkünden, daß die Welt wieder in Ordnung sei.

»Die beste Zeit des Jahres«, sagte der Premier zu seinem Justizminister. Er stand am offenen Fenster, die Hände hinter dem Rücken verschränkt.

»Allerdings«, stimmte ihm Creighton zu. »Ja, in der Tat.« Er hatte dem Premier vorgeschlagen, seinen Bruder Hal auf den Ministerposten zu berufen, der durch den Tod Jed Sweepstones so überraschend frei geworden war. Daher hätte er in diesem Augenblick allem zugestimmt, was der Premier von sich gab.

Der Premier für seinen Teil scheute sich, den Posten gerade jetzt neu zu besetzen. Alle Hinterbänkler waren scharf darauf. Wenn er sich festlegte, würde er einigen Leuten auf die Füße treten und mußte mit Überläufen ins andere Lager rechnen. Wegen seiner knappen Mehrheit wollte er unbedingt so lange an der Regierung bleiben, bis das Ermächtigungsgesetz verabschiedet und der Weg zur Föderation geebnet war. Er drehte sich zu Creighton um. »Ihr Bruder ist in Warwick zweifellos sehr beliebt. Er hat seinen Wahlbezirk gut im Griff, vermutlich aufgrund Ihrer exzellenten Beratung. Erfahrung ist einfach unbezahlbar.«

»Stimmt. Und er könnte auf meine Erfahrung als Minister bauen, wenn er die Ehre hätte, in Ihr Kabinett berufen zu werden.«

»Vollkommen richtig. Aber sollte man einen Anfänger in dieses Wespennest setzen? Abercrombie ist auf dem Kriegspfad. Auf der anderen Seite steht Edgar Thurlwell, mit dem nun wahrhaftig nicht zu spaßen ist. Der neue Landminister könnte in ein schweres Dilemma geraten und seine Karriere zerstören, bevor sie überhaupt begonnen hat.«

»Sir, ich würde ihn dabei unterstützen. Ihm mit Rat und Tat zur Seite stehen.«

»Ja«, erwiderte der Premierminister zurückhaltend, »da haben Sie recht. Aber Sie kennen diese Gentlemen. Was halten Sie davon, selbst ins Landministerium überzuwechseln?«

Er ließ sich nichts anmerken, als Thomas Creighton diesen Vorschlag elegant ablehnte. »Mit allem Respekt, Sir, aber es wäre ein Fehler, mein Ministerium zu diesem Zeitpunkt zu verlassen. Die Ausarbeitung der Verfassung erfordert viel Arbeit.«

»Ja, ja. Thomas, ich denke, wir sollten das Landministerium zu diesem Zeitpunkt nicht besetzen. Ich werde es selbst übernehmen, bis sich die augenblickliche Aufregung gelegt hat. Für mich war es ein furchtbarer Schock, meinen Freund Jed Sweepstone auf diese Weise zu verlieren. Ich weiß nicht, warum er nicht zu mir gekommen ist. Was ist bloß über einen anständigen Mann wie ihn gekommen, daß er hingeht und sich erschießt?«

»Der Streit um die Eisenbahn war wohl zuviel für ihn.«

»Aber er hat doch nichts Illegales getan, oder?«

»Nein. Nichts Illegales, aber er war schlecht beraten. Vor allem, da er in Thurlwells Fall die Pachtverträge in Übereignungen umgewandelt hat.«

»Ja, es ging vermutlich um Thurlwell. Ich treffe ihn heute nachmittag.«

»Was wollen Sie tun? Jeds Anweisungen an die Vermesser widerrufen?«

»Mal sehen. Viele Leute wollen diese Eisenbahn. Ich bin nicht glücklich damit, ihm das ganze Land zu übereignen, doch wenn ich es rückgängig mache, stelle ich mich auf Abercrombies Seite. Außerdem würde ich eingestehen, daß die Regierung einen schweren Fehler begangen hat.«

»Und wenn wir ankündigen, daß der Eisenbahnbau weiterhin in der Verantwortlichkeit des Staates liegt? Damit wäre Thurlwell aus dem Spiel.«

»Und wir erwecken den Eindruck, daß die Regierung es selbst übernehmen will, die Eisenbahn zu bauen. Woher sollen wir das Geld dafür nehmen?«

»Eine heikle Situation«, mußte Creighton gestehen.

»Lassen Sie es mich überdenken.«

Die Unterhaltung mit Creighton war gut verlaufen, dachte der Premier. Da er wußte, daß dieser Mann nicht den Mund halten konnte, hatte er ihm auch keinerlei Versprechungen gemacht.

Später am Nachmittag begrüßte der Premierminister Edgar Thurlwell mit einem Händedruck und einem Whisky.

Er nahm Edgars Beileidsbekundungen zu Sweepstones Tod mit einem Nicken an. »Für die Familie und Jeds Freunde hier im Haus, zu denen ich mich zähle, war es sehr hart. Ich neige dazu, den Tod meiner Freunde sehr schwerzunehmen.« Er betonte den letzten Satz und sah Thurlwell dabei bedeutungsvoll an. Irgendwie hatte er das Gefühl, dieser Kerl habe etwas damit zu tun.

»Wir alle vermissen ihn. Ein wirklicher Verlust.«

Sie sprachen über die Beerdigung, die bewegende Predigt des Bischofs, das Talent der Chorsänger und die große Zahl von Kränzen, die auf den Eingangsstufen der Kirche aufgestellt waren. Der Premier fand kein Ende bei seinen Erinnerungen, bis sich Edgar, von Natur aus ungeduldig, erkundigte, wer den verstorbenen Minister ersetzen solle.

»Sie werden mir verzeihen, Sir, daß ich dieses Thema anspreche, aber das Leben geht weiter«, seufzte Edgar. »Ich bin bereit, mit dem neuen Minister zu kooperieren. Die Pläne für die erste Bahnstrecke nach Longreach sind fertig. Der Wert für unseren Staat dürfte unschätzbar sein.«

»Der neue Minister? Hm. Ich hatte noch keine Gelegenheit, über einen Nachfolger nachzudenken. Wir werden sehen. Alles zu seiner Zeit. Wollten Sie etwas Bestimmtes mit ihm besprechen?«

»Da soviel Aufhebens um die Eisenbahn gemacht wird, alles nur politisches Theater natürlich, möchte ich ihn so bald wie möglich treffen und ihm versichern, daß alles wie geplant verläuft.«

»Was denn zum Beispiel?«

»Mein Vertrag mit dem Landministerium.«

»Ich wußte gar nicht, daß ein Vertrag existiert«, meinte der Premier voller Unschuld.

»Nun ja, ein Gentlemen's Agreement. Der verstorbene Minister wünschte, daß meine Gesellschaft das Land erhalten sollte, trotz Abercrombies Einwänden. Er hatte Anweisungen an die Abteilung für Besitzrechte gegeben, daß sie mit ihrer Arbeit fortfahren solle.«

»Das ist richtig, aber darauf können Sie sich nicht hundertprozentig verlassen. Der neue Minister wird seine eigenen Entscheidungen treffen.«

»Es wird doch wohl keinen Widerruf geben!« konterte Edgar. »Keine Gesellschaft oder Firma von der Größe der Western Railroad kann den Launen neuer Minister unterworfen werden, die keinen Teil an den Vorentscheidungen gehabt haben.«

»Natürlich nicht. Überlassen Sie es mir, ich werde mich darum kümmern.«

»Danke, Sir. Ich werde Ihr persönliches Engagement in dieser Angelegenheit zu schätzen wissen.« Edgar nahm seinen Hut und Stock. »Ich verstehe, daß Sie noch immer eine Föderation befürworten, Herr Premierminister. Ich persönlich kann zwar keinen Nutzen für unseren Staat darin erkennen, habe diese verworrene Debatte aber auch lediglich in den Zeitungen verfolgt. Ich betrachte mich nicht als Experten auf diesem Gebiet. Vielleicht können wir einmal zusammen essen. Ihre Ansichten würden mich sehr interessieren.«

Als Thurlwell gegangen war, zündete sich der Premierminister in aller Ruhe eine Zigarre an. »Kostenloses Land im Tausch für seine Stimme zugunsten der Föderation«, lachte er vor sich hin. »Ein hoher Preis für eine lausige Stimme, mein Lieber.«

Er klingelte nach seinem Sekretär. »Der ganze Kram über die Wiederinbesitznahme des Korridors entlang der Strecke nach Longreach ist auf dem zweiten Regal im Schrank. Bringen Sie ihn zurück ins Ministerium und legen Sie ihn zu den Akten. Und hier ...« Er kritzelte auf sein Briefpapier die Worte: »Nichts unternehmen auf Anweisung von ...« und setzte seinen Namen darunter.

»Dann gehen Sie in die Abteilung für Besitzrechte und holen die Karten zurück. Die Leute dort erhalten dieselbe Anweisung. Wenn jemand nach dem Grund fragt, sagen Sie, es sei nur eine zeitweilige Anordnung.«

Wieder allein, lehnte er sich in seinem Sessel zurück. »Von wegen zeitweilige Anordnung! Die Sache ist gestorben. Wenn du das Land willst, Thurlwell, wirst du es schon kaufen müssen. Und wenn diese Regierung beschließt, Eisenbahnen zu bauen, wird sie es ohne dich tun.«

Edgar verbrachte einen unerfreulichen Abend mit seinem Bankier.

»Mr. Thurlwell, Ihr Privatkonto ist bedenklich überzogen. Wann werden Sie etwas dagegen unternehmen?«

»Mein Lieber, das ist gar kein Problem. Es war notwendig, einen Teil meines Kapitals auf die Konten der Gesellschaft zu übertragen, die auf festen Füßen steht. Natürlich wissen Sie, daß die Gesellschaft weit mehr Sicherheiten besitzt, als erforderlich sind, sobald man uns das Land übereignet hat.«

»Die Sache macht Fortschritte?«

»Selbstverständlich. Ich habe gestern mit dem Premierminister gesprochen, der sich des Vorgangs persönlich annehmen wird.«

»Sicher, aber das betrifft nur die Gesellschaft. Sie werden doch in der Lage sein, einen Teil dieses beträchtlichen privaten Darlehens zurückzuzahlen.«

Edgar stieß einen Seufzer aus. »Na schön, ich werde heute noch eine Summe auf dieses Konto überweisen. Sie nennen die Überziehung beträchtlich, aber in meinen Augen erscheint sie mir trivial, angesichts unserer Besitztümer. Einen guten Tag wünsche ich Ihnen!«

Er dinierte mit William und Lalla, berichtete ihnen von seiner Unterhaltung mit dem Premierminister und sagte, alles sei in bester Ordnung. Allerdings war er sich dessen nicht ganz sicher; schließlich hatte er dem Premierminister keine definitive Antwort entlocken können. Das machte ihm Sorgen.

Die beiden freuten sich und waren erleichtert, da Abercrombies Schachzüge sie nervös gemacht hatten. Als Lalla sich zurückzog, gab Edgar seinem Bruder einige Papiere zur Unterschrift.

»Was ist das?« fragte William.

»Zahlungsvollmachten. Als Vorsitzender benötige ich deine Unterschrift.«

Sie hatten einige Flaschen Wein geleert. Dr. Thurlwell war schläfrig und hoffte, Edgar würde verschwinden, damit er ein Schläfchen halten konnte. »Du bist der Schatzmeister der Firma«, beklagte er sich. »Warum muß ich mich damit herumärgern?« Er betrachtete den Stapel von Papieren und Dokumenten. »Kannst du dich nicht darum kümmern? Ich war den ganzen Morgen im Krankenhaus, nichts als Schwierigkeiten. Kannst du dir vorstellen, daß mich einige dieser jungen Rotznasen, die sich Chirurgen schimpfen, aus dem Vorstand werfen wollen? Sie behaupten, meine Behandlungsmethoden seien altmodisch.«

Edgar hatte solche Gerüchte in seinem Club gehört. Anscheinend hatte er ernsthafte Fehler begangen und sichere Methoden abgelehnt. Zwei Patienten waren gestorben. Edgar empfand keine Sympathie für seinen meist halbbetrunkenen Bruder und hatte beschlossen, sich keinesfalls je von ihm operieren zu lassen. Mit seinen augenblicklichen Geschäften hatte das jedoch nichts zu tun.

»Achte nicht auf sie. Es gibt immer junge Angeber, die es den erfahrenen Leuten zeigen wollen. Denken, sie wüßten es viel besser.«

»Da hast du recht, Edgar«, murmelte William, während er begann, Blatt für Blatt blind zu unterschreiben.

»Soll ich dir einen Vorschlag machen?« versuchte Edgar, seinen Bruder von den Papieren abzulenken. »Warum erzählst du ihnen nicht, daß unsere Gesellschaft einen neuen Flügel für das Krankenhaus stiftet, wenn die Geschäfte erst in Schwung gekommen sind? Das wird ihnen die Sprache verschlagen.«

»Bei Gott, du hast recht. Können wir uns das denn leisten?«

»Diese amerikanischen Millionäre mit ihren Eisenbahnen könnten ganz Brisbane kaufen. So weit werden wir es vielleicht nicht bringen, aber eine derartige Schenkung wäre sicher drin. Außerdem können wir es von der Steuer absetzen, dafür werde ich schon sorgen.«

William unterzeichnete weiter flüchtig Seite um Seite.

»Es muß schon lesbar sein«, wies Edgar ihn an. »Wußtest du, daß die Amerikaner an beiden Küsten mit dem Streckenbau begonnen und sich in der Mitte getroffen haben? Auf den Zentimeter genau. Das nennt man wohl Know-how. Bist du fertig?« Er ging die Seiten durch, um zu sehen, ob William nichts überschlagen hatte, und legte die Papiere in eine lederne Dokumentenmappe.

»Einen Portwein?« fragte William und griff nach der Flasche. »Ein exzellenter Jahrgang.«

»Gute Idee. Aber nur einen. Ich gebe heute abend im Club eine kleine Dinnerparty für Hal Creighton aus Warwick. Er überschlägt sich geradezu, um Mitglied zu werden. Ich könnte ihm vielleicht helfen. Mir hat nämlich jemand zugeflüstert, daß er als nächster Landminister im Gespräch ist.«

William sank bereits der Kopf auf die Brust. »Gut gemacht«, murmelte er. Sein Bruder öffnete die Dokumentenmappe erst, als er zu Hause war. Sorgfältig glättete er das wichtigste Papier. Es würde seine Bank zufriedenstellen, denn es handelte sich um eine Hypothek auf Williams Anwesen, Somerset House in Kangaroo Point. Das Geld sollte direkt auf Edgars Privatkonto überwiesen werden.

Das war doch kein Vergehen, beruhigte er sich selbst. Um der »Sache« willen – so nannte er sein unternehmerisches Abenteuer am liebsten – hatte er bereits eine Hypothek auf sein eigenes Haus aufgenommen. Warum also sollte William alles auf einem Präsentierteller serviert bekommen, während Edgar die ganze Arbeit erledigte? Außerdem konnte er als Schatzmeister ohnehin über die Gelder verfügen und brauchte dafür nicht die Unterschrift seines Bruders.

Phoebe glitt wie im Traum durch die ganze Aufregung. Sie führte noch immer ihr geheimes Leben mit Ben und traf ihn so oft wie möglich. Ihre Familie war aufgebracht angesichts der Zeitungsberichte über die Landzuteilungen, doch ihr erschienen sie nicht weiter wichtig.

Barnaby reiste ab, doch sie vermißte ihn nicht. Ben erzählte ihr, daß Mr. Buchanan Gracie in einem anderen Stall untergestellt hatte, doch Phoebe empfand darüber nur Erleichterung. Sie hätte ohnehin nicht mehr in die Stallungen gehen können.

»Schlechtes Gewissen?« neckte Ben sie.

»Vermutlich«, erwiderte sie offen. »Wenn ich jetzt hinginge, müßte ich tun, als ob wir uns nicht kennen. Und das entspricht nicht der Wahrheit.«

»Kennst du mich denn?«

»Natürlich. Ich weiß, daß du zu einem äußerst vernünftigen Mann geworden bist. Du hast viel gelesen, der Zahl deiner Bücher nach zu urteilen.«

Ben lachte. »Nein, die Bücher im Haus sind alle auf deutsch geschrieben.«

»Soll ich dir welche mitbringen?«

»Ich habe keine Zeit, sie zu lesen.«

»Weil du dich zu sehr mit Katalogen über Automobile und Benzin und so weiter beschäftigst.«

»Es interessiert mich eben. Ich kaufe so bald wie möglich ein Automobil.«

»Wie bitte?«

»Du hast es doch gehört. Würdest du mit mir darin fahren?«

Phoebe zögerte. »Ich weiß nicht so recht. Kannst du dir den Skandal vorstellen?«

»Komm her«, sagte er und trat hinaus auf die mit Weinranken überwucherte Veranda, die von einem sanften Vollmond erhellt wurde.

»Wozu?« fragte sie und kam aus der Küchentür.

»Ich möchte dich im Mondlicht ansehen«, meinte Ben und nahm ihre Hände in die seinen. »Du warst so ein schlaksiges kleines Mädchen. Ich kann immer noch nicht glauben, daß du eine so schöne Frau geworden bist.«

»Als Kind war ich zu groß. Das habe ich gehaßt.«

»Ich war ein Zwerg, bin aber glücklicherweise noch gewachsen. Jetzt bin ich viel größer als du.«

»Und als die meisten anderen«, erwiderte Phoebe ernst. Sie waren einander ganz nah, hielten sich an den Händen und schauten sich einfach nur an. Kamen sich näher. Brauchten keine Worte mehr. Er legte die Arme um ihre Taille und zog sie an sich; sie schmiegte ihr Gesicht an seine Brust, die ihr wie ein sicherer Zufluchtsort erschien. Das war der Schutz, nach dem sie sich immer gesehnt hatte. Phoebe hob den Kopf und küßte die weiche Haut unter seinem Kinn. Seine Lippen trafen die ihren, und alle Liebe, die sie sich je gewünscht hatte, lag in diesem Kuß.

Diesem zarten, liebevollen Kuß, der kein Ende nahm. Er küßte ihr Gesicht, ihre Augen, ihre Wangen und kehrte immer wieder voller Liebe zu ihren Lippen zurück.

Phoebe besuchte mit ihren Eltern das Staatsbegräbnis für Mr. Sweepstone. Ihre Kleidung hatte Lalla ausgesucht. Alles war in Schwarz gehalten – vom Samthut, der wie eine luxuriöse Morgenhaube aussah und unter dem einige vorwitzige blonde Strähnen hervorlugten, bis zu ihren Handschuhen und Strümpfen. Das raschelnde Seidenkleid mit dem Taftunterrock und der enggeschnürten Taille war ein Muster an Anstand und unterstrich gleichzeitig ihre Anmut. Das enge Mieder war bis zum Hals zugeknöpft. Um den Hals trug sie ein Band mit schwarzen Jettperlen. Phoebe wunderte sich selbst, wie gut ihr die Sachen standen, und mußte zugeben, daß Lalla wirklich einen tadellosen Geschmack besaß. Als sie durch das Kirchenschiff ging und alle Blicke auf sich zog, wurde ihr bewußt, daß sie ihre Mutter überstrahlte. Ein neues, aufregendes Gefühl!

Sie wünschte sich, Ben könnte sie so sehen, doch er würde wohl kaum draußen in der neugierigen Menge stehen, da ihn der Anblick prominenter Menschen nicht interessierte.

Als die Messe begann, bemerkte Phoebe, daß Fontana nicht bei seiner Mutter und dem Rest der Familie in der ersten Bank saß. Dann fiel ihr ein, daß er nach England gefahren war. Wie schrecklich, diese traurige Nachricht durch ein Telegramm zu erfahren und nicht an der Beerdigung teilnehmen zu können, dachte sie bei sich. Phoebe hatte Mr. Sweepstone als freundlichen, charmanten Mann in Erinnerung und wischte sich bei den Trauerreden die Tränen aus den Augen. In dieser sentimentalen Stimmung schweiften ihre Gedanken unweigerlich zu Ben.

Sie liebten einander leidenschaftlich. Es hatte sich bei ihrem ersten Besuch in seinem Haus schon abgezeichnet. Der Salon, das einfache Eßzimmer und das fröhliche Geklapper aus der Küche schienen sie zu begrüßen. Die Verheißung lag in den Bäumen und Weinreben, die der Veranda Schatten spendeten, in der Ruhe des Gartens hinter dem Haus, in dem sie Hand in Hand spazierengingen. Alles bildete einen Teil der Liebe, die in Phoebes Augen vorherbestimmt war.

Sie sprachen nie über Liebe. Das war auch nicht nötig. Das Haus und seine Umgebung wurden zu ihrem verzauberten Garten, der sie vor der Welt abschirmte.

Lalla stieß sie an, da sie sich für einen Choral erheben mußten. Phoebes Sinne schienen besonders geschärft zu sein. Der Chor sang herrlich, der Gottesdienst rührte sie zu Tränen, der mit Fahnen drapierte Sarg wirkte angemessen feierlich, und die Tränen der Witwe brachen ihr beinahe das Herz. Phoebe ahnte instinktiv, daß sie sich ihrer Mutter augenblicklich in ihrem eigenen Interesse nicht widersetzen durfte, und war daher nachgiebiger und verträglicher geworden. Sie stimmte Lalla öfter zu als je zuvor. Um des lieben Friedens willen nahm sie sogar an den allwöchentlichen Bridgeparties ihrer Mutter teil, um diese in Sicherheit zu wiegen und deren eisernen Griff zu lockern. Es funktionierte, dachte sie frohlockend. Ohne die täglichen Auseinandersetzungen schien Lalla das Interesse an ihrer Tochter zu verlieren, die sich anscheinend endlich wie eine junge Dame benahm.

»Ich habe deinen Namen in der Zeitung gelesen«, sagte Ben bei ihrem nächsten Besuch. »Sogar zweimal in dieser Woche. Einmal warst du bei der Beerdigung, das andere Mal bei einem Ball im Regierungsgebäude. Eine Dame der besten Gesellschaft, begleitet von einem Robert Soundso. Wer ist das?«

»Ein Neffe des Gouverneurs. Bist du etwa eifersüchtig?«

»Natürlich bin ich das.«

Phoebe kicherte zufrieden. »Nicht nötig. Robert ist wahnsinnig in ein Mädchen vom Land verliebt, aber ihre Eltern haben sie mit auf Europareise genommen. Daher muß er leiden, bis sie zurückkommt.«

»Wie kann er in jemand anders verliebt sein, wenn er dich kennt?«

»Mach dir keine Sorgen, Liebling.«

Zu Bens Erstaunen geriet seine Liaison mit diesem wunderschönen Mädchen außer Kontrolle. Was als Angriff auf feindliches Territorium mittels Raub der schönen Prinzessin begonnen hatte, war zu einem Problem geworden. Er liebte sie! Er liebte sie wahnsinnig! Wie hätte er das auch vermeiden können? Selbst als er Phoebe daran erinnerte, daß sie aus völlig verschiedenen Welten stammten, hatte sie das nicht weiter gestört. Sie gab sich absolut unabhängig, besaß aber auch eine weichere Seite. Trotz allen äußeren Reichtums war sie unbekümmert, anspruchslos und eine unterhaltsame Gefährtin. Und so liebevoll, daß Ben an nichts anderes mehr denken konnte.

Vor nur zwei Nächten war sie in sein Schlafzimmer gegangen, um sich die Erinnerungsstücke aus seiner Kindheit anzuschauen. Ein geschnitztes Schiff, das Diamond ihm gekauft hatte, einige Lesebücher, die noch aus Omas Unterrichtsstunden stammten, zwei Spielzeugsoldaten, ein Krebstopf, den er eigentlich reparieren wollte …

Als er sie dort entdeckte, wandte sie sich zu ihm und sagte: »Dieses Zimmer gefällt mir am besten. Das ist dein wirkliches Selbst, nicht diese ganze schreckliche Gefängnisgeschichte, mit der du mir angst gemacht hast. Da hast du nicht hingehört, und ich möchte nicht, daß du es jemals wieder erwähnst.«

Er nahm sie in die Arme und zog sie sanft auf sein Bett. Er spürte ihre festen Brüste an seinem Körper, die geschwungene Linie ihrer Hüften. Gott, sie war so warm, verliebt und naiv! Er hatte dem ein Ende setzen müssen. Er mußte aufstehen, Phoebes wirres Haar in Ordnung bringen, ihr Kleid glattstreichen und mit ihr spazierengehen, damit sie sich abkühlen konnten. Wie gut, daß niemand von seinen ursprünglichen Plänen mit Phoebe wußte, denn er schämte sich inzwischen dafür.

Ben lag nun auf demselben Bett und träumte von Phoebe. Er begehrte sie leidenschaftlich und wußte nicht weiter. Sie vertraute ihm, und er fürchtete, zu weit zu gehen. Wenn er seiner Lust nachgab, wäre sie vielleicht gekränkt. Und doch wirkte sie derart leidenschaftlich, daß es ihn verwirrte. Ben hatte bisher nur mit willigen Prostituierten geschlafen und kannte sich nicht aus mit jungen Damen, die ihn verrückt machten. Vielleicht sollte er Phoebe fragen, ob er ihr Kleid aufknöpfen durfte. Ob er …

Nein, das klang einfach lächerlich. Er vermißte Diamond. Als erwachsener Mann hätte er mit ihr jetzt über dieses Problem sprechen können.

Die hübsche Frau, die am Grab seiner Mutter gestanden hatte, war auch zu Omas Beerdigung gekommen. Da erschien sie ihm auf einmal nicht mehr so hübsch und weniger damenhaft. Es handelte sich um die berüchtigte Goldie, die Madame des Blue Heaven. Ben fand diese Tatsache ebenso erstaunlich wie amüsant. Wenn Diamond solche Leute gekannt hatte, gab es im Leben seiner Mutter wohl noch einiges zu entdecken.

Er wollte Goldie nach ihr fragen, hatte aber nie Gelegenheit dazu gefunden. Seit er Phoebe kannte, war Ben nicht mehr ins Blue Heaven gegangen.

Die Nacht kam ihm lang vor, weil er nicht schlafen konnte. Er schämte sich, weil er weder Kathleen O'Neill noch die Callaghans jemals zu sich eingeladen hatte. Durch Phoebe hatte sein Haus eine neue, feminine Atmosphäre gewonnen, die sich auch in den Dingen äußerte, die seine Freundin dort vergaß … einem Schal, Kamm und Bürste, Haarschleifen und einem großen Musselintuch, an dem winzige Perlen glitzerten. Phoebe hatte es aus Spaß über den Dielenspiegel gehängt, um Ben an sich zu erinnern. Er hätte es nicht ertragen, diese Gegenstände zu verbergen.

In derselben Nacht, in der sie das Tuch zurückließ, hatte sie ihm die entscheidende Frage gestellt: »Was soll aus uns werden, Ben?«

Er hatte den Arm um sie gelegt und den Kopf geschüttelt. »Ich weiß es nicht, Phoebe. Ich weiß es einfach nicht.«

Das Reisen mit Theodore Prosser erwies sich als ungemütlich, unerquicklich und unerfreulich. Der Mann war aufgeblasen und herrisch. Er betrachtete Barnaby nicht nur als Kofferträger, sondern auch als Lakaien, dem es nie erlaubt war, in der Öffentlichkeit mit ihm gemeinsam am Tisch zu sitzen. Prosser bezeichnet ihn abfällig als seinen »Gehilfen«, doch Barnaby biß tapfer die Zähne zusammen.

Sie segelten direkt nach Cairns. Obwohl der Kapitän Prosser hofierte, betrachtete man ihn allgemein als Sonderling, der sich in den tropischen Norden verirrt hatte. Die Leute hörten ihm nicht zu, weil sie an seinen Ansichten interessiert gewesen wären, sondern weil er sie unterhielt. Alle stimmten darin überein, daß er ein großartiger Redner war, und belohnten ihn mit stehenden Ovationen.

Barnaby lachte sich insgeheim halb tot, als ihm ein brummiger Stadtverordneter sagte: »Keine Ahnung, was er eigentlich will, aber reden kann er! Das muß man ihm lassen.«

Als sie nach Süden Richtung Townsville segelten, war der große Redner davon überzeugt, daß sie die Zuhörer für die Föderation gewonnen hatten, doch Barnaby begriff, daß dies im Norden gar kein Thema war. Die Menschen dort waren zu sehr mit ihrer Pionierarbeit beschäftigt. In ruhigen Gesprächen mit einigen Einheimischen gelang es ihm selbst jedoch, ihnen das Konzept einer neuen Nation vorzustellen und einige Anhänger zu gewinnen.

Townsville erwies sich als Katastrophe. Der stämmige Prosser war nicht an die tropische Hitze gewöhnt und hoffte auf kühleres Wetter. Wenige Stunden, nachdem er das Schiff verlassen hatte, wurde er von Erschöpfung heimgesucht und weigerte sich, sein Zimmer zu verlassen. Aus Angst, sein Gast habe sich ein Fieber zugezogen, holte der Bürgermeister einen Arzt, der folgende Diagnose stellte: »Völlig am Ende. Kann die Hitze nicht vertragen. Schickt ihn nach Hause!«

Um die Gäste nicht zu enttäuschen, sprang Barnaby an diesem Abend für Prosser ein. Er zog es vor, Fragen zu beantworten, anstatt große Reden zu schwingen. Von den Honoratioren abgesehen, bestand der größte Teil des Publikums aus Goldsuchern, die gerade von den Feldern kamen oder auf dem Weg dorthin waren. Diese Abenteurer sprangen auf seine Worte an, weil ihnen der Gedanke gefiel, an der Gründung einer neuen Nation mitzuarbeiten. Sie bestanden darauf, nach dem offiziellen Treffen in einem Pub mit ihm zu feiern. Barnaby entdeckte, daß ihnen jeder Anlaß für ein Gelage willkommen war.

Der Spätmonsun suchte die Stadt heim und hielt Barnaby und seinen Mentor in Townsville fest.

Barnaby war tief enttäuscht, da er sich auf den Besuch der sagenumwobenen Goldstadt Charters Towers gefreut hatte, die bereits reicher als Brisbane war. Irgendwie hoffte er, ein Stückchen vom großen Kuchen zu ergattern. Seine neuen Freunde könnten ihn mitnehmen, und vielleicht würde er ja einen dieser sechs Pfund schweren Nuggets finden, von denen alle sprachen. Ihn quälte das ständige Gerede von Gold, wo er doch hier festsaß. Nach einer weiteren Zecherei stand er kurz davor, seinen Job hinzuwerfen und Goldsucher zu werden.

Prosser beschwerte sich. Als er wieder auf den Beinen war, lief er wie ein Tiger im Käfig durch den Salon des Hotels und gab Barnaby die Schuld an ihrer Untätigkeit. Er verlangte einen neuen Redetermin, doch inzwischen war der Saal von Wanderschauspielern belegt. Er wurde sehr wütend, als er erfuhr, daß Barnaby die Versammlung geleitet hatte, und das auch noch mit Erfolg.

»Wie können Sie es wagen, sich so in den Vordergrund zu drängen?«

»Ich habe Sie gefragt, Sir, und Sie hatten nichts dagegen«, erwiderte Barnaby.

»Ich war zu indisponiert, um Ihr Vorhaben zu durchschauen. Morgen fahren wir nach Charters Towers.«

»Das ist leider nicht möglich, Sir. Der Fluß hat Hochwasser. Völlig unpassierbar.«

»Dafür werde ich Sie melden«, drohte Prosser, doch Barnaby verlor langsam die Geduld.

»Das steht Ihnen frei. Ich habe keine Macht über die Naturgewalten.«

Zehn Tage darauf nahmen sie das Schiff nach Rockhampton, wo sich Prosser weigerte, Barnaby irgendeiner wichtigen Persönlichkeit vorzustellen oder ihn auch nur an den Versammlungen teilnehmen zu lassen.

»Der hiesige Stadtsyndikus wird mir die Städte auf dem Land zeigen. Also werde ich Ihre Dienste nicht benötigen«, teilte Prosser seinem Begleiter mit.

»Soll ich nach Brisbane zurückkehren?«

»Natürlich nicht. Sie warten hier, bis ich wiederkomme.« Der Stadtsyndikus namens Hector Wordsworth war über seine Aufgabe alles andere als erfreut und suchte Barnabys Rat.

»Viel Glück«, meinte dieser lachend. »Denken Sie wie ein Diener, dann werden Sie gut mit ihm auskommen.«

»Von wegen!« schnaubte Hector.

Barnaby genoß seinen Aufenthalt in Rockhampton und war darauf bedacht, immer im Hotel und auf Prossers Rechnung zu essen. Nicht einmal eine Woche später tauchte Hector wieder auf.

»Ich habe den alten Schurken allein gelassen«, meinte er grinsend. »Hatte die Nase voll von ihm. Kaum jemand ist zu seinen Veranstaltungen gekommen, weil er darauf bestand, Ihre Plakate zu ändern. Betonte, er komme von der Vereinigung australischer Ureinwohner.«

»O nein! Das hatte ich extra klein drucken lassen, damit die Leute nicht auf falsche Gedanken kommen.«

»Recht hatten Sie. Fast alle dachten, es sei eine Versammlung der Schwarzen, und kamen gar nicht erst.« Er lachte. »Nicht mal die Abos sind aufgetaucht, da niemand wußte, was man von ihnen erwartete.«

Hector führte Barnaby durch Rockhampton und stellte ihn allen wichtigen Leuten vor. Barnaby faßte sich ein Herz und sprach nicht nur über die Föderation, sondern auch über die Tatsache, daß er für die Wahl zum neuen Senat antreten würde, falls dieser gegründet wurde. Sein Auftritt erregte viel Aufsehen, und man fotografierte ihn sogar für die Zeitung. Der Artikel über ihn erschien auf der Titelseite und bezeichnete ihn ungeachtet der Tatsachen als: »Unseren ersten nationalen Senator.«

Dann traf die Neuigkeit ein, daß Theodore Prosser in einem Wutanfall angesichts der geringen Zuhörerzahl bei einer Versammlung in Longreach von der Bühne gestürmt war und dabei eine Stufe übersehen hatte. Nun befand er sich im dortigen Krankenhaus mit einem gebrochenen Fuß.

Barnaby entwarf mit größter Sorgfalt ein Telegramm an den Justizminister. Ohne Prossers erstickende Gegenwart bot sich die Chance seines Lebens.

Er berichtete von Mr. Prossers Unfall, der ihn für eine Weile in Longreach festhalten würde. Barnaby wies darauf hin, daß er während Mr. Prossers Krankheit in Townsville die Versammlungen mit großem Erfolg selbst geleitet hatte, was den Premierminister bestimmt erfreuen würde.

Ihm war klar, daß der Premier so sehr an der Föderation interessiert war, daß der Justizminister sicher seinem folgenden Vorschlag zustimmen würde.

»Soll ich die erfolgreiche Kampagne fortsetzen oder alle weiteren Termine absagen?« fragte er an.

Zu seiner großen Freude kam die knappe Antwort: »Machen Sie weiter. Beste Wünsche an Mr. Prosser.«

Nun war er am Zug, es gab kein Zurück mehr. Seine Andeutung, für den Senat zu kandidieren, hatte seinem Feldzug die noch fehlende persönliche Note verliehen.

Er fuhr nach Brisbane zurück und fand in seiner Wohnung eine Nachricht von Phoebe vor:

»Ich muß mit Dir sprechen. Wo bist Du gewesen? Komm zu mir. Deine Freundin Phoebe.«

Sie hatte ihn zu oft zu sich bestellt und würde nun warten

müssen. Er mußte frische Kleidung holen und nach Charleville aufbrechen, bevor Creighton seine Meinung änderte. Barnaby studierte die Zeitungen. Eine norwegische Expedition, an der auch ein Vermesser aus Queensland teilnahm, setzte zum ersten Mal einen Fuß in die Antarktis. Schwere Regenfälle im Norden ... das kannte er schon. Die Kunstgalerie von Brisbane war endlich eröffnet worden, als der Premierminister von einer Föderationskonferenz in Hobart zurückkehrte. Der Streit über die Landzuteilungen schien beigelegt zu sein, da ihn die Zeitungen nicht mehr erwähnten. Barnaby überlief ein Schauer. Der Tod des Landministers bedrückte ihn noch immer, war aber keine Schlagzeile mehr wert. Man hatte das gesetzliche Glücksspielverbot für Queensland vorgeschlagen, und Befürworter und Gegner lieferten sich einen Kampf bis aufs Messer. Er war froh, nicht im Büro zu sein, da Creighton dem Gesetz anscheinend zustimmte.

»Dieser Idiot. Ist doch unmöglich, so etwas durchzusetzen.« Er spürte keine echte Beziehung mehr zu dieser Stadt und bestieg in einem Gefühl der Unabhängigkeit den Zug nach Dalby, der ersten Station auf seiner Reise.

Niemand schien es zu stören, daß er nur Prossers Stellvertreter war. Die Leute kannten den Mann ohnehin nicht und begrüßten Barnaby als den Abgesandten des Justizministers. Ohne den lästigen Prosser besuchte er eine Stadt nach der anderen. Er war in Höchstform und zog zahlreiche Zuhörer an, die zumindest neugierig wirkten und ihm eine Chance geben wollten.

Als Barnaby nach Charleville kam, war er in bester Stimmung. Endlich hatte der Monsun auch den Süden beglückt, das Land wurde wieder grün. Die Einheimischen lebten wie im Rausch und freuten sich sogar noch, als der Regen die Hauptstraße in Morast verwandelte. Die lange Trockenheit war endlich vorüber!

Um seine letzte Versammlung zu feiern, beschloß Barnaby angesichts der Aufregung in der Stadt, dem Publikum ein leichtes Abendessen zu servieren. Sein Vorschuß war wirklich ausreichend.

»Wo kann ich das Essen herbekommen?« fragte er den Hausmeister.

»Gehen Sie zu Lottie Smith im Shamrock Hotel. Ihr Essen ist gut und billig.«

Also wurde vereinbart, daß Mrs. Smith und ihre Damen Sandwiches, Kuchen und Kaffee für zehn Pence pro Kopf vorbereiten würden.

Als er später darüber nachdachte, kam Barnaby der Gedanke, daß sein Alleingang viel zu glatt gelaufen war. Dem Prinzip der Wahrscheinlichkeit zufolge mußte etwas schiefgehen. Und so geschah es auch.

Der Saal war brechend voll, das Publikum angesichts der kostenlosen Erfrischungen freundlich gestimmt. Zur Abwechslung sah er auch viele Frauen unter den Zuhörern, da sie wußten, daß ihre Schwestern in Südaustralien das Wahlrecht erhalten hatten. Als er sich vor dem Treffen mit ihnen unterhielt, stellte Barnaby zu seiner Überraschung fest, daß sie politisch sehr interessiert waren.

»Wir können sogar lesen«, lachten die Frauen. »Sonst gibt es abends ja nicht viel zu tun. Wir wollen auch das Wahlrecht. Wenn über diese Föderation abgestimmt wird, sollten wir mitreden dürfen, oder nicht?«

»Ja, das stimmt«, antwortete Barnaby. Obwohl er bisher nicht darüber nachgedacht hatte, wurde ihm klar, daß die weiblichen Stimmen das Ergebnis deutlich beeinflussen konnten. »Ich werde mit dem Justizminister sprechen«, sagte er.

Der Bürgermeister führte ihn auf die Bühne, auf der sich noch die verblichene Kulisse einer ländlichen englischen Landschaft befand.

Begleitet wurden sie von Stadträten, die sich auch im Rampenlicht sonnen wollten.

Barnaby dankte den Zuhörern zunächst für ihre Anwesenheit und lobte aufrichtig ihre Ausdauer angesichts der schrecklichen Dürre. »Ich bin so froh, zur Monsunzeit hier zu sein, und bete, daß der Regen weiterhin fallen möge.«

»Hört, hört!« klang es durch den Saal.

Dann begann er mit seiner inzwischen überarbeiteten Rede und betonte, daß er ihnen seine Ansichten keinesfalls mit dem Holzhammer einbläuen, sondern sie zum Nachdenken anregen wolle.

»Stellen Sie sich diesen Kontinent als eine richtige Nation, als ein Land vor – Australien. Ein Land, das seinen gleichberechtigten Platz unter den Nationen dieser Welt einnehmen wird.«

Im Publikum regte sich Interesse.

»Wir können nicht immer so weitermachen, als zusammengewürfelte Kolonien, von denen jede ihre eigenen Wege geht. Wir sind Australier! Ihre Kinder und deren Kinder verdienen es, sich stolz als Australier zu bezeichnen ...«

Barnaby schaute auf das Meer ernster Gesichter und stellte sich auf das schwierige Thema der Unabhängigkeit ein. Er mußte betonen, daß diese nicht die völlige Trennung vom Mutterland England und der geliebten Königin bedeutete. Victoria sollte Königin des Commonwealth von Australien bleiben. Am Ende seiner Rede würde er ihnen sagen, daß er selbst, ein Mann, der die neue Verfassung genau studiert hatte, als Kandidat für den Senat von Queensland antreten würde. Er begann mit einem kleinen Scherz:

»Die Tage der Sträflinge sind vorüber. Wir müssen die Fesseln abwerfen, die uns noch immer belasten, und das geht nur, indem wir aufstehen und uns als Australier bezeichnen. Ich denke oft, daß sich die Briten eigentlich schwarz ärgern müssen. Sie hätten die Sträflinge im feuchten England lassen und selbst in unser sonniges Land kommen sollen.«

Manche lachten, ein Mann bemerkte trocken: »Die können gern was von unserem Sonnenschein abhaben, Kumpel.«

»Stimmt, aber auf den englischen Winter können wir gut verzichten, und das Ende der Trockenheit ist wohl abzusehen.«

Während er mit seiner Rede fortfuhr, beobachtete Barnaby, wie ein Mann durch eine Seitentür eintrat. Er nahm seinen staubigen Hut und den Pistolengürtel ab, warf beides auf einen Tisch und schaute sich um. Er kam ihm irgendwie bekannt vor, doch Barnaby konnte das Gesicht nicht zuordnen.

Plötzlich trat der Mann vor und sprach den Bürgermeister mit lauter, überheblicher Stimme an: »Wer ist der Kerl? Mit welchem Recht steht er da oben und sagt uns, was wir zu tun haben? Das ist eine verdammte Unverschämtheit!«

Barnaby war sprachlos. Jetzt erkannte er auch den Eindringling – Ben Buchanan, den Abgeordneten. Wo kam er her? Dann fiel ihm ein, daß Buchanan hier in der Gegend eine Viehstation besaß. Verdammt noch mal!

Als sich der Bürgermeister polternd erhob, um eine Erklärung abzugeben, mischte sich Barnaby ein und versuchte, der Situation ihre Schärfe zu nehmen. »Aha, Mr. Buchanan. Willkommen in der Versammlung. Ich bin sicher, Sie kennen meine Stellung. Ich bin hier als Vertreter unseres Justizministers.«

Buchanan wandte sich zur Menge. »Mit anderen Worten, er ist Beamter. Ein Mann ohne Wissen über das Outback, der nur seinen politischen Ehrgeiz befriedigen will. Er hat Ihnen dieses ganze Geschwätz über die Föderation nur aufgetischt, weil er hofft, vom Premier mit einem Sitz im Senat belohnt zu werden, falls es diesen jemals geben sollte. Habe ich recht, Mr. Glasson?«

»Es stimmt, daß ich kandidieren würde, aber …«

»Na bitte!« höhnte Buchanan. »Was habe ich Ihnen gesagt?«

Ein unfreundliches Gemurmel erhob sich im Publikum. Barnaby bemerkte, daß er an Sympathie verlor, und sah Buchanan wütend an. »Ich habe das gleiche Recht wie Sie, hier zu sein. Sie sind nicht der Vertreter dieser Menschen, sondern wurden in einem Wahlbezirk in Brisbane gewählt. Ich bin überrascht, Sie überhaupt hier zu sehen. Ich dachte, Sie würden sich nur in feiner Gesellschaft wohl fühlen.«

Zu seiner Überraschung klatschten einige Frauen Beifall, doch die anderen Zuhörer verfolgten mit Spannung diesen Konflikt. Der Abend gestaltete sich offensichtlich interessanter als erwartet.

»Zur Hölle mit der feinen Gesellschaft!« donnerte Buchanan. »Dieser Kerl predigt die Revolution. Wir haben gesehen, was passiert ist, als sich Amerika vom Mutterland lossagte! Unabhängigkeitskrieg und ein noch blutigerer Bürgerkrieg! Wollen wir so etwas auch?«

»Nein!« ertönte es im Saal.

»Wie können Sie ihm bloß zuhören?« rief Barnaby. »Wir verlangen nicht die Unabhängigkeit von England, nur Gleichheit. Es besteht nicht der geringste Anlaß für einen Krieg. Dieser Mann«, er deutete auf Buchanan, »ist nur ein Strohmann der Geldhaie von Brisbane.« Ihm fiel ein, was Phoebe, die Buchanan nicht mochte, ihm über dessen Geschäfte mit Onkel Edgar erzählt hatte. »Wer steht hinter Ihnen? Die Western Railroad und ihre wirtschaftlichen Interessen? Sie haben Ihnen den Sitz von Padlow gekauft und Ihnen dann Aktien ihrer Firma geschenkt, damit Sie als deren Sprachrohr fungieren!«

Buchanan lachte. »Was soll das? Ich kämpfe, damit die Eisenbahn in den Busch kommt, und er kritisiert mich deswegen!«

»Einen Moment!« rief Barnaby. »Früher oder später wird es mehr Eisenbahnen geben, aber nicht auf diese Weise! Sie werden gelesen haben, daß Buchanan und seine feinen Freunde den Eisenbahnbetrieb an sich reißen und keinen Penny für das Land bezahlen wollen!«

»Na und? Für die eine Strecke bis nach Charleville hat man zwanzig Jahre gebraucht. Wir wollen es schnell machen, um den Busch für alle zu öffnen. Wir brauchen das Land für die Eisenbahn und werden es auch bekommen.«

»Darauf würde ich nicht wetten!« brüllte sein Widersacher.

Ein bulliger Mann in kariertem Hemd erhob sich schwerfällig. »Sieht aus, als wolltet ihr beide euch alles schnappen. Ich schnappe mir jetzt jedenfalls einen Whisky, Jungs. Wer kommt mit?«

Die Tische mit dem Essen leerten sich, als die Zuhörer sich beim Hinausgehen selbst bedienten.

»Das kostet Sie Ihre Stellung!« zischte Buchanan, bevor er den Ort des Geschehens verließ.

»Sie ebenfalls!« rief ihm Barnaby hinterher.

Der Bürgermeister und seine Kollegen verschwanden eilig durch den Bühneneingang, um nicht in diesen Streit verwikkelt zu werden. Barnaby blieb mit den Damen vom Büfett zurück und ließ sich von ihnen bemitleiden.

Lottie Smith nahm ihn beiseite. »Es tut mir leid, Mr. Glasson. Die Idee mit der Nation gefällt mir, Sie sollten nicht aufgeben, Junge.«

Sie zog ihre schwarze Schürze aus. »Wenigstens war unser schönes Essen nicht verschwendet. Aber nehmen Sie sich in acht vor Ben Buchanan. Er ist schlecht. Sie haben recht, er verbringt die ganze Zeit in der Stadt, während seine Frau den Besitz leitet. Sie ist eine Kämpferin, ganz großartig. Er selbst hat noch nie viel getan, hat sich seit damals nicht geändert.«

»Damals?« fragte Barnaby geistesabwesend, um die Unterhaltung in Gang zu halten.

»Seit damals oben im Norden. Ich war Haushälterin auf der Caravale Station. Seine Mutter war ein Miststück, und Buchanan ist nicht besser. Wenn er Sie das nächste Mal angreift, fragen Sie ihn einfach nach Diamond.«

»Wie bitte?« Er fuhr zusammen.

»Diamond, ein schwarzes Mädchen. Unglaublich klug. War seine Freundin, wenn Sie wissen, was ich meine. Sie kennen das mit den Haushälterinnen – nichts sehen, nichts hören, nichts wissen, sonst fliegt man raus. Das letzte, was ich hörte, war, daß sie mit ihm auf die Palmer-Goldfelder gezogen ist.«

»Hat er Gold gefunden?«

»Nein. Er kam ohne einen Penny nach Hause. Litt da oben am Fieber. Dann starb die alte Lady, und er verkaufte Caravale.

Kam hier runter, heiratete reich und kaufte Fairmont Station. Clara Buchanan tut mir leid, hat es schwer mit ihm. Sie sehen ein bißchen müde aus. Wollen Sie ein paar Sandwiches mit ins Hotel nehmen?«

»Sehr gern.«

In seinem Hotelzimmer verschlang er die köstlichen Sandwiches mit Roastbeef. Er war enttäuscht über den Ausgang des Abends, den er in seinem Bericht erwähnen mußte. Auf das Gerede über Buchanan gab er nicht viel. Selbst wenn die schwarze Frau namens Diamond dieselbe war, die er kannte, hatte es nicht unbedingt etwas zu bedeuten. Alter Klatsch. Diamond war tot, Schluß, aus.

Allerdings bot diese Geschichte eine Erklärung für das Gold, das ihr Anwalt für sie verkauft hatte. Es stammte von den Palmer-Goldfeldern.

»Interessant, interessant«, murmelte er müde vor sich hin und legte sich ins Bett. »Dieser Palmer River muß eine wahre Schatztruhe sein. Ich wünschte, ich stieße auch auf eine Goldader.«

Barnaby konnte nicht schlafen. Die Fensterläden klapperten im Wind; der Regen prasselte mit unglaublicher Gewalt auf das Eisendach. Er zog sich die Bettdecke über den Kopf und dachte an Theodore Prosser.

Er bezweifelte, daß ein Mann wie Prosser überhaupt Ziel von Buchanans Attacke geworden wäre. Und wenn doch, wie hätte er sich dann verhalten? Wahrscheinlich sehr viel geschickter als er selbst, gestand sich Barnaby ein und kam sich plötzlich unfähig vor. War er nicht nur ein Bauernsohn, der sich gegen die Konventionen erhob? Zu denken, daß er auch nur den Hauch einer Chance besaß, ins Parlament gewählt zu werden. Er, Barnaby Glasson, und nicht die Geldsäcke, die mächtigen Männer, die die Regeln aufstellten und sich um ihre Interessen kümmerten. Und wenn er nun seine Stelle verlor, weil er ein Mitglied des Parlaments beleidigt hatte? Zu Mantrell konnte er nicht mehr gehen, weil sich dieser zur

Ruhe setzen und die Kanzlei seinem neuen Partner übergeben wollte.

Am Morgen kam eine Abordnung Damen zu ihm und überbrachte eine Petition, die an den Justizminister gerichtet war. Sie forderte das Wahlrecht für Frauen. Barnaby nahm sie gern entgegen. Selbst der Bürgermeister besuchte ihn und entschuldigte sich für das Debakel vom Vorabend.

»Lassen Sie mir eine Abschrift Ihrer Rede hier, und ich sorge dafür, daß die Stadträte sie lesen. Ich war sehr beeindruckt von Ihren Ansichten, Mr. Glasson. Donnerwetter, eine eigene Nation zu haben, würde mich richtig stolz machen. Auf mich können Sie sich jederzeit verlassen.«

8

Obwohl Edgar um ein Gespräch ersucht hatte, kam keine Antwort vom Premierminister. Royce Davies sollte sich ebenfalls für diese Unterredung einsetzen, aber dieser Idiot verlor gegenüber Abercrombie ständig an Boden. Es war nur noch eine Frage von Tagen, bis er dessen Position als Oppositionsführer übernehmen würde.

Abercrombie zu bestechen kam nicht in Frage. Auch gelang es Edgar nicht, weitere schmutzige Geschichten auszugraben. Daher wandte er sich der Debatte um die Föderation zu. Er würde verlauten lassen, daß er die Sache befürwortete und Wähler dafür mobil machen konnte, um sich damit die Gunst des Premierministers zu sichern.

Davies war mit diesem Plan einverstanden, aber er hängte ohnehin sein Mäntelchen nach dem Wind. Buchanan hingegen stellte ein echtes Problem dar. Edgar wollte ihm nur zu gern den Mund verbieten, da er das Gerücht verbreitete, die Föderation bedeute die Trennung vom Mutterland. Der Mann besaß einfach kein politisches Feingefühl: Dieses Argument kam zur falschen Zeit. Buchanan schien nicht auf dem laufenden zu sein. Begriff er denn nicht, daß vom Premierminister Erfolg oder Scheitern der Firma abhing? Das Land war zum Schlüssel geworden.

Edgar schrieb Buchanan einen Brief, in dem er ihn anwies, augenblicklich keine Kritik am Premierminister zu üben, zerriß ihn jedoch wieder. Eine unmögliche Order an ein Mitglied der Opposition, die ihn Kopf und Kragen kosten konnte.

Doch war dies seine geringste Sorge. Trotz der guten Wirtschaftslage fehlte es ihm an Bargeld. Ohne die Landzuteilung als Sicherheit geriet er zunehmend unter den Druck der Banken. Stahlwerke und Fabriken forderten ihr Geld ein, ebenso die Waggonbauer in Sydney, die befürchteten, ohne seine Zahlungen in Konkurs zu gehen.

Welch ein furchtbares Durcheinander! Edgar hatte seine Freunde, die amerikanischen Eisenbahnbarone, schriftlich um Rat und finanzielle Unterstützung gebeten, die sie sich ohne weiteres leisten konnten. Eine Antwort hatte er jedoch nicht erhalten.

Im Angesicht des Ruins suchte er verzweifelt nach einem Ausweg. Edgar gründete eine Scheinfirma, die New-South-Wales-Stahlwerke, um die Öffentlichkeit und die allzu neugierigen Banken abzulenken. Durch sie zog er Gelder aus Western Railroad ab. Dann erhöhte er seine Bezüge als Geschäftsführer und Schatzmeister auf eine astronomische Summe in dem Wissen, daß er seinen Aktionären erst in vier Wochen wieder gegenübertreten mußte.

Kürzlich hatte man ihn mit Mrs. Connie Downs bekannt gemacht, der Witwe eines Goldgräbers aus Charters Towers, der die sagenhaft lukrative El Dorado-Mine gehörte. Obwohl Connie gern mit einem Schluchzen in der Stimme über ihren verstorbenen Mann sprach, hatte Edgar gehört, daß ihr Charlie ein Frauenheld reinsten Wassers gewesen sein sollte. Mit der Entführung eines chinesischen Mädchens war er jedoch einen Schritt zu weit gegangen. Dessen Vater eilte zur Rettung herbei, und Charlie Downs endete mit einem Messer im Bauch. Exitus. Nun beschäftigten sich Connies Freundinnen eifrig damit, sie mit Edgar zu verkuppeln.

Er schien in diesem besonderen Fall nicht abgeneigt und traf Vorbereitungen zum Verkauf seines Hauses. Er erklärte, er werde in Kürze ein größeres Heim benötigen, was die Kupplerinnen ermutigte. Connie war hingerissen und bemühte sich, Mr. Thurlwell zu gefallen. Sie folgte sogar seinem Rat und kaufte für zehntausend Pfund Aktien der NSW-Stahlwerke, seiner nicht vorhandenen Firma. Connie gab sich mit einer simplen Empfangsquittung zufrieden, da sie Edgar vertraute und ihm den Rest des Papierkrams überließ. Er kannte sich in der Welt der Finanzen so gut aus, daß sie ihm für seine Beratung dankbar war.

Edgar wartete ab, wie sich die Dinge entwickelten. Falls ihm der Premierminister das Land übereignete, würde dies eine hervorragende Sicherheit bieten, und alles wäre wieder in bester Ordnung. Falls nicht... nun ja, das Leben ging weiter. Ein weiser General weiß, wann er zum Rückzug blasen muß. Seine Schwägerin fand die Entwicklung seiner Beziehung zu Connie Downs äußerst beunruhigend. Edgars Geld gehörte der Familie. Warum sollte diese Landpomeranze daran teilhaben? Sie war ohnehin schon reich, und als seine Frau würde sie noch mehr besitzen. Sehr viel mehr. Und was würde aus der Familie, wenn Edgar starb? Dann müßte sie das Vermögen mit einer weiteren Mrs. Thurlwell teilen, diesem intriganten Weib. Lalla konnte nicht verstehen, daß Edgar auf sie hereingefallen war. Sie hatte ihn für vernünftiger gehalten. Connie war eine Wölfin im Schafspelz – mit Ringellöckchen, einem geschminkten Gesicht und einem süßen Lächeln, hinter dem sich gewiß ein Herz aus Stein verbarg. Sie hatte Edgar von Anfang an umschwärmt wie eine Honigbiene, ihm geschmeichelt, weit ausgeschnittene Abendkleider getragen, um ihm ihren fetten Busen unter die Nase zu halten. Er konnte kaum die Finger von ihr lassen, was in seinem Alter einfach abstoßend wirkte.

An diesem Abend hatte Edgar Lalla und William zu einer Dinnerparty eingeladen, doch William wurde dringend ins Krankenhaus gerufen. Lalla wollte ihn überreden, die Botschaft zu ignorieren, da man ihn ohnehin nur noch verlangte, wenn niemand anders zur Verfügung stand, aber er ging trotzdem hin. Die Patientin sei eine wichtige Frau aus Sydney, eine Bekannte des Gouverneurs.

Also ging Lalla allein, um Edgar und Connie im Auge zu behalten. Sie trug ein dezentes schulterfreies Kleid aus schwarzem Samt und als einzigen Schmuck die Perlenohrringe, die Edgar ihr geschenkt hatte. Zu ihrer Freude erschien Connie in luftigem rosa Organza mit einem weiten Rock, in dem sie wie ein Eierwärmer aussah. Sie war behängt mit Juwelen, die überhaupt nicht zu dem mädchenhaften Kleid paßten, doch Edgar schien es nicht zu stören.

»Sieht sie nicht aus wie ein Engel?« fragte er Lalla, die am liebsten laut losgelacht hätte.

»Ja, wirklich«, stimmte sie ihm scheinheilig zu. Als sich Edgar zu seinem Diener umdrehte, sagte sie zu Connie: »Was für ein hübsches Kleid. Stammt es von den Goldfeldern?«

»Nein, ich habe meine eigene Schneiderin. Sie ist furchtbar teuer, aber solange sie ausschließlich für mich arbeitet, bin ich zufrieden.« Connie betrachtete Lalla mit kalten grünen Augen. »Ich weiß, daß ich als Witwe Schwarz tragen sollte, aber es ist eine so traurige Farbe. Ich konnte sie einfach nicht mehr ertragen.«

»Sie haben völlig recht. Nur wenigen Leuten steht Schwarz wirklich gut.«

Da er sich immer als eingefleischten Junggesellen betrachtet hatte, gab es in Edgars Haushalt keine Dienstmädchen. Das Essen servierte Brody. Connie ergriff die Gelegenheit, um Edgar zu necken, daß er eine Frau im Haus brauche. Lalla bemerkte einen Funken Ärger bei Brody und erkannte, daß sie in ihm einen Verbündeten finden würde. Er hatte seinem Herrn gute Dienste geleistet und würde die Gegenwart einer Frau im Haus nicht begrüßen.

Insgesamt war es ein schrecklicher Abend, bis sich Connie an einer Fischgräte verschluckte. Lalla umflatterte sie in der Hoffnung, sie würde ersticken. Connie hustete und spuckte, während Edgar ihr trockenes Brot in den Mund stopfte. Als das nicht half, rissen die Männer ihren Stuhl zurück und drückten ihr den Kopf zwischen die Knie. Sie klopften Connie auf den Rücken, um die Gräte zu lösen, woraufhin sie auf laute und äußerst undamenhafte Weise Wind abließ und sich über ihr rosa Kleid erbrach.

Geschieht ihr recht, dachte Lalla, sie ißt ja auch wie ein

Schwein. Sie schoß in die Küche und holte die Köchin zu Hilfe, da sie nicht die Absicht hatte, noch einmal ins übelriechende Eßzimmer zurückzukehren.

Anscheinend war die Gräte mit dem letzten Gang herausgekommen und die Krise damit überwunden, doch Connie befand sich in schlechter Verfassung.

»Mein armer Engel«, sagte Edgar voller Mitleid zu ihr, als sie mit der Köchin aus dem Badezimmer kam. »Wie kann ich dir helfen?«

»Gar nicht, mein Lieber«, wimmerte sie, »mir ist das so peinlich.«

»Keine Sorge, Connie, das kann doch jedem passieren. Ich fühle mich richtig schuldig, weil du so leiden mußtest.«

»Soll ich Sie nach Hause bringen, Madam?« erbot sich Brody. Connie sah ihn dankbar an.

»Würden Sie das tun? Ich bin völlig erschöpft.«

»Wenn es dir nichts ausmacht, gehe ich ebenfalls«, meinte Lalla. Edgar nickte und schien froh zu sein, die beiden Frauen loszuwerden. Lalla wollte nicht riskieren, daß ihr ein Witz auf Connies Kosten entschlüpfte, der Edgar sicher nicht gefallen hätte. Seine Kritik an anderen Menschen fiel meistens barsch aus, doch er konnte es nicht ertragen, wenn man seine Ansichten in Zweifel zog. Und Connie war eben seiner Ansicht nach ein Engel. Liebevoll begleitete er die Witwe zu seiner kleinen Kutsche.

Lalla war früh zu Hause und schenkte sich im Salon ein Glas Wein ein. Sie würde auf William warten, weil sie darauf brannte, ihm die Geschichte zu erzählen. Vor allem mußte sie ihn vor Connie warnen, die sich zu einem echten Problem entwickelte. Er war Edgars Bruder und mußte mit ihm über diese unmögliche Frau sprechen. Das war keine Ehefrau für einen Mann in Edgars Stellung, und schon gar nicht für einen Thurlwell.

Die Haustür ging auf. Seltsam, sie hatte Williams Wagen gar nicht gehört … und dann kam Phoebe leise durch die Eingangshalle. Lalla schoß aus ihrem Stuhl hoch und trat ihrer Tochter gegenüber, die weder Mantel noch Hut oder Handschuhe trug. Ihr Gesicht war gerötet.

Phoebe fuhr bei Lallas Anblick zusammen.

»Wo bist du gewesen?« fragte Lalla.

»Ach ... nur spazieren.«

»Um diese Zeit? Mit wem?«

Phoebe zuckte die Achseln. »Allein. Mir war einfach danach.«

»Auf der Straße? Du kommst von der Straße? Bist du verrückt geworden?«

»Nein, das bin ich nicht. Wenn du mich bitte entschuldigen würdest, Mutter, aber ich bin müde. Ich gehe schlafen.«

Lalla ergriff ihren Arm. »Das wirst du nicht tun! Du lügst! Wo bist du gewesen?«

»Wie ich bereits sagte, bin ich spazierengegangen.«

»Unsinn. Es ist neun Uhr. Du bist mit jemandem ausgegangen, der dich am Tor abgesetzt hat. Wer ist der Kerl, der dich nicht bis zur Tür bringen kann? Wie kannst du es wagen, in diesem Aufzug hinauszugehen?«

»Ich gehe so aus, wie es mir gefällt«, seufzte Phoebe gelangweilt und erntete eine Ohrfeige.

»Du wirst dieses Haus nicht wie eine Dirne verlassen!«

Phoebe starrte sie einen Moment an und schlug zurück.

Lalla taumelte und hielt sich entsetzt die Wange.

»Du hast mich zum letzten Mal geschlagen«, erklärte Phoebe. »Sei froh, daß ich nicht wie du so oft den Stock benutzt habe. Jetzt geh mir aus dem Weg!«

Als ihre Tochter trotzig die Treppe hinaufging, schrie Lalla hinter ihr her: »Das letzte Wort ist noch nicht gesprochen!«

Phoebe wußte, daß ihr noch Ärger bevorstand. Ben und sie hatten einen so wunderbaren Abend verbracht. Er küßte sie wieder und wieder, so daß sie befürchtete, ihre Lippen könnten sie verraten. Ihre Mutter hatte alles verdorben. Phoebe wußte, daß man sie früher oder später erwischen würde, wünschte sich aber, sie hätte sich nicht zu der Ohrfeige hinreißen lassen. Jetzt war nicht die richtige Zeit für Auseinandersetzungen. Am Morgen würde der Kampf in die nächste Runde gehen. Sie beschloß, so bald wie möglich ein offenes Gespräch mit Ben zu führen. Sie war es leid, sich heimlich zu ihm zu schleichen. Er zeigte Geduld, wirkte aber bei der Erwähnung ihrer Eltern stets angespannt. Kein Wunder, da er sich auf Phoebes Bitte hin nicht mir ihr in der Öffentlichkeit zeigte und zu Hause auf sie warten mußte. Für ihn war dieses Versteckspiel in gewisser Weise entwürdigend.

Vielleicht sollte sie es einfach hinter sich bringen und ihren Eltern von Ben erzählen.

Ihr Vater war beim Frühstück niemals gut gelaunt und wußte nicht, wem er bei dieser neuesten Auseinandersetzung glauben sollte.

»Du darfst abends nicht allein ausgehen, Phoebe«, ermahnte er sie. »Das ist dumm. Junge Mädchen wissen nicht, welche Gefahren auf sie lauern.«

»Ich glaube nicht, daß sie allein war«, meinte Lalla. »Das glaube ich keine Sekunde lang.«

»Es sollte nicht wieder vorkommen«, sagte William zu Phoebe und griff nach der Zeitung.

»Dafür werde ich schon sorgen«, gab Lalla zurück. »Wenn wir in Zukunft ausgehen, wird immer ein Mädchen im Haus bleiben. Anscheinend können wir unserer Tochter ja nicht vertrauen. Wenn sie spazierengehen will, kann sie das in ihrem eigenen Garten tun.«

Das reicht, dachte Phoebe. Und nun? Vermutlich würde Biddy ein Auge zudrücken, lief dabei aber Gefahr, ihre Stellung zu verlieren. Außerdem war Biddy nicht dumm und würde sie wohl kaum allein fortlassen, ohne zu wissen, wohin sie ging. Also mußte Phoebe ihr die Wahrheit sagen, und die würde Biddy nicht gutheißen. Der wirkliche Unterschied zwischen dem Hausmädchen und ihrer Mutter lag darin, daß Biddy Phoebe aufrichtig gern hatte. Liebe Biddy. An Ben als Person würde sie sich nicht stoßen, wohl aber an der Tatsache, daß sich Phoebe abends allein im Haus eines jungen Mannes aufhielt. Dies war eine der Gefahren, vor denen Biddy sie stets gewarnt hatte.

Wo steckte wohl Barnaby? Er reagierte nicht auf die Nachricht, die sie ihm bereits vor Wochen geschickt hatte. Inzwischen müßte er eigentlich wieder zu Hause sein. Verzweifelt schrieb sie ihm einen weiteren Brief mit der Bitte, sich zu melden, da sie seinen Rat brauche.

Phoebe unterschätzte ihre Mutter keineswegs. Obwohl sie abends bereits bewacht wurde, sorgte Lalla dafür, daß sie auch am Tage immer von Freunden begleitet oder mit der Kutsche weggefahren und abgeholt wurde. Anstatt eine weitere nutzlose Nachricht zu schicken, wartete Phoebe bis zum nächsten Samstag und fuhr wie üblich zum Tennisclub. Sie sagte dem Kutscher, er solle sie um fünf Uhr abholen. Dann stahl sie sich davon und eilte durch Gassen und Sträßchen zu den Mietstallungen. Sie würde nie den liebevollen Ausdruck vergessen, mit dem Ben sie ansah, als sie durchs Tor kam. Nicht Freude oder Aufregung lag in seinem Blick, sondern die Bestätigung, daß sie zum Mittelpunkt seiner Welt geworden war. Er ließ den Sattel fallen, den er in der Hand hielt, und kam auf sie zu. Was für ein gutaussehender, eleganter Mann.

»Phoebe«, sagte er sanft und nahm ihre Hand. Er führte sie in sein Büro und schloß die Tür.

»Tut mir leid, aber ich konnte nicht zu dir kommen. Meine Mutter ...«

Er legte ihr die Hand auf den Mund und zog sie an sich. »Es macht nichts.«

Nach einer Weile gab er sie frei und hörte ihr schweigend zu. »Sie beobachten mich, Ben. Was soll ich tun? Ich darf dich nicht treffen, dabei vermisse ich dich so.«

»Ich habe immer gewußt, daß es Probleme geben würde, Phoebe. Ich werde tun, was immer du verlangst.«

»Was denn, bitte? Was kannst du denn tun?«

»Dich nicht mehr sehen, zum Beispiel, um dir diese Probleme zu ersparen. Dann kannst du weiterleben wie zuvor.«

»Nein!« schrie sie. »Das meinst du nicht ernst! Du bist alles für mich.«

»Es gibt nur eine Alternative. Heirate mich.«

Phoebe starrte ihn an.

Sie konnte nicht behaupten, daß sie nicht auch schon daran gedacht hätte, doch nun bekam sie es mit der Angst zu tun. »Können wir das?« flüsterte sie. »Könnten wir wirklich heiraten?«

Er ergriff ihre Hände. »Das war kein allzu romantischer Antrag. Ich werde ihn noch einmal wiederholen, wenn ich nicht so unter Druck stehe. Ich liebe dich und bin nicht arm. Ich kann nicht behaupten, ich könnte dir alles bieten, aber es gibt Dinge, die man mit Geld ohnehin nicht kaufen kann. Das weißt du ebenso gut wie ich. Du mußt deine Entscheidung sorgfältig überdenken.«

Verwirrt murmelte sie: »Du klingst, als ginge es um Geschäfte.«

»Es ist eine sehr ernste Angelegenheit. Wenn ich dich heiraten und unglücklich machen würde, bräche es mir das Herz. In diesem Fall sollst du besser jetzt als später leiden.«

Sie küßte ihn. »Ich möchte dich heiraten. Ich liebe dich und werde glücklich sein. Warum machst du mir angst?«

»Du hast schon Angst. Ich habe es an deinen Augen erkannt. Es ist ein ungeheurer Schritt, einen vorbestraften Farbigen zu heiraten. Dein gesellschaftliches Leben wäre vermutlich vorbei.«

Phoebe schob ihn beiseite. »Ich wünschte, du würdest nicht immer mit diesem Farbigenthema anfangen. Du bist kein Schwarzer. Deine Haut ist nicht dunkler als die der Weißen aus dem Busch, ganz im Gegenteil. Dein Vater war weiß. Wer war überhaupt dein Vater?«

»Ich weiß es nicht. Ich hielt Oma immer für meine leibliche Großmutter und ihren Sohn für meinen Vater, aber das stimmte nicht. Sie hat meine Mutter adoptiert, als sie ein kleines Mädchen war.«

»Deine Mutter. Ich mochte sie. Ich habe gelispelt ...«

»Darüber können wir uns ein anderes Mal unterhalten«, meinte Ben sanft. »Ich möchte, daß du meine Frau wirst, doch dein Leben wird sich von Grund auf ändern. Unsere Verlobung können wir nicht öffentlich ankündigen, das würde zuviel Aufsehen erregen. Wir können nur in aller Stille heiraten. Reicht dir das?«

»Ja!«

»Du mußt sehr tapfer sein.«

»Ich will kein Wort mehr davon hören«, erwiderte sie zornig. »Ben Beckman, du hast mir einen Antrag gemacht, den ich angenommen habe. Jetzt bist du am Zug.«

»Gut. In drei Monaten – damit du dich an die Vorstellung gewöhnen kannst – lade ich dich wieder zu mir ein und halte mit Champagner und Rosen um deine Hand an. Wenn du nein sagst, feiern wir unsere Freundschaft und belassen es dabei.«

Phoebe war den Tränen nahe. Ihr wurde klar, daß sie diese Frist wirklich brauchte, um sich über alles klarzuwerden.

»Wie bist du so weise geworden?«

»Durch die Liebe von drei wunderbaren Frauen«, sagte er lächelnd.

Phoebe erwartete Barnaby auf einer Parkbank am Fluß. Dies war die sanftere Gegend von Brisbane, die einen Kontrast zu den steilen roten Klippen von Kangaroo Point bildete. Das Parlamentsgebäude mit seiner ruhigen Würde, umgeben von Grünflächen und den botanischen Gärten, wirkte friedlich. Sie konnte sich kaum vorstellen, daß hinter diesen Mauern die bitteren Debatten und Auseinandersetzungen stattfanden, die auch bei ihr zu Hause diskutiert wurden.

Biddy, die in diesen Tagen ihre ständige Begleiterin war, ging im botanischen Garten spazieren und kümmerte sich nicht weiter darum, daß sich Phoebe mit Mr. Glasson während seiner

Mittagspause verabredet hatte. Sie mochte den jungen Anwalt und war überzeugt davon, daß sich diese Beziehung zu einer Romanze entwickeln konnte. Phoebe ließ sie in diesem Glauben. Sie betrachtete die Fische im Fluß und fragte sich, aus welchem Grund sie immer aus dem Wasser hochschnellten. Vielleicht fingen sie Insekten oder spielten einfach nur. Sie war verärgert, weil sich ihr Leben so kompliziert gestaltete, und wünschte sich eine gute Fee herbei, die alles in Ordnung bringen könnte.

Barnaby eilte über den Wiesenhang auf sie zu und küßte sie flüchtig auf die Wange. »Tut mir leid, aber ich wurde aufgehalten. Wie geht es dir? Du siehst hinreißend aus.«

»So fühle ich mich aber nicht. Ich bin so froh, dich zu sehen. Habe dich vermißt.«

»Ein guter Anfang«, meinte er lächelnd. »Möchtest du spazierengehen?«

»Nein, danke. Ich möchte einfach nur hier sitzen. Außerdem muß ich dich warnen. Edgar hat einen Brief von Ben Buchanan erhalten, in dem er schreibt, daß du draußen im Westen die Revolution predigst. Er will beim Premierminister Beschwerde einlegen. Was um Himmels willen hast du getan?«

»Meine Arbeit. Ich sollte über die Föderation sprechen, und genau das habe ich getan. Buchanan, diese Ratte, hat sich nicht beim Premier, sondern beim Justizminister beschwert. Ich habe mich herausgeredet und meine Stellung gerettet, aber von nun an darf ich mein Steckenpferd nicht mehr erwähnen.«

»Welches Steckenpferd?«

»Meine Kandidatur für den Senat, sollte es ihn jemals geben.« Phoebe lachte. »Manchmal bist du wirklich verrückt. Kämpfst gegen Windmühlen. Es wird keinen Senat geben. Vater sagt, die Föderationsfrage sei endgültig vom Tisch. Außerdem wußte ich gar nicht, daß du dich für Politik interessierst.«

»Der Appetit kommt beim Essen. Ich beobachte oft die Politiker bei der Arbeit und habe viele von ihnen kennengelernt. Manche sind solche Holzköpfe, daß selbst ich ihren Job übernehmen könnte.«

»Du bist ein guter Anwalt und könntest es schaffen«, erwiderte Phoebe. »Ist deine politische Karriere durch Buchanan in einer Sackgasse gelandet?«

»Nein, der Senat kann warten. Ich habe die Absicht, den Premierminister um Erlaubnis zu fragen, als Regierungskandidat für einen Staatssitz im Senat anzutreten.«

»Du lieber Himmel, welchen Sitz werden sie dir zuteilen?«

»Sie teilen ihn mir nicht zu, ich muß ihn mir erarbeiten. Ich habe mich für Padlow entschieden.«

»Padlow?« Sie überlegte kurz. »Moment mal. Das ist Buchanans Bezirk. Du willst gegen Ben Buchanan antreten?«

»Ja.«

»O nein. Großartig. Meine Eltern werden begeistert sein«, meinte sie sarkastisch. »Ein weiterer Name auf der schwarzen Liste.«

»Wer steht denn sonst noch darauf?«

Sie schwieg einen Augenblick und schaute unglücklich auf den Fluß. »Barnaby, ich brauche deinen Rat.« Sie holte tief Luft. »Ich bin verliebt.«

Seine Stimmung schlug um. »Nicht gerade die beste Neuigkeit, aber vielen Dank, daß du es mir gesagt hast. Kenn' ich ihn?«

Sie wich der Frage aus. »Für mich ist es auch nicht die beste Neuigkeit. Meine Eltern werden es nicht gutheißen, weil sie ihn hassen. Wenn ich ihnen erzähle, daß ich ihn heiraten will, bricht die Hölle los.«

»Wer ist es?« fragte Barnaby beharrlich.

»Ich kann es dir jetzt nicht sagen. Wir treffen uns bereits seit Monaten und lieben uns sehr.«

»Und er wurde aus eurem Haus verbannt?«

»Nein, man hat ihn dort nie empfangen. Meine Eltern wissen nichts von der Sache.«

Er war verärgert. »Phoebe, das paßt nicht zu dir, diese Heimlichtuerei. Ich will dich nicht kränken, aber du kommst mit deinen Eltern ohnehin schon nicht zurecht. Wenn du dich hinter ihrem Rücken mit jemandem triffst … Haben sie nicht das Recht, wütend zu sein? Und welcher Mann würde dir einen Heiratsantrag machen, ohne sich deinem Vater vorzustellen?«

»Er ist ein sehr liebenswerter Mann.«

»Das sehe ich anders. Mal ehrlich, Phoebe, wie bist du in diese Lage geraten?«

»Sei mir nicht böse, Barnaby. Sage mir lieber, was ich tun soll. Er hat mich vor die Wahl gestellt: Heirat oder bloße Freundschaft. Ich soll es mir drei Monate lang überlegen.«

»Ich würde die zweite Möglichkeit wählen«, meinte er entschlossen.

»Das kann ich nicht.«

»Warum nicht? Du bist doch nicht.«

»Nein, ich bin nicht schwanger. Ich sagte nicht, er sei mein Geliebter, sondern daß ich ihn liebe.«

Er seufzte. »Deine Familie wird es früher oder später herausfinden. Wer weiß sonst noch davon?«

»Niemand.«

»Guter Gott. Nicht einmal deine Freundinnen Bunny und Leisha?«

»Nein.«

»Kann dich dieser dunkle Fremde überhaupt ernähren?«

Phoebe grinste. Wie treffend! »Ja, er ist recht wohlhabend.«

»Du wolltest meinen Rat, ich habe ihn dir gegeben. Was soll ich noch sagen?«

»Du könntest mir sagen, was passiert, wenn wir davonlaufen.«

»Das würde ich auf keinen Fall tun. Gib deiner Familie zumindest die Chance, ihn zu akzeptieren. Wenn du ihn liebst, kann er so schlimm nicht sein. Tritt ihnen offen gegenüber.«

»Es ist einfach nicht möglich.«

»Verdammt, es muß möglich sein. Wer ist dieser Kerl? Soll ich mal mit ihm reden?«

»Ich weiß nicht. Vielleicht. Aber wenn du es ihm auszureden versuchst, würde ich dich dafür hassen.«

»Also willst du dich für den Rest deines Lebens mit ihm verstecken? Jemand muß ihn doch einmal kennenlernen. Je mehr du mir von dieser heimlichen Liebe erzählst, desto unsympathischer wird er mir. Wenn ich dich verstehen soll, mußt du mich mit ihm bekannt machen. Ansonsten solltest du dich auf der Stelle von ihm trennen.«

Sie zögerte. Sie hatte nicht erwartet, daß Barnaby ihn kennenlernen wollte, doch es wäre vielleicht zu ihrem Besten. Was für eine Erleichterung, wenn ein guter Freund wie Barnaby mit Ben sprach und über sie beide Bescheid wußte.

»Es handelt sich um Ben Beckman«, erwiderte sie trotzig.

»Was?« rief er verblüfft. »Diamonds Sohn?«

»Ja, und komm mir bitte nicht mit der Gefängnisgeschichte. Ich weiß alles darüber. Ich kenne Ben seit meiner Kindheit, er war mein Nachbar. Ich will einfach nur den Jungen von nebenan heiraten«, fügte sie hinzu.

Er schüttelte den Kopf. »O Gott, das gibt ein Donnerwetter!«

»Das will ich dir ja die ganze Zeit erklären. Du verhältst dich genau wie Ben. Redest von Fortgehen und in Ruhe über alles nachdenken ...«

»Diesmal solltest du es wirklich tun«, meinte Barnaby.

»Ja. Da kommt Biddy. Ich muß gehen. Versprich mir, mit Ben zu reden. Dann wirst du erkennen, warum ich ihn so sehr liebe.«

»Ich treffe eine Verabredung mit ihm«, versicherte Barnaby.

Er wußte, daß er förmlich klang, aber was blieb ihm übrig? Ben Beckman! Guter Gott! Die Thurlwells würden ihn mit einem Gewehr durch die Stadt jagen oder wieder verhaften lassen. Wußte Ben eigentlich, was er da vorhatte?

Der Skandal fraß sich allmählich in das gesellschaftliche Leben wie ein Schimmelpilz. Er begann wie ein abscheulicher grüner Staub, der sich auf Stiefeln niederläßt, die in dunklen Abstellräumen stehen, breitete sich langsam und bösartig aus und suchte sich seinen Weg ans Tageslicht. Öffnet man die Tür eines Zimmers, das in der feuchten Jahreszeit lange Zeit verschlossen und abgedunkelt war, entdeckt man das ganze Ausmaß des Übels.

Und so nahm der Skandal seinen Anfang mit einem grimmigen Metzger, den niemand weiter beachtete, da er ohnehin kein allzu fröhlicher Zeitgenosse war. Die Frau des Kolonialwarenhändlers unten an der Straße zeigte schließlich Verständnis, da sie genau wie er mit unbezahlten Rechnungen zu kämpfen hatte.

»Geh zu ihm und tritt ihm notfalls die Tür ein. Er soll dein Geld herausrücken«, sagte sie zu ihrem Mann und wedelte mit den offenen Rechnungen.

»Mit feinen Leuten kann man so nicht umgehen, sonst verliere ich noch mein Geschäft. Er ist ein guter Kunde.«

»Von wegen guter Kunde! Wir sind hier nicht in England. Diese Leute sind nicht besser als wir. Wenn sie nicht bezahlen, bekommen sie keine Waren mehr.«

Er rannte ihm jedoch nicht die Tür ein, sondern beschloß, noch ein wenig zu warten. Seine Frau Iris erzählte jedem, der es hören wollte, daß sie nicht auf Mr. Thurlwell als Kunden angewiesen waren.

Sie drohte sogar, selbst hinauszugehen und ihm die Meinung zu sagen.

»Das wird Ihnen nichts nützen«, sagte eine Frau zu ihr. »Meine Schwester arbeitet als Köchin für ihn. Mr. Thurlwell ist geschäftlich nach Sydney gefahren. Sie müssen schon warten, bis er wiederkommt.«

Und so mußten sich die Händler gedulden, nicht aber Connie Downs.

Sie hatte die Absicht, Edgar mit einer Willkommensparty zu überraschen, um ihn für den schrecklichen Abend zu entschädigen. Sie wollte beweisen, daß sie eine ebenso gute Gastgeberin war wie seine hochnäsige Schwägerin. Sie wußte nicht, auf welchem Schiff er kommen würde, und wartete daher einige Wochen, bevor sie ihren Kutscher anwies, regelmäßig an Edgars Haus vorbeizufahren.

Schließlich schien sie Erfolg zu haben. Die Vorhänge waren zurückgezogen, die Fenster geöffnet.

Connie stieg aus der Kutsche und ging durchs Tor zur Haustür. Sie klopfte kurz und heftig an.

Sic erwartete Brody, wurde aber von einem jungen Mädchen begrüßt.

»Ich bin Mrs. Downs und möchte mit Ihrem Herrn sprechen.« Das Mädchen grinste. »Mit meinem Vater?«

Connie errötete im Glauben, Edgar habe Besuch. »Entschuldigen Sie, meine Liebe. Ich möchte zu Mr. Thurlwell, aber wenn er keine Zeit hat ...«

»Schon gut. Sie sind sicher am falschen Haus. Mr. Thurlwell wohnt nicht mehr hier. Er ist umgezogen. Wir haben das Haus gekauft und sind heute morgen eingezogen.«

»O nein. Was für ein Mißverständnis! Könnten Sie mir seine neue Adresse geben?«

»Ich frage meinen Vater«, sagte das Mädchen und ging ins Haus zurück.

»Er ist in den Vorort Hamilton gezogen«, teilte sie Connie mit. »Die genaue Adresse wissen wir leider nicht. Wenn Sie ihn sehen, könnten sie ihm ausrichten, daß Post für ihn hier ist.«

»Ja, natürlich.« Connie ging nach Hause. Sie war nicht unzufrieden. Hatte Edgar nicht davon gesprochen, ein neues, größeres Haus zu kaufen?« Ein Hinweis darauf, daß er seinen Lebensstil ändern wollte, vielleicht Raum für eine Ehefrau schaffen. Und dann Hamilton! Dort gab es einige wunderschöne Anwesen. So ein Schurke, dachte sie lächelnd. Eigentlich wollte sie ihn überraschen, und nun hatte er sie glatt übertrumpft. Wie nannte er sie doch gleich? Mein Engel. Er hatte sie geküßt, als Lalla nicht hinschaute. Nun, sie würde ihm seine Überraschung nicht verderben und auf seine Nachricht warten. So ein Dummkopf! Sie hätte ihm doch beim Umzug helfen können. Ein- und Auspacken macht soviel Arbeit.

In der Bankbranche tappten einige Herren sehr im dunkeln. Der Geschäftsführer der neuen South Pacific Banking Company hatte die Hypothek auf Dr. Thurlwells Haus in Kangaroo Point genehmigt und war verwirrt, als die erste Monatsrate nicht gezahlt wurde. Ob eine Mahnung angebracht war?

In der Bank of New South Wales wunderte sich ein Buchhalter, daß die Western Railroad Company trotz öffentlicher Mittel immer tiefer in die roten Zahlen rutschte, obwohl noch keine einzige Schwelle verlegt war. Als er seinen Direktor das letzte Mal darauf hingewiesen hatte, erntete er einen Tadel. Die Firma sei absolut kreditwürdig, es gebe eine Menge Sicherheiten. Doch nun gelang es ihm nicht, den Standort der New-South-Wales-Stahlwerke ausfindig zu machen, die einen ständigen Zustrom von Geldern aus der Railroad Company verzeichneten. Er fragte sich, ob er weitere Nachforschungen anstellen und damit selbst Schwierigkeiten riskieren sollte.

Dudley Luxton, der Geschäftsführer der Bank of Queensland, grübelte hinter verschlossenen Türen über dem Thurlwell-Konto. Sicher, nach ihrem letzten Gespräch hatte Edgar zweitausend Pfund eingezahlt; sie reichten aus, um Luxtons Befürchtungen zu zerstreuen. Vorübergehend. Dann hatte Luxton zwei Wochen mit seiner Familie am Meer verbracht, kehrte erholt zurück und mußte feststellen, daß sich das Konto in einem noch schlechteren Zustand befand als vorher. Der Überziehungskredit war weit überschritten. Edgar hatte beträchtliche Mengen abgehoben, und sein Bruder William, den Dudley nur selten sah, verteilte in der Stadt Schecks, als wären sie Konfetti.

Dudley wurde sehr zornig. Das konnten sie mit seinem Gehilfen machen, aber nicht mit ihm. Leider hielt sich Edgar noch immer in Sydney auf. Dann kam ihm eine Idee. Er konnte die Bombe platzen lassen, während Edgar nicht in Brisbane war. Er neigte dazu, in der Bank herumzuschreien und mit der Faust auf den Tisch zu hauen. Der Umgang mit ihm erforderte Standfestigkeit und gute Nerven.

Warum zahlten reiche Leute nur so schlecht? Fühlten sie

sich ihren Gläubigern derart überlegen? Oder waren sie der Ansicht – die Dudley im übrigen verabscheute –, daß man besser das Geld anderer Leute ausgab als sein eigenes? Es war an der Zeit, die Thurlwells auf den Boden der Tatsachen zu holen. Lalla ahnte noch nichts, als sie ihre Post öffnete und William fragte: »Was soll das? Der Putzmacher hat dein Zahlungsformular zurückgeschickt. Anscheinend hast du nicht richtig unterschrieben oder so. Paß in Zukunft besser auf, William. Dir passieren immer solche Sachen.«

Er seufzte. »Das richtige Wort ist Scheck, Lalla. Scheck. Laß mich mal sehen.«

»Warum ist auf der Rückseite dieser Stempel?«

»Weil er schon bei der Bank war und jemand dort einen Fehler gemacht hat. Es ist nicht meine Schuld.«

In der folgenden Woche trudelten mehr und mehr Schecks in Somerset House ein. William beschloß daraufhin, einen Brief an den Direktor der Bank of Queensland zu schreiben, in dem er sich über die Unfähigkeit der Bankangestellten beschwerte. Dudley Luxton drückte in der Antwort sein Bedauern aus und lud den Doktor in sein Büro ein, um dort die Angelegenheit zu besprechen. »Von wegen!« grunzte William. »Ich werde ihn aufsuchen, wann es mir paßt.«

Connie war dann diejenige, die unfreiwillig die Bombe platzen ließ. Sie traute Buchhaltern nicht über den Weg und konnte durchaus selbst addieren und subtrahieren. Auch Bankdirektoren waren ihr suspekt. Wenn sie so gut mit Geld umgehen konnten, müßten sie doch eigentlich unermeßlich reich sein. Nein, sie hatte vorsichtshalber ihr Geld auf drei Banken verteilt, um das Risiko zu streuen. Spaß hatte sie nur an den Gesprächen mit ihrem Börsenmakler.

Sie überflog ihren Aktienbestand und wies ihn an, die zehntausend Anteile an den New-South-Wales-Stahlwerken, die sie erst kürzlich erworben hatte, in die Gesamtsumme ihres Vermögens einzurechnen.

»Nie davon gehört«, meinte er.

»Kein Wunder, ich besitze nämlich Insiderinformationen«, erklärte Connie.

»Haben Sie die Aktienzertifikate, so daß ich sie registrieren kann?«

»Nein, noch nicht.«

An diesem Abend rief sie der Makler zum ersten Mal in seinem Leben zu Hause an. »Mrs. Downs, ich habe eine schlechte Nachricht für Sie. Nach umfangreichen Nachforschungen mußte ich feststellen, daß eine Firma namens NSW-Stahlwerke überhaupt nicht existiert. Auch Mr. Thurlwell ist nicht auffindbar.«

»Er ist nach Hamilton gezogen«, erwiderte Connie, doch in ihrem Magen regte sich ein ungutes Gefühl, da sie noch immer nichts von Edgar gehört hatte. »Wohin in Hamilton?«

»Ich weiß es nicht«, mußte sie zugeben. Er wirkte so besorgt, daß ihr allmählich wirklich übel wurde. Doch bald gewann ihr Zorn die Oberhand.

»Es sieht aus, als sei Mr. Thurlwell überhaupt nicht aus Sydney zurückgekehrt. Ich habe der Firma, die seine Eisenbahnwaggons baut, ein Telegramm geschickt und auch eine Antwort erhalten. Falls Mr. Thurlwell in Sydney war, haben sie ihn jedenfalls nicht gesehen und möchten dringend mit ihm sprechen.«

Nach diesem Gespräch goß sich Connie einen doppelten Whisky ein und dann noch einen und lief die ganze Nacht ruhelos durchs Haus.

Sie wußte, was als nächstes zu tun war.

Sie würde zu Dr. Thurlwell und seiner hochnäsigen Frau gehen und verlangen, daß man ihr auf der Stelle Edgars Aufenthaltsort nannte.

Barnaby traf Ben Beckman in den Ställen an. Zuvor waren sie sich nur bei außergewöhnlichen Ereignissen begegnet – anläßlich Barnabys Gefängnisbesuch und bei Beerdigungen –, und Ben freute sich über diesen rein gesellschaftlichen Besuch.

Zumindest hielt er ihn dafür. Er zeigte Barnaby die Stallungen und die Sattlerei, wo vier Männer hart arbeiteten.

»Ihr Geschäft läuft prächtig«, bemerkte Barnaby.

»Es wird noch besser. Ich habe ein Automobil bestellt.«

»Ein Automobil? Was wollen Sie denn damit?«

»Lernen, wie es funktioniert. Es kann Jahre dauern, bevor eins geliefert wird. Daher habe ich jemanden beauftragt, den Wagen im Ausland zu kaufen und direkt herzubringen.«

»Sie haben doch nicht vor, selbst welche zu bauen?«

»Nein, das kann ich nicht. Allerdings werden die Leute, wenn sie Automobile kaufen, Benzindepots brauchen und eine Werkstatt, in der man die Wagen reparieren lassen kann.«

Barnaby lachte. »Ich habe gehört, sie gehen ziemlich oft kaputt.«

»Sehr gut. Ich werde einen Mechaniker auftreiben. Und ich könnte Automobile statt der Kutschen vermieten. Es gibt so viele Möglichkeiten.«

»Schon, aber ich würde nichts überstürzen. Die Menschen hier sind äußerst konservativ.«

Sie gingen über die Koppel zurück zu den Ställen, wo ein Pferdeknecht gerade ein Tier bewegte, und setzten sich wie alte Freunde nebeneinander auf einen Zaun, um ihm zuzuschauen. Die Unterhaltung bei einer Zigarette erinnerte Barnaby an kühle Sommerabende bei sich zu Hause. Sein Vater hatte es geliebt, am Ende eines Tages in aller Ruhe zu rauchen und dabei auf dem Zaun neben der Molkerei zu sitzen. Er betrachtete diese Mußestunde als seine ganz persönliche Zeit, die er sich gönnte, bevor er die Molkerei reinigte und zum Abendessen ins Haus ging. Barnabys Vater sprach wenig, meist über den Bauernhof, und manchmal erteilte er seinem Sohn auch einen Ratschlag.

Obwohl er kaum älter war als Ben, hegte Barnaby väterliche Gefühle für ihn. Im Grunde hatte ihn Phoebe in diese Rolle gedrängt. Nein! Es hatte schon früher begonnen, als Diamond ihren Sohn anläßlich dieser Diebstahlgeschichte seiner Obhut übergab. Damals war Ben noch ein Kind.

Barnaby fühlte sich lange Zeit schuldig, weil er ihr Geld angenommen hatte. Seitdem war er bei Bestechungsversuchen nie wieder schwach geworden und tröstete sich schließlich damit, daß er es mit dem Einsatz für ihren Sohn verdient hatte. Oder etwa nicht?

Eine junge Frau stand in der benachbarten Haustür und winkte ihnen zu. Ben winkte zurück.

»Wer ist das?«

»Kathleen O'Neill, ein wunderbares Mädchen. Ihrem Vater gehörten die Stallungen. Haben Sie übrigens eine Freundin?« Barnaby fuhr zusammen. Eigentlich sollte er Ben diese Frage stellen und damit zum Kern der Sache vordringen. »Hm ... nein«, gab er zurück.

»Dann werde ich Sie mit ihr bekannt machen. Sie wird Ihnen gefallen, ist auch eine tolle Köchin. Möchten Sie ihr vorgestellt werden?«

»Nicht jetzt. Ich möchte über etwas Bestimmtes mit Ihnen sprechen.«

Ben trat die Zigarette aus. »Phoebe? Hat Sie Ihnen von uns erzählt? Sie sagte, Sie seien ihr Freund.«

»Ja, das stimmt.«

»Und?«

»Ben, glauben Sie wirklich, ihre Familie stimmt einer Heirat zu?«

»Nein.«

»Und was haben Sie nun vor?«

Ben rutschte vom Zaun und lehnte sich dagegen. »Für mich ist es schwer, an irgend etwas anderes zu denken. Ich möchte sie heiraten, weil ich sie liebe und wohl auch wiedergeliebt werde. Ich würde gut auf sie aufpassen, Barnaby.«

»Reicht das?«

»Ich weiß es nicht. Was haben Sie ihr geraten?«

»Ich sagte ihr, es würde nicht gutgehen.«

Ben sah ihn an. »Wenigstens sind Sie ehrlich.«

»Ist es Ihnen jemals in den Sinn gekommen, daß Phoebe

ihren eigenen Kopf hat und alles nur eine ihrer Launen sein könnte? Sie liebt es, andere zu schockieren, und stellt ihre eigenen Regeln auf. So war sie schon immer.«

»Eine Rebellin? Ja, das habe ich auch bemerkt.«

»Ben, Sie selbst haben rebelliert, seit Sie ein Kind waren, und zwar aus gutem Grund, wie ich zugeben muß. Vielleicht ist es gerade das, was Sie in Phoebes Augen anziehend macht. Leider kann eine solche Beziehung auch sehr schnell vorbei sein.«

»Lieben Sie Phoebe?«

»Ja und nein. Ich liebte sie einmal, war verrückt nach ihr. Doch ich habe inzwischen akzeptiert, daß ich nicht derjenige sein kann.«

»Dachte ich mir«, erwiderte Ben ohne Vorwurf. »Dann müßten gerade Sie wissen, was ich für Phoebe empfinde. Ich werde sie nicht aufgeben. Niemals. Nur wenn sie sagt, es sei vorbei. In diesem Fall möchte ich es mit ebensoviel Würde tragen wie Sie.«

»Jesus, warum gehen wir nicht ins nächste Pub und trinken einen?«

»Ich trinke nicht in Bars«, erklärte Ben. »Ich gehe Schwierigkeiten aus dem Weg.«

Barnaby hatte vergessen, daß Ben mit seiner olivfarbenen Haut und den dunklen Schatten um die Augen noch immer als »Abo« aus Pubs gewiesen werden konnte, falls sich jemand beschwerte. »Das haben Sie bis jetzt auch erfolgreich durchgehalten. Und nun, wo Sie soviel geschafft haben, stürzen Sie sich in echte Schwierigkeiten.«

»Mir bleibt keine Wahl«, meinte Ben. »Doch diesmal bin ich nicht der Verlierer, falls sich Phoebe entscheidet, mich zu heiraten.« In seiner Stimme lag der drohende Ton aus seiner rebellischen Zeit im Gefängnis. »Diesmal werden sie mich nicht besiegen«, fügte er barsch hinzu.

Barnaby erschauerte. Das hier war nicht mehr der freundliche Geschäftsmann, sondern Diamonds Sohn. Er hatte den gleichen Blick wie seine Mutter, als sie um jeden Preis die Freilassung ihres Kindes forderte. Einen klaren, bitteren Blick. Ob Ben wohl auch den Preis kannte?

Trotzdem würde er gern mit Ben etwas essen und trinken, anstatt sich mit einem Brötchen und einer Schweinefleischpastete in seinem Zimmer zu verkriechen. Er zog den jungen Mann, der ihm schon fast wie ein Freund erschien, den selbstsüchtigen Beamten, mit denen er zusammenarbeitete, bei weitem vor.

Wenn Ben nur diesen selbstmörderischen Plan mit der Hochzeit aufgeben würde.

»Einem Freund von mir gehört das Regency Pub unten an der Straße«, sagte er. »Dorthin können wir gehen. Es wird keinen Ärger geben. Und wenn Sie ins Automobilgeschäft einsteigen wollen, bringen Sie mir am besten die Verträge, damit ich sie überprüfen kann. Neue Branchen sind manchmal sehr unsicher.«

Sie saßen in einer Nische, unterhielten sich wie alte Freunde und verschlangen große Mengen Würstchen und Kartoffelbrei, die sie mit Claret hinunterspülten.

»Ich trinke nicht viel«, erklärte Ben.

»Ich auch nicht«, erwiderte Barnaby feierlich und rief nach der Kellnerin: »Noch eine Flasche für uns.«

Sie redeten und redeten – Barnaby über seine Tour im Zeichen der Föderation und seine politischen Ambitionen, Ben über seine Pferde und die Sattlerei. Eigentlich sprachen sie über alles außer Phoebe. Sie stürzten sich auf einen Teller Käse mit Brot und bestellten eine weitere Flasche Claret.

Barnaby berichtete von dem letzten Treffen in Charleville, bei dem er dank Buchanan beinahe seine Stelle verloren hatte. »Dabei fällt mir etwas ein«, murmelte er und beugte sich über sein Glas. »Habe eine Frau getroffen, die deine Mutter kannte. Glaube ich wenigstens.«

»Wer war das?«

Barnaby dachte angestrengt nach, aber der Alkohol hatte sein Gehirn vernebelt. »Habe ihren Namen vergessen. Fällt mir aber wieder ein. Sie mochte Buchanan auch nicht. Ich habe ihr erzählt, wie er meine Versammlung ruiniert hat. Verbindest du etwas mit dem Namen?«

»Ja, die Buchanans hatten Pferde bei mir untergestellt. Mrs. Buchanan ist eine sehr charmante Frau. Ich organisierte Futterlieferungen für ihre Station. Gott sei Dank ist die Trockenheit vorüber, sie müssen erleichtert sein. Irgendwann sollte ich mal aufs Land fahren und mir alles ansehen.«

»Du wolltest mich doch mal deiner Freundin Kathleen O'Neill vorstellen«, meinte Barnaby. »Warum nicht jetzt?«

»Nein, es ist zu spät. Sie wird uns für betrunken halten und uns den Kopf abreißen. Meine Großmutter ist übrigens in ihrem Haus gestorben. Ist unter den Bäumen im Garten friedlich eingeschlafen.«

»Gott sei ihrer Seele gnädig«, sagte Barnaby feierlich. »Sie war aber nicht deine richtige Großmutter.«

»Nein.«

»Deine Mutter Diamond hat Gold gefunden. Auf den Palmer-Goldfeldern?« Barnabys Kopf war vorübergehend klar geworden. Er nahm noch eine Scheibe Käse.

»Ja. Dort traf sie auf ihren Stamm, die Irukandji, und sie zeigten ihr das Gold. Sie selbst wußten nichts damit anzufangen. Oma erzählte, sie sei Jahre später noch einmal hingefahren, um sie zu besuchen, doch ihre Familie war verschwunden. Getötet oder von den Weißen vertrieben.«

»Hat sie jemals draußen im Westen gearbeitet?« Ben hatte nicht weiter auf den Namen Buchanan reagiert, aber das wollte nichts heißen.

»Ja, ich denke schon. Oma sagte, sie habe als Zofe gearbeitet. Auf einer großen Station.«

»Wo?«

»Weiß ich nicht. In dem Ort, wo man die großen Goldvorkommen entdeckte.«

»Charters Towers?«

»Ja.«

»Hast du je von einer Viehstation namens Caravale gehört?« fragte Barnaby.

»Nein. Warum?«

Barnaby war inzwischen sehr müde – sowohl aufgrund des Trinkens als auch der späten Stunde. »Weil mir eine Frau in Charleville davon erzählt hat.«

»Kann schon sein«, meinte Ben. Er zog einige Geldscheine aus der Tasche. »Laß mich zahlen. Wir hatten einen schönen Abend, aber ich möchte aufrecht nach Hause gehen. Ich hole eine Kutsche. Soll ich dich irgendwo absetzen? Wo wohnst du eigentlich?«

»In zwei Zimmern am Albert Square. Ist nichts Besonderes, aber für mich reicht es.«

Ben war erstaunt. Er hatte immer gedacht, daß Anwälte in großen Häusern wohnen. Vor allem Anwälte wie Barnaby Glasson, der für den höchstwichtigen Justizminister arbeitete. Als sie in der Albert Street ankamen, konnte sich Barnaby nicht mehr auf den Beinen halten. Ben schaffte ihn die Treppe hinauf, suchte nach dem Schlüssel und ließ seinen Freund aufs Bett fallen. Völlig hinüber!

Es gab keine Küche, kein Bad, keinen Balkon, nur zwei Räume – Schlaf- und Wohnzimmer –, von denen letzteres mit einem großen Schreibtisch und einem Tisch voller Bücher und Papiere möbliert war. Die Fenster gingen auf eine kahle Ziegelwand hinaus, die Teppiche waren fadenscheinig, und die Wände benötigten dringend einen neuen Anstrich.

»So lebt man als Anwalt?« fragte Ben nach einem Blick auf das einsame, bedrückende Wohnzimmer. »Das erscheint mir nicht richtig.«

Als Barnaby Glasson am folgenden Tag aus dem Büro heimkehrte, erwartete ihn Ben auf den Stufen vor der Haustür. »Ich habe eine Idee«, verkündete er.

»Falls ich dir ein Automobil abkaufen soll, kannst du das gleich vergessen«, lachte Barnaby.

»Nein, ich wollte dich daran erinnern, daß ich allein oben

am Point wohne. Im Haus gibt es zwei leere Zimmer. Wenn du interessiert bist, könntest du in Omas Zimmer ziehen. Es liegt gegenüber vom Salon. Ich lasse es gerne für dich herrichten.« Er zögerte, als sei er plötzlich schüchtern geworden. »Ich meine, du mußt nicht annehmen, ist nur so eine Idee.«

Barnaby war verblüfft. »Nett, daß du es mir anbietest, aber ich weiß nicht so recht. Habe noch nie über einen Umzug nachgedacht. Ich lebe hier, seit ich in die Stadt gekommen bin.«

»Du hättest viel mehr Platz. Eine Küche, einen Garten, und ich würde dich nicht stören. Du könntest kommen und gehen, wann du möchtest.«

Barnaby dachte darüber nach. Bens Haus war herrlich gelegen, hell und luftig, im Gegensatz zu seinen Zimmern, in denen im Sommer eine unerträgliche Hitze herrschte. Im Winter drang kein Sonnenstrahl durchs Fenster. Allerdings waren sie billig. »Wieviel Miete müßte ich zahlen?«

»Miete? Daran habe ich gar nicht gedacht. Du brauchst nichts zu bezahlen. Das Zimmer wird ohnehin nicht benutzt. Du müßtest dich nur um dein Essen kümmern, das genügt vollkommen.«

»Ich würde mich besser fühlen, wenn ich Miete zahle.«

»Sei nicht so förmlich. Es ist kein Almosen. Wenn du das Zimmer haben willst, gehört es dir.«

Das Angebot war verlockend. Er könnte mit der Fähre zur Arbeit fahren. »Was wird Phoebe dazu sagen?«

»Es wird sie nicht stören. Und wenn wir heiraten, wohnen wir ohnehin nicht neben meinen Schwiegereltern.«

Barnaby lachte. »Das wohl kaum.«

»Dann solltest du es versuchen. Falls es dir nicht gefällt, kannst du jederzeit in die Stadt zurückkehren. Und wenn ich Glück in der Liebe habe, ziehe ich aus, verkaufe das Haus aber nicht.«

»Kann ich am Wochenende einziehen?«

»Jederzeit.«

Barnaby hatte kaum etwas zu packen und sammelte nur seine Kleidung, Bücher und Kleinkram ein. Als er die Sachen in die Mietkutsche lud, fiel ihm auf, daß er trotz der langen Arbeitsjahre nicht viel besaß, außer einigen neueren Anzügen, die er fürs Parlament benötigte. Allerdings hatte er viele Hemden, weil er immer vergaß, sie in die chinesische Wäscherei zu bringen, und ständig neue kaufen mußte.

Kathleen O'Neill war im Haus, als er am Samstag eintraf. »Sie müssen Mr. Glasson sein. Ben ist noch bei der Arbeit. Samstags gibt es immer viel zu tun.« Sie schob ihn ins vordere Zimmer. »Sieht doch hübsch aus, nicht wahr? Alice ließ es sich nicht nehmen, das Zimmer herzurichten, als sie von Ihrem Einzug hörte.«

»Wer ist Alice?«

»Alice Callaghan. Die Frau von Bens Geschäftsführer. Ben gab uns freie Hand, und wir haben aufgeräumt. Seit dem Tod seiner Großmutter ist fast nichts angerührt worden. Er schlug vor, alles auszuräumen und neue Möbel zu kaufen.«

»Das ist sehr nett von Ihnen«, stotterte Barnaby.

»Nicht im geringsten. Alice und ich hatten viel Spaß dabei. Auch der Schreibtisch ist neu. Ben meinte, Sie würden einen brauchen. Gefällt er Ihnen?«

»Er ist wunderschön!« Barnaby schaute sich in dem eleganten Zimmer um, das offensichtlich das größte im ganzen Haus war. Alles roch frisch und neu, vor allem die Bettwäsche und die Vorhänge. Auf die Mahagoni-Kommode hatten die Frauen eine Schale mit Blumen gestellt.

Kathleen bestand darauf, ihm beim Auspacken zu helfen, und plauderte, als kenne sie ihn schon ewig. »Ich glaube, Sie sind Anwalt, nicht wahr? Wo haben Sie Ihr Büro?«

»Im Parlamentsgebäude. Jedenfalls im Moment.«

»Himmel!« Sie war erstaunt. »Sie müssen ein wichtiger Mann sein.«

»Eigentlich nicht. Ich habe nur juristische Fragen zu prüfen und Berichte darüber abzufassen.«

»Na ja, jedenfalls müssen Sie gut darin sein. Wie wäre es mit einer Tasse Tee?«

»Vielen Dank. Ich packe nur noch den Rest aus.« Barnaby nahm eine Bücherkiste und stellte sie auf den Schreibtisch. Warum überraschte es ihn, daß Ben noch andere Freunde hatte? Bei der Arbeit kam er schließlich mit vielen Menschen in Kontakt. Plötzlich wurde Barnaby bewußt, daß er zwar einige Freunde im Tennisclub besaß, doch niemanden kannte, der ihm so freudig geholfen hätte.

»Kennen Sie seine Freundin?« fragte Kathleen.

»Wer soll das sein?«

»Ach kommen Sie schon. Wenn Sie ihn so gut kennen, daß Sie bei ihm einziehen, sind Sie doch bestimmt eingeweiht. Miss Thurlwell.«

»Woher wissen Sie davon?«

»Sobald sie die Ställe betritt, läuft Ben mit verklärtem Blick durch die Gegend. Er denkt, keiner würde es bemerken. Sie ist so schön, daß niemand an ihr vorbeischauen kann.«

Barnaby sagte nichts dazu.

»Keine Sorge. Wir reden nicht darüber. Ich glaube, sie wohnt nebenan in dem prächtigen Haus.«

Leider mußte dieses kecke irische Mädchen bald gehen. Barnaby bot ihr an, eine Kutsche zu rufen. »Himmel, nein!« rief sie. »Kann ich mir nicht leisten.«

»Kathleen, ich werde das übernehmen. Das ist das mindeste, was ich für Sie tun kann.«

»Werfen Sie Ihr Geld nicht zum Fenster hinaus. Ich nehme die Fähre, das geht schnell.«

»Dann begleite ich Sie zur Anlegestelle.«

Auf dem steilen Weg dorthin nahm er ihren Arm und fragte sich, ob Ben diese Frauen für ihre Dienste bezahlt hatte. Falls nicht, würde er Kathleen und Mrs. Callaghan gern ein nettes Geschenk machen. Da er keine Miete mehr zahlen mußte, besserte sich seine finanzielle Lage. Sein Vater hatte immer gesagt, er solle etwas für schlechte Zeiten weglegen, sobald er ein Gehalt bezog. »Auch wenn es dir schwerfällt, mein Junge, du mußt immer zehn Cent im Monat auf die Seite legen. Bringe das Geld zur Bank. Eines Tages findest du eine Frau und kannst es gut gebrauchen.«

Barnaby war es schwergefallen, doch er befolgte entschlossen den Rat seines Vaters, der ihn bei jeder Begegnung fragte, wieviel er denn inzwischen auf der Bank habe. Sein zufriedenes Nicken lohnte alle Mühe.

Er begleitete Kathleen zur Fähre, sprang impulsiv ebenfalls aufs Schiff und bezahlte den Fährmann. Als sie die Stadtseite des Flusses erreichten, entschloß er sich, sie nach Hause zu begleiten, da es schon dämmerte.

Auf der Rückfahrt fiel ihm plötzlich auf, daß er an Phoebes Haus vorbeigegangen war, ohne auch nur eine Sekunde an sie zu denken.

Lalla Thurlwell war verärgert, als sie den Namen ihrer Besucherin hörte. »Guter Gott! Womit habe ich das verdient? Ich hoffe, sie zählt sich nicht zu meinen Freundinnen. Wo hast du sie hingeführt?« fragte sie Biddy.

»In den vorderen Salon, Madam.«

»Sehr schön. Lassen wir sie ein wenig warten.«

Connie wunderte sich nicht, daß man sie warten ließ. Typisch Lalla. Sie würde wohl kaum in der Küche backen oder die Böden schrubben. Nein, das war volle Absicht, um sie zu demütigen.

Connie hatte ihrem Börsenmakler zwei weitere Tage eingeräumt, um genauere Nachforschungen anzustellen. Sie wollte über handfeste Beweise verfügen. Zweifellos war Edgar ein Betrüger. Sie fragte sich, wieso sie immer auf solche Kerle hereinfiel. Connie stammte aus einer armen Familie in Ipswich. Ihr Vater war Bergarbeiter gewesen und ihre Mutter kränklich. Daher mußte sie für einen Hungerlohn in Heimarbeit für eine Hemdenfabrik nähen. Es war Connie von Anfang an vorherbestimmt, daß auch sie einen Bergmann heiraten würde.

Als sie sich mit Tommy verlobte, hatte sich Connies Vater wie ein Schneekönig gefreut und in seinem kleinen Arbeiterhäuschen eine Party veranstaltet. Ihr Elternhaus war so winzig gewesen, daß es in ihren jetzigen Vorgarten gepaßt hätte. Ihre Mutter äußerte jedoch Skepsis. »Connie, er ist ein Trinker. Ich traue ihm nicht über den Weg.«

Sie sollte recht behalten. Tommy gab sein Geld für Fusel aus und machte überall Schulden. Als sich Connie weigerte, ihm noch etwas von ihrem mageren Gehalt zu leihen, stürmte er wütend aus dem Haus. Sie entdeckte, daß das Marmeladenglas mit ihren gesparten Shillingen verschwunden war. Tommy sah sie nie wieder.

Charlie Downs war anders – er machte sich nichts aus Alkohol und kleidete sich stets elegant. Seinem Vater gehörte das florierende Commercial Hotel. »Diese ganzen Trinker sind so abschreckend, daß ich für den Rest meines Lebens genug davon habe«, erklärte er Connie. Er war ihr auf Anhieb sympathisch.

Charlie prahlte damit, daß er irgendwann ein Vermögen besitzen werde, und kündigte kurz nach der Heirat an, daß sie auf die Goldfelder ziehen würden.

Sein Vater lachte. »Du bist bald wieder zurück. Gold finden ist schwerer, als Gold suchen.« Doch er gab ihnen einen Zuschuß. Alle versammelten sich, um ihnen Lebewohl zu sagen.

Connie und Charlie brachen mit einem Wagen auf, der mit Zeltausrüstung, Hacken, Schaufeln und Goldwaschrinnen beladen war.

Voller Hoffnung fuhren Sie Richtung Nordwesten zu den Kapfeldern, doch es erwies sich als die reine Hölle. Connie kam sich vor wie in einem Irrenhaus. So viele schreckliche Menschen auf einem Haufen! Sie kämpfte den ganzen Tag gegen Hitze, Staub und Fliegen. Nachts störten sie die Streitereien der Betrunkenen, schreiende Frauen und gelegentliche Gewehrsalven. Charlie ließ sie oft allein im Zelt, angeblich um nach Claims zu suchen, die mehr Erfolg versprachen als die bisherigen.

Als sich Connie an dieses rauhe Klima gewöhnt hatte, kaufte

sie sich ein Gewehr und verteidigte ihren Claim wie ein Mann. Dann kam der große Tag, an dem Charlie endlich Gold fand. Sie beuteten den Claim aus und kauften ein schönes Haus in Charters Towers.

Man sagte, Charlie habe die Gabe des Midas, was auch stimmte. Wann immer er einen neuen Claim in Angriff nahm, stieß er auf Gold. Sie schwammen im Geld. Doch dann fand Connie heraus, was ihr Mann sonst noch getrieben hatte. Man erzählte ihr, daß Charlie in der Zeit, als sie ihren ersten Claim ausbeuteten, hinter allem her war, das Röcke trug, Huren eingeschlossen. Währenddessen hatte sie in diesem Zelt gehockt, umgeben von menschlichen und wirklichen Ratten.

Sie beobachtete ihn nun und stellte fest, daß sich sein Verhalten in der Stadt nicht geändert hatte. Auf ihre Fragen reagierte Charlie gleichgültig.

»Ein Mann braucht mehr als eine Frau, Connie. Du bekommst doch, was dir zusteht.«

Dann fing er an, Frauen mit nach Hause zu bringen. Richtige Schlampen, die sich mit ihm im zweiten Schlafzimmer vergnügten und Connie von oben herab behandelten.

Sie dachte daran, Charlie zu verlassen, entschied sich aber dagegen. Er war der reichste Mann der Stadt. Sie hatte Dienstboten, volle Vorratsschränke und einen ausgezeichneten Weinkeller. Als Sohn eines Wirtes hatte Charlie nichts dagegen, wenn andere tranken; im Gegenteil, er war ein großzügiger Gastgeber. Connie entwickelte eine Vorliebe für französischen Champagner, den sie mit ihren Freundinnen zum Frühstück trank. Und zum Mittagessen. Sie fand immer fröhliche Gesellschaft.

Manchmal wurde sie gefragt, warum sie sich Charlies Frauengeschichten gefallen ließ, doch Connie lächelte nur. Sie stand keineswegs im Mittelpunkt eines Skandals. Der Westen war wild, die Stadt noch wilder, und inmitten offener Prostitution und Gesetzlosigkeit störte sich niemand an solchen Bagatellen. Die Leute in Charters Towers und auf den Goldfeldern kannten das Wort Skandal überhaupt nicht.

Nur wenige Wochen nach seinem fünfzigsten Geburtstag begegnete der unersättliche Charlie der kleinen Chinesin. Connie war an jenem Abend ausgegangen, um mit ihren Freundinnen Karten zu spielen. Irgendwie gelang es ihrem Mann, das Mädchen ins Haus zu locken. Angeblich verstand er es, die Frauen zu umgarnen. Dann hatte er sie im Schlafzimmer vergewaltigt.

Als Connie heimkehrte, fand sie Charlies Leiche. Man hatte ihn von der Kehle bis zum Unterleib aufgeschlitzt. Ein zerrissenes chinesisches Satingewand lag zerknüllt auf dem Boden. Das ganze Bett schwamm im Blut.

Sie wickelte Charlie in eine Decke und schleifte seinen mageren Körper die Hintertreppe hinunter und durch die dunklen Straßen und Gassen. Sie legte ihn fern von ihrem Haus nieder und kehrte durch die Hintertür zurück. Connie wusch sich, zog sich um, setzte einen Hut auf und ging zur Vordertür hinaus.

Connie suchte eine Bekannte auf. Es handelte sich um die Matriarchin einer chinesischen Gemeinde, die hochgeschätzt wurde und eine ausgesprochen gute Mah-Jongg-Spielerin war. Connie hatte sie bisher noch nie geschlagen, doch jeder Versuch war sein Geld wert. Madame Ling Lee spielte immer um Geld.

Sie gewährte ihr eine Privataudienz in einem von Räucherstäbchenduft geschwängerten Zimmer. Die Frauen unterhielten sich in aller Ruhe.

Kurz darauf schlichen drei schwarzgekleidete Chinesen in Connies Haus und entfernten alle Spuren des Verbrechens – das Blut, die verschmutzte Bettwäsche und das traurige kleine Gewand. Danach brachte ein Kuli eine neue Matratze ins Schlafzimmer, legte sie aufs Bett, verbeugte sich vor Connie und zog sich zurück. Sie bezog ungerührt das Bett und legte die beste Tagesdecke darüber. Das sollte genügen. Charlies aufgeschlitzte Leiche hätte selbst in Charters Towers einen Skandal hervorgerufen, doch jetzt war alles vorbei. Wenn man die Leiche fand, würde sie die trauernde Witwe spielen. Eine sehr reiche trauernde Witwe. Diese Erinnerungen gingen ihr durch den Kopf, während sie auf Lalla wartete. Der Zorn auf ihren verflossenen Ehemann verrauchte. Weder Tommy noch Charlie waren je so schlimm gewesen wie Edgar Thurlwell. Bei Tommy war der Alkohol an allem schuld, und Charlie – nun ja, auch er war ein Betrüger, hatte aber auch nie vorgegeben, zur feinen Gesellschaft zu gehören. Eine Frau so hereinzulegen! Wenn Edgar sie wirklich betrogen hatte, würde seine ganze verdammte Sippe dafür bezahlen!

»Connie, wie nett, Sie zu sehen«, flötete Lalla, als sie schließlich in einem weichfallenden Crêpe-de-Chine-Kleid auftauchte.

»Ich kam zufällig vorbei und wollte kurz hereinschauen.«

»Zufällig? Verstehe«, murmelte Lalla mit hochgezogenen Augenbrauen. Sie bot ihrer Besucherin weder Tee noch Kaffee an. Connie bemerkte diese absichtliche Unhöflichkeit und überspielte sie geflissentlich.

»Ich würde mich gern mit Edgar in Verbindung setzen«, erklärte sie.

»Meine Liebe, er ist in Sydney. Wußten Sie das nicht?«

»Und wie lautet seine Adresse?«

»Ich habe keine Ahnung. Wahrscheinlich wohnt er in einem guten Hotel.«

»Wann kommt er zurück?«

»Connie, ich bin nicht sein Kindermädchen. Edgar hat geschäftlich in Sydney zu tun, danach kommt er heim. Tut mir leid, daß er sich nicht bei Ihnen gemeldet hat, aber so ist er nun mal. Ein typischer Junggeselle, sehr gefragt auf Parties.«

»Sicher doch. Ich hatte gehofft, ihm eine kleine Willkommensfeier ausrichten zu können, weiß aber nicht, wohin ich ihm die Einladung schicken soll.«

Lalla antwortete gewollt freundlich: »Ich weiß, daß Sie beim letzten Essen in Edgars Haus sehr aufgebracht waren, aber die Adresse werden Sie doch nicht vergessen haben.«

»Natürlich nicht, aber er ist umgezogen.«

Lalla bemühte sich kaum, ihre Schadenfreude zu verbergen, und setzte sich in einen Sessel.

»Meine Liebe, darf ich offen mit Ihnen sprechen? Manchmal sagen Männer zu Damen solche Dinge ... um den Schlag etwas zu mildern. Ich meine, Sie sind sehr nett, aber Edgar ist eben Junggeselle. Sie sind nicht die erste Frau, die sich für ihn interessiert –«

»Das Haus ist verkauft worden«, unterbrach Connie das überhebliche Gesäusel.

»Na bitte. Ich wünschte nur, Männer würden offen sprechen, anstatt solche Auswege zu wählen. Ich sage es Ihnen ungern, aber er hat sein Haus nicht verkauft.«

»O doch. Inzwischen lebt dort eine andere Familie. Sie sagten mir, er sei nach Hamilton gezogen.«

»Sie müssen sich irren.«

»Keineswegs. Wenn er dorthin gezogen ist, hält er sich wieder in Brisbane auf. Ich hätte gern seine Adresse.«

Lalla wedelte geziert mit einem Taschentuch. »Geht es Ihnen wirklich gut? Für solche Albernheiten habe ich keine Zeit.«

»Natürlich nicht. Wenn Sie mir Edgars Adresse nicht geben können oder wollen, möchte ich zumindest die Anschrift der NSW-Stahlwerke erfahren.«

»Diese Firma ist mir nicht bekannt. Ich würde sie in Neusüdwales vermuten.«

»Dann fragen Sie bitte Ihren Mann danach. Angeblich handelt es sich um eine große Firma, die die Western Railroad beliefert.«

»Mein Mann ist nicht zu Hause. Wenn Sie mich nun entschuldigen würden, mein Mädchen bringt Sie hinaus.«

»Wie Sie wünschen.« Connie griff nach ihrer Handtasche. »Meiner Ansicht nach ist Ihr Schwager verduftet und wird von Ihnen gedeckt. Sie brauchen mir gar nicht den Rücken zuzuwenden, Mrs. Thurlwell«, rief sie, als sich diese nach der Klingel umdrehte. »Sagen Sie Ihrem Mann, daß ich die Adresse der NSW dringend benötige. Und natürlich die Ihres Schwagers.«

»Bring sie zur Tür«, sagte Lalla und rauschte an Biddy vorbei. »So eine Unverschämtheit! Diese Frau muß geistesgestört sein.«

Edgar verließ sich auf seinen Diener Brody. Er war nicht nur ein hervorragender Dienstbote, sondern brachte auch vieles in Erfahrung. Er redete gern, hörte aber noch lieber zu und suchte in seiner Freizeit jene Kneipen auf, in denen sich die Dienstboten aus der ganzen Stadt trafen.

Er kannte Creightons Haushälterin und erfuhr bei einigen Drinks, daß sich die Familie Hoffnung auf einen weiteren Ministerposten machte. Hal Creighton, der Abgeordnete für Warwick, schien als neuer Landminister vorgesehen zu sein.

»Sie sind ganz aufgeregt«, meinte die Haushälterin. »Warten nur auf das Okay. Bilden sich mächtig was ein und bereiten schon das große Fest vor.«

»Hal Creighton«, sinnierte Edgar, als er davon erfuhr, »ein Schwächling! Bleib an ihr dran, Brody. Ich muß wissen, wann die Ernennung verkündet wird, damit ich als erster gratulieren kann.«

Einige Wochen später brachte Brody deprimierende Nachrichten. »Der Premier will anscheinend selbst die Sache in die Hand nehmen. Keine Party für die Creightons.«

»Kannst du nicht etwas über die Landzuteilung in Erfahrung bringen?«

»Nicht von den Dienstboten. Haben doch keine Ahnung davon. Allerdings habe ich einen kleinen Beamten aus dem Landministerium kennengelernt, der sich im River Inn herumtreibt. Ist in eines der Barmädchen verliebt.«

»Könnte eine gute Quelle sein. Versuch's mal.« Er gab Brody eine Fünfpfundnote. »Vielleicht hilft das hier.«

Der Beamte freute sich über seinen neuen Freund, der Stammgast im River Inn war und öfter mal eine Runde gab. Er sprach gern über seine Arbeit, vor allem wenn seine geliebte Gertie zuhörte, und erklärte Brody die Details und hervorragenden Karrieremöglichkeiten seiner Stellung.

»Ihnen entgeht wohl nicht viel, was?« meinte Brody beeindruckt.

»Nichts, Kumpel. Gar nichts.«

Nach einigen Abenden fragte Brody seinen neuen Freund, was denn nun aus der Eisenbahn nach Longreach werden sollte.

Die ganze Stadt interessiere sich dafür, wann das Land endlich zugeteilt und mit dem Bau begonnen werde. »Arbeit, Kumpel. Die Leute werden sich um die Arbeit prügeln.«

»Davon weiß ich nichts«, gestand der Beamte.

»Und ich dachte, du wüßtest über alles Bescheid«, lachte Brody.

»Ich könnte es herausfinden.«

»Einen Fünfer, daß du es nicht kannst«, sagte Brody grinsend. »Du kannst nur groß daherreden.«

Brody wartete eine Woche, bis sein Freund schließlich verkündete: »Du schuldest mir einen Fünfer.«

»Wofür?« fragte Brody, als habe er die Wette vergessen.

»Das Eisenbahnland. Ich sagte, ich könnte es herausfinden. Die ganze Sache ist tot und begraben.«

Brody wollte auf Nummer Sicher gehen. »Was soll das heißen?«

»Auf der Akte steht, daß nichts unternommen werden soll. Die Jungs im Büro meinen, daß Western Railroad keine Chance hat, den Landkorridor umsonst zu erhalten. Vermutlich ist er sogar gesperrt. Sie würden ihn nicht bekommen, selbst wenn sie dafür bezahlten. Und jetzt den Fünfer.«

»Das reicht, geh packen«, meinte Edgar zu seinem Diener.

»Sind wir bankrott, Sir?« fragte dieser, doch Edgar lachte nur. »Keineswegs. Wir müssen nur langsam weiterziehen. Die Leute, die sich für das Haus interessieren, werden sich freuen. Heute wird der Vertrag unterzeichnet. Das bedeutet Bargeld. Sobald der Schalter öffnet, kaufst du zwei Erste-Klasse-Tickets für das nächstbeste Schiff.«

»Zweimal erste Klasse?«

»Wenn du mitkommen willst, wird du als Gentleman reisen. Das ist nur recht und billig.«

»Klingt gut. Wohin fahren wir?«

»Amerika. Auf jeden Fall zuerst mal weg aus Brisbane.«

»Prima«, grinste Brody. Das gefiel ihm.

Als er das Haus verlassen hatte, öffnete Edgar den Safe und zählte seine Bargeldreserve, die er für schlechte Zeiten aufgehoben hatte. Durch den Hausverkauf würde noch ein Tausender hinzukommen. Ihn störte es nicht, daß Connie ihm guten Glaubens das Geld gegeben hatte. Schließlich war sie keineswegs arm. Auch die Hypothek auf Williams Haus hatte einen netten Batzen eingebracht. Sein Bruder war ihm zu lange ein Klotz am Bein gewesen; es wurde langsam Zeit für ihn, auf eigenen Füßen zu stehen. Mit den ganzen Schecks auf die nichtexistenten Stahlwerke hatte er die Western Railroad finanziell ausgeblutet. Hinzu kamen noch seine exorbitanten Bezüge als Direktor. »Geschieht ihnen recht. Hätte mich die Regierung unterstützt, wäre das alles nicht nötig. Die Menschen bekommen die Regierung, die sie verdienen. Mal sehen, wie lange der Premierminister noch im Amt bleibt, wenn die Aktionäre erfahren, daß Western Railroad bankrott ist!«

Lalla interessierte ihn nicht. Sie selbst hatte den Namen Thurlwell mit ihren Affären in den Dreck gezogen. Brody hatte damals in seinem Auftrag Buchanans Wohnung beobachtet, die Lalla für ihn einrichtete.

»Von wegen einrichten. Diese verdammte Hure«, sagte er wütend zu sich selbst. William war ein solcher Narr.

Edgar ergriff eine kleine Ledertasche. Sie war schwer, und das sollte sie auch sein. Diese hübsche kleine Goldreserve hatte er ursprünglich Phoebe zugedacht, dem einzigen Menschen, an dem ihm etwas lag. Ein Mädchen ganz nach seinem Herzen. Es gefiel ihm, wie sie Lalla die Stirn bot und William an der Nase herumführte. Hübsch und mit einem starken Willen. Er sollte ihr das Gold im Grunde jetzt geben, doch was würde ihm die

Zukunft bringen? Vielleicht würde er es dringend brauchen. Er legte die Tasche zurück und verschloß den Safe. Dann holte er seinen schweinsledernen Koffer mit den Sicherheitsschlössern, der ihm von nun an die Bank ersetzen würde.

Es war Donnerstag. Am Samstag fuhren zwei Schiffe ab: die *Locheil* nach Sydney, die *Eastern Star* nach Singapur.

»Ich hielt die *Locheil* für besser, weil sie von Sydney aus nach Neuseeland und Hawaii segelt«, erklärte ihm Brody.

»Sehr gut. Konntest du Kabinenplätze bekommen?«

»Kein Problem, Sir.«

»Es macht einen besseren Eindruck, wenn wir zuerst nach Sydney reisen. Wirkt geschäftlich.«

Er wies Brody an, der Köchin Urlaub zu geben. In einem Monat seien er und der Herr wieder zurück. Dann besuchte er William und Lalla, um ihnen mitzuteilen, daß er am nächsten Morgen auf der *Locheil* nach Sydney segeln würde, um die Fortschritte der Waggonbauer zu begutachten. Bevor er sich verabschiedete, drückte er Phoebe einen eingepackten Goldnugget in die Hand. Er war zwar nur einige hundert Pfund wert, doch auch der gute Wille zählte, dachte er bei sich und zwinkerte seiner Nichte zu.

Die *Locheil* legte pünktlich bei Morgengrauen ab. Edgar saß gemütlich in seiner Kabine und behielt den Koffer im Auge. Brody sah auf Deck den Matrosen bei der Arbeit zu, als sie flußabwärts in Richtung Küste fuhren. Er war aufgeregt – ein wahrhaft großer Tag in seinem Leben.

»Donnerwetter, unser Edgar ist wirklich ein Glückspilz. War er schon immer«, sagte William mit einem Blick auf die Zeitung.

Phoebe stimmte ihm zu. Von dem Geschenk, das ihr Onkel ihr beim Abschied in die Hand gedrückt hatte, wußte niemand. Es sollte ein Geheimnis bleiben. Sie war davongerannt, um nachzuschauen, was in dem Päckchen war, das sie da fest umklammert hielt. Gold! Ein zerkratzter, unregelmäßiger Nugget, da war sie sicher. Sie hatte diese schimmernden Kostbarkeiten oft genug in den Schaufenstern der Juweliere gesehen. Sie würde ihn so bald wie möglich schätzen lassen.

»Wie meinst du das?« fragte Lalla ihren Mann.

»Warte mal.« Der Doktor rückte seine Brille zurecht. »Ich lese es dir vor.«

Sie seufzte und stellte die Kaffeetasse ab. Lalla haßte es, wenn William am Frühstückstisch aus der Zeitung vorlas. Auch Phoebe zog es vor, sie selbst zu lesen, anstatt die Neuigkeiten aus zweiter Hand zu erfahren.

»Erneut ist vor der Küste von Neuseeland ein Schiff gesunken«, las William laut. »Vor der Nordinsel. Es ging bei schwerem Seegang unter, nachdem es auf Felsen aufgelaufen war. Das Unglück geschah in der Nacht. Am frühen Morgen hatten einige Überlebende den Strand erreicht und Hilfe geholt. Bisher liegen keine weiteren Informationen vor, doch es wird befürchtet, daß der Untergang mehr als sechzig Menschenleben gekostet hat.«

»Schlimm«, meinte Lalla. »Man sagt, die Tasmansee sei immer sehr stürmisch.«

»Ja, aber das Schiff, Lalla, das Schiff! Es war der Klipper *Locheil,* der zwischen Sydney und Auckland verkehrt. Edgar war an Bord, bevor er in Sydney ausgestiegen ist. Die armen Seelen, die dort an Bord gegangen sind, fuhren geradewegs in den Tod.«

»Wie schrecklich«, sagte Phoebe. »Onkel Edgar kannte sicher einige von ihnen.«

»Vor unserer Küste liegt inzwischen ein Wrack neben dem anderen«, bemerkte Lalla. »Warum unternehmen die Regierungen nichts dagegen?«

»Gegen die Elemente sind auch sie machtlos, meine Liebe.

Zweifellos werden wir mehr erfahren, wenn Edgar heimkommt. Vielleicht hatte das Schiff einen unfähigen Kapitän.«

»Wann kommt Edgar denn nach Hause?« fragte Lalla.

»Müßte bald eintreffen. Sicher braucht er Zeit, um diese ganzen Waggons zu begutachten. Bei ihm muß alles genau nach Anweisung geschehen, da kennt er kein Pardon. Dann muß er noch auf ein Schiff nach Brisbane warten und amüsiert sich so lange in Sydney.«

»Wo ist er abgestiegen?«

»Weiß ich nicht. Wahrscheinlich wie üblich im Australian Hotel.«

Lalla nickte. Diese dumme Gans von Connie Downs hatte sie tatsächlich nervös gemacht mit ihren unglaublichen Andeutungen. »Kennst du eine Firma namens New-South-Wales-Stahlwerke?«

»Ja. Sie liefert die Schienen für die Eisenbahn. Edgar hatte Glück, daß er sie aufgetrieben hatte, denn die Produktion ist hier viel billiger als in England. Zweifellos wird er auch die Schienen überprüfen, da sie höchsten Ansprüchen genügen müssen.«

»Kann ich jetzt die Zeitung haben?« fragte Phoebe. Er gab sie ihr. »Natürlich, ich muß sowieso gehen. Ich besuche Mrs. Carroll. Sie weigert sich, das Krankenhaus zu verlassen, bevor sie vollkommen genesen ist. War nur eine Blinddarmoperation, und sie sollte eigentlich längst zu Hause sein.«

»Diese Frau war schon immer eine Hypochonderin«, meinte Lalla wegwerfend.

Irgendwie fühlte sie sich an diesem Morgen ruhelos. Sie arrangierte selbst die Blumen. Die Dienstboten konnten sich einfach nicht merken, daß die weißen Rosen im langen Zimmer nur vor einem grünen Hintergrund drapiert werden sollten. Der Gedanke an irgendwelche Leute, die in Edgars Haus lebten, nagte an ihr. Vermutlich handelte es sich um Brody und die anderen Hausangestellten, aber ein kurzer Blick darauf würde nicht schaden.

Sie wies ihren Kutscher an, vor dem Haus zu halten. »Werden Sie hineingehen, Madam?«

»Nein. Warte hier.«

Im Vorgarten spielten zwei Kinder. Wie konnten es die Dienstboten wagen, ihre Kinder in Edgars Garten zu lassen? Er würde jedenfalls davon erfahren.

Der Briefträger kam die Straße entlang. Als er Lalla erkannte, blieb er stehen.

»Oh, Mrs. Thurlwell! Ich habe Briefe für Mr. Edgar und kenne seine neue Adresse nicht. Er wünscht sicher nicht, daß ich sie zurück ans Postamt schicke, sonst gehen sie noch verloren.« Er übergab ihr ein kleines Bündel, das von einem Gummiband zusammengehalten wurde.

Zu Lallas Verwirrung kam auch noch eine Frau aus dem Haus. »Das hier ist Mrs. Thurlwell, die Frau des Doktors«, erklärte der Briefträger fröhlich. »Sie nimmt die Briefe mit, die Sie angenommen haben.«

»Sehr angenehm, Mrs. Thurlwell«, erwiderte die Frau sichtlich beeindruckt. »Schön, Sie kennenzulernen. Ich habe schon oft Ihr Bild in der Zeitung gesehen. Ich hole eben die Post.«

Sie lief ins Haus und kam mit einem Körbchen voller Briefe wieder. »Das Körbchen können sie behalten. Ich habe es selbst geflochten.«

»Vielen Dank«, sagte Lalla nervös.

»Wo soll ich Mr. Edgars Post hinschicken, nachdem er nun umgezogen ist?« fragte der Briefträger.

»Zu uns nach Somerset House in Kangaroo Point«, erwiderte Lalla. »Mr. Thurlwell ist zur Zeit auf Geschäftsreise in Sydney.«

»Jetzt verstehe ich. Ich sehe zu, daß nichts verlorengeht.«

Lalla saß steif in ihrem Wagen, der auf der sandigen Straße eilends zurückfuhr. Sie traute sich nicht, auch nur einen Blick in das Körbchen zu werfen.

»O mein Gott«, sagte sie zu sich. »O mein Gott. Er hat tatsächlich das Haus verkauft, ohne uns etwas davon zu sagen. Warum nur? Warum?«

Der Weg in die Stadt und über die Brücke, durch den Süden von Brisbane bis hinauf nach Kangaroo Point kam ihr endlos vor. Auch die Sonne erschien ihr nicht mehr fröhlich. Ihr Gesicht brannte, doch sie blieb aufrecht und mit erhobenem Kopf sitzen, während der Hufschlag in ihren Ohren dröhnte. Phoebe saß auf der Veranda. »Mutter, kann ich jetzt den Wagen haben? Ich muß einkaufen, und Biddy kann doch nicht die ganze Arbeit liegen lassen. Außerdem habe ich keine Lust, dauernd bewacht zu werden, ich –«

Lalla fiel ihr ins Wort. »Tu, was du willst!« Damit rauschte sie an ihrer Tochter vorüber.

Phoebe starrte ihr verständnislos hinterher und ging zum Wagen. Sie hatte sich schon für die Stadt umgezogen und war fest entschlossen, diesmal allein zu fahren. Notfalls mit der Fähre! Doch anscheinend hatte Lalla ihre Ausgangssperre aufgehoben.

»Queen Street«, wies sie den Kutscher an.

Nachdem sie einem Juwelier den Nugget gezeigt hatte, besuchte sie Ben in den Ställen.

»Schau mal, was ich geschenkt bekommen habe. Mein Onkel Edgar hat ihn mir gegeben. Ist er nicht hübsch?«

Ben wog ihn in der Hand. »Dürfte einiges wert sein.«

»Genau dreihundertzwanzig Pfund«, erklärte Phoebe. »Der Juwelier schlug vor, ich solle ihn einschmelzen und zu einem Schmuckstück verarbeiten lassen, aber ich würde ihn lieber in dieser Form behalten. Was meinst du dazu?«

»Er gefällt mir auch, wie er ist. Ein Stück Geschichte. Du mußt deinen Onkel fragen, von welchen Goldfeldern er stammt.«

Sie berührte seinen nackten Arm. »Ich habe dich vermißt.« Er umarmte sie. »Nicht so sehr wie ich dich.«

»Ich glaube, der Bann ist aufgehoben. Jetzt kann ich dich wieder zu Hause besuchen«, sagte sie lächelnd.

»Barnaby Glasson war bei mir«, sagte Ben.

»Ja, ich hatte ihn darum gebeten, mit dir zu sprechen. Wie ist es denn gelaufen? Hat er gesagt, wir sollten uns voneinander verabschieden und in Zukunft getrennte Wege gehen?«

»Ja.«

»O Gott«, stöhnte Phoebe, »ich hoffe, du hast ihn vom Gegenteil überzeugt.«

»Nun ja – ich glaube, er hat nur seine Ansicht dargelegt,

und damit ist die Sache für ihn erledigt. Barnaby ist weder für noch gegen uns. Wir haben uns dann noch einen netten Abend gemacht.«

»Ohne mich? Ihr gemeinen Kerle!«

Ben ließ sie los und setzte sich auf die Schreibtischkante. »Seit ich ein Kind war, hat er als Anwalt viel für mich getan. Ist eine lange Geschichte. Endlich habe ich einen Weg gefunden, ihm dafür zu danken. Er ist bei mir eingezogen.«

»Warum denn das?«

»Hast du jemals sein Zuhause gesehen? Ein paar schäbige Zimmer in einem Kaninchenstall.«

»Nein, aber das ist nicht ungewöhnlich, Ben. Viele junge Männer, die allein in die Stadt kommen, leben zur Miete.«

»Daran hatte ich gar nicht gedacht. Jedenfalls habe ich ihm eines der leerstehenden Zimmer angeboten, und nach einiger Überzeugungsarbeit ist er auch gekommen.«

»Eine wirklich gute Idee. Solange es dich nicht stört.« Sie lachte. »Jetzt habt ihr ein Junggesellenheim. Ich muß wohl auf euch aufpassen. Und Barnaby wird unsere Anstandsdame.«

»Dieser Gedanke ist mir überhaupt nicht in den Sinn gekommen. Ich hatte nur gehofft, daß es dich nicht stört.«

»Natürlich nicht. Das Haus gehört dir.«

Er betrachtete sie nachdenklich. »Ich sagte Barnaby auch, daß wir ausziehen würden, falls du meinen Antrag annimmst. Wenn ihm das Haus gefällt, kann er es mieten.«

»Ben Beckman, ich habe deinen Antrag angenommen und beabsichtige nicht, meine Meinung zu ändern.« Sie küßte ihn. »Ich habe immer gewußt, daß wir nicht neben meinen Eltern wohnen können, wollte das Thema aber nicht ansprechen, weil dir das Haus soviel bedeutet.«

»Du hast doch genügend Zeit, um über die Heirat nachzudenken«, erinnerte er sie.

»Habe ich bereits getan. Aber du hast mich da auf einen interessanten Gedanken gebracht. Wo werden wir demnächst wohnen?«

»Wo immer du willst. Ich kaufe ein neues Haus, wenn du möchtest. Noch eins, Phoebe. Barnaby meint, ich solle deinen Vater in aller Form um deine Hand bitten, falls wir uns für eine Heirat entscheiden.«

»Nein!« erwiderte sie heftig. »Nein! Auf keinen Fall! Guter Gott, Ben, du kennst doch meine Eltern!« Plötzlich sah sie einen Jungen vor sich, der in ihr Haus eindrang und um Hilfe für seine Mutter schrie. Dann die kaputten Fenster. Und ein verschwommenes Bild von Bens Großmutter, die kam und um Nachsicht mit dem Jungen bat, den die Polizei abgeführt hatte. Phoebes Mutter hatte sie kalt abgewiesen, doch die Frau blieb da und unterhielt sich mit jemand auf der vorderen Veranda. Bat um Hilfe. Die Erinnerungsfetzen wollten keine klaren Formen annehmen. Es war eine aufregende Zeit gewesen. Vermutlich hatte die alte Mrs. Beckman Phoebes Vater angesprochen und ebenfalls eine ablehnende Antwort erhalten. Was für eine traurige Geschichte.

Phoebe brach in Tränen aus. »Tu es nicht, Ben, versprich mir das. Bitte halte dich von ihnen fern. Ich habe solche Angst. Versprich es mir.«

Er nahm sie wieder fest in die Arme. »Phoebe, Liebste, hör auf zu weinen. Wenn du es nicht möchtest, werde ich nicht hingehen. Ich will nur dein Bestes.«

»Dann mach es mir doch nicht so schwer!« schluchzte sie. »Heiraten wir nun oder nicht?«

»Ja«, antwortete Ben sanft. »Ja. Ich liebe dich, Phoebe Thurlwell, und möchte, daß du meine Frau wirst.«

Sie konnte nicht aufhören zu weinen. »Was ist denn jetzt los?« fragte er besorgt.

»Nichts, gar nichts«, lächelte sie unter Tränen. »Ich bin nur so erleichtert. Endlich weiß ich, wie mein Leben aussehen soll. Sage noch einmal, daß du mich liebst. Ach, Ben, dieses Büro ist so ... so öffentlich. Jeden Moment kann jemand zur Tür hereinkommen ...«

»Gut, daß wir im Büro sind, sonst könnte ich für nichts garantieren. Leider muß ich wieder an die Arbeit.«

An diesem Morgen hatte sich die Welt für Ben verwandelt. Die Sonne am blanken blauen Himmel strahlte heller, die Männer lächelten bei der Arbeit, und selbst die Pferde schienen freundlicher als sonst. Alles war in bester Ordnung. In der Mittagspause gesellte er sich wie üblich zu den Männern in den offenen Holzverschlag hinter dem Schuppen. Die meisten saßen auf dem Boden, den Rücken gegen die Wand gelehnt, andere hatten alte Bänke und Stühle herbeigeschafft. Ben setzte sich zwischen sie, wo gerade Platz war.

Alle holten ihre Lunchpakete, Tabaksbeutel und Zeitungen hervor; sie redeten, scherzten – und plötzlich veränderte sich Bens Gehör. Von einer Sekunde zur anderen nahmen seine Ohren die Geräusche anders wahr. Die Stimmen klangen normal, nicht lauter oder leiser als sonst, doch irgendwie fremd. Er verstand jedes Wort:

Die Männer sprachen über Pferderennen und die jeweiligen Favoriten, ihr Lieblingsthema, doch etwas stimmte nicht. Ben lauschte angestrengt und schweigend diesen vertrauten Stimmen, die auf einmal so fremd – härter und schärfer – klangen.

Die Männer selbst schienen nichts zu bemerken.

Ben überlegte angestrengt, was da mit ihm passierte. Ihm war, als sei er ein Fremder, der zwar Englisch verstand, es aber nicht als Muttersprache empfand.

Vielleicht lag es gar nicht an seinen Ohren. Vielleicht kehrte sein Gehirn zur Sprache seiner Vorfahren, der Vorfahren seiner Mutter zurück.

Bevor er weiter darüber nachdenken konnte, war es schon vorbei. Ben hätte es auch niemand erklären können. Er nahm seinen Tabak, rollte sich eine Zigarette und schaute zu Rod Callaghan hinüber, der auf dem Boden saß und sich mit dem Rücken an einen Pfosten lehnte. Er döste vor sich hin, die langen Beine vor sich ausgestreckt.

»Rod«, sagte Ben leise, »bewege dich nicht.« Rod blinzelte und sah ihn an. »Was ist los?«

»Du hast gehört, was ich gesagt habe«, flüsterte er. »Bewege dich nicht.«

Die Gespräche verstummten. Keiner rührte sich von der Stelle, denn sie wußten, was die Warnung bedeutete. Eine Schlange oder eine gefährliche Spinne war in der Nähe. Vermutlich ersteres, da sich Spinnen meist in dunklen Ecken verkrochen, während Schlangen das Sonnenlicht suchten. Durch die offenen Seiten des Holzverschlages drang Helligkeit ins Innere.

Rod saß angespannt da. Vorsichtig schaute er auf seinen Arm hinunter, an dem die Schlange gerade entlangglitt. Dann sah er verzweifelt zu Ben. Waffen waren nicht zur Hand. Die Männer verständigten sich nur mit den Augen, ohne sich zu bewegen. Im Steinbruch hatte Ben viele Schlangen gesehen und erkannte an der Kupferfarbe und dem stromlinienförmigen Kopf, daß es sich um ein ebenso giftiges wie reizbares Exemplar handelte.

Bens Nerven vibrierten. Als er sich im Zeitlupentempo erhob und nach vorn bewegte, fiel ihm ein, daß sich viele Tiere durch schiere Größe bedroht fühlen und unberechenbar werden. Ben duckte sich instinktiv und kroch langsam auf die Schlange zu, um sie abzulenken. Sie beobachtete ihn züngelnd. Langsam glitt er vorwärts. Die Schlange war weitergekrochen und preßte ihren dicken Körper nun eng an Rods Bein.

Ben sah den Schwanz dicht vor sich und überlegte, ob er ihn ergreifen konnte, ohne gebissen zu werden. Er sprach sanft und beruhigend auf das Tier ein, als wäre es ein Wildpferd, und versprach, ihm nicht weh zu tun. Wenn es ihm nur gelang, diesen Schwanz zu packen!

Doch die Schlange schien seine Gedanken zu lesen. Sie bäumte sich wie zum Angriff auf und schoß blitzartig an ihm vorüber ins Unterholz. Alle sprangen auf, rannten aus dem Verschlag und riefen: »Fangt sie! Tötet sie!«, aber Ben ließ es nicht zu. »Überlaßt sie mir.«

Er schnappte sich eine Astgabel und einen Jutesack, scheuchte die Schlange auf und beförderte sie mit dem Stock in den Sack. »Hol mir einen Leinenbeutel!« rief er Rod zu.

»Wozu?«

»Sie kann mich durch die Jute hindurch beißen.«

Nachdem er die Schlange sicher in Sack und Beutel verpackt hatte, trug er sie in offenes Buschland und ließ sie dort frei, ohne sich weiter um die Beschwerden seiner Mitarbeiter zu kümmern, die das Tier lieber tot gesehen hätten.

Rod schüttelte ihm die Hand. »Danke, Ben, du hast etwas bei mir gut. Das war ungemütlich nah. Spürte im Geist schon die Zähne in meinem Fleisch.« Rod lachte. »Jedenfalls bin ich sehr erleichtert, daß dieses verdammte Vieh dich verstanden hat. Verschwand wie der Blitz.«

»Was meinst du damit?«

»Du warst direkt neben mir, und ich hörte dich ›Abo‹ mit ihm reden.«

»Oh.« Ben war ebenso überrascht wie Rod, daß er nicht Englisch gesprochen hatte. »Ich beherrsche Abo nicht sehr gut. Nur eine Mischung verschiedener Dialekte, die ich im Gefängnis gelernt habe.«

»Muß wohl der richtige Dialekt gewesen sein.«

»Sachen gibt's«, sagte Ben zu sich selbst, als er wieder an die Arbeit ging.

Lalla öffnete bedenkenlos Edgars Briefe und entdeckte Rechnungen und abermals Rechnungen. An sich nichts Ungewöhnliches, die bekam schließlich jeder. Sie hatte längst bemerkt, daß die Briefträger ohne diese Papierflut wenig zu tun hätten.

Williams Post lag auf seinem Schreibtisch und wurde ebenfalls von ihr geöffnet. Doch Lalla fand nur eine paar Einladungen und noch mehr von diesen verdammten Rechnungen. Kein Hinweis auf den Verkauf des Hauses.

Sie hatte versprochen, an diesem Nachmittag eine Bridgepartie bei Belle Foster zu besuchen, die regelmäßig jeden Monat stattfand. Vielleicht war auch Connie Downs da, die sich an Belle gehängt hatte, weil sie wußte, daß diese ihren Edgar kannte. Ein weiterer Schritt in dem Plan, ihn einzufangen. Nach dem gestrigen Vorfall wünschte Lalla jedoch nicht, mit ihr in einem Raum zu sitzen. Von heute an stand Mrs. Downs auf der schwarzen Liste. Alle Türen würden sich ihr verschließen, dafür wollte Lalla schon sorgen.

Als William nach Hause kam, war seine Frau überaus schlechtgelaunt. Der Doktor bemerkte es und verkündete, er wolle vor dem Essen ein Schläfchen halten.

»Das wirst du nicht«, schnappte Lalla. »Ich will mit dir sprechen.«

»Hat das nicht Zeit? Ich bin müde.«

»Sicher doch! Es muß sehr anstrengend sein, mit seinen Freunden den ganzen Nachmittag im Club zu trinken.«

»Es läßt sich ertragen, vor allem, da ich gute Neuigkeiten erfuhr. Diese Föderationsgeschichte ist endgültig vom Tisch. Keiner interessiert sich mehr dafür. Selbst die Befürworter müssen zugeben, daß die Seifenblase geplatzt ist. Für solche überkandidelten Ideen ist einfach nicht die rechte Zeit. Habe ich schon immer gesagt«, brüstete er sich.

»Halt doch den Mund! Das ist nichts Neues. Der Premierminister hat schon seit Monaten an Unterstützung verloren. Er bekommt die Sache nicht durchs Parlament. Aber ich muß dringend etwas anderes mit dir besprechen. Warum hast du mir nicht erzählt, daß Edgar sein Haus verkauft hat?«

William ließ sich in einen Sessel fallen. »Woher hast du denn diese Geschichte?«

»Von Connie Downs. Sie hat mich gestern besucht und benahm sich beinahe beleidigend.«

»Gestern? Davon wußte ich ja gar nichts.«

»Egal. Was ist nun mit dem Haus?«

»Du sprichst in Rätseln, Frau. Das Haus meines Bruders steht noch und wurde auch nicht verkauft.«

»Da liegst du aber falsch. Ich war heute dort. Es ist verkauft worden, und die neuen Eigentümer sind bereits eingezogen.« William blinzelte. Er fühlte sich beschwipst, und Lalla verwirrte ihn noch zusätzlich mit ihrem Unsinn. »Wenn Edgar sein Haus verkaufen wollte, hätte er es mir gesagt.«

»Da er das nicht getan hat und die neuen Bewohner behaupten, er wohne jetzt in Hamilton, möchte ich gerne wissen, was hier vorgeht.«

»Woher soll ich das wissen? Mir gegenüber hat er kein Wort verlauten lassen. Vielleicht wird es ernst mit dieser Downs, und er ist deshalb umgezogen. Er weiß, daß du sie nicht magst. Wollte uns vermutlich vor vollendete Tatschen stellen, damit wir es ihm nicht ausreden können.«

Lalla dachte darüber nach und klopfte nervös mit dem Fuß gegen ihren Stuhl. »Wenn das stimmt, bekommt sie gewaltige Schwierigkeiten. Aber ich habe das ungute Gefühl, daß mehr dahintersteckt. Du hast in deinem Arbeitszimmer einen Teil der Unterlagen von Western Railroad. Schlage bitte für mich die Adresse der NSW-Stahlwerke nach.«

»Jetzt?«

»Genau jetzt. Ich helfe dir dabei.«

»Ist das wirklich nötig?«

»Ja.«

Sie durchsuchten die beiden großen Schubladen, in denen William die Papiere und Verträge der Western Railroad aufbewahrte. In ihnen herrschte heillose Unordnung.

»So ein Durcheinander«, beklagte sich Lalla. »Ich verstehe nicht, wie du jemals etwas darin findest.«

»Hatte zu tun. Wollte sie sortieren, aber Edgar schüttet mich damit zu, und ich fand einfach keine Zeit. Am Wochenende kümmere ich mich darum.«

»Mach das. Ich finde hier jedenfalls nichts, das auch nur im geringsten mit Stahlwerken zu tun hat.«

»Überrascht mich nicht. Edgar hat die meisten Papiere im Büro.«

»In welchem Büro?«

»Weiß ich nicht. Wahrscheinlich in dem Haus in Hamilton. Was soll das alles?«

»Mrs. Downs behauptet, Edgar sei verduftet. Das waren jedenfalls ihre Worte.«

William war schockiert.

»Bei Gott, du hattest recht mit deiner Meinung über die Frau. So einen Blödsinn habe ich noch nie gehört. Dafür könnten wir sie verklagen.«

»Sie deutete auch an, daß es die NSW-Stahlwerke überhaupt nicht gebe.«

»Wie bitte? Die Frau ist verrückt! Das ist unser Lieferant.«

»Aber du verdammter Narr weißt nicht einmal, wo dieses Stahlwerk liegt. Morgen früh wirst du es als erstes herausfinden, damit ich meine Ruhe wiederhabe.«

»Und wie soll ich es herausfinden?« jammerte ihr Mann.

»Woher soll ich das wissen? Frage die Bank. Frage deine teuren Freunde im Club, aber finde es heraus! Ich will Connie Downs die passende Antwort geben, falls sie wieder eine Szene macht.«

»Meine Liebe, du nimmst dir die Sache viel zu sehr zu Herzen. Mach dir keine Sorgen.« Er quälte sich aus dem Sessel und legte ihr die Hand auf die Schulter. »Überlasse es mir. Ich bringe es morgen früh in Ordnung. Jetzt muß ich aber wirklich ein Schläfchen halten. Würde dir auch guttun.«

Er polterte die Treppe hinauf und wünschte sich dabei, Edgar würde endlich heimkommen. In seiner Tasche steckten zwei mysteriöse Briefe, die ihm persönlich in seinen Räumen in The Terrace, die er sich mit einem anderen Arzt teilte, zugestellt worden waren. Sie stammten von Banken, die Geld forderten. Einer kam von einer Bank, deren Namen er noch nie gehört hatte – Pacific Soundso –, die sicher nur am Goldrausch in Queensland teilhaben wollte. Angeblich sollte eine Hypothek abgelöst werden. William hatte den Brief unwillig beiseite gelegt. Damit hatte er nichts zu tun. Er seufzte. Banken waren auch nicht mehr das, was sie einmal waren. Früher unterliefen ihnen nie solche Fehler.

Und dann war da noch Dudley Luxtons Brief von der Bank of Queensland. Eine reine Unverschämtheit.

William saß auf der Bettkante und kaute nervös an seinen Fingernägeln. Er brauchte noch einen Drink. Aber Lalla saß dort unten wie ein Wachhund. Luxton teilte ihm schriftlich mit, daß die Herren William und Edgar Thurlwell keinen Kredit mehr erhalten würden, bevor nicht das überzogene Konto ausgeglichen war.

Welcher Kredit? Er brauchte keinen Kredit. Und sein Konto war keineswegs überzogen. Die Thurlwells benötigten niemals einen Kredit. Hatten die Banken eigentlich den Verstand verloren? Angeblich waren sie doch die treuesten Diener der Unternehmer.

Diese Narren! William war besorgt, da er allmählich begriff, warum seine Schecks zurückkamen. »Geplatzt«, nannte man das wohl. Er hatte diesen Ausdruck selbst benutzt, wenn es um die ungedeckten Schecks seiner Patienten ging. Ihre Dreistigkeit bei diesen Betrügereien hatte ihn entsetzt.

Langsam dämmerte ihm, daß er kein Geld zur Verfügung hatte, solange Edgar nicht heimkehrte. Kein Geld außer einigen hundert Pfund in der Praxis. Wie sollte er das bloß Lalla beibringen?

Vergessen war das Schläfchen. William nahm ein Bad und ging nach unten. Er freute sich auf einige wohltuende Drinks vor dem Abendessen. Seine Entscheidung war gefallen. Er würde Edgar ein Telegramm ins Australian Hotel schicken und ihn um seine sofortige Heimkehr ersuchen. Außerdem konnte er ihn bei dieser Gelegenheit gleich nach der Adresse der NSW-Stahlwerke fragen, um Lalla zu beruhigen.

Edgar würde alles in Ordnung bringen. Auf Leute wie Dudley Luxton konnte er gut verzichten. Wenn die Sache beigelegt war, konnten sie ihre Konten bei der Bank of Queensland auflösen. Luxton würde sein Vorgehen noch bitter bereuen. Nach der Adresse seines eigenen Lieferanten konnte William ihn schlecht fragen, auch wenn Lalla es verlangte. Er war jedenfalls fest entschlossen, nie wieder die Schwelle der Bank of Queensland zu überschreiten.

Die Föderation war also tot und begraben, was niemanden zu stören schien. Niemanden außer Barnaby Glasson, der zusehen mußte, wie seine ganzen Bemühungen um die Verfassung im Sande verliefen. Er saß in seinem provisorischen Büro im Parlamentsgebäude und wartete auf eine neue Aufgabe.

Die Politiker strömten wieder in die Stadt, um sich auf die Parlamentseröffnung im März vorzubereiten. Barnaby hörte voller Abscheu, wie der Parlamentssprecher Harold Sutcliffe verkündete, er habe nie eine Föderation befürwortet und sei ausgesprochen erleichtert, endlich wieder zu den eigentlich wichtigen Fragen zurückzukehren.

Barnabys Kollegen erzählten ihm, daß ihn der Justizminister eventuell mit der Ausarbeitung des Gesetzes zum Glücksspielverbot betrauen wolle. Was für ein Abstieg, dachte er bei sich und überlegte schon, ob er seine Stelle aufgeben und sich als Anwalt niederlassen sollte. Vielleicht nicht in Brisbane – da gab es zu viele Konkurrenten –, sondern auf dem Land. Zum Beispiel in Charleville. Doch das wäre das Ende seiner politischen Ambitionen. Selbst wenn er finanziell überlebte, würde es Jahre dauern, bis man ihn in einer Kleinstadt akzeptierte. Außerdem hing sein Herz am Wahlkreis Padlow.

Er wollte es diesem Bastard Buchanan an Ort und Stelle heimzahlen. Hätte er Phoebe gegenüber nicht mit seinen ehrgeizigen Plänen geprahlt, würde ihm der Rückzug jetzt leichter fallen.

Schließlich wurde er zu Creighton beordert, den die Angestellten hinter seinem Rücken »Seine Heiligkeit« nannten.

»Sieht aus, als wären Sie das Kaninchen«, flüsterte ihm der stellvertretende Sekretär zu. Barnaby fuhr sich schnell mit der Hand durchs Haar und zupfte die Krawatte zurecht, bevor er das Allerheiligste betrat. »Sie kümmern sich demnächst um das Glücksspielgesetz. Und bloß keine Wetten auf den Melbourne

Cup, sonst brennen Sie auf Ihrem eigenen Scheiterhaufen«, fügte der Sekretär hinzu.

»Sehr komisch«, meinte Barnaby zu all den grinsenden Gesichtern um ihn herum.

»Aha, Glasson«, sagte Creighton, als Barnaby auf ihn zutrat. »Mr. Prosser ist wieder in der Stadt.«

»Tatsächlich, Sir? Das wußte ich nicht. Hoffentlich hat er sich wieder erholt?«

»Sein Fuß ist noch eingegipst, doch seine Stimme hat anscheinend nicht gelitten. Er möchte Sie sehen.«

Barnabys Gesichtsausdruck mußte ihn wohl verraten haben, denn der Justizminister fuhr fort: »Ich mache Ihnen keine Vorwürfe, aber eine Abreibung haben Sie sich verdient. Noch einen Rat, Glasson: Tragen Sie es wie ein Mann, und lassen Sie das Ministerium aus dem Spiel. Verstanden? Ein Wort der Kritik an mir, und Sie sind gefeuert. Ist das klar?«

»Ja, Sir. Wo soll ich Mr. Prosser treffen?«

»Sie haben sich heute abend um neun Uhr beim Premierminister zu Hause einzufinden.«

Barnaby bekam weiche Knie. »Beim Premier zu Hause?«

»Ja. Ich nehme an, Sie wissen, wo Sir Samuel wohnt?«

»Ja, Sir.« Wer kannte nicht das imposante Gebäude oben auf dem Hügel?

»Mr. Prosser hat viele wichtige Freunde in der Vereinigung australischer Ureinwohner. Der Premierminister meinte, er könne ihn angesichts seines traurigen Unfalls wenigstens bei sich zu Hause beherbergen, anstatt ihn in einem Hotel unterzubringen.«

»Sicher, natürlich«, murmelte Barnaby wie versteinert. Eine Gardinenpredigt von Prosser war schlimm genug, aber sie dann noch in Gesellschaft des Premierministers von Queensland über sich ergehen zu lassen! Ihm wurde übel. Warum warfen sie ihn nicht auf der Stelle hinaus und ersparten ihm diese Demütigung?

Creighton sprach mit ihm wie mit einem Zehnjährigen.

»Ziehen Sie Ihren besten Anzug an. Polieren Sie Ihre Stiefel. Außerdem könnten Sie einen Haarschnitt gebrauchen!«

Barnaby ärgerte sich über diese Bevormundung und sagte kühl: »Soll ich zur Vorder- oder Hintertür hineingehen?« Doch sein Vorgesetzter ging nicht auf den Sarkasmus ein. »Zur Vordertür natürlich. Schließlich vertreten Sie dort mein Ministerium.«

Er ging nicht zum Friseur, benutzte jedoch Pomade und zog einen schnurgeraden Scheitel.

Pünktlich um neun Uhr stellte sich Barnaby Glasson vor der Tür des Premierministers ein und wurde in einen Raum geführt, in dem Theodore Prosser saß, dessen eingegipster Fuß auf einem Hocker ruhte.

»Da sind Sie ja, Glasson! Pünktlich. Gut. Setzen Sie sich, wir haben zu tun.«

»Es freut mich, Sie bei so guter Gesundheit zu sehen, Sir. Ich hoffe, Ihre Verletzung schmerzt nicht allzu sehr.« Was hatten sie denn schon zu tun? fragte er sich insgeheim.

»Nicht im geringsten. Zu Beginn war der Schmerz allerdings unerträglich. Doch eines muß man diesen Landbewohnern lassen – sie haben mich ausgezeichnet gepflegt. Und die Oberschwester des Hospitals, Mrs. Woodside, ist eine prächtige Frau. Kennen Sie sie?«

»Nein, Sir.« Barnaby war vollkommen überrascht. Woher sollte er die Frau auch kennen? Und wieso war Prosser jetzt die Freundlichkeit selbst? Vielleicht hatten sie ihm im Krankenhaus Lachgas verabreicht.

»Hat mich persönlich gepflegt«, fuhr Prosser fort. »Hervorragende Behandlung. Sagte ihr, es sei eine Verschwendung, sich im Busch zu verstecken. Eine Witwe, wenn Sie wissen …

Reichen Sie mir bitte die Pfeife und diesen ausgezeichneten Tabak.«

Feierlich gab ihm Barnaby das Gewünschte samt Streichhölzern und Aschenbecher. Er grinste vor sich hin. Hatte sich der Witwer Theodore im Outback etwa verliebt? Hörte sich ganz so an. Kein Wunder, daß er so aufgekratzt wirkte.

»Ich hörte, es gab Schwierigkeiten in Charleville?« – »Ja, Sir.«

Prosser lachte. »Aus Schaden wird man klug! Erfahrung ist alles. Wer war der Kerl doch gleich? Derjenige, der Ihnen vorwarf, Sie würden die Revolution predigen?«

»Mr. Ben Buchanan. Der Abgeordnete von Padlow. Er lebt da draußen.«

»Richtig. Und es ist ihm gelungen, Ihre Versammlung zu sprengen. Ich habe alles darüber erfahren, und seine schriftliche Beschwerde gegen Sie kenne ich auch.« Er deutete mit der Pfeife auf Barnaby. »Wäre mir nicht passiert. Ich bin an Zwischenrufer gewöhnt und weiß, wie man mit ihnen fertig wird. Mich hätte er nicht ausgetrickst.«

Barnaby nickte. Darüber ließe sich streiten, aber er verzichtete lieber darauf.

»Jetzt wollen wir aber nicht weiter an diesen Buchanan denken. Es hat eine Änderung an der Verfassung gegeben, und diesmal werden wir gewinnen.«

Nicht schon wieder, dachte Barnaby verärgert. Wie viele Abänderungen sollte er denn noch studieren?

»Haben Sie von dem Treffen in Corowa gehört?« fragte Theodore.

»Nein, Sir.«

»Kommt noch. Jeder wird davon hören. Es handelt sich um eine Stadt an der Grenze zwischen Victoria und Neusüdwales. Dort trafen sich zahlreiche Abgeordnete der Vereinigung australischer Ureinwohner und Befürworter der Föderation. Können Sie mir folgen?«

Barnaby nickte.

»Was für ein großer Tag! Ich wäre zu gern dabeigewesen. Sie kamen zu dem Schluß, daß es keinen Sinn hat zu versuchen, die lethargischen, zerstrittenen Politiker im Land auf eine gemeinsame Haltung einzuschwören. Sie könnten sich nicht einmal auf die Uhrzeit einigen.«

»Leider wahr«, meinte Barnaby.

»Nun, der langen Worte kurzer Sinn: Diese Versammlung

stimmte dafür, der vorgeschlagenen Verfassung eine Präambel voranzustellen, anstatt sie abzuändern. Sie wollen die sturen Politiker damit überrumpeln und das Volk direkt ansprechen. Die Leute sollen selbst Vertreter wählen, die die endgültige Verfassung für ihre neue Nation beschließen. Was halten Sie davon?«

Barnaby war verblüfft. »Ist es durchführbar?«

»Auf mein Wort. Es ist einfacher, wenn sich Leute zur Kandidatur bereit erklären und die Wähler die Entscheidung treffen. Damit bleibt der Gegenbewegung kein Standbein mehr. Sie können gar nicht dagegenstimmen.«

Barnaby dachte kurz darüber nach. »Ich bin nicht gegen diesen Vorschlag, Sir, aber geht das nicht in die republikanische Richtung? Britische Tradition ist das wohl kaum, oder?«

»Kann schon sein, aber es geht nicht anders. Ihr Premierminister ist ein schlauer Bursche. Er weiß, daß sich der kleine Mann dort draußen eher für die Union interessieren wird, wenn er ein Wörtchen mitreden darf. Er könnte den Politikern endlich die Meinung sagen. Sie werden sehen, wie die Leute zu den Urnen stürmen werden.« Er zog an seiner Pfeife und lehnte sich zufrieden in seinen Sessel zurück. »Andere Länder haben dieses Ziel nur mit Kriegen erreicht. Wir zeigen allen, daß die Australier klüger sind.«

»Oder sich zu wenig dafür interessieren, um zu streiten«, grinste Barnaby.

»Vielleicht. Aber ich prophezeie Ihnen, daß es keine Revolution geben wird. Diese Frage muß vom Volk entschieden werden, unabhängig von den eigennützigen Interessen der einzelnen Staaten.«

»Ich hoffe, es funktioniert. Wenn wir eine Verfassung haben, steht noch der Volksentscheid aus.«

»Aber dann haben wir das Schlimmste geschafft«, meinte Theodore. »In der Mappe auf dem Tisch finden Sie weitere Informationen und Notizen zur Versammlung von Corowa. Die Ja/Nein-Abstimmung beginnt erst, wenn die Verfassung von den neuen Abgeordneten beschlossen worden ist. Ich werde vermutlich als Berater nach Brisbane zurückkommen.« Die Tür öffnete sich, und der Premierminister kam herein.

Barnaby sprang von seinem Stuhl hoch. »Guten Abend, Sir.«

»Guten Abend, Glasson. Tut mir leid, Theodore, aber meine anderen Gäste wollten einfach nicht aufbrechen. Haben Sie unserem jungen Juristen hier das Wichtigste mitgeteilt?«

»Ich denke schon. Habe mein Bestes getan.«

Vielen Dank für die Blumen, dachte Barnaby. So schwer zu verstehen war es ja auch nicht.

»Gut.« Der Premierminister wandte sich an Barnaby. »Nun, Mr. Glasson, ich habe Ihnen einen Vorschlag zu unterbreiten. Wir möchten, daß Sie Ihre Arbeit beim Justizminister aufgeben. Mehr noch, daß Sie überhaupt nicht mehr für die Regierung arbeiten.« Er ging zur Anrichte und befingerte eine Schale mit Pralinen. »Sind alle hart von innen«, meinte er angeekelt. »Davon bekomme ich Zahnschmerzen. Erinnern Sie mich daran, andere hinzustellen, Theodore.«

Hätte ich mir denken können, daß sie mich feuern, dachte Barnaby im stillen. Der verdammte Prosser hat mich nur hingehalten, bis der alte Knabe dazukommt und mir einen Tritt verpaßt.

»Sind Sie damit einverstanden?« fragte ihn der Premierminister.

»Wie Sie wünschen, Sir«, meinte Barnaby. Er würde nicht vor ihm auf die Knie fallen.

»Am besten eröffnen Sie eine private Praxis«, fuhr Sir Samuel fort. »Sie sind jung, engagiert und kennen sich in den Gesetzen aus. Sie werden Ihre Sache gut machen.«

»Danke für das Vertrauen, Sir, aber dazu fehlt mir das nötige Kapital. Ich müßte schon eine Praxis finden, die mich einstellt.«

»Nein, nein. Auf die Einmischung anderer Partner können wir gut verzichten. Sie eröffnen Ihr eigenes Büro und beschäftigen einen Gehilfen, der während Ihrer Abwesenheit die Stellung hält.«

Angesichts dieser gutgemeinten Vorschläge schüttelte Barnaby den Kopf. »Tut mir leid, Sir, aber ich kann mir kein eigenes Büro leisten. Es steht völlig außer Frage.«

»Nein, keineswegs. So etwas läßt sich arrangieren. Wir möchten Sie als Abgeordneten zur nächsten Versammlung entsenden. Sie sollen das Volk vertreten. Wenn Sie als erster kandidieren, haben Sie gute Chancen. Allerdings müssen Sie sich nach außen hin von der Politik als solcher distanzieren, daher die private Praxis.«

Auf einmal verstand Barnaby, worum es dabei wirklich ging. Er war hingerissen. Doch ihm wurde auch klar, daß ihn diese Männer nicht in den Ring schickten, um ihm eine Freude zu machen.

»Wie genau ließe sich das arrangieren, Sir Samuel?«

»Wir könnten Ihnen Klienten zuschanzen. Auch die Übernahme einer Jahresmiete für das Büro wäre hilfreich, nicht wahr?«

»Ja, Sir, aber ich brauche auch Mittel für die Kampagne.«

»Besitzen Sie kein eigenes Geld?« fragte Theodore.

Barnaby lächelte den Premierminister an. »Von dem Gehalt eines Regierungsangestellten lassen sich keine Ersparnisse abzweigen.«

»Vermutlich nicht«, stimmte Sir Samuel zu. »Aber auch das ist kein Problem. Sie eröffnen ein Spendenkonto, und wir sorgen dafür, daß Ihnen etwas davon zufließt. Ich muß Sie beide jetzt allein lassen. Suchen Sie sich geeignete Büroräume und lassen Sie es meinen Sekretär wissen, wenn Sie soweit sind. Er kümmert sich um die Details, mein Wort darauf.«

Er schüttelte Barnaby die Hand. »Die Sache muß absolut vertraulich behandelt werden. Mr. Glasson, Sie sind der ideale Kandidat, da Sie sich so eingehend mit der Verfassung beschäftigt haben. Die Abgeordneten sollten wissen, wovon sie reden, und von Leuten Ihrer Art gibt es nur wenige. Viel Glück dabei.«

Barnaby lief eine halbe Stunde zu Fuß, bevor er eine Kutsche fand, die ihn nach Kangaroo Point brachte. Dabei konnte er ungestört über diese einmalige Chance nachdenken. Welche Verantwortung jetzt auf seinen Schultern ruhte! Selbst wenn er das Rennen um die Wahl zum Abgeordneten verlieren würde, hatte er seine eigene Praxis. Der Premierminister setzte Vertrauen in seine Fähigkeiten und stand mitsamt seiner Partei hinter ihm. Also an die Arbeit!

Er betrat fröhlich das Haus und warf den Hut in die Luft. »Ich bin nicht gefeuert worden, sondern die Treppe hinaufgefallen. Junge, was für ein steiler Aufstieg!«

Ben war im Eßzimmer, umgeben von Broschüren über die Details der Automobile und Motoren. Wie schön, daß Barnaby sofort mit ihm über die guten Neuigkeiten sprechen konnte.

»Du bist ja so gutgelaunt«, meinte Ben. »Was ist mit deinen Haaren passiert? Sehen wie angeklebt aus.«

»Das sind sie auch«, antwortete Barnaby lachend. Er stiefelte ins Badezimmer, um die Pomade auszuwaschen, trocknete sich die Haare ab und sagte zu Ben:

»Ich arbeite nicht mehr für die Regierung.«

»Wieso? Bist du wirklich gefeuert worden?«

»Nicht direkt. Ich eröffne mein eigenes Büro. Der Premierminister hat mich gebeten, Abgeordneter bei den Versammlungen zum Beschluß der Verfassung zu werden. Ist nicht so einfach, wie es klingt. Ein Abgeordneter muß vom Volk gewählt werden. Neue Regel.«

»Und das ist es, was du tun möchtest?«

»Ich kann es gar nicht erwarten«, strahlte Barnaby. »Vor allem, da man mich finanziell unterstützt.«

»Das ist großartig. Ich habe ebenfalls gute Neuigkeiten. Ich sprach heute mit Phoebe, und sie weigert sich, die drei Monate auszuharren. Sie bestand darauf, daß ich mich entscheide. Also beschlossen wir, sofort zu heiraten.«

»O Gott! Und ich soll die Tatsache begrüßen, daß du eine Lawine losgetreten hast.«

»Tu einfach dein Bestes. Morgen abend nehmen mich Rod und Alice Callaghan mit zu einem Freund, der Priester ist.

Oma war katholisch, Phoebe ist Anglikanerin, und ich bin in religiöser Hinsicht ein unbeschriebenes Blatt.«

»Ein katholischer Priester wird euch trauen.«

»Ich weiß. Aber Alice sagt, dieser sei nett und vernünftig. Es wird mir nicht weh tun, mit ihm zu sprechen. Die beiden sind ebenso besorgt wie du. Ihr macht mich alle ganz nervös.«

»Kommt Phoebe mit?«

»Nein. Ich rede auch nur mit dem Burschen, weil er ein Außenstehender ist. Du mußt morgen abend allein fürs Essen sorgen.«

»Na schön. Alles Gute«, sagte Barnaby sarkastisch. »Ich werde ein Staranwalt, und du bist auf dem besten Weg ins Eheglück.«

Die Tasmansee war rauh, doch Edgar und sein Diener erwiesen sich als seefest und nahmen das heftige Schlingern des Schiffes mit Humor. Tagtäglich trotzten sie dem Wind bei ihren Spaziergängen auf Deck und erfreuten sich an dem wilden Auf und Ab der schaumgekrönten Wellen.

Die weniger widerstandsfähigen Passagiere litten Höllenqualen und rannten regelmäßig zur Reling oder riefen nach den Kabinenstewards. Sehr zur Freude von Edgar und Brody, denn der Erste-Klasse-Salon war beinahe menschenleer. Sie genossen den aufmerksamen Service, den die *Locheil* bot, wie auch so manches Kartenspiel mit seefesten Mitreisenden.

Sie waren für einige Tage in Sydney an Land gegangen, behielten aber ihre Kabinen. Edgar besuchte weder seine Stammlokale noch die Lieferanten von Western Railroad, sondern machte sich ein paar schöne Tage mit Brody. Sie zogen durch die zwielichtigen Tavernen im Rocks-Bezirk, in denen sich Brody auskannte, blieben aber auf der Hut. Edgar trug seinen schweinsledernen Koffer immer bei sich, und sein Diener spielte den bewaffneten Leibwächter. Er hatte sich eine Pistole unter dem Mantel umgeschnallt, in seinem Stiefel steckte ein Messer. Nachts kehrten sie immer aufs Schiff zurück.

Als sie sich der Küste von Neuseeland näherten, war Edgar bester Laune. Ein paar Tage dort und dann auf nach Hawaii. Von da aus ging es nach Amerika.

»Wir könnten sogar ein paar Wochen in Honolulu bleiben«, schlug er Brody vor. »Ein Gentleman kann sich da prächtig amüsieren.«

Sie erwähnten nie das Leben, das sie hinter sich gelassen hatten. Edgar hatte Brodys Haltung übernommen, der grundsätzlich nicht zurückschaute. Sein Diener gab einen ausgezeichneten Reisegefährten ab und war außerdem ein verdammt guter Kartenspieler.

Als die Küste näher rückte, brachen heftige Stürme los, und das eisenbeschlagene Schiff war den tobenden Elementen völlig ausgeliefert. Selbst die besten Seeleute versuchten verzweifelt, sich irgendwo festzuklammern und ihr Schiff auf Kurs zu halten.

Im Gegensatz zu Brody hatte es Edgar doch noch erwischt, und er lag krank in seiner Kabine. Er verfluchte das Schiff samt Kapitän und erklärte, sie würden von Hawaii aus einen anständigen Kahn nehmen. Brody tat sein Bestes. Er flößte seinem Herrn Brandy ein, um dessen Magen zu beruhigen und damit er schlafen konnte, bis das Schlimmste vorüber war. Dann ging er auf Deck, um frische Luft zu schnappen.

Die Mannschaft kämpfte fieberhaft mit dem schlingernden Schiff, und Brody ging hinunter in den verlassenen Salon. Es war kurz vor zwei, als er sich einen spanischen Likör einschenkte. »Von Mönchen gebraut«, murmelte er und ließ die feurigsüße Flüssigkeit durch seine Kehle rinnen. »Bei allem, was heilig ist, das haben sie gut gemacht. Genau das richtige für eine stürmische Nacht. Und niemand da, dem man etwas bezahlen muß!«

Nachdem er die Flasche zur Hälfte geleert hatte, überkam ihn eine nostalgische Stimmung, und er begann zu singen. Der

Text fiel ihm allerdings nur noch bruchstückhaft ein – trotz allem eine herrliche Nacht. Draußen tobten die Elemente, und er saß hier gemütlich in einer Bar als einziger Gast.

Als es krachte, schlug er sich an der Flasche beinahe die Vorderzähne aus. Er wollte gerade einen weiteren Schluck von dem süßen Gebräu nehmen, als der ganze Salon in Schräglage geriet. »Jesus!« rief Brody und rappelte sich hoch. »Die Mönche verstehen sich aber auf Schnaps.«

Dann legte sich das Schiff noch weiter auf die Seite, und er schlitterte quer über den Boden. Die Flasche hielt er noch immer fest umklammert.

»Ich glaube, wir haben Neuseeland getroffen«, verkündete er. Dann hörte er ein Bersten und Krachen, Menschen schrien, und Brody wurde augenblicklich nüchtern.

»Jesus Christus!« brüllte er.

Er rannte durch den Korridor, um Edgar aus seiner Kabine zu holen. »Stehen Sie auf, Boß! Das verdammte Schiff ist aufgelaufen! Überall kommt Wasser rein!«

Edgar war völlig erschöpft und vom Brandy benebelt. Er gestattete Brody, ihm seinen Morgenmantel überzuziehen und ihn aus der Kabine zu schieben. Sein Diener zog ihn Stufe um Stufe nach oben durch eine Welt, die in einem unmöglichen Winkel zur Seite hing. Die frische Luft tat Edgar gut. Um ihn herum drängten sich schreiende Menschen.

»Was geht hier vor?« fragte er Brody, als sie aus dem schützenden Gang in den strömenden Regen traten. Die Wellen peitschten gegen das Schiff.

»Wie ich schon sagte, wir sind auf Grund gelaufen.«

Er kroch mit Edgar in der pechschwarzen Nacht über das gefährlich schrägliegende Deck. »Alle sind verrückt geworden. Es gibt nur wenige Rettungsboote. Bleiben sie dicht hinter mir, ich weiß, wo sie sind.«

»Hast du meinen Koffer mitgebracht?« brüllte Edgar, um das Heulen des Windes und das Krachen der Planken zu übertönen.

»Keine Zeit! Hier ist ein Boot.« – »Du verdammter Narr!« Edgar versetzte seinem Diener einen Fausthieb. »Hol ihn her! Den schweinsledernen Koffer mit dem Geld und dem Gold.«

»Geht nicht, das Schiff sinkt sehr schnell.«

»Ich befehle es dir. Geh schon, du blöder Hund.«

»Hol ihn dir doch selbst«, gab Brody zurück. Er ließ Edgar los und kämpfte sich durch die wartenden Menschen, die noch einen Platz in dem Boot ergattern wollten, das bereits zu Wasser gelassen wurde.

Edgar schob sich in die andere Richtung. Als er an der Gangway zum Salon ankam, beglückwünschte er sich, daß er nicht auch in Panik geraten war. Vermutlich steckte das dunkle Meer voller Haie.

Zugegeben, das Schiff lag auf der Seite, doch soviel Zeit mußte sein. Er kroch in seine Erste-Klasse-Kabine, die glücklicherweise nicht sehr weit unten im Schiff lag, griff nach dem kostbaren Koffer und packte ihn fest. Dann lief er wieder hinaus. Durch die Luken schoß ihm Wasser entgegen.

»Hilfe!« Er klammerte sich an seinen Koffer und versuchte, nach oben in Richtung Deck zu schwimmen. Dann merkte er, daß er nicht als einziger schrie; es war ein grauenhafter Chor menschlicher Stimmen, den er niemals vergessen würde. Dies waren seine letzten Gedanken.

»Na ja«, ließ Shaun Brody, einer der Überlebenden der *Locheil,* den neuseeländischen Reportern gegenüber verlauten, »so ist das Leben.«

Wochenlang suchte er den Strand in der Nähe der Unglücksstelle ab und tat, als helfe er bei der Bergung Überlebender und Leichen. In Wirklichkeit hielt er jedoch Ausschau nach einem schweinsledernen Koffer. Vergeblich.

Die Zeitungen berichteten, daß Mr. Brody, obwohl nur Diener, erster Klasse als Begleiter eines Gentleman gereist war. Er erklärte den Reportern, das erhebe ihn über die Position eines Butlers. Brody wurde mit Stellenangeboten von reichen neuseeländischen Grundbesitzern und Pferdezüchtern überschwemmt, die gern so einen prominenten Diener haben wollten.

Da er Pferde schon immer geliebt hatte, las er die Angebote sorgfältig durch. Eines stammte von einer gewissen Mrs. Carmel O'Shea, einer Witwe. Ihr gelang es, ihn zu überreden, die Leitung ihres aufwendigen Haushalts zu übernehmen.

Sechs Monate später waren er und Carmel verheiratet, und nach drei Jahren gewann ihre vierjährige Stute den Melbourne Cup.

Als ihn ein Fremder nach Edgar Thurlwell fragte, wollte sich Brody nicht an den Namen erinnern. Als wohlhabender Mann dachte er nicht gern an sein Vorleben als Dienstbote.

9

Die schockierende Nachricht von Edgars tragischem Tod hatte seine Familie noch nicht erreicht, da die neuseeländischen Behörden bei ihren Untersuchungen sehr gründlich vorgingen. Als die Suche schließlich aufgegeben und die Ermittlungen abgeschlossen wurden, veröffentlichte man die Liste der zweiundsechzig Opfer und schickte sie an die Behörden in Sydney, dem Heimathafen der unglücklichen *Locheil.*

Edgars Familie in Somerset House war mit ihren eigenen Angelegenheiten beschäftigt. Man hatte Lalla zur Vorsitzenden des Damenkomitees für die Erhaltung der Parks und Gärten ernannt. Schirmherrin dieser Organisation war die Frau des Gouverneurs. Um Geld zu sammeln, besuchte Lalla diverse Veranstaltungen, darunter auch einen Tee im Gouverneurssitz. Für diesen prestigeträchtigen Auftritt benötigte sie natürlich eine völlig neue Garderobe und schickte nach ihrer Schneiderin. Zu Lallas Entsetzen weigerte sich diese jedoch zu kommen.

Auch Phoebe machte eine Bestandsaufnahme ihres Kleiderschranks. Seit sie und Ben ihre Entscheidung getroffen hatten, war sie ruhiger geworden und interessierte sich mehr für ihre Aussteuer als für den eigentlichen Hochzeitstermin.

Ihr Vater war entsetzt angesichts der wachsenden Schulden und der Abwesenheit seines Bruders, der diesem Schrecken ein Ende hätte setzen können.

Bei seinen Visiten im Krankenhaus stellte William zu seinem Ärger fest, daß Mrs. Carroll noch immer in ihrem Einzelzimmer lag. Das war einfach zuviel für ihn an diesem Tag.

»Wie ich höre, gehen Sie heute morgen nach Hause«, begrüßte er sie.

»Ganz sicher nicht. Ich bin immer noch wund. Geben Sie mir den Handspiegel. Wenn ich auch nur einen Fuß auf den Boden setze, wird sich die Naht wieder öffnen.«

»Darüber brauchen Sie sich keine Sorgen zu machen. Die Fäden wurden bereits gezogen, und alles verheilt gut. Ich habe eine Kutsche für Sie rufen lassen. Sie können heimkehren und Ihre erfolgreiche Operation feiern.«

»Sie haben komische Vorstellungen«, schnappte sie. »Nach allem, was ich erdulden mußte. Ihr Ärzte seid alle gleich! Wißt einfach nicht, was es heißt, Schmerzen zu leiden.« Sie sah ihn empört an und fragte dann: »Was habe ich da über Ihre Phoebe gehört? Sie hat anscheinend einen festen Freund, und die Verlobung steht kurz bevor.«

»Damit beweisen Sie, daß Sie *nicht* auf dem laufenden sind«, gab William zurück. »Meine Tochter hat zwar viele gesellschaftliche Verpflichtungen, aber sie geht mit niemand besonderem aus.«

»Von wegen! Meine Freundinnen erzählen mir, daß man sie regelmäßig bei den Mietställen sieht. Und zwar in Gesellschaft des Besitzers, des jungen Ben Beckman.«

»Nie von ihm gehört.«

»Aha! Mir können Sie nichts vormachen, Doktor. Natürlich kennen Sie ihn. Er ist Ihr Nachbar, der farbige Bursche.«

William erwiderte erregt. »Mrs. Carroll, ich bitte Sie, diese Äußerung nicht zu wiederholen. Sie entspricht nicht der Wahrheit.«

Sie säuselte: »Mein Lieber, es geschieht so oft, daß Männer als letzte erfahren, was sich in ihrer Familie abspielt. Glauben Sie mir, es ist wahr. Mein Bruder, der Magistrat, hat Phoebe oft mit Mr. Beckman dort gesehen. Die Leute in den Mietställen wissen alle Bescheid. Er war ein wenig überrascht, daß Sie der Sache keinen Riegel vorschieben. Schließlich ist dieser Mann kaum die passende Wahl ...«

»Es ist nicht wahr«, beharrte William.

»Mein Lieber, irgendwann müssen Sie der Wahrheit ins

Auge blicken. Warum nicht gleich jetzt? Man erzählt sich sogar, die beiden seien ein Liebespaar. Angeblich besucht sie ihn zu Hause, und das ohne Begleitung.«

Dr. Thurlwell stürmte aus dem Zimmer, und Mrs. Carroll lehnte sich lächelnd in ihre Kissen zurück. Sie hatte die Absicht, noch zwei Tage in diesem Krankenhaus zu verbringen, bis ihre unerträgliche Schwiegermutter wieder auf die Viehstation im Westen zurückgekehrt war.

William vergaß seine anderen Patienten und taumelte aus dem Krankenhaus. Er betete darum, daß diese Gerüchte nicht der Wahrheit entsprachen. Phoebe würde sich doch sicher nicht mit solchen Gestalten herumtreiben. Dann fiel ihm ein, wie sich Lalla über Phoebes abendlichen Spaziergang ereifert hatte. Es war ihm seltsam erschienen, aber seine Tochter kam oft auf seltsame Ideen.

Und wenn sie nun gar nicht spazierengegangen war? Wenn sie diesen Schurken besucht hatte? William fuhr sich mit dem Taschentuch über die Stirn und ging zu seinem Kutscher, der mit dem Wagen im Schatten stand. Natürlich! Lalla hatte sie beim Heimkommen erwischt, ohne Hut und gar nicht für einen Spaziergang gekleidet.

Das Mädchen hatte gelogen. Und das konnte nur eines bedeuten: Etwas war im Busch.

Als er in den Wagen stieg, fragte er den Kutscher: »Du bringst meine Tochter zu den O'Neill-Ställen, nicht wahr?«

»Sie meinen Beckmans Ställe, Sir. Ja, das stimmt. Habe sie gestern erst hingefahren.«

William schämte sich, seine Informationen bei Dienstboten suchen zu müssen, aber ihm blieb keine andere Wahl. »Kennst du irgendwelche Leute, die dort arbeiten?«

»Ja, Doktor, die meisten von ihnen.«

»Verstehe.« William wußte, daß er den Kutscher mit seinen Erkundigungen verwirrte. »Nun höre mir gut zu. Ich muß dir einige Fragen stellen, und wenn du mich belügst, bist du deine Stellung los, verstanden?«

Der Kutscher umklammerte seine Mütze und biß sich auf die Lippen.

»Hast du in diesen Stallungen Klatsch über meine Tochter und diesen Beckman gehört?«

»Was für Klatsch, Sir?«

»Stelle dich nicht dumm, Mann. Beantworte meine Frage!«

»Ich habe gehört, sie seien Freunde. Miss Phoebe und Ben, meine ich.«

»Ben ist wohl der Besitzer. Offensichtlich weiß jeder darüber Bescheid. Ich möchte wissen, wie weit diese Freundschaft gediehen ist.«

»Das kann ich nicht sagen, Doktor.«

»Das solltest du aber. Denk an meine Worte: Wenn du es schon nicht sagen kannst, was meinen denn dann die Arbeiter dazu?«

»Sie wetten, daß die beiden heiraten, aber das ist bloß dummes Gerede, Sir. Ich will Ihnen nichts Falsches erzählen.«

»Danke, das reicht. Bring mich zu Terrace.«

William schloß die Tür hinter sich und nahm eine Flasche Portwein aus dem Arzneischrank. Zweifellos hatte sich dieses Halbblut in die Gesellschaft seiner Tochter geschlichen, und das dumme Ding hatte sich in ihn verliebt. Wie konnte sie nur so töricht sein? Sie würde die ganze Familie der Lächerlichkeit preisgeben, falls sie das nicht schon längst getan hatte. Lallas Reaktion konnte er sich genau vorstellen. Sie würde ihm die Hölle heiß machen!

Vielleicht hatte dieser Schurke Phoebe bereits verführt und wollte sie deshalb heiraten. Er erschauerte. Dieser Affäre mußte er ein Ende setzen. Aber wenn Phoebe nun schwanger war? William kippte ein zweites Glas Portwein hinunter. Man sollte diesen Bastard öffentlich auspeitschen! Ihn aus der Stadt jagen oder ins Gefängnis stecken!

Gefängnis! Um Gottes willen, die Vorstrafe des Mannes hatte er ja völlig vergessen.

William würgte an seinem Portwein. Er mußte die Sache

beenden, und der Kerl würde seine Strafe bekommen. Mit den Thurlwells legte man sich besser nicht an. Was würde Edgar in seiner Lage tun? Bestimmt nicht untätig herumsitzen, sondern schnell und wirksam handeln. William steigerte sich immer mehr in seinen Zorn hinein. Er stand am Fenster und erblickte den Gärtner, der gerade mit einer Schubkarre vorüberging. Punchy war nicht der allerhellste, weil er bei Boxkämpfen auf Jahrmärkten zu viele Schläge auf den Kopf erhalten hatte. William hatte ihm die Stelle gegeben, um einem Freund einen Gefallen zu tun. Der Exboxer war so dankbar gewesen – zumal er auch den Schuppen hinter dem Haus bewohnen durfte –, daß er William wie einen Gott verehrte.

Manchmal war es geradezu peinlich, wenn er William wie ein ergebener Hund folgte und ständig fragte, ob er etwas für ihn tun könne. Er beobachtete den Gärtner und fragte sich, ob Punchy Duncan diesmal nicht wirklich etwas für ihn tun konnte, zumal er noch immer sehr stark war und einen eisernen Griff besaß. William dachte mit Schrecken an Punchys herzhaften Händedruck.

Er ging hinaus und setzte sich zu Punchys großer Freude auf eine Bank, um mit dem Gärtner zu plaudern.

Dieser lauschte mit wachsender Sorge der Leidensgeschichte des Doktors, die er auf seinen Verstand zurechtstutzte.

»Er hat Ihre kleine Tochter angefaßt?« fragte Punchy entsetzt, als er allmählich begriff, was er da hörte. »Jesus, wüßt' ich bloß, wo der Bastard steckt, würd' ich ihm eine Tracht Prügel verpassen. Die vergißt er nich'. Und Ihre Tochter packt er nich' mehr an.«

»Es wäre nur recht und billig, den Ruf meiner Tochter zu schützen«, murmelte William. »Und ihn ein für allemal zu warnen. Ich bin mit meinem Latein am Ende, und die Polizei will nichts gegen ihn unternehmen.«

»Die Bullen tun nie was«, brummte Punchy. »Warum lassen Sie mich nich' mit ihm reden? Bin Ihnen was schuldig, Sir.«

»Vielleicht solltest du das tun. Es müßte aber unser Geheimnis bleiben. Meine Frau darf nichts davon erfahren. Ist Männersache, du verstehst.«

»Genau«, echote Punchy. »Ist Männersache.«

Er arbeitete am Eßzimmertisch, als es an der Tür klopfte. Er stand auf und lächelte still vor sich hin, als er im Vorübergehen einen Blick auf Phoebes Schal warf, der noch immer am Wandspiegel hing.

Vor der Tür stand ein riesiger Mann, dessen Silhouette sich gegen das Mondlicht abzeichnete.

»Ja, bitte?« fragte er den Fremden, doch statt einer Antwort schoß eine stahlharte Faust in sein Gesicht und schleuderte Barnaby zurück in den Flur. Der Angreifer stürzte hinter ihm her und riß ihn auf die Füße. Barnaby hörte seine Knochen brechen, als ihn die Faust erneut ins Gesicht traf. Weitere Schläge prasselten auf Brust, Magen und Kopf nieder. Er schmeckte sein Blut, das ihm übers Gesicht lief. Wie durch einen Schleier sah er die dunkle Gestalt davonlaufen und die Tür hinter sich zuschlagen. Dann wurde ihm schwarz vor Augen.

Als Ben nach Hause kam, fand er Barnaby, der halb bewußtlos in einer Blutlache lag. »Jesus! Was ist mit dir passiert?«

Er hob ihn auf und trug ihn zum Bett. Barnaby mußte verprügelt worden sein, hier in Bens Haus. Er wusch Barnabys Gesicht mit einem nassen Handtuch ab und stellte fest, daß hier ein Arzt gebraucht wurde. Ben stopfte ihm einige Kissen in den Rücken und rannte bis zur Vulture Street, um dort eine Pferdedroschke zu nehmen. Da keine frei war, löste er bei einem Pärchen für fünf Pfund die gerade gemietete Droschke aus und holte Barnaby.

Im Krankenhaus teilte er der Oberschwester mit, daß der Patient ein persönlicher Freund des Premierministers sei, und verlangte ein Einzelzimmer, von denen es nur zwei gab. Das andere belegte eine Mrs. Carroll.

Inzwischen war Barnabys Gesicht bis zur Unkenntlichkeit

angeschwollen. Ben wartete auf dem Flur, während ein junger Arzt seinen Freund untersuchte.

»Er ist in einem schlimmen Zustand. Kiefer gebrochen, Wangenknochen zertrümmert, Schlüsselbeinbruch und ein paar gebrochene Rippen. Hoffentlich hat er keine inneren Verletzungen erlitten. Was ist eigentlich passiert? Wurde er von einem Wagen überfahren?«

»Nein«, grollte Ben, »man hat ihn gewaltig verprügelt.« Er verkniff sich den Zusatz, daß er solche Anblicke aus dem Gefängnis kannte.

»Wo ist es geschehen?«

»Zu Hause. Vermutlich Einbrecher. Er muß sie gestört haben.«

»Fehlt denn etwas?«

»Hatte noch keine Zeit nachzusehen. Ich wollte ihn so schnell wie möglich herbringen.«

»Gut gemacht. Werden Sie Anzeige erstatten?«

»Verdammt noch mal, ja. Wenn ich denjenigen finde, haben Sie einen neuen Patienten. Kann ich im Moment noch etwas tun? Ich möchte, daß er die bestmögliche Behandlung erhält.«

»Sie können nichts weiter tun. Wir kümmern uns schon um ihn.«

Ben dachte kurz nach. »Ich gehe nach Hause und sehe nach, ob etwas fehlt. Dann komme ich zurück. Wird er wieder gesund?«

»Morgen wissen wir mehr. Vielleicht müssen wir die gebrochenen Knochen richten. Das kann ich tun oder der Chefchirurg Dr. Thurlwell.«

»Dieser Metzger!« explodierte Ben. »Lassen Sie ihn bloß nicht in Mr. Glassons Nähe.«

Der Arzt grinste. »Mein Name ist Nathan Stein. Ich werde selbst nach ihm sehen.«

Auf dem Heimweg überkam Ben fast die Gewißheit, daß man sein Haus ausgeraubt hatte, doch um seine private »Bank« machte er sich keine allzu großen Sorgen. Niemand wußte etwas davon, und Diebe mußten schon großes Glück haben, um sie zu finden. Er hatte die Dielenbretter unter seinem Bett entfernt und einen kleinen Safe mit Captain Jacks Beute darunter versteckt. Darüber verlegte er wieder Linoleum.

Das Haus wies keine Spuren außer dem blutigen Dielenläufer und der umgestürzten Garderobe auf, an der sich Barnaby wohl festgeklammert hatte. Nichts fehlte. Selbst Barnabys Papiere lagen noch säuberlich gestapelt auf dem Tisch.

Ben untersuchte den Ort des Geschehens. Die einzige Lampe, die gebrannt hatte, stand weit hinten in einer Ecke des Eßzimmers. Die Diebe mußten geglaubt haben, daß niemand zu Hause sei. Sie hätten ohne weiteres durch die Haustür oder ein Fenster eindringen können. Da nichts fehlte, mußte Barnaby wohl einen Kampf provoziert und die Einbrecher damit vertrieben haben.

Ben betrat das Zimmer seiner Mutter. Nichts hatte sich verändert – das schmiedeeiserne Bett mit der makellosen weißen Spitzendecke und den hübschen Kissen wirkte wie frisch gemacht; in der großen Kommode lag Omas saubere Bettwäsche; Bens Wintersachen hingen im Kleiderschrank. Diamonds Schachtel mit ihren Erinnerungsstücken stand noch immer unberührt unter dem Bett. Er hatte schon länger daran gedacht, die Sachen durchzugehen, doch irgendwie scheute er davor zurück. Als Kind hatte er ab und zu hineingespäht, fand aber nichts interessanteres als ein scharfes Messer in einem Etui. Er traute sich nicht, es zu nehmen.

Ben lächelte. Sicher hätte er dann die Bekanntschaft des berüchtigten Lederriemens gemacht.

Er setzte sich aufs Bett und dachte an seine geliebte Mutter. Was sie wohl von seinen Heiratsplänen halten würde? Hier in ihrem Zimmer verspürte er auf einmal ein Unbehagen. Als ob sie dagegen gewesen wäre.

»Warum solltest du nicht einverstanden sein?« fragte er sie. »Es geht nicht mehr um Rache. Ich liebe Phoebe. Du würdest sie auch lieben. Du hast sie doch gekannt, Diamond.«

Die Stille jagte ihm Schauer über den Rücken. Hätte er mit einem realen Gegenüber streiten können, wäre ihm wohler gewesen. Dann fiel ihm Barnaby wieder ein. Warum hatte man ihn an der Haustür zusammengeschlagen? Spazierten Diebe immer seelenruhig zur Haustür herein? Was hatte Diamond doch gleich gesagt, wenn er ihr Fragen stellte? Denke darüber nach, und komme dann wieder zu mir. So lehrten es die Stammesangehörigen. Gehen, umschauen, lernen.

Er inspizierte noch einmal das Haus. Die vermeintlichen Diebe hatten Barnaby niedergeschlagen, bis er sich nicht mehr wehren konnte. Dann zu fliehen, ergab aber keinen Sinn. Auf der Anrichte im Eßzimmer standen Schnapsflaschen. Auf einem Sims im Flur befand sich ein Teller, auf dem Ben sein überschüssiges Kleingeld deponierte. In den Regalen hatte Oma silbernen Zierat aufgestellt, der ebenfalls einen gewissen Wert besaß. Ben hatte sich noch nie Gedanken über seine Einrichtung gemacht, doch im Haus befanden sich schon einige Wertgegenstände – die Uhr auf dem Kaminsims, die silbernen Bilderrahmen und Diamonds Lieblingsstück, ein sternförmiger Goldnugget, der auf Samt gebettet in einem Glaskasten lag. Für Ben war all dies von Jugend an vertraut. Sein Heim steckte voller kleiner Schätze, die zwei Frauen über die Jahre hinweg angesammelt hatten. Welcher Idiot würde all das liegenlassen? Jesus, im Gefängnis stahlen sie einem sogar die verlauste Decke, wenn man nicht aufpaßte.

Er ging noch einmal in Diamonds Zimmer und schaute sich eine silbergerahmte Zeichnung seiner Mutter an, die ein Straßenkünstler einmal angefertigt hatte.

»Diebe?« fragte er sie. »Räuber?«

Er hatte vier Jahre in der Gesellschaft von Räubern verbracht. Und dann begriff er endlich: Nicht Barnaby, sondern er selbst war das Ziel des Angriffs gewesen! Barnaby hatte statt seiner Prügel bezogen. Aber warum?

Ben Beckman ging nach draußen und schaute zum Nachbarhaus hinüber. Es lag im Dunkeln, düster und drohend, wie ein riesiger Monolith, der allen Angriffen trotzte. Er dachte an Diamonds Tod und die harten Jahre im Gefängnis. Wie gut, daß sie es nicht miterleben mußte. Für Oma war es schon schlimm genug gewesen, aber Diamond hätte noch mehr gelitten als Oma und er selbst.

»Bei Gott, dafür werden sie bezahlen«, schwor sich Ben leise. Der einzige Mensch, dem er zutraute, Schläger zu ihm zu schikken, war Phoebes Vater. Ein Mann, der sich bestimmt nicht traute, ihm ins Gesicht zu sehen, und anderen die Drecksarbeit überließ. In diesem Augenblick dachte Ben mit Unbehagen an Phoebe, weil er ihre Familie haßte. Liebte er sie wirklich genug, um das wettzumachen?

Diese Frage hatte ihm der freundliche alte Priester gestellt, als er die sozialen Unterschiede zwischen ihnen erkannte. Und Ben hatte seine Liebe leidenschaftlich in Gegenwart von Alice und Rod Callaghan beteuert.

Der Priester war ihm sympathisch gewesen, weil man so zwanglos mit ihm reden konnte. Er äußerte weder Zustimmung noch Mißfallen, sondern ermutigte Ben, sich auszusprechen. Er warnte ihn allerdings davor, dem Mädchen zuviel zuzumuten. Doch niemand wußte, daß Bens anfängliches Interesse an Phoebe aus Rachegelüsten gegen ihre Familie erwachsen war.

»Denken Sie in Ruhe darüber nach«, hatte der Priester zu ihm gesagt.

»Das werde ich«, sagte Ben nun mit harter kompromißloser Stimme zu sich selbst. »Dieses Mal werden sie mich nicht besiegen. Ich heirate so bald wie möglich.«

Er spürte das Bedürfnis nach Aktivität. Also rollte er den blutigen Teppich auf und trug ihn in den Hof. Mit Seifenlauge und einer Bürste entfernte er das Blut von Boden und Wänden. Danach ließ er frische Luft ins Haus. Er blieb eine Weile an der Tür stehen und erinnerte sich daran, wie Phoebe über den Zaun geklettert war, um ihn vor der Schlange zu retten. Das kleine Mädchen war so süß gewesen.

Ben nahm ein Bad, zog sich um und steckte Bargeld für

Barnabys Behandlung ein. Dann weckte er den Kutscher, der noch immer vor der Tür wartete. »Das wird Sie 'ne Stange Geld kosten, Kumpel«, beklagte sich dieser.

»Keine Sorge«, erwiderte Ben knapp.

Am nächsten Morgen kam William früh zu Punchy und drückte ihm einige Pfundnoten in die Hand. Dieser erklärte ernst: »Der Kerl wird Ihr kleines Mädchen nich' mehr anfassen. Hab ihm 'ne Tracht Prügel versetzt, die er nich' so schnell vergißt.«

»Du bist ein echter Freund«, erklärte William feierlich. »Aber es muß unser Geheimnis bleiben. Nur zu deiner Sicherheit.«

»Keine Sorge, war ein Schlappschwanz. Die Abos wissen nich', wie man richtig kämpft. Ist wie ein nasser Sack umgefallen.«

Der Abo, von dem er sprach, saß besorgt an Barnabys Bett.

Der Patient war wach und sah noch schlimmer aus als am Abend zuvor – teilweise bandagiertes Gesicht, die Augen zu Schlitzen zugeschwollen. Er konnte sich an nichts mehr erinnern, nachdem er die Tür geöffnet hatte. Verzweifelt versuchte Barnaby, Ben etwas zu sagen, doch sein Mund steckte voller Tampons, um die Blutung zu stillen.

»Du solltest nicht sprechen. Die Räuber haben dich zusammengeschlagen, aber du hast sie wohl vertrieben, denn es fehlt überhaupt nichts. Du bist ein Held.«

Barnaby fiel es leichter, seine Bemerkungen aufzuschreiben, und Ben erfüllte all seine Wünsche. Er ging zum Sitz des Premierministers, stellte sich Mr. Prosser vor und erklärte ihm, daß Mr. Glasson von Dieben angegriffen worden war.

»Gott im Himmel«, meinte Prosser, »wir scheinen eine echte Pechsträhne zu haben. Der arme Mr. Glasson! Wie schrecklich! Und er wird bestimmt wieder gesund?«

»Ja. Er hat mir aufgetragen, Ihnen zu versichern, daß er seine Pflichten auf jeden Fall erfüllen wird. Ein paar Knochenbrüche würden ihn nicht vom Denken abhalten.«

»Tapferer Bursche! Na ja, junges Fleisch heilt schneller.«

»Man hält in Brisbane große Stücke auf ihn.« Ein bißchen

Lob konnte nicht schaden. »Er sagte mir, er hoffe, als Abgeordneter an der nächsten Versammlung teilzunehmen. Seine Anhänger sind zahlreich.«

»Tatsächlich? Ich habe eben einen Riecher für Menschen.«

»Der hat Sie nicht getrogen«, meinte Ben. »Alle meine Freunde sind für die Föderation und werden seine Kandidatur finanziell unterstützen«, log er unbekümmert.

»Hervorragende Neuigkeiten.«

»Ich möchte den Überfall auf Mr. Glasson bei der Polizei melden. Allerdings würde ein Brief von Ihnen der Anzeige wohl noch mehr Gewicht verleihen.«

Prosser schaute ihn durchdringend an. »Ich glaube, Sie stammen von Aborigines ab. Benötigen Sie deshalb meinen Brief?«

»Ja, Sir. Ich schäme mich nicht für meine Herkunft. Ich bin Geschäftsmann hier in Brisbane; Mr. Glasson ist mein Rechtsanwalt, und ich möchte mich für seine Beratung erkenntlich zeigen. Leider ist die Beschwerde eines weißen Gentleman noch immer wirksamer als die eines Halbblutes, wie ich es bin.«

Theodore Prosser grinste. »Kluger Kopf, das muß ich Ihnen lassen. Wie heißen Sie doch gleich?«

»Ben Beckman.«

»Deutsche Vorfahren, was? Der Vater vielleicht?«

»Ja, Sir«, log Ben erneut. »Ein Schiffskapitän.« Von nun an würde er den Weißen erzählen, was sie hören wollten. »Ging mit seinem Schiff vor dem Barrier Riff unter, aber er sorgte dafür, daß ich eine gute Erziehung bekam.«

»Ich hoffe, Sie wissen das zu schätzen.«

Ben lächelte und steckte den Brief ein, den Prosser während ihres Gesprächs auf das teure Papier des Premierministers gekritzelt hatte. Er trug das Wappen von Queensland und den Kopf »Sitz des Premierministers«.

Er ging damit zum Polizeirevier in der Roma Street. Für ihn war es wichtig, sich zu etablieren und Verbindungen mit hochrangigen Persönlichkeiten nachzuweisen, damit er weitere Angriffe der Thurlwells abwehren konnte.

Der Superintendent zeigte sich tief beeindruckt. »Ein Gast Ihres Hauses, Mr. Beckman? Das tut mir sehr leid. Versichern Sie bitte Mr. Prosser und dem Premierminister, daß wir diesen Überfall aufs gründlichste untersuchen werden.«

Trotz seiner Sorgen um Barnaby war es für Ben ein großer Tag. Die Polizei hatte ihn mit Respekt behandelt. Gründe für den Angriff gab er nicht an und kam mit der Polizei überein, daß Barnaby vermutlich Diebe gestört hatte. Er wollte Phoebes Familie jetzt noch nicht in die Sache hineinziehen. Sie würden bald genug davon hören.

William war außer sich über Punchys Fehlgriff.

Er hatte die Strafe für Beckman im stillen organisiert, ohne zu Hause auch nur mit einem Wort Phoebes Beziehung zu diesem Mann zu erwähnen. Eigentlich war er sich ganz schön schlau vorgekommen. Niemand würde ihn verdächtigen.

Zwei Tage darauf ruinierte der Zeitungsbericht über den brutalen Angriff auf den bekannten jungen Anwalt Barnaby Glasson seinen Feierabend. Wortlos zog er sich mit der Zeitung in sein Arbeitszimmer zurück.

William hatte keine Ahnung davon gehabt, daß Barnaby Glasson nebenan eingezogen war. Er gab Punchy insgeheim die Schuld an dem fehlgegangenen Angriff, erwähnte jedoch nichts, um das Hirn des Gärtners nicht zu überfordern.

Dann entdeckte er zu seinem Schrecken einen Polizisten, der aufs Haus zukam. Wie waren sie so schnell auf seine Spur gekommen? Hatte Glasson Punchy erkannt? Oder hatte der Gärtner geplaudert? »Oh, mein Gott!« stöhnte William. Was sollte er tun? Am besten alles abstreiten. Er hatte mit der ganzen Sache rein gar nichts zu tun.

Als eine verwirrte Lalla den Polizisten hereinführte, waren Williams Knie so weich, daß er nicht aufstehen konnte.

»Dieser Polizist hat schlechte Neuigkeiten, die er dir persönlich überbringen muß.« Sie blieb im Zimmer, fest entschlossen, die Nachrichten ebenfalls zu erfahren.

»Vielleicht sollten Sie sich setzen, Mrs. Thurlwell«, schlug der Polizist freundlich vor.

Dann räusperte er sich. »Ich habe die traurige Pflicht, Ihnen mitzuteilen, Sir, daß Ihr Bruder Edgar den Untergang der *Locheil* nicht überlebt hat.«

»Guter Gott!« schrie Lalla. »Sie haben mich beinahe zu Tode erschreckt. Natürlich hat er überlebt, da er gar nicht mehr an Bord war. Solche Fehler dürfen nicht passieren.«

William wurde vor Erleichterung beinahe schwindlig. »Meine Frau hat recht, Constable. Edgar Thurlwell ging in Sydney von Bord. Uns tut die Tragödie mit der *Locheil* aufrichtig leid, aber mein Bruder ist ihr glücklich entronnen.«

»Leider muß ich Ihnen widersprechen, Mr. Thurlwell. Er machte in Sydney nur Zwischenstation und fuhr dann weiter nach Auckland. Die Passagierliste ist wiederholt überprüft worden.«

»Wurde seine Leiche gefunden?« fragte Lalla scharf.

»Nein, Ma'am.«

»Na bitte!«

»Nur wenige Leichen wurden geborgen, weil das Schiff sehr schnell und mitten in der Nacht bei stärkstem Seegang gesunken ist. Ich wünschte, ich hätte bessere Nachrichten, aber Überlebende haben bestätigt, daß Mr. Thurlwell an Bord war. Darunter auch sein Diener Mr. Brody und zwei Schiffsoffiziere, die ihn gut kannten. Sie waren seit Brisbane mit ihm auf dem Schiff gewesen.«

William zitterte noch immer, nachdem der Constable gegangen war.

»Das kann nicht wahr sein! Edgar, mein geliebter Bruder, kann doch nicht ertrunken sein.«

Lalla war aus härterem Holz geschnitzt. »Reiß dich zusammen, William. Ich möchte gerne wissen, was dein geliebter Bruder auf dem Schiff zu suchen hatte.«

»Wie kannst du nur so gefühllos sein, Lalla?«

»Ganz einfach. Wenn ich überlege, was sich in letzter Zeit

abgespielt hat, kommt mir der Verdacht, daß diese schreckliche Connie Downs recht hatte. Was waren Edgars Pläne? Das möchte ich mal wissen.«

»Vielleicht ist er noch in Sydney.«

»Vielleicht auch nicht!« keifte Lalla. »Und dann wäre er auf dem Meeresboden am besten aufgehoben. So können wir zumindest öffentlich trauern, während wir insgeheim der Sache auf den Grund gehen. Wir müssen das Erbe in Augenschein nehmen. Hat er ein Testament hinterlassen?«

»Weiß ich nicht«, schluchzte William, »keine Ahnung.«

»Dann benachrichtige seinen Anwalt von Edgars Ableben und beordere ihn dringend her. In der Zwischenzeit werden wir alle Verpflichtungen absagen, und ich kümmere mich um die Totenmesse.«

Sie ging zu Phoebe. »Wir haben furchtbare Neuigkeiten erhalten. Dein Onkel Edgar war auf der *Locheil,* die gesunken ist. Die Polizei hat uns seinen Tod mitgeteilt.«

Phoebe brach in Tränen aus. »O nein! Der arme Onkel!«

»Geh zu deinem Vater, er ist sehr aufgebracht. Und verlasse das Haus nicht. Wir sind in Trauer. Ich muß passende Kleider für dich finden, das eine schwarze wird kaum reichen.«

Phoebe war überrascht, daß ihre Mutter so wenig Trauer zeigte, aber irgend jemand mußte sich ja um die Formalitäten kümmern. Armer Onkel Edgar. Beim letzten Zusammentreffen hatte er ihr den Goldnugget gegeben, ohne zu wissen, daß es sein Abschiedsgeschenk war.

Edgar hatte kein Testament hinterlassen. Trotz aller Bemühungen gelang es dem Anwalt nicht, seine Finanzen zu entwirren, da sie zu eng mit denen der Western Railroad Company verflochten waren. Verzweifelt rief er einen von der Börse empfohlenen Buchhalter zu Hilfe. Innerhalb weniger Wochen wurde klar, daß sich Edgar im Wissen um die hoffnungslose Verschuldung seiner Firma abgesetzt hatte.

Die beiden Männer stellten schockiert fest, daß Thurlwell

unter dem Deckmantel der New-South-Wales-Stahlwerke Gelder abgezweigt hatte. Manche Schecks trugen die Unterschrift Dr. Thurlwells, den Edgar offensichtlich in die Affäre hineingezogen hatte.

An der Börse fanden Krisensitzungen statt, um den Zusammenbruch der Firma und die damit verbundenen Folgen für andere Aktien zu verhindern, aber es war zu spät.

»Meiner Ansicht nach«, sagte der Buchhalter, »diente Dr. Thurlwell nur als Strohmann. Anscheinend hat sein Bruder eine Hypothek auf Somerset House aufgenommen, um die Bilanzen zu frisieren. Als das nicht half, hat er einfach das Geld und andere Wertsachen eingesteckt und das Land verlassen.«

»Trotzdem ist der Doktor vom rechtlichen Standpunkt her verantwortlich«, legte der Anwalt dar.

Buck Henry, Präsident des Rennclubs und führender Börsenmakler, sprach ganz offen. »William ist ein alter Freund von mir. Er mag ein bißchen tatterig sein, aber unehrlich ist er nicht. Zudem hat er größeren finanziellen Schaden als andere Anteilseigner erlitten und dazu noch seinen Bruder verloren. Leider vertraute er Edgar. Wir müssen den Skandal auf ein Mindestmaß beschränken. Wenn wir uns an Williams Fersen heften, ist das nur ein gefundenes Fressen für die Zeitungen und schadet uns, weil die Leute generell den Glauben an Investitionen verlieren könnten.«

»Was sollen wir denn machen?« fragte jemand.

»Wir geben einfach eine Erklärung ab, die besagt, daß die Firma aufgrund ihrer Überschuldung aufgelöst wird.«

»Die Zeitungen werden es trotzdem als Pleite bezeichnen«, brummte eine Stimme.

»Ja, daran kann man nichts ändern. Das Konkursverfahren dauert lange, so daß Gras über die Sache wachsen kann. Allerdings werden die Gläubiger wohl kaum einen Penny sehen.«

»Ich habe selbst tausend Aktien gekauft«, jammerte Edgars Anwalt.

»Ich auch«, meinte Buck ruhig. »Sah nach einer guten Investition aus, hat aber nicht funktioniert. Schwamm drüber.«

Schließlich übertrug man Buck Henry die Aufgabe, William und Lalla mitzuteilen, daß vermutlich nicht nur die Firma, sondern auch sie selbst bankrott waren.

»Ich würde Ihnen vorschlagen, das Haus zu verkaufen, um diese unglückliche Hypothek loszuwerden.«

Lalla war außer sich vor Zorn und stieß sich nicht daran, daß Henry es sah. »Du Idiot«, schrie sie ihren Mann an. »Du verdammter Idiot! Du hast eine Hypothek auf dieses Haus unterschrieben, und wir haben keinen Penny davon gesehen. Dein mißratener Bruder hat alles eingesteckt. Wie konntest du nur so dumm sein?«

»Wir müssen verkaufen«, sagte William. Er konnte kaum einen klaren Gedanken fassen. »Möchten Sie einen Drink, Buck?«

»Nein, danke, William. Ich muß mich auf den Weg machen. Wenn ich irgend etwas für Sie tun kann, lassen Sie es mich wissen.«

Er war froh, dieser peinlichen Situation zu entrinnen.

»Wir zahlen die Hypothek und die Schulden bei der Bank zurück. Du mußt neue, zahlungskräftige Patienten annehmen, hast in den letzten Jahren wenig genug getan. Es ist Zeit, daß du wieder regelmäßig arbeitest. Ich werde zunächst einmal meinen Schmuck verkaufen. Wir haben viele reiche Freunde, die uns etwas leihen können.«

»Ich wünschte, du hättest in Bucks Gegenwart nicht so mit mir gesprochen«, sagte William unglücklich. »Das war wenig damenhaft.«

»Wenig damenhaft!« kreischte Lalla. »Du hast Pflichten gegenüber deiner Familie. Nun sieh, was du getan hast. Du hast uns ruiniert!«

William hatte langsam genug. »Ich habe nicht als einziger meine Pflichten vernachlässigt. Ich erwarte von einer Mutter, daß sie sich um ihre Tochter kümmert, sie in die Gesellschaft einführt und für einen passenden Ehemann sorgt. Aber du warst ja viel zu sehr mit deinen eigenen gesellschaftlichen Verpflichtungen beschäftigt.«

»Was für einen Mist redest du nun schon wieder?«

»Ich spreche von Phoebe. *Ich* mußte mir den Klatsch über sie im Krankenhaus anhören. Angeblich plant sie, den Kerl nebenan zu heiraten. Den Sohn der schwarzen Frau. Und du redest von meinen Pflichten? Deiner Tochter hast du anscheinend kein Pflichtgefühl vermittelt.«

Lalla stürzte aus dem Zimmer und schrie unten an der Treppe nach Phoebe.

Biddy suchte Zuflucht in der Küche.

»Was jetzt?« fragte die Köchin.

»Das mag der liebe Himmel wissen«, meinte Biddy nervös. »In diesem Haus geschehen schreckliche Dinge.«

Phoebe war sehr unruhig. Ihre Mutter hatte Stunden auf sie eingeredet. Es ging um ihre »schmutzige« Beziehung zu Ben. Und dann teilte sie ihr auch noch mit, daß ihr Onkel ein Dieb und Schurke und die Familie bankrott war. Völlig ruiniert!

Phoebe ging zu ihrem Vater, um ihm vorsichtig alles zu erklären, doch zu ihrem Entsetzen fand sie ihn betrunken und in Tränen aufgelöst vor. Er bekundete keinerlei Interesse an seiner Umwelt. Verzweifelt schickte sie Biddy mit einer Nachricht für Barnaby nach nebenan, in der sie ihn bat, sofort zu kommen.

Biddy traf jedoch nur Ben an und dieser teilte Phoebe mit, daß Barnaby im Krankenhaus lag, nachdem ihn ein Einbrecher in Bens Haus zusammengeschlagen hatte. »Mr. Beckman ist sehr wütend darüber.«

»Du wirst nirgendwo hingehen«, erklärte Lalla. »Wir sind in Trauer, und das ist die beste Entschuldigung, um den Skandal fernzuhalten. Du hast gesehen, wie sich die Zeitungen am Zusammenbruch der Eisenbahnfirma weiden. Möchtest du von Reportern gehetzt werden? Mache einmal in deinem Leben etwas richtig.«

Phoebe war so überwältigt von all diesen Katastrophen, daß sie widerspruchslos gehorchte und zu Hause blieb. Sie traute sich nicht einmal zu Barnaby ins Krankenhaus. Und schon gar nicht hinüber zu Ben. Die beiden hatten sicher die Berichte über Edgars Tod und das Ende der Firma gelesen und die Andeutungen über Betrügereien gehört. Sie schämte sich einfach, ihren besten Freunden gegenüberzutreten.

Ihre Eltern stritten pausenlos. Irgendwann weigerte sich Lalla sogar rundweg, die Vorbereitungen für die Totenmesse zu treffen. Sollte William sie selbst arrangieren, brauche er mit ihrer und Phoebes Anwesenheit nicht zu rechnen. Dann kam ein Herr, um den Schmuck ihrer Mutter zu schätzen. Das tat Phoebe so leid, daß sie hinging und ihren Goldnugget zu den übrigen Schmuckstücken auf den Tisch legte.

»Woher hast du den?« fragte Lalla.

»Von Onkel Edgar.«

»Gut, den verkaufen wir auch.«

Angesichts der allgemeinen Verwirrung verlor Phoebe ihr Gefühl für die Wirklichkeit. Nichts war mehr so, wie es sein sollte. Wie im Traum wanderte sie durchs Haus, empfand es als Gefängnis. Edgar war tot! So nah war sie noch nie mit dem Tod in Berührung gekommen. Er schlug so plötzlich zu. Sie versuchte, das Bild des Ertrinkenden aus ihrem Gedächtnis zu verbannen, doch im Traum hörte sie seine Schreie. Niemand schien mehr an den Menschen Edgar zu denken. Über dem Haus lag Haß statt Trauer, und niemand sandte eine Beileidskarte.

Sie hatte nichts von Ben gehört. Die Tatsache, daß Barnaby im Krankenhaus lag, erschien ihr als weitere persönliche Heimsuchung.

Die Zeitungen verdammten die Thurlwells aufs schärfste. Wütende Gläubiger pochten ans Tor, doch man verweigerte ihnen den Eintritt. Lalla erhielt keine Einladungen mehr, sondern wurde schriftlich gebeten, ihre ehrenamtlichen Posten niederzulegen. Wenn das neuerworbene Telefon klingelte, mußte

Biddy den Hörer gleich wieder auflegen, um den Beleidigungen ein Ende zu machen.

Angesichts dieser Schande wurde Phoebe immer stiller und zurückhaltender. Sie wanderte weiter ziellos umher und wollte ihren Eltern keinen zusätzlichen Kummer bereiten. Als sie hörte, daß man im Krankenhaus nicht länger die Dienste ihres Vaters benötigte und ihn um die Kündigung seiner Räume in The Terrace ersucht hatte, nahm sie die Neuigkeiten kaum wahr. Auch auf Lallas bittere Klagen über den Verlust ihrer letzten Einkommensquelle reagierte sie nicht.

»Wir müssen die Dienstboten loswerden«, erklärte William.

»Ganz sicher nicht«, gab Lalla zurück. »Ich kann dieses Haus nicht ohne Dienstboten führen. Du treibst das Geld auf! Leihe es dir! Ich weigere mich, noch weitere Demütigungen hinzunehmen.«

Biddy schließlich berichtete dem Doktor, daß es Phoebe nicht gutging. »Sie ist nicht richtig bei sich, Sir. Weint immer so komisch. Ihr laufen Tränen übers Gesicht, und sie wischt sie nicht mal ab. Starrt stundenlang ins Leere.«

Daraufhin gab er seiner Tochter Beruhigungsmittel. Biddy war der Meinung, daß Phoebe dadurch noch teilnahmsloser wurde, traute sich aber nicht mehr, etwas zu sagen.

Eines Tages kam Belle Foster zu Besuch.

»In solchen Zeiten erkennt man wahre Freunde«, sagte sie mit dröhnender Stimme zu Lalla. »Ich habe alles erfahren und bin froh, daß Sie den Kopf nicht hängenlassen. Bei Geldgeschäften geht es eben immer auf und ab.«

Die beiden Frauen unterhielten sich lange im Salon und ließen schließlich Phoebe kommen.

»Mrs. Foster war sehr nett. Sie möchte Clara auf der Station besuchen und hat angeboten, dich mitzunehmen. Das dürfte im Augenblick das Beste sein.«

Phoebe sah ihre Mutter mißtrauisch an. Diese plötzliche Besorgnis kam ihr verdächtig vor, doch es fehlte ihr an Kraft zum

Streiten. Im Grunde begrüßte sie die Gelegenheit, all dem zu entfliehen.

»Es ist eine lange Reise. Ich würde mich über deine Gesellschaft freuen«, sagte Mrs. Foster. »Ein Urlaub auf dem Land wird dir guttun.«

»Vielen Dank«, erwiderte Phoebe teilnahmslos. Sie fühlte sich in Brisbane so unglücklich, daß sie am liebsten für immer bei Clara geblieben wäre. Das Haus war einsam geworden.

Sie empfand Brisbane nicht länger als Heimat, da die Menschen hier in den Zeitungen so schreckliche Dinge über ihre Familie schrieben. Sie waren zu Ausgestoßenen geworden.

Ben hätte ihr wenigstens ein paar tröstende Worte schicken können, doch er rührte sich nicht. Vielleicht war auch er einer dieser Schönwetterfreunde. In ihrer augenblicklichen Verfassung dachte sie sogar, er habe vielleicht reich heiraten wollen und suche nun nach einer anderen Frau. So etwas war nicht ungewöhnlich. In dieser Nacht weinte sie sich in den Schlaf, ohne zu wissen, weshalb sie eigentlich weinte. Sie fühlte sich ihrem Vater sehr nah, da auch ihr die Dinge über den Kopf wuchsen und sie mit all dem nichts mehr zu tun haben wollte. Der junge Mr. Glasson wurde im Krankenhaus schnell zu einer Berühmtheit. Die Polizei befragte ihn und nahm seine schriftlichen Antworten respektvoll entgegen. Die Frau des Justizministers kam zu Besuch, und sogar der Sekretär des Premierministers, ein verdrießlicher Mensch, traf mit guten Wünschen vom hohen Herrn persönlich ein.

Die Lehrschwestern erkundigten sich nach seinem Befinden, und Miss Kathleen O'Neill und ihre Freunde nutzten die Besuchszeiten, um ihn aufzuheitern. Dann war da noch der hochgewachsene, gutaussehende Mr. Beckman, der die Besuchszeiten ignorierte und kam, wann es ihm paßte, ohne daß sich die strenge Oberschwester je beschwerte.

Ben war eifrig damit beschäftigt, Barnabys Anweisungen auszuführen. Er suchte nach einer angemessenen Praxis für seinen Freund, damit dieser gleich nach seiner Genesung die

Arbeit aufnehmen konnte. Ben schlug vor, daß Barnaby besser nicht zu ihm zurückkehren solle, doch dieser wollte sich durch den Überfall nicht abschrecken lassen.

Er war ein wenig gekränkt, daß sich Phoebe nicht bei ihm gemeldet hatte, doch Ben berichtete von ihren familiären Problemen und brachte Barnaby einige Zeitungen.

Dieser war schockiert angesichts der Tragödien, von denen die Thurlwells heimgesucht wurden, und fragte Ben, ob er Phoebe gesehen habe.

»Nein«, erwiderte dieser knapp.

Ben hatte mit dem Gedanken gespielt, ihr durch Biddy eine Nachricht zu schicken, entschied sich dann aber dagegen. Wie sollte er ihr sein Bedauern aussprechen, wenn er keines für ihre Familie empfand? Er hatte die Zeitungslektüre genossen. Welch ein Absturz! Nur schade, daß er nicht dazu beigetragen hatte. Die Geschichte war Thema Nummer eins in Brisbane. Es gab sogar Gerüchte, daß die Familie ausziehen und das Haus verkaufen wollte. Freude über Freude!

Dann wäre er seine verhaßten Nachbarn endlich los. Die ausgleichende Gerechtigkeit traf also auch einen Dr. Thurlwell.

Die Polizei war im Haus gewesen und hatte Barnaby danach erneut befragt, der sich nur an einen großen Mann erinnern konnte, der ihn hineingestoßen und angegriffen hatte.

»Hat nur die Fäuste gebraucht«, sagte der Polizeisergeant zu Ben. »Keinerlei Waffen. In Brisbane gibt es viele solcher Schläger. Dürfte schwer zu finden sein, aber wir bleiben dran.«

Schließlich erhielt Barnaby einen Brief von Phoebe, die aufgebracht war über das Ereignis und seinen Zustand, ihn jedoch aufgrund häuslicher Probleme nicht besuchen konnte. Sie bat ihn auch, Ben mitzuteilen, daß sie mit Mrs. Foster für eine Weile zu Clara Buchanan auf die Station fahren würde.

Mehr konnten Barnaby und Ben den verworrenen Seiten nicht entnehmen, die so gar nicht zu Phoebes üblichen knappen Nachrichten paßten, und waren besorgt.

»Die arme Phoebe«, murmelte Barnaby. »Es muß schrecklich für sie sein. Eine Luftveränderung wird ihr guttun.«

»Kann schon sein«, sagte Ben, fühlte sich aber gekränkt. Warum hatte sie Barnaby geschrieben, anstatt heimlich zu ihm zu kommen oder ihm selbst eine Nachricht zu schicken? Dann meldete sich sein Gewissen. War er zu weit gegangen, zu erfreut über das Unglück ihrer Eltern, daß er nicht an ihre Gefühle gedacht hatte? Andererseits wohnte er gleich nebenan, und sie hatte anscheinend keinen Gedanken an ihn verschwendet.

Den Rest des Tages war er besorgt und hoffte vergeblich, bei seiner Heimkehr eine Nachricht vorzufinden.

»Das reicht!« sagte er zu sich selbst. »Es ist sinnlos, hier zu warten. Ich gehe hinüber und spreche mit ihr, selbst auf die Gefahr hin, Ärger zu bekommen.«

In Somerset House brannte Licht, doch alles war ruhig. Ben konnte seine Bewunderung nicht unterdrücken, als er die Auffahrt entlangging. Er stieg die Stufen zur Vordertür hinauf und klopfte zuversichtlich an. Er hätte schon lange herkommen und sich wie ein Gentleman verhalten sollen, anstatt ihre Bekanntschaft geheimzuhalten.

Biddy öffnete die Tür und sah ihn überrascht an.

»Guten Abend, Biddy«, sagte er fest. »Ich möchte Miss Phoebe besuchen.«

»Sie ist nicht da, Mr. Beckman. Aufs Land gefahren.«

»Schon?«

»Ja, Sir, heute morgen.«

Bens Selbstvertrauen schwand dahin. Wie vor Jahren schüchterte ihn der Glanz der Eingangshalle und des glitzernden Kronleuchters ein.

»Fairmont Station, via Charleville«, flüsterte Biddy ihm zu.

»Danke.«

Er ging mit steifen Schritten zum Tor und glaubte, Blicke und Gelächter in seinem Rücken zu spüren. Phoebe war ohne ein Wort weggefahren und hatte ihn dem Spott ihrer Familie preisgegeben!

Ben war wütend und beschloß, Phoebe schriftlich um eine Erklärung zu bitten, überlegte es sich aber in letzter Minute anders.

»Ich werde ihr eine Chance geben. Sie hat viel durchgemacht«, sagte er sich. Außerdem liebte er sie zu sehr, um in diesem sachlichen Ton etwas von ihr zu verlangen.

Sein Brief klang sanft, wohlwollend, und er bat sie, ihm zu schreiben. Darunter schrieb er schlicht: »Für immer, Ben.« Lächelnd klebte er den Brief zu. Seine wirklichen Gefühle hätten zahllose Seiten gefüllt. Er vermißte sie sehr.

Fairmont Station erschien Phoebe wie der Himmel auf Erden. In dieser endlosen Weite konnte sie ihre Sorgen und ihren Kummer hinter sich lassen. Sie brauchte dieses Gefühl der Freiheit, die Möglichkeit, die düsteren Wände von Somerset House zu vergessen und einmal keine Probleme zu wälzen. Vor ihrer Abreise aus Brisbane war sie so verstört und unkonzentriert gewesen, daß ihre Anwesenheit für ihren Vater alles nur noch schlimmer machte.

Sie hatte seine Auseinandersetzungen mit Lalla mit angehört. Er verlangte von ihr, sie solle »das Mädchen« in Ruhe lassen und sie nicht zur Zielscheibe ihres eigenen Ärgers machen.

»Kannst du nicht begreifen, daß sie kurz vor einem Nervenzusammenbruch steht?« hatte William gefragt.

»Wenn hier jemand einen Zusammenbruch erleidet, dann ich«, feuerte Lalla zurück. »Du tröstest dich mit deinem Whisky, während ich mich um alles kümmern muß. Sie war schon immer ein stures Ding. Diese Geschichte mit dem Schwarzen ist typisch für ihr unmögliches Benehmen. Hatte nicht einmal den Anstand, es abzustreiten! Je schneller sie von hier verschwindet, desto besser.«

Phoebe fragte sich, was ein Nervenzusammenbruch sein mochte. Sie hatte oft genug davon gehört, aber nie jemanden gesehen, der darunter litt. Also fragte sie Biddy.

»Weiß nicht genau, meine Kleine. Ich glaube, es hat was damit zu tun, daß Menschen einfach vollkommen müde sind.«

Das sollte alles sein? Dann hatte Vater recht. Sie war alles leid, ihr ganzes Leben, selbst die Sorge um Ben, und war unendlich müde.

Als sie auf der Viehstation eintrafen, zeigte sich Ben Buchanan freundlich und trug sogar ihr Gepäck hinein. Clara konnte gar nicht aufhören zu reden.

»Mutter, ich bin so froh, daß du endlich gekommen bist. Ist es nicht herrlich, daß die Dürre endlich vorbei ist? Die Regenzeit dauert noch an, aber das stört dich sicher nicht. Alles wird wieder grün. Und Phoebe!« Sie umarmte ihre Freundin stürmisch. »Wie schön, daß du mitgekommen bist. Hier brauchen wir nicht auf verstopften Straßen auszureiten. Aber du siehst so blaß und mager aus!«

Phoebe erhaschte Belles warnenden Blick zu ihrer Tochter, den diese nicht zu bemerken schien. »Egal. Wir werden dich mästen. Ich habe auch ein Pferd für dich. Es heißt Cleo.«

»Clara, es ist feucht hier draußen«, fiel Belle ihr ins Wort. »Könnten wir bitte hineingehen?«

»Ja, natürlich.«

Zwei Aborigine-Mädchen in Baumwollkleidern standen schüchtern am Ende der Veranda und beobachteten den Empfang der Besucher.

Phoebe hatte gehört, Ben Buchanan habe diesen Besitz gekauft, weil das Haus so geräumig war. Es war in der Tat ein sehr schönes, großes Haus – weiß mit einem roten Dach. Die umlaufende Veranda verlieh ihm die nötige Gemütlichkeit, und Phoebe spürte, wie gut man sich hier entspannen konnte. Erleichtert fühlte sie, daß ihr dieses entlegene Haus eine Zuflucht bieten würde.

Belle bestand darauf, im Salon die Füße hochzulegen, weil ihre Gelenke von der langen Zugreise angeschwollen waren. Unbekümmert zog sie Schuhe und Strümpfe aus und rief nach ihren Pantoffeln.

Während sich die Aborigine-Mädchen um ihre Mutter kümmerten, führte Clara Phoebe durchs Haus. Sie zeigte ihr die Empfangsräume, Eßzimmer, ihr eigenes Wohnzimmer, Bens Büro und die Schlafzimmer im anderen Flügel. Das Haus war um einen Hof herum erbaut, der ziemlich seltsam aussah. Tische und Stühle standen unter einem häßlichen Dach aus Drahtgeflecht.

»Das war einmal mit Glyzinien bewachsen, aber während der Dürre konnten wir das Wasser zum Gießen nicht entbehren. Die Pflanzen sind alle eingegangen, so daß wir sie zurückschneiden mußten. Langsam fangen sie wieder an zu wachsen.« Phoebe bekam ein freundliches Zimmer mit einem großen Bett, auf dem eine Patchworkdecke lag. Hohe Glastüren führten auf die Veranda. Hinter einer Baumreihe erstreckte sich das weite, stille Land bis ins Unendliche. Nach der Führung durchs Haus fühlte sie sich wieder verwirrt. So gern sie Clara auch mochte, wollte sie am liebsten in Ruhe gelassen werden.

»Geht es dir auch gut?« erkundigte sich Clara besorgt.

»Ja, danke. Alles in Ordnung«, antwortete Phoebe und stellte beschämt fest, daß sie weinte.

»Tut mir leid, Clara«, sagte sie und suchte nach ihrem Taschentuch. »Es geht schon wieder.«

Clara nahm sie in die Arme. »O Phoebe, was haben sie dir bloß getan? Du brauchst dich nicht zu entschuldigen. Weine dich ruhig aus. Du darfst es nicht hinunterschlucken, das ist ganz falsch.«

Man brachte Phoebe ins Bett. Die Hühnerbrühe und die Apfelpastete, die Clara ihr holte, rührte sie kaum an. Daher gab Clara ihr eine kleine Dosis des Schlafmittels, das Dr. Thurlwell verordnet hatte, und blieb am Bett sitzen, bis ihre Freundin eingeschlafen war.

Ben und ihre Mutter hatten ihre Mahlzeit beendet, als sich Clara mit ihrem Kaffee zu ihnen gesellte.

»Was ist mit Phoebe los?« fragte sie Belle. »Sie ist in einer schrecklichen Verfassung. Gar nicht wiederzuerkennen.«

»Ich weiß. Ich kam mir vor, als hätte ich eine taubstumme Reisegefährtin. Ich sagte den Leuten einfach, sie fühle sich nicht wohl. Schade, denn es waren einige bemerkenswerte junge Männer darunter. Na ja, sie haben Phoebe nicht gerade im Bestzustand erlebt.«

»War auch besser so«, meinte Ben. »Mir hat ihr widerspenstiges Benehmen nie gefallen. Gut, daß sie endlich zahm geworden ist. Sie hat ihre Mutter beinahe in den Wahnsinn getrieben.«

»Umgekehrt wohl auch«, meinte Clara spitz.

»Du hast Lalla nie verstanden«, warf Belle ein. »Hast dich nie bemüht. Sie ist eine sehr starke Frau, das ist keine Sünde. Mich hat beeindruckt, wie sie die gegenwärtigen Schwierigkeiten meistert. Nicht viele Frauen haben den Mut, sofort ihre Juwelen zu verkaufen, nachdem ihre Welt zusammengebrochen ist. Sie hat es sofort getan.«

»Sie hatte keine andere Wahl«, meinte Ben. »Diese Familie hat mich ein Vermögen gekostet. Habe einen Haufen Geld an dieser verdammten Eisenbahn verloren. Angeblich bekommt man nur noch zwei Shilling sechzig pro investiertem Pfund.«

»Das ist falsch«, erklärte Belle. »Du bekommst gar nichts. Es ist offensichtlich, daß Edgar das ganze restliche Vermögen mitgenommen hat, als er erkannte, wie aussichtslos die Lage war. Die Regierung weigerte sich, das Land zu übereignen. Die Firma war bereits hochverschuldet, und diese Entscheidung bedeutete das endgültige Aus. Es gab keinerlei Sicherheiten mehr.«

»Mit anderen Worten hat der Premierminister den Zusammenbruch verschuldet«, sagte Ben.

»Nicht unbedingt. Edgar war ein Abenteurer, der mit großen Plänen in die Stadt kam und ebenso wie wir die Antiföderalisten vor seinen Karren spannte. Eines mußt du ihm lassen: Er war ein großartiger Redner.«

»Er war ein Bastard, Belle, das weißt du genau.«

»Das hat damals keiner gewußt.«

»Ertrinken war noch viel zu gut für ihn!« – »Viele Leute würden dir zustimmen, Lalla eingeschlossen. Er hat sie ebenfalls ruiniert.«

»Das wußte ich nicht«, meinte Clara. »Ich dachte, sie hätte den Schmuck verkauft, um Edgars Schulden zu bezahlen.«

»O nein, Edgar hat sie mit in den Bankrott gerissen.«

»Wenn das Parlament wieder eröffnet wird, mache ich dem Premier die Hölle heiß«, verkündete Ben. »Alle Investoren werden hinter mir stehen. So leicht kommt er nicht davon.«

»Mag sein. Wieviel hast du bei dem Zusammenbruch verloren?« fragte seine Schwiegermutter.

»Genug, dank der hinterhältigen Geschäfte der Thurlwells. Ich glaube nicht, daß William und Lalla pleite sind. Sie standen sich sehr gut mit Edgar, und Lalla ist eine erstklassige Schauspielerin. Meiner Ansicht nach war der Schmuckverkauf ein Täuschungsmanöver. In der Zeitung stand, daß eine große Geldsumme fehlt. Die haben bestimmt gut für sich gesorgt. Belle, wenn du wirklich glaubst, sie sind pleite, dann bist du naiver, als ich dachte.«

Belle nahm einen Schluck Portwein. Ben hatte nicht oft erlebt, daß seine Schwiegermutter die Fassung verlor.

»Mag sein«, räumte sie ein.

»Ich bitte dich, Belle! Edgar und William waren Direktoren der Firma; Lalla kannte jeden ihrer Schachzüge. Solche Leute wissen, wann sie sich aus dem Staub machen müssen, und scheren sich keinen Deut um ihre Anleger, sondern nehmen das Geld und sind weg.«

»Ich traf eine Mrs. Downs, die behauptete, sie hätten ihr zehntausend Pfund abgeknöpft und niemals einen Anteilsschein vorgelegt«, erinnerte sich Belle. »Sie sagt, Lalla hätte von allem gewußt.«

»Die arme Frau«, meinte Ben. »Du hast ihr sicher nicht geglaubt.«

»Warum sollte ich? Es klang zu weit hergeholt. Die Thurlwells sind immer reich gewesen. Allein das Haus – in dieser Lage –

ist eine Menge wert, von der Einrichtung ganz zu schweigen. Lalla hat nie damit hinter dem Berg gehalten. Warum sollten sie dieser Mrs. Downs ihr Geld abknöpfen?«

»Aus gutem Grund«, sagte Ben verbittert. »Sie wußten, daß es vorbei war, und hatten nicht einmal den Anstand, ihre Freunde zu warnen.«

»Das ist ein bißchen hart, Ben«, warf Clara ein.

»Vielleicht haben sie es erst gemerkt, als es schon zu spät war.«

»Warum fehlt denn dann soviel Geld? Und warum haben sich unsere Freunde, die Herren Direktoren, so horrende Gehälter gezahlt?«

»Passiert ist passiert«, sagte Belle.

Ben warf die Serviette auf den Tisch und erhob sich. »O nein, keineswegs. Sie haben mich in ein finanzielles Chaos gestürzt. Die Dürre ist vorbei, jetzt kann ich den Besitz verkaufen. Habe ihn schon zu lange durchgeschleppt.«

»Es gibt keinen Grund, nun zu verkaufen«, sagte Clara. »Das ist unser Zuhause, und ich will es nicht verkaufen. Wir bauen die Herden neu auf, dann wird alles gut.«

»Bis zum nächsten Mal! Hast du deiner Mutter eigentlich erzählt, wie du Futter gekauft und es hierhergebracht hast? Und vor allem, wie teuer das war?«

»Es hat die Zuchtstiere gerettet«, entgegnete sie. »Du hättest sie eingehen lassen.«

Belle schritt ein. »Ich bin nicht hergekommen, um euch streiten zu hören. Das können wir immer noch regeln. Ich gehe ins Bett. Clara, das Mädchen soll mir heiße Milch mit Rum bringen, das fördert den Schlaf.«

In der Stille ihres Schlafzimmers trank Belle ihre Milch und überlegte dabei, wieviel Ben wohl bei dem Zusammenbruch verloren haben mochte. Anscheinend mehr, als er zugeben wollte. In diesem Fall wäre jetzt wirklich die richtige Zeit für den Verkauf der Station. Schließlich besaßen sie noch das Haus in der Stadt, und sie würde in ein paar Jahren zu alt sein, um die ganze Strecke herzureisen. Sie grinste. »Du wirst langsam alt und faul, Belle.«

Es wäre gut, wenn die beiden in Brisbane lebten. Im Alter brauchte man einfach seine Familie um sich.

Clara bedrängte Phoebe nicht. Sie ließ sie ausspannen und durchs Haus wandern, wie es ihr gefiel. Das Mädchen hatte sogar das Pferd vergessen, und Clara erinnerte sie nicht daran, sondern wartete, daß Phoebe danach fragte.

»Ich bin froh, daß du hier bist«, sagte sie zu ihrer Mutter. »Ich habe viel zu tun und werde tagsüber kaum zu Hause sein. Glücklicherweise kannst du Phoebe Gesellschaft leisten. Sie scheint sich für nichts zu interessieren. Was soll ich nur machen?«

»Zuerst wirfst du die Medizin weg, die ihr Vater verordnet hat. Ich habe kein Vertrauen in dieses Zeug. Man wird davon so schläfrig und teilnahmslos. Sage ihr, es sei aufgebraucht. Sie ist ein kerngesundes Mädchen und wird bald wieder zu sich finden. Es geht nicht nur um Edgars Tod und den Skandal, da ist noch ein weiteres Problem. Ihre Mutter erzählte mir, daß sie sich mit einer unerfreulichen Person eingelassen und sogar von Heirat gesprochen hat.«

»Nein! Mit wem denn?«

»Einem Halbblut namens Ben Beckman. Scheint ein schlechter Charakter zu sein.«

»Ben Beckman? Aus den Mietstallungen?«

»Ich weiß nicht, woher er kommt.«

»Aber …«, stotterte Clara. »Ich kenne ihn. Phoebe hat mir nie davon erzählt.«

»Offensichtlich nicht. Dazu hatte sie auch allen Grund.«

»Er ist ein wirklich netter Kerl, Mutter, aber ich kann nicht glauben, daß zwischen ihnen etwas ist.«

»Du solltest es glauben, denn es entspricht der Wahrheit. Phoebe hat es nicht abgestritten. Wenn sie ihn dir gegenüber erwähnt, mußt du es ihr unbedingt ausreden.«

Clara war verblüfft. »Ich hatte wirklich keine Ahnung!« – »Jetzt weißt du es. Deshalb wollte ihre Mutter sie aus der Stadt haben. Sie soll hierbleiben, bis sie wieder zur Vernunft kommt. Wir müssen ihre Post überwachen, damit sie keine Briefe von ihm erhält. Schreiben darf sie ihm auch nicht. Aus den Augen, aus dem Sinn.«

»Das können wir nicht tun. Es erscheint mir nicht richtig.«

»Es muß aber sein. Ich habe es Lalla versprochen, also bitte kein Theater. Wir müssen unsere Pflicht tun.«

Barnaby hätte es sich denken können. Alles war zu schön, um wahr zu sein. Er hatte seine Praxis eröffnet und Timothy Bedlow als Gehilfen eingestellt, doch der Premierminister meldete sich nicht.

Der Pachtvertrag für seine beiden Büroräume war aufgesetzt worden, und er hatte die Miete für die ersten beiden Monate selbst bezahlt, doch die versprochene Hilfe blieb aus.

»Worte sind Schall und Rauch«, sagte er zu Tim. Er fragte sich, wie lange dieses wacklige Unternehmen bestehen konnte.

»Schreiben Sie ihm doch.«

»Das würde ich ungern tun. Es sieht nach Bettelei aus.«

»Nur eine freundliche Erinnerung.«

»Das wäre möglich. Ich möchte nicht, daß seine Mitarbeiter von der Absprache erfahren. Dann weiß es bald jeder in der Stadt.«

Also schrieb er einfach, daß er ihre Diskussionen genossen habe und sich auf eine Reaktion des Premierministers freue.

Während sie auf eine Antwort warteten und nach Mandanten Ausschau hielten, nahm Timothy seine Studien wieder auf. Es gefiel ihm, daß Barnaby soviel Zeit hatte, um ihm zu helfen. Eines Nachmittags machte Barnaby einen Spaziergang und entschloß sich nach kurzer Zeit, Kathleen O'Neill einen Besuch abzustatten.

Sie war zu Hause und freute sich, ihn zu sehen. Ein Lichtblick in dieser trüben Zeit.

Kathleen bat ihn herein und bestand darauf, mit ihm Tee zu trinken. Sie war beeindruckt, daß er seine eigene Praxis eröffnet hatte und sogar einen Angestellten beschäftigte.

»Ich bin so stolz auf Sie. Jetzt steht Ihrer Karriere nichts mehr im Wege.«

Da war er selbst nicht so sicher, doch ihre Zuversicht trug dazu bei, seine Stimmung zu heben. Er verabredete sich mit Kathleen für den kommenden Sonntag zum Essen im Park.

»Ich glaube, Sie sind verliebt«, meinte Timothy bei seiner Rückkehr grinsend.

Barnaby seufzte. »Ich frage mich, ob man seine Gefühle zurückhalten kann, bis man weiß, daß sie erwidert werden.«

»In einer perfekten Welt schon.«

»Wir werden sehen.« Seine Liebe zu Phoebe hatte ihm beinahe das Herz gebrochen. Das wollte er nicht noch einmal durchmachen. Die dunkelhaarige Kathleen war eine sehr attraktive Frau – begehrenswert, aber keineswegs frivol –, und sie akzeptierte ihn als Freund. Er wollte jedoch nicht mehr der beste Freund einer Frau sein. Wenn sie auch nur einmal versuchen sollte, ihm ihre Liebesnöte mit anderen Männern zu schildern, würde er auf Nimmerwiedersehen verschwinden!

Wenige Tage später kam ein ernster junger Mann mit hängendem Schnurrbart im Auftrag des Premierministers in Barnabys Praxis.

»Ich heiße Jeremy Hobson«, stellte er sich vor und betrachtete das mitgenommene Gesicht des Anwaltes so argwöhnisch, als stammten die blauen Flecken von einem Straßenkampf. »Sir Samuel hat mich bevollmächtigt, die Zahlung einer Jahresmiete für diese Räume vorzunehmen.«

Barnaby wäre vor Freude beinahe in die Luft gesprungen, doch er nickte nur ruhig. »So war es vereinbart.«

»Sehr gut. Wie ist der Name Ihres Vermieters? Ich werde mich um die Angelegenheit kümmern.«

Er tat, als habe er Angst, der junge Anwalt könne mit dem

Geld verschwinden, was Barnaby ganz und gar nicht gefiel. Doch er sagte nichts dazu.

Hobson wandte sich zum Gehen.

»Noch einen Moment. Da sind noch die Ausgaben für meine Wahlkampagne. Ich sollte ein Treuhandkonto eröffnen.«

»Ach ja.« Hobson zog seine Karte hervor. »Das ist eine Parteiangelegenheit. Falls Sie solche Ausgaben haben, Glasson, schicken Sie mir eine detaillierte und bezeugte Liste. Und denken Sie daran: Extravaganzen werden nicht geduldet.«

Als er gegangen war, lachte Barnaby. »Aufgeblasener Esel! Aber besser als gar nichts. Zumindest ist für die Miete gesorgt, Timothy. Sollen wir zumachen und unsere Zelte in der Kneipe aufschlagen?«

Langsam kamen die ersten Aufträge. Testamente, Eigentumsangelegenheiten und Rechtsstreitigkeiten. Kleinere Kriminalfälle. Einsprüche gegen Strafgelder. Sie nahmen sogar einige alberne Verleumdungsklagen an, um die Praxis aufzubauen.

Obwohl Barnaby noch immer Verluste machte, bestärkte ihn Timothy in seinem Selbstvertrauen. Er war ein guter Anwalt und würde im Laufe der Zeit interessantere Fälle und damit auch mehr Erfolg haben. »Wir schaffen es. Es braucht eben Zeit«, meinte Timothy. »Irgendwann darf ich hoffentlich meinen Namen draußen neben den Ihren setzen.«

Barnaby lebte noch immer in Kangaroo Point. Weitere Überfälle hatte es nicht gegeben. Die Polizei konnte den Angreifer nicht ermitteln, und auch in Barnabys Augen handelte es sich bei der Suche um einen vereitelten Einbruch. Ben kam jedoch nicht so schnell darüber hinweg.

»Ich wünschte, du würdest nicht mehr darüber nachgrübeln«, meinte Barnaby. »Ich bin zusammengeschlagen worden, das ist alles. Passiert nicht zum ersten Mal in dieser Stadt, und du trägst keine Schuld daran. Du hättest nicht die Krankenhausrechnungen bezahlen sollen, das ist meine Sache.«

»Vergiß es. Wie läuft das Geschäft?«

»Geht so. Aber wir kommen zurecht.«

»Schön zu hören. Mein Bankdirektor möchte mich sprechen.«

»Oh, Gott!« sagte Barnaby, der eine unüberwindliche Scheu vor diesen Menschen empfand.

»Keine Sorge. Die Ställe und die Sattlerei laufen gut, wir sind auf Monate hinaus ausgebucht. Wenn ich den Rest von O'Neills Leuten zurückholen könnte, würde ich reich.«

»Glück muß man haben.«

»Die Bank sagt, ich solle langsam anfangen zu investieren.«

»Stimmt. Warum tust du es nicht?«

»Nach allem, was nebenan geschehen ist? Ich bin nicht scharf auf Investitionen, bei denen andere Leute mein Geld verlieren.«

»Deine Mutter hat auch in Goldaktien investiert.«

»Ja, aber sie kannte das Geschäft und hatte Freunde auf den Goldfeldern. Für Leute wie uns ist das Risiko einfach zu groß.«

»Wie steht es eigentlich mit deinem Automobil?«

»Dauert noch. Sie scheinen laufend die Modelle zu verbessern. Ich möchte keinen Wagen importieren, der bereits technisch überholt ist, wenn er die Fabrik verläßt.«

Barnaby beobachtete Ben, der ruhelos durchs Haus lief.

»Für einen Mann, der soeben gute Nachrichten von seiner Bank erhalten hat, siehst du nicht gerade fröhlich aus. Was ist los?«

»Ich langweile mich. Rod Callaghan ist als Geschäftsführer so gut, daß ich eigentlich überflüssig bin. Außerdem mache ich mir Sorgen um Phoebe.«

»Dort draußen wird ihr nichts passieren. Vermutlich macht sie sich eine schöne Zeit.«

»Das ist ja das Problem. Ich habe ihr zweimal geschrieben und keine Antwort erhalten. Sie ist schon seit Wochen weg. Alles meine Schuld! Als ich vom Bankrott der Thurlwells hörte, habe ich mich zurückgezogen. Du kennst ja die Vorgeschichte. Ich hoffte, ihre Familie würde im Armenhaus landen. Ich konnte es einfach nicht über mich bringen, ihr zu sagen, es täte mir leid.«

»Das ist verständlich, aber du solltest es nicht an Phoebe auslassen.«

»Ich weiß. Ich ging schließlich hinüber, aber sie war schon zur Fairmont Station gefahren, ohne mir ein Wort davon zu sagen.«

»Dann kannst du nur warten, bis sie nach Hause kommt.«

»Ich spiele mit dem Gedanken, hinauszufahren und sie zu besuchen.«

»Ohne Einladung?«

»Was bleibt mir denn übrig?«

Barnaby fiel plötzlich die Frau in Charleville ein, die ihm die Geschichte von Buchanan und Diamond erzählt hatte. »Aber es ist die Station der Buchanans.«

»Na und? Sicher, ich mag Ben Buchanan nicht, aber ich will ja auch nicht ihn, sondern Phoebe besuchen.«

»Das ist keine sehr gute Idee«, meinte Barnaby vorsichtig.

»Alles ist besser, als hier zu sitzen und zu grübeln. Ich muß sie einfach sehen.«

»Anscheinend hast du deine Entscheidung schon getroffen.«

Ben lehnte sich gegen den Kamin. »Ja, das stimmt. Ich hatte schon seit Wochen daran gedacht. Habe einen großen rotbraunen Hengst für lange Ritte trainiert.«

»Warum nimmst du nicht den Zug?«

»Ich möchte lieber reiten. So habe ich mehr Bewegungsfreiheit und Spaß, selbst wenn sie mich nicht sehen möchte.«

Im Morgengrauen kletterte Barnaby aus dem Bett, um sich von Ben zu verabschieden. Das Pferd war ausgezeichnet, ebenso das Sattelzeug – dank der hervorragenden Mitarbeiter in der Sattlerei.

»Du solltest mitkommen. Ich kann auch bis morgen warten.«

»Führe mich nicht in Versuchung«, sagte Barnaby mit einem Anflug von Neid. »Ich muß arbeiten. Besser gesagt, ich muß Klienten finden. Hier ist übrigens eine Adresse in Charleville. Diese Frau, Lottie Smith, ist mit dem Besitzer des Shamrock Hotels verheiratet. Du solltest mal mit ihr reden.«

»Worüber?«

»Sie kennt die Buchanans und könnte dir nützlich sein.«

»Ich werde nur Phoebe besuchen, nicht die ganze Station.«

»Verlasse dich nicht darauf, sie zu sehen. Es sollte mich nicht überraschen, wenn man Phoebe weggebracht hätte, um sie von dir fernzuhalten. Vielleicht hat sie ihren Eltern von dir erzählt.«

Ben schnallte sich ein Gewehr um. »Ganz heiß, Herr Anwalt. Warum bist du wohl zusammengeschlagen worden? Hast du dir schon mal überlegt, daß es eine Verwechslung gewesen sein könnte? Wir sehen uns in ein paar Wochen.«

Er schwang sich aufs Pferd und trabte zum Tor hinaus, vorbei an Somerset House und die Straße hinunter.

Barnaby war perplex. War es wirklich so gewesen?

Wenn Ben nur nicht so schnell verschwunden wäre. Er wollte ihm noch mehr sagen. Er selbst war zwar auch nur als kleiner, glückloser Anwalt, aber mit einigen Empfehlungsschreiben nach Charleville gekommen. Ben jedoch mit seinem dunklen Teint würde in den Städten auf dem Land, in denen man auf so etwas achtete, als Farbiger eingestuft werden. Die langjährigen Kriege gegen die Schwarzen hatten im Westen eine beiderseitige, tiefverwurzelte Antipathie entstehen lassen. Barnaby betete, daß sich Ben dort draußen in diesem wilden Land nicht zu sehr auf seine weiße Herkunft verlassen würde.

10

War dies wirklich dieselbe Landschaft? Obwohl Ben wußte, daß der langersehnte Regen die Dürre beendet hatte, war er nicht auf die Verwandlung vorbereitet, die das Land für ihn bereithielt. Die staubige Ebene hatte sich in eine üppige Grünfläche verwandelt.

Wo zuvor die sengende Sonne regiert hatte, erstrahlte das Buschland in neuer Zuversicht. Schlummernde Samenkörner waren aufgegangen; dichtes Gras schoß neben der schlammigen Straße empor und legte sich wie ein Teppich über das Gestrüpp. Gummibäume hatten die harten Jahre überlebt und zeigten stolz ihre glänzenden Blätter mit den roten Spitzen. Selbst abgestorbene weiße Bäume, die noch immer aufrecht standen, und verstreute ausgetrocknete Stämme erregten kein Mitleid mehr. Sie gehörten einfach zu dem Wunder, waren ein Teil davon.

Auf seinem langen, einsamen Ritt mied Ben die Städte, in denen er mit Cash gewesen war. Seine Vorräte reichten aus, und er wollte die Erinnerung an die Schrecken der damaligen Reise möglichst verdrängen. Er schalt sich, daß er in seiner Naivität auf einen Mann wie Cash hereingefallen war. Noch immer sah er Cashs kalten Blick, als dieser das Gewehr auf ihn richtete. Der Schock saß tief und bedrückte ihn nach wie vor.

Hinter Dalby half er einer Familie, deren schwerbeladenes Fuhrwerk hoffnungslos im Schlamm steckte. Selbst die Kraft von zwei Pferden und zwei Männern konnte es nicht herausziehen. Ben lud mit ihnen das Gepäck ab, während eine Frau und mehrere Kinder wartend daneben standen. Dann gruben sie die Räder des Fuhrwerks aus und befestigten das Straßenstück davor provisorisch mit Zweigen. Danach unterhielt sich Ben mit ihnen bei Tee und Damper, dem typischen ungesäuerten Fladenbrot, bevor er allein weiterritt.

An diesem Nachmittag kampierte er an einem Fluß und genoß die Üppigkeit der vormals so bedrückenden Landschaft. Tausende von Vögeln schwirrten durchs Gebüsch. Er beobachtete Schwärme von Wellensittichen, Loris und Corellas, die immer bei ihresgleichen blieben und sich kaum jemals mit Tieren der anderen Art kreuzten.

Rosagraue Galah-Kakadus scharrten im Gras nach Samen, die sie flink mit ihren Schnäbeln knackten. Zwei Kakadus fingen einen Streit mit zwei Krähen an, da alle denselben Ast für sich beanspruchten. Ben lachte. Es gab jede Menge anderer Äste, aber nein, genau dieser mußte es sein. Die Kakadus dachten nicht daran, sich von den fetten Krähen einschüchtern zu lassen, die die Dürre überlebt hatten, indem sie totem Vieh die Augen auspickten. Die kleineren Galahs kreischten wie Fischweiber und hackten nach den hinterlistigen Krähen, die ihren Gegnern lieber auswichen, statt mutig zu kämpfen. Schließlich gaben die Krähen auf, und das Kakadupaar ließ sich zufrieden auf dem Ast nieder.

Ben hätte gern mehr über den Busch und seine Bewohner gewußt. Die nach dem Streit entstandene Stille überwältigte ihn. Dies war das Land seiner Mutter, ihre Erde und ein Teil von ihm selbst. Hier gehörte er hin. Als er das letzte Mal nach Westen ritt, hatte er Geld und Wildpferde im Kopf gehabt und nur die Trostlosigkeit hier draußen wahrgenommen.

»Seltsam«, dachte er. »Mandjala und Djumbati haben sich nie über die Trockenheit beklagt. Für sie schien sie selbstverständlich zu sein.«

Die friedliche Umgebung regte ihn zum Nachdenken an. »Man kann nicht einfach sagen, ich sei wie ein Weißer hergekommen, der das Land nicht zu schätzen weiß. Zu viele Weiße lieben diese Gegend. Ich kam als Stadtmensch her, der zwischen Häusern aufgewachsen ist und wenig über das Outback weiß. Langsam entdecke ich, daß es im Leben noch wichtigere Dinge als Geldverdienen gibt.«

Diamond hatte ihr Bestes getan. Geld besitzen und den Mund halten war ihre Devise gewesen, doch leider war ihr Sohn damals zu jung, um den zweiten Teil dieses Mottos rechtzeitig zu begreifen. Sein wildes Benehmen und das Einwerfen der Fensterscheiben hätte seine Mutter niemals geduldet, auf keinen Fall!

Nachts fragte sich Ben wieder, ob sie seine Heiratspläne gutgeheißen hätte. Zunächst hatte er geglaubt, sie würde sich ebenso gefreut haben wie er selbst, doch langsam kamen ihm Zweifel. Heirat mit einem weißen Mädchen, einer Dame der Gesellschaft? Das war ein Schritt aus dem Schatten, in dem er doch bleiben sollte... Vielleicht hatte Phoebe es sich inzwischen auch anders überlegt. Sollte er umkehren, um die Kränkung einer Zurückweisung zu vermeiden?

Am Morgen wurde er von einem Vogelchor geweckt. Nach einem erholsamen Schlaf hatte sich seine Stimmung gebessert. Er suchte sein Pferd, das auf einer offenen Fläche weidete, führte es an den Fluß zum Trinken und erschreckte dabei einige Känguruhs.

Beim Aufbruch beschloß er, das Camp der Schwarzen in der Nähe der Sailor's Drift-Goldfelder zu besuchen. Vielleicht traf er dort seine Aborigine-Freunde.

Im stillen wußte er, daß dies eine Verzögerungstaktik war. Er hatte Angst, von Phoebe zu erfahren, daß sie ihn nicht mehr heiraten wollte und versuchte sich einzureden, er habe den Wunsch, Mandjala und Djumbati zu sehen.

Vier Tage später füllte er seine Vorräte in einer Kombination aus Gemischtwarenladen und Kneipe auf, die an der geschäftigen Straße zu den Goldfeldern lag. Interessiert hörte er, daß in der Nähe noch immer Gold gefunden wurde.

»Suchst du Gold?« fragte ihn der Ladenbesitzer.

»Nein. Ich habe es mal versucht, aber ohne großen Erfolg.«

»Wo willst du hin?«

»Ich reise nur herum. Vielleicht bis Fairmont Station.« Der Ladenbesitzer beobachtete Ben, der die gefüllten Satteltaschen wieder festschnallte. »Schönes Pferd. Der Sattel dürfte auch nicht billig gewesen sein. Nimm dich vor Räubern in acht, treiben sich oft hier herum.«

»Habe schon von ihnen gehört.«

Grinsend ritt Ben davon. »Das würde mir jetzt noch fehlen!« Er griff nach seinem Gewehr und Diamonds Messer, das er ums Bein geschnallt trug. Sie gaben ihm die nötige Sicherheit. Eigentlich wollte er um die Goldfelder herumreiten, doch die Goldgräberei machte ihm einen Strich durch die Rechnung. Das Lager der Schwarzen war verschwunden, und an seiner Stelle breitete sich eine baumlose Mondlandschaft mit zahllosen Erdhügeln aus, die sich am Flußufer entlangzog. Zwischen verlassenen Zelten und Hütten waren primitive Holzregale, Leitern und Goldwaschrinnen verstreut. Ben sah von einer Hügelkuppe hinunter und verspürte den Drang, sein Glück noch einmal zu versuchen. Dem Lockruf des Goldes konnte man nur schwer widerstehen. Wenn er nun Glück hatte und auf eine Ader stieß?

»Und wenn nicht?« stellte er sich die Gegenfrage. Die Goldsuche war zwar aufregend, aber auch harte, oftmals erfolglose Arbeit. Statt hinunterzureiten, schlug Ben einen Bogen um die Felder. Nach ein paar Meilen erreichte er einen Wasserlauf, der vermutlich in den Fluß mündete. Er folgte ihm nach Westen, bis er auf eine Abofamilie stieß, die im seichten Wasser Fischreusen auslegte.

Die Stammesangehörigen warfen ihm nur einen kurzen Blick zu und arbeiteten weiter.

Ben sprach sie höflich an und erkundigte sich nach Mandjala und Djumbati. »Es sind Freunde von mir«, sagte er auf englisch und im Aborigine-Dialekt, doch die Männer schüttelten die Köpfe und schenkten ihm weiter keine Beachtung. Er blieb noch eine Weile bei ihnen stehen und rauchte eine Pfeife, während die Eingeborenen im Wasser ein Netzwerk aus niedrigen Zäunen errichteten, das an einen Miniaturbauernhof erinnerte. Schließlich ritt er davon, da er sich wie ein Eindringling vorkam.

Ein Stück weiter entdeckte Ben bei der Suche nach einem Lagerplatz eine Herde Wildpferde, die in der Ferne vorbeigaloppierte, und freute sich, daß sie die Dürre überlebt hatten. »Kluge Tiere«, sagte er zu seinem eigenen Pferd. »Das Land ist so groß, daß sie niemals aussterben werden.«

Ihm fiel eine Geschichte seiner Mutter ein. Als die Aborigines, die diese Tiere nicht kannten, zum ersten Mal Menschen auf Pferden sahen, waren sie wie versteinert, da sie die Weißen für vierbeinige Menschen hielten. Er fragte sich, ob die Sagen, die Oma ihm vorgelesen hatte, aus derselben uralten Quelle stammten. Ben erinnerte sich vage an die Zeichnung eines Mannes mit dem Unterleib eines riesigen Pferdes. Seine Kindheit schien so unendlich weit zurückzuliegen.

»So«, sagte er zu seinem Pferd und stieg ab, »hier werden wir die Nacht verbringen. Morgen reiten wir weiter nach Westen und suchen die Straße zur Fairmont Station. Ich habe mich ein bißchen verirrt, weil alles so anders aussieht.«

Und was dann? fragte er sich.

»Dann reite ich hin und frage Mrs. Buchanan, ob ich Phoebe sehen kann. Sie wird schon nichts dagegen haben.«

Er wußte, daß es in den Nebengebäuden der großen Viehstationen immer Unterkünfte für Reisende gab und hatte nichts dagegen, mit den Viehhütern zusammen zu schlafen. Mehr verlangte er auch gar nicht. Ein Problem bildete nur das Treffen mit Phoebe. Er wollte sie nicht in eine peinliche Lage bringen, sondern sie endlich sehen und mit ihr sprechen.

Konnte man jemanden so sehr lieben, daß schon der flüchtigste Blick den Himmel auf Erden bedeutete?

In dieser Nacht schlief Ben Beckman tief und fest unter den Sternen. Er wußte im Inneren seines Herzens, daß sie ihn liebte und fragte sich, ob sie ihn bereits erwartete. Da ein Brief vielleicht nicht schnell genug zugestellt würde, hatte er ihr ein Telegramm via Charleville geschickt und seinen Besuch angekündigt. Hoffentlich hatte es Phoebe erreicht. Möglicherweise jedoch lag das Telegramm noch immer im Telegrafenamt. Aber egal, in zwei Tagen würde er ja auf Fairmont sein.

Diese Station war einfach herrlich. Phoebe konnte Clara nicht genug danken, daß sie sie aufgenommen und ihr die Möglichkeit zur Erholung gegeben hatte.

Mittlerweile fiel es Phoebe schwer, sich an ihren Dämmerzustand und die Aufregung über die Trennung von Ben zu erinnern. Sie hatte zunächst viel Zeit auf der Veranda verbracht, die wieder mit dunkelgrünen Kletterpflanzen bewachsen war, und vergeblich versucht, ein Buch zu lesen. Sie war mit Belle spazierengegangen – zum See hinunter und um die Nebengebäude herum. Man hatte sie mit den Viehhütern bekannt gemacht, dem Schmied und seiner Frau und einigen Aborigine-Arbeitern, deren Namen sie leider sofort vergessen hatte. Lalla wäre entsetzt gewesen. Tatsächlich schämte sich Phoebe so sehr für diese Unhöflichkeit, daß sie den Schwarzen beständig aus dem Weg ging. Sie mußte ihnen seltsam vorkommen.

Was wohl auch stimmte, dachte Phoebe bei sich, während sie auf Clara wartete. Ihre Reaktion war völlig übertrieben gewesen. Sie wollte unbedingt einen guten Eindruck hinterlassen und brachte dabei alles durcheinander. Selbst jetzt dachte sie noch an diese triviale Geschichte, aber die Namen der Leute waren ihr inzwischen geläufig.

Mit ihrem Pferd Cleo hatte sie sich rasch angefreundet. Erst nach zwei Wochen traute sie sich, die Koppel am Haus zu verlassen. Es war anstrengend, jeden Morgen mit Clara auszureiten, die Wasserstellen zu überprüfen und das Vieh zusammenzutreiben, doch sie war stolz auf ihre Mithilfe.

An diesem Nachmittag ritten sie an einem großen See entlang, der sich langsam wieder mit Wasser füllte. Auch die Vogelschwärme kehrten zurück.

»Ich kann mir den See gar nicht leer vorstellen«, sagte Phoebe. »Es muß schrecklich ausgesehen haben.«

»Ja, es hat mich sehr bedrückt. Nur ein großes, trockenes Loch, wo eigentlich Wasser sein sollte. Jetzt sieht es wieder ganz schön aus.«

»Alles ist so friedlich. Clara, ich liebe diese Gegend. Ich bin so froh, daß ich hier sein kann.«

Sie war dankbar, daß Clara sie akzeptierte, wie sie war. Belle hatte sie beinahe verrückt gemacht mit der ewigen Fragerei nach ihrem Befinden.

Jeden Tag hatte sie dasselbe geantwortet: »Sehr gut, danke«, ohne jedoch hinter ihrer eigenen Antwort zu stehen. Sie konnte ihre Verwirrung nur sehr schwer erklären.

Clara hatte überhaupt nicht gefragt. Hatte nicht wie Belle auf regelmäßigen Mahlzeiten bestanden oder daß sie Klavier spielte, obwohl sie sich auf keine Note konzentrieren konnte; daß sie Domino spielte, um sich abzulenken. In dieser schrecklichen Zeit war sie sich so dumm vorgekommen, als stehe sie neben sich und beobachte ihr albernes Benehmen. Ihr war, als habe eine fremde Person von ihr Besitz ergriffen, die nur vorgab, Phoebe Thurlwell zu sein. Eine demütigende Erfahrung.

Belle geleitete sie sogar wie ein kleines Kind ins Bad, und Ben sprach in herablassendem Ton mit ihr.

Nur Clara und die beiden schwarzen Hausmädchen, Ruby und Sissy, hatten sie trotz ihres seltsamen Verhaltens mit Respekt behandelt. Phoebe mochte die alte Ruby, eine grauhaarige Frau, die schon seit einer Ewigkeit für Bens Familie arbeitete. Clara sagte, sie habe sie geerbt.

Ruby war als Bens Hausmädchen hergekommen, nachdem er den Besitz im hohen Norden verkauft hatte und auf diese Station gezogen war.

»Sie ist unbezahlbar«, erzählte Clara. »Sie spricht gut Englisch und auch einige Aborigine-Dialekte und führt im Haus ein strenges Regiment. Ich habe mich zuerst richtig vor ihr gefürchtet. Ihre Ausbildung erhielt sie von Bens Mutter, die allem Anschein nach ein noch schlimmerer Drachen als Belle gewesen ist. Damals mußte man sich zum Abendessen umziehen. Zum Glück sind diese förmlichen Zeiten vorbei. Hältst du mich für eine Närrin, weil ich diese Station so liebe?«

»Nein. Ich finde sie auch wunderbar. Ich würde gern für immer auf dem Land leben.«

»Ben möchte Fairmont verkaufen. Nicht nur wegen der Dürre, er möchte einfach lieber in der Stadt wohnen. Ich will aber hierbleiben.«

»Das kann ich dir nicht verdenken. Aber wenn nun eine weitere Dürre kommt?«

»Trockenheit, Überschwemmung, so ist das Landleben hier überall. Wir müssen nur sparen, damit wir eine Reserve für schlechte Zeiten haben. Leider –« Clara unterbrach sich und sagte ausweichend – »sind wir so unvorbereitet.«

Sie konnte weder sagen, daß Bens Investitionen in die Eisenbahngesellschaft einen Teil des Bargeldes verschlungen hatten, noch konnte sie erwähnen, daß sie das Futter für ihr Vieh mit Hilfe Ben Beckmans gekauft hatte.

Und dann gab es da noch die Sache mit den Briefen, die Belle und Ben zurückgehalten hatten, und dem Telegramm, das vor einigen Tagen eingetroffen war. Die Post stammte von erwähntem Herrn, der Phoebe in letzterem seine Ankunft mitteilte. Clara plagten Schuldgefühle. Sie hatte ihrer Mutter und Ben gesagt, sie fände es furchtbar, die Post eines Gastes zu unterschlagen.

Belle blieb jedoch unerschütterlich. »Wir führen nur Lallas Anweisungen aus. Es ist auch der Wunsch ihres Vaters. Er gibt Lalla übrigens die Schuld an allem.«

»Ich halte es trotzdem für falsch. Er mag in ihren Augen kein passender Ehemann sein, aber Phoebe sollte ihre eigene Entscheidung fällen.«

»Passend!« schäumte Ben. »Die Untertreibung des Jahres! Der Mann ist ein Halbblut und ehemaliger Knastbruder! Eine solche Person dulde ich nicht auf unserem Grund und Boden. Er soll sich bloß nicht hier blicken lassen, sonst werfe ich ihn eigenhändig hinaus.«

»Du brauchst nicht so wütend zu werden«, sagte Clara. »Ich weiß nicht, wieso du dich aufregst. Ohne deine Einmischung hätte er Phoebes Briefe erhalten und wäre in Brisbane geblieben. Sie würde niemals jemand ohne unsere Erlaubnis einladen.«

»Ich halte die ganze Sache für schändlich«, bemerkte Belle naserümpfend. »Das Mädchen sollte sich schämen. Ich muß Ben zustimmen: Ein solcher Kerl ist hier nicht willkommen.«

»Wir können nicht viel daran ändern«, meinte Clara. »Wenn er auftaucht, müssen wir Phoebe Bescheid sagen. Sie wird es ohnehin bemerken.«

Clara verspürte ein gewisses Unbehagen, als sie die Pferde in die Ställe brachten. Sie fürchtete, daß sich die ganze Heimlichtuerei gegen sie wenden könnte und wünschte sich, offen mit Phoebe über ihren Freund zu sprechen, traute sich aber nicht. Lalla und Belle hatten ein solches Chaos angerichtet, daß Clara nicht wußte, wo sie anfangen sollte. Wie konnte sie ihrer Freundin erklären, daß sie von der Unterschlagung der Briefe wußte?

Glücklicherweise war Phoebe mit ihren Gedanken noch bei Fairmont.

»Kannst du nicht darauf bestehen hierzubleiben?«

»Ja, aber es würde zu einem heftigen Kampf kommen.«

»Dann kämpfe«, forderte Phoebe sie mit einem Hauch ihres früheren Selbst auf. »Laß dich nicht herumstoßen. Ich stehe auf deiner Seite.«

Nachdenklich ging Clara mit ihr zum Haus und ergriff dann entschlossen Phoebes Arm. »Das werde ich! Ich kämpfe um Fairmont und bleibe hier.«

»Richtig so!« lachte Phoebe. Es wurde langsam Zeit, daß sich Clara gegen ihren Mann behauptete. Wenn er doch nur in die Stadt zurückkehren würde! Sie hatte ihn noch nie gemocht, und die Abneigung war offensichtlich gegenseitig. In den letzten Tagen hatte er sich ausgesprochen grob verhalten. Phoebe mißbilligte vor allem sein unverschämtes Benehmen Clara gegenüber. Aber er würde verschwinden, sobald das Parlament eröffnet wurde.

Eigentlich müßte ich es ihm heimzahlen, dachte sie, und Belle erzählen, daß er eine Affäre mit meiner Mutter hatte. Die alte Mrs. Foster würde dann sehr schnell die Fronten wechseln. Sie war hier die treibende Kraft. Zu Phoebes Ärger schien sie Bens harsche Art im Umgang mit seiner Frau nicht weiter zu stören. Vielleicht dachte sie, es mache ihrer Tochter nichts aus.

Das Verhältnis zwischen Clara und Ben erinnerte sie an das ihrer Eltern, nur daß ihre Mutter ihren Vater anbrüllte, nicht umgekehrt. Eheleute sind schon komisch, dachte sie bei sich. Aber nach Bens Abreise wird alles viel schöner werden.

Buchanan war nicht nur wütend, sondern schockiert. Nicht wegen der Partnerwahl dieser dummen Göre – von ihm aus sollte sie einen Chinesen heiraten –, sondern angesichts der Tatsache, daß der Kerl hier auftauchen wollte. Die Adressenangabe – Kangaroo Point, gleich neben den Thurlwells – überzeugte ihn davon, daß es sich um Diamonds Sohn handelte. Der Bursche war hinter ihm her und machte sich deshalb sogar an Phoebe Thurlwell heran. Wenn das Mädchen nur aus seinem Haus verschwinden würde.

Was aber wollte dieses Halbblut wirklich? Herkommen und sich als sein Sohn ausgeben? Damit käme er nicht weit. Diamond war tot, die alte Frau ebenfalls, also gab es keine Zeugen für seine Vaterschaft.

Er war jedoch immer noch besorgt. Im Norden, wo seine frühere Station Caravelle lag, gab es viele Schwarze, und niemand störte es, daß weiße Männer Liebschaften mit Aborigine-Frauen hatten. Hier im Süden sprach man allerdings nur hinter vorgehaltener Hand davon. Manche bezeichneten es sogar als Beschmutzung der weißen Rasse, und auch deshalb hatte er sich von den schwarzen Mädchen auf der Station bewußt ferngehalten. Bei Goldie fand man ohnehin interessantere Exemplare.

Buchanan hatte bereits Maßnahmen ergriffen, um diesen Beckman von seinem Besitz fernzuhalten: Die Heckenreiter waren angewiesen, ihn davonzujagen; er selbst überwachte die Hauptstraße, die zur Fairmont Station führte. Was er auf seinem Land tat, ging nur ihn etwas an, und er war niemand eine Erklärung schuldig, wenn er mit geladenem Gewehr auf der Straße patrouillierte.

Die Sonne stand hoch, und die Fliegen waren eine Qual. Buchanan ritt daher zum Haus zurück, um im Schatten eines großen Pfefferbaums eine Zigarre zu rauchen. Hier hatten die ersten Hütten des Bezirks gestanden, an die nur noch ein Schornstein erinnerte. Ein kluger Mensch hatte damals den Pfefferbaum gepflanzt. Aus irgendeinem Grund blieben die Fliegen diesen Bäumen fern, die daher einen Schutz vor den lästigen Insekten boten.

Buchanan stieg ab und setzte sich auf einen halbverrotteten Baumstamm, der von allen Viehhütern als Sitzplatz benutzt wurde. Dieses Jahr waren die Fliegen wirklich eine echte Plage. Wohin man auch ritt, immer ließen sie sich in Scharen auf dem Rücken der Menschen und Pferde nieder. Viele Frauen trugen Netze über ihren Hüten. Ben zündete sich einen Stumpen an und dachte über den möglichen Grund dieser Fliegenplagen nach. Sie kamen ungeachtet des Wetters und blieben über Monate. Als er noch ein Kind war, aßen sie oben im Norden sogar öfter unter einem großen Netz, das seine Mutter an der Decke befestigt hatte. Es gab zwar Türen aus Fliegendraht, doch nur in der Küche, wo sie nicht die Menschen, sondern das Essen schützten.

Für sein eigenes Haus hatte Buchanan Türen aus Fliegendraht anfertigen lassen, die an den Glastüren befestigt werden konnten und das Eßzimmer vor den lästigen Eindringlingen schützten.

Er drückte den Stumpen aus und sinnierte weiter über seinen Kampf gegen die Fliegen. Er hatte dafür plädiert, die Häuser in Queensland ganz mit Fliegendraht abzudecken, um die Bewohner vor Insekten zu schützen, selbst wenn man dafür von den geliebten Glastüren Abschied nehmen mußte. Er war damit nicht durchgekommen. Die Gegenseite behauptete, der Draht verhindere das Eindringen frischer Luft. Buchanan döste in dem erholsamen Schatten des Baumes vor sich hin.

Ein Reisender weckte ihn, und er sprang auf.

»Entschuldigen Sie die Störung, Sir«, sagte der Reiter, »ist dies der Weg zur Fairmont Station?«

Buchanan verfluchte sich, weil er sich im Schlaf hatte erwischen lassen. Mit übertriebener Langsamkeit ging er zu seinem Pferd und schwang sich hinauf, bevor er fragte: »Wer sind Sie?«

Eigentlich eine ziemlich überflüssige Frage, da er Beckman sofort erkannt hatte. Jesus, er stand tatsächlich vor dem Tor zu seinem Anwesen.

»Ich heiße Beckman«, sagte der Mann freundlich.

Ben Buchanan betrachtete ihn eingehend mit einer Mischung aus Zorn und Neugier. Ein kräftiger Bursche mit harten Muskeln. Das Ergebnis der Schufterei im Straflager, dachte er boshaft. Beckman war glattrasiert, sein Gesicht ebenmäßig. Er hatte nicht die breite Nase der Aborigines, und seine ruhigen Augen waren braun, aber nicht so dunkel wie die Diamonds. Allein die Hautfarbe – ein sanfter Olivton – verriet seine Herkunft.

»Was führt Sie hierher?« fragte Buchanan.

Etwas an der Haltung und dem entschlossenen Blick des Reiters erinnerte ihn an Diamonds eisige Arroganz. Mit ihr war nicht zu spaßen gewesen, also mußte er sich auch bei ihrem Sohn in acht nehmen. Bei ihrer letzten Begegnung in Cooktown hatte er ihr eine wohlverdiente Tracht Prügel verpaßt, woraufhin sie ihn mit einem Messer zum Rückzug zwang. Eine schwarze Hure! Dieser Schock saß tief.

»Ich möchte jemand auf der Station besuchen.«

»Einen der Schwarzen?« erkundigte sich Buchanan.

»Ich kenne hier draußen keine Schwarzen«, sagte Beckman ruhig. »Ich möchte Miss Thurlwell besuchen, die sich meines Wissens dort aufhält.«

»Ach ja? Nun, Sie verschwenden Ihre Zeit. Ich bin Buchanan, mir gehört die Station.«

»Ich weiß. Sie hatten Ihre Pferde in meinen Ställen in Brisbane stehen. Ich möchte Miss Thurlwell sehen.«

Buchanan zitterte innerlich. Dieser Bastard wußte tatsächlich, wer er war. »Miss Thurlwell hat mir klargemacht, daß sie Sie nicht zu sehen wünscht. Daher kehren Sie am besten um und verschwinden von hier.«

»Erst, wenn ich mit ihr gesprochen habe.«

»Wollen Sie sich widersetzen? Für wen halten Sie sich eigentlich?«

»Ich bin nur ein Freund. Ich bleibe nicht –«

»Darauf können Sie Gift nehmen!«

»Also, kann ich sie sehen?«

»Nein.« Der Landbesitzer ergriff mit geübter Bewegung sein Gewehr und richtete die Mündung auf Beckman. »Ich sagte, du sollst von hier verschwinden.«

Ben starrte ihn überrascht an. Die Pferde scharrten unbehaglich mit den Hufen, da sie die Spannung spürten. Sein Gegenüber hielt das Gewehr weiter im Anschlag.

»Mr. Buchanan«, sagte der Besucher höflich, »ich mag es nicht, wenn man eine Waffe auf mich richtet.«

»Das wundert mich nicht angesichts deiner Vergangenheit«, grinste Buchanan überlegen. »Es passiert dir wohl nicht zum ersten Mal. Wirf dein Gewehr dort drüben ins Gebüsch.«

»Warum?«

»Du weißt, daß Abos keine Waffen tragen dürfen. Na los!«

Er sah, wie Ben bei dieser absichtlichen Beleidigung zusammenzuckte, und freute sich, daß ihm das Halbblut gehorchte. Eine Hand hielt er ängstlich erhoben.

Doch Buchanan hatte die Bewegung mißdeutet. Ben Beckman war nicht ängstlich, sondern überrascht. Was ging hier eigentlich vor? Er wollte nur mit Phoebe sprechen und hatte keinen bewaffneten Empfang in Gestalt des Landbesitzers höchstpersönlich erwartet.

»Das ist überflüssig«, erwiderte er und warf seine Büchse ins Gebüsch. »Ich will Ihnen keine Schwierigkeiten machen.«

»Dafür werde ich auch sorgen«, schnappte Buchanan.

Plötzlich wurde Ben nervös. Als er seine Gewehrtasche schloß, löste er dabei vorsichtig den Riemen, mit dem das Messer an seinem Bein befestigt war. Der Mann war wahnsinnig, der Haß in seinen Augen unmißverständlich. Doch welchen Grund sollte er haben? Dann begriff Ben, daß sich an der alten Fehde zwischen Schwarz und Weiß nichts geändert und er sich des schlimmsten Vergehens schuldig gemacht hatte: der Beziehung zu einer ihrer Frauen. Dies schien ihm die einzig sinnvolle Erklärung zu sein. Er wußte, daß sich die Landbesitzer hier draußen ihre eigenen Gesetze schufen.

»Jetzt dreh dich um und hau ab!« befahl Buchanan.

Ben wendete langsam sein Pferd. Seltsamerweise hatte Buchanan nicht gesagt: »Und laß dich nie wieder hier blicken!« Aus dem Augenwinkel sah er, wie sich die Mündung hob und begriff, daß ihn jeden Augenblick eine Kugel in den Rücken treffen konnte.

Er zog das Messer vorsichtig aus der Scheide und tat, als reite er davon, riß sich aber im Sattel herum und schleuderte seine Waffe.

Buchanan drückte zu spät ab – in genau dem Moment, als sich das Messer in seine Schulter bohrte.

Ben gab seinem Pferd die Sporen und galoppierte davon, da er ohne Waffe kein Risiko eingehen wollte. Ein Messerwurf auf diese Distanz würde keine allzu schlimmen Folgen haben. Durch das Donnern der Hufe und sein lautes Herzklopfen hörte er nicht, daß Buchanan ihm folgte. Plötzlich peitschte ein zweiter Schuß durch die Luft. Sein Pferd bäumte sich unter ihm auf und stürzte zu Boden.

»O Gott!« schrie Ben. Er kroch unter dem angeschossenen

Tier heraus und sprang ins dichte Gebüsch. Geduckt lief er durch das hohe, harte Gras, stolperte über Baumstämme und benutzte die Bäume als Deckung, bis er in sicherer Entfernung war. Ein berittener Mann würde diese Hindernisstrecke kaum so schnell geschafft haben.

Er machte sich Sorgen um das Pferd. Ihm war keine Zeit geblieben, um zu prüfen, ob es nur eine Fleischwunde abbekommen oder eine ernsthafte Verletzung durch den Sturz erlitten hatte. Rapper war ein schönes Pferd, das er selbst beim Kauf der Ställe ausgesucht hatte. Es war stolz, stark wie ein Ochse, überaus klug und hatte es nicht verdient, verletzt dort draußen zu liegen. Ben hoffte allerdings, daß es auf die Beine gekommen und geflohen war, vielleicht würde er es wiederfinden.

Was aber sollte er tun, wenn Rapper schwerverletzt und hilflos war? Ben konnte das Tier nicht von seinen Leiden erlösen und wünschte sich fast, die Kugel hätte ihn selbst getroffen.

Er wartete beinahe eine Stunde, dann konnte er es nicht länger ertragen und schlich zurück in Richtung Straße. Plötzlich ertönte wieder ein Schuß. Soviel Herz besaß Buchanan also doch. Ben ließ sich traurig zu Boden sinken. Warum mußte Rapper diesem Kerl zum Opfer fallen?

Lange Zeit blieb er im Gebüsch hocken und traute sich nicht, sich zu bewegen. Es war so still an diesem Nachmittag, daß ihn der kleinste Laut verraten hätte. Buchanans Mordversuch erschien ihm unwichtig angesichts der Trauer über den Tod seines Pferdes. Buchanan würde seine Rache zu spüren bekommen.

Als die Luft rein schien, stahl er sich hervor und fand das tote Tier mit einer Kugel im Kopf, eine zweite steckte im Körper. Es hatte sich beim Sturz ein Vorderbein gebrochen. Sattel und Zaumzeug waren verschwunden, ebenso Bens Vorratstaschen und sein Geld. Er hätte genausogut unter Buschräuber fallen können, dachte er sich, obwohl Buchanan wohl kein Dieb war – er wollte Ben nur einen Denkzettel verpassen, indem er ihn

Meilen von einer menschlichen Behausung entfernt ohne alles zurückließ. Sogar ohne Wasser.

»In Ordnung, Mr. Buchanan«, sagte Ben und bedeckte den Kadaver des Pferdes mit Zweigen, um ihn vor den Fliegenschwärmen zu schützen. »Das war's für heute. Aber wir haben noch eine Rechnung offen.«

Er beschloß, ins mehr als vierzig Meilen entfernte Charleville zu laufen. Jetzt mied er die Straßen, die ihm zuvor als Orientierung gedient hatten. Der Marsch durch das Buschland erwies sich als anstrengend und voller Umwege. Bei Sonnenuntergang war Ben sehr müde und durstig. Er änderte seinen Plan und entschied, daß die Straße nachts sicher genug sei. Mit zusammengebissenen Zähnen marschierte er weiter und hoffte, daß die Richtung stimmte, denn es gab keinerlei Orientierungspunkte für müde Wanderer.

Gelegentlich schreckten ihn Nachttiere hoch, die in den Büschen raschelten oder plötzlich über die Straße schossen. Irgendwo heulte ein Dingo auf. Der klagende Ton paßte gut zu Bens Stimmung. Seine Schritte wurden allmählich langsamer, doch er zwang sich weiterzulaufen.

Im ersten Licht der Morgendämmerung war Ben so erschöpft, daß er sich wieder ins Gebüsch schlug und dort zu Boden sank. Als er aufwachte, stand die Sonne schon hoch am Himmel. »Ungefähr sieben«, murmelte er und rappelte sich hoch. »Und kein Frühstück in Sicht. Auf geht's!«

Der Stand der Sonne irritierte ihn. Er wußte, daß Charleville im Osten lag. Warum ging die Sonne dann hinter seinem Rücken auf? Vielleicht sollte er umkehren. Nein, er hatte die Straße nach rechts verlassen und war bestimmt noch immer auf dieser Seite. Um sicherzugehen, lief er fluchend zurück. Seine Spuren im Gras führten ihn zu der Stelle, an der er von der Straße abgebogen war.

Egal. Diese Straßen wanden sich hin und her, da sie ursprünglich von Ochsengespannen und Fuhrwerken gezogen worden waren, die großen Bäumen, Felsen und anderen Hindernissen ausweichen mußten. Er würde einfach weitergehen.

Ben hatte keine Ahnung, wie weit er seit dem Tod seines Pferdes gelaufen war. Er mußte eine beachtliche Strecke zurückgelegt haben und brauchte nun wirklich Hilfe. Er blieb auf der Straße und hielt Ausschau nach menschlichen Behausungen und Wasserläufen. Ohne Essen konnte er es eine Weile aushalten, aber er mußte dringend etwas trinken. Er steckte sich einen Kieselstein in den Mund, um etwas Speichel zu erzeugen. Diesen Trick kannte er aus dem Steinbruch, wo die Gefangenen nur zu den Mahlzeiten Wasser erhielten. Er dachte weder an Phoebe, noch an irgend jemand sonst, nur der Haß auf Buchanan trieb ihn weiter auf der langen, staubigen Straße, die ihn mit Fata Morganas quälte.

Dann entdeckte er, daß die Straße weit in der Ferne eine Kurve machte, was ihm neuen Mut verlieh. Beim Näherkommen sah er ein primitives Tor, das aus Ästen und drei Reihen Draht bestand.

Die Straße machte allerdings keine Kurve, sie war zu Ende. Irgendwann in der Nacht mußte er in diese Sackgasse geraten sein. Zumindest jedoch entdeckte er zwei Schornsteine, die hinter einer Baumgruppe hervorlugten. In dem Haus würde er sicher Hilfe finden.

Er machte sich auf den endlos scheinenden Weg zum Gebäude, der völlig überwuchert war. Keinerlei Wagenspuren.

Ben ging unter den hochgewachsenen Bäumen hindurch und fand sich auf einer halbkreisförmigen Auffahrt, die zu den Ruinen eines vor langer Zeit abgebrannten Hauses führte. Nur die Ziegelschornsteine ragten noch an beiden Enden empor. Es mußte einmal ein stattliches Anwesen gewesen sein. Junge Bäume und Wildblumen sprossen aus der Asche.

»Oh, Jesus!« sagte er fassungslos und hämmerte gegen einen verrosteten Wassertank. Dann warf er Steine in einen Brunnen, die dumpf auf dem trockenen Boden aufschlugen.

Das Land um das Haus auf dem Hügel war einmal gerodet

worden, doch die Bäume eroberten sich wieder ihr altes Reich und wuchsen dem Buschland entgegen.

Trotz seiner Enttäuschung betrachtete Ben aufmerksam die Gegend. Die prächtige Auffahrt zeugte noch vom Wohlstand der früheren Eigentümer. Zerbrochene Blumenschalen lagen am Fuß zerbröckelnder Stufen, und eine verkümmerte rote Geranie leuchtete zu ihm herüber.

Ben überlegte. Die Besitzer, die den Platz ihres Hauses so sorgfältig ausgewählt hatten, würden sich in dieser trockenen Gegend bestimmt nicht nur auf den Tank und den Brunnen verlassen haben.

Er ging um die Ruinen herum und ließ die Blicke schweifen. Tatsächlich, eine halbe Meile weiter wuchs eine Reihe von Gummibäumen, die weitaus kräftiger wirkten als die weiter entfernten Pflanzen. Vögel segelten durchs Laub.

Ben lief los und betete, daß er in diesem verrückten Land nur einmal mit seiner Vermutung richtig lag. Er stürzte zwischen die hohen Bäume, kämpfte sich durchs Unterholz und fiel vollbekleidet in einen sanft dahinfließenden Bach. Sein Bett war voller Baumstümpfe und Schilf, doch das Wasser gewann nach der Dürre allmählich wieder die Oberhand. Ben trank dankbar und gierig. Dann warf er die Stiefel ans Ufer und setzte sich mitten in den Bach. Er wußte nicht, wo er war. Egal, er mußte das Jetzt genießen.

Der Herr der Fairmont Station reagierte gereizt auf Rubys Besorgnis, als sie seine Verletzung entdeckte. Er saß auf einer Kiste im Werkzeugschuppen und riß sich das Hemd vom Körper. »Halt den Mund! Hol mir Wasser und Eukalyptus, und mach das sauber.«

Er drehte den Kopf, um seine Schulter zu untersuchen. Die Wunde schien nicht allzu tief zu sein. Das Messer war so hart auf den Knochen geprallt, daß er zunächst einen Bruch befürchtet hatte. Die Schulter schmerzte bei jeder Bewegung. Ohne das Messer hätte er Beckman erwischt und der Sache ein Ende bereitet. Sollte er ihn anzeigen, konnte er jedenfalls die Wunde vorweisen und behaupten, man habe ihn zuerst angegriffen.

Er hatte die Besitztümer des Niggers in einen alten Minenschacht geworfen, wo sie niemals gefunden würden. Sicherheitshalber wollte er den ganzen Vorfall verschweigen, auch weil er keine Lust hatte, den Frauen Rede und Antwort zu stehen, schon gar nicht in Anwesenheit von Phoebe Thurlwell. Ihr Freund würde sich wohl kaum noch einmal in die Nähe des Hauses trauen.

Ruby wusch die Wunde aus und schüttelte Eukalyptusöl hinein. Dann tupfte sie sie mit einem trockenen Tuch ab.

»Was passiert, Boß?« fragte sie besorgt.

»Ein Ast. Bin geradewegs in einen spitzen Ast geritten. Hat mich beinahe vom Pferd geworfen.«

Sie schüttelte den Kopf. »Vorsichtig sein, Boß. Nicht reiten wie Verrückter.«

»Ist die Wunde tief?«

»Nein, nicht so schlimm. Untersuchen, ob Knochen hier verletzt.«

Er stöhnte, als sie ihre kräftigen Finger gegen seine Schulter drückte.

»Nein, Knochen nicht gebrochen. Blutet wieder, ich verbinde.«

Angesichts von Rubys festem Griff war das kein Wunder, aber Buchanan zog ihre erfahrenen Hände dem Gefummel eines unsicheren Arztes vor. Ihre Antwort beruhigte ihn. Er saß still da, während sie seine Schulter mit sauberen Stoffstreifen aus ihrem »Medizinkasten« verband.

»Hol mir ein frisches Hemd.«

Der Schmerz war nun erträglich, und er fühlte sich ganz zufrieden, da er glücklich entkommen war und eine plausible Erklärung für seine Verletzung gefunden hatte. Im Busch geschahen immer wieder Unfälle, und dies war noch eine harmlose Wunde. Außerdem hatte er sich die Bedrohung vom Hals geschafft. Beckman konnte nicht zur Polizei gehen, weil man ihm dann den Messerwurf anlasten würde. Niemand würde einem Halbblut Glauben schenken, wenn das Wort eines weißen Viehzüchters und Politikers dagegenstand, der behauptete, er habe sich gegen einen Angreifer wehren müssen und daher dessen Pferd erschossen.

Ruby sah kopfschüttelnd zu, wie er sein Hemd überstreifte und davonging. »Mr. Ben«, flüsterte sie bei sich, »was hast du jetzt getan? Bist immer schlimmer Junge gewesen. War kein Ast, war Messer!« Sie packte seufzend ihren Arzneikasten ein. Ben Beckman war zu demselben Schluß wie der Angreifer gelangt. Wenn man ihn wegen des Messerwurfs anklagte, hätte er schlechte Karten. Allerdings würde er ohnehin nicht zur Polizei gehen. Es handelte sich um eine Privatangelegenheit, in die er Phoebe nicht mit hineinziehen wollte, und ihre Anwesenheit war die einzig mögliche Erklärung für seinen Besuch auf der Viehstation.

Er fragte sich, welche Geschichte Buchanan zu Hause erzählen würde. Der Mann war wahnsinnig, soviel stand fest. Phoebe mit einer Flinte zu bewachen! Wollte sie ihn wirklich nicht sehen? Er zog sich die Stiefel an. Eigentlich sollte er nachgeben, nach Brisbane zurückkehren und auf sie warten. Und Buchanan mit seinem Mordversuch davonkommen lassen? Buchanan, der möglicherweise mit seinem alten Feind William Thurlwell unter einer Decke steckte? Da war ja wieder der Ursprung allen Ärgers in Gestalt des Doktors!

Der Zorn kochte erneut in ihm hoch. Mit einem Pferd und einer Waffe hätte er auf der Stelle kehrtgemacht in Richtung Fairmont.

»Hast du aber nicht. Also wirst du laufen, bis du diese verdammte Stadt findest, und wenn es einen Monat dauert.«

»Redest mit dir selbst«, sagte eine Stimme. Ben schoß herum. Mandjala grinste ihn an.

»Guter Gott! Wo kommst du denn her?«

»Habe dich verfolgt. Schon lange.«

»Woher wußtest du, daß ich in der Gegend bin?« – »Leute sagen, du fragst herum nach mir.«

»Sie sagten, sie würden dich nicht kennen.«

Mandjala zuckte die Achseln und deutete über die Schulter. »Dein Pferd tot. Kerl hat erschossen?«

»Ja. Wenn ich mich nicht im Busch versteckt hätte, würde *ich* da liegen.«

Der Schwarze schüttelte den Kopf. »Niemand folgt dir. Wohin jetzt?«

»Nach Charleville.«

Mandjala brach in schallendes Gelächter aus und hielt sich die Seiten. Dann zeigte er mit seinem knochigen Finger auf Ben: »Du Narr ganz verirrt!« Er deutete in Richtung Nordosten. »Große Stadt da lang.«

»Streu nicht noch Salz in die Wunde«, grollte Ben. »Ich habe Hunger. Hast du was für mich?«

Darüber schien sich Mandjala noch mehr zu amüsieren, da er nur einen geflochtenen Gürtel, Lendenschurz und seine neueste Errungenschaft, ein ärmelloses Flanellhemd, trug. Er zog einen kurzen Bumerang aus dem Gürtel und ließ ihn neben sich auf den Boden fallen. Dann setzte er sich in den Sand am Rand des Baches. »Viel Essen hier.«

»Schön zu hören«, gab Ben zurück. »Wo ist dein Speer?«

»Weiße Leute werden komisch bei Speer. Denken, ist Kriegsspeer.« Mandjala spuckte aus. »Besser jetzt ohne Speer.« Er zeichnete einen Bogen in den Sand. »Du bist so gegangen, seit Pferd tot. Rund wie der Mond.«

»Warum hast du mich nicht früher eingeholt?«

Mandjala erklärte, er habe Bens Spur leicht folgen können. Da er sich nicht in unmittelbarer Gefahr befand, zog er es vor, die Fährte des Feindes von dem toten Pferd aus aufzunehmen, um sicherzustellen, daß dieser nicht zurückkehrte.

Ben hörte fasziniert zu. Hätte er doch nur gewußt, daß er beschützt wurde. Mandjala war Buchanans Spur bis zu dessen Anwesen gefolgt. Den Mann selbst hatte er nicht gesehen, konnte aber anhand der Fährte sagen, daß sein Pferd zusätzliches Gewicht getragen hatte …

»Ja, meinen Sattel und mein ganzes Gepäck.«

Mandjala erklärte, daß die Sachen in einem Minenschacht gelandet waren, der einige Meilen diesseits – er tippte auf seinen linken Arm – des Weges zum Haus lag.

»Kann man sie herausholen?« erkundigte sich Ben. Mandjala schüttelte den Kopf. »Viel zu tief.«

Auch egal, dachte Ben. Ohne Pferd würde ihm der Sattel kaum nützen, aber mit dem Geld hätte er sich das Leben in Charleville erleichtern können. Außerdem ärgerte er sich über Buchanans Arroganz, mit der er Geld und einen sündhaft teuren Sattel einfach wegwarf.

»Dieser Kerl lebt auf Station«, warnte ihn Mandjala.

»Ich weiß. Er ist der Boß.«

Sein Freund sah ihn mit großen Augen an. »Ohne Sachen du läufst besser. Große Probleme nach Kampf mit Boß.« Er zog ein Messer aus seinem Hemd. »Das deins?«

»Ja!« Ben freute sich, daß er ausgerechnet Diamonds Messer zurückbekam. »Wo hast du es gefunden?«

»Auf der Straße. Du hast Boß geschnitten?«

»Ja.«

Mandjala erhob sich. »Du machst Feuer.« Damit marschierte er ins Buschland.

»Und wie?« fragte Ben hilflos. Er hatte keine Streichhölzer dabei. Sie lagen gemeinsam mit der Pfeife und dem Tabak auf dem Grund eines verdammten Minenschachtes. Ihm war klar, daß sich Mandjala bei seiner Rückkehr köstlich über seinen Freund amüsieren würde, der trotz seiner Herkunft nichts über das Leben im Outback wußte. Er konnte nur mit knurrendem Magen warten und über die Ereignisse nachdenken, während die Dämmerung hereinbrach.

Mandjala war Buchanan meilenweit bis zu seinem Anwesen gefolgt, ohne beobachtet zu werden. Ben fragte sich, ob ihm das ebenfalls gelingen würde. Natürlich wollte er seinen

Freund nicht in Gefahr bringen, der ein großartiger Fährtenleser war.

»Nicht, daß ich mir ein Urteil erlauben könnte. Mir hätte eine Herde Känguruhs folgen können, ohne daß ich es merken würde«, sagte Ben zu sich selbst.

Auf allen Stationen lebten Schwarze: als Viehhüter, Hausmädchen, Hilfsarbeiter, die nur Kost und Logis erhielten und dafür den Siedlern dienten. Ob Mandjala eine Botschaft für ihn zu Phoebe bringen konnte, ohne daß es jemand bemerkte? Er hatte kein Schreibzeug dabei, und eine mündliche Nachricht zu übermitteln, wäre vielleicht zu schwierig für die schwarzen Dienstboten. Was, wenn Phoebe den Buchanans davon erzählte? Dann würden die Schwarzen wegen ihm Ärger bekommen.

Die Mahlzeit war gut. Mandjala briet Yamswurzeln und einen fetten Buschtruthahn über dem Lagerfeuer. Er hatte zwei Stöcke in seinen Handflächen aneinandergerieben, während Ben unter seiner Anleitung trockene Rinde darüberstreute, die sich an den Funken entzündete. Mandjala erklärte ihm, daß die Stöcke von einem Eukalyptusbaum stammen mußten. Ben wollte es sich merken, obgleich er Streichhölzer bevorzugt hätte.

Mandjala fragte ihn nach »Baki« und erfuhr zu seinem Bedauern, daß er ebenfalls im Minenschacht gelandet war. Für ihn war Tabak wertvoller als Geld oder Sättel.

Ben erkundigte sich nach Djumbati. Der junge Mann hatte sich eine Frau genommen und arbeitete mit ihr auf einer Station im Norden.

»Pferdreiten«, meinte Mandjala verächtlich.

»Du solltest ihm keine Vorwürfe machen. Junge Männer müssen von irgend etwas leben.«

Doch Mandjala fand es entwürdigend.

Ben dachte immer noch über die Botschaft für Phoebe nach, doch zunächst brauchte er ein Pferd und eine neue Ausrüstung.

»Führst du mich morgen nach Charleville?« fragte er Mandjala, der erleichtert wirkte.

»Besser du gehst nach Hause, was?«

»Nein, noch nicht.«

Mandjala sah ihn wissend an. »Der Boß-Kerl hat deine Frau, was?«

Ben war überrascht. »Nein, sie ist nur bei ihm zu Besuch.«

Der alte Mann schaute ins Feuer, nickte und lächelte, als habe er von Anfang gewußt, daß sich der Streit um eine Frau drehte.

Sie brachen in der kalten Morgendämmerung auf. Alles war naß vom Tau. Ben marschierte zunächst stramm drauflos, fiel dann aber hinter seinem Freund zurück, der ihn quer durchs Gelände auf geradem Weg zur Stadt führte. Für Mandjala gab es keine Hindernisse. Sie stiegen über Zäune und liefen durch Viehherden. Einmal wurden sie sogar von drei neugierigen Emus verfolgt, die mit ihnen um die Wette rennen wollten. Als Ben sich umdrehte, ergriffen sie die Flucht.

Sie durchquerten wildes Gelände, stiegen über Wasserrinnen und marschierten bergauf, bis sie ein weites Tal erreichten.

Ben ließ sich erschöpft zu Boden fallen.

»Wie weit noch?« fragte er zum dritten Mal.

»Zehn Meilen«, antwortete Mandjala ebenfalls zum dritten Mal. Ben rappelte sich auf und kämpfte sich weiter voran im Bemühen, mit dem Aborigine Schritt zu halten.

Bei Sonnenuntergang führte ihn Mandjala in eine verlassene Holzhütte, die vermutlich von Viehhütern benutzt wurde. Außer einem unbehauenen Tisch gab es keine Möbel, aber Ben war nach dem Verlust seines Zeltes dankbar für den Unterschlupf. Er war fast zu müde zum Essen, und das gegrillte Opossum machte die Sache nicht besser, doch er zwang sich, etwas von dem Fleisch zu nehmen.

Mandjala schlief lieber draußen. Ben war gerührt, daß er einen Schutz allein für ihn gesucht hatte. Ihm selbst wäre der Unterschlupf im Vorbeigehen gar nicht aufgefallen.

Am nächsten Morgen brachte ihn der kundige Führer auf einen Hügel und deutete auf die Straße, die sich am Fuß der Erhebung hinter Büschen verborgen entlangwand. »Du gehst weiter in Stadt.«

Ben grinste. »Zehn Meilen?« Mandjala nickte erfreut.

Wie sich herausstellte, waren es weniger als fünf Meilen bis zu den ersten Ausläufern der Stadt, und bald hatte Ben die Hauptstraße dieses schäbigen Außenpostens der Zivilisation erreicht.

Er mußte entdecken, daß Schuldscheine eine feine Sache waren, solange man in der Stadt bekannt war. Staubige Vagabunden hatten jedoch keine Chance. Ben lief an einigen baufälligen Pubs vorbei, bis er zum Shamrock Hotel kam, einem Holzgebäude mit einer kleinen Veranda. Er fragte nach Mrs. Lottie Smith.

Sie war groß und schlank, mit wettergegerbtem Gesicht und ergrautem Haar, das zu einem Knoten aufgesteckt war. Sie trug ein einfaches schwarzes Kleid mit passender Schürze. Mit der ist nicht zu spaßen, dachte Ben, als sie ihn mißtrauisch betrachtete, und stellte sich rasch vor.

»Sie sind ein Freund von Mr. Glasson?« fragte sie. »Wie geht es ihm?«

»Sehr gut«, log Ben. »Er hat jetzt eine eigene Praxis in Brisbane.«

»Und was kann ich für Sie tun?« fragte sie. Am Austausch von Höflichkeiten war sie augenscheinlich nicht interessiert.

»Ich bin ein bißchen in der Klemme. Mir gehören Mietstallungen in Brisbane, und ich war geschäftlich unterwegs …«

»Sie wollen sagen, Sie sind pleite?«

»Nicht direkt. Ich brauche nur ein Darlehen. Ich stehe mit meinem Wort dafür ein.«

»Wo ist Ihr Pferd? Ich habe Sie kommen sehen, und zwar zu Fuß. Und ohne Gepäck.«

»Das stimmt. Mein Pferd ist gestorben. Daher mußte ich meine Sachen dort lassen.«

»Wo waren Sie? Wo ist es gestorben?« Die Fragerei störte ihn, aber er beherrschte sich. »Ungefähr zehn Meilen von hier auf der Straße«, schwindelte Ben.

»Und Sie haben Ihr Geld bei dem toten Pferd gelassen?« fragte Mrs. Smith ungläubig. »Das ist wirklich witzig.«

»Mrs. Smith«, sagte Ben geduldig, »ich habe kein Bargeld mehr. Barnaby sagte mir, ich solle Sie besuchen. Ich dachte, Sie könnten mir ein Darlehen einräumen, das ich mit Zinsen zurückzahle. Ich bin kreditwürdig, auf mein Wort.«

Sie warf einen Blick über die Schulter auf einen stämmigen Mann hinter der Bar, bei dem es sich vermutlich um Mr. Smith handelte, und schüttelte den Kopf. »Wir sind kein Leihhaus, Mister, aber ich sage Ihnen was. Gehen Sie zur Bank. Wenn Sie kreditwürdig sind, wird man Ihnen dort etwas leihen.«

»Ach ja? Wenn Sie mir schon nicht helfen wollen, welche Chance habe ich dann in der Bank?«

Sie seufzte und verdrehte die Augen. »Wir sind hier nicht so hinterwäldlerisch, wie Sie vielleicht glauben. Gehen Sie in die Bank gegenüber, und fragen Sie nach Seth Collins. Wenn Sie ihm Ihren Namen sagen, telegrafiert er nach Brisbane und kann Ihnen dann weiterhelfen.«

Ben strahlte. »Mrs. Smith, Sie sind ein Schatz. Warum bin ich nicht selbst darauf gekommen?«

Sie taute ein wenig auf. »Tut mir leid, aber Sie müssen unsere Lage verstehen. Viele Betrüger tauchen hier auf, die von den Goldfeldern kommen. Waren Sie in Sailor's Drift?«

»Ja.« Er ging zur Bank hinüber. Ein verblaßtes Schild an der Außenseite des Schuppens gab Auskunft, daß es sich um die First National Bank handelte. Dieser Mr. Collins mußte nur noch an Bens Bank in Brisbane telegrafieren.

Es galt zunächst, Überzeugungsarbeit zu leisten. »Wer wird das Telegramm bezahlen?« fragte Mr. Collins.

»Ich zahle, wenn sie antworten.«

»Und wenn die noch nie von Ihnen gehört haben? Wer zahlt dann?«

Ben beharrte, bettelte und verlor schließlich die Beherrschung. »Geben Sie jetzt mein verdammtes Telegramm auf! Sie sollen mir hundert, nein zweihundert Pfund schicken! Mein Konto wird in der Hauptstelle Ihrer Bank geführt, und ich bin ein guter Kunde. Wenn Sie mir diesen Gefallen nicht tun, können Sie sich von Ihrem Job verabschieden, sobald ich nach Brisbane komme!«

»Zweihundert Pfund sind sehr viel Geld«, jammerte Collins. »Jemandem wie Ihnen schicken die das nie.«

Entsetzt begriff Ben, daß man ihn nicht nur als Betrüger verdächtigte, sondern auch als Schwarzen ausgrenzte.

»Angeblich sind Sie Bankmanager«, knirschte er. »Benehmen Sie sich auch so. Die Höhe des Betrages geht Sie überhaupt nichts an.«

Er schleppte Collins ins Telegrafenamt und blieb bei ihm stehen, bis die Nachricht abgegangen war.

»Die Antwort kommt frühestens morgen«, sagte der Telegrafenbeamte. »Ich schließe um eins, habe noch einen anderen Job.«

»Welchen anderen Job?«

»Er ist der Postbeamte«, erklärte man ihm. »Nach dem Mittagessen öffnet er das Postamt.«

Auf dem Rückweg zum Hotel überlegte er, daß es am vernünftigsten sei, nach Hause zu fahren. Geld holen, Pferd mieten, zu Mandjala zurückkehren, der bei der Hütte auf ihn wartete, ein bißchen erzählen und auf nach Charleville und in den nächsten Zug nach Brisbane. Er war noch nie mit dem Zug gefahren, es würde sicher Spaß machen.

Weniger Spaß machte es, sich einzugestehen, daß die anderen schon wieder triumphiert hatten.

»Oh, nein. Du bleibst hier und findest heraus, was mit Phoebe los ist.«

Lotties Mann, Bellamy Smith, gab sein Einverständnis, als er hörte, daß die Bank Ben Geld schicken würde. Er würde Essen und Unterkunft erhalten, bis er wieder »flüssig« war.

»Sie können den Bungalow hinter dem Haus haben«, sagte Lottie. »Wir sind nicht gerade das Royal Hotel, aber sauber.«

»Das stimmt«, meinte ihr Mann voller Stolz. »Meine Frau ist die beste Hausfrau der Stadt. Ein Bier, Mr. Beckman?«

»Gern, und auch eins für Sie.«

»Recht so. Ich setze es auf Ihre Rechnung.«

Eins mußte man Lottie lassen: Sie war eine hervorragende Köchin.

Sie servierte das Essen für Bellamy und vier weitere Männer, darunter Ben, an einem langen Tisch in der Küche, in der vor Sauberkeit alles blitzte und glänzte: von den Töpfen bis zu den Bänken und den Regalen aus Kiefernholz, in denen robustes Porzellan stand.

Die Männer leerten große Tassen Erbsensuppe, Teller mit geröstetem Schweinefleisch und dampfendem Gemüse, verschlangen Brot, Butter und Marmelade und zum Abschluß noch Rhabarberkuchen. Die Unterhaltung drehte sich hauptsächlich um Pferde, da der Neuankömmling Besitzer eines Mietstalls war.

Nach einem Spaziergang durch die Stadt saß Ben in einer Ecke des Salons und las alte Zeitungen. Lottie spülte nach der Sperrstunde die Gläser und putzte die Bar, als Bellamy mit zwei Pints zu Ben kam.

»Nur weil Sie anschreiben lassen, müssen Sie nicht gleich zum Abstinenzler werden«, meinte er. »Das geht auf meine Rechnung. Pech mit dem Pferd, was?«

»Ja.« Ben wollte nicht weiter darüber sprechen, doch Bellamy war in Gesprächslaune. »Wie kommt ein Bursche in Ihrem Alter an eigene Ställe? Gehörten wohl Ihrem Daddy, was?«

»Nein. Ich hatte Glück. Meine Großmutter hinterließ mir etwas Geld.«

»Ach so. Und das Geschäft läuft gut?«

»Ja, ich besitze auch eine Sattlerei.«

»Kluger Junge. Leute wie Sie werden hier gebraucht. Müssen extra nach Roma fahren, um gute Sättel zu bekommen.

Beckman? War Ihr Daddy Deutscher? Sind gute Bauern. Habe damals in Toowoomba viele gekannt.«

»Nein, die Beckmans haben meine Mutter adoptiert.« Noch nie hatte ihn jemand so direkt danach gefragt. Er betrachtete Bellamys rosiges Gesicht und die freundlichen blauen Augen und begriff, daß sich der Mann nur mit ihm unterhalten wollte. Vom Lügen hatte er für heute genug und fuhr deshalb fort: »Ich weiß nicht, wer mein Vater war. Es stört mich auch nicht weiter. Meine Mutter war Aborigine. Sie ist tot. Hat gut für mich gesorgt.«

»Das sieht man. Sie wirken gut erzogen«, bemerkte Bellamy und zündete sich eine Pfeife an. Er lehnte sich für ein Schwätzchen zurück. Plötzlich schien ihm ein Gedanke zu kommen. »Tut mir leid, Kumpel. Möchten Sie rauchen?«

»Wenn ich anschreiben kann, gern.«

»Hätten Sie gleich sagen sollen. Wir haben hier im Regal ein paar gute Pfeifen. He, Lottie, bring dem jungen Ben eine Pfeife. Und zwei Pints.«

»Meine Runde«, sagte Ben. Bellamy nickte.

Ben schmunzelte. Bellamy Smith erzählte gern, aber Geschäft war Geschäft.

»Woher kam Ihre Mutter? Aus Brisbane? Ich weiß immer gern, wo Menschen herkommen und hingehen. Letzte Woche hatten wir ein paar Burschen aus Finnland hier. Unglaublich. War richtig traurig, als sie weiterzogen.«

»Nein, meine Mutter war eine Irukandji aus dem Norden in der Nähe von Cooktown.«

»Irukandji? Die Goldgräber von den Palmer-Feldern erzählten von ihnen.«

»Sie kennen den Stamm?« fragte Ben erstaunt. Zum ersten Mal traf er jemand, der auch nur den Namen kannte.

»Sicher doch. Fragen Sie nur die alten Goldgräber. Waren harte Burschen. Das Palmer-Gebiet gehörte ihnen, und wenn man ihnen begegnete, konnte man sein Testament machen. Gott weiß, wie viele weiße und chinesische Goldgräber sie vertrieben haben. Daher war die Gegend auch so gefährlich. Es gab zwar tonnenweise Gold, aber man mußte an den Irukandji vorbei. Der Weg von der Küste durch den Dschungel war schon ohne die Speere der Schwarzen schlimm genug!«

Bellamy kannte Dutzende Geschichten über Mord und Totschlag auf der Palmer-Route und die ungeheuren Vermögen, die glückliche Goldsucher gefunden hatten. Ben war fasziniert.

»Hat Ihre Mama Ihnen nicht davon erzählt?«

»Nein«, erwiderte Ben. »Als Kind interessierte ich mich mehr für Schiffskapitäne. Wollte selbst einer werden.«

»So sind Kinder eben. Ich wollte Polizist sein. Fing auch dort an, habe aber bald den Dienst quittiert. Buschräuber zu jagen, ist was für Lebensmüde. Wie die Suche nach der Nadel im Heuhaufen. Und, wenn Sie verzeihen, wir mußten auch arme, schwarze Schweine von ihrem Land vertreiben. Die Irukandji sind wohl auch weg, in alle Winde zerstreut. Die Weißen waren am Ende in der Überzahl und hatten die besseren Waffen.«

»Ja, soviel weiß ich bereits.«

»Und wie ist Ihre Ma nach Brisbane gekommen?« fragte Bellamy.

»Ich weiß es nicht genau«, mußte Ben zugeben. Bellamy Smith hatte sein Interesse an alten Geschichten geweckt, und er beschloß, zu Hause einen gründlichen Blick in Diamonds Kiste zu werfen. Beim ersten Mal hatte ihn nur das Messer gelockt. Außerdem stand in ihrem Zimmer noch ein Schrankkoffer mit den Logbüchern des Kapitäns, die in Deutsch verfaßt waren. Er mußte einen Übersetzer ausfindig machen.

»Sie sollten darüber Bescheid wissen«, erkläre Bellamy. »Ihre Kinder und deren Kinder wollen es auch erfahren. Mein Opa war ein Sträfling!« Er lachte. »Lottie will nicht, daß ich den Leuten davon erzähle, weil sie als freie Frau aus England hergekommen ist. Sie war gebildet und bekam gute Stellen als Hausmädchen.«

Ben fühlte sich ein wenig in die Defensive gedrängt und erklärte, daß seine Mutter bei den deutschen Adoptiveltern ebenfalls eine gute Erziehung genossen habe. »Ich weiß, daß sie eine Weile in Charters Towers gearbeitet hat.«

»Lottie auch«, sagte Bellamy. »Sie war Haushälterin auf einer großen Station da oben. He, Lottie, hast du in Charters Towers mal ein schwarzes Mädchen namens Mrs. Beckman gekannt? Oder«, er grinste, »wohl eher Miss Beckman.«

»Laß mich mal überlegen«, sagte Lottie und kam mit einem Glas Sherry zu ihnen herüber.

»Lottie kannte da oben einfach jeden«, erklärte Bellamy. »Sie vergißt kein Gesicht. Bei Ihrem Anblick wurde sie nervös, weil Sie ihr bekannt vorkamen. Die Betrüger, die hierherkommen, sind keine schäbigen Halunken. Sie wissen sich auszudrücken und können einem alles verkaufen. Da auch Sie redegewandt sind, Ben, war Lottie zunächst auf der Hut. Wir sind oft genug hereingefallen.«

»An ein schwarzes Mädchen namens Beckman kann ich mich nicht erinnern«, sagte Lottie schließlich. Sie wollte hinzufügen, daß Schwarze meist keine Familiennamen trugen, schwieg aber aus Rücksicht auf ihren Gast. Bellamy, der ein guter Menschenkenner war, schien Mr. Beckman zu mögen.

»Sagen Sie mir eins«, fragte Ben, »kennen Sie Buchanan? Er ist Parlamentsmitglied und Besitzer einer Viehstation westlich von hier.«

»Sicher kennen wir ihn.«

Lotties kleine grüne Augen verengten sich. Sie nahm die Schürze ab und faltete sie auf dem Schoß. »Hat Mr. Glasson mit Ihnen über ihn gesprochen?«

»Er erwähnte ihn. Anscheinend hegt Buchanan andere politische Ansichten als er«, sagte Ben leichthin.

»Er hat seine Versammlung gestört!« entrüstete sich Lottie. »Warum fragen Sie nach ihm? Sind Sie auch in der Politik?«

»Nein, das ist Barnabys Spezialität. Wir wohnen zusammen. Er redet über Politik, ich über Pferde und Automobile. Wir kommen gut miteinander aus.«

Bellamy schnitt ein neues Thema an. »Sie kennen sich mit

Automobilen aus, Ben?« fragte er begeistert. »Haben Sie schon mal eines gesehen?«

»Einen Moment«, warf Lottie ein. »Wir sprachen gerade über Mr. Buchanan. Ist er ein Freund von Ihnen, Ben?«

»So würde ich es nicht nennen. Ich glaube, er mag mich überhaupt nicht.«

»Warum nicht?« fragte sie beharrlich.

»Er braucht keinen Grund«, meinte Bellamy. »Seien Sie auf der Hut, Ben. Er gilt hier als halber Gott.«

»Es gibt immer einen Grund«, schnappte seine Frau und wandte sich zu Ben. »Ich habe beim Hereinkommen Ihre Kleider bemerkt. Sie sind gut angezogen und tragen schöne Reitstiefel, die nicht zum Wandern gedacht sind. Deren Aussehen nach zu urteilen, sind Sie sehr viel weiter als zehn Meilen gelaufen. Wie weit genau?«

Bellamy wirkte verwirrt. »Lottie, das geht uns nichts an.«

Sie schaute Ben durchdringend an. »Wie weit sind Sie gegangen, und was ist tatsächlich mit Ihrem Pferd geschehen?«

»Weit«, gestand Ben. »Und Buchanan hat mein Pferd erschossen.«

»Oh, Jesus!« platzte Bellamy heraus. »Gehen Sie bloß nicht zur Polizei. Die mögen keine Farbigen.« Er ging zur Bar und holte eine Whiskyflasche unter der Theke hervor. »Ich brauche einen anständigen Schluck.« Er goß sich einen kleinen Whisky ein. An dieser Unterhaltung wollte er sich nicht beteiligen.

»Hat er auf Sie oder auf das Pferd gezielt?« fragte Lottie.

»Auf mich.«

»Wieso?«

»Ich bin mir nicht sicher, werde es aber herausfinden. Sie brauchen sich keine Sorgen zu machen. Ich kenne das System und werde ihn nicht anzeigen. Eine Freundin von mir hält sich auf der Station auf. Ich wollte sie besuchen, und er hat mich vertrieben. Das ist alles. Ich will ihn nicht provozieren, sondern mehr über ihn herausfinden.«

Bellamy meldete sich von der Bar. »Eins sage ich Ihnen:

Wenn er Sie nicht auf seinem Land haben will, sollten Sie auch nicht hingehen. Richtig?«

»Stimmt. Schreiben Sie noch einen Whisky an. War ein langer Tag.«

Als sie mit ihrem Mann in dem hohen Metallbett lag, dachte Lottie angestrengt nach. Sie haßte Ben Buchanan. Als seine Mutter starb, hatte er die Caravale Station verkauft und Lottie im Norden allein zurückgelassen, nachdem sie seiner Familie jahrelang treu gedient hatte. Nicht ein Wort des Dankes, nicht einmal ein Empfehlungsschreiben, obwohl sie ihn mehrmals darum gebeten hatte. Das war aber noch nicht alles. Als sie ihre letzten Gehälter prüfte, die aufgelaufen und in den Büchern der Station verzeichnet waren, da sie wenig Geld gebraucht hatte, fehlten zwanzig Pfund.

»Der Betrag stimmt«, hatte Buchanan gesagt. »Das ist kein Fehler.«

Lottie hatte sorgfältig ihre Gehälter und Auszahlungen ein Jahr lang aufgeschrieben und zeigte ihm die Aufstellung, doch ihre zwanzig Pfund sah sie nie. Dieser Betrag wurmte sie noch immer.

»Zu meiner Zeit gab es in Charters Towers keine gebildeten schwarzen Frauen.«

»Vielleicht hat der Junge ein wenig übertrieben«, sagte ihr Mann.

»Mit einer Ausnahme. Ich habe sie Mr. Glasson gegenüber erwähnt. Vielleicht sollte mich Ben deswegen aufsuchen. Sie kam als Zofe einer Besucherin nach Caravale, war weder Fisch noch Fleisch. Die Missus wollte sie nicht im Haus haben, weil sie schwarz war, aber aufgrund ihrer eleganten Kleidung und gebildeten Redeweise kam sie mit den Schwarzen nicht zurecht. Wir wußten nicht, was wir mit ihr anfangen sollten. Ich baute ihr ein Bett in der alten Molkerei, und sie war zufrieden. Habe nie ihren Nachnamen erfahren. Wir riefen sie einfach Diamond.«

»Warum hast du es Ben nicht erzählt? Könnte seine Mutter gewesen sein.«

»Weil Diamond eine Affäre mit Buchanan hatte. Er konnte nie die Hände von den Schwarzen lassen, und sie war sehr schön. Die Geschichte dauerte an, solange er Spaß daran hatte. Danach schickte er sie weg.«

»Und weiter?« Bellamy genoß den Klatsch.

»Er hatte Diamond unterschätzt. Sie war stolz und feurig, es gab einen richtigen Kampf. Schließlich brachten die Schwarzen sie heimlich weg – im Interesse ihrer eigenen Sicherheit. Das arme Mädchen liebte ihn.

Als die Station kurz darauf in eine Krise geriet, brach Buchanan zu den Palmer-Goldfeldern auf, wo er sich das Fieber holte.«

Lottie seufzte. »Manche Mädchen werden einfach nicht klug. Er war so krank, daß man ihn nach Cooktown brachte, wo Diamond ihn pflegte. Man hat sie mit ihm gesehen.«

»Was trieb sie denn da oben?«

»Vermutlich versuchte sie, dort ihre Familie, ihren Stamm zu finden. Stellte den einheimischen Schwarzen immerzu Fragen. Es war das Gebiet der Irukandji, ihres eigenen Stammes. Daher ging sie dorthin. Sie fand ihre Familie auch. Leider ist sie jetzt tot.«

Bellamy pfiff vor sich hin. »Sie verstand sich also mit den Schwarzen und konnte sich im Palmer-Gebiet frei bewegen. Vielleicht hat sie Gold gefunden.«

»Wenn ja, hat sie es jedenfalls nicht Buchanan gegeben«, sagte Lottie voller Genugtuung. »Aber mich interessiert etwas anderes. Es sollte mich nicht überraschen, wenn der junge Mann im Bungalow sein Sohn ist.«

»Wessen Sohn?«

»Buchanans natürlich. Immerhin heißt er auch Ben.«

»Und du glaubst, er hat ihn deshalb von seinem Besitz gejagt?«

»Mag sein. Ich kenne diesen Kerl. Auf das Pferd hat er bestimmt nicht gezielt.«

»Lottie, wir sollten uns lieber aus der Sache heraushalten. Am besten erwähnst du es nicht mehr.«

»Natürlich, du hast recht.« Lächelnd zog sie die Bettdecke hoch.

Am Morgen brachte sie Ben eine Tasse Tee. »In Charters Towers habe ich weder eine Frau gekannt, auf die die Beschreibung Ihrer Mutter passen würde, noch jemanden namens Beckman. Es gab allerdings auf Caravale ein Mädchen mit Namen Diamond.«

Ben ließ fast seine dampfende Tasse fallen. »Diamond? Ja! Das war der Name meiner Mutter. Sie kannten sie? Wunderbar!«

»Sie war nur kurze Zeit dort«, sagte Lottie. »Ein nettes Mädchen, aber ein bißchen zu ehrlich für diese Gesellschaft.«

»Warum?«

Lottie schloß die Tür. »Versprechen Sie mir, daß Sie es nie meinem Mann gegenüber erwähnen. Wir sind hier nur ein Hotel unter zwanzig und können uns keinen Ärger erlauben.«

»Ich verspreche es«, sagte Ben eifrig.

»Ben Buchanan war Diamonds Liebhaber.«

Er wurde rot. »Sind Sie da ganz sicher?«

»O ja. War ein richtiger Skandal. Hat Sie Ihnen nie davon erzählt?«

»Nein.«

»Dann habe ich auch nichts gesagt. Trinken Sie Ihren Tee. Das ist alles lange vorbei. Buchanan ist den Ärger nicht wert. Bellamy hat recht: Sie sollten packen und nach Hause fahren.«

Als sie gegangen war, saß Ben wie betäubt da. Lotties Erzählung hatte ihn peinlich berührt. Er wollte ihr noch so viele Fragen stellen, traute sich aber nicht. Tief im Herzen wußte er, daß mehr dahintersteckte, als sie ihm sagen wollte. Ihm wurde allmählich klar, wer Buchanan sein mußte. Die Vorstellung gefiel ihm ganz und gar nicht.

Er erinnerte sich an den Polizisten in Mitchell, der angeblich nie ein Gesicht vergaß und dem Ben bekannt vorkam. Hatte der Buchanans Züge in ihm gesehen? Buchanan war dort kein Fremder. Er sprang auf und schaute sich in dem Spiegel über dem Waschtisch an.

»Nein!« sagte er zornig, »nein!« Er wollte sich nicht eingestehen, daß er dem Mann glich, der versucht hatte, ihn zu töten.

Für Phoebe war er einfach nur Buchanan, da sie sich weigerte, an ihn als Ben zu denken. Er hatte nichts mit ihrem geliebten Ben gemein, der freundlich, einfühlsam und humorvoll war.

In dieser letzten Woche seit seinem Unfall benahm er sich unerträglich. Herrisch. Wie ein Gott. Ein Gott, der sich beim Kampf gegen einen Baum die Schulter verletzt hatte und sich nun verhielt, als trügen die Bewohner seines Hauses die Schuld daran. Phoebe nahm an, daß sie in Buchanans Augen ein Teil seines Besitzes geworden war, nachdem sie sich schon so lange auf Fairmont aufhielt. Sie fragte sich, ob sie selbst durch irgend etwas seinen besonderen Zorn auf sich gelenkt hatte. Er sprach sie selten an und ignorierte sie häufig, wenn sie ihm im Haus oder auf dem Hof begegnete.

Vielleicht aber war er nur in Gedanken versunken und zerstreut, doch was immer auch der Grund sein mochte, sie fühlte sich jedenfalls unbehaglich dabei. Langsam sehnte sie sich wieder nach ihrem Zuhause. Ihr Vater hatte geschrieben. Es sei alles bestens, sie solle ihren Urlaub genießen und so lange bleiben, wie sie nur wollte. Im Postskriptum stand, ihre Mutter wünsche ihr alles Gute. Ansonsten waren keine Briefe angekommen. Die Gesellschaft hatte sie scheinbar vergessen, nachdem sie die Rolle eines Lehrlings auf der Viehstation spielte und wie Clara in Hemden, Männerhosen und Reitstiefeln umherlief.

Natürlich konnte sie es nicht mit Clara aufnehmen, die so gut ritt wie jeder Mann. Phoebe verbrachte oft bange Stunden, wenn sich Clara in den Busch stürzte, um verlorenem Vieh hinterherzujagen, wild auf ihrem Pferd dahinpreschte und den Bäumen auf ihrem Weg nur knapp auswich. Auf dem Hof bei den Stallungen fesselte sie das Vieh mit ebensolcher Geschicklichkeit wie die Viehhüter.

»Kein Wunder, daß sie dieses Leben liebt«, dachte Phoebe. »Es muß wunderbar sein, etwas so gut zu können. Wie ich sie darum beneide!«

Als sie an diesem besonderen Tag zum Mittagessen nach Hause ritten, gratulierte Phoebe ihrer Freundin. »Ich wußte nicht, daß du so gut reiten kannst. Wie mußt du dich in Brisbane mit mir gelangweilt haben.«

»Es war anders, aber ich habe es genossen.«

»Wie um alles in der Welt hast du so reiten gelernt?«

»Im Busch fängt man früh damit an, und ich bin mehr als einmal hinuntergefallen! Man muß die Pferde richtig zu nehmen wissen, sonst gibt es dauernd Unfälle. Ich überanstrenge sie nie, daher machen sie auch keine Fehler.«

»Wechselst du deshalb in der Mittagszeit die Tiere?«

»Manchmal auch noch öfter, je nachdem, welche Arbeit ansteht. Für die Viehhüter gibt es immer frische Pferde auf der Koppel am Haus, und Ben und ich sorgen dafür, daß sie auch geritten werden. Er wird sehr wütend, wenn sie die Pferde zu sehr strapazieren.«

Phoebe seufzte. Wenn er schon bei der geringsten Kleinigkeit in Zorn geriet, konnte sie sich vorstellen, wie er bei wirklichen Schwierigkeiten reagierte.

»Ich wäre gern so gut wie du«, sagte sie zu Clara.

»Dafür braucht man Jahre. Und man muß das Vieh kennen – es gibt dumme und kluge Tiere. Du kannst nicht erwarten, in wenigen Wochen eine Meisterreiterin zu werden.«

»Nein, ich meine nur, daß du viele Dinge wirklich beherrschst. Ich kann gar nichts. Nicht mal kochen oder nähen.«

»Du kannst es lernen.«

»Aber ich möchte es gar nicht.«

»Gott sei Dank gibt es Dienstboten«, grinste Clara.

»Ich bin zu dem Schluß gekommen, daß ich ein sehr langweiliger Mensch bin«, meinte Phoebe bedrückt.

»Ganz im Gegenteil. Du bist ehrgeizig, Phoebe, du gewinnst gern.«

»Dann hast du mich noch nie Tennis spielen sehen!«

»Du hast einfach noch nichts gefunden, das dich genügend interessiert und der Mühe wert ist. Wenn du in etwas gut sein willst, muß es dir wirklich am Herzen liegen.«

»Und was könnte das sein?«

»Das mußt du selbst herausfinden. Viele Frauen sind einfach gerne gute Ehefrauen.« Sie schaute Phoebe an. »Irgend jemand in Aussicht?«

Phoebe tat, als habe sie es nicht gehört, lehnte sich über das Tor, um den Riegel zu öffnen und schloß ihn wieder hinter sich und Clara.

Nach dem Mittagessen ließen Ben und Clara sie allein. Phoebe spielte mit Belle am Eßzimmertisch eine Weile Domino, da sie nachmittags nie hinausging. Obwohl sie nicht mehr so wundgeritten war wie zu Beginn, hatte sie gegen Mittag meist genug von Pferden.

Belle begab sich pünktlich um drei Uhr nach oben, um ihr Nachmittagsschläfchen zu halten. Phoebe wählte aus dem Bücherregal *Northanger Abbey,* das sie in der Schule gelesen und für langweilig befunden hatte. Vielleicht hatte sich ja ihr Geschmack inzwischen gewandelt. Sie ging auf die vordere Veranda und wollte sich in einen Liegestuhl setzen. Dann erst bemerkte sie, daß Buchanan dort draußen mit seiner Zeitung saß. Das hatte sie nicht erwartet.

»Oh!« sagte Phoebe und wählte einen weiter entfernten Stuhl. »Ich hoffe, ich störe Sie nicht. Ich komme oft am Nachmittag zum Lesen her. Clara ist so fleißig, da kann ich nicht mithalten.« Dann fiel ihr ein, daß er diese Bemerkung als Kritik an seinem gemütlichen Nachmittag auffassen könnte, und suchte nach den richtigen Worten. »Ich meine, sie interessiert sich wirklich für alles, was die Station betrifft, nicht wahr?«

»Ja. Und mir wäre es lieber, wenn Sie sich weniger dafür interessierten.«

Phoebe wurde rot. »Entschuldigen Sie bitte. Ich wollte nicht im Weg sein. Falls Sie es vorziehen, werde ich morgens nicht mehr mit dem Vieh reiten.«

»Ich spreche über den Verkauf des Besitzes«, schnappte er. »Mir ist durchaus bewußt, daß Sie in dieser Frage auf Claras Seite stehen.«

Diese Anschuldigung konnte sie kaum zurückweisen. »Tut mir leid, wenn ich Sie gekränkt habe. Ich hoffte nur auf einen Kompromiß zwischen Ihnen beiden. Clara liebt dieses Anwesen. Können Sie keine gemeinsame Lösung finden?«

»Natürlich!« erwiderte er höhnisch. »Das ist ja ganz leicht, wenn Sie meine Frau gegen mich aufhetzen. Eines sage ich Ihnen: Ich habe wirklich genug davon!«

Angesichts seines heftigen Angriffs wich die Röte aus ihrem Gesicht, und sie wurde bleich. Manchmal hatte sie ihn trotz seines Benehmens für attraktiv gehalten, mit dem gutgeschnittenen Gesicht und dem wilden Haar, das ihm in die Stirn fiel, doch der unangenehme Zug um den Mund und die kieselharten Augen zerstörten den Eindruck. Als er die unfreundlichen Worte hervorstieß, wirkte er wie ein häßlicher Tyrann.

»Es reicht, verstanden? Ihre Familie hat mir schon genug Schwierigkeiten bereitet. Dank ihrer unerhörten Betrügereien bin ich in ernsthaften Geldnöten. Und Sie besitzen die Unverschämtheit, mir in meinem eigenen Haus gute Ratschläge zu erteilen!«

Phoebe war entsetzt. »Mr. Buchanan, ich bedauere sehr, was passiert ist. Ich kann nur sagen, mir tut es sehr leid, daß Sie Ihr Geld verloren haben.«

»Einen Haufen Geld«, ergänzte er.

»Das kann ich nicht bestreiten.« Phoebe weigerte sich, ihn daran zu erinnern, daß sie Gast in seinem Haus war und eine solche Behandlung nicht verdient hatte. Sie wußte, daß ihre Freunde und andere Leute in der ganzen Stadt viel Geld verloren hatten, doch zum ersten Mal wurde sie direkt damit konfrontiert. Er würde vermutlich nicht der letzte sein, der ihr das vorwarf. »Ich kann nur sagen, daß meine Familie ebenfalls gelitten hat. Mein Vater ist vertrauensvoll und hätte nie gedacht, daß ihn sein eigener Bruder ruinieren könnte. Meine Eltern befinden sich in einer schrecklichen Lage, und zwar ohne ihre Schuld. Ich kann nicht zulassen, daß Sie so von ihnen sprechen.«

»Ach, nein? Und wie wollen Sie ihnen helfen? Indem Sie mit einem Halbblut durch die Stadt laufen, das auch noch im Gefängnis gesessen hat? Indem Sie sie zu allem Übel auch noch der Lächerlichkeit preisgeben? Sie sind wirklich eine große Hilfe!«

Er wandte sich wieder der Zeitung zu, als sei das Thema damit erledigt.

Phoebe erhob sich aus dem Liegestuhl. »Was haben Sie gesagt?« fragte sie mit lauter Stimme. Inzwischen war sie ebenso zornig wie Buchanan.

»Sie haben es doch gehört.« Er schaute nicht einmal hoch.

»Mr. Buchanan, ich treffe mich mit einem jungen Mann. Einem Gentleman, der Ihnen ein gutes Vorbild sein könnte.« Sie ergriff ihr Buch und marschierte an ihm vorbei. Sie fragte sich, woher er über ihre Beziehung zu Ben Bescheid wissen mochte. Dann fiel ihr ein, wie sie ihn treffen konnte. »Wie gesagt, mein Freund ist ein Gentleman. Er würde nicht im Traum daran denken, eine Affäre mit der Frau eines anderen Mannes anzufangen.«

Sie hätte gern die Tür hinter sich zugeschlagen, doch diese war, wie immer, mit einem schweren Türstopper befestigt.

Im Schutz ihres Zimmers setzte sich Phoebe aufs Bett. Sie zitterte am ganzen Leib. Was hatte sie getan? Ihren Gastgeber beleidigt! Sie wußte kaum noch, wie alles angefangen hatte, und zog es vor, nicht genauer darüber nachzudenken. Die bruchstückhaften Erinnerungen waren schlimm genug. Sie erwartete beinahe, daß er gegen die Tür hämmern und sie aus dem Haus weisen würde. Eigentlich wäre es ihr ganz lieb, da sie so der peinlichen Situation entrinnen könnte.

»Das wird er aber nicht tun.« Phoebe war in Gesellschaft

von Politikern aufgewachsen und wußte, daß Buchanan die Folgen genau abwägen würde. Inzwischen war es ein wenig zu spät, sich über die Verluste durch die Firma der Thurlwells zu beklagen. Außerdem befürchtete er wohl, Phoebe könnte sein Verhältnis mit ihrer Mutter weitertragen.

»Vielleicht sollte ich Clara sagen, ich hätte Heimweh und wolle nach Hause fahren. Andererseits würde sie mißtrauisch werden, da ich heute morgen noch so begeistert von der Station gesprochen habe.«

»Verdammt!« sagte sie laut. Irgendwie mußte sie diesem Dilemma entkommen. Wie hatte Buchanan von Ben erfahren? fragte sie sich erneut. Bestimmt durch Lalla. Und dann wußte man es hier auch, Clara eingeschlossen.

Phoebe fühlte sich von aller Welt verlassen, doch sie weinte nicht. Die Zeit der Tränen war vorbei. Sie mußte ihre Zukunft selbst in die Hand nehmen und zuerst die Beziehung zu Ben klären. Wenn er sie nicht heiraten wollte, würde sie sich eine Stelle suchen. Anderen Frauen gelang das schließlich auch.

Im Zimmer nebenan saß Belle nachdenklich am Fenster in der Nähe der Veranda.

Allem Anschein nach hatte sich Phoebe von ihrem Nervenzusammenbruch erholt und lief wieder auf Hochtouren. Sie war aus dem richtigen Holz geschnitzt, kam nicht auf William, sondern auf Lalla. Vermutlich stritten sich Mutter und Tochter so oft, weil sie sich zu ähnlich waren, beide entschlossene Frauen.

Belle hatte Kleid und Korsett abgelegt, um ein Schläfchen zu halten. Sie zog gerade ihren Seidenkimono an und streifte ein Haarnetz über, als sie die beiden hörte. Die lauten Stimmen lockten sie hinaus auf die Veranda. Sie stand auf Strümpfen da, eng an die Hauswand gepreßt und hörte alles mit.

Wütend eilte sie zurück in ihr Zimmer, als der Streit beendet und Phoebe davongestürmt war.

»Die Frauen anderer Männer, was?« Vielleicht hatte das

Mädchen nicht seine Mutter gemeint, aber Belle waren ihr Schwiegersohn und Lalla Thurlwell schon lange verdächtig vorgekommen.

Phoebe wirkte sehr sicher, und Belle glaubte ihren Worten.

Dann schmunzelte sie. Phoebe hatte ihren Freund wirksam verteidigt! Geschah Buchanan recht. Seine Bemerkungen über die Finanzmisere ihrer Familie gingen deutlich unter die Gürtellinie, und das Mädchen tat gut daran, sie in Schutz zu nehmen.

Belle hatte ihre Tochter unter anderem auch deshalb ermutigt, mehr Zeit in Brisbane zu verbringen, damit sie auf ihren Mann aufpassen konnte. Clara war allerdings nicht der Typ, um es mit einem untreuen Ehemann aufzunehmen. Kein Wunder: Wenn Männer entschlossen waren fremdzugehen, konnten Frauen nicht viel dagegen unternehmen.

Warum auch? Clara war eine gute Frau und hatte es nicht nötig, sich von ihrem Mann, der sie und ihre Mutter zum Narren machen wollte, demütigen zu lassen.

Belle trommelte mit den Fingern auf den Nachttisch. Es gab einiges zu überlegen.

Nach einer Weile ging sie zum Waschtisch, goß Wasser in das Porzellanbecken und erfrischte sich mit einem nassen Waschlappen. Das Schläfchen fehlte ihr. Sie trocknete sich energisch das Gesicht ab. Es war abzuwägen, ob sie in der Frage des Verkaufs nicht doch auf Claras Seite schwenken sollte.

So gern ich sie bei mir hätte, dachte sie, Clara wäre bestimmt einsam und unglücklich. Und ihr Mann hätte freie Bahn, um in seinem geliebten Brisbane auf die Jagd zu gehen. Dort gab es so viele alleinstehende Frauen und Witwen. Wenn ihn eine von denen wirklich einfing, wäre Claras Zukunft gefährdet.

Belle setzte sich an die Frisierkommode und bürstete ihr Haar. Plötzlich knallte sie die Haarbürste auf den Tisch. Hatte Clara etwa daran gedacht? Warum konnte sich dieses Mädchen nicht einfach seiner Mutter anvertrauen? Sie war so schüchtern ihm gegenüber, verlor kein Wort der Kritik über ihren Mann und nahm sein unerträgliches Benehmen einfach hin. Den Frauen mangelte es heutzutage an Mut.

Das Thurlwell-Mädchen ausgenommen, dachte sie lächelnd. Sie hatte es ihm richtig gezeigt.

Vielleicht war sich Clara der Gefahr bewußt. Wenn der Besitz verkauft würde, könnte Ben das Geld einstecken. Claras Erbe würde in Bens Hand liegen, und er konnte damit tun, was er wollte. Sie sogar verlassen.

»Von wegen!« sagte sie und steckte ihr Haar auf. »Das wirst du nicht tun – nicht mit dem Geld ihres lieben Vaters.«

Vielleicht hatte Phoebe Clara beim Kampf gegen ihren Mann tatsächlich den Rücken gestärkt, denn Clara weigerte sich standhaft, zu verkaufen.

»Mir erscheint der Verkauf sehr klug. Aber man weiß ja bei seinem glatten Politikergeschwätz und ihrem hartnäckigen Schweigen nicht, was hinter den Kulissen vorgeht«, sagte sie zu ihrem Spiegelbild.

Belle kleidete sich mit besonderer Sorgfalt – das gute braune Kleid, eine Diamantbrosche am Kragen. An der rechten Hand trug sie den Ring mit dem großen, von Brillanten eingefaßten Smaragd.

»Was immer du tust«, sagte sie zu sich und strich ihr graues Haar glatt, »er darf nicht erfahren, daß du dieses Gespräch mitgehört hast. Wenn er gewarnt ist, wird er sich wappnen. Er soll nicht wissen, daß du ihn verdächtigst und in Brisbane überwachen wirst.«

Der Abend war kühl. Belle legte einen Schal um die Schultern und ging zur Tür. Er mag ein führender Politiker und Salonlöwe sein, aber in meinen Augen ist er nur ein selbstsüchtiger Mistkerl. Und vor allem kein Gentleman, dachte sie lächelnd.

Er lieferte den besten Beweis für ihre Überzeugung, daß das Land keine weiteren Politiker brauchte. Sie waren ihr Geld nicht wert. Es gab schon Bürgermeister, Stadträte und Parlamentsabgeordnete der einzelnen Staaten. Da konnte man auf einen weiteren Haufen unten im Süden, der das ganze Land in die Tasche steckte, gut verzichten.

Mit einem zufriedenen Lächeln rauschte Belle Foster in den Salon. Sie freute sich schon auf den Sherry vor dem Abendessen.

In Brisbane erfuhr Barnaby Glasson zur selben Zeit, daß die einfachen Leute, die er für seine Idee zu gewinnen hoffte, ebenso dachten wie Belle.

Nach einer Reihe spärlich besuchter Versammlungen wirkte sein Mitarbeiter Tim amüsiert.

»Soweit ich sehen kann, haben Sie bis jetzt zwei Gruppen von Menschen entdeckt. Da sind einmal die Leute, die keine Politiker mehr wollen, und diejenigen, denen Politik vollkommen egal ist.«

»Ich weiß«, stöhnte Barnaby. »Einzig und allein die Antiföderalisten tauchen bei den Versammlungen auf. Auf dem Land haben die Menschen wenigstens zugehört.«

»Natürlich, es war eine Abwechslung in ihrem eintönigen Alltag. In Brisbane ist es nicht so leicht. Warum geben Sie nicht einfach auf und konzentrieren sich nur noch auf die Praxis?«

»Das geht nicht. Ich möchte als Abgeordneter für Queensland kandidieren. Außerdem unterstützen mich die föderalistischen Anhänger von Sir Samuel. Ihnen bin ich es schuldig, den Kampf weiterzuführen.«

Tim lachte. »Manchmal denke ich, daß jeder Politiker beim Gang ins Parlament von einem kleinen Männchen einen Schlag auf den Kopf erhält. Und hoppla – er hat eine brillante Idee. Sobald die Schwellung schwindet, ist auch die neue Idee vergessen.«

Barnaby lachte ebenfalls. »Und wenn das kleine Männchen das nächste Mal zuschlägt, hat er eine neue brillante Idee?«

»So ähnlich stelle ich mir das vor.«

»Sie meinen, die haben mich vergessen?«

»Wo sind denn die versprochenen Klienten?«

»Es braucht seine Zeit«, verteidigte sich Barnaby, obwohl er wußte, daß Tim recht hatte. Irgendwie mußte er zusätzliche Klienten auftreiben.

»Ich wende mich an die Polizeiwache in der Roma Street«, sagte er. »Einige der Polizisten dort kenne ich, sie könnten uns ein paar Kunden vermitteln. Bevor ich mich mit der Verfassung einließ, träumte ich von einer großen Karriere als Strafverteidiger.«

»Aha!« meinte Tim. »Da war das Männchen mit dem Hammer.«

Barnaby erinnerte sich an seine Bemühungen im Fall Ben Beckman. Inzwischen hatte er an Erfahrung gewonnen und würde sich einmal mit Sergeant Dolan unterhalten. Es hatte keinen Sinn, däumchendrehend im Büro zu sitzen, wenn das Gefängnis voller potentieller Klienten steckte. Vielleicht ließ sich Dolan überreden, ihn gegen einen kleinen Obolus einigen zu empfehlen. Vor allem denjenigen, die sich einen Verteidiger leisten konnten. Jedenfalls war es den Versuch wert.

Nach einer netten Unterhaltung mit Sergeant Dolan im Pub neben der Wache kehrte er lächelnd ins Büro zurück. Der Sergeant hatte sich über das Wiedersehen gefreut. »Ganz auf eigenen Füßen, Junge«, dröhnte er ihm entgegen, »habe immer gesagt, Sie bringen es noch zu etwas.«

In einer stillen Ecke des Pubs hatte Barnaby ihm seinen Vorschlag unterbreitet.

»Der Herr hilft denen, die sich selbst helfen«, erwiderte Dolan und stellte seinen Bierkrug ab. »Ich finde sicher eine Menge Burschen und Mädels, die Ihre Dienste brauchen können. Keine Sorge.«

So wurde das Geschäft abgeschlossen.

Als er zur Tür hereinkam, zwinkerte Tim ihm zu und deutete auf Barnabys Büro. »Ein Gentleman möchte Sie sehen, Mr. Glasson.«

Ein neuer Klient, dachte er. Heute muß mein Glückstag sein. In seinem Büro fand er William Thurlwell vor.

Der Doktor erhob sich mit Hilfe eines Gehstocks von seinem Stuhl. Er sah sehr müde und abgekämpft aus. »Guten Tag, Mr. Glasson.«

»Für Sie noch immer Barnaby. Behalten Sie bitte Platz, Sir. Schön, Sie zu sehen.« Er legte seinen Hut auf die Garderobe und nahm hinter dem Schreibtisch Platz. »Wie geht es Phoebe?«

»Sehr gut. Ist noch immer auf Fairmont und hat anscheinend eine Menge Spaß.« Der Doktor sah sich um. »Gute Praxis. Ich hoffe, das Geschäft läuft.«

»Es ist erst der Anfang.«

»Ja, aber Joseph Mantrell war ein ausgezeichneter Lehrmeister. Hervorragender Anwalt. Wie ich höre, hat er sich zur Ruhe gesetzt.«

»Das stimmt, Sir.«

Der Doktor schwieg. Nach einer Weile unterbrach Barnaby das Schweigen mit der Frage nach Mrs. Thurlwells Befinden und erfuhr, auch ihr ginge es gut.

Da Thurlwell sehr nervös wirkte, sah sich Barnaby schließlich gezwungen, ihn nach dem Grund seines Besuches zu fragen.

Er nahm einige Papiere aus seiner Tasche und legte sie Barnaby vor. »Ich möchte, daß Sie sich darum kümmern.«

Barnaby blätterte ein paar rechtliche Dokumente durch und schaute dann überrascht hoch. »Dies ist eine Hypothekenurkunde. Über eine Hypothek auf Ihr Haus. Sie wurde aber von der South Pacific Banking Company ausgestellt. Sollten Sie sich nicht dorthin wenden?«

»Nein. Ich möchte nichts mit ihnen zu tun haben. Ich wußte nicht einmal, daß mein Haus belastet ist.«

Barnaby fragte vorsichtshalber noch einmal nach. »Aber Sie haben doch die Hypothek unterzeichnet.«

»Mein Bruder hatte ein Dokument vorbereitet und ließ mich unterschreiben. Ich habe gar nicht bemerkt, was ich da eigentlich unterzeichnete.« Er zog ein Taschentuch hervor und schneuzte sich. »Es gab so viele Dokumente im Zusammenhang mit der Eisenbahngesellschaft ... ich wußte nicht ...« Er sah Barnaby an. »Ist es rechtsgültig?«

»Leider ja, Sir. Verzeihen Sie, aber wenn Mr. Edgar noch lebte, könnten Sie behaupten, er habe sich Ihre Unterschrift erschlichen. Unter diesen Umständen aber ...« Er schüttelte den Kopf. »Darf ich Ihnen mein Beileid zu Mr. Edgars Tod aussprechen? Es muß eine schwere Zeit für Sie sein.«

Obwohl er den Thurlwells nicht immer gut gesonnen war, tat ihm Phoebes Vater leid, der seit ihrer letzten Begegnung stark gealtert wirkte. Barnaby begriff, daß es den Doktor Überwindung gekostet haben mußte, ihn aufzusuchen. Er kannte doch alle Spitzenanwälte von Brisbane. Warum war er ausgerechnet zu ihm gekommen?

»Sie fordern diese Hypothek von mir zurück«, sagte der Doktor plötzlich. »Ich habe das Geld nicht. Wir verloren alles beim Zusammenbruch der Firma.« Er zog einen weiteren Stapel Dokumente hervor und schob sie zu Barnaby hinüber. »Sehen Sie sich das an, Rechnungen. Bankforderungen. Androhungen von Klagen! Es geht über meine Kräfte. Ich möchte, daß Sie etwas dagegen unternehmen.«

Mit wachsender Beunruhigung studierte Ben die Unterlagen und versuchte, dabei Zeit zu gewinnen.

Schließlich sagte er ruhig: »Ich glaube, Sie gehen das besser mit einem Buchhalter durch, Sir.«

»Kommen Sie mir nicht mit Buchhaltern!« donnerte William. »Von denen habe ich die Nase voll. Am Zusammenbruch der Firma kann ich nichts ändern, aber unsere persönlichen Rechnungen werden beglichen. Sie sollen das in die Hand nehmen.«

»Haben Sie noch andere Vermögenswerte?«

»Ja. Das Haus. Somerset House.«

»Darauf lastet aber eine Hypothek.«

»Das weiß ich. Sie sollen es für mich verkaufen.«

»Es gibt Immobilienmakler –«, versuchte Barnaby zu erklären, doch William unterbrach ihn.

»Ja. Suchen Sie einen Makler, und beauftragen Sie ihn, das Haus zu verkaufen. Lösen Sie die Hypothek ab, und begleichen Sie diese Rechnungen. Ich will nichts damit zu tun haben.«

»Es gibt doch sicher noch einen anderen Weg, oder?«

»Der Bank zufolge nicht. Und ich möchte ihr nicht die Genugtuung geben, mich zu pfänden. Mir wäre es lieb, wenn Sie die Sache etwas würdevoller regelten.«

Barnaby begleitete den Doktor zur Tür. Er wollte fragen, was Phoebe von dem Verkauf des Hauses hielt, wagte es jedoch nicht. Vermutlich wäre die Frage ohnehin überflüssig, weil es sie ebenso hart traf wie ihre Eltern.

Tim pfiff vor sich hin, als sie die Papiere durchgingen und die Summe der geschuldeten Beträge ermittelten. »Sie müssen einen verdammt guten Preis für das Haus erhalten, um das alles zu bezahlen«, sagte er. »Und setzen Sie bloß Ihr Honorar auf die Liste, sonst bekommen Sie am Ende gar nichts.«

»Genau das stört mich. Ich bin nämlich mit Ihrer Tochter Phoebe befreundet und komme mir wie ein Schmarotzer vor, wenn ich meine Rechnung noch hinzufüge.«

»Seien Sie kein Narr«, meinte Tim. »Ich wette, der Doktor würde im umgekehrten Fall auch nicht auf sein Geld verzichten.«

11

Ben Buchanan, der sich als uneingeschränkter Boß betrachtete – im Sprachgebrauch der Station sogar als Big Boß, da auch der Vorarbeiter Boß genannt wurde –, war noch immer zutiefst entrüstet.

Wie konnte dieses Mädchen es wagen, so mit ihm zu sprechen? War ihr eigentlich nicht klar, mit wem sie redete? Mit einem Parlamentsmitglied, einem der wichtigsten Männer des Staates, einem angesehenen Viehzüchter. Und er mußte sich mit Phoebe herumärgern und ihre frechen Bemerkungen ertragen, obwohl er sie aus Mitleid aufgenommen hatte, nachdem ihre Familie in Schande versunken war. Sie war von ihm abhängig, und seine Geduld hatte ein Ende. Sie mußte verschwinden. In der Zwischenzeit wartete er auf Nachricht von den beiden Männern, die er in die Stadt geschickt hatte.

Die Brüder Rawlins, Moss und Mungo, arbeiteten seit Jahren auf der Station. Sie waren nicht besonders helle, außer wenn es um Vieh ging, hielten aber treu zum Big Boß und führten seine Anweisungen widerspruchslos aus. Er hatte sie unter dem Vorwand einiger Urlaubstage in die Stadt geschickt, um sie für die harte Arbeit mit den neuen Herden zu belohnen. Allerdings sollten sie sich auch nach einem Halbblut namens Beckman umsehen und den Mann im Auge behalten.

Er hatte an jenem Nachmittag auf der Veranda gesessen und nach ihnen Ausschau gehalten, weil er ihren Bericht ungeduldig erwartete.

Bei Einbruch der Nacht kam ein kalter Südwind auf. Buchanan zog eine Lederjacke über und ging zu den Nebengebäuden hinüber.

Der Schmied schloß gerade seinen Schuppen ab.

»Hast du die Rawlins-Jungs gesehen?« – »Sind gerade gekommen. Sie finden sie vermutlich in den Ställen, Boß.«

Beide sind zurück, dachte Ben zufrieden. Also war Beckman verschwunden.

In dem Augenblick traten die zwei aus den Ställen, die Sättel über der Schulter. Moss und Mungo waren stolz auf ihre Sättel und ließen sie nie aus den Augen.

»Wie ist es gelaufen?« fragte Buchanan.

»Haben ihn gefunden, Boß«, antwortete Mungo. »Kam zu Fuß in die Stadt. War gar nich' zu übersehen. Weiß der Himmel, wo er herkam.«

Der Boß zeigte sich sichtlich erfreut. Ein Fußmarsch über vierzig Meilen hatte dem Bastard sicher gutgetan. »Und dann?«

»Er ging ins Shamrock und hing da ein paar Tage rum. Dann machte er einen Einkaufsbummel, daß alle darüber redeten.«

Ben war verblüfft. Was wollte er in Lottie Smiths Gasthaus? Hatte die dumme Gans etwa geredet? Steckten die beiden sogar unter einer Decke? Seine Besorgnis wuchs: vielleicht traf es zu, denn Beckmans Auftauchen hing sicher nicht nur mit Phoebe zusammen.

»Natürlich hat man darüber geredet«, fuhr er Mungo an. »Seit wann dürfen sich Abos in Gasthäusern aufhalten? Ohne Lizenz und polizeiliche Erlaubnis dürfen sie nicht mal in Kneipen trinken. Ich sage euch, die Anwesenheit des Kerls bedeutet nichts Gutes. Wie hat er das geschafft?«

Mungo kratzte sich am Ohr. »Weiß nich'. Habe nie Bullen in seiner Nähe gesehen. Die Leute in der Stadt redeten von ihm und dem Geld. Sagten, er hätte Seth Collins von der Bank gezwungen, nach Brisbane zu telegrafieren. Die haben ihm Geld geschickt. Weiß nich', wie das geht. Kapier' ich einfach nich'. Hat aber geklappt. Gestern hat er alles ausgegeben.«

Sein Bruder fiel ihm ins Wort. »Er ist farbig, Boß, das stimmt, aber er benimmt sich nich' wie 'n Abo. Redet und kleidet sich wie 'n weißer Mann. Tat, als gehörte ihm die ganze Stadt, kaufte 'n gutes Pferd, Sattel und Zaumzeug. Hat 'ne Menge ausgegeben für Kleider und Vorräte.«

»Und er ist nicht weiter aufgefallen?«

»Würde ich nich' sagen«, grinste Moss. »Ein Fremder, den kann man nich' übersehen.«

Mungo sah ihn an. »Das meint der Boß doch nich'. Seit wann dürfen Abos die Stadt leerkaufen?«

»Wenn Idioten wie ihr es zulaßt«, fuhr Buchanan ihn an.

»Wir sollten ihn bloß beobachten. Haben wir auch getan. Ist heute morgen weggeritten.«

»Wohin? Nach Mitchell? Zurück zur Küste?«

Diesmal schauten die Brüder einander an und zögerten, bevor Mungo antwortete. »Na ja … nicht direkt. Aber er ist weg aus der Stadt.«

»Welchen Weg hat er genommen?« fragte der Boß drohend.

»Hier lang«, gestand Mungo. »Ist dann aber ins Buschland rein. Kann sein, daß er quer übers Land zu den Goldfeldern wollte.«

»Und ihr seid ihm nicht gefolgt?«

»Wußte nich', daß wir das sollten«, murmelte Moss entschuldigend.

»Ihr wollt sagen, er ist euch entwischt?«

»Der Kerl war bewaffnet«, meinte Mungo. »Wir wollten nich' zu nah rangehen.«

»Wie bitte?« Ben war, als habe sich der ganze Bezirk gegen ihn verschworen. »Ein Abo kommt in die Stadt, marschiert ohne Lizenz in die Pubs und kauft in aller Ruhe ein Gewehr und Munition?«

Die beiden nickten einträchtig.

»Abos ist es strengstens verboten, Waffen zu tragen. Wußtet ihr das nicht? Seid ihr völlig übergeschnappt?«

»Hättest du dran denken sollen!« warf Moss seinem Bruder vor.

»Wieso ich? Hab ihn die ganze Zeit beobachtet, während du in der Kneipe warst.«

Ben geriet außer sich. Dies war sein Land. Er würde diesem Bastard nicht gestatten, bewaffnet hindurchzureiten und ihn lächerlich zu machen. Irgendwie mußte Lottie Smith dahinterstecken, diese geldgierige alte Kuh. Er hätte sie gleich nach dem Tod seiner Mutter feuern sollen, anstatt sie auf Caravale zu lassen, wo sie ihre Nase in alles stecken konnte. Das würde sie ihm teuer bezahlen.

»Ist McAlister noch bei der Polizei?« fragte Buchanan.

»Ja. War aber nich' in der Stadt«, erwiderte Mungo voller Dankbarkeit für die Ausrede. »Der hätte sich das Benehmen von dem Abo nich' gefallen lassen.«

Allerdings, dachte Ben.

»Morgen früh gebe ich dir einen Brief, Mungo, den du McAlister überbringen wirst. Und zwar ihm persönlich, niemand sonst. Glaubst du, es läßt sich machen?«

»Klar, Boß. Wann immer Sie wollen.«

Clara rief ihn, als er am Salon vorbei zu seinem Arbeitszimmer stürmte. »Abendessen ist fertig. Wir warten auf dich, Ben.«

»Eine Minute«, entgegnete er scharf. Wäre ihre Mutter nicht dagewesen, so hätte er Clara und ihrer verdammten Freundin gesagt, sie sollten das verfluchte Essen ohne ihn einnehmen. Er konnte die beiden nicht mehr ertragen und wollte auf der Stelle seinen Brief abfassen, solange er den Wortlaut im Kopf hatte. Auf dem Rückweg von den Ställen hatte er sich alles genau zurechtgelegt.

Alan McAlister war genau der richtige Mann für den Fall. Als Junge hatte er auf einer entlegenen Viehstation westlich von Rockhampton gelebt, bis diese von Schwarzen angegriffen wurde. Seine Eltern waren getötet worden, sein Onkel trug schwere Speerwunden davon. Er selbst entging dem Massaker, weil er sich in einem Schrank versteckt hielt. Nachdem die Angreifer verschwunden waren, ritt er sechzig Meilen durch die

Nacht, um Hilfe zu holen. Als ein Trupp Freiwilliger schließlich die Station erreichte, war es für jede Hilfe zu spät. Auch der Onkel lebte nicht mehr. Dieses Erlebnis hatte Alan zu einem verbitterten Mann werden lassen, der die Schwarzen abgrundtief haßte. Wenn es um Aborigines ging, beugte er notfalls auch das Gesetz. Niemand nahm es ihm übel, da er ansonsten ein ausgezeichneter Ordnungshüter war, der kurz vor der wohlverdienten Pensionierung stand.

Ben machte sich Notizen, bevor er den eigentlichen Brief niederschrieb. Um die Wirkung zu verstärken, nahm er einen Bogen Parlamentsbriefpapier. Er begann mit den Begrüßungsfloskeln und dem Bedauern über Alans Pensionierung, gefolgt von der Beteuerung, niemand könne ihn so schnell ersetzen.

Dann kam er zum Kern der Sache: Er wolle eine Beschwerde vorbringen, da ihm mehrere Klagen zugetragen worden seien. Geschäftsleute in der Stadt verstießen offen gegen das Gesetz, vermutlich aus Geldgier, was jedoch nicht als Entschuldigung dienen könne.

Er listete die Vergehen auf: Ein Aborigine-Halbblut namens Beckman habe sich mehrere Tage in der Stadt aufgehalten und ohne Lizenz im Shamrock Hotel, in dem er auch wohnte, Alkohol getrunken. Außerdem sei besagter Beckman vorbestraft und habe eine Gefängnisstrafe abgesessen.

»Das«, sagte er selbstzufrieden, »wird der alten Lottie und ihrem Mann den guten McAlister auf den Hals hetzen.«

Dann – so schrieb er – wolle er Alan darüber in Kenntnis setzen, daß dieses Halbblut – er strich das letzte Wort und ersetzte es durch »dieser Schwarze« – zum Entsetzen mehrerer Einwohner von Charleville ein Gewehr samt Munition erworben habe.

Und so weiter.

Er schrieb den Brief gerade ins reine, als Clara zur Tür hereintrat. »Ben, das Essen wird kalt.«

»Dann fangt ohne mich an«, erwiderte er gereizt. »Siehst du nicht, daß ich beschäftigt bin? Es dauert nicht mehr lange.«

Auch der Briefumschlag trug das Staatssiegel. Ben faltete den Brief auf die vorgeschriebene Weise: einmal zur Hälfte, zweimal der Länge nach, damit er in das kleine Kuvert paßte.

Dann steckte er dieses in einen größeren Umschlag, versiegelte ihn und adressierte ihn an Sergeant Alan McAlister.

Er rief eines der schwarzen Mädchen und wies es an, Mungo den Brief zu geben. Dieser solle sich bei Sonnenaufgang damit auf den Weg in die Stadt machen.

In Charleville hatte Ben zwar bemerkt, daß er als Fremder in der kleinen Stadt Aufsehen erregte, doch es störte ihn nicht weiter. Mit neuer Ausrüstung ritt er los, diesmal voller Zuversicht, da er den Weg von seinem Marsch her kannte. Schmunzelnd dachte er an die harte Lektion, die ihm Buchanan erteilt hatte. Nach den Worten des Verkäufers war sein kräftiges graues Pferd ein Vollblüter, doch die Bewegungen und die starken Schultern verrieten den Wildpferdeinschlag. Er hatte beinahe das Doppelte seines Wertes für das Tier bezahlt, aber nicht weiter diskutiert. Das Pferd hieß Pepper. Ben hatte den Namen für willkürlich gehalten, da der Verkäufer das Pferd nicht gut zu kennen schien.

Als er jedoch die Straße erreichte, die hinaus in den Busch führte, bemerkte er, daß der Name doch ganz gut paßte. Es schien kaum gezähmt zu sein und schoß beim ersten Hauch von Freiheit wie der Blitz los, versuchte, den Reiter abzuwerfen und seine Herde wiederzufinden.

»Oh, so einer bist du!« rief Ben. Zum Glück hatte er Fesseln gekauft, sonst würde ihm das Tier bei der ersten Rast entwischen. Er duckte sich unter Ästen hindurch und riß das Pferd zur Seite, damit es ihn nicht gegen Baumstämme schleuderte. Es war ein wilder Ritt, bis Ben das Tier endlich unter Kontrolle bekam. Er ärgerte sich – nicht über Pepper, sondern über Buchanan, der seinen treuen Gefährten auf dem Gewissen hatte. »Dafür wirst du bezahlen«, sagte er wieder einmal entschlossen. Leider wußte er nicht, wie er vorgehen sollte. Trotz seiner gesellschaftlichen Stellung war der Mann ein krimineller Feigling, doch Ben konnte sich nicht rächen, ohne selbst wieder im Gefängnis zu landen. Die Gesetze der Weißen waren zu mächtig.

Er gab es auf, sich den Kopf darüber zu zerbrechen, und versuchte zur Abwechslung, an Phoebe zu denken, doch es half nichts. Ihm war, als entgleite sie ihm. Daher fühlte er sich erleichtert, als er Mandjala entdeckte, der geduldig neben der alten Hütte auf ihn wartete. Der friedlich dasitzende Aborigine schien das einzig Normale in dieser verwirrenden Gegend zu sein.

Als Ben die Vorräte auspackte, spielte das Pferd wieder verrückt, wieherte, stampfte mit den Hufen und drängte nach Westen in Richtung Sonnenuntergang. Ben brauchte Mandjalas Hilfe, um Pepper die Vorderbeine zu fesseln. Als er schließlich Ruhe gab und leise vor sich hin schnaubte, lachte Ben. »Ein echter Schurke. Wir müssen aufpassen, damit ich nicht noch einmal den Fußmarsch nach Charleville machen darf.«

Mandjala nickte. »Spürt wilde Pferde in Winnaroo. Will nach Hause.«

»Ach ja, Winnaroo.« Ben schaute sich um. »Mit dem Regen hat sich alles so verändert, sieht aus wie ein neues Land. Wie weit ist es von hier aus?«

»Pferd weiß«, grinste Mandjala. »Da lang. In die Sonne. Noch hinter verbranntem Haus von weißem Mann.« Er seufzte zufrieden und zog an der Tonpfeife, die Ben ihm geschenkt hatte. »Weiße Leute nennen Land auch Winnaroo, aber jetzt alle weg.«

Bens Interesse erwachte. »Das ist die Winnaroo Station? Ja, natürlich! Sie grenzt direkt an Fairmont.«

Sein Freund hatte nichts gegen das Essen der Weißen und beschäftigte sich mit Corned beef und den seltsamen Büchsen, die Ben auspackte. Dieser hatte jedoch anderes im Kopf. »Die Buchanans. Sie kennen Winnaroo Springs, Phoebe wahrscheinlich auch. Ansonsten kann sie den Weg dorthin leicht herausfinden. Sie könnte hinüberreiten und mich dort treffen. Sehr weit kann es nicht sein.«

Er wußte, daß Mandjala die Entfernung zwischen dem Haus und den Quellen genau schätzen, es aber nicht für Ben verständlich ausdrücken konnte.

»Mandjala«, er nahm Stift und Papier zur Hand, »wenn ich dir eine Nachricht aufschreibe, könntest du sie dann zur Fairmont Station bringen?«

Der Aborigine nickte, ohne zu zögern.

»Könntest du jemanden dort bitten, sie heimlich Miss Phoebe zu geben?«

»Miss Fie-bie«, wiederholte Mandjala langsam und freute sich, daß ihm die Aussprache so problemlos gelang. »Schwarze Mädchen arbeiten in großem Haus. Sie geben es Fie-bie.« Er lachte. »Guter Witz, was? Heimlich, was?«

»Ja. Ich bitte sie um ein Treffen bei den Quellen von Winnaroo.«

»Guter Ort«, pflichtete ihm Mandjala bei. »Dein Pferd freut sich.«

»Ganz bestimmt. Ich werde es festbinden müssen.«

Am Morgen entdeckte Ben einen weißen Ibis, der aufgeregt um die Hütte flatterte. Da sich diese Vögel eigentlich nie so nah am Boden aufhielten, wenn Menschen in der Nähe waren, trat er näher und fand zu seinem Bedauern einen weiteren Vogel, der tot dalag. Sein Gefährte schlug wie wild mit den Flügeln, als hoffe er, den toten Körper wiederbeleben zu können.

»Sieh mal«, sagte Ben zu Mandjala.

»Ah!« rief der alte Mann und streckte die Arme in die Luft. Er suchte den Himmel nach einem Raubvogel ab, der den Ibis getötet haben konnte, doch der einzige Hinweis war der Blutfleck auf dem Gefieder des toten Tieres.

Er hockte sich auf den Boden, wenige Meter von dem trauernden Ibis entfernt, und beobachtete dessen Verhalten. Der Vogel flatterte um den toten Gefährten herum. Sobald seine

Füße den Boden berührten, hob er wieder ab und schlug mit den Flügeln.

Mandjala nahm vorsichtig einen Zweig in die Hand und zerbrach ihn. Der Vogel zuckte zusammen, flog aber nicht davon. Dann beugte er sich vor und legte die Stücke des Zweiges neben den toten Vogel.

Er stimmte einen leisen, monotonen Gesang an, bis der Ibis schließlich müde stehenblieb, den Kopf sinken ließ und dem Lied zu lauschen schien.

Als der Gesang endete, drehte sich der Vogel um und stolzierte anmutig durch das Gras davon. Verwirrt machte er kurz darauf kehrt, als wisse er nicht, was er nun tun solle. Eine Weile wanderte er ziellos umher, und Ben erinnerte sich daran, wie Diamond der Schlange etwas vorgesungen hatte. Der Gedanke an sie wühlte ihn wieder auf, und er fragte sich, ob er je über ihren Verlust hinwegkommen würde. Omas Tod hatte er hinnehmen können, auch wenn es ein tiefer Schock gewesen war; warum schien das bei Diamond nicht möglich zu sein? Als er wieder hinsah, war der Vogel verschwunden.

»Wo ist er hin?«

»Sie mußte zu ihren Babys gehen«, erklärte Mandjala.

Er nahm den toten Ibis, wickelte ihn in Rinde und legte ihn auf einen hochgelegenen Ast. »Dieser Vogel mein Totem«, sagte er. »Ich lege ihn weg. Sie kann aufhören mit Weinen.« Er schaute Ben an. »Welches Totem hat Familie?«

»Ich weiß es nicht. Eine Schlange, glaube ich.«

Mandjala schüttelte angeekelt den Kopf.

Später entzündete Ben mit Streichhölzern ein Feuer und briet in der Asche ein Beefsteak mit Kartoffeln. Er hatte das Fleisch als Überraschung für Mandjala aufgehoben, der es genüßlich verzehrte.

»Warum hast du den Zweig zerbrochen?«

Mandjala klopfte sich gegen die Stirn. »Damit sie weiß. Kaputt. Weg. Wilde Tiere verstehen Tod nicht. Manchmal lieben so sehr, daß sie bleiben. Sterben auch. Ich sage, daß Freund jetzt ein Geist, muß aufhören zu weinen.« Er verschränkte die Arme und lehnte sich zurück. »Du bist Freund, Ben. Du sagen, warum du immer weinst.«

»Was?« Ben fuhr zusammen, peinlich berührt. »Ich weine nicht.«

»Letztes Mal hergekommen, du innen immer geweint, wie Vogelfrau. In mir ich weiß, du weinst noch immer.«

»Nein«, erwiderte Ben, »ich sorge mich um das Mädchen, Phoebe.«

Mandjala schüttelte seinen zotteligen grauen Kopf. »Sorge ist nicht Weinen. Kommt einmal und sagt, aufhören zu weinen.«

»Wer kommt? Phoebe?«

»Nein, die Schlangenfrau.«

Sie saßen da in der ungeheuren Stille, die nur ab und zu vom Quaken der Frösche und den Schreien der Vögel unterbrochen wurde. Ben war so verblüfft, daß ihm die Haare zu Berge standen und er einfach weiterfragen mußte.

»Was ist mit der Schlangenfrau?«

Mandjala stocherte mit einem stumpfen Zweig in der glühenden Asche und überdachte die Frage. »Sie ist jetzt Geist. Kann aber noch nicht gehen.« Seine Stimme gewann an Sicherheit. Sein Englisch schien besser zu werden, und die Augen glänzten wie in Trance. »Sie kann nicht gehen, bis du sicher bist.«

»Ich bin sicher«, gab er zurück.

»Zu viele nicht-gute Kämpfe in dir. Wenn du sie aufgibst, kann sie gehen, und Weinen ist vorbei.«

Ben wußte nicht, was er sagen sollte. Mandjala schien urplötzlich das Interesse verloren zu haben. Er ließ ein paar Nüsse in die Asche fallen, sah zu, wie sie krachend aufplatzten, holte sie heraus und legte sie zum Abkühlen neben sich.

Welche Kämpfe? fragte sich Ben, obwohl er insgeheim wußte, daß er weder Thurlwell noch seinem Feind Buchanan vergeben hatte.

Da war aber noch etwas anderes. Die Reise zu Phoebe hatte ihm auch als Entschuldigung gedient, um die Ställe zu verlassen. Sein Leben war langweilig geworden. Jeden Morgen um die gleiche Zeit zur Arbeit, zur gleichen Zeit Feierabend, sonntags frei. Von festen Regeln hatte er seit dem Gefängnis die Nase voll. Darüber hinaus kam er sich manchmal ziemlich überflüssig vor, da die Ställe und die Sattlerei auch ohne ihn hervorragend liefen. Auf der Suche nach Beschäftigung überraschte er die Stallburschen damit, daß er selbst die Pferde striegelte und in der Fabrik lernte, wie man Sättel herstellte, obwohl ihm diese Feinarbeit eigentlich nicht zusagte.

Natürlich interessierte er sich für Automobile, doch das war noch Zukunftsmusik.

Vielleicht würde er sich nach der Heirat nicht mehr so rastlos fühlen. Die Freude, Phoebe abends zu sehen, könnte sein Leben friedlicher gestalten. Er lächelte. Oder es fiele ihm noch schwerer, sich morgens von ihr zu trennen und an seine langweilige Arbeitsstätte zu gehen.

Vermutlich würde sich alles von selbst regeln, aber er konnte eine innere Leere, ein Gefühl des Versagens, nicht verdrängen.

Clara bestand darauf, mit dem Essen auf Ben zu warten. Als er schließlich seinen Platz am Kopf des Tisches einnahm, überraschte er Belle mit seiner guten Laune. Er berichtete von den letzten Neuigkeiten aus Brisbane, wo man eine weitere, dringend benötigte Fußgängerbrücke über den Fluß bauen wollte.

Phoebe saß still da und sagte kaum etwas. Die Auseinandersetzung hatte sie eingeschüchtert, doch Belle achtete nicht weiter auf ihr Schweigen. Das Mädchen würde sich schon durchkämpfen.

»Ich habe mir überlegt«, sagte Belle bei Roastbeef und Yorkshirepudding, »daß Clara vielleicht doch auf dem richtigen Weg ist.«

»In welcher Hinsicht?« fragte Ben.

»Damit, den Besitz zu behalten«, erwiderte Belle ruhig. »Auf mein Wort, dieser Pudding ist hervorragend.«

»Und wie kommst du auf diese Idee?« fragte er beinahe herablassend, doch sie bemerkte das kalte Glitzern in seinen Augen.

Paß auf, wie du mit mir redest, dachte Belle bei sich. Ich bin nicht deine Frau. Und ich habe ein dickes Bankkonto, das mir meine Unabhängigkeit sichert.

»Die Station hat neuen Viehbestand, läuft gut und kann deine Verluste durch natürliches Wachstum decken.«

»Und wenn wir nächstes Jahr wieder eine Dürre haben?«

»Du bist lange genug Viehzüchter gewesen, Ben. Du weißt, daß solche Ereignisse in Zyklen auftreten. Es kann Jahre dauern, bis der Regen wieder ausbleibt.«

Nachdem Clara zunächst sprachlos den Sinneswandel ihrer Mutter zur Kenntnis genommen hatte, freute sie sich nun. »Das sage ich auch immer. Wir haben jetzt genügend Zeit, uns auf die nächste Dürre vorzubereiten. Wir können mehr Brunnen graben und Rücklagen bilden, die Ausgaben einschränken ...« Sie zögerte bei diesen Worten, weil sie nicht den Tatsachen entsprachen. Schließlich gab Ben fast alles in Brisbane aus und investierte in bankrotte Firmen.

Ihre Mutter seufzte. Clara trat in jedes Fettnäpfchen, aber egal. »Ben, du könntest in den Aufsichtsräten bleiben. Die Aufwandsentschädigungen sind nicht zu verachten.«

»Ich bin froh, daß du das zu schätzen weißt, aber du scheinst nicht zu verstehen, daß die Aufstockung des Viehbestands Geld kostet. Entgegen Claras Ansicht habe ich in solchen Dingen mehr Erfahrung als sie. Dieser Besitz ist noch nicht wieder aufgestockt. Wir könnten ohne weiteres noch zweitausend Stück Vieh unterbringen.«

»Es braucht Zeit«, meinte seine Frau.

Er wandte sich heftig zu ihr. »Wie oft soll ich dir noch sagen, daß wir keine Zeit haben? Wir haben kein Geld mehr, um weiterzumachen!«

Belle lächelte. »Dein Problem ist, daß du dir zu viele Sorgen machst. Du könntest erst einmal das Haus in Brisbane verkaufen. Es ist sehr repräsentativ, renoviert und hervorragend eingerichtet. Du wirst einen guten Preis dafür bekommen.«

»Verstehe«, sagte er langsam, »und wo bitte soll ich als Parlamentsmitglied wohnen? In einem billigen Hotel?«

»Nur wenige Abgeordnete vom Land können sich ein Haus leisten, da sie für ihre Arbeit nicht bezahlt werden. Bei dir ist es natürlich anders. Mein Haus ist doppelt so groß wie deines, und ich wohne dort ganz allein. Mit seinem herrlichen Garten ist es für gesellschaftliche Anlässe wie geschaffen. Du bist herzlich willkommen bei mir. Ihr beide natürlich.«

»Ich möchte deine Großzügigkeit nicht ausnutzen«, wich Ben geschickt aus.

»Um Himmels willen, das würdest du nicht! Du machst damit eine alte Frau glücklich. Außerdem genieße ich ja auch deine Gastfreundschaft hier auf Fairmont.«

»Ich werde es mir überlegen«, sagte Ben und schob seinen halbvollen Teller beiseite.

Claras enttäuschtes Gesicht bestätigte Belle, daß es ihr noch nicht gelungen war, ihn zu überzeugen. Also mußte sie den Druck verstärken und diesen Mistkerl festnageln.

Sie leerte ihr Glas, rückte die Brille zurecht und sah ihren Schwiegersohn an. »Ich würde mehr tun, als es mir nur zu überlegen. Diese Aufsichtsratsposten sind gut und schön, aber nicht unbedingt von Dauer. Wenn du deinen Sitz im Parlament verlieren solltest, wärst du für die Leute, die die Fäden ziehen, nicht mehr so nützlich.«

Belle sah zu, wie er sich ein weiteres Glas Wein einschenkte. Sie hatte ihm gedroht, zweifach gedroht, das war ihm bewußt. Sie besaß genügend Einfluß in Brisbane, um ihn aus jedem Aufsichtsrat zu vertreiben. Als Außenseiter, der nicht in seinem Wahlbezirk wohnte, würde er jede nur mögliche Unterstützung brauchen.

Dann wandte sie sich an Clara. »Nächsten Monat wirst du

dreißig. Die Schuldverschreibungen, die dein Vater für dich gekauft hat, werden fällig. Eine nette Summe, geht in die Tausende. Damit könntest du die Station wieder auf die Beine bringen.«

»Schuldverschreibungen?« rief Clara und stieß beinahe ihr Glas um. »Davon wußte ich gar nichts.«

»Weil du mir nie zuhörst«, sagte Belle ruhig. Es gab in Wirklichkeit keine Schuldverschreibungen, doch wenn Clara die Station halten wollte, brauchte sie mehr Kapital. Ihr das Geld auf diese Weise zukommen zu lassen, bot einen taktvolleren Weg, Clara unter die Arme zu greifen, als wenn sie es ihr offen überreicht hätte.

Überglücklich sah Clara ihren Mann an. Die Drohung ihrer Mutter war ihr entgangen. »Ben, du mußt auf Mutter hören. Sie hat recht. Landbesitz ist wichtiger als Gehälter. Du selbst hast dich für diese Station entschieden und damit eine gute Wahl getroffen. Wir können sie jetzt nicht aufgeben. Und mit dem zusätzlichen Geld ...«

Er schob seinen Stuhl zurück und marschierte wortlos aus dem Zimmer.

»Wie war dein Tag?« erkundigte sich Belle bei Phoebe.

»Sehr nett, danke«, murmelte das Mädchen. »Sehr nett.«

Phoebe haßte diesen Mann, der so voller Selbstvertrauen am Tisch saß und ihre Qualen ignorierte, während sie ihr Essen hinunterwürgte. Wäre sie in ihrem Zimmer geblieben, hätte Clara sich Sorgen gemacht, und Belle wäre mißtrauisch geworden. Dem fühlte sie sich noch weniger gewachsen.

Sie saß still am Tisch und wünschte, dieses Essen wäre endlich vorbei. Im Verlauf des Gesprächs wuchs jedoch ihr Interesse. Sie brauchte gar nicht mitzureden, das hätte ohnehin nur gestört. Belle Foster hatte sich tatsächlich auf die Seite ihrer Tochter geschlagen! Und sie teilte Buchanan auf höfliche Art und Weise mit, er solle seinen Tonfall mäßigen. Phoebe war hingerissen. Er mußte eine regelrechte Zurechtweisung über sich ergehen lassen und verlor bei seinen Argumenten den Faden. Das hätte sie um keinen Preis der Welt verpassen wollen! Und Clara würde auf ihrem Besitz bleiben.

Als Belle darauf bestand, daß Buchanan ihr Haus als Wohnsitz benutzen solle, mußte Phoebe schnell den Blick senken, um ihre Schadenfreude zu verbergen. Ein guter Witz! Unter den wachsamen Augen seiner Schwiegermutter konnte er keinen unbeobachteten Schritt tun. Abgesehen von der Beziehung zwischen ihm und ihrer Mutter hatte Phoebe auch noch anderen Klatsch über ihn gehört. Hinter Claras Rücken verbreitete sich sein Ruf als Frauenheld in ganz Brisbane.

Phoebe fragte sich, ob Belle das Gerede ebenfalls zu Ohren gekommen war. Wohl kaum. Niemand würde es wagen, in ihrer Gegenwart Familienmitglieder zu kritisieren, egal was sie getan haben mochten. Nun, wo Phoebe selbst die Station gesehen und erlebt hatte, wie sie sich allmählich von der Dürre erholte, hätte auch sie es schade gefunden, das Anwesen zu verkaufen. Gott sei Dank würde es nicht dazu kommen!

Nach dem Essen holte Clara – noch immer aufgeregt und voller Enthusiasmus – die Bücher und Akten der Station herbei, die sorgfältig von ihr geführt wurden. Sie wollte ihrer Mutter beweisen, daß es keinen Grund mehr zur Sorge gab. Vor allem mit Hilfe der Gelder aus den Schuldverschreibungen würde der Besitz in Kürze wieder Gewinn abwerfen.

Phoebe zog sich mit einem Buch in ihr Zimmer zurück. Jetzt, wo sie sich erholt hatte und es ihrer Freundin Clara so gutging, würde sie ihnen mitteilen, daß sie sich zur Heimkehr entschlossen hatte. Sie konnte es nicht mehr ertragen, in Buchanans Haus zu leben, und würde einfach sagen, daß sie sich um ihre Eltern sorge und besser zu Hause wäre, falls man sie brauche. Irgend jemand konnte sie nach Charleville bringen, die Zugreise nach Brisbane würde sie allein bewältigen. Sie hatte mehrere Frauen gesehen, die ohne Begleitung reisten, selbst in den wenig komfortablen Waggons der zweiten Klasse. Es würde Spaß machen, auf eigene Faust zu fahren.

Sie bereitete sich zum Schlafengehen vor, schlug die Bettdecke zurück, um ihr Kissen aufzuschütteln, so daß sie sich anlehnen und noch etwas lesen konnte: Da entdeckte sie die Nachricht unter dem Kopfkissen.

Ein Brief? Lächelnd dachte sie, daß es sich vielleicht um einen Gutenachtgruß von Clara handeln könnte, die ihre Freude über die neuesten Entwicklungen mit ihr teilen wollte.

Es war jedoch ein Brief, der in zwei Umschlägen steckte. Offensichtlich zur Sicherheit. Als sie die Unterschrift las, erstarrte sie.

Der Brief war von Ben Beckman unterzeichnet, ihrem Ben!

Sie schaute sich verwundert im Zimmer um. Er mußte auf der Station sein! Aber warum diese Heimlichtuerei? Ihr erster Impuls war, nach draußen auf die Veranda zu laufen und nach ihm Ausschau zu halten, doch sie riß sich zusammen und setzte sich zum Lesen hin.

Nach der Lektüre war sie wütend. Sie hatte Belle und Clara für ihre Freundinnen gehalten, doch sie steckten mit Lalla unter einer Decke. Wenn Ben ihre Briefe nicht erhalten hatte, mußten die anderen sie unterschlagen haben, um jeglichen Kontakt zwischen ihnen zu verhindern. Sie war so zornig, daß sie Clara, Belle und Buchanan am liebsten sofort zur Rede gestellt hätte. Also hatte er versucht, sie zu besuchen, und war am Tor zurückgewiesen worden. Von wem, das erwähnte er nicht.

Wie konnten sie es wagen! Betrachtete man sie etwa als Gefangene?

»Das werden wir ja sehen«, sagte sie entschlossen.

Ben war in ihrer Nähe und wartete auf sie. In Winnaroo Springs. Sie kannte den Ort, weil Clara ihn ihr gezeigt hatte.

Die anderen sprachen oft von den Quellen. Als sie eines Tages die Grenzzäune überprüften, die ständig von umherziehenden Goldsuchern zerstört wurden, hatte Clara sie zu einer Hügelkuppe geführt und ihr die Quellen gezeigt.

Phoebe hatte eine Oase mit hohem Baumbestand erwartet, die sich aus der Ebene erhob, doch es gab nur eine große Fläche mit Gras und jungen Bäumen, die nicht anders aussah als der Besitz der Buchanans.

»Wo liegen die Quellen?« hatte sie gefragt.

»Du siehst doch dieses Felsmassiv dort drüben«, sagte Clara, »dessen einer Hang nach Westen geht. Sie befinden sich im Inneren. Wir haben erst vor wenigen Jahren entdeckt, daß inmitten der Felsen Wasser verborgen ist.«

»Hat es der Eigentümer gewußt?«

»Bestimmt, aber er hat niemanden in die Nähe gelassen. Tom McCracken war ein alter Fuchs.«

»Warum hat er den Besitz aufgegeben, wenn es dort Wasser gab?«

»Die Quellen reichten nicht, um eine Station zu bewässern, und die Wasserläufe trockneten aus. Er fing an, Brunnen zu bohren, und folgte dabei dem unterirdischen Verlauf der Quellen, doch er verletzte sich, als er Vieh aus dem Busch treiben wollte. McCracken ritt immer wie ein Verrückter, und sein Pferd stürzte. Ein Bulle spießte ihn mit den Hörnern auf, und er starb wenige Tage später. Seine Frau versuchte weiterzumachen, obwohl die Dürre immer schlimmer wurde. Leider hatte sie einen Koch, der trank und schließlich die ganze Station in Brand setzte, bevor irgend jemand das Feuer löschen konnte.«

»Was wurde aus dem Koch?«

»Er entkam dem Feuer und machte sich aus dem Staub. War auch gut so, denn Mrs. McCracken hätte ihn glatt erschossen. Sie verkaufte das Vieh, bezahlte die Arbeiter und verließ für immer die Gegend. Der Besitz steht zum Verkauf, aber bis jetzt gab es noch keine Interessenten.«

Winnaroo Springs. Phoebe war beinahe sicher, daß sie den Weg dorthin finden würde, aber sie mußte vorsichtig sein. So weit – über zwanzig Meilen – hatte sie sich noch nie ohne Clara vorgewagt. Das Buschland sah überall gleich aus, und man konnte sich leicht verirren.

Sie hatte keine Möglichkeit, Ben eine Antwort zu senden, da sie nicht wußte, welches der vier Hausmädchen den Brief hereingeschmuggelt hatte. Eine von ihnen mußte es gewesen sein, aber Phoebe traute sich nicht zu fragen. Bens Entschlossenheit und Erfindungsreichtum faszinierten sie. Nun konnte sie beweisen, daß auch sie sich zu helfen wußte. Statt querfeldein zu reiten und Gefahr zu laufen, sich zu verirren, würde sie einfach an den Grenzen entlangreiten.

Phoebe war müde und konnte sich nicht mehr daran erinnern, welche Richtung sie damals mit Clara zu den Quellen genommen hatte. Diese Station war riesengroß. Sie wünschte, sie hätte seinerzeit besser auf den Weg geachtet. Allerdings hatte Clara viele Umwege gemacht, unter anderem, um die Pferde zu tränken.

Sie mußte sich dazu zwingen, ins Bett zu steigen, und lag dann wach, um Pläne für den nächsten Tag zu schmieden.

Als Clara sie weckte, kam es ihr vor, als sei sie eben erst eingeschlafen. »Komm, Schlafmütze, willst du heute morgen nicht mit mir ausreiten?«

Phoebe blinzelte unter ihrer Daunendecke hervor. »Oh, es ist kalt«, sagte sie und kuschelte sich wieder ein. »Mir ist heute nicht nach Ausreiten zumute.«

Clara lachte. »Ja, es ist wirklich kalt. Na ja, dann ruhe dich aus. Wir sehen uns später. Möchtest du vielleicht im Bett frühstücken?«

»Danke, gern.« Sie wußte, daß die Köchin es vorzog, wenn Gäste ihr Frühstück auf dem Zimmer einnahmen und ihre Arbeit nicht durcheinanderbrachten, denn Clara und Ben aßen schon um sechs Uhr oder sogar noch früher.

Obwohl sie ungeduldig war und sich auf den Weg machen wollte, blieb sie im Bett, bis Dorrie, eines der schwarzen Mädchen, ihr Frühstückstablett brachte. Sie strahlte wie immer übers ganze Gesicht und wies Phoebe an zu essen, solange Würstchen und Eier noch heiß waren. Alles schien wie immer. Kein Blick zum Kopfkissen. Keine Frage von Dorrie, ob sie die Nachricht gefunden hatte. Also tappte Phoebe hinsichtlich des Boten noch immer im dunkeln.

Sobald Dorrie gegangen war, sprang sie aus dem Bett und aß beim Ankleiden. Sie ließ keinen Krümel übrig und trank den heißen Tee – vor ihr lag schließlich ein langer Tag. Dann packte sie mit wütender Entschlossenheit alle Kleider bis auf das Notwendigste in ihren Koffer. Später würde man entdekken, daß sie verschwunden war. Eine Erklärung hatten sie nicht verdient. Sie würde Ben treffen und ihn bitten, sie geradewegs nach Charleville zu bringen, von wo aus sie den Zug nach Brisbane nehmen konnte.

Sie schob den Koffer unter das Bett und zog ihre Reitkleidung und die schwere Wildlederjacke an. Bevor sie hinausging, sah sie sich im Zimmer um. Wenn Dorrie kam, um das Bett zu machen, würde sie nichts bemerken. Das Zimmer war ebenso aufgeräumt wie immer, Schränke und Schubladen geschlossen. Sie durchwühlte noch einmal ihren Koffer, holte das Nachthemd heraus und warf es aufs Bett, damit Dorrie nicht danach suchen mußte, um es unter das Kopfkissen zu legen, und dabei womöglich den Koffer entdeckte.

Wenn sie zu Hause eintraf, würde sie Clara schreiben und ihr erklären, warum sie fortgegangen war. Sie sollte wissen, wie enttäuscht sie über den Betrug war, selbst wenn er – wie sie vermutete – von ihrer Mutter ausging. Sie würde Clara bitten, ihr das Gepäck nachzusenden.

Dann steckte sie Taschentücher und eine kleine Rolle Pfundnoten ein, band sich ein Halstuch um, nahm die Reitkappe und verließ das Haus über die Veranda.

Ein schwarzer Viehhüter sattelte Cleo für sie. »Reiten Sie zu den Viehhöfen, Miss?« fragte er aufgeregt.

»Nein. Wieso?«

»Große Versammlung wegen Brandzeichen da unten«, sagte er. Anscheinend war er enttäuscht, weil er statt zuzuschauen in den Ställen arbeiten mußte.

»Ich glaube, ich reite nur bis zum Tor«, sagte Phoebe. »Da ist es ruhiger. In welche Richtung geht es eigentlich nach Winaroo Springs?«

»Da lang«, antwortete er und deutete am Haus vorbei. »Vielen Dank.« Sie ritt davon.

Moss hörte die letzten Sätze, als er aus den Ställen trat. Sein Pferd hatte ein Hufeisen verloren und wurde gerade neu beschlagen.

Auf dem Weg zum Hufschmied fragte er sich, was das Stadtmädchen wohl bei den Quellen suchte. Der Ritt dorthin war ausgesprochen hart. Er selbst hatte Besucher hingeführt, weil es eine echte Attraktion war, aber Damen ritten niemals allein dorthin.

Er diskutierte mit dem Schmied darüber, der auch seine Besorgnis äußerte. »Diese blöden Weiber. Müssen in alles ihre Nase stecken. Wird sich da draußen todsicher verirren, und wir dürfen dann die halbe Nacht nach ihr suchen. Sagst es besser der Missus.«

»Sie ist draußen und sucht Streuner«, sagte Moss. »Ich muß zum Viehhof. Viel Arbeit, und Mungo is' nich' da.«

»Dann sag's dem Big Boß. Er ist auch da drüben. Macht dir die Hölle heiß, wenn das Mädchen im Dunkeln nicht zurück ist und du davon gewußt hast.«

Er hatte recht. Diese Verantwortung wollte Moss nicht übernehmen. Er stieg auf sein Pferd und ritt davon. Das Vieh wurde unter Tumult durch ein Labyrinth von Zäunen getrieben und mit dem Brandzeichen versehen.

Der Boß stand mitten im Durcheinander und trieb die Männer zur Arbeit an. Das Vieh wurde mit Peitsche und lauten Rufen durch die engen Gassen getrieben. Moss fand nicht die Gelegenheit, mit Buchanan zu sprechen, doch als der erste Schwung hindurchgetrieben war und Brandzeichen erhalten hatte, legten die Männer eine Zigarettenpause ein. Moss ging zu seinem Boß hinüber.

»Ich frage mich, ob Miss Phoebe in Ordnung ist. Is' allein weggeritten, nach Winnaroo Springs.«

»Wovon redest du eigentlich?« fragte der Boß ungeduldig.
»Miss Phoebe. Sie is' zu den Quellen geritten.«

»Sei nicht so blöd! Die Quellen sind drüben bei McCrackens Station.«

»Na ja ... stimmt.« Moss ließ sich nicht gern vor den anderen als blöd bezeichnen. Hätte ich mich nur um meine eigenen Sachen gekümmert, dachte er, als er den Schwanz einkniff und sich verzog. Nun, wenn Buchanan alles besser wußte ...

Der Boß trank seinen Tee aus einer Emailletasse und starrte schlecht gelaunt ins Feuer. Dieser Idiot brachte aber auch alles durcheinander! Dann begann er zu überlegen. Und wenn sie nun tatsächlich allein zu den Quellen geritten war? Warum sollte sie das tun? Sie wagte sich sonst nie so weit hinaus.

Dann traf es ihn wie ein Blitzschlag. Hatte Beckman mit ihr Kontakt aufgenommen? Hatte er ein Treffen mit ihr bei den Quellen arrangiert? Mungo zufolge war er ihnen entwischt, angeblich in Richtung der Station. Diese Idioten. Ihm wurde klar, daß Phoebe Beckman Glauben schenken würde, wenn er sagte, Buchanan habe zuerst geschossen. Sie hatte eine große Klappe und haßte ihn bereits jetzt. Sie würde es von allen Dächern verkünden. Selbst wenn er es abstritt, würde die Gerüchteküche von Brisbane kochen.

Er pfiff Moss zu sich. Dieser legte das Brandeisen auf die kleine Feuerstelle und kam herüber.

»Woher weißt du, daß sie zu den Quellen geritten ist?«

»Habe gehört, wie sie nach dem Weg fragte«, erwiderte Moss mürrisch.

»Verdammter Mist!« sagte der Boß. »Hol dein Pferd, wir schneiden ihr den Weg ab.«

Moss saß auf. Es machte ihn stolz, mit dem Boß zu reiten. Leider waren die anderen zu beschäftigt, um es zu bemerken. Sie dachten sicher, die beiden würden nur eine weitere Herde zusammentreiben.

Es war ein anstrengender Ritt. Der Boß gab seinem Pferd die Sporen.

Als sie einen Wasserlauf durchquerten, sagte Moss: »So weit is' sie nich' gekommen, Boß. Kennt doch keine Abkürzungen.«

»Genau. Ich quäle mich doch nicht den ganzen Tag durch die Büsche, um ein verdammtes Weibsstück zu suchen. Wir reiten zu den Quellen und warten. Wenn sie nicht auftaucht, erwischen wir sie auf dem Rückweg.«

Moss hatte gewisse Bedenken. Seiner Ansicht nach hätten sie sich besser trennen und die Gegend hier durchkämmen sollen, aber der Boß würde schon wissen, was er tat, und er selbst ersparte sich die harte Arbeit beim Vieh. Die Jungs würden fluchen, weil nun drei Arbeitskräfte fehlten. Auch die Missus wäre nicht sehr erfreut. Das Mädchen brachte das gesamte Tagesprogramm durcheinander.

Man hatte Mandjala im Camp der Schwarzen auf Fairmont willkommen geheißen. Die Aborigines umarmten ihn, lächelten und weinten, denn er war ein Ältester ihres weitverstreuten Clans und wurde als weiser Mann geachtet. Alle wußten, daß er kurz vor dem Schritt zum Magier, dem Hüter der Geheimnisse, stand.

Er saß im Schatten am Wasserloch und erzählte ihnen von alten und neuen Zeiten, lachte und weinte dabei, und seine Nachricht wurde mit größter Sorgfalt weitergeleitet. Sie ging von seiner Hand in die eines Läufers, der sie bis zur Molkerei brachte. Dort übernahm sie ein Milchmädchen und gab sie weiter an eine der Hausangestellten. Weder Mandjala noch seine Freunde wußten genau, wie das weiße Mädchen die Nachricht empfangen würde, doch es bestand kein Zweifel daran, daß sie ihren Bestimmungsort erreichte.

Am Morgen machten sich einige Männer auf, um beim Viehauftrieb zuzuschauen, aber Mandjala blieb bei seinen Freunden, lauschte ihren Geschichten und antwortete nach bestem Wissen auf Fragen zu Stammesriten, die in den unruhigen Zeiten verlorengegangen waren. Er hatte Bens Anweisungen ausgeführt, das Mädchen würde wissen, daß er bei den Quellen wartete. Jetzt war es an ihr zu handeln. Mandjala hatte noch immer ein ungutes Gefühl hinsichtlich der Beziehung zwischen

Ben und dem weißen Mädchen, akzeptierte aber auch, daß er die Sitten der Weißen nicht verstand. Ihm kam es so vor, als versuche sein Freund, die Frau eines fremden Clans zu stehlen. Eines Clans, der die Verbindung der beiden ablehnte. Solche Situationen waren immer problematisch. Vermutlich fehlte es dem jungen Mann einfach an der richtigen Erziehung, dachte er traurig.

Winnaroo Springs war noch immer ein geheimnisvoller Ort voller Wunder, die von einer uralten Vergangenheit zeugten. Die groben Zäune waren längst verschwunden – von Pferden niedergetrampelt –, die vermoderten Pfosten von hohem Gras überwuchert. Der Weg war zwar breiter, weil Pferde und Menschen das Unterholz zurückgedrängt hatten, doch die Natur eroberte sich ihren Platz zurück. Entschlossene Farne krochen vorwärts wie eine kleine Armee, die sich allmählich vorkämpft.

Ben kam die schmerzliche Erinnerung an Cash und seine Wildheit. Sein Verrat hatte ihn tief getroffen, weil er damals sein einziger Freund gewesen war und ihn wie Willy, der Junge von den Docks, hintergangen hatte. Vielleicht trug auch er selbst die Schuld daran, weil er zu eifrig auf Gesellschaft bedacht war und unbedingt gefallen wollte. Seine Position als Besitzer der Stallungen hatte diese Frage niemals aufgeworfen. Falls Phoebe seine Nachricht erhielt und sich die Mühe machte, zu den Quellen zu reiten, würde sie nicht vor Mittag da sein. Daher führte er sein Pferd den steilen, kurvenreichen Weg hinunter, um sein Lager am sandigen Ufer des tiefen Wasserlochs aufzuschlagen. Er band Pepper sicher fest und machte sich daran, die Gegend zu erkunden.

Ben kletterte über Felsen und Steinblöcke und entdeckte flache Höhlen, deren Wände mit Aborigine-Zeichnungen bedeckt waren. Er betrachtete sie eingehend, denn sie erzählten die Legenden der Traumzeit. Leider fehlte ihm das Wissen, um sie zu interpretieren. Nach einer Weile kletterte er weiter und hielt Ausschau nach einem Weg zum höchsten Punkt des Felsmassivs. Von dort aus mußte man eine herrliche Aussicht auf das Umland haben und zugleich einen idealen Ausguck, wo er auf Phoebe warten konnte.

Doch er schaffte es einfach nicht bis nach oben. Resigniert schaute er sich um. Dies mußte der Krater eines erloschenen Vulkans sein. Aufgrund der üppigen Vegetation hatte er es nur noch nicht bemerkt.

»Na gut, das wär's«, sagte er und ging weiter. Ihn faszinierte das Zirpen ungewöhnlicher Zikadenarten und die Fülle prächtiger Buschorchideen. Er lauschte dem Singen und Zwitschern zahlloser Vögel und beobachtete die kleinen Felsenkänguruhs, die an ihm vorbeischossen und mühelos die Hänge erklommen.

»Das ist ein Treibhaus, Vogelkäfig und Privatzoo in einem«, sagte er zu sich und schaute hinunter auf die glitzernde Wasserfläche.

Langsam gewann er den Eindruck, diese einsame Oase gehöre ihm, und er freute sich darauf, sie Phoebe zu zeigen. Sicher wäre sie von der Schönheit dieser Landschaft ebenso fasziniert wie er selbst. Hoffentlich würde sie kommen, denn er hatte wohl keine Chance, sie auf Fairmont zu sehen.

Wieder beschlichen ihn Zweifel. Wenn sie nun seiner Bitte nicht entsprach, weil sie ihn nicht treffen wollte?

»Na ja«, sagte er achselzuckend. »Dann kampiere ich einfach so für ein paar Tage hier unten. Und danach … wir werden sehen.«

Buchanan und Moss hatten Boundary Creek erreicht und wollten nun über McCrackens Anwesen zu dem Felsmassiv reiten. Von dem Mädchen war keine Spur zu sehen. Für die Strecke hatten die beiden erfahrenen Reiter nur zwei Stunden benötigt. Wenn Phoebe auf dem richtigen Weg war, mußte sie ungefähr eine Stunde hinter ihnen sein. Natürlich nur, falls sie nicht gestürzt war und sich den Hals gebrochen hatte oder einfach Blumen pflückte.

»Glauben Sie, sie schafft es?« fragte Moss seinen Boß. Er war noch immer der Ansicht, es sei klüger umzukehren und sie auf dem Rückweg zu suchen. Doch Buchanan ignorierte seine Frage und fiel in einen langsamen Trab.

Am Fuß des Felsmassivs zog der Boß die Zügel an.

»Du wartest hier«, sagte er zu Moss. »Sie muß aus dieser Richtung kommen, also paß gut auf. Ich werde mich mal umsehen.«

»Auch gut«, antwortete Moss und stieg ab. Er zog seinen Tabakbeutel aus der Tasche. »Ich mache den Kui (Kui, ein australischer Signalruf), wenn ich sie sehe, aber ich schätze, es dauert noch.«

Buchanan mochte den Ort nicht. Schon als ihn ein Viehhüter zum ersten Mal zum verborgenen Eingang der Quellen geführt hatte, war er mißtrauisch geworden. Er war auf der Caravale Station aufgewachsen, die im Herzen eines Aborigine-Gebietes lag. Der Aberglaube der Eingeborenen war tief in ihm verwurzelt. Er hatte soviel von ihrer Kultur miterlebt – zum Beispiel Männer, die nach der Knochen-Zeremonie (Zeremonie, bei der jemand mit einem Fluch belegt wird, der ihn töten soll. Im übertragenen Sinne auch = jemandem Unglück wünschen.) starben – und zog es vor, ihre geheimen Orte zu meiden, da sie Unglück brachten.

Buchanan schaute hoch zu dem Felsen, der wie ein Monolith aus der Ebene wuchs, und erschauerte. Er ritt vorsichtig einmal um den Fuß des Massivs herum. Obwohl er für die Aborigines als Rasse keinen Respekt hegte, fürchtete er ihre geheimnisvollen Riten. Wenn es überhaupt einen heiligen Ort gab, dann diesen.

Die Chinesen nannten die Gebräuche der Schwarzen böser Zauber und mieden die Gegenwart von Abo-Magiern. Auch wagten sie es nicht, Bora-Plätze (Bora-Plätze sind Stätten der Initiationsriten der Aborigines) zu betreten.

Er war nur einmal hiergewesen. Während sich Clara und ihre Freunde im Wasserloch abkühlten, hatte er das Innere dieses felsumschlossenen Dschungels erkundet und die Höhlen mit den Ockermalereien entdeckt.

Als er zu der Gruppe zurückkehrte, sagten die anderen, der Ort sei wahrscheinlich einmal von Schwarzen als Kultstätte genutzt, aber schon lange verlassen worden.

Von wegen, dachte er. Die Malereien sahen ganz frisch aus. Dies konnte bedeuten, daß über die Jahrhunderte hinweg der Magier jeder Generation hergekommen war, um die Farbe zu erneuern. Und immer noch kam. Doch sie wurden niemals dabei gesehen, darin lag ein weiteres Geheimnis.

Dieser verdammte Ort verursachte ihm noch immer Unbehagen, um so mehr, da er sicher war, daß Beckman sich irgendwo in der Gegend herumtrieb.

»Der böse Zauber soll auch ihn treffen«, sagte er leise. Er band sein Pferd an, nahm das Gewehr, lud es und ging zu dem Eingang zwischen den verstreuten Felsbrocken hinüber. Hier draußen war Beckman jedenfalls nicht, das stand fest. Also mußte er sich dort drinnen befinden. In der Falle. Einen anderen Ausgang als diesen gab es nämlich nicht. Mit etwas Glück konnte er den Kerl aus dem Hinterhalt erschießen und die Leiche in das dichte Unterholz werfen, wo die Dingos den Rest erledigen würden. Der Plan war so einfach, doch plötzlich beschlichen ihn Zweifel, ob Beckman wirklich hier war. Vielleicht hatte er sich hinsichtlich des Grundes für Phoebes Ausritt geirrt.

Nun aber war Buchanan einmal hier und mußte sichergehen. Es kümmerte ihn nicht, ob das Mädchen es schaffte oder nicht. Ihr Pech, wenn sie sich verirrte. Böser Zauber. Was Moss betraf, würde er vielleicht den Schuß hören, doch dieser Trottel war viel zu langsam, um irgend etwas Verdächtiges mitzubekommen. Erklärungen gab es genug. Zum Beispiel eine Wildente, die er leider nicht getroffen hatte.

Er wartete vor jeder Wegbiegung und ging dann vorsichtig weiter.

Dann plötzlich sah er ihn! Beckman kam genau auf ihn zu.

Buchanan hatte ihn nicht kommen hören. Clara behauptete, er würde allmählich taub, doch er betonte, er höre ebensogut wie jeder andere. Außerdem ging das Halbblut, das ihn entsetzt anstarrte, barfuß.

»Hände hoch!« rief Buchanan. Diesmal hatte er die Sache im Griff und bemerkte zu seiner Freude, daß Beckman unbewaffnet war. Oder etwa nicht?

»Was wollen Sie?« fragte Beckman wütend mit erhobenen Händen.

»Zuerst das Messer.«

»Welches Messer?«

»Heb das Hosenbein hoch. Eine falsche Bewegung, und ich verpasse dir eine Kugel.« Er würde ihn besser tief in den Krater führen und dort erschießen. Dann mußte er ihn nicht den Weg entlangschleifen und dabei Blutspuren hinterlassen.

Triumphierend entdeckte er den Lederriemen. »Losbinden und wegwerfen.« Er stand nur wenige Meter entfernt und zielte auf Ben. Dieser hatte keine Chance. Er band den Beutel mit dem Messer los und warf ihn weg.

Buchanan konnte der Versuchung, ihn zu demütigen, nicht widerstehen. »Letztes Mal hast du mich geschlagen. Hatte das Messer vergessen. Hat sie dir erklärt, wie man ein Messer als Waffe benutzt? Dir, einem Stadtnigger?«

»Von wem sprechen Sie überhaupt?« fragte Ben kalt.

»Von einer Frau namens Diamond.«

Beckman schaute an dem älteren Mann empor und nickte. »Dachte ich mir. Sie hat es mir nicht gezeigt, aber es ist ihr Messer.«

»Hilft dir jetzt auch nicht mehr, was?«

»Offensichtlich nicht. Was wollen Sie von mir? Ich habe Ihnen nichts getan. Wußte nicht einmal, daß es zwischen uns eine Verbindung gibt, bis Sie mich an Ihrem Tor angriffen.«

»Von wegen nicht gewußt!«

Sein Gegenüber sah ihn ruhig an und schien nicht zu begreifen, daß sein Leben in wenigen Minuten vorbei sein würde.

»Das ist interessant«, sagte Ben. »Es gibt also eine Verbindung, und ich habe einen Vater, der noch am Leben ist.«

»Du hast gar nichts! Deine Mutter war eine Hure. Such dir einen Vater aus, aber bloß nicht mich, kapiert?«

»Deshalb sind wir also hier zusammengetroffen.«

»Ja.«

Ben bewegte sich nicht. Dieser Wahnsinnige wollte ihn töten, um seinen guten Ruf zu wahren, was einer gewissen Logik nicht entbehrte. Sogar wenn er sich dazu zwingen würde, wäre es sinnlos, um sein Leben zu flehen. Doch selbst zu diesem Zeitpunkt wollte er mehr über seine Mutter erfahren. Er spürte jetzt, wo er seinem eigenen Tod ins Auge blickte, ihre Nähe. Als sei dieses Treffen vorherbestimmt.

»Meine Mutter ist tot.«

»Ich weiß.«

»Sie war mit Ihnen im Norden.« Ben meinte Caravale und war überrascht, als Buchanan nickte.

»Ja, das stimmt. Sie half mir, als ich auf den Palmer-Goldfeldern das Fieber bekam. Ich bewunderte sie. Hatte viel Mumm.«

»Ist sie mit Ihnen dorthin gegangen?«

»Nein. Sie tauchte einfach auf, folgte wahrscheinlich den Gräbern zusammen mit den anderen Huren.«

»Meine Mutter war keine Hure. Hören Sie damit auf!«

»Jesus, Junge, bist du noch feucht hinter den Ohren!« Buchanan ließ sich Zeit für ein Schwätzchen. »Als sie auf meiner Station lebte und als Zofe arbeitete, war ich ganz verrückt nach ihr. Ein tolles Mädchen, hatte noch nie so eine Abo getroffen.«

Ben stöhnte, ließ ihn aber weiterreden und hielt Ausschau nach einem Fluchtweg.

»Sie war intelligent und belesen. Aber ich wollte keine Schwarze heiraten. Da machte sie nur noch Schwierigkeiten. Sie mußte weg.« Er zuckte die Achseln. »Sie ging nach Charters Towers. Das kannst du nicht bestreiten, ich weiß alles darüber. Sie arbeitete in einem chinesischen Bordell, ihr Name war weithin bekannt. Ihrer Freundin Goldie gehört heute das Blue Heaven in Brisbane. *Du* warst vermutlich noch nie dort.«

Ben überhörte geflissentlich Buchanans verächtlichen Tonfall. »Trotzdem hat Sie Ihnen geholfen, als Sie krank waren?«

»Na und? Dreh dich um und geh los. Hände nach oben. Nicht zu schnell um die Biegung, ich will dich im Blickfeld haben.«

Der Weg war feucht und rutschig. Ben mit seinen nackten Füßen bereitete er keine Schwierigkeiten, doch Buchanan trug Stiefel und mußte vorsichtig gehen. Als er um die Ecke bog, drehte Ben Beckman sich um. »Kann ich Sie noch etwas fragen?«

»Und was?«

»Haben Sie Gold gefunden?«

»Nein, ich war zu krank. War alles eine verdammte Zeitverschwendung.«

»Diamond kam nicht als Hure dorthin. Sie wollte ihren Stamm finden. Ihre richtige Familie.«

»Stimmt, ich erinnere mich an so etwas.«

»Sie war eine Irukandji.«

»Richtig, alles verdammte Kannibalen! Wie fühlst du dich mit so einer Mutter?«

»Es stört mich nicht. Sie hätte Sie sterben lassen sollen.«

»Dein Pech, daß sie es nicht getan hat.«

Ben mußte einfach noch etwas hinzufügen. »Und Sie wußten nichts von ihrem Gold?«

»Welches Gold? In Cooktown haben wir uns nur über die Heirat gestritten. Sie dachte, ich würde sie zumindest mit nach Caravale nehmen, nur weil wir einige Monate zusammen verbracht hatten. Eine Niggerhure! Jesus! Es entwickelte sich zu einem echten Kampf, und die Schlampe zog ein Messer. Deine liebe Mutter war sehr geschickt mit dieser Waffe. Trug sie immer bei sich.«

»Als schwarze Frau unter lauter weißen Männern brauchte sie es wohl auch«, konterte Ben.

»Sicher, aber als sie mich angriff, beging sie den größten Fehler ihres Lebens. Ich warf sie hinaus, zurück auf den Misthaufen, auf den ihr alle gehört.«

Ben lachte. »Sie haben den Fehler gemacht! Diamond hatte Gold gefunden. Ihre Stammesangehörigen zeigten es ihr, da es ihnen selbst nichts bedeutete. Sie haben eine sehr reiche Frau vor die Tür gesetzt.«

»Du lügst!« schrie Buchanan voller Zorn.

»Warum sollte ich? Sie brachte ein Vermögen mit nach Hause und kaufte das Haus in Kangaroo Point.«

»Das gehörte der Deutschen.«

»O nein. Es war Diamonds Haus. Ihr Gold hat uns ein angenehmes Leben ermöglicht.«

Ben begriff, daß diese Neuigkeiten Buchanan aus der Fassung gebracht hatten, und er erkannte sofort seine Chance. Eine verdrehte, abgestorbene Loyaranke hing direkt neben Buchanans Hals.

»Nicht bewegen!« rief er und deutete darauf. Die bekannte Warnung vor einer Schlange!

Buchanans Augen zuckten nach links. Ben sprang auf ihn zu. Griff nach dem Gewehr, doch er war nicht schnell genug. Buchanan rammte ihm den Kolben in den Hals, so daß er rückwärts taumelte. Dann stand er mit gespreizten Beinen über ihm und trat mit seinen schweren Stiefeln gegen Bens Kopf. Dieser versuchte, wieder schnell auf die Füße zu kommen.

»Du glaubst doch nicht, ich falle auf diesen alten Trick herein!« rief Buchanan und trat erneut zu. »Bleib gefälligst unten!«

Trotz der Schläge und der Tatsache, daß Buchanan erneut das Gewehr auf ihn richtete, kam Ben auf die Füße. Es gelang ihm, sich zur Seite zu werfen.

Selbst mit seinem schmerzenden Kopf konnte Ben ein gewaltiges Stampfen hören und fragte sich, warum Buchanan nicht darauf reagierte. Er schien die drohende Gefahr überhaupt nicht zu bemerken.

Dann donnerten sie um die Wegbiegung – eine Herde Wildpferde, angeführt von einem starken Hengst. Sie preschten auf ihre Wasserstelle zu und überrannten alles, was sich ihnen in den Weg stellte. Buchanan stand mit dem Rücken zu ihnen, geriet unter die Hufe und stieß einen gellenden Schrei aus. Ben warf sich nach vorn, um Buchanans ausgestreckten Arm zu ergreifen, und zog ihn aus dem Weg der vorbeidonnernden Herde.

Sie verschwand ebenso plötzlich, wie sie aufgetaucht war. Ruhe kehrte ein. Ben lag vor Schmerz und Anstrengung keuchend neben Buchanan.

Erschöpft wandte er sich seinem Widersacher zu, der sich im Gras krümmte. Er lebte noch, aber sein Gesicht war blutüberströmt, ein Bein völlig verdreht und ein Arm scheinbar gebrochen. Vermutlich hatte er noch andere Verletzungen. Ben mußte ihn unbedingt zur Station bringen, damit man dort ärztliche Hilfe herbeirief.

Er traute sich nicht, Pepper zu holen, solange die Wildpferde noch an ihrer Tränke waren; dieses Pferd konnte verrückt spielen, wenn es seine Gefährten witterte.

Mit ungeheurer Anstrengung hob er den schweren Körper hoch und schleppte ihn den Hang hinauf. Er hoffte, daß die Pferde sich eine Weile am Wasser aufhalten und ihn nicht auf ihrem Rückweg samt seiner Last überrennen würden.

Moss langweilte sich allmählich. Er vergaß seine Anweisungen, stieg auf sein Pferd und ritt zum westlichen Hang des Felsmassivs. Dort entdeckte er einen Fremden, der von den Quellen her auf ihn zutaumelte. Auf den Schultern trug er seinen Boß. Jesus, wie sah der nur aus! Blutüberströmt und vollkommen weggetreten. Sofort zielte er mit dem Gewehr auf den Kopf des unbekannten Mannes.

»Leg ihn hin!«

»Geht nicht! Noch nicht!« schrie der Mann. »Helfen Sie mir, ich muß ihn vom Weg wegbringen.«

»Sie müssen Beckman sein!« rief Moss verblüfft.

»Halt den Mund und hilf mir. Er ist tonnenschwer.« Moss sprang vom Pferd und legte das Gewehr beiseite. Sie betteten den Boß im Schutz einiger Felsbrocken auf den Boden. Moss war fassungslos. »Jesus Christus, das sieht nich' gut aus. Was is' passiert?«

»Wildpferde«, erklärte Ben. »Er war auf dem Weg…« Den Kampf verschwieg er besser. »Und die Pferde galoppierten heran.« Er wirkte verwirrt. »Er hat sie wohl nicht gehört.«

»Er hört schlecht«, sagte Moss. »Müssen ihm schon ins Ohr schreien oder direkt vor ihm stehen. Die Jungs wetten alle, daß er mehr von den Lippen liest als hört.«

Ben murmelte vor sich hin, während er Buchanan untersuchte: »Ein paar Tritte gegen den Kopf; der Arm ist gebrochen, der rechte Knöchel zertrümmert. Atmet schwer. Vermutlich hat er auch innere Verletzungen.«

»Wir bringen ihn besser ins Haus.«

Ben hatte schon viele ähnliche Verletzungen gesehen, die von den brutalen Schlägen und Tritten der Gefängnisaufseher herrührten. Es war gefährlich, einen Mann in diesem Zustand über einen Pferderücken zu legen. Sie würden eine Schleppbahre benötigen. »Ich glaube, er schafft es nicht. Wir können ihn nicht auf ein Pferd binden, die Verletzungen sind zu schwer.«

»Was sollen wir denn sonst machen?«

In diesem Moment donnerten die Wildpferde in die Ebene und preschten ins Buschland. Moss zog die Zügel seines Tieres an, das angstvoll wieherte.

»Sie müssen sich auf den Weg machen, und zwar schnell«, sagte Ben. »Reiten Sie zum Haus. Die sollen einen Arzt rufen, und Sie kommen mit einem Wagen hierher zurück.«

»Klar. Wird wohl das Beste sein«, meinte Moss bedächtig. »Also los! Ich werde tun, was ich kann.«

Erst auf dem Weg zur Station fragte sich Moss, was Beckman eigentlich bei den Quellen zu suchen hatte. Er sah aus, als hätte auch er ein paar Schläge abbekommen. Buchanan hatte den Kerl gesucht und gefunden. Mungo verschwendete in der Stadt bloß seine Zeit.

In der Ferne sah er das Mädchen auf sich zureiten. »Dieses verdammte Ding!« grollte er. »Hat also doch den Weg entdeckt, is' sogar gut in der Zeit.« Aber er hatte es zu eilig, um mit ihr zu reden, und wollte schon ohne Gruß an ihr vorbeireiten, überlegte es sich dann aber anders und galoppierte auf Phoebe zu. »Sie reiten zu den Quellen?« fragte er unfreundlich.

»Ja. Sie sind Moss, nicht wahr?«

»Stimmt. Reiten Sie weiter, könnten von Nutzen sein. Ohne Sie wären wir nich' in dem Schlamassel.«

»In welchem Schlamassel?«

»Der Boß liegt da halbtot, dank Ihnen. Hat Sie gesucht!« schnauzte er, wendete sein Pferd und trabte davon.

Phoebe hatte Angst. Sie ritt weiter und fragte sich, was sie bei den Quellen erwarten mochte. Bisher war sie gut vorangekommen. Als sie eine Stunde unterwegs gewesen war, traf sie eine Gruppe Aborigines, die zur Station gehörten und ihr weiterhalfen. Zwei Jungen rannten mindestens eine Meile weit fröhlich vor ihr her, um ihr den Weg zu weisen.

Moss hatte nicht übertrieben. Buchanan war schwer verletzt, und Ben versuchte gerade, seinen Arm provisorisch zu versorgen. Er lächelte sie grimmig an. »Gott sei Dank, daß du kommst. Kannst du diese Holzstücke festhalten, damit ich seinen Arm schienen kann?«

»Ist er gebrochen?« fragte Phoebe erschreckt und stieg zögernd ab. Buchanans Gesicht und Kleider waren voller Blut.

»Ja. Ich habe ihn gerichtet, aber es ist schwierig, die Schienen am richtigen Platz zu halten. Hilf mir bitte.«

»Ich kann nicht. Wird er sterben?«

Ben ignorierte die Frage. »Du kannst, und du mußt, Phoebe.« Er klang so kurz angebunden, daß sie sich wie befohlen hinkniete, um die Stöcke festzuhalten, doch sie entglitten ihrer Hand.

»Herrgott noch mal, du hast Hände, nicht nur Fingerspitzen. Benutze sie auch!« fuhr er sie an. »Halte sie richtig fest.«

»Ich habe Angst, ihm wehzutun«, jammerte Phoebe.

»Er ist bewußtlos und spürt nichts.«

Beim Anblick des Blutes an ihren Händen wurde ihr übel. Als Ben die Schienen mit biegsamen Ranken festknotete, rutschte ihr wieder eine aus der Hand. Ben fluchte. »Jesus, nun halte sie doch fest!«

»Ich versuche es ja.«

»Du mußt dich ein bißchen anstrengen.«

Als er fertig war, kümmerte er sich um Buchanans rechtes Bein, das ganz verdreht dalag. Phoebe wurde beinahe schwarz vor Augen.

»Zieh seinen Stiefel aus«, wies er sie an. »Ich muß zu meinem Lager gehen und Decken holen. Er hat einen Schock, wir müssen ihn warm halten.«

»Du willst mich doch nicht mit ihm allein lassen? Was soll ich machen, wenn er zu sich kommt?«

Er sah sie an wie eine Fremde. »Hilf ihm einfach«, erwiderte er trocken und stiefelte davon.

Eingeschüchtert durch Bens Verhalten bückte sie sich, um den Schnürsenkel des blutgetränkten Stiefels zu lösen. Sie wollte ja helfen, aber es war so abstoßend. Warum konnte er nicht verstehen, daß sie so etwas noch nie erlebt hatte?

Aus Angst, er könne bei seiner Rückkehr wieder wütend werden, versuchte sie fieberhaft, den Stiefel auszuziehen. Sie erkannte, daß sie die Socke auch abstreifen mußte, weil alles blutverklebt war.

Sie schlug nach den Schmeißfliegen, die um ihren Kopf summten. Als sie den Fuß endlich freigelegt hatte, mußte sie sich beinahe übergeben. Ein Knochen war durch die Haut am Knöchel gedrungen.

Buchanan hustete, und ein schmales Blutrinnsal sickerte aus seinem Mundwinkel.

»Ist alles in Ordnung?« fragte sie und tupfte sein Gesicht mit ihrem Taschentuch ab. Die Frage war sinnlos, aber die Stimme würde ihm vielleicht guttun.

Er hustete erneut und verzog vor Schmerz das Gesicht.

»Ich bin es, Phoebe. Alles wird gut.«

Seine Augenlider flatterten, und er schaute sie mühsam an.

»Moss holt Hilfe. Sie dürfen sich nicht bewegen.« Sie wurde langsam ruhiger und strich ihm das Haar aus dem zerschundenen Gesicht. »Sie hatten einen Unfall, aber es wird alles gut.«

Was für einen Unfall? fragte sie sich. Was war eigentlich geschehen?

»Ich glaube, er ist bei Bewußtsein«, flüsterte sie Ben bei dessen Rückkehr zu. »Er hatte eben kurz die Augen offen.«

Er nickte und wickelte den Verletzten in Decken. Dann riß er das Hosenbein auf. »Da kann ich nicht viel machen«, murmelte er. »Nur verbinden und das Beste hoffen.«

Phoebe schaute zu, als er sein Hemd in Streifen riß, den Knochen verband und den Rest zur Befestigung der Schienen benutzte. Seinen Wasserbeutel hatte er ebenfalls mitgebracht und wischte Buchanans Gesicht mit einem feuchten Tuch ab.

»Soll ich das machen?« fragte sie zaghaft.

»Ja, danke, Phoebe. Du solltest die Schnitte so gut wie möglich auswaschen, da ist viel Schmutz drin. Ich hole mein Pferd und den Rest meiner Sachen.«

»Was ist passiert?« fragte sie ihn.

»Er wurde von Wildpferden niedergetrampelt.«

»Wo?«

»Bei den Felsen gibt es einen Weg, der genau zum Wasserloch führt. Er stand dort, als die Pferde hereingaloppierten.«

»Und was ist mit dir? Du bist auch verletzt. Dein Gesicht ist voller Prellungen, außerdem hinkst du.«

»Ich bin hingefallen, als ich ihnen ausweichen wollte«, log er. Irgendwann würde er ihr vielleicht die Wahrheit erzählen.

»Moss sagte, es sei alles meine Schuld«, meinte sie bedrückt. »Hast du Buchanan erzählt, daß du mich treffen wolltest?«

»Nein.«

»Er muß es irgendwie herausgefunden haben. Vermutlich dachte er, daß du wegen mir zu den Quellen reiten würdest. Es ist keineswegs deine Schuld.«

»Wer hat dich am Tor der Station fortgeschickt?«

»Er.«

Sie nickte. »Ich hätte es mir denken können!« Sie schaute Ben an. »Du hast mich noch nicht einmal begrüßt.«

Ben beugte sich vor und küßte sie. »Verzeih mir. Ich werde es wieder gutmachen. Noch nie in meinem Leben habe ich mich so gefreut, dich zu sehen.«

»Hörte sich aber gar nicht so an«, beklagte sie sich.

»Na ja… ich mußte mich um deinen Freund hier kümmern.«

»Er tut mir wirklich leid, und ich hoffe, er wird wieder gesund, aber mein Freund ist er nicht.«

»Darüber reden wir später. Moss kommt mit einem Wagen zurück. Wir müssen hier warten, und es gibt wenig Schutz. Es wird bald kalt. Ich muß Feuer machen, um ihn warm zu halten.«

Müde und deprimiert ging er den Weg zurück. Auf diese Hilfe hätte er gern verzichtet. Seine instinktive Sorge um Buchanan störte ihn, doch er verdrängte das Gefühl. »Für einen Hund hätte ich dasselbe getan.«

Phoebe kochte im Feldkessel Tee. Sie kauerte sich am Feuer nieder und fühlte sich hilflos, als Buchanan stöhnte und dann wieder in Schweigen verfiel.

Ben sprach wenig. Phoebe erzählte ihm, daß sie das Leben auf der Station genossen hatte, obwohl Buchanan ein unangenehmer Zeitgenosse war. Sie erklärte ihm, wie wütend sie gewesen war, als sie begriff, daß ihre Gastgeber die Post unterschlugen und sie absichtlich voneinander getrennt hielten. Phoebe behielt aber für sich, daß dieser Mann auf abscheuliche Weise von Ben gesprochen hatte, ihn als Halbblut bezeichnete und behauptete, sie gebe ihre Familie der Lächerlichkeit preis. Solche grausamen Worte konnte sie einfach nicht wiederholen.

Was würde er empfinden, wenn er hörte, daß er ausgerechnet diesem Menschen das Leben gerettet hatte?

Ben fühlte sich im Moment wie betäubt. Daß ein Mann so schizophren sein konnte, ihn töten zu wollen, nur weil er behaupten könnte, sein Sohn zu sein. Niemals würde er das tun! Diamond mochte Buchanan geliebt haben, doch sie war nicht objektiv gewesen. Für Ben war Buchanan nur ein arroganter Weißer, der auf einer Station im Outback aufgewachsen war. Ein Vertreter der infamen weißen Bruderschaft, die auf dem Recht beharrte, Schwarze zu töten, wenn es ihnen paßte, und genügend Macht besaß, um ungestraft diese Verbrechen zu begehen.

Er hatte von den Schwarzen im Gefängnis viel darüber erfahren, doch zum ersten Mal hatte er diese brutale Überheblichkeit am eigenen Leib erlebt und dabei fast sein Leben gelassen. Ben interessierte es auch nicht, daß dieser Mann ein angesehener Viehzüchter und Parlamentsabgeordneter war. Einer Verwandtschaft mit ihm konnte er sich höchstens schämen.

Auch aus diesem Grund sagte er Phoebe nicht die Wahrheit, sondern erzählte, er habe Buchanan am Tor getroffen. Dieser habe ihm befohlen, den Besitz zu verlassen. Buchanan sei wohl in der Annahme, sie wolle sich mit ihm an den Quellen treffen, mit Moss hergeritten, um Ben zu vertreiben.

»Hast du mit ihm gesprochen?« fragte sie.

»Ja. Er gab mir mit Nachdruck zu verstehen, ich sei hier nicht erwünscht.«

»Und dann kamen die Wildpferde?«

»Ja.«

»Ohne dich wäre er nicht mehr am Leben.«

»Moss war auch draußen«, meinte Ben gleichgültig.

Nach einer Weile sagte Phoebe: »Ich bin zwar noch wütend auf Clara und Belle Foster, aber im Grunde steckt meine Mutter dahinter. Sie will nicht, daß ich dich heirate.«

»Und wie steht es mit Phoebe Thurlwell? Will sie mich noch heiraten?«

Phoebe wünschte, sie befänden sich nicht in dieser schrecklichen Lage. Dieses Treffen war so romantisch geplant, endlich allein mit Ben nach so langer Zeit. Sie wollten alle Zwänge abwerfen und sich erneut ihre Liebe bestätigen, doch die Gegenwart des schwerverletzten Mannes schüchterte sie beide ein.

»Ja«, flüsterte sie. »Das weißt du doch, Ben. Wirst du auf mich warten und mich mit nach Brisbane nehmen?«

Er legte den Arm um sie. »Natürlich.«

Moss traf als erster ein. »Lebt er noch?«

»Ja. Er kommt manchmal für kurze Zeit zu sich.«

»Der Wagen ist unterwegs.«

Das Warten schien endlos. Phoebe kroch in Bens Schlafsack, während Ben neben dem Patienten hockte und im Feuer stocherte. Moss lief ruhelos umher. Kalte Sterne leuchteten am Himmel, und die gigantische Milchstraße hing majestätisch über diesem stillen Außenposten der Zivilisation.

Gewöhnlich war es auf Fairmont nachts sehr ruhig, doch in dieser Nacht wirkte die Station wie ein geschäftiges Dorf. Hunde bellten, Lampen leuchteten auf, als der Wagen hereinrollte und die Reiter den Arbeitern zuriefen, sie sollten den Weg freimachen.

Der Heimritt mit dem Wagen ging langsam vonstatten. Sie mußten Umwege nehmen, damit der Wagen so gleichmäßig wie möglich rollte. Man hatte eine Strohmatratze auf die Ladefläche gelegt und Buchanan darauf festgeschnallt. Phoebe biß bei jedem Schlagloch die Zähne zusammen. Wie mußte sich der Verletzte Mann fühlen auf dieser Reise durch unwegsames Gelände und felsige Flußbetten.

»Hoffentlich ist er wieder bewußtlos«, sagte sie zu Ben, der neben ihr ritt. Er nickte zustimmend.

Für den Fall einer Panne ritten vier zusätzliche Männer mit, doch der Kutscher fuhr sehr vorsichtig, und es gab keine Zwischenfälle.

Da sie kein Mondlicht hatten, ritten zwei Männer mit Laternen voran und führten sie. Phoebe erschauerte. Die roten Lichter mitten in der Schwärze der Nacht wirkten unheimlich.

Das Rumpeln der Wagenräder und das Rasseln des Zaumzeugs erschienen ihr unnatürlich laut, als seien sie Eindringlinge in diesem geheimnisvollen Land. Bens Gegenwart wirkte beruhigend auf sie. Über ihr rauschte es in den Kronen hoher Bäume, und doch ging kein Wind. Blätter strichen ihr im Vorbeireiten übers Gesicht und erschreckten sie jedesmal aufs neue. Aus der Finsternis des Buschlandes spähten glänzende Augen, körperlos, spukhaft, und obwohl Phoebe wußte, daß es sich um harmlose Tiere handelte, machten sie ihr angst. Auch der Ritt an sich, dieser Trauerzug durch einen tiefdunklen Wald, war eine harte Prüfung. Ihre Glieder schmerzten, sie fror und hatte Hunger. Außerdem kehrte sie nun in ebenjenes Haus zurück, das sie am Morgen für immer hatte verlassen wollen. Vermutlich hatte man inzwischen ihren gepackten Koffer entdeckt.

Moss ritt nun an der Spitze. Er hatte sicher schon Bescheid gesagt, daß sie und Ben mit Claras Mann dort draußen waren. Clara würde verwirrt sein, und Phoebe mußte ihr erklären, warum sie überhaupt fortgegangen war, und Ben vorstellen.

Würde Clara wütend sein und ihr die Schuld an allem geben? Wäre sie auf Fairmont geblieben, hätte sich dieses Drama überhaupt nicht ereignet. Phoebe sah zu den schweigenden Männern hinüber, die den Wagen begleiteten. Was mochten sie wohl von der ganzen Sache halten?

Sie hatte nicht bemerkt, daß sie die andere Seite des Sees passierten, der in der Nähe des Hauses lag. Beim Näherkommen stiegen Hunderte von Vögeln von ihren Ästen auf und schossen über die Köpfe der Reiter hinweg.

Phoebe stieß einen Schrei aus und kreischte los, daß ihr Pferd scheute, doch Ben kam ihr zur Hilfe. Er packte Cleos Zügel und beruhigte das Tier.

»Alles in Ordnung?« fragte er Phoebe.

»Ja, tut mir leid. Die Vögel flogen so plötzlich auf, das hat mich erschreckt. Gott sei Dank, wir sind fast am Ziel. Welch ein furchtbarer Tag!«

Clara kam ihnen entgegengelaufen. Der herbeigerufene Arzt bemühte sich sofort um Buchanan, als die Männer ihn ins Haus trugen, vorbei an Belle Foster und einer Gruppe Hausmädchen, die sich hinter ihr auf der Veranda drängten.

Clara gab Phoebe einen flüchtigen Kuß auf die Wange. »Ich bin froh, daß du wieder da bist«, sagte sie, raffte die Röcke und lief ins Haus, um nach ihrem Mann zu sehen.

Plötzlich legte sich Schweigen über das Anwesen, das im krassen Gegensatz zum Tumult ihrer Ankunft stand. Die Männer brachten Pferde und Wagen weg; die Frauen verschwanden im Haus; ein einsamer Hund schnüffelte herum, verunsichert durch das ganze Durcheinander.

Phoebe ging steif und mit schmerzenden Gliedern zur Tür. Ben hatte ihr beim Absitzen geholfen, und sie war selbstverständlich davon ausgegangen, daß er ihr ins Haus folgen würde. Als sie sich umdrehte, sah sie jedoch, daß er mit den anderen Männern davonging. »Komm herein, Ben«, rief sie ihm zu. Er wandte sich um und kam zu ihr herüber. »Nein. Geh du hinein, ich schlafe bei den Arbeitern.«

»Clara wird dich sehen wollen.«

»Morgen früh. Sie hat jetzt genug zu tun.«

»Was ist mit mir?«

Er küßte sie auf die Wange. »Phoebe, du brauchst auch Ruhe. War ein langer Tag.«

»Aber ich möchte, daß du hereinkommst.«

»Nein«, entgegnete er fest, »sei ein gutes Mädchen, und tu, was ich dir sage.«

Moss erwartete ihn am Tor, das zu den Nebengebäuden führte. »Hab den Jungs gesagt, der Boß wär ohne Sie 'ne Leiche. Sie sollen rüberkommen zum Essen. Gibt auch 'ne Schlafstelle für Sie.«

»Danke. Wo kann ich mich waschen?«

»In dem Blechschuppen da drüben.« Moss hatte bei seiner Rückkehr zu den Quellen bemerkt, daß Beckman sich umgezogen hatte, weil die anderen Kleider blutbefleckt waren. Ein echter Dandy, dachte er. Aber ob Dandy oder nicht, als Halbblut durfte er nicht oben im Haus übernachten, was Moss gut in den Kram paßte, da er ihm etwas sagen wollte. Allerdings durfte Mungo nichts davon erfahren. Für Moss war Ben zum Helden geworden, da er dem Boß das Leben gerettet hatte. Und eine Warnung hatte er sich redlich verdient.

Mungo war inzwischen zurückgekehrt und hatte seinem Bruder befohlen, die Klappe zu halten. Er solle keinesfalls erzählen, daß sie Beckman in Charleville beobachten mußten. Der Boß wußte schon, was er tat, und sie hielten sich am besten aus der Sache heraus.

»Ich wette, der Boß wußte, daß er da draußen war«, grinste Moss vor sich hin. »Die halten mich für blöd, aber ich hab doch Augen im Kopf.« Zweifellos hatte der Boß als weithin bekannter Weiberheld ein Auge auf Miss Phoebe geworfen und dann erfahren, daß ihr Freund Ben Beckman in der Stadt war und ein Treffen mit ihr plante. Bestimmt wollte er Beckman vertreiben, bevor Miss Phoebe die Quellen erreichte. Leider hatten ihn bei dieser Aktion die Wildpferde niedergetrampelt. »Taub sein is' echter Mist. Hoffentlich geht's mir nich' mal so.«

Als Beckman wieder auftauchte, nahm er ihn beiseite. An der Tür zum Küchenschuppen sagte er: »Bleiben Sie lange?«

»Nur diese Nacht. Morgen reite ich zurück in die Stadt.«

»Gut.« Dann fügte Moss hinzu: »Würd' an Ihrer Stelle 'nen Bogen um Charleville machen.« Ohne weitere Erklärung tauchte er ab in den verräucherten Schuppen. Er hatte sein Bestes getan.

* * *

»Wie geht es ihm?« Phoebe und Belle schauten den Arzt besorgt an.

»Er wird wohl überleben, aber es hat ihn schlimm erwischt. Eigentlich sollte man ihn einige Tage gar nicht bewegen. Sein Gesicht sieht schlimmer aus als es ist, problematischer sind die Brustverletzungen durch die Rippenbrüche. Habe ihn fest bandagiert, weil ich nach Möglichkeit nicht operieren möchte. Morgen komme ich wieder. Gebrochene Rippen heilen am besten von selbst, solange keine Splitter in den Lungen stekken.«

»Sie können ihn ohnehin nicht hier operieren«, sagte Belle.

»Nein, er muß ins Krankenhaus. Das Bein sieht nicht gut aus. Der Knöchel ist völlig zertrümmert. Wir werden unser Bestes tun.«

»Was heißt das, bitte schön?« erkundigte sich Belle mißtrauisch.

»Genau was ich sagte, Mrs. Foster. Mit der Zeit werden wir es wissen. Der Arm ist auch gebrochen, aber er wurde gut eingerichtet. Ich habe ihn neu geschient, im Krankenhaus in Charleville muß er eingegipst werden. Im Augenblick können wir Mr. Buchanan nur ruhigstellen, daher habe ich ihm auch ein Sedativum gegeben.«

Er kehrte zurück ins Krankenzimmer. Belle wandte sich an Phoebe. »Das klingt gar nicht gut.«

»Er will uns vermutlich nicht beunruhigen.« Ihr kam es vor, als wisse der Arzt selbst nicht genau, was er tun solle. In einem Moment sagt er, der Patient dürfe nicht bewegt werden, dann wieder spricht er davon, ihn ins Krankenhaus zu transportieren.«

Belle warf ihr einen Blick zu, als wolle sie etwas sagen – vielleicht wegen ihres Ausfluges zu den Quellen –, doch dann schien sie ihre Meinung zu ändern und ging zu Clara ins Krankenzimmer.

Phoebe wollte dort nicht stören und betrat die Küche, wo die Köchin Mrs. Dimble auf Neuigkeiten wartete.

»Der Arzt sagt, ihm gehe es den Umständen entsprechend«, erklärte Phoebe. Das war immer die Antwort ihres Vaters für die Angehörigen eines Patienten.

»Der arme Mann. In solchen Gegenden passieren immer Unfälle. Man weiß nie, was als nächstes kommt. Möchten Sie etwas essen?«

»Nein, danke«, seufzte Phoebe.

»Einen Teller warme Suppe?«

Sie nahm dann aber doch in der gemütlichen Küche Platz, löffelte die schmackhafte Suppe und knabberte an Brot und Käse. Sie ließ sich Zeit, da sie Angst vor der nächsten Begegnung mit ihrer Gastgeberin hatte.

Schließlich kam Clara herein und setzte sich zu Phoebe an den Küchentisch. »Ben hat Fieber. Der Arzt und Mutter kümmern sich um ihn. Schlimmer als jetzt kann es eigentlich nicht mehr werden.«

»Clara, es tut mir so leid«, sagte Phoebe.

»Mach dir keine Vorwürfe. Wo ist Mr. Beckman?«

»Er schläft draußen bei den Arbeitern.«

Clara wirkte überrascht. »Ich möchte mit ihm sprechen.«

»Ich weiß, aber er wollte dich nicht stören. Er sagte, ihr würdet euch morgen früh sehen.«

Clara nickte. »Du wolltest dich bei den Quellen mit ihm treffen, nicht wahr?«

»Ja.«

»Wir haben deinen Koffer gefunden. Du hattest nicht vor, zurückzukommen?«

»Clara, ich möchte lieber nicht gerade jetzt darüber sprechen. Ich habe euch genug Schwierigkeiten bereitet.«

»Warum hast du es nicht wenigstens mir gesagt?«

»Weil ich wußte, daß du es mißbilligen würdest. Und weil du meine Post unterschlagen hast.«

Clara errötete. »Ja, verzeih mir bitte. Alle hielten es für das beste.«

»Das war es aber nicht. Ich habe mich sehr geärgert, doch

darauf kommt es nicht mehr an. Ohne mich wäre es nicht zu diesem schrecklichen Unfall gekommen.«

»Das stimmt nicht ganz. Warum ist mein Mann den ganzen Weg dorthin geritten, anstatt dich unterwegs abzufangen?«

»Ich weiß es nicht. Vielleicht hielt er es einfach für das richtige.«

»Wieso? Weil er herausfinden wollte, mit wem du dich triffst? Um ihn dann fortzuschicken?«

»Vermutlich. Er hätte sich nicht einmischen sollen. Selbst wenn er mich abgefangen hätte, wäre ich nicht umgekehrt. Ich mußte Ben einfach sehen. Bis gestern hatte ich nichts von ihm gehört. Mein Gott, es kommt mir vor, als sei eine Ewigkeit seitdem vergangen.«

»Du hast gestern von ihm gehört? Das Treffen bei den Quellen war seine Idee? Wie hast du die Nachricht erhalten?«

»Das würde ich lieber nicht sagen.«

Clara zuckte die Achseln. »Dein gutes Recht. Bedeutet er dir wirklich soviel?«

»Ja.«

»Obwohl du weißt, daß er nicht der passende Mann für ein Mädchen deiner gesellschaftlichen Stellung ist?«

Phoebe warf den Kopf zurück. »Warum will es nur keiner verstehen? Ben ist ein liebenswerter Mann.«

»Ich weiß. Er half mir dabei, während der Dürre Futter auf die Station zu schaffen, und nun hat er meinem Mann das Leben gerettet. Ich bin ihm sehr dankbar und werde es ihm persönlich sagen. Doch das ändert nichts an der Tatsache, daß du mit dieser Heirat einen schwierigen Weg wählst.«

»Ich wüßte nicht, wieso. Er ist ein fürsorglicher, liebevoller Mann und zudem auch wohlhabend.«

»Das meine ich nicht. Du weißt aber gar nichts über Aborigines.«

»Clara, ich bitte dich, das ist doch lächerlich. Bens Vater war ein Weißer, und er steht dem Leben und den Gebräuchen der Schwarzen nicht näher als ich.«

»Ich meine nur, daß auch für Männer wie Mr. Beckman durch eine solche Heirat das Leben schwierig werden kann.«

Phoebe wollte diese Diskussion nicht fortsetzen. Clara stand auf und nahm den Kessel vom Herd. »Möchtest du eine Tasse Tee?«

»Ja, bitte. Bist du mir böse?«

»Nur so böse, wie du wegen der unterschlagenen Briefe warst.«

»Könnte ich sie jetzt sehen?«

»Mutter hat sie verbrannt. Tut mir leid.«

Trotz der Sorge um den Big Boß mußte das Leben auf der Station weitergehen. Bei Morgengrauen machten sich die Männer über das Frühstück her, das aus Hammeleintopf mit Kartoffeln und kochend heißem Tee bestand. Danach trabten sie im Nebel davon.

Ben war auch schon auf, ließ sich aber mehr Zeit beim Frühstück und machte dann einen kleinen Besichtigungsgang über die Station. Das Haus auf dem Hügel wirkte imposant, die Nebengebäude bildeten eine kleine Stadt für sich. Es gab Ställe, einen Hufschmied, Werkstätten für Zaumzeuge, Werkzeugschuppen, eine Molkerei und verschiedene Vorratsgebäude. Auf der Koppel grasten mindestens zwanzig Pferde, weiter draußen lagen die umzäunten Viehweiden. Als er sich zum Haus wandte, kam er an den Überbleibseln eines großen Obstgartens vorbei, in dem nur noch wenige Bäume standen – Überlebende der langen Dürrezeit. Dahinter arbeiteten zwei schwarze Mädchen in einem langgestreckten Gemüsegarten.

Er hatte von Stationen gehört, die sich beinahe vollständig selbst versorgten. Gekauft wurden nur Mehl, Tee und Zucker. Interessiert betrachtete er dieses faszinierende Gemeinwesen. Er kehrte zurück zur Schmiede und fragte nach dem Lager der Schwarzen.

»Über die Koppel«, sagte der stämmige Schmied, »dann den

Weg entlang und durch die Büsche. Sie wechseln schon mal den Lagerplatz, aber Sie werden sicher jemand treffen.«

»Danke«, sagte er und wollte gehen.

»Familie hier, Kumpel?« fragte der Mann. Ben zuckte zusammen und dachte an Buchanan. Dann begriff er jedoch, daß der Schmied von den Aborigines sprach. Er hatte sich so daran gewöhnt, als Weißer betrachtet zu werden, daß diese Erkenntnis wie ein Schock über ihn kam.

»Nein«, sagte er. »Ich habe hier keine Verwandten.«

»Gut. Sie können sich gern umschauen. Haben gute Arbeit geleistet mit dem Boß. Höre, es geht ihm etwas besser.«

»Wie erfreulich«, sagte Ben, obgleich es ihn nicht weiter interessierte.

Als er in der Absicht, nach Mandjala Ausschau zu halten, über die Koppel schlenderte, sah er den alten Mann mit einem breiten Grinsen auf sich zukommen. »Hast es großem Boß gezeigt, was?«

»Ich habe ihm nicht wehgetan. Es waren die Pferde.«

»Leute sagen so. Ich glaube nicht.«

»Es ist aber wahr.«

Sie hockten sich bei den Büschen nieder, um zu reden. Ben erzählte Mandjala, was sich zugetragen hatte. Der alte Mann hörte ihm ruhig zu, ohne ihn zu unterbrechen.

Als Ben zum Ende seiner Geschichte kam und berichtete, wie er Buchanan unter den Pferdehufen hervorgezogen hatte, spuckte Mandjala aus. »Verdammt verrückt! Mann wollte dich töten.«

»Vergiß es. Er interessiert mich nicht mehr.«

Mandjala nickte. »Deine Mama. Ihre Medizin zu stark für Mann. Hat zugesehen.«

»Du meinst, sie hat die Pferde gesandt?« fragte Ben lachend.

Mandjala betrachtete ihn mißbilligend. »Viel du nicht weißt.«

»Stimmt. Ich wollte mich von dir verabschieden. Gehe nach Hause.«

»Das Mädchen? Geht auch?« – Ich hoffe es.« Mandjala hielt offensichtlich nicht viel davon, sagte aber nichts dazu. Ben erhob sich. »Du bist ein guter Freund. Ich werde dich nicht vergessen. Vielleicht treffen wir uns wieder.«

Der alte Mann schaute hoch und blinzelte im frühen Morgenlicht.

»Kein Abschied. Noch nicht Zeit.«

Ein Schwarm weißer Ibisse flog in Formation über den blauen Himmel. Mandjala deutete hinauf. »Gehen heim. Winnaroo.«

Ben nahm diese kleine Information feierlich entgegen, da sie Mandjala wichtig zu sein schien. Er schüttelte dem Schwarzen die Hand und ging davon.

Mrs. Buchanan erwartete ihn bereits, als er voller Selbstvertrauen zur Vordertür schritt. Dieses Haus würde er nicht durch den Hintereingang betreten.

»Setzen Sie sich zu mir«, sagte Clara und deutete auf die Verandastühle.

»Möchten Sie eine Tasse Tee?«

»Nein, danke. Ich habe gerade gefrühstückt.«

»Ich auch. Ich möchte Ihnen erneut danken, Mr. Beckman. Dieses Mal weiß ich aber nicht, wie ich meinen Dank ausdrükken soll.«

»Schon gut. Wie geht es ihm?« fragte er höflich.

»Ein wenig besser. Der Arzt ist noch da, zum Glück. Es sieht aber so aus, als müßten wir meinen Mann nach Charleville bringen und am Knöchel operieren lassen.«

»Dachte ich mir. Er sieht nicht gut aus.«

»Können Sie uns vergeben, daß wir uns in die Beziehung zwischen Ihnen und Phoebe eingemischt haben? Ich schäme mich dafür, daß die Briefe unterschlagen wurden.«

Er spielte mit dem Gedanken, sie an den Jungen zu erinnern, der vor so langer Zeit in die Dinnerparty der Thurlwells geplatzt war. Damals hatte sie als einzige für ihn Partei ergriffen. Er entschied sich aber dagegen. Vorbei war vorbei, er wollte nicht wieder an die Vergangenheit rühren. Er mußte, um mit Mandjalas Worten zu sprechen, aufhören zu weinen.

»Keine Sorge, Mrs. Buchanan, Ihre Station macht einen guten Eindruck. Ich kann es gar nicht fassen. Als ich das letzte Mal hier war, lag das Land im Sterben.«

»Der gottgesandte Regen«, meinte sie lächelnd. »Als er anfing, liefen wir hinaus und wurden triefnaß. Es war herrlich! Phoebe müßte eigentlich inzwischen aufgestanden sein. Soll ich sie rufen?«

»Ja, bitte, wenn es Ihnen nichts ausmacht.«

Clara ergriff seine Hand. »Ich hoffe, wir können wieder Freunde sein.«

»Natürlich.«

Phoebe trat aus dem Haus. Das lange Haar umrahmte ihr Gesicht, und sie trug ein eng tailliertes blaues Kleid mit Karomuster.

»Du siehst hinreißend aus«, sagte Ben und küßte sie. Mrs. Buchanan hatte sich taktvoll zurückgezogen.

»Ich fühle mich ausgeruht. Letzte Nacht war ich so müde. Was wirst du nun tun?«

»Nach Hause reiten.«

»Schon?«

»Ich fände es nicht richtig, zu bleiben. Möchtest du immer noch mitkommen?«

»Ich glaube schon. Clara kommt zurecht. Sie braucht mich nicht. Außerdem ist ihre Mutter, Mrs. Foster, nicht allzu angetan von mir. Ich fühle mich irgendwie überflüssig, obwohl es seltsam aussieht, wenn ich so unvermittelt aufbreche. Wann willst du losreiten?«

»Wann immer du willst.«

Es war eine peinliche Situation. Clara akzeptierte ihre Entscheidung, aber Belle Foster geriet in Wut. »Junge Damen reisen nicht mit Männern, vor allem nicht mit solchen. Was soll deine Mutter dazu sagen?«

»Wir reiten nur bis Charleville«, gab Phoebe zurück. »Von

dort aus nehmen wir den Zug. Wenn Sie mich entschuldigen wollen, ich muß mich umziehen.«

Als sie beim Umkleiden war, kam Clara ins Zimmer. »Du brauchst dein Gepäck, Phoebe, aber du kannst es nicht auf dem Pferd mitnehmen. Ich leihe Mr. Beckmann ein Packpferd, das er in Charleville lassen kann. Jemand von der Station holt es später ab.«

»Ich muß mich auch von Cleo verabschieden«, sagte Phoebe ein wenig traurig.

»Ach ja, die hatte ich ganz vergessen. Sie würde sich außerhalb der Station, auf der sie geboren ist, nicht wohl fühlen.«

Die beiden Frauen umarmten einander. »Paß auf dich auf«, sagte Clara.

»Du auch. Ich hoffe, Ben erholt sich wieder.«

»Es wird eine Weile dauern, aber wir werden es schon schaffen. Wir treffen uns bald in Brisbane wieder.«

12

Viel Glück«, hatte Clara gerufen, als sie losritten, doch Ben konnte sich erst entspannen, als sie das Anwesen weit hinter sich gelassen hatten.

Phoebe war sehr still. Clara hatte sich von ihnen verabschiedet, doch ihre Mutter war nicht aufgetaucht, so daß der Aufbruch etwas unbehaglich verlief. Ben hatte auch bemerkt, daß sie beim Aufsitzen das Gesicht verzog, da sie offensichtlich noch Schmerzen vom gestrigen Ritt verspürte. Ihm ging es ähnlich. Sein Kopf tat weh von den Tritten, die ihm Buchanan versetzt hatte, bevor diesen die Pferde niedertrampelten.

Trotzdem fühlte er sich als glücklichster Mann auf Erden, weil Phoebe bei ihm war. Sie sah in ihrem maßgeschneiderten Reitkleid wunderschön aus. Und sie kehrten gemeinsam heim!

Er ritt absichtlich an der Stelle vorüber, an der er sein Pferd verloren hatte. Den Kadaver hatte man entfernt, vermutlich auf Anweisung von Buchanan. Irgendwann zog Ben die Zügel an. »Warum halten wir an?« fragte Phoebe.

»Weil wir endlich allein sind.« Er half ihr beim Absitzen und nahm sie in die Arme. »Liebst du mich noch?«

»Ja«, erwiderte sie heftig. »Aber du warst bei den Quellen so abweisend zu mir, als sei ich nur eine Last für dich. Auf der Station dachten sie genauso.«

»Du bist keine Last! Guter Gott, ich freue mich so, daß du mitgekommen bist.«

»Ich wäre auch von den Quellen aus mit dir gekommen. Nicht nur, weil ich dich liebe, auch wegen meiner Auseinandersetzung mit Buchanan.«

»Worum ging es?« erkundigte er sich.

»Er beschuldigte meine Familie des Betruges.«

Ben hatte beinahe vergessen, daß die Thurlwells in den Zusammenbruch der Eisenbahngesellschaft verwickelt waren. Er mochte aber kein Mitleid heucheln.

»Ein netter Gastgeber«, meinte er lahm.

»Er kann richtig grausam sein. Behandelt Clara wie den letzten Dreck. Aber jetzt, wo er verletzt ist, wird er sie brauchen. Ich hörte, wie der Arzt zu Mrs. Foster sagte, daß er unter Umständen den Fuß verliere. Sie haben Clara nicht gesagt, daß er vielleicht sterben wird. Glaubst du es?«

»Nein, der stirbt nicht. Ein zäher Schurke.«

Sie war verblüfft. »Du kennst ihn?«

»Ich traf ihn in den Ställen. Von dort kenne ich auch Clara. Du erinnerst dich doch?«

»Ja, natürlich. Und bei den Quellen bist du ihm wieder begegnet. Ihr habt wohl über mich gesprochen, was? Er mag weder dich noch mich besonders gern.«

Wie sollte er ihr sagen, daß weder er noch Buchanan sie auch nur mit einem Wort erwähnt hatten? Schließlich drehte sich das Gespräch nicht um Phoebe. In der Hitze des Gefechts war ihm überhaupt nicht mehr der Gedanke an seine Liebe gekommen.

Er verteidigte sich vor sich selbst: Zum damaligen Zeitpunkt mußte er vor allem ans Überleben denken.

Dann fiel ihm Diamond ein, und Mandjalas Stimme ertönte in seinem Kopf:

»Deine Mama. Ihre Medizin zu stark.«

Plötzlich begriff Ben. Er hatte Buchanan so lange hingehalten und ihn zum Reden ermutigt – und dies in einer Situation, in der dieser ihn mit der Waffe bedrohte –, weil aus den Nebeln der Zeit die Erkenntnis zu ihm drang, daß Buchanan verlieren würde.

»Egal«, sagte er zu Phoebe, »das alles ist überstanden, und er hat jetzt genug mit sich selbst zu tun.« Er küßte sie. »Wir bleiben noch ein Weilchen hier, und du erzählst mir, wie sehr du mich vermißt hast.«

Phoebe fühlte sich sicher in seinen Armen, auch wenn Belle Fosters Bemerkung noch immer wie ein Stachel in ihrem Fleisch saß. Sie hatte in Gegenwart des Arztes zu ihr gesagt: »Du albernes Ding. Du weißt gar nicht, worauf du dich da einläßt.«

Sie kamen gut voran, erreichten Charleville am Nachmittag und ritten geradewegs zum Bahnhof.

Ben bat den Stationsvorsteher um Auskunft und erklärte Phoebe, daß am nächsten Tag ein Zug nach Brisbane fuhr.

»Es ist zehn Uhr. Ich werde mich um die Pferde kümmern. Pepper schicke ich mit bestem Dank zu Clara auf die Station. Er hat ein gutes Zuhause verdient.«

»Wo bleiben wir in der Zwischenzeit?«

»An der Hauptstraße gibt es nur ein anständiges Hotel, das Royal. Wir könnten zwei Zimmer nehmen und uns morgen ein bißchen in der Stadt umsehen.«

»Viel zu sehen gibt es nicht«, meinte sie, als sie durch die schläfrige Stadt gingen. Lästige Fliegen summten um sie herum, Pferde dösten vor den Kneipen und Hotels, die wenigen Menschen, die auf den baumbestandenen Straßen zu sehen waren, blieben stehen, um die Fremden anzustarren. Phoebe spähte ohne große Begeisterung in dämmrige Läden.

Einkaufen konnte sie noch am nächsten Morgen. Jetzt freute sie sich erst einmal auf ein kaltes Getränk, ein heißes Bad und danach eine Kanne Tee.

»Das Royal!« rief Ben mit ausholender Geste und hielt vor einem augenscheinlich recht neuen, zweistöckigen Holzgebäude an. Es war in einem trüben Beigeton gestrichen und trug einige braune Verzierungen. Phoebe lächelte und ging vor Ben, der sich noch um die Pferde kümmerte, alleine zur Eingangstür.

Der Hotelier, ein stämmiger Mann mit rotem Gesicht, lehnte sich über die untere Hälfte einer Schwingtür und rief ihr zu: »Was kann ich für Sie tun, Miss?«

»Ich hätte gern zwei gute Zimmer.«

»Das läßt sich machen. Unsere Zimmer sind die besten in

der ganzen Stadt. Mein Name ist Will Turner, meine Frau kommt sofort.«

Als sich Ben zu ihnen gesellte, holte der Besitzer sein Gästebuch hervor und trug Phoebes Namen ein. Dann sah er Ben erwartungsvoll an.

»Mr. Beckman«, sagte Phoebe.

Turner hob langsam den Kopf, musterte Ben genauer und schlug das Buch zu. »Tut mir leid, Miss, aber ich kann nur Sie aufnehmen. Der Herr muß sich etwas anderes suchen.«

Phoebe starrte ihn an. »Sie sagten soeben, Sie hätten zwei Zimmer.«

»Nur eins.«

Seufzend trat Ben vor. »Falls es um das Geld geht, bezahle ich im voraus.«

»Nein.«

»Wieso nicht?« wollte Phoebe wissen.

»Weil ich nicht meine Lizenz verlieren möchte.«

»Phoebe, einen Moment mal«, sagte Ben, schob sie beiseite und wandte sich an den Besitzer: »Warum sollten Sie Ihre Lizenz verlieren, wenn Sie einen Reisenden aufnehmen?«

»Weil Leute wie Sie nicht ohne Genehmigung in lizensierten Hotels übernachten dürfen.«

»Was heißt denn Leute wie ich?« erkundigte sich Ben, obwohl ihm allmählich dämmerte, woher der Wind wehte.

»Abos. Sie kennen das Gesetz. Sind Sie nicht der Mann, der im Shamrock gewohnt hat?«

»Ja.«

»Die Smiths haben wegen Verstoßes gegen das Gesetz beinahe ihre Lizenz verloren. Sie ließen Sie dort wohnen, und Sergeant McAlister bekam Wind davon. Ist ein harter Bursche, der in der Stadt für Ordnung sorgt, das kann ich Ihnen sagen. Er hätten den Smiths den Laden glatt zugemacht, wenn Sie nicht abgereist wären.«

»Das ist doch lächerlich«, erklärte Phoebe. »Mr. Beckman ist ein angesehener Mann.«

»Mag sein, Miss. Dann kann er ja zur Polizeiwache gehen und sich dort eine Genehmigung besorgen. Schließlich ist sein Geld so gut wie jedes andere.«

»Ist das wirklich notwendig?« fragte Phoebe.

»Unbedingt.«

Er trat hinter der Bar hervor. »Ich bringe Ihre Koffer rauf, Miss. Zimmer drei, ganz vorn. Badezimmer den Korridor hinunter.«

Phoebe wandte sich mit rotem Kopf zu Ben. »Das ist eine Unverschämtheit! Wie kann er es wagen, uns so zu demütigen?« Sie schaute durch die offene Tür in die Bar, in der einige Männer dem Disput aufmerksam lauschten. »Heißt das, du könntest nicht einmal dort hineingehen? Nicht mit diesen Gaffern trinken? Das sind nur Viehtreiber und Arbeiter!«

Er zuckte die Achseln. »So ist es wohl. Tut mir leid, Phoebe, ich hatte es vergessen.« Das stimmte auch, da er und Barnaby immer im selben Pub tranken. Den Wirt hatte das noch nie gestört. Diese Genehmigungen kannte er gar nicht, da er noch nie eine gebraucht hatte.

»Aber du bist doch weiß!« beharrte sie.

Ben nahm sie am Arm und führte sie ruhig zur Tür des Hotels, weg von den glotzenden Gesichtern. Ihre Behauptung, er sei weiß, beunruhigte ihn. »Das Gesetz könnte auch sagen, ich sei ein Schwarzer«, konterte er und lächelte gezwungen.

»Nein, das bist du nicht! Es ist eine verdammte Dreistigkeit, aber du mußt dir wohl oder übel eine solche Genehmigung besorgen.«

»Das will ich nicht.«

»Warum nicht? Ich komme mit dir.«

»Nein. Ich werde nicht in eine Polizeiwache gehen und nach einer Erlaubnis fragen, damit ich mich so frei wie alle anderen bewegen kann. Wie die Weißen.«

»Aber dann hast du keine Schwierigkeiten mehr. Du hast gehört, was Mr. Turner sagte. Mit der dummen Genehmigung kannst du bleiben, solange du willst, und alles ist in Ordnung.«

Ben schüttelte den Kopf. »Nein, Phoebe. Es geht ums Prinzip. Ich werde nicht demütig um etwas Derartiges bitten.«

Sie versuchte, ihn zu beschwichtigen. »Komm schon, sei nicht so stur. Denk nicht weiter über diese dummen Regeln nach. Mach es einfach, damit sie den Mund halten, und wir können uns ausruhen, bis der Zug kommt.«

»Ich bin noch nie mit einem Zug gefahren«, murmelte Ben. »Vielleicht brauche ich auch dafür eine Genehmigung. Vor allem, da wir erster Klasse reisen wollen. Möglicherweise schikken Sie mich in die zweite Klasse oder in den Güterwagen.«

Phoebe wurde allmählich gereizt. »Ben, hör auf, Probleme zu erfinden. Wenn du eine Genehmigung brauchst, dann hole sie dir! Was soll's?«

»Es stört mich aber. Warum gehst du nicht einfach nach oben und machst es dir bequem?« Er sah den Besitzer die Treppe herunterkommen und in der Bar verschwinden.

»Und was willst du tun?«

»Ich kampiere draußen. Habe ich die ganze Zeit gemacht. Ist doch egal.«

»Das ist überhaupt nicht egal«, erwiderte sie zornig. »Du reist mit mir. Ich will nicht, daß du am Fluß schläfst wie ein … Ich meine, es ist einfach nicht nötig.«

»Wie ein Schwarzer? Das wolltest du doch sagen.«

»Und wenn schon? Du bist nur dickköpfig.«

»Vermutlich ja. Aber ich habe auf keinen Fall die Absicht, eine Genehmigung zu erbitten.«

»Du bist ebenso dumm wie sie. Ich kann einfach nicht glauben, daß du mir das antust.«

»Und beim nächsten Mal? In einer anderen Stadt, einem anderen Hotel? Muß ich mir immer Genehmigungen holen? Gegen so etwas muß und werde ich ankämpfen.« Als er das sagte, sah er das Entsetzen in ihrem Gesicht. Phoebe hatte dieses Ereignis als Einzelfall betrachtet. Nun zwang er sie, darüber nachzudenken, und ihre Reaktion traf ihn tief. Sie wollte sich nicht weiter mit dem Grund für sein Verlangen, gegen diese

Vorschrift Widerstand zu leisten, auseinandersetzen. Nun mußte die arme Phoebe auf einmal in die Zukunft blicken und war von dieser Aussicht zutiefst erschüttert.

»Also gut«, sagte sie steif, »wenn das dein letztes Wort ist, gehe ich hinein. Wo treffen wir uns nachher? Auf der Straße?«

»Weiter unten gibt es ein Café. Dort könnten wir Tee trinken.«

»Bist du sicher, daß man dich ohne Genehmigung hineinläßt?« fragte sie hämisch.

»Es hat keine Alkohollizenz.«

Phoebe wandte sich achselzuckend ab. »Wir treffen uns dort um halb sechs. Aber dir ist wohl klar, daß du es uns beiden sehr schwer machst.«

Ben beschloß, als nächstes einen Vorstoß bei der Eisenbahn zu wagen. Dort gab es keinerlei Probleme. Der Stationsvorsteher öffnete den Fahrkartenschalter, verkaufte Ben zwei Billetts für die erste Klasse und fragte freundlich:

»Sie leben in Brisbane?«

»Ja.«

»Himmel, da ist mir der Busch aber lieber. Man bot mir eine Station in der Stadt an, aber da ist mir zu viel Rummel. Fühle mich einfach wohler auf dem Land.«

»Ich bin versucht, Ihnen zuzustimmen«, meinte Ben nachdenklich. Trotz der Schwierigkeiten, die ihm Buchanan bereitet hatte, und dieser albernen Vorschriften liebte er das Land. Das waren nur Bagatellen. Hier draußen konnte man sich als Teil des Landes fühlen, und es gab so viel zu tun und zu lernen über den Busch und das Leben im Outback, Dinge, die den Städtern fremd waren. Innerlich sträubte er sich gegen den Gedanken an die Rückkehr zur täglichen Routine in den Mietställen, an die Stunden, die er im Büro über der Buchhaltung für Ställe und Sattlerei verbrachte. Wieder einmal dachte er, welch ein eintöniges Leben er doch führte. Warum nicht einfach alles ändern?

Auf dem Rückweg zur Hauptstraße rief ihm eine Frau etwas zu. Er drehte sich um und entdeckte Lottie Smith.

»Ich freue mich so, Sie zu sehen«, sagte sie. »Ich höre, Sie hatten Probleme drüben im Royal.«

»Nicht direkt«, entgegnete er grinsend. »Ich sollte mich lieber für die Probleme entschuldigen, die ich Ihnen bereitet habe.«

Sie schüttelte zornig den Kopf. »Nicht nötig. Wir hatten eine Auseinandersetzung mit dem Polizeisergeant, einem äußerst unangenehmen Zeitgenossen. Wir konnten ihn nicht davon überzeugen, daß das Verbot nicht für Leute wie Sie gilt. Es soll nur den Frieden wahren. Wir könnten ohnehin keine Stammesangehörigen bedienen, weil dann alle anderen Gäste das Lokal verlassen würden.«

»Ich hatte den Eindruck, daß der Besitzer des Royal schon auf mich gewartet hatte.«

»Stimmt genau. Wir sind alle gewarnt worden. Aber lassen Sie mich von Jacky Dunne erzählen. Seine Mutter war schwarz, doch er kann tun und lassen was er will, weil sein Vater, ein Weißer, ihm bei seinem Tod die Ballymore Station hinterlassen hat. Als Grundbesitzer darf er ein Esquire hinter seinen Namen setzen und braucht keine Genehmigungen.«

»Ich bin auch besitzend«, meinte Ben.

»Das haben wir dem Sergeant gesagt, doch er meinte, er habe eine schriftliche Beschwerde erhalten, der er nachgehen müsse.«

Ben nickte. »Vermutlich von … Buchanan?«

»Höchstpersönlich. Ein Wort des Abgeordneten, und alle müssen springen.«

»Ich nicht«, meinte Ben.

»Gut für Sie. Trotzdem können wir Sie nicht ohne Erlaubnis aufnehmen, das wäre zu riskant.«

»Keine Sorge, Lottie. Ich werde schon zurechtkommen.«

»Ich hörte, Sie haben eine Freundin bei sich. Wo wohnt sie?«

»Im Royal.«

»Sehr schön. Eines wollte ich Sie noch fragen: Man sagt, Buchanan hätte einen Unfall gehabt. Ist das wahr?«

»Ja. Er stand einer Herde Wildpferde im Weg und wurde dabei schwer verletzt. Ich schätze, sie müssen ihn ins Krankenhaus bringen.«

»Ich kann nicht behaupten, daß es mir leid täte.«

»Lottie, vielen Dank für alles, aber ich muß jetzt gehen. Wir brechen morgen früh nach Brisbane auf, und ich habe noch einiges zu erledigen.«

»Passen Sie gut auf sich auf. Vielleicht sehen wir uns einmal wieder.«

»Verlassen Sie sich darauf«, sagte er grinsend und machte sich auf den Weg zu einem Maklerbüro.

Der Geschäftsführer begrüßte ihn und stellte sich als Mr. Monaghan vor. »Was kann ich für Sie tun?«

Er war ein kleiner, drahtiger Bursche mit scharfen Augen. Dem potentiellen Kunden schenkte er ein strahlendes Lächeln. »Sie sind fremd hier in der Gegend?«

»Mehr oder weniger«, antwortete Ben geistesabwesend. »Ich möchte mich über einen Besitz hier draußen informieren.«

»Kauf oder Pacht?«

»Kauf.«

»Hervorragend. Ich habe mehrere stattliche Anwesen im Angebot. Jetzt nach der Dürre ist der richtige Zeitpunkt für einen Kauf. Lassen Sie mich sehen.« Er ging zum Schreibtisch hinüber. »Wie lange bleiben Sie hier? Ich könnte Besichtigungen organisieren –«

»Winnaroo Station. Daran bin ich interessiert. Steht sie noch zum Verkauf?«

»Sicher doch, Sir. Die beste Station in der Gegend. Ist aber nicht billig, das muß ich Ihnen gleich sagen.«

»Ich hörte, sie werde nicht mehr bewirtschaftet.«

»Erst seit kurzer Zeit.«

»Und es gibt kein Wohnhaus.«

»Das stimmt, aber der Bau kostet nicht viel. Sie sind Junggeselle, Sir?«

»Ja.«

»Dann brauchen Sie nichts Großartiges. Jedenfalls im Moment noch nicht, oder?« fragte er lächelnd.

»Ich habe nicht viel Zeit. Morgen früh breche ich nach Brisbane auf. Mr. Monaghan, ich kenne Winnaroo. Es wird Geld und Schweiß kosten, sie wieder aufzubauen. Ich brauche mehr Informationen über den Besitz und werde keinen Wucherpreis dafür bezahlen. Können Sie mir die Unterlagen bis morgen früh um acht zusammenstellen?«

»Gewiß doch. Und Ihr Name, Sir?«

»Ben Beckman. Wenn der Preis stimmt, kabele ich Ihnen ein definitives Angebot, sobald ich in Brisbane bin. Mein Anwalt«, er dachte an Barnaby, »wird den Kauf für mich dann durchführen.«

Monaghan zeigte sich erfreut über diese Entwicklung. »Der Viehbestand muß erneuert werden. Da bin ich genau der richtige Mann für Sie.«

Er redete gern und viel, und Ben konnte ihm nur mit Mühe entkommen, um sich mit Phoebe in dem Café zu treffen.

»Man hat mir soeben mitgeteilt«, sagte sie knapp, als er zur Tür hereinstürzte, »daß dieses Etablissement um sechs Uhr schließt. Daher habe ich für dich mitbestellt.«

Er küßte sie auf die Wange und warf einen Blick durch das Etablissement – es war nicht mehr als ein schäbiges Café voller Fliegenschwärme, die durch den Geruch von abgestandenem Essen angelockt wurden. Ben zog eine Grimasse. Sich hier mit Phoebe zu verabreden, war ein Fehler gewesen. »Tut mir leid. Du mußt hier nichts essen. Ich bringe dich zurück ins Hotel.«

»Nein, das wirst du nicht tun.« Sie wischte das Besteck an dem schmierigen Tischtuch ab. »Ich habe bereits bestellt, mach bitte kein Theater.« Zu seiner Erleichterung lachte sie. »Die Speisekarte bietet eine phantastische Auswahl. Es gibt Steak mit Eiern, Kotelett mit Eiern, Würstchen mit Eiern oder ›alles mit Eiern‹. Ich habe letzteres bestellt.«

»Perfekt«, grinste er. »Genau was ich wollte.«

»Und was hast du so getrieben?«

»Die Fahrkarten gekauft, Lottie Smith getroffen, in deren Hotel ich beim letzten Mal gewohnt habe. Herausgefunden, daß ich als besitzender Gentleman keine Genehmigung mit mir herumtragen muß.«

»Dann kannst du doch im Hotel wohnen.«

»Nicht nach Meinung des hiesigen Polizeisergeanten. Ist den Streit auch nicht wert.«

Weil er sich gründlich von Buchanan distanzieren wollte, erwähnte er nicht, daß dieser dahintersteckte. Das würde nur weitere Fragen aufwerfen.

»Du bist so störrisch«, meinte Phoebe.

Ben ergriff ihre Hand. »Du auch, meine Liebe. Wenn ich deine Einstellung hätte, würde ich gegen Türen treten und Einlaß fordern.«

»Dein Recht fordern«, korrigierte sie ihn.

»Mit einer Genehmigung in der Hand. Keine Sorge, das werde ich niemals tun. Hier ist unser Essen.«

Trotz des unappetitlichen Äußeren des Lokals war das Essen, das von einer stämmigen, verschwitzten Frau serviert wurde, ganz passabel.

Sie brachte auch einen Teller Brot mit Butter und ein Kännchen Soße. Ben merkte erst jetzt, wie hungrig er war, und verschlang das Essen mit Begeisterung, während Phoebe lustlos auf ihrem Teller herumstocherte. Sie erklärte, sie sei zu müde zum Essen.

Nach der Mahlzeit schlenderten sie die Straße entlang, sahen sich Schaufenster an und fühlten sich ein wenig entspannter. Als sie zum Hotel kamen, standen dort einige Männer und sahen neugierig zu ihnen herüber.

Ben bemerkte, daß es Phoebe peinlich berührte. Düster sah er ihr nach, nachdem sie sich überstürzt verabschiedet hatte und ins Hotel gegangen war. Er war versucht, zur Polizei zu laufen und doch die Genehmigung zu erbitten, damit er ihr diese Blicke ersparen konnte; er wollte ihr immer und überall zur Seite stehen. Statt dessen ging er in die Gasse neben dem

Hotel, um die Pferde zu holen und sie in einen Mietstall zu bringen.

Da er nichts Besseres zu tun hatte, spielte er mit den Stallburschen Karten. Später bestanden seine neuen Freunde darauf, daß er auf einer Pritsche in ihrem Schuppen schlief.

Als er sich auf dem harten Lager ausstreckte, konnte er nur an Phoebe denken. Wie sollte er sie glücklich machen? Er spürte ein ungeheures Verlangen nach ihr. Es war schwer genug gewesen, mit ihr in diesem schäbigen Café zu sitzen, obwohl er sie nur in die Arme nehmen wollte. Er hatte es kaum ertragen, sie in das Hotel gehen zu lassen. Sie besaßen keinerlei Privatsphäre. Morgen kam dann die lange Zugfahrt, bei der sie zusammen und doch getrennt dasaßen, weil die anderen Fahrgäste sie beobachteten. Er wünschte sich verzweifelt, mit ihr allein zu sein und mit ihr zu sprechen, wie sie es vor langer Zeit in Kangaroo Point getan hatten. Zu zweit, ungezwungen, umfangen von der angenehmen Gegenwart des anderen.

War das alles nun vorbei? Durch äußere Einflüsse zerstört? Nein, das würde er nicht zulassen. Er plante doch bereits ihre Zukunft. Das Haus in Kangaroo Point wollte er als Stadthaus behalten und die Ställe und die Sattlerei verkaufen, um mit dem Erlös Winnaroo zu erwerben. Er würde ihr ein wunderschönes Haus bauen, auf das sie stolz sein konnte. Er würde Vieh und Pferde züchten; das Gestüt Winnaroo sollte weithin berühmt werden. Noch hatte er nicht an das Geld des Buschräubers gerührt, doch jetzt konnte er es gut gebrauchen.

Phoebe würde gleich neben ihrer Freundin Clara wohnen. Was Buchanan betraf, so müßte er, falls dieser überlebte, ein ernstes Wort mit ihm reden. Und dieses Mal nach seinen Regeln: »Du hältst dich aus meinem Leben und ich mich aus deinem.« Aus dieser Ecke würde er keine Einmischung mehr dulden. Buchanan hatte weitaus mehr zu verlieren als er.

Sein Verstand arbeitete so fieberhaft, daß Ben nicht mehr an Schlaf glaubte, doch schließlich sank er in einen tiefen, zufriedenen Schlummer.

Phoebe knallte die Tür hinter sich zu, riß sich den Hut vom Kopf und versuchte, ruhiger zu werden. Was interessierten sie schon die Leute im Hotel, die sich angestoßen und geflüstert hatten, als sie vorbeiging? Oder diese dummen Männer draußen, die gegrinst hatten, als sie zwischen ihnen hindurch zur Tür ging? Sie liebte Ben und wollte solche Reaktionen am liebsten ignorieren.

Doch der Zweifel nagte an ihr und höhlte diese Sicherheit aus.

Mit ihm in diesem schrecklichen Café zu essen, empfand sie als weitere Demütigung. Der Speisesaal des Royal Hotel hatte so einladend gewirkt – gestärktes Leinen, poliertes Silber und Blumenarrangements. Da Ben ihr leid tat, versuchte sie, es auf die leichte Schulter zu nehmen. Sie gab vor, nicht hungrig zu sein, weil sie sich vor den kalten, schmierigen Tellern ekelte.

»Tee nennen die das!« sagte sie voller Abscheu zu sich selbst. Sie hatte um diese Tageszeit duftende warme Getränke und Kuchen erwartet, keine Schafscherermahlzeit. Doch sie war Ben zuliebe geblieben und freute sich, daß es wenigstens ihm geschmeckt hatte. Als sei sie für Ben verantwortlich; auch das ärgerte sie. Wäre er nicht so halsstarrig gewesen, hätten sie wie normale Menschen unten im Hotel sitzen können. Nun hockte sie so früh am Abend in ihrem Zimmer und hatte nichts zu tun, außer die Wände anzustarren. Ben war irgendwo dort draußen und schlief unter einem Baum. Das war einfach zuviel für sie.

Wütend steckte Phoebe den Kopf aus der Tür und rief einem Zimmermädchen zu, es solle ihr Kaffee und Kuchen bringen. Sie setzte sich aufs Bett und tippte ungeduldig mit dem Fuß auf den Boden, bis das Mädchen kam.

»Kein Kuchen, Miss, aber die Köchin schickt Pudding. Wirklich lecker, Karamelpudding mit Sahne.«

»Danke.« Phoebe nahm das Tablett in Empfang. »Das wäre alles.«

Der warme Pudding war köstlich, der Kaffee ebenfalls, und

Phoebe fühlte sich allmählich wieder zuversichtlicher. Sie liebte Ben, ganz bestimmt.

»Das glaube ich jedenfalls«, sagte sie zu den Wänden. »Vielleicht verliere ich nur die Nerven, weil ich so müde bin. Warum können uns die Leute nicht in Ruhe lassen?«

Unglücklich entkleidete sie sich. Sie war Phoebe Thurlwell, die immer tat, was sie wollte! Warum sollte sie das nun ändern? »In meinem ganzen Leben war und ist Ben der einzige Mensch, den ich wirklich liebe. Ich werde nicht zulassen, daß solche Bagatellen zwischen uns treten. Er braucht mich. Ich werde ihn nicht im Stich lassen.«

Das Bett war bequem, die Laken weich und die Daunendecke warm und leicht. Es war ein langer, anstrengender Tag gewesen, und Phoebe genoß die Erholung. Sie schlief bald ein und träumte von Ben, angenehme, erotische Träume, in denen er bei ihr war und liebevoll mit ihr schlief, ihr Geborgenheit vermittelte. Zufrieden wachte sie auf. Die Träume tauchten den Morgen in ein rosiges Licht. So schnell sollte sie dieses Glücksgefühl nicht wieder erleben.

Da sie so früh zu Bett gegangen war, hatte sie schon vor dem Frühstück gepackt. Mehrere Männer saßen bereits im Speisesaal, als sie hereinkam, und warfen ihr Blicke zu, über die sie sich seltsamerweise gar nicht ärgerte. Phoebe wußte, daß sie hübsch aussah. Der Aufenthalt auf der Station hatte ihr gut getan. Hut und Mantel hatte sie in der Halle gelassen und trug ihr weizenblondes Haar offen. Es wurde nur von einem blauen Band im Zaum gehalten und fiel in Wellen auf ihre Schultern. Das maßgeschneiderte blaue Reisekostüm zeugte von städtischer Eleganz.

Am Revers trug sie die hübsche Perlenbrosche, die Clara ihr geschenkt hatte, als sie von dem Schmuckverkauf der Thurlwells erfuhr. Sie paßte zu den Perlenknöpfen an ihrer schweren Seidenjacke. Sie war so geschnitten, daß sie Phoebes schmale Taille betonte und einen Kontrast zu dem weitschwingenden Rock bildete.

Phoebe Thurlwell wollte es an diesem Tag jedem in Charleville gründlich zeigen. Sie sollten alle sehen, mit wem sie es zu tun hatten!

Sie saß allein am Tisch, wartete auf ihr Frühstück, als die Kellnerin zwei Frauen hereinführte.

»Sie können hier bei der Dame sitzen.«

Die ältere Frau sah Phoebe frostig an. »Lieber nicht«, antwortete sie entschieden und marschierte davon, um sich selbst einen Platz zu suchen. Die andere folgte ihr.

Phoebe spürte, wie sie rot anlief. Sie sah verärgert zu, wie die beiden vor ihr bedient wurden und wünschte sich, hinüberzugehen und ihnen den Haferbrei in den Schoß zu kippen.

Es wurde kein weiterer Versuch unternommen, einen Gast an ihren Tisch zu setzen, der für sechs Personen gedeckt war. Sie saß dort wie auf dem Präsentierteller. Die Kellnerin hatte nach wie vor keine Eile, sie zu bedienen. Phoebe spielte mit dem Gedanken hinauszugehen, doch sie konnte und wollte nicht einfach den Schwanz einziehen. Sie machte der Kellnerin ein Zeichen und flüsterte ihr zu, sie habe Ärger zu erwarten, wenn sie nicht auf der Stelle bedient werde.

»Tut mir leid, Miss«, jammerte das Mädchen.

»Das wird Ihnen auch noch leid tun!« drohte Phoebe, und wie von Zauberhand erschien ihr Drei-Gänge-Frühstück.

Nicht, daß sie viel gegessen hätte, doch sie blieb noch eine Weile sitzen, um zu beweisen, daß sie nicht klein beigab. Sie studierte die Einrichtung und überlegte sich, daß Lalla diesen Raum mit den roten Samtvorhängen und der rotbedruckten Tapete scheußlich finden würde. Er paßte nicht zu einem Hotel auf dem Land, dem ein rustikales Interieur besser angestanden hätte als dieser billige Versuch von Eleganz. Dann ging sie hinaus, um ihre Rechnung zu begleichen.

Die Frau des Besitzers war im Büro. »Ist schon bezahlt«, sagte sie kurzangebunden. »Von dem Herrn da draußen. Wir holten Ihr Gepäck herunter. Er hat es.«

»Wie nett von Ihnen. Ich freue mich darauf, Ihre Gastfreundschaft eines Tages wieder zu genießen«, sagte Phoebe sarkastisch.

Natürlich war diese Ironie verschwendet, doch die Frau reagierte verblüfft, und das genügte Phoebe. Ben wartete auf sie. Draußen. Das tat weh. Sie wollte, daß er den Arm um sie legte wie im Traum oder ihr zumindest einen Begrüßungskuß gab, doch die neugierigen Blicke schüchterten ihn ein, und er nahm nur ihr Gepäck und machte sich mit ihr auf den Weg zum Bahnhof.

Als sie in den Zug stiegen, stellte Phoebe fest, daß sie mit den beiden Frauen, die nicht mit ihr am Tisch hatten sitzen wollen, ein gemeinsames Abteil hatten. Die Plätze lagen einander gegenüber, und Phoebe mußte die abwertenden Blicke ertragen, bis die Frauen beim nächsten Halt ausstiegen. Nun war sie mit Ben und drei Männern allein.

Sie war froh darüber, bis sie an der nächsten Station beim Füßevertreten feststellen mußte, daß die Frauen gar nicht ausgestiegen waren, sondern nur das Abteil gewechselt hatten.

Diese absichtliche Beleidigung traf sie tief. Hoffentlich hatte Ben es nicht bemerkt. Ihre Unterhaltung unter den wachsamen Augen der anderen Reisenden wirkte gezwungen. Als Ben Stunden später darauf bestand, daß sie sich auf den Sitz legte, den Kopf auf sein Bein bettete und sich mit ihrem Mantel zudeckte, bemerkte sie die mißbilligenden Blicke der anderen. Sie sagte sich, es sei ihr egal, und schlief schließlich ein – seine Hand in der ihren und mit dem tröstlichen Gefühl, daß Ben neben ihr saß und sie vor der grausamen Wirklichkeit beschützte.

Der Zug traf um elf Uhr morgens mit einer Stunde Verspätung in Brisbane ein, und die beiden stritten sich schon, bevor die Kutsche über die Brücke hinwegrollte.

»Setz mich einfach am Haus ab«, meinte Phoebe. »Ich bin erschöpft und brauche ein Bad und Ruhe, bevor ich jemand gegenübertreten kann.«

»Ich kann dich unmöglich einfach an der Haustür absetzen und weglaufen. Du bist doch kein Findelkind.«

»Es ist besser so«, entgegnete sie müde. – »Nein, keineswegs. Wir müssen zusammen nach Hause kommen. Keine Täuschungen mehr. Ich bringe dich zu deinen Eltern, stelle mich vor und gehe erst dann, wie es die Art eines Gentleman ist.«

»Aber es wäre ein Fehler! Du kennst meine Eltern nicht.«

»Und sie mich auch nicht. Wird langsam Zeit, daß sie mich kennenlernen. Außer natürlich, du hast es dir anders überlegt. Sieh nicht weg!«

»Das tue ich nicht. Ich freue mich nur, Brisbane wiederzusehen.«

»Dann liebst du mich also noch?«

Sie wirkte gereizt. »Natürlich.« Sie entwand sich seinem Griff. »Laß mich los. Die Leute können uns sehen.«

»Tut mir leid«, erwiderte er gekränkt. »Ich wollte dich nicht verärgern.«

»Tut mir auch leid, ich bin nur müde.«

»Vierundzwanzig Stunden im Zug sind kein Pappenstiel. Du mußt erschöpft sein. Aber warte, bis du meine wunderbaren Pläne kennenlernst.«

»Mit Automobilen?« fragte sie lustlos.

»Nein. Wir bekommen ein Automobil, aber ich habe eine noch bessere Idee.«

»Wie schön.« Die Kutsche näherte sich dem Tor von Somerset House. »Laß mich hier aussteigen und geh nach Hause, Ben.«

»Nein. Wir sind beide zu Hause. Liebling, habe keine Angst, alles wird gut.«

»Was machst du denn hier?« fragte Lalla verblüfft, als Phoebe zur Tür hereinkam.

Phoebe antwortete schnippisch: »Dies ist wohl noch immer mein Heim, oder?« Ben, der mit dem Gepäck hinter ihr herkam, war verunsichert von der Kälte, die zwischen Mutter und Tochter herrschte. Er hatte Probleme aufgrund seines Auftauchens erwartet, aber diese offene Feindseligkeit ging viel tiefer.

Mrs. Thurlwell war eine schöne Frau mit feinen Gesichtszügen und blondem Haar, das sie seitlich zu Rollen aufgesteckt trug, wie es die augenblickliche Mode vorschrieb. Die Ähnlichkeit zwischen den beiden Frauen war bemerkenswert, doch ansonsten schienen sie nichts gemein zu haben. Sie blieb am Fuß der Treppe stehen und machte keinerlei Anstalten, auf ihre Tochter zuzugehen.

Für Phoebe schien das selbstverständlich zu sein. Sie schaute sich um. »Was ist denn hier passiert? Das Haus sieht so leer aus!«

»Wir haben die meisten Möbel versteigern lassen«, antwortete ihre Mutter kalt.

»Aber warum?« Phoebe war entsetzt. »All die schönen Dinge.«

»Weil wir nicht wollten, daß sie mit dem Haus verschwinden.«

»Oh, mein Gott! Ihr verkauft also auch das Haus?«

»Es ist bereits geschehen. Wir ziehen nach Sydney.«

»Ihr habt Somerset verkauft!« Phoebes Stimme klang wie ein Schmerzensschrei. »Mutter, du hast mir nichts davon gesagt. Warum schließt du mich von allem aus?«

Sie schienen Ben vergessen zu haben, der geduldig das Ende dieser Szene abwartete. Dann brach Phoebe in Tränen aus.

»Ist es so schlimm?«

»Wir mußten verkaufen«, erwiderte Lalla unbewegt.

»Aber Somerset! Es war doch unser Heim«, weinte Phoebe. »Können wir denn gar nichts tun?«

»Hör auf zu heulen!« sagte Mrs. Thurlwell. Ben empfand beinahe Bewunderung für die stoische Haltung, mit der sie den Verlust ihres geliebten Hauses hinnahm. Dann jedoch wandte sie sich in seine Richtung: »Und wer ist diese Person?«

Phoebe wurde brutal in die Gegenwart gerissen. Sie legte ihren Hut und Mantel auf einen Stuhl, bevor sie kühl und förmlich antwortete: »Mutter, dies ist Mr. Beckman, mein Verlobter.«

Mrs. Thurlwell starrte ihn kurz mit kalten grünen Augen an und wandte sich wieder an Phoebe: »Ist es soweit mit uns gekommen?« Ohne ein weiteres Wort rauschte sie durch die Halle und rief durch eine Tür nach ihrem Mann. »William! Du wirst hier gebraucht! Deine Tochter ist da.« Dann stolzierte sie hocherhobenen Hauptes davon.

»Ich habe dich ja gewarnt«, fuhr Phoebe Ben an, als trage er die Schuld an den schlechten Manieren ihrer Mutter.

»Nun, ich lebe doch noch.«

Als jedoch der Doktor herbeieilte und Phoebe umarmte, schlug Ben das Herz bis zum Hals. Hier stand der Feind, er sah ihn von Angesicht zu Angesicht. Sein Hals wurde eng, und er hatte Angst, daß seine Stimme versagen würde, als Phoebe ihn vorstellte. Sei höflich, sagte er sich. Laß die Vergangenheit ruhen. Um Phoebes Willen.

»Sehr erfreut«, erwiderte Dr. Thurlwell kühl und dachte nicht daran, Ben die Hand zu geben.

»Ben und ich sind verlobt, Daddy«, verkündete Phoebe.

»Rede keinen Unsinn«, sagte ihr Vater. »Aber ich bin froh, daß Mr. Beckman sich nun doch hier gezeigt hat. Ich mißbillige Ihre Beziehung zu meiner Tochter zutiefst.«

»Das tut mir leid, Sir, denn ich möchte Phoebe heiraten. Ich liebe sie und werde gut für sie sorgen.« Er haßte es, sich derart anzubiedern. »Ich kann Phoebe ein gutes Leben bieten.«

»Vermutlich ja, aber sicher nicht in der Art und Weise, an die sie gewöhnt ist.«

Ben spürte, wie Zorn in ihm aufstieg.

Dieser Mann demütigte ihn schon, indem er ihn nicht hereinbat; solche Dinge besprach man im allgemeinen nicht in der Eingangshalle.

»Gewöhnt war«, sagte er ruhig und bestimmt mit einem Blick auf die leergeräumte Halle.

Thurlwells Gesicht, das ohnehin den rötlichen Teint des Gewohnheitstrinkers aufwies, wurde tiefrot. »Ich muß meine Gründe für die Ablehnung Ihres Antrags nicht darlegen, Mr.

Beckman. Die ganze Idee ist anmaßend, und das wissen Sie ganz genau.«

Phoebe mischte sich ein. »Daddy, sei nicht so steif. Du kennst Ben überhaupt nicht. Es wird Zeit, daß ihr euch ausführlich unterhaltet.« Sie entdeckte Biddy auf der Treppe und rief ihr zu: »Biddy! Ich bin wieder zu Hause! Wir haben eine Ewigkeit im Zug verbracht. Könnten wir im Salon Kaffee trinken?«

»Natürlich, Miss«, lächelte Biddy. »Schön, daß Sie wieder da sind.«

Doch der Doktor gab nicht nach. »Mr. Beckman, Ihre Gegenwart in meinem Haus ist unerwünscht. Würden Sie bitte so freundlich sein zu gehen.«

Ben zuckte die Achseln. »Von einem Mann wie Ihnen kann ich wohl nichts anderes erwarten. Sie besitzen nicht einmal den Mut, offen mit mir zu sprechen, wie Phoebe es sich wünscht. Sie ziehen die hinterhältige Lösung vor.«

Thurlwell fuhr zusammen und wies zur Tür. »Verlassen Sie auf der Stelle mein Haus!«

Ben wußte, daß er mit seinen Worten einen wunden Punkt getroffen hatte, daß nämlich seine Vermutungen über den Angriff auf Barnaby der Wahrheit entsprachen. »Wo ist denn Ihr Diener, der mich diesmal hinauswirft? Sonst überlassen Sie die Drecksarbeit doch anderen, nicht wahr?«

»Ben, hör auf!« schrie Phoebe. »Meinem Vater geht es nicht gut. Laß ihn in Ruhe!«

»So wie er Barnaby in Ruhe gelassen hat?« konterte Ben und wandte sich wieder an ihren Vater. »Wen haben Sie bezahlt, um mich zusammenzuschlagen? In meinem eigenen Haus, gleich nebenan?«

»Ich weiß nicht, wovon Sie reden«, stotterte Thurlwell und kroch in sich zusammen.

»Natürlich wissen Sie das. Aber er hat einen Fehler gemacht, nicht wahr? Er verprügelte den falschen Mann. Barnaby trafen die Schläge, die für mich bestimmt waren.«

Phoebe zerrte an seinem Arm. »Ben, hör bitte auf.«

»Warum sollte ich?« fuhr er sie an. »Ich habe geschwiegen, stets versucht, das Richtige zu tun, deine Familie nicht zu verärgern. Sie lehnt mich trotzdem ab!« sagte er zornig. »Ich würde keiner sterbenden Frau meine Hilfe verweigern! Ich würde kein Kind ins Gefängnis schicken, weil es ein paar Fensterscheiben eingeworfen hat! Und ich würde niemals einen Schläger losschicken, um meine Konflikte für mich austragen zu lassen, wie es dein Vater getan hat. Schau ihn dir an. Er weiß genau, wovon ich spreche.«

»Raus!« brüllte Thurlwell.

»Ich gehe, Sir, und Sie können von Glück sagen, daß ich Ihnen nicht die Polizei auf den Hals schicke. Dann würden Sie innerhalb kürzester Zeit vor Gericht stehen.«

»Das reicht!« sagte Phoebe.

»Da hast du recht. Phoebe, ich liebe dich, trotz deiner Familie und ihrer feigen Methoden.«

»Scht!« sagte sie und schob ihn zur Tür. »Geh nach Hause und beruhige dich. Wie konntest du meinen Vater so beschimpfen? Du hast alles verdorben.«

»Es gab nichts zu verderben. Ich habe nur reinen Tisch gemacht.«

Bevor er ging, sah Ben noch einmal zurück und entdeckte Lalla, die ungerührt oben an der Treppe stand. Sie hatte der ganzen Szene als unbeteiligte Zuschauerin beigewohnt.

»Es tut mir leid, Daddy«, sagte Phoebe und schenkte ihm Kaffee ein. Er war tief erschüttert. »Ben hat es nicht so gemeint, er war nur verärgert. Er hat mich sehr gern!«

»Er ist ein schrecklicher Mensch. Versprich mir, daß du ihn nicht wiedersiehst.«

Lalla kam herein, schenkte sich Kaffee ein, setzte sich in eine Ecke und blätterte in einem Magazin.

»Das kann ich nicht«, schrie Phoebe. »Was hat Ben gemeint? Hast du etwas mit dem Überfall auf Barnaby zu tun?«

»So ein Unsinn! Der Mann ist verrückt.«

Lalla schaute auf. »Um Himmels willen, hör auf zu lügen! Ein typischer Charakterzug der Thurlwells. Jeder Idiot kann sich denken, was nebenan geschehen ist. Wen hast du geschickt? Etwa dieses Tier, das in deiner Praxis arbeitet?«

»Wer war es?« mischte sich Phoebe ein.

»Bestimmt dieser Kretin von einem Gärtner, ich habe den Namen vergessen. Glasson ist Anwalt. Er hätte deinen Vater verklagen und ein Vermögen an Schmerzensgeld fordern können, aber er weiß wohl, daß bei uns nichts mehr zu holen ist.«

»Stimmt das?« fragte Phoebe ihren Vater.

»Ich wollte ihm nur eine Lektion erteilen«, gab er sich geschlagen. »Ich wollte einfach, daß dieser Kerl weiß, von wem er die Finger zu lassen hat.«

»Das ist ja furchtbar! Der arme Barnaby! Und dich hat es gar nicht gestört, was mit ihm passiert ist?«

»Es war ein Fehler, Phoebe. Aber ich wünsche nicht, daß du mich kritisierst. Weißt du denn nicht, wie aufgebracht wir über diese Geschichte waren? Ich habe nur versucht, dich zu schützen und zog Erkundigungen ein. Abgesehen von der Tatsache, daß er farbig ist, heißt er nicht einmal Beckman. Mantrell hat die Namensgebung unter der Hand arrangiert. Er ist nicht mit der alten Frau verwandt. Beckman ist zu allem Übel auch noch unehelich. Gott weiß, wer sein Vater war. Vermutlich irgendein Landstreicher, der an der Niggerin Gefallen fand. Ist das der Stammbaum, den du dir für deine Kinder wünschst?«

»Ach, vergiß es«, meinte Lalla. »Ich habe es aufgegeben. Wenn sie dumm genug ist, ihn zu heiraten, soll sie es doch tun. Alle Türen in Brisbane werden ihr verschlossen sein.«

»Sie wird ihn nicht heiraten. Es ist nur eine vorübergehende Laune. Wenn du dich um deine Tochter gekümmert hättest, wäre es gar nicht erst so weit gekommen.«

»Richtig so, gib nur mir die Schuld an allem.«

»Du hast ihr nie die Liebe gegeben, die sie brauchte, also hat sie sich in den Erstbesten verliebt, der sie zu mögen schien und sich für sie interessierte. Vermutlich hat ihn vor allem unser Vermögen angezogen.«

Lalla lachte. »Dann hat er aber einen großen Fehler begangen, was?«

Phoebe hörte nicht mehr zu; sie hatte schon vor Jahren gelernt, bei den Auseinandersetzungen ihrer Eltern einfach abzuschalten. Bei der Erwähnung der alten Frau, Mrs. Beckman, war ihr jedoch etwas eingefallen. Bens Vater? Da war doch etwas. Sie erinnerte sich dumpf an den Salon, die zerbrochenen Fenster, vor langer, langer Zeit. Die alte Frau hatte auf der Veranda gesessen und mit jemand gesprochen. Mit ihrem Vater vielleicht? Sie hatte ihn gebeten, den Jungen nicht ins Gefängnis zu schicken.

Nein, es war nicht ihr Vater gewesen, sondern Buchanan, der Hausgast. Das kleine Mädchen hatte die Erwachsenen belauscht, wie sie es immer zu tun pflegte. Was zum Teufel hatten sie gesagt? Etwas Interessantes jedenfalls. Buchanan war wütend gewesen, Mrs. Beckman den Tränen nahe. Sie brauchte seine Hilfe. Warum gerade seine? Langsam fügten sich die Erinnerungsfetzen zu einem geschlossenen Bild: weil sie behauptete, daß der junge Ben sein Sohn war, und er stritt alles ab! Phoebe hatte damals gedacht, was für seltsame Dinge es doch gab.

Sie schaute ihre Eltern an und fragte sich, ob sie etwas dazu sagen sollte. Sie mochte sich auch irren. Und was für einen Unterschied machte es schon? Diamond war und blieb seine Mutter.

Als habe Lalla ihre Gedanken gelesen, sagte sie: »Fairmont muß aufregend gewesen sein. Wie geht es Ben Buchanan? Die Zeitungen sind voll von der Geschichte.«

»Er wurde sehr schwer verletzt«, antwortete Phoebe knapp, die sich nicht von den interessanten Erinnerungen ablenken lassen wollte.

»Von Wildpferden niedergetrampelt, wie entsetzlich!«

»Da ist noch etwas, das ich gern erklärt haben möchte«, sagte der Doktor.

»Ich bin von den Buchanans tief enttäuscht. In den Zeitungen steht, der Kerl von nebenan habe Ben das Leben gerettet. Wie kommt es, daß er sich dort herumtrieb?«

»Du erwartest doch wohl nicht, daß sie uns die Wahrheit sagt«, warf Lalla zornig ein. »Phoebe, wir ziehen in zwei Wochen nach Sydney zu meiner Schwester Blanche. Sie hat ein schönes Haus am Hafen. Da du gerade jetzt heimgekommen bist, kannst du mir gleich bei den Vorbereitungen helfen.«

»Ich habe dich etwas gefragt«, erinnerte William seine Tochter.

Sie beachtete ihn nicht. »Du willst, daß ich mitkomme, Mutter?«

»Wir können dich wohl kaum hier zurücklassen.«

»Daher machst du dir also keine Gedanken wegen Ben. Nun, ich werde nicht mitkommen. Ich bleibe bei ihm.«

»Oh, nein«, entgegnete Lalla ruhig. »So dumm bist du nun auch wieder nicht. Du hast zwei Wochen Zeit, um deine Meinung zu ändern. Danach bist du auf dich gestellt.«

Diesmal marschierte Phoebe offen zur Haustür hinaus und hinüber zu Ben Beckman.

Er war so erleichtert, sie zu sehen, und lächelte hinreißend, doch sie hatte auch seine andere, die harte und unnachgiebige Seite kennengelernt. Als er sie küssen wollte, schob sie ihn beiseite. »Du hast dich meinem Vater gegenüber schrecklich aufgeführt! Ich hätte nie geglaubt, daß du ihn so sehr haßt.«

Er trat zurück, ließ sie ein und folgte ihr ins Eßzimmer. »Was soll ich dazu sagen?«

»Du könntest dich bei ihm entschuldigen. Ich sagte dir, es gehe ihm nicht gut.«

»Möchtest du eine Tasse Kaffee?«

Sie ließ sich auf einen Stuhl fallen.

»Nein, lieber ein Glas von dem Wein, den du und Barnaby immer trinken.«

»Ist ein guter Jahrgang.«

Ben nahm zwei von Omas Kristallgläsern und schenkte ein. Obwohl er Phoebe noch nie so wütend erlebt hatte, fühlte er sich besser. Überlegen und selbstsicher, auch ein wenig beschwipst, da er zuvor schon einige Gläser Whisky getrunken hatte. Barnaby verstand nichts von Haushaltsführung, und Ben fand nur verschimmelten Käse, unappetitliche Essensreste und hartes Brot im Vorratsschrank.

»Und?« fragte Phoebe.

»Du weißt, daß ich mich nicht entschuldigen kann.«

»Du fühlst dich gut dabei, einen alten Mann zu bedrängen, nicht wahr?«

»Ja«, erwiderte er scharf, »das tue ich allerdings. Habe lange genug darauf gewartet. Außerdem ist er gar nicht so alt. Vielleicht achtundvierzig? Fünfzig? Jedenfalls nicht älter als mein Geschäftsführer Rod Callaghan, und der steht in der Blüte seiner Jahre. Werde langsam erwachsen, Phoebe!«

»*Du* solltest erwachsen werden. Hätschelst jahrelang deinen Groll. Kannst du es nicht mal von ihrem Standpunkt aus betrachten? Wir verlangen schließlich eine ganze Menge von meinen Eltern.«

»Etwa, weil meine Mutter schwarz war?«

»Ja! Bei Leuten ihrer gesellschaftlichen Stellung ist eine solche Reaktion normal, und das wußtest du. Warum mußtest du sie provozieren?«

»Du übertreibst. Hätte ich meinen Hut abnehmen und ja, Sir, nein, Sir sagen sollen? Sie hätten mich trotzdem hinausgeworfen, erzähl doch keine Märchen. Ich habe mich vorgestellt, sie wissen, wer ich bin, und es interessiert mich nicht, ob sie mich akzeptieren oder nicht. Die Entscheidung liegt einzig und allein bei dir!«

Phoebe betrachtete mürrisch ihr Glas. »Warum hast du mir nicht gesagt, daß Ben Buchanan dein Vater ist?«

Das saß. Die Überraschung, die Mißbilligung in seinem Gesicht entschädigten sie für das Unglück, in das sie alle gestürzt waren. Ben, Lalla und ihr Vater.

Alle waren so störrisch, daß sie eigentlich gut zusammenpaßten. Lallas Drohung hing wie ein Damoklesschwert über ihr. Sie mußte sich entscheiden, und zwar bald. Wenn sie blieb, würde sie zum Abschied der kalte, mitleidslose Blick ihrer Mutter treffen.

Wovon sollte sie leben? Von ihren Eltern hatte sie nichts zu erwarten und würde von Ben vollkommen abhängig sein, schon bevor sie verheiratet waren. Die Vorstellung, ihn um Geld zu bitten, einzugestehen, daß ihre Eltern, die sie doch verteidigen wollte, sie im Stich gelassen hatten, erschien ihr als unerträgliche Demütigung.

Ben saß einfach nur da, starrte vor sich hin und spielte mit seinem Glas.

»Wer hat dir das erzählt?« fragte er schließlich.

»Egal. Es stimmt doch, nicht wahr? Warum nur will mir jeder etwas verheimlichen?«

»Das hast du auch zu deiner Mutter gesagt. Sie hätte dir schon beizeiten vom Verkauf des Hauses erzählt. Phoebe, du bist nicht der Mittelpunkt der Welt. Andere Menschen haben auch ihre Probleme. Ben Buchanan ist möglicherweise mein Vater, und ich betrachte es weiß Gott nicht als Grund zur Freude. Ich verachte ihn zutiefst, damit du es weißt!«

»Du hast ihm das Leben gerettet.«

»Ich hätte sogar das Leben deines Vaters gerettet, wenn es sein muß. Deshalb muß ich jemanden noch lange nicht mögen. Was macht es schon für einen Unterschied, wessen Sohn ich bin?«

»Keine Ahnung. Ich glaube, ich kenne dich gar nicht so gut, wie ich dachte.«

»Oh, doch, nur bist du dieser Frage die ganze Zeit ausgewichen. Hast gehofft, sie würde sich von selbst erledigen. Aber das geht nicht. Ich liebe dich, habe dich immer geliebt. Ich würde dir die Welt schenken, wenn ich könnte. Ich bin immer für dich da. Glaube an mich und höre nicht auf das Geschwätz der anderen. Wenn du das nicht kannst, dann –«

Phoebe unterbrach ihn. »Ich möchte kein weiteres Ultimatum, Ben. Welche Überraschung hattest du für mich?«

»Das ist jetzt nicht von Bedeutung.«

»Dann gehe ich wohl besser.«

»Bleib doch. Barnaby kommt bald nach Hause.«

Phoebe sprang auf. »Barnaby! Guter Gott! Ich hatte ganz vergessen, daß er hier wohnt. Ich will ihn nicht sehen. Geht es ihm gut?«

»Ja. Warte doch auf ihn und sieh selbst.«

»Nicht jetzt, ich kann nicht.«

Sie rannte beinahe zum Tor, um Barnaby auf keinen Fall zu begegnen. Ben hatte Angst, sie liefe vor ihm davon, und wollte sie aufheitern. »Hör mir zu, Phoebe. Am Sonntag ist das Derby um den Brisbane Cup. Sollen wir nicht hingehen und uns einen schönen Tag machen? Mit einem Picknick?«

»Ja, in Ordnung«, antwortete sie rasch. »Ich muß gehen, Ben.«

»So, der Held ist also heimgekehrt«, lachte Barnaby. »Willkommen zu Hause.«

»Welcher Held?«

»In allen Zeitungen steht, daß du ihm das Leben gerettet hast. Unserem geliebten Abgeordneten. Wie bist du nur auf die Idee gekommen?«

»Purer Zufall, glaube mir.« Er sah seinen Freund scharf an. »Ich habe auch Lottie Smith getroffen. Das war aber wohl kein Zufall, oder?«

»Ich dachte, ihr beide hättet vielleicht etwas gemeinsam.«

»Etwas oder jemand?«

»Kann schon sein. Hatte ich recht?«

»Ich bin mir nicht sicher, und es ist mir auch egal. Buchanan war mir einen Schritt voraus. Du hättest mich ruhig warnen können. Aber Schwamm drüber – ich habe Phoebe mitgebracht.«

»Wunderbar! Wie geht es ihr?«

»Sehr gut. Sie sieht hinreißend aus, ist aber besorgt und

verwirrt wegen ihrer Familie. Ihre Eltern haben das Haus verkauft –«

»Ja, ich weiß. Ich habe Thurlwell über einen befreundeten Makler einen Käufer besorgt, der einen guten Preis zahlte. Dann habe ich seine Buchhaltung in Ordnung gebracht, so daß er ein paar Pfund übrigbehält, und ihm meine Rechnung geschickt. Daraufhin kam er in mein Büro und beschimpfte mich! ›Sie waren oft genug Gast in meinem Haus, Glasson. Da kann ich doch wohl ein bißchen Dankbarkeit erwarten‹«, ahmte er den Doktor nach.

»Hat er dich bezahlt?«

»Natürlich nicht.«

Ben lachte. »Manche Dinge ändern sich nie. Phoebe ist aufgebracht. Ihr Vater steckte hinter den Prügeln, die du bezogen hast. Eigentlich war ich das Ziel. Du solltest hingehen und mit ihr sprechen.«

»Die arme Phoebe. Was gibt es übrigens zu essen? Ich hatte einen langen Tag.«

»Essen! Du hast keinen Krümel Eßbares übriggelassen, und ich habe seit Tagen keine anständige Mahlzeit mehr gesehen. Laß uns im Pub dinieren.«

Beim Essen erklärte Barnaby, daß die Praxis allmählich Aufwind bekam, die Wahlkampagne hingegen im Sande verlief. »Niemand nimmt mich ernst. Ich bin zu unbekannt. Darüber wollte ich sowieso mit dir sprechen. Wie geht es eigentlich Buchanan? Die Zeitungsmeldungen sind widersprüchlich.«

»Warum interessiert dich das?«

»Falls er nicht weitermachen kann, wird der Sitz für Padlow frei. Wenn ich den besetzen könnte, würde ich bekannt genug, um in die Versammlung gewählt zu werden. Ich könnte problemlos beide Ämter ausfüllen.«

»Dann solltest du den Kampf aufnehmen«, meinte Ben. »Er muß den Sitz niederlegen. Ihm geht es sehr schlecht, und ich vermute, daß er einen Fuß verlieren wird. Es kann lange dauern, bevor er wieder in die Stadt kommt.«

»Ich versuche, mich nicht zu sehr zu freuen. Parlament, hier bin ich!«

»Fein. Nun zu meinen Neuigkeiten. Ich veräußere die Ställe und die Sattlerei und kaufe eine Viehstation namens Winnaroo, die hinter Charleville liegt. Ein herrliches Fleckchen Erde.«

»Wie bitte?!«

»Du in deiner Eigenschaft als mein Anwalt wirst die Einzelheiten für mich regeln. Und ich verspreche, daß ich deine Rechnung bezahle.«

»Was hält Phoebe davon?«

»Sie weiß es noch nicht, aber ich glaube, sie hätte Spaß an einer Viehstation. Es gibt auch andere Mischlinge, denen solche Anwesen gehören, und niemand stößt sich daran. Die Viehzüchter halten die kleinen Städte am Leben. Alles eine Frage des Geldes, Barnaby. Außerdem langweilt mich das Leben in der Stadt.«

»Was ist mit dem Haus?«

»Ich werde dich nicht hinauswerfen. Möchtest du es mieten?« An diesem Abend beschloß Ben, Phoebe noch nichts von seinen Plänen mit Winnaroo zu erzählen. Sie könnte es vielleicht als Druckmittel auffassen, so, als wolle er ihr nur eine Zuflucht vor der Welt bieten. In Wahrheit sehnte er sich jedoch danach, endlich Teil einer Gemeinschaft zu werden und seine Kinder in einem weiten, offenen Land aufzuziehen. Winnaroo sollte Phoebes Hochzeitsgeschenk werden.

»Ich weigere mich, wie eine Gefangene zu Hause zu hocken«, erklärte Lalla. »Wir brauchen uns nicht zu schämen, William. Wir sind immer zum Brisbane Cup gegangen, also auch dieses Mal.«

»Ich komme mit«, meldete sich Phoebe.

»Gut.«

»Mit Ben«, fügte sie hinzu.

Ihre Mutter seufzte und lehnte sich in ihrem Sessel zurück. »Sehr schön, tu, was du willst. Man wird ihn nicht auf die

Mitgliedertribüne lassen, aber du amüsierst dich sicher auch draußen mit den ganzen Buchmachern und anderen netten Menschen.«

Das Schlimme an Lallas Verachtung war die Tatsache, daß sie recht hatte. Den Rest des Tages lief Phoebe unruhig im Garten umher. Sie liebte Ben und war zugleich verzweifelt. Konnte sie das durchstehen? Der Druck wurde langsam zu groß, und Sydney erschien ihr immer verlockender. Ben mußte ihr mehr Zeit geben, das war doch nicht zuviel verlangt. Wenn er sie wirklich liebte, würde er es verstehen. Es gab soviel zu bedenken.

Sie setzte sich auf eine Bank und schaute über den Fluß. Alles machte sie furchtbar traurig.

Zum Glück waren ihre Eltern schon zum Rennen gefahren. Gerade heute wollte Phoebe alle Auseinandersetzungen vermeiden.

Es war ein herrlicher Wintertag, sonnig und warm, überall blühten die Akazien; der Duft der glänzenden Eukalyptusblätter hing in der Luft. Das Vogelgezwitscher stieg wie viele Töne eines Glockenspiels ins Blaue empor. Phoebe stand vor der Haustür und schaute in den Garten, der ihr nun, da sie ihn verlieren sollte, schöner erschien als je zuvor.

Ben fuhr mit dem nagelneuen Wagen vor. Alles wirkte so normal: ein junger Mann, der sie zu Hause abholte, aus dem Wagen sprang, um ihr beim Einsteigen zu helfen. Er hatte hinter ihnen einen großen Picknickkorb und karierte Wolldecken verstaut. Aber nichts war normal – weder das Haus noch ihr Begleiter, alles nur eine Fassade, die jeden Moment zerbröckeln konnte.

»Biddy hätte auch das Picknick vorbereiten können.«

Er grinste. »Keine Sorge, es ist alles fertig – mit den besten Empfehlungen von Kathleen O'Neill. Sie macht so etwas hervorragend. Soweit ich weiß, haben wir Huhn, Appetithäppchen, Scones und Kuchen, natürlich auch Champagner. Sogar Tischtuch und Servietten«, zählte er begeistert auf.

Phoebe spürte einen Stich der Eifersucht, als er Kathleen erwähnte. Ben sprach oft von ihr, doch sie schob den Gedanken schnell beiseite. »Es wird sicher ein schönes Picknick, aber – würde es dich stören, wenn wir nicht zum Rennen gehen?«

Er schaute sie überrascht an. »Nein, natürlich nicht. Was machen wir statt dessen?«

»Ich möchte lieber unten am Fluß picknicken. Hinter der Brücke gibt es einige schöne Stellen.«

»Dein Wunsch ist mir Befehl«, sagte er lächelnd. »An so einem herrlichen Tag möchte ich auch lieber am Fluß sitzen. Wer mag denn schon den ganzen Lärm und Staub beim Rennen?«

Er entdeckte ein ruhiges Fleckchen Wiese am baumbestandenen Ufer. Während sie den Korb auspackte, ging er hinunter zu dem gelbbraunen, schnell dahinfließenden Wasser. »Ein herrlicher Fluß, nicht wahr?« rief er Phoebe zu. »Viel mächtiger als von der Klippe aus.«

Phoebe stimmte ihm zu. Sie setzten sich auf die Decke, um das von Kathleen vorbereitete Essen zu genießen, das wirklich köstlich war.

Ben hob sein Glas. »Auf uns. Auf uns beide!«

Sie plauderten über dieses und jenes. Er erzählte ihr ein wenig von Buchanan. Von Barnaby und seinen Hoffnungen auf eine große Karriere. Von den Ställen und der Sattlerei, die er seinem Geschäftsführer Rod Callaghan verkaufen wollte.

Phoebe hörte höflich zu, war aber in Gedanken versunken und dachte gar nicht daran, Ben zu fragen, was er denn machen wolle, wenn er seine Firma verkauft hatte. Er sah so gut aus, wie er entspannt neben ihr im Gras lag, daß sie sich wünschte, für immer mit ihm an diesem Ort zu bleiben. Doch es war nicht möglich: dort draußen wartete die harte, unbarmherzige Welt auf sie, in der man ihnen nur Steine in den Weg legte.

»Was für ein vollkommener Tag«, sagte Ben und griff in den Korb. »Sieh mal her, ich habe ein Geschenk für dich.«

Phoebes Herz wurde schwer, als er ihr eine kleine samtbezogene Schachtel reichte, in der ein wunderschöner goldener Ring mit einem Saphir lag.

»Oh, Ben, das kann ich nicht annehmen.«

»Warum nicht? Wenn er dir nicht gefällt, kannst du ihn umtauschen. Dies ist meine Art, dich zu bitten, einen Hochzeitstermin zu bestimmen. Es ist dein Verlobungsring.«

Sie schaute bedrückt auf das Schmuckstück. »Ben, es tut mir leid. Ich gehe mit meinen Eltern nach Sydney.«

»Verstehe«, erwiderte er knapp. »Ich wußte, daß etwas nicht stimmt. Für wie lange?«

»Ich weiß es nicht.«

Er wirkte so erschüttert, daß sie ihn am liebsten umarmt und gesagt hätte, es sei das Beste, doch diese Nähe gestattete sie sich nicht.

Gerade heute, wo sie Entschlossenheit beweisen wollte, war seine sexuelle Anziehungskraft stärker denn je. Sie wünschte sich, er würde mit ihr schlafen, zum ersten und letzten Mal, an diesem herrlichen Ort, damit sie sich danach für immer von ihm verabschieden konnte.

»Sind wir deshalb nicht zum Rennen gegangen?«

»Ja.«

»Du wolltest nicht mit mir gesehen werden?«

»Nein, ich kann es nicht ertragen, daß man dich immer kränkt. So wie in Charleville.«

»Ich fühlte mich nicht gekränkt, Phoebe, sondern du. Du hattest Angst, man würde mich auch beim Rennen ausgrenzen, nicht wahr?«

»Ja«, erwiderte sie.

»Menschen werden aus allen möglichen Gründen ausgegrenzt. Du sagtest, deine Mutter hätte darauf bestanden, heute zum Rennen zu gehen. Ich wette, auch auf sie zeigt man mit dem Finger, aber sie hatte den Mut, trotzdem zu gehen.«

Phoebe starrte ihn an. »Ich kann nicht glauben, daß du mir ausgerechnet sie als Vorbild hinstellst. Sie haßt dich.«

Er ergriff ihre Hand. »Wie oft muß ich dir noch sagen, daß

ich dich liebe? Das alles läßt sich überwinden. Ich habe Pläne für uns –«

»Ben, ich will deine Pläne nicht hören. Ich kann nicht mehr zuhören. Es wird nicht funktionieren. Ich weiß, daß ich egoistisch bin, vielleicht auch ein Feigling, aber ich kann dich nicht heiraten. Ich kann die Schwierigkeiten und das Gerede nicht ertragen. Ich bin einfach nicht daran gewöhnt.«

Er schüttelte ungläubig den Kopf. »Sage mir, daß du mich nicht liebst.«

Phoebe berührte ganz sanft sein Gesicht. »Verlange das nicht von mir. Ich werde dich immer lieben.« Dann fiel ihr die zynische Bemerkung ihrer Mutter vom Vorabend ein.

»William, Herrgott noch mal, dann soll sie ihn doch heiraten! Sage ihr, daß sie die Erlaubnis hat, wenn er unsere Bedingungen akzeptiert.«

Phoebe war entsetzt gewesen, daß Lalla sie noch weiter demütigen wollte. »Du brauchst dir keine Sorgen zu machen. Ich komme mit nach Sydney. Barnaby sagt, es sei eine herrliche Stadt. Ich freue mich schon darauf!«

William war sichtlich erfreut. »Meine Liebe, das ist wundervoll.«

Lalla hatte nur die Achseln gezuckt. »Typisch! Wenn ich etwas sage, tut sie unter Garantie das genaue Gegenteil.«

Die Berührung seines Gesichtes war ein Fehler gewesen. Ben bemerkte die Zärtlichkeit und zog sie an sich. »Du kannst mich nicht verlassen. Ich lasse dich nicht gehen.«

Phoebe reagierte sofort auf die bittere Süße seiner Umarmung und klammerte sich an ihn, als er sie auf den Boden legte. Alle Leidenschaft, die sie für ihn empfand, überflutete sie wie eine Welle, als sie an diesem Nachmittag mit ihrem wunderbaren Ben dort draußen schlief.

Die Schatten stahlen das Sonnenlicht, so wie man ihnen selbst die Zeit stahl. Phoebe kniete sich hin, packte den Korb ein und faltete die Decken zusammen.

Ben lag ausgestreckt im Gras, das Kinn auf die Hand gestützt. »War das der Abschied?«

Phoebe wich seinem Blick aus und sagte nichts.

»Das dachte ich mir. Kann ich noch etwas sagen, um deine Meinung zu ändern?«

Sie schüttelte den Kopf.

Es war Zeit aufzubrechen. Die Luft wurde kalt.

Phoebe gab ihm das Samtkästchen mit dem Ring. »Es tut mir leid.«

»Nein. Behalte ihn als Abschiedsgeschenk.«

Goldie ging an diesem Samstag zum Rennen. Die kritischen Blicke hochnäsiger Frauen störten sie nicht weiter. In Gesellschaft von Caleb Moreton, einem alten Schurken, der reich und unabhängig von der Meinung anderer war, hatte sie das gleiche Recht, die Mitgliedertribüne zu betreten wie die Damen der Gesellschaft. Es handelte sich ohnehin um einen Herrenclub, in den auch sie nur über ihre Männer kamen. Warum also sollten sie auf Goldie hinunterschauen? Sie trug ihr grünes Taftkleid mit gewagter Turnüre und dazu einen ausladenden Hut, der mit grünen und silbernen Rosen verziert war, um Caleb eine Freude zu machen. Es waren die Farben seines Rennstalls. Sie sah hinreißend aus, wie ihr die Blicke der Männer bestätigten. Sie und Caleb amüsierten sich herrlich, verwetteten hohe Summen und tranken auf der Wiese Champagner an ihrem Tisch.

Alles sprach über Buchanan. Die Ärzte hatten endgültig beschlossen, seinen Fuß zu amputieren. Einige Chirurgen bereiteten die Reise nach Charleville vor, um die Operation dort vorzunehmen, da er noch zu schwach war, um nach Brisbane transportiert zu werden. Alle äußerten Mitleid mit dem guten alten Buchanan. Goldie hörte es sich mit säuerlicher Miene an. Ihr tat er keineswegs leid, schließlich war er aufs Land gefahren, ohne seine Rechnung zu begleichen. Das kam nicht zum ersten Mal vor. Ein richtiger Mistkerl. Jetzt konnte sie ihm wohl kaum die Rechnung schicken und mußte sie stunden, bis er wieder auftauchte. *Falls* er wieder auftauchte.

Zu ihrer Verwunderung hatte sie gelesen, daß der junge Ben, Diamonds Sohn, ihm das Leben gerettet hatte. Wie es wohl dazu gekommen war? Allerdings fiel kein Wort über eine mögliche Verbindung zwischen den beiden; vermutlich hielt Buchanan diese Tatsache noch unter Verschluß. Seine Frau sprach von dem Dank, den sie dem jungen Mann schuldeten. Auch sie schien die Wahrheit nicht zu kennen.

Je mehr sie über Buchanans Aussichten spekulierten, desto wütender wurde Goldie. Inzwischen sprach man von ihm wie von einem Heiligen, doch sie kannte ihn besser. Und einige ihrer Mädchen ebenfalls.

Sie bemerkte, daß die Thurlwells, die auch genügend Stoff für Klatsch boten, am Nebentisch saßen. Ihr Name hatte seinen guten Ruf eingebüßt, nachdem Edgar mit dem Firmenkapital durchgebrannt und ertrunken war. Doch sein Bruder und dessen Frau spielten immer noch die Gesellschaftsgrößen – er in seinem schimmernden Zylinder, sie in einem grauen Seidenhut, der zu ihrem Kleid paßte. Goldie fragte sich, wie manche Frauen es schafften, sich so schlicht zu kleiden und dabei so elegant zu wirken.

Allerdings schienen sie sich nicht allzugut zu amüsieren. William schaute drein wie sieben Tage Regenwetter, da sich kaum jemand herabließ, auch nur zu grüßen. Lalla hingegen trug die Nase hoch. Das gefiel Goldie. Sie stand immer auf der Seite der Unterdrückten und schenkte Mrs. Thurlwell ein strahlendes Lächeln, das diese jedoch ignorierte.

»Huch, dann eben nicht«, sagte sie zu sich.

Dann bemerkte Goldie beunruhigt die schreckliche Mrs. Crawford, die genau auf Calebs Tisch zusegelte und dabei ihren weißen Sonnenschirm schwang. Diese Frau konnte ihr glatt den Tag verderben. Sie war Vorsitzende des anglikanischen Frauenkomitees und brachte ständig Petitionen zur Schließung des Blue Heaven ein. Manchmal hatte es Bestechungsgelder und Druck auf ihre wichtigen Kunden gebraucht, um dieses Schicksal abzuwenden. Goldie hatte sich immer geschworen, die Männer dieser Frauen der Lächerlichkeit preiszugeben, falls man sie je aus der Stadt vertreiben sollte. Es gab Leute, die für einen Blick in ihre Kundenliste viel Geld bezahlen würden.

Doch Mrs. Crawford ging mit einem verächtlichen Schnauben in Goldies Richtung am Tisch vorbei und blieb bei den Thurlwells stehen. Goldie fürchtete, sie könne sich über sie beschweren, und lehnte sich zum Nebentisch hinüber.

»Guten Tag, Doktor. Und Lalla natürlich«, flötete Mrs. Crawford zuckersüß. »Behalten Sie bitte Platz«, fügte sie hinzu, als sich der Doktor von seinem wackligen Stuhl erheben wollte.

»Wie geht es Ihnen, Lalla?«

»Danke, sehr gut, Agnes. Und Ihnen?«

»Nicht so gut seit meiner Operation, aber ich bin niemand, der klagt, wie Ihr Mann sicher weiß.«

»Sie sehen recht gut aus«, meinte dieser.

»Das tue ich immer, mein Problem. Die Menschen wissen nicht, wie sehr ich leide.«

»Sie Ärmste!« erwiderte Lalla sarkastisch, und Goldie kippte kichernd ein weiteres Glas Champagner hinunter. Das hatte gesessen!

Mrs. Crawford kochte. Obwohl es genügend freie Stühle gab, bot man ihr keinen davon an. Mrs. Thurlwells absichtliche Beleidigung machte es nur noch schlimmer.

»Da fällt mir ein, Doktor, ich hatte recht, nicht wahr?«

»Womit?«

»Wir sprachen im Krankenhaus darüber. Ihre Tochter hat eine Affäre mit diesem Beckman.«

»Meine Tochter hat mit niemandem eine Affäre«, entgegnete Lalla an Williams Stelle eisig.

»Na schön. Vielleicht der falsche Ausdruck, aber ich habe Sie doch als erste darauf hingewiesen, Doktor, daß sie diesen farbigen Burschen trifft. Ich höre, die beiden wollen heiraten.«

Diesmal sprang der Doktor wirklich auf. »Meine Tochter

hat mit diesem Abschaum nichts zu tun! Und wenn Sie dieses Gerücht weiter verbreiten, werde ich Sie wegen Verleumdung verklagen.«

Mrs. Crawford zog beleidigt von dannen. Die Thurlwells schwiegen. Lalla bestellte Wein und studierte das Programm, während ihr Mann in den Himmel starrte.

Ben sollte Abschaum sein? dachte Goldie. Diamonds Sohn? Hatte er nicht die Ställe hervorragend geführt, sie wieder auf die Beine gebracht, nachdem dieser Tunichtgut von Cash gestorben war? Der junge Beckman war ein angesehener Mann, ein guter Junge, auf den seine Mutter stolz gewesen wäre. Wie konnten es diese Idioten wagen, ihn als Abschaum zu bezeichnen, nachdem sie die halbe Stadt um ihr Geld erleichtert hatten!

Und wenn der junge Ben Abschaum war, was war denn dann Buchanan? Er wurde natürlich gesellschaftlich akzeptiert, galt als Säule des Gemeinwesens! Ihr fiel ein, daß Buchanan Mrs. Thurlwell angeblich an die Wäsche gegangen war, was bei einem Blick auf ihren unattraktiven Ehemann weiß Gott nicht verwundern konnte.

Die Bemerkung der alten Crawford über Phoebe und Ben klang glaubwürdig. Als direkte Nachbarn würden sie einander zumindest kennen.

An diesem Abend herrschte Hochbetrieb im Blue Heaven, doch Goldie ging die ganze Geschichte nicht aus dem Kopf.

Am nächsten Tag frühstückte sie im Bett, während die Mädchen das Etablissement aufräumten. Sie war noch immer wütend auf die Art und Weise, in der diese Leute von Diamonds Sohn gesprochen hatten. Ihr Zorn weitete sich aus auf Ben Buchanan, den allmächtigen Parlamentsabgeordneten, der ihre Mädchen mißhandelt und seine Rechnungen nicht bezahlt hatte. Der das Herz ihrer Freundin Diamond gebrochen hatte.

Goldie war noch ein wenig betrunken und fühlte sich aufgewühlt. Sie hatte schon immer gewußt, daß dieser Geizhals niemals für Diamond und ihren Sohn aufgekommen wäre und sich gewundert, warum ihre Freundin finanziell so gut gestellt war. Dann fiel es ihr wie Schuppen von den Augen: Cooktown. Palmer River. Gold! Das mußte der Grund sein. Buchanan hatte sie verlassen, und sie war als reiche Frau in Brisbane aufgetaucht. Jeder, der einfach fünfzig Pfund verschenken konnte, mußte reich sein. Diamond hatte Gold gefunden und Cooktown in aller Eile verlassen. Vermutlich war sie sogar durch den Zoll geschlüpft, denn niemand würde eine Schwarze fragen, ob sie Gold zu verzollen habe.

Ein Mädchen brachte ihr schwarzen Kaffee mit Brandy, den Goldie dankbar trank. Sie sollte sich nach Diamonds Sohn umschauen. Irgend jemand mußte sich für ihn einsetzen, damit die Welt auch erfuhr, daß er Buchanans Sohn war. Und wenn es ihm nun nicht gefiel? Schließlich betrachtete man die angesehene Mrs. Beckman noch immer als seine Großmutter. Nein, es gab noch einen anderen Weg, es Buchanan heimzuzahlen, ohne den jungen Ben in Verlegenheit zu bringen. Sie würde sich beizeiten darum kümmern. Aber im Moment fühlte sie sich mit ihrem Kater im Bett am wohlsten.

Clara hatte wochenlang in Charleville an Buchanans Bett gesessen. Er war kein einfacher Patient. Bis zur letzten Minute kämpfte er gegen die Amputation seines Fußes. Danach lag er tagelang im Delirium, beschimpfte wild die Ärzte und Krankenschwestern. Vor allem letztere. Manchmal bat er weinend darum, daß ihn endlich jemand pflege, der sich auf seinen Beruf verstand. Jemand, der ihn liebe, schrie er dann wieder in seinem verwirrten Zustand, denn ansonsten habe ihn ja keiner gern.

»Diamant«, flüsterte eine Schwester Clara zu, »er will wissen, wo sein Diamant ist. Er glaubt, man habe ihn bestohlen.«

»Egal, ertragen Sie ihn einfach. Ich weiß nicht, von welchem Diamanten er redet.«

Endlich war das Schlimmste überstanden, und die Genesung setzte allmählich ein. Allerdings mußte er wegen der Verletzung seines rechten Lungenflügels eine strenge Bettruhe einhalten. Der rechte Arm und die Gesichtsverletzungen heilten gut, es würden aber Narben bleiben. Wenn Clara seine gebrochene Nase und den roten Striemen betrachtete, der sich von einer Augenbraue zum Kinn zog, hätte sie weinen können. Er hatte so gut ausgesehen. Und dann war da noch die Angst angesichts der Fußamputation. Die Ärzte versicherten, sie könnten eine Holzprothese für ihn anfertigen, doch Ben fand die Vorstellung abscheulich und sagte, er wolle lieber tot sein, als mit diesem Ding gesehen werden.

Nun war es an der Zeit, ihn in einem stabilen Wagen nach Fairmont zu bringen. Bei seiner Ankunft hatten sich Reporter der verschiedensten Zeitungen vor dem Krankenhaus versammelt und im Weg gestanden. Dann trafen ermutigende Briefe von Freunden ein, die Ben alles Gute wünschten. Clara verbrachte die Abende im Royal Hotel damit, sie zu beantworten. Selbst der Premierminister hatte geschrieben, obwohl Ben zur Opposition gehörte. Oder gehört hatte. Um weitere Auseinandersetzungen zu vermeiden, hatte Clara den Arzt gebeten, ihrem Mann den Rücktritt aus dem Parlament vorzuschlagen.

Der Doktor berichtete, daß sich ihr Mann schon selbst dazu entschieden hatte.

Buchanan hatte erklärt: »Sicher werden sie nicht erwarten, daß ich in meinem Zustand die Geschäfte weiterführe. Zur Hölle mit ihnen! Hätten sie mich damals zum Oppositionsführer gemacht, würde ich mehr Einsatz zeigen und so bald wie möglich nach Brisbane zurückkehren. Nun werde ich zurücktreten, und sie müssen eine Nachwahl für meinen Sitz abhalten. Ich hoffe, sie verlieren.«

»Es ging ganz leicht«, sagte der Arzt zu Clara, »aber er scheint nicht zu verstehen, daß eine Rückkehr nach Brisbane ohnehin für lange Zeit ausgeschlossen ist.«

Am Tag, als sie nach Fairmont zurückfahren sollten, holte

Clara ihre Post ab und blätterte sie im Wartezimmer des Krankenhauses durch, während man Ben für die Reise vorbereitete. Weitere gute Wünsche, einige geschäftliche Schreiben, Post für Belle und ein Brief an sie persönlich in einer unbekannten Handschrift.

Als sie ihn öffnete, stellte sie zu ihrem Erstaunen fest, daß er nicht unterschrieben war. Sie wurde nervös. Anonyme Briefe fand sie schrecklich. Vielleicht hatte der Verfasser auch nur die Unterschrift vergessen, dachte sie hoffnungsvoll. Das Schreiben fing ganz harmlos an. Die Orthographie beherrschte der Verfasser allerdings nicht allzugut.

Liebe Mrs. Buchanan,
die Zeitungen schreiben von dem Unfall von ihrem Mann und über einen jungen Mann, der Ben Beckman heist. Er hat ihn mutig unter den wilden Pferden rausgezogen. Mr. Beckman ist wirklich ein feiner Mann, müssen Sie wissen. Leute, die keine Steine werfen wollen, dürfen nicht auf ihn runtersehen.

Du lieber Himmel, dachte Clara lächelnd. Wenn diese Person unterzeichnet hätte, könnte ich wenigstens hinschreiben und erklären, daß niemand auf Ben herabsieht. Doch dann spürte sie ein leises Schuldgefühl. Hatte nicht sie selbst Phoebe erklärt, er sei kein passender Mann für sie? Aber das war etwas ganz anderes, sagte sie sich, und las weiter.

Mr. Beckman ist gut erzogen von seiner Mutter, die hies Diamond. Eine schwarze Frau, aber gehbildet. Keine Niggerin ohne was im Kopf. Ihr Mann ist sein Vater. Ben Buchanan. Hat den jungen nach ihm Ben genannt. Das ist keine Lüge. Ich will nur, das der Junge Rehspekt bekommt.

Clara starrte auf die unbeholfene Handschrift, las den Brief wieder und wieder. Das konnte nicht wahr sein! Eine bösartige, feige Verleumdung!

Doch was hatte Ben noch gleich in seinem Delirium gerufen? Etwas von einem Diamanten. Oder vielleicht einfach Diamond? Einen Frauennamen? Rief er etwa nach ihr?

Sie sah zu den anderen Leuten im Wartezimmer hinüber. Ihr schien, als spüre sie vorwurfsvolle Blicke, als sie den Brief in die Handtasche stopfte. Clara war so schockiert, daß sie nicht wußte, wie sie reagieren sollte. Konnte sie überhaupt mit ihrem Mann darüber sprechen? Auf dem Heimweg umklammerte sie ihre Handtasche, als habe sie Angst, der Brief könne jemand anderem in die Hände fallen. Wenn Belle nun davon erfuhr? Sie würde auf sofortiger Klärung der Sache bestehen. Belle liebte Auseinandersetzungen – ganz im Gegensatz zu ihrer Tochter.

Nachdem Ben wieder in seinem eigenen Bett lag, ging Clara in die Küche, warf den Brief heimlich in den Herd und sah zu, wie er zu Asche verbrannte.

Doch die furchtbare Anklage ließ ihr keine Ruhe. Sie haßte den unbekannten Absender. Wer hatte Respekt für Ben Beckman gefordert? So ein Unsinn! Vielleicht steckte Beckman selbst dahinter und wollte ihnen Ärger bereiten, glaubte aber doch nicht so recht daran. Hatte Phoebe davon gewußt? Auch das bezweifelte Clara. Bei ihrer Verteidigung Bens hätte sie eine solche Waffe ganz sicher nicht ungenutzt gelassen.

Also konnte die Behauptung nicht der Wahrheit entsprechen. Wieso beunruhigte sie ein verrückter Brief nur derart?

Einige Tage später sprach sie Ruby, das schwarze Hausmädchen, in der Waschküche an. Sie hatte sich praktisch zur Ruhe gesetzt, seit Clara ihren eigenen Haushalt mit der Köchin und zwei schwarzen Mädchen führte.

»Mr. Ben, wie soll er ohne Fuß gehen?« fragte Ruby traurig.

»Er wird es lernen. Später kann er auch wieder reiten.«

Clara sah zu, wie die alte Frau schwere, dampfende Bettlaken aus dem Kupferkessel holte und sie in eine Wanne mit kaltem Wasser legte.

»Kann ich dir helfen?« erkundigte sich Clara.

Ruby grinste. »Habe noch immer zwei Hände, Missus.«

»Allerdings. Starke Hände. Du bist schon lange bei meinem Mann.«

»Seit er ein Junge war«, erwiderte Ruby stolz. Sie sprach gern davon, weil sie sich dadurch den anderen Schwarzen auf der Station überlegen fühlte.

»Als er krank war, fragte er nach jemandem namens Diamond. Weißt du, wer das ist?«

Rubys Körper spannte sich, und sie schaute weg. »Weiß nichts von Diamond.«

»Weißt du, wo sie jetzt ist?«

Das war ein unfairer Trick, da die alte Frau die englische Sprache kaum beherrschte, doch er erfüllte seinen Zweck, also machte er sich nicht zu viele Gedanken.

»Diamond lange weg. Lange Zeit her.«

»Aber du kennst sie?«

Ruby schwieg und rührte die restliche Wäsche in der Seifenlauge um.

Clara hatte die jungen Mädchen beobachtet und erfahren, wie man zu der alten Frau durchdringen konnte. Sie kitzelte Ruby im Nacken und an den Oberarmen. »Ungezogene Lady, Sie genau wie dumme Mädchen.«

»Gib zu, du hast es gern. Du kanntest doch jeden auf Caravale. Hat Diamond dort gearbeitet? Komm schon, sonst kitzele ich dich weiter.«

»Nein, nein«, kicherte Ruby, richtete sich auf und holte tief Luft. »Diese Diamond! Hat für niemand gearbeitet. Feine Schwarze. Außen schwarz, redet weiß.« Ruby teilte die Liebe ihrer Vorfahren zum Geschichtenerzählen und erwärmte sich für das Thema. »Zaubermänner sagen, Diamond Tochter von großem Häuptling im Norden. Wissen? Im heißen Land.«

»Am Palmer River?« fragte Clara. Ben hatte oft von der furchtbaren, erfolglosen Zeit auf den Goldfeldern gesprochen. Er sagte, ohne das Fieber wäre auch er als reicher Mann heimgekehrt.

»Weiß nich'.«

Clara mußte die Worte sorgfältig wählen. Über die Geschichte mit den Goldfeldern kam sie offensichtlich nicht weiter. Nun würde sie es noch einmal mit der Caravale Station versuchen.

»Die alte Missus, meine Schwiegermutter, hätte keine Schwarze geduldet, die nicht arbeitet.«

Ruby verdrehte die Augen. »Sie ganz verrückt. Haßte diese Diamond.«

Clara bemerkte, daß Ruby jeden Hinweis auf eine Verbindung zwischen ihrem geliebten Ben und dieser Frau vermied. Was tat eine Schwarze, die nicht arbeitete, auf der Station?

Eine Angehörige eines weit entfernt lebenden Stammes? Sie hatte bestimmt keine Verwandten auf Caravale gehabt.

Irgend etwas an dieser Geschichte machte Clara angst. Sie hatte genug gehört. »Also verschwand Diamond auf Nimmerwiedersehen«, sagte sie leichthin, um die Unterhaltung zu beenden, doch Ruby trat ganz nah auf sie zu und flüsterte: »Böser Zauber. Missus schickte schlechte Männer zu töten Diamond. Aber Diamond kommt wieder und legt Fluch auf Missus. Macht sie verrückt. Dann verbrennt sie Haus.«

»Diamond hat das Haus niedergebrannt?«

»Nein. Alte Missus ganz verrückt wie Dingo in der Falle. Ißt eigenen Fuß auf. Sie brennt Haus ab. Missus hat das getan. Wir sehen Diamond nie mehr.«

»Oh, mein Gott. Und was hat Ben gemacht?«

Ruby zuckte die Achseln. »Er geht auch. Sucht nach Gold.«

Clara zog sich in das Zimmer zurück, das Phoebe bewohnt hatte. Ben hatte recht, ihr nicht von diesen Dingen zu erzählen, diesen Geschichten, in denen sich Mystik und Wahrheit vermischten. Genau wie er, wußte auch sie nur wenig über die Kultur der Aborigines. Manches war nur unter Vorbehalt zu sehen, doch tief im Inneren gab es Geheimnisse, die man am besten nicht näher erforschte. Vermutlich hatte Ruby in ihrem Aberglauben die Geschichte mit dem Fluch erfunden, um ein normales Feuer zu erklären. Hausbrände waren nichts

Ungewöhnliches. Auch Winnaroo war abgebrannt, ohne daß jemand von anderen Gründen als der Dummheit eines Betrunkenen sprach. Keine Flüche. Keine Knochenzeremonie.

Doch Ben hatte Winnaroo Springs immer gehaßt. Wenn er betrunken war, bezeichnete er die Quellen als einen unheimlichen Ort, an dem viele Geister lebten, aber niemand achtete darauf. Sobald er nüchtern war, vergaß er diese Behauptungen. Allerdings fiel Clara plötzlich ein, daß er Besucher fast nie auf ihren Ausflügen zum schönsten Schwimmplatz im ganzen Bezirk begleitete. Hatte er den Ort überhaupt schon einmal aufgesucht? Und nun war ihm dort etwas Schreckliches zugestoßen.

Clara erschauerte. Sie ging durch den Flur in den Salon und schaltete im Vorübergehen die Lampen ein. Im Hellen fiel es ihr leichter, diesen Aberglauben zu verdrängen. Wie töricht, sich um Dinge zu sorgen, die vor langer Zeit geschehen waren, und sich einen anonymen Brief so zu Herzen zu nehmen. Sie war froh, daß sie ihn verbrannt hatte, und würde ihn Ben gegenüber gar nicht erwähnen. Was vor ihrem Kennenlernen geschehen war, ging sie nichts an.

Belle rief aus dem Salon: »Clara, es gibt Neuigkeiten. Komm einmal her.«

»Was ist denn los, Mutter?«

»Sieh dir die Titelseite eurer Lokalzeitung an. Die Winnaroo Station ist verkauft worden.«

»Tatsächlich? Gut zu hören. Wer hat sie gekauft?«

»Mr. Ben Beckman.«

»Aus Brisbane? Der Besitzer der Mietställe?«

»Ja, so steht es hier. Phoebes Freund. Was hältst du davon?«

Clara ließ sich in einen Sessel fallen. »Ich weiß nicht, was ich davon halten soll.«

»Glaubst du, Phoebe kommt mit?«

»Keine Ahnung.«

»Natürlich wirst du keinen Kontakt zu ihm pflegen.«

Clara seufzte. »Mutter, wenn er unser Nachbar wird, werden

wir ihn auch als solchen behandeln.« Sie hätte beinahe hinzugefügt »mit dem nötigen Respekt«.

»Du weißt selbst, wie wichtig es auf diesen großen Anwesen ist, sich gut mit seinen Nachbarn zu stellen.«

»Dein Mann wird nicht allzu erfreut sein.«

»Ihm bleibt keine Wahl«, schnappte Clara. »Er steht bereits in Mr. Beckmans Schuld und muß endlich lernen, den Mund zu halten.«

Irgend etwas sagt mir, er wird es auch tun, dachte sie lächelnd und ging in sein Zimmer. Ich glaube, Mr. Beckman wird ein guter Nachbar werden.

Das neue Wohnhaus der Winnaroo Station galt als Attraktion. Sergeant Paddy Reilly hatte den Bezirk übernommen, als McAlister in den Ruhestand ging, und besaß damit nun einen Grund, einen Blick darauf zu werfen. Angeblich war Beckman, der Besitzer, ein zäher Brocken, der wie ein Verrückter arbeitete, um die Station auf Vordermann zu bringen, und seine Männer zum selben Tempo antrieb. Widerspruch duldete er nicht. Natürlich, so erzählte man sich, mußte er als Halbblut ein strenges Regiment führen, um sich gegen die anderen Viehzüchter durchzusetzen.

Reilly hatte jedoch einige der Arbeiter in Charleville getroffen und keine Klagen gehört. »Die Unterkünfte sind neu, das Essen gut, und die Bezahlung stimmt«, sagten sie. »Ist eigentlich ein ordentlicher Kerl.«

Reilly warf einen Blick auf seine Karte. Geradeaus gab es einige Abzweigungen, und man hatte ihn davor gewarnt, die falsche zu nehmen, die ihn nach Fairmont statt nach Winnaroo führen würde. Allerdings konnte er sich nicht erinnern, welche es war.

Glücklicherweise war jemand so klug gewesen, ein Schild an einen Baum zu nageln. So nahm er den Weg rechts nach Winnaroo.

Am Grenztor entdeckte er eine Gruppe von Arbeitern, die den Zaun ausbesserten. »Tag, Jungs. Wo finde ich euren Boß?«

»Das bin ich«, erwiderte ein hochgewachsener Mann und kam zu ihm herüber. Beckman unterschied sich in seinem ärmellosen Flanellhemd und den groben Hosen nicht von den anderen Männern.

Reilly stieg ab und stellte sich vor. »Habe eine Nachricht für Sie, Mr. Beckman.«

»Seit wann überbringt die Polizei Nachrichten?« grinste Ben.

»Wenn jemand neu im Bezirk ist und die Polizei die Leute kennenlernen möchte. Wie läuft es bei Ihnen?«

»Gut. Es braucht Zeit, alles zu organisieren, aber ich habe einen guten Vieheinkäufer, und die Herde wächst. Es ist ein großer Besitz, und ich habe eine wohl Menge zu lernen, aber es wird schon funktionieren. Möchten Sie zum Essen bleiben?«

»Da sage ich nicht nein. Hier ist ein Telegramm für Sie.« Es stammte von Barnaby, der Ben mitteilte, daß er in Kürze nach Charleville käme. Er besuche die Stadt im Zuge seiner Kampagne zur Abgeordnetenwahl für Queensland und freue sich schon darauf, ihn zu sehen. Außerdem habe Biddy Donovan ihre Stelle verloren. Ob Ben sie vielleicht gebrauchen könne?

Die beiden Männer stiegen auf die Pferde und machten sich auf den Weg zum Haus. Als sie nach langem Ritt um eine Biegung kamen, stieß Reilly einen Pfiff aus. »Das ist aber ein schönes Haus.«

»Das abgebrannte Gebäude lag weiter landeinwärts. Für dieses habe ich eine andere Stelle gewählt, eine, die näher am Fluß liegt.«

Breite Veranden umgaben das solide Steinhaus. Es besaß einen Turm, der auf dem Gelände thronte.

»Ich mußte ohnehin auf einer Anhöhe bauen, falls der Fluß über die Ufer tritt. Trotzdem hatte ich noch nicht den gewünschten Ausblick, daher das Türmchen. Von da oben kann man die Quellen sehen. Ich zeige es Ihnen später.«

»Das muß wirklich ein herrlicher Ausblick sein«, bemerkte Reilly, als sie ins Haus traten. »Ich liebe den Geruch von frischem Holz. Zeder, nicht wahr?« fragte er mit einem bewundernden Blick auf die gebohnerten Fußböden.

»Ja. Das Haus ist allerdings erst zur Hälfte eingerichtet, aber das kommt schon noch. Bisher hatte ich noch keine Zeit, mich richtig darum zu kümmern.«

Sie setzten sich in die sonnige Küche und tranken eine Flasche Bier vor dem Essen.

»In diesem Land gibt es keine Privatsphäre«, sagte Reilly lachend. »Ihr Telegramm stammt von Mr. Glasson.«

»Stimmt. Er hat eine Haushälterin für mich gefunden, das wird eine große Hilfe sein. Und er kommt mich besuchen.«

»Darüber möchte ich mit Ihnen sprechen. Einige Anhänger wollen ihm in seiner Eigenschaft als Parlamentsmitglied für Padlow einen offiziellen Empfang bereiten.«

»Klingt gut.«

»Sie arrangieren eine Veranstaltung im Royal Hotel. Da Sie mit ihm befreundet sind, möchten Sie vielleicht auch teilnehmen.«

Ben nickte. »Und Sie sind hergekommen, um mir eine Genehmigung zum Besuch lizensierter Gaststätten zu erteilen?«

»Die Zeiten ändern sich, Mr. Beckman. Mein Vorgänger befolgte seine Regeln, ich habe meine eigenen. Sicher gibt es Schwarze, die erst beweisen müssen, daß sie wissen, wie man sich in einem Pub benimmt, daran kann ich nichts ändern. Ein bißchen Vernunft muß eben sein.«

»Sie meinen, ich bin akzeptabel?«

»Nein, ich meine, ich sehe nichts an Ihnen, das akzeptiert werden müßte. Sie sind einfach ein Bürger dieses Bezirks, und ich freue mich, Ihre Bekanntschaft zu machen. Kann ich die Nachricht überbringen, daß Sie an der Veranstaltung teilnehmen?«

»Mit Freuden.«

Ben saß in einem gestärkten Hemd, das am Hals kniff, in Gesellschaft von zwanzig Männern beim Essen. Ein wohlverdientes Vergnügen, da er zunächst die Willkommensrede für den Ehrengast Mr. Barnaby Glasson, gefolgt von dessen eigener Ansprache und weiteren ausschweifenden Reden ertragen mußte. Anscheinend glaubte jeder außer ihm, er müsse einen wortreichen Beitrag leisten.

Nach dem Essen gingen sie in die Eingangshalle, wo eine öffentliche Versammlung abgehalten wurde, auf der das Parlamentsmitglied Barnaby Glasson zum Thema »Australier vereinigt euch« sprechen sollte. Zu Bens Leidwesen war sein Freund jedoch auch hier nicht der einzige Redner. Nein, er betrat das Podium in Begleitung von vier weiteren Herren, die alle etwas zu sagen hatten. Es handelte sich dabei um Wiederholungen ihrer vorherigen Reden. Als sich Barnaby endlich erhob, kämpfte Ben bereits gegen den Schlaf. Die Leute in dieser Stadt mußten Abwechslung wirklich nötig haben. Ben bemühte sich, aufmerksam zuzuhören, und begann als erster zu klatschen, als Barnaby geendet hatte.

»Ein toller Abend, was?« fragte ihn Barnaby, als sie endlich allein im Hotel waren.

»Wenn du meinst.«

»Ach, komm schon. Du hattest doch Spaß.«

»Wenn das Politik sein soll, kannst du sie behalten. Ich sehe lieber dem Gras beim Wachsen zu.«

»Mein lieber Freund, wenn alles klappt, siehst du vor dir einen der ersten Senatoren des australischen Parlamentes. Also freue dich gefälligst für mich.«

Biddy Donovan lief durch das nagelneue Haus und sprang vor Freude beinahe in die Luft. Dies sollte ihr Heim werden, in dem sie ein eigenes Zimmer bekam im Gegensatz zu der Kammerecke neben dem Weinkeller der Thurlwells, die sie früher bewohnt hatte.

Die vergangenen sechs Monate waren schlimm gewesen. Der Doktor hatte ihr versprochen, daß die neuen Besitzer sie behalten würden, so daß sie bis zuletzt bei den Thurlwells blieb. Sie und Miss Phoebe hatten beide geweint. Der Abschied nach all den Jahren war schwer gewesen, da sie Phoebe beinahe als eigene Tochter empfunden hatte. Später entdeckte sie auf dem Küchentisch ein hübsches Taschentuchbeutelchen, ein Abschiedsgeschenk von Phoebe. Darin lag ein Spitzentaschentuch, in das eine Fünfpfundnote gewickelt war.

Biddy konnte das Geld gut gebrauchen, da die neuen Bewohner sie bei der Ankunft auf der Stelle entließen. Dr. Thurlwell habe nie eine derartige Vereinbarung getroffen. Sie brachten ihre eigenen Hausmädchen mit.

Biddy hatte ein wenig Geld gespart und mietete ein billiges Zimmer. Also machte sie sich auf die Suche nach einer Stelle, doch dann traf sie der zweite Schicksalsschlag. Ihr Vater war im Gefängnis gestorben.

Verzweifelt beharrte sie auf einer anständigen Beerdigung, bei der eine Messe gelesen wurde. Biddy stand allein am Grab und fühlte sich, als sei ihre ganze Welt zusammengebrochen. Sie nahm Aushilfsarbeiten an, verdiente hier und da ein paar Shillinge und konnte schließlich ihre Miete nicht mehr bezahlen.

Dann entdeckte sie Mr. Glassons Foto in der Zeitung und erinnerte sich an Miss Phoebes Freunde oben in Kangaroo Point. Ein Junggesellenhaushalt! Sie kannten sie und brauchten vielleicht eine Hilfe zum Saubermachen.

So kam Biddy nach Winnaroo. Zu ihrer Überraschung hatte Mr. Glasson nämlich erklärt, er könne sich kein Hausmädchen leisten – in ihren Augen waren Politiker reiche Leute –, doch er wisse genau die richtige Stellung für sie. Auf Winnaroo, als Köchin und Haushalterin für Mr. Ben.

Biddy vermied es sorgsam, Miss Phoebe zu erwähnen. Sie hatte die ganzen Auseinandersetzungen miterlebt und eine Weile geglaubt, daß Miss Phoebe sich ihren Eltern widersetzen und Ben heiraten würde. Doch dann war dem armen Mädchen die Sache offensichtlich über den Kopf gewachsen, vielleicht auch durch den grausamen Vorschlag ihrer Mutter. Dieses gemeine Frauenzimmer würde seine Seele für Geld verkaufen, ganz zu schweigen von der eigenen Tochter. War das ein Kampf gewesen! Phoebe hatte die herrliche Kristallkaraffe ergriffen, die ihre Mutter über alles liebte und unbedingt hatte mitnehmen wollen, und sie samt Tablett durchs Zimmer geschleudert, daß sie in tausend Scherben zerbrach.

»Wage es nicht!« hatte sie ihre Mutter angeschrien. Biddy blieb in der Tür stehen und hatte sich nicht getraut, den Raum zu betreten.

Mr. Glasson brachte sie mit dem Zug nach Charleville, wo Mr. Ben sie bereits erwartete.

Er führte sie ins Royal Hotel und sagte ihr, sie solle sich keine Gedanken wegen der Kosten machen. Wie ein richtiger Gast wohnte sie in einem herrlichen Zimmer, während sich die Männer ums Geschäftliche kümmerten. Irgendeine Dinnerparty mit anschließender öffentlicher Versammlung. Biddy hätte gern ein wenig zugehört – die Halle war so feierlich mit einer Fahne geschmückt –, doch sie traute sich nicht. Die Männer sollten sehen, daß sie ihren Platz kannte.

Zur Essenszeit war sie in die Küche gegangen, um nach einem Teller Suppe zu fragen. Die Frauen dort teilten ihr freundlich mit, daß ihr Begleiter zwar bei dem offiziellen Empfang im Geschäftszimmer sei, sie aber auch ohne ihn im Speisesaal sitzen könne.

Biddy krümmte sich. »O nein. Das habe ich noch nie im Leben getan.«

»Sie sind Gast in diesem Haus. Ihre Rechnung wird bezahlt, und Sie sind so gut wie jeder andere Gast«, bemerkte die Köchin. »Gehen Sie hinein, wir kümmern uns um Sie. Was führt Sie eigentlich her?«

Biddy erklärte, sie sei unterwegs, um eine neue Stelle als Haushälterin auf Winnaroo anzutreten. Bei diesen Worten empfand sie einen gewissen Stolz. Mit siebenundvierzig Jahren war das eine ganz neue Erfahrung.

Biddy wurde allen vier Frauen, die in der Küche arbeiteten

und sich für den Neuankömmling interessierten, vorgestellt. Sie bemerkte, daß die geschickte Köchin sich mit ihr unterhielt und gleichzeitig drei verschiedene Braten tranchierte, danach das Gemüse und die Soße dazu anrichtete.

»Biddy, wenn Sie das nächste Mal in der Stadt sind, kommen Sie uns besuchen. Sie müssen sich nicht einsam fühlen hier draußen. Und jetzt gehen Sie hinein und essen.«

Nervös setzte sich Biddy an einen kleinen Tisch im Speisesaal. Nach Jahren in der Gesellschaft der Reichen und Mächtigen besaß sie makellose Tischmanieren. Als sie es schließlich wagte, sich umzuschauen, entdeckte sie zu ihrem Entsetzen, daß viele andere Gäste wie die Schweine aßen. Sie zeigten mit dem Besteck aufeinander, sogar die Damen. Biddy lehnte sich lächelnd zurück und genoß ihre erste Mahlzeit in feiner Umgebung.

Die Fahrt in dem kleinen Einspänner zur Station zog sich hin, doch Biddy hatte großen Spaß daran. Mr. Ben kutschierte, sein Reitpferd hatte er hinten angebunden. Die beiden jungen Männer scherzten, zogen einander auf und fragten sie nach ihrer Meinung, die sie eher ungern beisteuerte, da sie nicht vorlaut erscheinen wollte. Sie hatte Brisbane noch nie verlassen und genoß die herrliche Landschaft. Man sah keinen Menschen, höchstens Känguruhs, die im Sprung innehielten und die drei anstarrten, als säßen sie im Zoo. Was für ein glücklicher Tag!

An diesem Morgen waren Ben und Mr. Glasson ausgeritten, weil der Besitzer der Station seinem Freund irgendwelche Quellen zeigen wollte. Die Arbeiter hatten eine eigene Köchin und waren alle unterwegs. Vermutlich kümmerten sie sich um das Vieh, doch davon verstand Biddy nichts. Sie hatte das Haus ganz für sich allein und ging von Raum zu Raum. Die wichtigsten Möbel waren vorhanden, Betten, Tische und so weiter, doch der Salon und das Eßzimmer standen noch leer. Vorhänge gab es auch keine.

»Darum werden wir uns schon kümmern«, sagte sie zu sich.

»Eine Schande, daß Miss Phoebe nicht sehen kann, was für ein hübsches Haus Sie gebaut haben. Ein wahrer Traum, lädt richtig zum Faulenzen ein. Alles weit und offen, kein Krimskrams, keine Diener in Uniform.« Sie stieg in das Turmzimmer, das an allen vier Seiten Fenster hatte und ebenfalls noch unmöbliert war. Biddy schaute hinunter auf den breiten Fluß. »Lieber Gott«, betete sie, »ich habe im Leben nie viel verlangt. Hilf mir, daß ich meine Sache hier gut mache. Dann habe ich gleichzeitig Arbeit und ein Zuhause. Bitte mach, daß er mich nicht wegschickt. Ich habe doch sonst niemand mehr.«

Ben wußte, daß es an der Zeit war, Fairmont einen Besuch abzustatten, und ritt mit seinem Vorarbeiter Jules Mannering, der früher einmal dort gearbeitet hatte, zum Besitz der Buchanans hinüber.

Mrs. Buchanan begrüßte sie höflich. Auf Ben wirkte sie ein wenig nervös. Sie zogen sich ins Büro zurück, um einige Probleme im Zusammenhang mit den Umzäunungen zu besprechen. Da Jules und Mrs. Buchanan besser darüber Bescheid wußten als er, machte Ben einen Vorschlag:

»Kann ich Sie beide allein lassen? Ich möchte Mr. Buchanan besuchen.«

»Es geht ihm nicht sehr gut«, erwiderte Clara mit Nachdruck.

»Ich werde mich ruhig verhalten.«

Clara gab ihm einen Wink mit den Augen und wandte sich dann zu Jules: »Entschuldigen Sie mich bitte einen Moment.« Sie ging mit Ben vor die Tür. »Jetzt hören Sie mir zu, Mr. Beckman –«

»Ben.«

»Na schön. Dann eben Ben. Es hat keinen Sinn, um den heißen Brei herumzureden, das ist einfach nicht meine Art. Ich möchte dies hinter mich bringen. Hieß Ihre Mutter Diamond?«

»Ja.«

Sie zuckte zusammen wie unter einem Schlag, blieb aber hartnäckig beim Thema. »Und nun? Was haben Sie vor? Ich möchte die Wahrheit hören.«

Er schob seine Hand unter Claras Arm und führte sie vor die Tür. »Sie und ich wissen anscheinend nur von einem Teil der Geschichte. Ihr Mann kannte meine Mutter. Mehr ist mir nicht bekannt, und mehr braucht auch keiner von uns zu wissen. Wir haben uns vor dem Unfall bei den Quellen unterhalten. Ihr Mann wußte, wer ich bin, und hatte Angst, ich könne irgendwelche Forderungen an ihn stellen. Das würde ich niemals tun; ich komme allein zurecht. Bitte lassen Sie mich mit ihm reden. Der Kauf von Winnaroo hat nichts mit Ihnen beiden zu tun. Es gefiel mir einfach. Die Stadt hat mich gelangweilt, ich hatte keine Ziele mehr. Das verstehen Sie doch sicher.«

»Natürlich. Es tut mir leid. Das alles ist sehr peinlich, vielleicht könnten Sie bei einer anderen Gelegenheit mit ihm sprechen.«

»Nein, ich möchte es jetzt hinter mich bringen.«

Sie zögerte und gab schließlich nach. »Nun gut. Ich sehe nur schnell nach, ob das Zimmer aufgeräumt ist.«

Das Büro lag im hinteren Flügel des Hauses. Ben wartete auf der Veranda und hoffte, daß er das Richtige tat. Er hatte geschworen, dieses Haus niemals zu betreten, doch die Umstände lagen jetzt anders. Wenn er seinen Besitz gut führen wollte, war er auf die Zusammenarbeit mit seinen Nachbarn – zumindest mit Clara – angewiesen.

Eine ältere schwarze Frau ging mit einem Korb am Arm über den Hof. Plötzlich blieb sie stehen und sah Ben an. Sie kam näher, starrte ihm ins Gesicht und schenkte ihm dann ein strahlendes Lächeln, so als kenne sie ihn.

Ben nickte höflich zu ihr hinüber. Wortlos ging sie weiter, doch das Lächeln blieb auf ihrem Gesicht.

Clara kam zurück. »Ich habe ihm nicht gesagt, daß Sie hier sind. Wollen Sie wirklich zu ihm gehen?«

Buchanan lag von Kissen gestützt unter einer Daunendecke

im Morgenrock auf dem Bett. Verdutzt sah er Ben an und sagte dann herrisch:

»Verlasse auf der Stelle mein Haus!«

»So behandeln Sie also Ihren Lebensretter!« gab Ben ruhig zurück.

»Ein Haufen Lügen! Du hast doch nur deine eigene Haut gerettet. Willst mich wohl jetzt anglotzen?«

»Ja, warum nicht?«

»Raus hier!«

»Ich gehe. Sie sollen nur wissen, daß ich Winnaroo gekauft habe.«

»Und mit welchem Geld? Vermutlich mit gestohlenem.«

»Das geht Sie nichts an. Um Ihnen das zu sagen, bin ich hergekommen. Auf Kontakt, der über ein normales nachbarschaftliches Verhältnis hinausgeht, lege ich keinen Wert und möchte auch diese Angelegenheiten lieber mit Mrs. Buchanan regeln.«

»Hast Angst bekommen, was?«

»Machen Sie sich doch nichts vor, Sie Narr! Und falls Sie einen weiteren Schuß von hinten planen, vergessen Sie es. Ich habe meine Geburtsurkunde mit Ihrem Namen darauf in meiner Bank in Brisbane deponiert. Dazu noch andere Papiere, die Ihre Angriffe auf mich dokumentieren, alles beglaubigt, zusätzlich noch Anweisungen für den Fall, daß mich ein Unglück besonderer Art ereilen sollte. Dann wird die Polizei informiert, um all Ihre Aktivitäten zu überprüfen. Buchanan, beten Sie lieber, daß mir nichts zustößt.«

»Jetzt also auch Erpressung!«

»Sie sind noch immer nicht klüger geworden, Sie Dummkopf. Sie besitzen nichts, das ich haben möchte. Nichts. Sie bleiben meiner Station gefälligst fern, sonst könnte es einen weiteren Unfall geben.«

Während er mit Buchanan sprach, fiel ihm die flache Stelle unter der Bettdecke auf, doch er erwähnte die Amputation nicht.

»Wie geht es ihm?« fragte Clara, als er zu ihr und Jules ins Büro zurückkehrte.

»Ein bißchen schlecht gelaunt«, grinste Ben, »aber sonst ganz gut. Er wird es überstehen. Sieht besser aus, als ich dachte.«

»Ja. Der Arzt sagt, er wird die Krücken bald leid sein und dann doch eine Prothese wollen. Es ist nicht leicht, damit gehen zu lernen, doch die Männer wollen ihm alle helfen.«

Als Ben und Jules sich verabschiedet hatten, wandte sich Ben noch einmal um. »Sie müssen mich besuchen kommen. Wann immer Sie wollen.«

»Gern, Ben. Haben Sie von Phoebe gehört?«

Sein Gesicht verdüsterte sich. »Nein. Sie?«

»Nein. Ich habe ihr nach Sydney geschrieben, aber keine Antwort erhalten. Hoffentlich geht es ihr gut.«

Ben sagte nichts dazu. Er dankte Gott, daß er Winnaroo entdeckt hatte. Das geschäftige Leben lenkte ihn von Phoebe ab. Zuerst war es hart gewesen, gegen die Depressionen anzukämpfen, die ihn nach ihrem Weggang befallen hatten. Er sagte sich jedoch, daß er als junger Mensch noch sehr viel mehr gelitten und auch dies überstanden hatte.

»Hast du alles, was du brauchst?« fragte er Jules.

»Ja. Mrs. Buchanan war sehr hilfsbereit.« Jules wollte mit ihr über Vieh und Zuchtfragen sprechen, da sie sich sehr gut damit auskannte. Sie hatte zugesagt, ihnen die Unterlagen zum Viehbestand zur Verfügung zu stellen, damit sie ihre eigenen Bücher danach anlegen konnten.

Clara schüttelte ihnen die Hand. »Ich weiß, daß Sie es schaffen werden. Wenn Sie Hilfe brauchen, geben Sie mir einfach Bescheid.«

Auf dem Heimweg grinste Ben im stillen. Seine Unterhaltung mit Buchanan war notwendig gewesen, um diesen in Schach zu halten. Auf der Bank lagen weder Papiere noch eine Geburtsurkunde. Als er im Haus in Kangaroo Point seine Sachen packte, hatte er in Diamonds Schachtel lediglich einen Zeitungsausschnitt gefunden. Es handelte sich um ein Foto von Ben Buchanan, auf das Oma geschrieben hatte: »Der Vater von Ben Beckman.«

Er hatte es verbrannt.

Die Idee mit der Einweihungsparty stammte von Clara.

»Diese Lage des Hauses ist viel besser«, sagte sie bei ihrem Besuch. »Im Sommer weht hier eine leichte Brise. Das Haus ist wunderschön. Haben Sie es selbst entworfen?«

»Nein, das überließ ich dem Baumeister. Ich sagte ihm nur, wo es stehen solle und daß ich große Zimmer mit hohen Dekken haben wollte, da ich ja selbst nicht gerade klein bin. Außerdem ist hier so viel Platz, daß er ruhig in die Breite bauen konnte. Die Räume sind doch nicht zu groß, oder?«

Clara schlenderte durch die beiden Vorderzimmer mit den großen offenen Kaminen und drehte sich dann zu Ben. »Nein, natürlich nicht. Sie sind herrlich.«

»Ich weiß eigentlich nicht, was ich mit zwei Salons hier unten anfangen soll«, meinte Ben beinahe entschuldigend, da er sich wünschte, Clara möge sein Haus gefallen. Es war nicht so groß oder repräsentativ wie das Anwesen der Buchanans, sondern wirkte gediegener und rustikaler. »Der Baumeister meinte, sie verleihen dem Haus ein gewisses Gleichgewicht.«

»Das stimmt. Es ist ein hervorragender Rahmen für Gesellschaften. Wenn die Flügeltüren offenstehen, können sich die Leute gut verteilen.«

Ben zuckte die Achseln. »Ich wüßte nicht, wieso ich Gesellschaften geben sollte.«

»Warum nicht? Ihr Stadtleute scheint zu glauben, daß wir hier draußen nur Vieh hüten und auf Pferden umhergaloppieren. Aber wir haben auch jede Menge Spaß, feiern Feste. Ich würde ein Klavier in diesen Raum stellen.«

»Ein Klavier?« fragte er erstaunt. »Wer sollte darauf spielen?«

»Es gibt immer jemanden, der darauf spielen kann. Sie sollten eine Einweihungsparty geben! So ein schönes Haus muß auch getauft werden.«

Er wirkte verlegen. »Ich glaube nicht. Ich meine, es ist nett von Ihnen, aber ich wüßte nicht, wen ich einladen soll.«

»Haben Sie keine Freunde in Brisbane?«

»Doch, einige.«

»Schön. Laden Sie sie ein. Sie haben genug Platz, um sie über Nacht unterzubringen. Die Leute lieben es, für ein Wochenende aufs Land zu fahren. Sergeant Reilly sagte mir, Sie hätten in der Stadt einen guten Eindruck hinterlassen. Abgesehen davon wird es Zeit, daß Sie die Leute aus der Gegend kennenlernen. Die reisen hundert Meilen für ein gutes Fest. Einige könnten auch bei mir übernachten.«

»Moment!« sagte er. »Das ist ein bißchen schnell für mich. Ich halte es für keine sehr gute Idee. Clara, Sie müssen der Realität ins Auge sehen. Vielleicht wollen mich die Leute gar nicht kennenlernen.«

»Das können Sie nur herausfinden, indem Sie etwas unternehmen. Wenn Sie sich so von der Welt zurückziehen, hält man Sie für einen verrückten Einsiedler. Parties sind nicht teuer, und die Leute schätzen Gastfreundschaft.«

»Es geht nicht ums Geld.«

»Worum dann?« fragte Clara beharrlich.

»Ich weiß es nicht. Ich werde Biddy fragen, sie ist die Haushälterin.«

Biddy? fragte sich Clara, als er im Inneren des Hauses verschwand. Wer soll das sein? Interessant, daß ein alleinstehender Mann mit einer Frau zusammenlebte. Sie hatte noch nicht von ihr gehört und hoffte, daß sie mit ihren Plänen nicht ins Fettnäpfchen getreten war.

Wochen waren vergangen, seit Ben ihren Mann besucht hatte, doch Moss kam einige Male nach Winnaroo, um mit Jules zu sprechen und sicherzustellen, daß das neuerworbene Vieh gesund war. Zu Claras Überraschung hatte ihr Mann seinen Besucher kaum erwähnt, sondern nur gesagt, er wolle nicht, daß sich das Halbblut in sein Leben dränge.

»Das hat er wohl kaum vor«, hatte sie trocken erwidert und

es dabei belassen. Ben hatte recht. Am besten sollte man alles vergessen.

Clara war nun sicher, daß er der Sohn ihres Mannes war, und damit ihr Stiefsohn. Die Ähnlichkeit zeigte sich in den Gesichtszügen und dem glatten braunen Haar des jungen Ben, das untypisch für Aborigines war. Bevor sie den anonymen Brief gelesen hatte, war ihr nicht aufgefallen, wie sein Haar dem ihres Mannes glich.

Aber wenn weder Vater noch Sohn über ihre Beziehung sprechen wollten, war das auch nicht schlimm. Clara allerdings hatte immer eigene Kinder gewollt und keine haben können. Daher machte sie der Gedanke, daß es doch ein Kind gegeben hatte, ein wenig traurig. Farbig oder nicht, sie wäre Ben eine gute Mutter gewesen. Und was für ein Mann aus ihm geworden war! Sie wünschte sich, er sei ihr Sohn. Vielleicht hätte Diamond ja nichts dagegen gehabt, daß sich Clara um Ben kümmerte. »Diamond, ich bin auf deiner Seite«, sagte sie, als wolle sie bösen Zauber fernhalten.

Da Ben nicht mehr nach Fairmont gekommen war, hatte sich Clara an diesem Tag entschlossen, mit Moss und Mungo nach Winnaroo zu reiten.

Er freute sich, sie zu sehen, auch wenn er jetzt ein wenig schüchtern wirkte.

Er kam wieder ins Zimmer. »Tut mir leid, daß Sie warten mußten, aber Biddy arbeitete im Gemüsegarten und bestand darauf, sich für Sie feinzumachen.«

Als Biddy hereintrat, steckte sie sich noch schnell die weiße Bluse in den Bund ihres langen schwarzen Rockes. Clara war verblüfft. Sie lief los und umarmte die andere Frau. »Meine Liebe! Wie schön, Sie zu sehen! Ich wußte ja nicht, daß Sie hier sind. Wie ist es dazu gekommen?«

Während sich die Frauen unterhielten, stand Ben vor dem großen Kamin, in dem noch kein Feuer gebrannt hatte, und lehnte sich gegen den Sims. Würde er jemals von Phoebe loskommen? Und von ihrer verdammten Familie? Verzweifelt hörte er zu, wie die beiden von den alten Zeiten in Somerset House sprachen. Was sollte das Gerede von einer Party? Er war jetzt sein eigener Boß und hatte es nicht nötig, Leute einzuladen, um sich von ihnen demütigen zu lassen. Er wollte einfach nur allein sein.

Doch es sollte anders kommen. Die Frauen übernahmen kurzerhand das Kommando. Biddy hielt es auch für eine wunderbare Idee, das Haus festlich einzuweihen.

»Mr. Ben, ich möchte es so gern. Ich weiß, wie so etwas geht, vertrauen Sie mir. Ich werde Sie nicht im Stich lassen, Sie werden stolz auf mich sein.«

Schließlich gelang es den Frauen, ihn zu überreden. Er glaubte allerdings immer noch an einen unerfreulichen Ausgang und wappnete sich innerlich für die erste und letzte Party auf Winnaroo.

Später an diesem Abend war Biddy ausgesprochen hektisch. Nachher dachte sie, daß sie vielleicht zu aufgeregt gewirkt hatte, zu bemüht, zu redselig. Doch Ben zeigte sich interessiert. »Es war solch ein Schock, als der alte Edgar ertrank.«

»Stimmt es, daß er die Firmengelder mitgenommen hat? Wie soll er das angestellt haben?«

»Ich weiß es nicht. Aber er hat vielen Leuten das Fell über die Ohren gezogen, einschließlich seiner eigenen Familie. Hat sich die Unterschrift von Phoebes Dad erschlichen und eine Hypothek auf das Haus aufgenommen. Darum mußten sie es auch verkaufen.«

»Ich habe nie verstanden, worum es bei alldem ging.«

»Wenn Sie wüßten, welche Kämpfe es deswegen gegeben hat. Sie hat dem Doktor die Hölle heiß gemacht.«

»Wer? Mrs. Thurlwell?«

»Wer sonst?«

»Also war ihr Mann ein Betrüger. Geschieht ihm recht.«

»Nein, das war er nicht. Nur ein Dummkopf. Hat nie begriffen, was vorging. Und Miss Phoebe stand immer zwischen den beiden.«

Biddy hielt inne. »Tut mir leid, Mr. Ben. Ich weiß, daß Sie es nicht mögen, wenn ich von ihr spreche.«

»Schon gut«, erwiderte er müde und lehnte sich zurück.

Frühstück und Mittagessen nahm er immer mit den Männern ein, und mit Biddy aß er in der Küche zu Abend. Manchmal fragte er sich, wozu die ganzen anderen Zimmer eigentlich gut waren. »Möchten Sie ein Glas Rotwein?«

»Wenn ich darf.«

»Natürlich.«

Biddy kostete und schüttelte sich. »Ein bißchen sauer. Für die Party brauchen wir etwas Besseres. Wie gesagt, die arme Miss Phoebe stand immer dazwischen. Ihre Mutter spielte sie gegen ihren Vater aus. Dachte nur an sich selbst.«

Ben lauschte mit einem Ohr Biddys Erinnerungen. Sah Phoebe an ihrem letzten gemeinsamen Tag vor sich. Träumte von ihr, von der körperlichen Nähe.

Dieses eine Mal erlaubte er sich, in Erinnerungen zu schwelgen.

»Ich muß gestehen, daß ich den Streit wegen Ihnen mitangehört habe. Phoebe wehrte sich immer, aber ihre Mutter kannte ihre Schwachstellen. Die Köchin sagte oft, Miss Phoebe wäre die geborene Zielscheibe für sie.«

»Das ist jetzt wohl vorbei.«

»Als Mrs. Thurlwell dann ihrem Mann sagte, er solle die Einwilligung zur Heirat geben, hat mich fast der Schlag getroffen. Ich wußte sofort, daß es irgendwo einen Haken gab.«

Ben zwang sich zur Aufmerksamkeit. »Phoebes Mutter hat das vorgeschlagen?«

»Allerdings. Sie hielt nicht allzu viel von Ihnen, wenn ich das sagen darf. Doch sie sagte dem Doktor, er solle seine Zustimmung geben. Gegen eine Vergütung.«

»Eine was?«

»Eine Zahlung. Eine Art umgekehrter Mitgift. Meinte, sie hätten ein Recht darauf, und Sie könnten es sich leisten. ›Laß ihn für Phoebe bezahlen‹, sagte sie zum Doktor. Da ist Miss

Phoebe dann richtig an die Decke gegangen. Brüllte ihre Mutter an, warf mit Sachen um sich.«

»Phoebe hat das wirklich getan?«

»Sie hat Temperament, das können Sie mir glauben.«

»Habe ich schon gemerkt. Biddy, erzählen Sie mir das noch einmal. Sind Sie sicher, daß es so gewesen ist?«

»So wahr mir Gott helfe.«

Ben machte an diesem Abend einen langen Spaziergang und entschied dann, daß die Party verschoben werden mußte. Er hatte zunächst etwas Wichtigeres vor.

Soweit man auf Winnaroo wußte, befand sich der Boß geschäftlich in Brisbane. In Wirklichkeit jedoch war er viel weiter gereist.

Sydney ragte vor ihm auf wie ein Gebirge. Ungewohnter Verkehrslärm traf seine Ohren. Die Fußgänger hielten ihre Hüte fest, damit der Wind sie nicht davonwehte. Straßenverkäufer priesen ihre Waren. Menschen fluteten durch die Türen eines riesigen Kaufhauses. Er entdeckte ein Automobil und rannte einige Blocks neben dem schwarz-roten Gefährt her, um den Wagen und seinen Fahrer, einen Herrn in weißem Mantel und Mütze, zu bewundern.

Zögernd kehrte er um. Am Eingang zu einer Grünanlage fragte er einen Passanten, ob dies der Hyde Park sei.

»So ist es«, erwiderte der Herr. Ben dankte ihm und ging die schattigen Wege entlang. Er hielt Ausschau nach der Statue von Captain Cook. Der Hotelportier hatte ihm mit einem Augenzwinkern verraten, daß diese ein guter Ort für ein Rendezvous sei.

»Warum nicht hier in unserem Garten?« hatte ihn der Portier gefragt. »Die ganzen Leute der Gesellschaft kommen her.«

»Das habe ich in meinem Brief vorgeschlagen«, entgegnete Ben voller Dankbarkeit für das Interesse des Mannes. »Die Dame war leider nicht einverstanden und wählte statt dessen den Hyde Park.«

»Können Sie gar nicht verfehlen. Einige Blocks in diese Richtung«, meinte der Portier.

Ben entdeckte die Statue und ging eingedenk der bedeutenden Taten des großen Seefahrers einige Male ehrfürchtig um sie herum. Danach postierte er sich auf der windgeschützten Sonnenseite und wartete. Sie verspätete sich.

An diesem Freitagmorgen waren nur wenige Leute unterwegs. Ein paar Spaziergänger, ältere Herren, die auf den Bänken saßen, ein Kindermädchen mit zwei dick vermummten Kleinen. Ihm erschien der berühmte Park nicht außergewöhnlich, und er vermißte das üppige Grün der Landschaft von Queensland.

Obwohl ihm vor Nervosität beinahe übel geworden war, hatte er die kurze Seereise hierher genossen und sich auf die Hotelempfehlung eines älteren Herrn verlassen. Die Leute zeigten sich hilfsbereit, und Ben fand bereits Gefallen an dieser Stadt.

Binnen weniger Stunden nach seiner Ankunft in Sydney hatte ein Hotelbote seinen Brief zu der Adresse gebracht, die Biddy ihm genannt hatte.

Es war ein langer, einsamer Tag gewesen, den er wartend im Hotel verbracht hatte, in der Hoffnung, sie im herrlichen Gartensaal des Australian Hotel zu treffen.

Sie bestellte ihn statt dessen in den Hyde Park. Ben sandte den Boten mit seiner Bestätigung zurück. Das war wenigstens ein Anfang. Er hätte sich auch in den Blauen Bergen oder sonstwo mit ihr getroffen.

In diesem Augenblick kam sie auf ihn zu. Sie trug einen eleganten Hut mit Straußenfedern, die sich im Wind bewegten, und eine Pelzstola über ihrem warmen, maßgeschneiderten Mantel. Die Leute starrten hinter ihr her. Ben starrte ihr entgegen. Konnte er es tatsächlich mit dieser Frau aufnehmen?

»Guten Morgen, Mrs. Thurlwell«, grüßte er. Sie erschien ihm größer als in der Erinnerung, doch vermutlich verbarg ihr langer Rock hochhackige Absätze.

Sie nickte kalt, ohne ihm die Hand zu geben. »Möchten Sie sich setzen?« fragte er und deutete auf eine Parkbank.

»Das muß ich wohl«, erwiderte sie und ließ sich demonstrativ am äußersten Ende der Bank nieder. »Es ist kühl hier.«

»Es war Ihre Idee. Öffnen Sie übrigens immer die Briefe Ihrer Tochter?«

»Wenn ich es für nötig halte. Außerdem lebt Phoebe gar nicht bei uns. Ich dachte, es könne wichtig sein.«

»Wo wohnt sie?«

»Darüber könnten wir uns unterhalten.«

»Sie wollen es mir nicht einfach sagen?«

»Möglicherweise.«

Ben hätte lieber gestanden. Irgendwie erschien ihm diese Frau überlegen. »Wie geht es Phoebe?« fragte er.

»Ausgezeichnet. Woher kannten Sie unsere Adresse?«

»Biddy arbeitet jetzt für mich.«

»Natürlich. Dienstboten wissen immer Bescheid.«

»Sie erzählte mir auch, daß Sie bereit wären, für eine gewisse Vergütung Phoebes Heirat mit mir zuzustimmen.«

Ohne mit der Wimper zu zucken, entgegnete sie: »Falls sie Sie noch haben will.«

Ihre Selbstbeherrschung und Dreistigkeit brachten ihn aus der Fassung, und er mußte an sich halten, um nicht loszubrüllen. Aber Ben hatte einen bestimmten Plan und war fest entschlossen, ihn in die Tat umzusetzen.

»Dafür werde ich schon sorgen. Eine Vergütung wäre in Ordnung?«

»Warum nicht. Sie haben uns sehr unglücklich gemacht.«

»Und deshalb sind Sie hier? Nun, wie lautet Phoebes Adresse?« Sie befingerte ihren silbernen Ohrring und schaute zu, wie ein Hund einem Ball hinterherjagte.

Ben lachte. »Ich nehme an, Sie glauben, ich würde mit Phoebe davonlaufen und Sie ohne Ihr Geld sitzenlassen.«

»Ich vertraue weder Ihnen noch meiner Tochter.«

»Allmählich fühle ich mich besser. Nach Ihrem Verhalten

zu urteilen, hat mich Phoebe wohl doch nicht vergessen.« Er zog einen versiegelten Umschlag aus der Jackentasche. »Hier ist ein Scheck über fünftausend Pfund. Mehr kann ich nicht tun, da ich in letzter Zeit große Ausgaben hatte. Und nun die Adresse, bitte.«

Sie zog ein kleines Notizbuch mit Stift hervor und schrieb seufzend eine Adresse in Manly auf. Dann nahm sie den Umschlag und verstaute ihn tief in ihrer Handtasche. »Versichern Sie mir, daß dieser Scheck gedeckt ist?«

»Versprochen.«

»Und wenn Phoebe Sie nicht heiraten will?«

»Dann erhalte ich den Scheck natürlich zurück.«

»Ja«, erwiderte Lalla knapp, »sicher doch. Sie können ihr sagen, daß sie die Erlaubnis ihres Vaters hat, Sie zu heiraten, falls sie es unbedingt möchte.«

»Und wie steht es mit Ihrer?«

»Phoebe interessiert sich nicht für meine Meinung.« Ruhig und hochaufgerichtet stand sie vor ihm. »Ich muß gehen. Ich bin zum Essen verabredet.«

»Einen Moment noch. Wo liegt Manly?«

»Auf der anderen Seite des Hafens. Es ist ein gewöhnlicher, kleiner Küstenort. Sie lebt dort bei Freunden. Sonderbaren Menschen, aber das entspricht ja genau ihrem Geschmack!«

Ben nahm die Hafenfähre und betrachtete von Deck aus die Landschaft. Innerlich war er jedoch mit der bevorstehenden Aufgabe beschäftigt. Vielleicht wollte Phoebe ihn nicht sehen. Sie war so attraktiv, daß inzwischen ein anderer Mann in ihr Leben getreten sein mochte. Aber er mußte sie treffen und noch einmal um ihre Hand bitten. »Ehrlich gesagt, wäre schon ihr Anblick genug Lohn für meine Mühe.«

Phoebes Mutter war bereits aus seinen Gedanken verschwunden. Als so schlimm hatte er die Begegnung gar nicht empfunden, und zudem tat sie ihm irgendwie leid. Das ganze vornehme Gehabe konnte nicht die Gier einer Frau verbergen, die sich zu einer derart schäbigen Transaktion herabließ. Anscheinend hatte sie nicht einen einzigen Gedanken an Phoebes Gefühle verschwendet. Kein Wunder, daß ihre Tochter so empfindlich und verwirrt war, ihn einmal glühend verteidigte und dann wieder von ihm verlangte, er solle Kompromisse eingehen. Ben vermutete, daß sie so viele Jahre zwischen Kampf und Niederlage verbracht hatte, daß ihr dieses Verhalten zur Gewohnheit geworden war. Sie wollte ihn heiraten, doch schließlich war der Druck so groß geworden, daß sie ihre ganze Entschlossenheit verlor.

Als sich die Fähre dem Dock näherte, beendete er seine Gedankengänge: »Diesmal hat die Mutter ihre Schlacht verloren. Mal sehen, was die Tochter dazu sagt.«

Als Phoebe barfuß und mit dem Hut in der Hand vom Strand zurückkehrte, erwartete Ben sie, innerlich gewappnet, auf den sandigen Stufen des Cottages. Sobald sie ihn erblickte, würde er Bescheid wissen. Jedes Zögern oder aufgesetzte Lächeln wäre eine Rückfahrkarte.

Phoebe überquerte die Straße, blinzelte im Sonnenlicht und strahlte dann übers ganze Gesicht.

»Ben! Du bist es wirklich! Woher kommst du so plötzlich?«

Sie rannte los und warf sich in seine Arme – die erste Hürde war genommen.

Phoebe servierte Tee und Rosinenbrötchen. Ben trug das Tablett zu einem klapprigen Tisch in dem verwilderten Garten, während sie pausenlos von ihren Freunden erzählte – einem jungen Paar, das ein Stoffgeschäft am Ende der Straße besaß. »Ich bin mit Dolly zur Schule gegangen«, erklärte sie. »Eines Tages traf ich sie hier auf der Fähre. Sie lud mich ein, und ich bin geblieben. Du mußt einmal mit mir in der Brandung spazierengehen. Es ist herrlich. Nachts kann man im Bett liegen und den Wellen lauschen …«

»Das würde mir gefallen. Wenn du dabei bist.« Sie lächelte ein wenig verlegen.

»Komm mit mir zurück.«

»Oh, Ben, ich weiß nicht so recht. Wir haben uns getrennt.

Belassen wir es dabei.« Dann fuhr sie herum. »Wie hast du mich eigentlich gefunden?«

»Biddy arbeitet jetzt für mich. Sie hat mir deine Adresse in Bellevue Hill gegeben. Von deiner Mutter erfuhr ich, wo du wohnst.«

»Guter Gott, wie hast du das zustande gebracht?«

»Mit fünftausend Pfund«, erwiderte Ben ruhig.

»Was?« Phoebe wurde bleich und stieß den Tisch zurück. »Wie kannst du es wagen? Hältst du mich für käuflich? Glaubst du, jetzt gehöre ich dir?«

»Beruhige dich, und vergiß es für einen Moment.«

»Keineswegs!«

»Einen Moment, habe ich gesagt. Ich war dumm. Ich wollte dich überraschen und habe es nicht getan. Durch Biddy erfuhr ich von dem Vorschlag deiner Eltern, ich solle für dich bezahlen.«

»Das hätte sie dir nicht sagen dürfen!«

»Setz dich! Als ich dich zum letzten Mal gesehen habe, war ich im Begriff, die Station von Winnaroo Springs zu kaufen. Ich habe dir nichts davon erzählt, weil ich Angst hatte –«

»– ich würde glauben, daß du mich damit bestechen wolltest, dich zu heiraten?«

»Etwas in der Art. Vielleicht noch schlimmer. Daß wir uns nach Winnaroo zurückziehen könnten, um die Öffentlichkeit zu meiden.«

Sie biß wütend in ein Brötchen. »Vielen Dank.«

»Du hättest mir von der brillanten Idee deiner Mutter erzählen sollen. Wir waren beide zu sehr mit Nachdenken beschäftigt, um unser Leben zu leben. Tut mir leid.«

»Mach dir keine Vorwürfe«, meinte sie.

Der vertraute Tonfall der Niederlage schwang wieder in ihrer Stimme mit. »Ich habe mich versteckt, Ben. Ich dachte, mir fehle die Kraft, eine Mischehe zu führen. So nett drückt man es ja wohl aus.«

»Und jetzt? Du hattest Zeit, darüber nachzudenken.«

»Das kann ich dir sagen. Ich habe dich so sehr vermißt, aber inzwischen kann ich damit leben. Ich haßte das Haus meiner Tante und überredete meinen Vater, mir eine monatliche Zuwendung zu geben, damit ich hierherziehen konnte. Dolly und ihr Mann waren im Vergleich zu den ganzen versnobten Leuten, mit denen ich aufgewachsen bin, so wohltuend normal. Jetzt fühle ich mich stärker.« Sie lachte. »Ich habe mein Ego heruntergeschraubt, das hat mir gutgetan.«

»Dein Ego gefiel mir eigentlich ganz gut. Du solltest etwas davon behalten. Warum gehen wir nicht ins Schlafzimmer und finden heraus, ob du mich noch liebst?«

»Nein, es ist zu spät. Ich freue mich wirklich, dich zu sehen, aber ich bin wütend, daß du meiner Mutter das Geld gegeben hast. Warum bist du nicht vorher zu mir gekommen?«

»Weil ich nicht wußte, wo du bist. Außerdem warst du laut Biddy so aufgebracht, daß ich versuchte, mich einmal in deine Lage zu versetzen. Es einfach hinter mich bringen und die Erlaubnis deines Vaters einholen wollte.«

»Du hast sie also bezahlt. Hast du Winnaroo gekauft?«

»Ja. Clara kommt oft herüber. Buchanan bleibt lieber zu Hause.

Der alte Viehbestand auf Winnaroo ist wiederhergestellt. Ich beschäftige einen Vorarbeiter namens Jules, Biddy als Haushälterin und zehn Viehhüter. Eine Pferdezucht werde ich auch noch beginnen. Aber du mußt dir vor allem das Haus ansehen. Ein nagelneues Haus auf einem Hügel. Ein herrlicher Ort, Phoebe, du wirst dich dort wohl fühlen. Komm mit mir dorthin.«

»Du hast meine Mutter bezahlt! Das kann ich dir einfach nicht verzeihen. Du hast genau das getan, was sie von dir wollte. Ich dachte, ich sei endlich frei von ihr, aber das stimmt nicht. Sie lacht jetzt über mich.«

»Das glaube ich kaum.«

»Natürlich. Wie konntest du dich und mich nur so demütigen?«

Ben lehnte sich grinsend zurück. »Sieh mal an! Dein Ego

ist wieder da. So problematisch war das ja gar nicht. Ich habe die Zustimmung deines Vaters zu unserer Heirat erhalten und deine Adresse. Ich habe dich gefunden.«

»Und für mich bezahlt.«

»Ich gab ihr einen Scheck.«

»Fein. Es wird eine Weile dauern, bis er in Queensland eingelöst wird. Du mußt ihn sperren.«

»Das geht nicht.«

»Warum nicht?«

»Weil deine Mutter ihn nicht angesehen hat. Das war wohl unter ihrer Würde. Sie nahm einfach den Umschlag und steckte ihn in die Handtasche, wohl weil sie an die Gesellschaft von Gentlemen gewöhnt ist. Aber ich bin keiner. Der Scheck ist auf dich ausgestellt. Klar und deutlich. Ich habe die Angelegenheit noch einmal mit meiner Bank in Brisbane abgesprochen, bevor ich abgereist bin. Niemand sonst kann ihn einlösen.«

»Du hast was getan?«

»Du hast es gehört.«

»Sie hat also einen für sie nutzlosen Scheck genommen?«

»Nein, sondern dein Hochzeitsgeschenk. Ich erwarte, daß du es auch einlöst.«

Phoebe fing an zu lachen. Sie griff nach den Überresten der Rosinenbrötchen und warf sie hoch in die Luft. Immer noch lachend lief sie um den kleinen Tisch und schlang die Arme um Ben, so daß sie beide ins Gras fielen.

Dolly tauchte in der Hintertür auf. »Findet hier etwa ein Überfall statt?«

»Allerdings«, rief Phoebe, die neben Ben auf der Wiese lag. »Dies ist mein überaus hinterhältiger Freund und Verlobter, Ben Beckman.«

Epilog

Winnaroo erstrahlte im Glanz der Lichter. Die Töne eines Strauss-Walzers wehten durch den Garten. Drinnen tanzten die Paare trotz der sommerlichen Hitze zu der romantischen Musik, andere zogen die etwas kühlere Veranda vor.

Im Laufe der Jahre hatte Phoebe Beckman viele Freunde nach Winnaroo eingeladen, doch dieser Abend war etwas Besonderes. Im ganzen Land feierten die Menschen den ersten Silvesterabend des neuen Jahrhunderts. Zusätzliche Spannung erhielt dieser Tag durch den wichtigen 1. Januar 1901.

Überall brannten große Freudenfeuer – in den Städten, auf dem Land und weit draußen im Busch, in Hinterhöfen, Parks und an den Stränden, in Tälern, an Hängen, überall auf den großen Plätzen, wo sich die Menschen versammelten. Viele glaubten, daß der Schein dieser Feuer von den Sternen aus sichtbar sei; niemand wollte das bestreiten, denn es war eine Nacht für Träumer, für Menschen voller Hoffnung auf die Zukunft. Das mächtige Kreuz des Südens stand über ihnen wie ein Symbol der kommenden Einheit ihres Landes.

Kurz vor Mitternacht holten Ben und Phoebe ihre beiden Kinder, um im dichtgedrängten Salon mit den Gästen anzustoßen und »Auld Lang Syne« anzustimmen.

Als das Lied zu Ende war, trat Sergeant Reilly, der durch den Abend führte, nach vorn. »Ladies und Gentlemen, ich bitte Sie, noch einmal Ihre Gläser zu erheben. An diesem Tag findet im Centennial Park in Sydney ein großes Ereignis statt. Heute wird die Föderation verkündet. Unsere Staaten vereinigen sich, und eine neue Nation betritt die Bühne der Welt. Ich bringe den großartigsten Toast aus, den es je gab: auf Australien!«

Eine weitere Runde Champagner wurde entkorkt, und neue Trinksprüche folgten. Reilly, der seine Pflichten sehr ernst nahm, warf einen Blick auf seine Liste.

»Noch eins: Unsere Gastgeber haben gebeten, unserem guten Freund Barnaby Glasson viel Erfolg bei der kommenden Wahl zu wünschen. Und ihn um einige Worte zu bitten.«

Barnaby stellte sein Glas ab. Plötzlich wurde er nervös. Seit Monaten war er im Staat umhergereist und hatte so viele Reden gehalten, daß ihm nichts mehr einzufallen drohte. Doch der Augenblick der Wahrheit kam näher, und er sorgte sich, daß er das Vertrauen seiner Freunde vielleicht nicht rechtfertigen könne. Wenn er verlor, würde er sich zum Narren machen. Und war er der Aufgabe im Senat überhaupt gewachsen? Er, ein Bauernsohn, der eine kleine Anwaltspraxis eröffnet hatte, wollte ein solch hohes Amt ausfüllen?

Er sprach ruhig und voller Bescheidenheit, dankte ihnen für die Unterstützung. »Aber im Vergleich zu dem, was heute in Sydney geschieht, die Gründung des Commonwealth von Australien, bin ich nur ein kleiner Fisch. Dieser Tag gehört Australien, nicht mir …«

Barnaby wurde von einer Piepsstimme aus der Menge unterbrochen. Bens sechsjähriger Sohn rief: »Wann zünden wir das Freudenfeuer an?«

»Na, bitte, das ist der Beweis«, lachte Barnaby. »Er setzt die richtigen Prioritäten. Wir sollten nicht hier herumstehen, sondern uns den anderen Australiern anschließen und das Feuer entzünden. Auf geht's!«

Draußen auf der Koppel wurde ein zwanzig Fuß hohes Feuer entfacht. Die Gäste standen mit untergehakten Armen da und sahen zu, wie die brennenden Zweige die dicken Holzstämme entzündeten. Das Feuer knisterte, Flammen schossen zum Himmel empor.

Die Kinder rannten aufgeregt umher, verfolgt von den Erwachsenen, die sie in Sicherheit bringen wollten, als der brennende Holzstoß in sich zusammenfiel und einen Funkenregen versprühte. Als nur noch glühende Asche übriggeblieben war, gingen alle ins Haus zum Essen.

Phoebe küßte Ben. »Eine wunderbare Party, nicht wahr?«

»Genauso wunderbar wie Sie, Mrs. Beckman.« Er nahm sie in die Arme, ohne sich durch die lächelnden Gäste stören zu lassen, die im erleuchteten Garten an ihnen vorübergingen.

»Immer noch verliebt«, bemerkte Barnaby, der hinter ihnen den Weg entlangkam. »Wenn ich mich nicht so für euch freuen würde, könnte ich glatt eifersüchtig werden.«

Phoebe drehte sich um. »Du solltest auch endlich heiraten.«

»Alles zu seiner Zeit, meine Liebe. In den letzten Jahren war ich so viel unterwegs, daß ich niemanden näher kennenlernen konnte, von jungen Damen ganz zu schweigen.«

»Ich gebe dir einen Rat: Heirate einfach das Mädchen von nebenan«, schlug Ben vor. »Ich habe damit einen wirklich guten Griff getan.«

»Um Himmels willen!« rief Barnaby. »Phoebe, die Leute, die in eurem alten Haus wohnen, haben eine Tochter, die dreißig ist und ebenso breit wie hoch. Eine Witwe und religiöse Fanatikerin obendrein. Sie kommt ständig mit frommen Texten zu mir, die ich lesen soll, und bietet mir gemeinsames Beten an. Ich überlege schon, ob ich nicht eine Kette am Tor anbringen soll.«

»Das nützt nichts. Sie wird wie Phoebe eben über die Mauer steigen.«

»Von wegen, ich bin nur vom Baum gefallen!«

Später fanden Barnaby und Ben Zeit für ein ruhiges Gespräch.

»Und was hast du jetzt vor?« fragte Ben.

»Nun … in einigen Wochen wird Mr. Barton die Kampagne für die ersten landesweiten Wahlen eröffnen. Zur Zeit ist er nur der Vorsitzende eines Ministerrates. Es ist Sache des Volkes, ein Parlament zu wählen.«

»Man sagt, Labour sei in Queensland sehr stark.«

»Ja, aber ich bleibe bei Bartons Partei. Sie gehört zur politischen Mitte und sollte in der Lage sein, die Regierung zu bilden. Ich möchte nicht in der Opposition beginnen, falls ich überhaupt gewählt werde.«

»Es ist den Versuch wert, Barnaby. Wann finden die Wahlen statt?«

»Um den dreißigsten März. Vorher sehen wir uns nicht mehr, da ich jetzt noch härter arbeiten muß.«

»Du wirst es schaffen. Das Warten auf die Ergebnisse wird sehr spannend. Ich werde am Wahltag ein Freudenfeuer nur für dich vorbereiten. Das entzünden wir dann bei einer kleinen Feier hier bei uns.«

»Und wenn ich verliere?«

»Darüber können wir später nachdenken. Wo wirst du dich während der Wahl aufhalten?«

»In meinem Büro in Brisbane. Vermutlich bleibe ich eine ganze Woche dort aus lauter Nervosität.«

Für Barnabys Freunde schleppten sich die Wochen dahin. Nach den beiden Wahltagen dauerte es lange, bis die Ergebnisse aus den entlegenen Gebieten eintrafen. Ben und Phoebe schafften es zwar nicht, eine Party zu organisieren, doch zur Freude seiner Kinder schichtete Ben einen neuen Holzstoß auf.

Schließlich kam Reilly eines Nachmittags angeritten, um ein mysteriöses Telegramm ohne Absender zu überbringen.

»Von wem ist es?« fragte er die Beckmans.

Ben lächelte stolz. »Es ist von Senator Glasson.«

»Er hat es geschafft!« rief Phoebe. »Was genau steht drin?«

»Nur drei Worte: ›Entzündet das Freudenfeuer‹.«